KB176607

월 든

헨리 데이비드 소로 지음 | 이덕형 옮김

문예출판사

Walden

Henry David Thoreau

차례

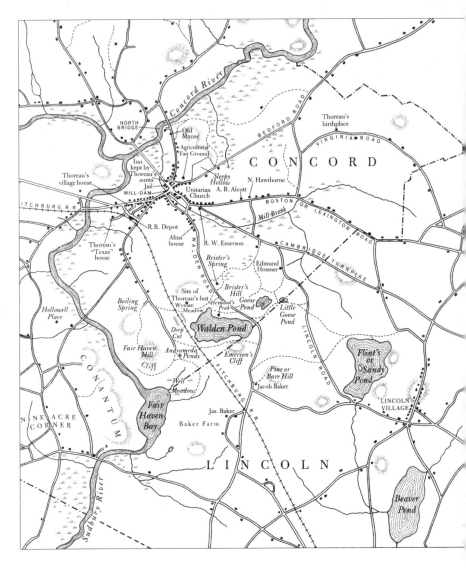

월든 호수 부근(1845). 허버트 W. 글리슨(Herbert W. Gleason)의 메사추세츠, 콩코드 지도에서 발췌했다.(1906)

WALDEN;

OR,

LIFE IN THE WOODS.

BY HENRY D. THOREAU,

AUTHOR OF "A WEEK ON THE CONCORD AND MERRIMACK RIVERS."

I do not propose to write an ode to dejection, but to brag as lustily as chanticleer in the morning, standing on his roost, if only to wake my neighbors up. — Page 92.

BOSTON:
TICKNOR AND FIELDS.
M DCCC LIV.

소로의 오두막을 그린 위 그림은 소로의 여동생이자 아마추어 화가였던 소피아가 그린 것이다. 추녀가 좀 짧았으면 하는 소로의 바람에 따라 많이 손질한 그림이다. 그 아래 "나는 절망에 부치는 송시를 쓰려는 게 아니라, 내 이웃들의 잠을 깨게 하기 위한다는 단순한 목적에서나마 아침에 꼬꼬 하고 울며 서 있는 수탉처럼 실컷 오만을 뽐내고자 한다"라는 글이 달려 있다. 그 구절은 원래 원본에는 있었지만 그 후에 간행된 《월든》에는 불행히도 빠져 있다. 불행히도라고 말하는 것은 이 구절이 《월든》 전체의 분위기를 잘 표현하는 내용이기 때문이다. (1854년 초판에서 발췌)

일러두기

1. 그림과 그림 설명은 소로의《일기(Journal)》에서 발췌했다.

2. 원주는 본문 아래 1, 2, 3…으로 표시했다.

1

경제학

다음 글을 쓰던 무렵, 아니 그 글의 대부분을 쓰던 무렵 나는 매사추세츠 주 콩코드 마을 근처에 있는 월든 호숫가의 숲속에 집 한 채를 손수 지어 혼자 살고 있었다. 이웃 촌락이 있다 해도 다 1마일 밖에 있었다. 나는 내 손을 사용하는 노동만으로 생계를 유지했다. 거기서 나는 2년 2개월을 지냈다. 지금은 다시 문명사회의 거주자가 되었다.

내가 살고 있는 읍의 거주민들이 그때 그 월든 호수에서 내가 어떻게 살았는지 꼬치꼬치 묻지 않았다면 나는 내가 겪은 일을 독자 여러분의 눈앞에 내밀지 않았을 것이다. 그러한 질문을 하는 것은 무례한 행위라고 말할 사람도 있겠지만, 나는 전혀 무례하다고 생각하지 않으며 여러 사정을 고려할 때 지극히 자연스럽고 적절했다는 생각이 든다. 어떤 사람들은 내가 무엇을 먹고 살았으며 외롭거나 무섭지 않았는지 등을 물었다. 또 어떤 사람들은 내 수입의 얼마를 자선사업에 썼는지 알고 싶어 했고, 대가족을 거느린 또 다른 사람들은 내가 불쌍한 어린아이들을 몇 명이나 부양하고 있는지 궁금해

했다. 그래서 나라는 인간에 대해 특별한 관심을 갖지 않는 독자들에게 내가 이 책에서 그러한 몇 가지 질문에 대답을 하게 되더라도 양해해주기를 바란다.

대부분의 책에서 일인칭, 즉 '나'는 생략되지만 이 책에서는 계속 사용될 것이다. 자기 중심적인 면이 있다는 점에서 이 책은 보통 책들과 다른 특징을 갖는다. 이야기하는 측은 항상 일인칭인 나라는 사실을 우리는 종종 잊어버린다. 만약 내 자신을 아는 만큼 내가 잘 아는 다른 사람이 있다면 나도 이렇게 내 이야기를 꺼내지 않았을 것이다. 유감스럽게도 내 경험의 폭이 좁아서 이 글은 나라는 주제에 한정될 수밖에 없다. 더욱이 나는 모든 지자들에게도 남의 생활에 대해 주워들은 이야기만 하지 말고 자기 자신의 생활에 대해 소박하고 진지하게 이야기해줄 것을 부탁한다. 마치 먼 타향에서 자기 육친에게 편지를 써서 보내는 것처럼. 다시 말해서 그 사람이 진지한 삶을 살았다면, 그런 생활은 미국이 아닌 어떤 먼 나라에서나 가능했을 것이 틀림없기 때문이다. 어쩌면 이 글은 가난한 학생들을 위하여 특별히 쓰일지도 모른다. 그 밖의 독자들은 자신에게 해당되는 부분만 받아들이면 된다. 저고리를 입을 때 솔기를 억지로 늘여가면서 입을 사람은 없을 것이다. 옷이란 그 옷이 맞는 사람에게만 자기 역할을 하는 법이니까.

내가 하고 싶은 이야기는 중국인이나 하와이 원주민들에 관한 것이 아니라 뉴잉글랜드 거주민이라 일컬어지는 여러분에 관한 것이다. 즉 여러분이 처해 있는 상황, 특히 여러분이 이 세상, 이 마을에서 직면한 외형적 상황이나 형편이 과연 어떠한 것이며, 오늘날처럼 형편없는 그 상황이 불가피한 것인지, 과연 개선될 길은 없는 것인지를 놓고 무언가 말하고 싶다. 나는 콩코드 지방을 많이 돌아다닌

적이 있는데, 그곳 주민들은 가게든 사무실이든 밭이든 어디를 막론하고 온갖 희한한 방법으로 고행을 치르고 있는 것처럼 보였다. 인도 브라만 계급의 승려들에 대해 들은 적이 있는데, 그들은 네 개의 불을 몸 주변에 피워놓고 앉아 그 열을 참으며 태양을 정면으로 바라보기도 하고, 거꾸로 매달려 머리통을 활활 타오르는 불길 위에 놓이게 하기도 하며, 고개를 있는 힘껏 어깨 너머로 돌려 하늘을 쳐다보다가 "마침내 고개가 제자리로 돌아가지 않고 그대로 몸이 굳어져 액체 말고는 아무 음식도 목구멍으로 넘기지 못하는 상태가 된다"는 것이었다. 또는 나무 밑동에 자기 몸을 사슬로 묶어놓고 평생을 살아가기도 하고, 인도의 광대한 여러 왕국을 쐐기벌레처럼 몸을 움츠렸다 폈다를 반복하며 횡단하기도 하고[삼보일배를 했다는 뜻], 돌기둥 꼭대기에서 외발로 서 있기도 한다고 들었다. 그러나 이러한 자발적 고행들 모두는 내가 매일같이 목격하는 정경에 비하면 그다지 충격적이거나 놀라운 것이 아니다. 헤라클레스의 열두 가지 고난도 내 이웃들이 겪는 고난에 비하면 하찮은 것이다. 그도 그럴 것이 헤라클레스의 고난은 열두 가지뿐이어서 끝이 있었지만, 내 이웃들은 어떤 괴물을 칼로 베어 죽이거나 사로잡거나 그런 노력의 끝장을 본 적이 없기 때문이다. 내 이웃들에게는 머리가 아홉 개 달린 뱀의 머리를 불로 지져줄 이올라스[1] 같은 친구가 없을뿐더러 머리 하나가 잘리는 순간 머리 두 개가 돋아나기 때문이다.

농장, 가옥, 헛간, 가축, 농기구들을 유산으로 물려받았기 때문에

---

1 헤라클레스의 사촌. 헤라클레스가 아홉 개의 머리를 가진 뱀의 머리를 자를 때마다 자른 곳에서 두 개의 머리가 돋아났는데, 그의 사촌인 이올라스가 불로 자른 곳을 지져 머리가 나오지 못하게 했다.

오히려 불행해진 우리 고을의 젊은이들을 나는 알고 있다. 이런 것들은 손에 넣기는 쉽지만 버리기는 쉽지 않다. 그들은 차라리 넓은 목초지에서 태어나 늑대의 젖을 먹고 자라는 편이 더 나았을 것이다. 그랬더라면 고달픈 노역을 요구하는 그 밭이 어떠한 곳인가를 더 맑은 눈으로 바라볼 수 있었을 것이다. 누가 그들을 흙의 노예로 만들었는가? 죽을 때까지 1팩의 먼지를 먹게 되어 있다는데 왜 그들은 60에이커의 흙을 먹어야 하는가? 왜 그들은 태어나자마자 무덤을 파기 시작해야 하는가? 그들은 이렇게 무거운 짐들을 앞으로 밀고 가면서 삶을 유지하며 그럭저럭 잘 지내야 한다. 불멸의 영혼을 지녔다는 불쌍한 인간이 등에 진 자기 짐에 눌려 으깨지고 질식한 상태로 길이 75피트, 폭 40피트의 곡식창고와 청소도 하지 않아 더럽기 짝이 없는 외양간과 100에이커의 땅과 밭, 베어 들인 풀, 목초지, 숲을 앞으로 밀며 인생의 길을 기어가는 것을 얼마나 많이 보았는지 모른다. 그러한 불필요한 상속재산이란 짐과 싸울 필요가 없는 사람들 역시 나름대로 자그마한 육신 하나의 욕구를 달래고 경작하는 데도 힘들어하기는 마찬가지다.

그러나 인간의 노고는 잘못된 생각에서 생겨난다. 인간 육신의 대부분은 곧 흙 속에 묻혀 퇴비로 변한다. 그러나 인간들은 흔히 필요라고 불리는 허울 좋은 운명을 믿고, 한 옛날 책에 나오는 말처럼 좀과 녹이 슬며 도둑들이 들어와 훔쳐갈 재물을 모으느라 여념이 없다. 이것은 바보의 일생이다. 이 사실을 처음에는 모르겠지만 삶이 끝날 무렵에는 바보들도 알 것이다. 그리스 신화에서는 데우칼리온과 그의 아내 피라가 머리 뒤로 돌을 던져 인간을 만들었다고 말하고 있다.

Inde genus durum sumus, experiensque laborum,
Et documenta damus guâ sumus origine nati.

월터 로리 경은 낭랑한 운문으로 번역하고 있다.

그날부터 인류는 강한 심장을 지니게 되어 근심과 걱정을 견디며,
인간의 육신 역시 돌의 성질을 띠게 되었도다.

그릇된 신탁의 말을 맹목적으로 믿고, 머리 뒤로 돌을 던져놓고 그
돌이 어디에 떨어지는지 확인도 하지 않았기 때문에 이렇게 된 것이다.
비교적 자유로운 이 나라에서조차 대다수의 사람들은 단순히 무
지와 오해 때문에 부질없는 근심과 심한 노동에 사로잡혀 인생의 훌
륭한 열매를 딸 능력을 잃고 있다. 지나친 노동으로 투박해진 그들
의 손가락은 떨려서 그 열매를 딸 수 없는 것이다. 실제로 심한 노동
에 시달리는 사람은 하루하루를 정신적 고결함을 위해 바칠 여가가
없다. 사람들과 남자답게 어울릴 여유가 없다. 만약 그렇게 한다면
그의 노동의 시장가치가 떨어질 것이다. 그는 기계 이외의 다른 것
이 될 시간이 없다. 자기 지식을 항상 쉴 새 없이 사용해야 하는 사
람이 인간의 성장에 필요한 그 무지의 자각에 어떻게 도달할 수 있
겠는가? 그러니까 그런 사람을 평가하기에 앞서 그에게 이따금 무
상으로 먹을 것과 입을 것을 주고 강장제로 체력을 북돋워주어야 할
것이다. 인간 본성의 가장 훌륭한 특질은 마치 과일 껍질에 붙어 있
는 하얀 가루처럼 매우 조심스럽게 다루어야만 보존될 수 있다. 그
런데도 우리는 우리 자신이나 다른 사람들을 그처럼 부드럽게 다루
지 않고 있다.

독자 중에는 가난해서 삶이 고달프고 때로는 숨을 할딱이며 살아가는 사람이 있다는 것을 우리 모두는 잘 알고 있다. 이 책을 읽는 독자 가운데 어떤 사람은 방금 실제로 먹은 음식 대금을 지불할 수 없고, 이미 해어지거나 낡아버린 옷이나 구두의 대금을 지불하지 못하며, 이 책도 빚쟁이에게서 빌리거나 훔친 시간, 그러니까 그에게 강탈한 시간을 이용하여 읽고 있다는 것을 나는 알고 있다. 여러분 가운데 많은 사람이 얼마나 천박하고 비루하게 살고 있는가는 경험으로 날카로워진 내 눈에 너무나 분명하게 보인다. 여러분은 장사를 시작하든가 빚을 갚으려고 노력하지만 항상 벼랑 끝에 서게 된다. 그런데 빚이란 아주 옛날부터 빠져나올 수 없는 수렁 같았는데, 동전의 일부를 놋쇠로 만들어 썼던 로마 사람들은 aes alienum, 즉 '남의 놋쇠'라고 불렀다. 지금도 사람들은 이 다른 사람의 놋쇠에 의해 살고 죽고 매장된다. 내일 빚을 갚을게, 반드시 갚을게 하고 약속하지만, 빚은 그대로 둔 채 오늘 죽고 만다. 감옥에 끌려갈 범죄만 빼고 모든 방법을 동원하여 사람들의 환심을 사고 고객을 얻으려고 노력한다. 거짓말하고 아첨하고 투표에서 표를 던져주고, 몸을 호두 껍데기처럼 잔뜩 오므려 겸손을 표하고 허세를 부려 마치 엷은 안개가 널리 퍼지는 듯한 도량을 과시해 이웃을 설득함으로써 그들의 구두와 모자와 외투와 마차를 만드는 일을 맡고 그들의 식품과 잡화를 공급하는 이권을 따려고 노력한다. 여러분은 병들 날에 대비해서 돈을 모으려고 노력하다 병이 들고 만다. 낡은 장롱이나 벽 뒤에 숨겨 둔 양말 속, 또는 좀 더 안전한 벽돌로 지은 은행에다 넣어둘 돈을 벌다가 병들고 만다. 돈을 어디다 두느냐, 돈의 액수가 크냐 작으냐는 문제가 되지 않는다.

간혹 나로 하여금 의아한 생각이 들게 하는 일이 있는데, 그것은 우리 미국인이 흑인노예제도라고 하는 야만적이면서 좀 외래적인 굴욕의 형태에 빠질 만큼 경박한 인간들이라는 사실이다. 천박한 인간들이라고 말해도 과하지 않다. 북부와 남부를 모두 노예화하려고 눈에 불을 켠 악랄한 노예 주인들이 헤아릴 수 없이 많다. 남부의 노예감독 밑에서 일하는 것도 힘들지만 북부의 노예감독 밑에서 일하는 것은 더욱 힘들다. 그러나 가장 힘든 것은 여러분이 여러분 자신의 노예감독일 때이다. 인간에게 신성(神性)이 있다고? 밤낮을 가리지 않고 큰길 위로 짐마차를 질주시키며 시장으로 향하는 짐마차꾼을 보라! 그 인간의 내부에 어떤 신성이 꿈틀거리고 있는가? 그 인간의 가장 중요한 임무는 자기 말에게 먹이와 물을 주는 일이다. 운송에서 얻을 수 있는 이익에 비할 때 자신의 운명 따위는 어떻게 되든 상관없다. 그는 '남들의 평판'이라는 상전을 모시며 마차를 몰고 있는 게 아닌가? 이 남자의 어디에 신성함과 불멸성이 있다는 것인가? 하루 종일 기를 펴지 못하고 움츠린 채 남의 눈치나 보며 막연한 불안에 휩싸인 그의 모습을 보라. 불멸이나 신성의 모습이 아니라 자신에 대한 평가, 즉 자기 행위가 얻어낸 평판의 노예가 되고 평판이라는 옥에 갇힌 몸이다. 남들의 평판은 우리 스스로가 자신에 대해 내리는 평가에 비하면 허약한 폭군에 불과하다. 자신을 어떻게 생각하느냐 하는 것은 그 인간의 운명을 결정한다. 아니 그의 운명을 시사한다. 실재의 서인도제도에서는 노예해방이 실현되었지만 환상과 상상이라는 서인도제도에서 자기해방을 시킨다는 과업에 이르면, 도대체 어떤 월버포스[2]가 나타나 그 일을 실현시켜줄 것인가?

---

2 윌리엄 월버포스(William Wilberforce, 1759~1833). 영국의 정치가이며 노예해방 운동가.

또한 최후의 심판일을 대비하며 자신의 운명에 큰 관심이 있음을 드러내지 않기 위해 화장실 변기 위에 깔 방석을 짜고 있는 이 나라의 숙녀들을 생각해보라! 마치 시간을 함부로 낭비해도 영원이란 시간은 훼손되지 않는다는 태도다.

대부분의 인간은 조용한 절망의 생활을 보내고 있다. 체념이라는 것은 절망의 확인에 불과하다. 우리는 절망의 도시를 떠나 절망의 시골로 들어가서 밍크나 사향쥐[3]의 용기를 보며 위안을 찾을 수밖에 없다. 인류의 이른바 경기나 오락 밑에는 판에 박힌 것이면서도 무의식적인 절망감이 숨어 있다. 그곳에는 즐거움이 없다. 즐거움이란 일에 뒤이어 오는 것이기 때문이다. 그러나 필사적인 행동은 하지 않는 것이 지혜의 한 특징이다.

교리문답 형식으로 말하건대 인간의 주된 목적은 무엇이며, 생활에 진정 필요한 물건과 수단은 무엇인지 생각해볼 때, 사람들은 의도적으로 현재의 일방적인 생활방식을 택한 것처럼 보인다. 다른 생활방식보다 그것이 더 좋다고 여겼기 때문이다. 하지만 그들에게는 달리 선택의 여지가 없다는 생각이 지배적이다. 그러나 주의 깊고 건강한 사람이면 태양이 맑게 솟구쳐오른 것을 잊지 않는다. 편견을 버리는 데는 늦고 뭐고가 없다. 아무리 유구한 역사를 가진 사고방식이나 행동방식이라도 아무 증거 없이 믿을 수는 없다. 오늘 모든 사람이 입을 맞추어 진리라고 말하거나 묵인한 것이 내일이면 거짓으로 판명될지 모른다. 저희들 밭에 단비를 뿌려줄 구름으로 믿었던 것이 단지 의견이라는 이름의 연기에 지나지 않았다고 판명되는 것

---

3 밍크나 사향쥐는 덫에 걸렸을 때 다리를 제 입으로 물어뜯어 잘라내서라도 자유의 몸이 된다고 한다.

과 비슷하다. 옛사람들이 불가능하다고 말한 일도 막상 해보면 할 수 있다는 것을 알게 된다. 옛사람들에게는 낡은 행동방식이 있고 오늘을 사는 사람들에겐 새로운 행동방식이 있는 법이다. 옛사람들은 어쩌면 불을 꺼트리지 않기 위해 새로운 연료를 가져와야 한다는 것을 몰랐던 모양이지만, 지금 사람들은 증기 가마솥 밑에 마른 장작을 조금 지펴서 새처럼 빨리 지구를 돌고 있다. 옛사람들의 눈에는 간담이 서늘해지는 일일 것이다. 늙은이는 청년보다 선생으로 더 적합하다고 말할 수 없거니와 비슷하다고도 말할 수 없다. 나이를 먹으면 얻는 것보다 잃는 것이 더 많기 때문이다. 아무리 현명한 사람일지라도 삶의 체험을 통해 절대적 가치가 있는 무언가를 배웠는지 의심스럽다. 사실상 노인은 젊은이들에게 해줄 중요한 충고의 말을 갖고 있지 못하다. 그들의 경험은 한쪽으로 치우친 것이며, 그들의 인생은 개인적인 여러 이유로 비참한 실패로 끝났다고 스스로 믿기 때문이다. 그런 비참한 경험을 거울 삼겠다는 성실성을 잃지 않은 사람들도 있을 수 있다. 그러나 그들은 예전처럼 젊지 않다. 나는 이 지구에서 30년가량 살아왔지만 이제까지 인생 선배들에게 유익한 가르침이나 진심에서 우러난 충고를 들어본 적이 없다. 그들은 적절한 말 한마디도 해준 적이 없으며, 그러고 싶어도 그럴 능력이 없었을 것이다. 여기에 인생이라고 하는, 내가 거의 손도 대보지 않은 실험이 있다. 선배들이 먼저 실험해보았다는 사실은 내게 별 도움이 되지 않는다. 내가 생각하기에 가치 있는 경험을 하게 되더라도 나의 선배들이 그것에 대해 아무 말도 해주지 않았다는 생각을 나는 잊지 않을 것이다.

한 농부가 나에게 말한다. "채소만 먹고는 살 수 없습니다. 채소는 뼈를 만드는 양분을 주지 않아요." 그래서 그 농부는 자기 몸뚱이에 뼈가 되는 원료를 공급하는 일에 하루의 일정 시간을 꼬박꼬박 바친다. 이렇게 지껄여대면서 농부는 밭을 가는 소를 뒤따르는데, 소들은 어떤가 하면 풀만 먹고 만든 뼈를 갖고서도 온갖 장애물을 헤쳐가며 농부와 농부의 무거운 쟁기를 끌고 있다. 가장 무기력하고 병든 계층에서는 생활필수품으로 보이는 것들도 다른 계층에서는 사치품이 되며, 또 다른 계층에서는 그런 물건의 존재조차 알려지지 않는 법이다.

어떤 사람들은 인간 생활의 모든 영역이 그 높고 낮음에 관계없이 이미 선각자들에 의해 답사되고 모든 해답이 마련되어 있다고 생각한다. 이블린[4]의 말에 따르면 "현명한 솔로몬 왕은 나무 사이의 간격까지도 법령으로 규정했으며, 로마의 집정관들은 이웃 사람의 땅에 들어가 떨어져 있는 도토리를 주워오는 것이 몇 번까지는 불법 침입죄가 되지 않으며 주인의 몫은 몇 할이 되어야 하느냐 등을 규정해놓았다"[5]고 한다. 또한 히포크라테스는 손톱을 자르는 방법까지 후세에 남겨놓았는데, 손톱은 손가락 끝에 맞추어 잘라야 하며 더 길거나 짧지 않도록 해야 한다고 했다. 인생의 다양성과 환희를 고갈시켰다고 여겨지는 지루함과 권태는 틀림없이 아담의 시대에서 비롯된 모양이다. 그러나 인간의 능력은 아직 제대로 측정된 적이 없다. 과거에 이룩한 일만 가지고 인간이 무엇을 할 수 있고 없고를 판단해서는 안 된다. 인간이 이제까지 시도한 것은 극히 적은 부분이기 때문이다. 이제까지 여러분이 저지른 실패가 어떠한 것이었건 "내 아들아, 괴로워하지 마라. 네가 이룩하지 못한 일의 책임을 너에

---

4 존 이블린(John Evelyn, 1620~1706). 영국의 정치가이며 일기 작가.
5 존 이블린의 《Sylva》, 즉 《Discourse of Forest Trees》에서 인용했다.

게 돌릴 사람은 아무도 없느니라."[6]

우리는 수많은 간단한 방법으로 우리 인생의 가치를 측정할 수 있을 것이다. 예컨대 나의 콩을 여물게 해주는 저 태양은 지구와 같은 태양계의 다른 천체들을 동시에 비추고 있다. 이 사실을 기억하고 있었다면 몇 가지 실수는 저지르지 않았을 것이다. 이 햇빛은 내가 콩밭을 맬 때 비추던 햇빛은 아니었다. 별들은 얼마나 멋있는 삼각형의 정점들인가? 우주의 여러 궁[7]에 사는 각기 다른 존재들이 얼마나 먼 거리에서 같은 별을 동시에 바라보고 있는 것일까? 자연과 인간의 생활은 우리의 체질이 그렇듯 변화무쌍하다. 한 인생이 다른 사람의 인생에 어떤 전망을 제공할지는 누구도 말할 수 없다. 우리가 잠시 서로의 눈을 들여다보는 것보다 더 큰 기적이 일어날 수 있을까? 우리는 그 한 시간 동안 세계의 모든 시대를 살아야 한다. 아니 모든 시대의 모든 세상에서 살아야 한다. 역사, 시, 신화! 다른 사람의 경험에 대한 독서치고 이 세 가지만큼 경이롭고 유익한 것을 나는 알지 못한다.

이웃들이 선이라고 부르는 것의 대부분을 나는 속으로 악이라고 믿는다. 내가 후회하는 것이 있다면 그것은 바로 나의 착한 행동에 대한 후회일 것이다. 그처럼 착하게 처신하다니, 내가 무슨 귀신에라도 홀렸던가? 노인 양반! 당신은 아주 현명한 말을 하실 수 있을 겁니다. 70 평생을 살면서 어느 정도 명예도 얻으시고. 하지만 나는 그런 말을 듣지 말라는 어떤 거역할 수 없는 목소리를 듣고 있습니다. 새로운 세대는 지나간 세대가 벌여놓은 사업을 난파된 배를 포

---

6 힌두교 성전 《비슈누 프라나(The Vishnu Purana)》(H. W. Wilson 역)에서 인용했다.
7 중세의 점성술에 나오는 12개의 궁.

기하듯 버리는 법입니다.

우리는 지금 믿는 것보다 훨씬 많은 것을 안심하고 믿어도 좋다고 생각한다. 우리는 우리 자신에 대한 관심에서 벗어나 정직하게 다른 일에 관심을 쏟아도 된다. 자연은 인간의 강점뿐 아니라 약점에도 알맞게 되어 있다. 어떤 인간들의 끝없는 근심과 긴장은 거의 치료가 불가능한 병이다. 우리는 어떤 일을 하든 그 일의 가치를 과장하려는 경향이 있다. 하지만 손도 못 대고 끝나는 일이 얼마나 많은가! 또 병이라도 걸리면 어떻게 되지? 게다가 우리는 얼마나 신경을 곤두세우고 살고 있는가! 가능하면 우리는 신념 같은 것 없이 살고 싶어 한다. 하루 종일 전전긍긍하다가 밤이 되면 마지못해 기도를 하고 자신을 불확실성에 맡겨버린다. 이리하여 우리는 우리의 생활을 존중하고 변혁의 가능성을 부정하며 철저하고 진지하게 살아가야 한다. 이 길 말고 다른 길은 없다고 우리는 말한다. 그러나 실은 하나의 중심점에서 여러 개의 반경을 그릴 수 있듯 사는 방법은 얼마든지 있는 것이다. 모든 변혁은 기적이라고 생각할 수 있다. 그러나 그 기적은 시시각각으로 일어난다. 공자는 말했다. "아는 것은 안다고 말하고 모르는 것은 모른다고 말하는 것이 참된 지식이니라." 한 인간이 상상의 영역에 속한 사실을 오성(悟性), 즉 이해의 영역에 속한 사실로 환원시킬 때 모든 인간도 마침내 자신의 인생을 그 기초 위에 확립시킬 것이다.

이제까지 언급한 근심과 걱정의 대부분이 어디에서 오며, 또한 괴로워하고 관심을 쏟는 일이 어느 정도 필요한가 하는 문제를 잠시 생각해보자. 피상적인 문명의 한가운데에서나마 원시적이고 개척자적인 생활을 해보는 것은, 인간 생활에서 으뜸되는 필수품은 무엇이며 그것을 손에 넣기 위해서 어떤 방법을 취해야 좋을지 알아보는데 매우 유익할 것이다. 또는 상인들의 옛 장부를 들여다보고 사람들이 그 가게에서 가장 많이 사간 것은 무엇이었으며, 가게에서 가장 많이 소비되는 식료품과 잡화는 어떤 물건들이었는지 알아보는 것도 좋은 방법일 것이다. 아무리 시대가 발전해도 인간 생활의 근본 법칙에는 별반 영향을 미치지 못한다는 사실을 알 수 있을 것이다. 마치 현대인의 골격이 조상들의 골격과 별 차이가 없는 것이나 같다.

여기서 '생활필수품'이라는 것은, 인간이 자신의 노력으로 손에 넣는 것 가운데 처음부터 또는 오래 사용한 끝에 생활에서 없어서는 안 될 것이 되어버린 나머지 아무리 야만스럽거나 가난하거나 어떤 철학을 가졌다 해도 없으면 살아갈 수 없게 된 것을 가리킨다. 이런 의미에서 많은 동물에게는 단 한 가지 필수품, 즉 '먹이'가 있을 뿐이다. 평원의 들소에게는 약간의 풀과 마실 물이 필수품이다. 그가 숲이나 산의 그늘에서 휴식처를 구하지 않는다면 말이다. 동물들은 먹이와 은신처 이외에는 아무것도 필요로 하지 않는다.

우리가 사는 이러한 온대성 기후에서 인간 생활의 필수품은 식량, 주거 공간, 의복, 연료 등의 항목으로 정확히 나눌 수 있다. 이런 것들을 얻은 다음에야 비로소 우리는 성공의 전망과 자유를 느끼며 인생의 근본 문제와 대면할 수 있다. 인간은 가옥뿐만 아니라 의복과 조리된 식품을 발명했다. 또한 불의 따뜻함을 발견한 것은 아마 우연이었을 텐데, 그 불을 계속 사용함으로써 처음에는 사치품이었던 것이 이제는 곁에 두어야 할 필수품이 되어버렸다. 우리는 고양이와 개들도 이처럼 제2의 천성을 키워가는 것을 관찰한다. 적당한 거처와 의복을 통해 우리는 체내온도를 적절히 유지할 수 있다. 그러나 이것들이 지나치거나 연료를 과용하면서부터, 다시 말해 체내 온도보다 체외온도 쪽이 높아진 때부터 요리라는 것이 시작되었다고 말할 수 있지 않을까?

박물학자 다윈은 티에라델푸에고 섬의 원주민에 대해 이야기하고 있다. 즉 그의 일행은 두툼한 옷을 입고 불 옆에 앉아 있어도 덥다고 느끼지 않았는데, 그곳의 벌거벗은 원주민들은 불에서 멀찌감치 떨어져 있으면서도 "너무 더워서 땀을 뻘뻘 흘리는" 모습에 놀라지 않을 수 없었다고 한다. 그와 마찬가지로 유럽인들이 옷을 입고도 떨고 있을 때 오스트레일리아의 원주민들은 옷을 걸치지 않고도 아무렇지 않게 태연했다는 것이다. 이 야만인들의 강인함과 문명인의 지능을 결합시키는 것은 불가능한 일일까?

리비히[8]에 따르면, 인간의 몸뚱이는 난로이며 음식은 폐 속의 내부연소를 유지시키는 연료다. 날씨가 추우면 음식을 더 먹고 더우면 덜 먹는다. 동물의 체열은 연소가 몸 안에서 서서히 이루어진 결과이며, 병이나 죽음은 이 연소가 너무 급격히 이루어지는 경우다. 연료 부족이나 통풍이 잘못되어도 불은 꺼지고 만다. 물론 생명의 열을 불과 혼동해서는 안 된다. 유추는 이 정도로 한다.

위에서 보았듯이 '동물의 생명'이란 표현은 '동물의 열'이라는 표현과 거의 같은 뜻이 된다. 다시 말해 음식은 우리 몸속의 불을 유지시켜주는 연료로 볼 수 있는 데 비해 실제 연료는 음식을 장만하고 외부로부터 열을 가해서 우리 몸을 더 따뜻하게 해주는 역할만을 하고 있으며, 가옥과 의복 역시 그렇게 발생하고 흡수된 열을 단지 유지하는 데 도움을 준다.

---

8 유스투스 폰 리비히(Justus von Liebig, 1803~1873). 19세기 독일의 저명한 화학자.

인간의 신체에 가장 중요한 것은 열을 얻고 체내에 생명의 열을 유지시키는 일이다. 따라서 우리는 '의', '식', '주'뿐만 아니라 밤의 의복이라고 할 수 있는 침대를 마련하느라 무척이나 수고한다. 그리하여 이 주거지 안의 휴식처를 위해 우리는 새들에게 둥지와 가슴털을 훔친다. 마치 두더지가 굴속 깊은 곳에 풀과 나뭇잎으로 된 잠자리를 마련하는 것과 같다. 가난한 사람은 세상이 차다고 불평하기 일쑤다. 사실 우리의 고통은 신체적 냉기 못지않게 사회적 냉기에 기인한다. 어느 지방에서는 여름이 되면 일종의 낙원과 같은 생활이 가능해진다. 음식을 조리하는 일 외에는 연료가 필요 없다. 태양이 불을 대신하며, 다양한 과일들은 햇빛으로 무르익는다. 먹을 거리는 가짓수도 늘어나고 쉽게 얻을 수 있으며, 의복과 거처도 전혀 또는 반절은 필요 없다.

내 경험에 따르면 현재 이 나라에서 의식주 다음으로 필요한 것은 칼, 도끼, 삽, 손수레 같은 몇 가지 도구이며, 학문적 취향을 가진 사람에게는 램프, 문방구, 그리고 몇 권의 책이 필요한데, 이런 것들은 아주 적은 비용으로 손에 넣을 수 있다. 그러나 현명하지 못한 일부 사람들은 언젠가 뉴잉글랜드로 돌아와 따뜻하고 기분 좋게 살다가 죽기 위해서 지구 저편의 야만적이고 건강에 나쁜 지역으로 가서 10년 또는 20년을 장사에 몰두한다. 사치스러울 만큼 부유한 자들은 단지 안락할 정도로 따뜻하게 사는 게 아니라 부자연스럽도록 덥게 지낸다. 앞에서도 암시했듯이 그들은 최신 유행에 따라 요리가 되는 신세다.

대부분의 사치품과 이른바 생활의 편의품 가운데 상당수는 꼭 필요하지도 않을뿐더러 분명 인류의 향상을 방해하는 것들이다. 사치품과 편의품에 관해 말하건대 가장 현명한 사람들은 항상 가난한 사람들보다 더 소박하고 결핍된 생활을 영위했다. 중국, 인도, 페르시아, 그리스 등의 옛 철학자들은 겉으로는 누구보다 가난했으나 내적으로는 가장 부유한 사람들이었다. 우리 현대인들은 그들에 대하여 아는 것이 많지 않다. 지금만큼이나 아는 것도 대단한 일인지 모른다. 그 고대의 철학자들보다 후대에 속한 인류의 개혁자들과 은인들도 마찬가지다. 이른바 자발적 빈곤이라는 유리한 고지에 오르지 않고서는 인간 생활의 공정하고 현명한 관찰자가 될 수 없다. 농업이건 상업이건 문학 또는 예술이건 사치스런 생활에서 나오는 열매는 사치뿐이다.

오늘날 철학 교수는 있지만 철학자는 없다. 한때 철학자의 삶을 사는 것은 존경받는 일이었기 때문에 철학을 강의하는 것도 존경스러운 일이다. 철학자가 된다는 것은 단지 난해한 사상을 갖거나 어떤 학파를 세우는 일이 아니라, 지혜를 사랑하고 지혜의 가르침에 따라 소박하고 독립적인 삶, 관용과 신뢰의 삶을 영위한다는 뜻이다. 인생의 여러 문제를 이론적인 면뿐만 아니라 실천적인 면에서 해결하는 것을 의미한다. 대학자나 대사상가들의 성공을 살펴보건대 대부분 궁전의 신하들이 거둔 성공일 뿐 왕자답거나 남자다운 성공은 아니다. 그들은 자기 조상들이 그랬던 것처럼 대세에 순응하면서 살아남았으므로 어느 의미로 보나 고귀한 인류의 원조는 될 수 없는 사람들이다. 그런데 인간은 왜 자꾸만 타락하는 것인가? 가문들이 끊어져 없어지는 것은 어째서인가? 여러 민족을 무력하게 만들고 파멸시키는 사치의 본질은 무엇인가? 우리의 생활에는 그러한 파멸의 요인이 없다고 단언할 수 있는가? 철학자는 외면적인 생활 양식에서도 시대를 앞서가는 사람이다. 그가 의식주를 해결하고 몸을 따뜻하게 하는 방법은 같은 시대를 사는 다른 사람들의 방식과 차이가 있다. 철학자이면서 다른 사람들보다 더 나은 방법으로 생명의 열을 유지할 수 없겠는가?

이제까지 기술한 몇 가지 방법으로 몸을 따뜻하게 하고 나면 다음으로 사람들은 무엇을 구하게 되는가? 분명히 이제까지와 동일한 따뜻함, 예컨대 더 풍부하고 기름진 음식, 더 크고 화려한 집, 더 아름답고 다양한 의복, 항상 타오르는 더 뜨거운 난로 따위를 바라지는 않을 것이다. 생활에 필요한 이러한 것들을 손에 넣었을 때는 여분의 것을 더 장만하기보다 다른 할 일이 있는 법이다. 즉 보잘것없는 노동에서 해방되어 휴가가 시작된 지금 인생의 모험을 떠나는 일이다.

씨앗이 어린 뿌리를 내린 것을 보면 토양이 알맞은 것 같다. 이제 자신 있게 줄기를 위로 뻗어도 좋을 것이다. 인간이 대지에 이렇게 깊이 뿌리를 내린 것은 그만큼 높게 하늘을 향해 솟아오르고자 함이 아닌가? 고등식물들은 땅 위 높은 곳의 대기와 햇빛 속에서 맺는 열매 때문에 소중히 여겨지고 흔한 채소와는 다른 대접을 받는 것이다. 채소류는 비록 2년생 식물일지라도 뿌리가 성숙할 때까지만 가꾸어지고, 뿌리를 키울 목적으로 잎 부분을 잘라버리기 일쑤이므로 그 개화기를 아는 사람이 별로 없다.

나는 강하고 용감한 사람들을 위해 생활법칙을 제시하려는 것이 아니다. 그들은 천국에서나 지옥에서나 자기 일을 알아서 처리하며, 가진 돈을 탕진하지 않으면서도 거부들보다 더 큰 저택을 짓고 돈을 물처럼 쓰는 사람들이다. 그들은 자신이 어떻게 삶을 영위하고 있는지 따위를 자각하지 않는다. 꿈에서나 나올 법한 그런 인간들이 실제로 존재한다면 그들이 바로 그 강하고 용감한 사람들일 것이다. 그리고 현재 있는 그대로의 생활에서 격려와 영감을 발견하고 사랑하는 사람 사이의 애정과 열정을 가지고 현실을 소중히 여기는 사람들을 향해 내 법칙을 설파할 생각은 없는데, 나도 어느 정도 이런 부류에 속한다. 또한 어떤 경우에 처해도 일을 훌륭히 처리하고, 자신이 좋은 직종에 고용되었는지 그렇지 못한지를 명확히 아는 사람들에게도 무슨 말을 할 생각은 없다. 내가 내 이야기를 건네고 싶은 대상은 삶에 불만을 품고 있는 많은 사람들, 자신의 운명을 개선해보려는 노력은 하지 않고 타고난 신세와 잘못 만난 때를 한탄만 하는 사람들이다. 그리고 자기의 의무는 다하고 있다고 생각하기 때문에 타인들에 대한 불평불만을 줄기차게 늘어놓으며 어떤 위로의 소리에도 귀를 닫는 사람들이 있다. 또한 내가 염두에 두고 있는 부류는 겉으로 부유하지만 실은 가장 가난한 사람들, 즉 찌꺼기 같은 부를 축적했으나 그 부를 어떻게 쓰고 어떻게 버려야 할지 몰라서 스스로 금과 은으로 족쇄를 만들어 찬 사람들이다.

지난 몇 년 동안 내가 어떤 생활을 갈망했던가를 이야기한다면 그 실정을 다소 알고 있는 독자라도 적잖이 놀랄 것이며, 전혀 모르는 독자들은 크게 놀랄 것이다. 여기서는 내가 가슴에 품어온 계획의 일부를 슬쩍 암시해보려 한다.

날씨가 어떻든, 낮과 밤 어느 시간이든 나는 순간순간을 소중하게 살며 그 시간을 내 지팡이에 하나하나 눈금처럼 새겨놓으려 했다.[9] 과거와 미래라는 두 개의 영원이 만나는 바로 이 현재의 순간에 서서 줄을 타듯 균형을 유지하려 했다. 내 글 속에 좀 모호한 곳이

---

9 옛날 영국에서는 크리켓 시합 등에서 문자를 읽지 못하는 사람들이 자기 지팡이에다 금을 그어 득점을 기록했다고 한다.

있어도 독자들은 용서하기 바란다. 왜냐하면 나의 일에는 대부분의 사람들이 하는 일보다 비밀이 많은데, 그것은 고의적으로 숨긴 비밀은 아니지만 일의 성질상 어쩔 수 없는 비밀이기 때문이다. 그러나 나는 내가 아는 바를 기꺼이 이야기할 것이며, 문에다가 '출입금지'라고 써붙이지는 않을 것이다.

아주 오래전에 나는 사냥개 한 마리와 밤색 말 한 필과 비둘기 한 마리를 잃었으며 지금도 그들의 행방을 찾고 있다.[10] 나는 많은 여행자들에게 이 짐승들에 관해 이야기해주었다. 그들이 어디를 잘 가고 뭐라고 불러야 알아듣던가를 알려주었다. 한두 사람은 내 사냥개의 짖는 소리와 내 말의 발굽 소리를 들었고, 심지어 내 비둘기가 구름 뒤로 사라지는 것을 보았다고 했다. 그들은 자기 짐승을 잃어버리기라도 한 것처럼 내 짐승들을 찾고 싶어 했다.

해돋이와 새벽뿐만 아니라 가능하면 '자연' 그 자체를 앞지를 수 있다면 얼마나 좋을까! 여름과 겨울을 막론하고 그 수많은 날 아침에 어떤 이웃도 깨어나 일을 시작하기 전에 나는 이미 내 일에 착수했던 것이다! 물론 우리 마을의 많은 주민들은 일을 끝마치고 귀가하던 길의 나를 만났다. 농부들이 어스름한 새벽녘에 보스턴으로 출발하고 나무꾼들은 일터로 향하는 시간이었다. 확실히 나는 태양이 떠오르도록 실질적으로 거들지는 않았다. 그러나 해가 뜨는 현장에 있었다는 점만으로도 끝없이 중요한 의미가 있다는 것은 의심할 여지가 없다.

수많은 가을날과 겨울날을 마을 밖에서 보내며 바람에 실려오는

---

10 이 동물들이 구체적으로 무엇을 뜻하는지를 놓고 여러 가지 설이 있으나 정설은 없다. 어쨌든 소로가 청년 시절에 체험한 정신적 상실감이 우화적으로 표현된 것 같다.

소식을 들으려 했으며, 다시 그 소식을 속보로 사람들에게 전달하려 했었다. 나는 여기에 내 전 재산을 쏟아넣었을 뿐 아니라 바람을 정면으로 맞다가 숨이 끊어질 뻔하기도 했다. 만일 그 소식이 양대 정당에 관계된 것이었다면 최신 정보와 함께 〈가제트〉에 보도되었을 것이다. 때로는 절벽이나 나무 위의 망루에 올라가 새로운 소식이라도 있으면 전보를 치기 위해 사방을 둘러보았다. 저녁에는 언덕에 올라 하늘이 무너지기를, 그러다가 뭔가 떨어지면 잡으려고 기다리곤 했다. 그러나 이렇다 할 것을 잡은 적이 없고, 있더라도 만나[11]처럼 햇빛 속에 녹아버리기 일쑤였다.

나는 오랫동안 독자도 별로 없는 신문, 즉 저널의 기자였다. 그러나 그 신문의 편집장이 내 원고의 대부분은 기사화되기에 적합하지 않다고 생각하는 바람에 작가들이 흔히 그렇듯 애만 쓰고 말았다. 하지만 내 경우로 말하자면 수고 그 자체가 보상이었다.

긴 세월에 걸쳐 나는 눈보라와 폭풍우의 관찰자로 나 자신을 임명하고 그 직무를 충실히 이행했다. 그래서 큰길은 아니지만 숲을 통과하는 작은 통로나 지름길을 답사하여 그 길들이 막히는 일이 없도록 했으며, 사람들이 다닌 흔적이 있어 쓸모가 입증된 곳은 계곡에 다리를 놓아 어느 때고 통행이 가능하도록 했다.

나는 울타리를 뛰어넘어 충실한 목동들을 애먹이는, 길들여지지 않은 마을의 가축들을 돌봐주었다. 또한 나는 사람의 발길이 잘 닿지 않는 농장의 구석구석을 살펴주기도 했다. 농부인 조나스나 솔로몬이 그날 밭에 나와 일을 했는지는 알 수 없었다. 그런 것은 내가 상관할 바가 아니었다. 나는 빨간월귤나무, 샌드벚나무, 팽나무, 홍

---

11 옛 이스라엘 사람들이 광야에서 신에게 받은 음식(《출애굽기》 16장).

송, 검정물푸레나무, 흰포도나무, 노랑오랑캐꽃에도 물을 주었다. 그러한 나의 수고가 아니었다면 그것들은 건조한 계절을 지나는 동안 모두 말라 죽었을 것이다.

간단히 말해서 나는 오랫동안 이처럼 내 일을 계속해왔다. (자랑삼아 하는 말이 아니다.) 그러나 마침내 마을 사람들은 나를 공직자의 대열에 끼워주거나 약간의 보수가 있는 한직 하나 주지 않을 것이라는 사실이 점점 명백해졌다. 충실히 기재했다고 맹세할 수 있는 나의 장부는 실제로 감사나 재가를 한 번도 받은 적이 없으며, 지불 정산된 일도 전혀 없었다. 그러나 나는 그런 것은 조금도 마음에 두지 않는다.

그다지 오래전 이야기는 아닌데, 한 인디언 행상이 우리 마을에 사는 유명한 변호사의 집에 바구니를 팔러 왔다. "바구니를 사시겠습니까?" 하고 그가 물었다. "아니요, 필요없습니다"가 대답이었다. 인디언은 대문을 나서면서 "뭐라고요? 우리를 굶어 죽일 생각이십니까?" 하고 외쳤다. 그는 주위의 부지런한 백인들이 모두 잘사는 것을 보고, 예컨대 이 변호사는 변론을 엮어내기만 하면 무슨 마술처럼 재물과 지위가 뒤따르는 것을 보고 생각했다. 나도 사업을 시작해야겠다. 바구니를 짜야지. 그건 내가 할 수 있는 일이니까. 인디언은 바구니를 만들어놓으면 자기의 할 일은 끝나고 바구니를 사는 것은 백인의 임무라고 생각했던 것이다. 인디언은 남이 살 만한 가치가 있는 바구니를 만들든가, 최소한 사고 싶다는 마음이 사람들에게 들게 하든가, 또는 살 가치가 있는 어떤 다른 물건을 만들어야 한다는 생각은 미처 하지 못했던 모양이다. 나 역시 섬세한 바구니 하나를 엮어놓았지만 남이 살 만한 것으로 만들지는 못했다. 그러나 나의 경우는 그런 바구니라 하더라도 역시 만들 가치가 있다고 생각하면서, 그것을 남이 살 가치가 있는 것으로 만드는 대신 어떻게 하면 팔지 않아도 될 것인가를 연구했다. 사람들이 칭찬하고 성공한 것으로 생각하는 인생은 여러 가지 삶 가운데 한 가지에 불과하다. 왜 다른 여러 인생을 희생하면서 하나의 인생을 과대평가하는 것일까?

동료 시민들이 나에게 재판소의 일자리나 부목사 직책 또는 먹고 살 만한 다른 자리를 줄 생각이 없다는 것, 또한 내 스스로 앞길을 개척해야 한다는 것을 깨달은 나는 더욱더 숲으로 얼굴을 돌리게 되었다. 내 얼굴은 숲속에 더 알려진 상태였기 때문이다. 나는 흔히 하듯이 필요한 자본금이 모이기를 기다리지 않고 이미 가지고 있는 약간의 자금을 가지고 사업에 착수하기로 했다. 내가 월든 호수에 간 목적은 그곳에서 생활비를 덜 들여가며 살거나 호화롭게 살겠다는 것이 아니라, 가능한 한 누구의 방해도 받지 않고 내 개인적인 일[12]을 해보자는 데 있었다. 약간의 상식과 사업적 재능의 결핍으로 이 일을 하지 못한다는 것은 서글프다기보다 오히려 어리석게 느껴졌다.

나는 항상 빈틈없는 실무가의 습관을 몸에 익히려고 노력했다. 이것이야말로 누구에게나 꼭 필요한 것이다. 가령 당신의 상거래가 중국과의 무역이라면 세일럼 같은 항구에 작은 사무실을 하나 마련하면 기본 준비는 된 셈이다. 당신은 이 나라에서 생산되는 순수 국산품, 즉 대량의 얼음과 소나무 목재와 약간의 화강암 등을 항상 미국 선박에 실어 수출할 수 있을 것이다. 이것들은 모두 좋은 투기 품목이다. 당신은 모든 세부 사항을 직접 일일이 감독해야 한다. 당신 자신이 조타수와 선장을 겸하며, 선주가 되고 보험업자도 되어야 한

---

12 소로의 처녀작 《콩코드 강과 메리맥 강에서의 일주일》(1849)의 집필 작업을 가리킨다.

다. 손수 매매와 회계를 처리하며, 받은 편지를 읽고 보낼 편지를 직접 써야 한다. 밤낮으로 수입 상품의 하역 작업을 감독한다. 값진 상품의 하역이 저지대 해안에서 자주 이루어지므로 같은 시간에 해안을 이리 뛰고 저리 뛰어야 한다. 스스로 무전기가 되어 쉴 새 없이 수평선을 살펴보며, 연안으로 항해하는 모든 선박과 교신한다. 거리가 멀고 가격이 비싼 시장에 공급하기 위해 지속적으로 상품을 발송한다. 세계 각지의 시장 경기 및 전쟁과 평화의 전망에 대해 정통하여 무역과 문명의 동향을 예측한다. 모든 탐험대의 결과 보고를 참고하고, 새로운 항로와 개선된 항해술을 이용한다. 또한 해도를 연구하고 암초의 위치와 새로운 등대 및 부표의 위치를 확인하며, 늘 강조하건대 항상 대수표(對數表)를 수정해야 한다. 대수표 계산을 잘못하여 안전한 부두에 도착할 예정이던 배가 암초에 부딪혀 파손되는 경우가 빈번하기 때문이다. 한 예로 아직 진상이 파악되지 않은 라 페루즈[13]의 비운을 들 수 있다. 과학 전반의 동향에 뒤떨어지지 말아야 하고, 한노[14]를 위시한 페니키아인들부터 오늘날에 이르기까지 모든 위대한 탐험가나 대모험가 및 상인들의 전기를 연구해야 한다. 끝으로 사업 현황을 파악하기 위해 이따금 재고 조사를 해야 한다. 이런 일들은 모두 한 사람의 능력의 한계를 시험하는 힘든 일이다. 손익, 이자, 용량 측정 등 광범한 지식을 필요로 하는 문제들인 것이다.

나는 월든 호수가 사업하기에 좋은 곳이라고 생각했는데, 철도가 지나고 얼음 채취 사업이 있기 때문만은 아니다. 이 호수에는 그 밖

---

13 라 페루즈(La Pérouse, 1741~1788). 남태평양에서 행방불명된 프랑스 탐험가.
14 한노(Hanno). 서아프리카 해안을 탐사한 기원전 5~6세기 카르타고의 대항해가.

에도 여러 가지 이점이 있었는데, 그 점을 공개하는 것은 그다지 현명한 일이 아닐 것이다. 이 호수는 좋은 항구와 좋은 기반을 가지고 있다. 네바 강[15] 옆의 늪지대처럼 메울 필요가 없다. 물론 집을 지으려면 어디에다 말뚝은 박아야 한다. 서풍이 불고 네바 강이 얼어붙을 때 밀물이 합세하면 페테르부르크는 지구 표면에서 사라질 것이라는 말이 있다.

이 사업은 으레 있어야 할 자본도 없이 시작했으니, 그러한 일에 반드시 필요한 몇 가지 기초 재원을 어디서 마련했는지 추측하기란 쉬운 일이 아닐 것이다. 문제의 실제적인 면부터 들어가 우선 '의복'에 대해 이야기해보면, 우리는 의복을 구입할 때 진정한 실용성보다는 참신하다는 느낌과 다른 사람들이 어떻게 볼까 하는 점에 더 좌우된다. 일을 해야 하는 사람은 옷 입는 목적이 첫째 체온을 유지하기 위함이며, 둘째 현재의 인간 사회에서는 알몸을 가려야 하기 때문이라는 점을 상기해야 한다. 그러면 그는 지금 걸친 옷에 다른 옷을 더하지 않고도 필요하거나 중요한 일을 완성할 수 있음을 깨달을 것이다. 궁전의 전문 재단사나 바느질 담당이 만들어 바친 옷이라도 한 번만 입고 버리는 왕과 왕비는 몸에 잘 맞는 옷을 입는 기분이 어떤 것인지를 알지 못한다. 그들은 깨끗한 옷을 걸어두는 목마나 다를 게 없는 사람들이다. 우리의 의복은 입은 사람의 성격이 각인되고 날이 갈수록 우리 육체에 동화되어버리기 때문에 급기야 자기 자신의 육체와 마찬가지로 의료 기구를 대보거나 어떤 의식을 치르기 전에는 그 옷을 선뜻 벗어버리기가 어렵게 된다.

---

15 러시아의 페테르부르크 시(레닌그라드라고 불렸던 도시)를 흐르는 강.

나는 어떤 사람이 기운 옷을 입었다고 해서 그 사람을 낮게 평가한 적이 한 번도 없다. 그러나 흔히 사람들은 건전한 양심을 갖기보다는 유행에 맞는 옷이라든지, 적어도 깨끗하고 기운 자국이 없는 옷을 입는 데 더 열을 올리고 있다고 나는 단언할 수 있다. 설사 찢어진 곳을 깁지 않고 그대로 입었다 하더라도 그것 때문에 노출된 최악의 부덕은 주의 부족 정도일 것이다. 나는 때로 다음과 같은 테스트로 나의 친지들을 시험해본다. 무릎 위를 깁거나 두어 번 박음질한 옷을 입어볼 용기가 있는 사람 누구지? 대부분은 그런 옷을 입으면 자신의 앞날에 망조가 들 것이라고 생각한다. 그들은 떨어진 바지를 입기보다 차라리 다리가 부러져 절룩거리며 돌아다니는 쪽을 택할 것이다. 한 신사의 다리에 사고가 생기면 치료를 받을 수 있지만, 그런 사고가 그의 바짓가랑이에 생기면 치료 방법이 없다. 그 사람은 진실로 존경할 가치가 있는 것이 무엇인가보다는 세상 사람들이 존경하는 것이 무엇인가를 더 염두에 두고 있다.

우리는 사람은 몇 명밖에 알지 못하지만 외투나 바지에 관해서는 무던히도 많이 알고 있다. 옷을 끝까지 벗어 그 옷을 허수아비한테 입히고 당신은 그 옆에 알몸으로 서 있어보라. 허수아비에게 먼저 인사하지 않을 사람이 어디 있겠는가? 요전에 어느 옥수수밭을 지나가다가 나무 말뚝에 모자와 외투를 입혀놓은 것을 본 나는 그 밭의 주인이 누구인지 알 수 있었다. 그 농장 주인은 내가 마지막으로 보았을 때보다 몰골이 약간 더 안돼 보였다.

옷을 입고 주인 집 가까이로 다가오면 짖어댔으나 발가벗고 침입한 도둑 앞에서는 입을 다물었다는 어느 개에 대해 들은 적이 있다. 사람이 옷을 다 벗어버리고도 어느 정도까지 자기의 지위를 유지할 수 있을 것인가는 흥미로운 문제이다. 그럴 경우 가장 존경받는 계급에 속한 사람들을 확실히 가려낼 수 있을까? 동쪽에서 서쪽으로 옮겨가는 세계일주 모험 여행을 떠났던 파이퍼 부인[16]은, 고국에 가까운 러시아령 아시아에 도착했을 때 당국자를 만나기 위해 여행복이 아닌 다른 옷을 입어야 할 필요성을 느꼈다고 말하고 있다. "문명국에 들어서면… 복장으로 판단되기" 때문이었다. 여기 민주적인 뉴잉글랜드 지방에서도 우연히 어떤 사람이 재산을 모아 그 부를 옷이나 장신구로 과시하기만 해도 거의 모든 사람의 존경을 받는다. 그런데 이러한 존경을 표시하는 사람들은 그 수가 아무리 많아도 어쩔 수 없는 이교도에 지나지 않으며, 따라서 그들에게는 선교사를 파견할 필요가 있다. 게다가 옷은 바느질이라는 것을 끌어들였는데, 이 일에는 끝이 없는 법이다. 적어도 여자의 옷은 영원히 완성이란 것을 모른다.

마침내 해야 할 일을 발견한 사람이 그 일을 위해 새 옷을 장만할 필요는 없을 것이다. 오랫동안 다락방 먼지 속에 처박혀 있던 낡은 옷 한 벌이면 충분할 것이다. 어떤 영웅에게 하인이 있을 경우인데, 헌 구두는 영웅이 신으면 하인이 신었을 때보다 오래갈 것이다. 맨발은 구두보다 오래된 것이어서 영웅은 맨발에게 구두 역할을 하도록 할 수 있을 것이다. 만찬장이나 입법기관에 드나드는 사람들만은 새 옷이 필요할 것이다. 입고 있는 당사자처럼 의상도 변해야 하니까. 그러나 나의 웃옷과 바지, 그리고 모자와 신발이 하느님에게 예배를 올리는 데 적당하다면 그보다 더 바랄 것이 없지 않을까? 낡은 옷, 그러니까 가난한 소년에게 주어도 자비가 되지 않고 그 가난한

16 이다 파이퍼(Ida Pfeiffer, 1797~1858). 오스트리아 여행가로, 〈A Lady's Voyage round the World〉라는 여행기가 있다.

아이는 더 가난한 아이에게 주어버릴 그런 낡은 옷을 생각해보자. 더 가난한 그 아이는 물건이 없어도 살아갈 수 있기 때문에 오히려 부자라고 말해도 되지만 말이다. 그 가난한 아이가 주어서 더 가난한 아이가 받을 그런 낡은 옷을 남에게 주지 않고 그것이 원시적 요소로 분해되는 것을 본 인간이 이제껏 존재했던가? 옷을 새로 입은 사람보다는 새 옷이 필요한 모든 사업을 조심하라. 만일 새로운 사람이 없다면 그에게 맞는 새로운 옷이 어떻게 만들어질 수 있는가? 당신이 어떤 사업을 하려고 한다면 낡은 옷을 입고 하도록 하라. 모든 사람이 추구하는 것은 일의 수단이 아니라 해야 할 일, 또는 자신이 되어야 할 인간이다. 우리는 행동하고 사업을 벌이고 항해에 나선 결과 자기 자신이 헌 옷을 입은 새로운 인간이 된 듯한 느낌이 들 때까지, 그래서 헌 옷을 입으면 새로운 술을 헌 부대에 담은 것 같은 기분이 들 때까지는, 우리의 헌 옷이 아무리 남루하고 더러워져도 결코 새 옷을 구해서는 안 된다. 우리의 털갈이 시기는 날짐승의 그것처럼 인생에 있어 하나의 위기임에 틀림없다. 되강오리는 조용한 호수를 찾아가서 털갈이 시기를 맞는다. 또한 뱀이 허물을 벗고 애벌레가 그 껍질을 벗는 것도 내부의 노력과 성장의 결과다. 의복은 인간이 맨 겉에다 입는 표피와도 같다. 이런 생각을 외면하는 한, 우리는 엉터리 국기를 달고 항해하는 격이 되어 인류 전체의 의견뿐 아니라 우리 자신의 의견에 의해서도 추방되고 말 것이다.

우리는 밖으로만 커가는 외생식물(外生植物)처럼 의복 위에 의복을 겹쳐 입는다. 우리의 겉을 나타내는 얇고 환상적인 의복은 외피, 다시 말해 가짜 피부여서 생명과는 아무 관계가 없고 여기저기를 잘라내도 치명적인 상처는 되지 않는다. 늘 입고 있는 좀 더 두꺼운 옷은 우리의 세포질의 주피, 즉 피질이라는 것이다. 그러나 우리가 입고 있는 내의는 우리의 체관부, 즉 진짜 껍질로서 사람의 몸을 다치게 하지 않고는 벗길 수 없다. 나는 모든 인종이 어떤 계절에는 내의에 해당하는 그 무엇을 입는다고 믿는다. 바람직한 것은 옷을 간편하게 입어 어둠 속에서도 자신의 몸을 만져볼 수 있도록 하며, 모든 면에서 간결하고 준비성 있게 생활하는 것이다. 그렇게 하면 만약 적군이 자신의 도시를 점령했다 하더라도 어느 옛 철인처럼 초조해하지 않으면서 빈손으로 성문을 빠져나갈 수 있을 것이다.

두꺼운 옷 한 벌은 대개 얇은 옷 세 벌 구실을 한다. 또 모든 사람이 알맞은 가격으로 사 입을 수 있는 값싼 옷들이 있다. 두꺼운 코트를 5달러에 사면 5년은 입는다. 두꺼운 바지는 2달러, 소가죽으로 만든 구두가 1달러 50센트, 여름 모자는 25센트, 겨울 모자는 62.5센트로 살 수 있다. 사소한 비용을 들여 이보다 더 좋은 것을 집에서 만들 수도 있다. 이렇게 자신이 벌어서 장만한 옷을 입고서도 자신에게 경의를 표하는 현명한 사람들을 발견하지 못할 만큼 가난한 사람이 어디 있겠는가?

내가 어떤 모양의 옷을 만들어달라고 주문하면, 여자 재봉사들은 정색을 하며 "요즘에는 사람들이 옷을 그렇게 만들지 않아요" 하고 대답한다. '사람들'이라는 부분에 전혀 힘을 주지 않고 가볍게 말한다. 마치 '운명의 여신' 같은 초인격적인 권위자의 말을 인용하는 듯한 말투다. 내가 한 말이 진심일 리 없고 나라는 인간이 그렇게 경박할 리 없다고 그녀들이 믿는 통에 나는 내가 원하는 옷을 맞출 수가 없다. 이런 불길한 말을 들으면 나는 잠시 생각에 잠긴다. 나 스스로에게 그 말 한마디 한마디를 강조하면서 그 뜻을 이해해보려고 노력하며, '사람들'과 '나'는 어느 정도의 혈연관계이고 그처럼 나에게 영향을 주는 일에 그들이 어떤 권위를 가졌는지 알아보려 힘쓴다.

마지막에는 나도 '사람들'이라는 말에 힘을 주지 않고 그 재봉사들처럼 신비스러운 어조로 이렇게 말해주고 싶은 충동을 느낀다. "사실 얼마 전까지는 사람들이 그런 옷을 맞추지 않았지만 요즘은 맞춥디다" 하고 말이다.

그러나 여자 재봉사가 나의 성격은 재지 않고 마치 내가 외투를 걸어놓을 나무못이나 되는 것처럼 어깨 넓이만 잰다면 나를 재본들 무슨 소용이 있겠는가? 우리는 '미의 여신'이나 '운명의 여신'이 아니라 '유행의 여신'을 경배하고 있다. 이 유행의 여신은 엄청난 권위를 발휘하며 실을 뽑아 천을 짜고 옷을 재단한다. 파리에 있는 우두머리 원숭이가 어떤 여행용 모자를 쓰면 미국에 있는 모든 원숭이는 그와 똑같은 모자를 쓴다.

때로 나는 사람들의 도움을 받아서는 이 세상에서 아주 간단하고 정직한 일 하나도 이루어낼 수 없다는 절망감에 빠지곤 한다. 우선 그들을 강력한 압착기에 넣어 낡은 관념을 모두 짜내어 그런 관념이 다시는 고개를 들고 일어나지 못하도록 해야 한다. 그래도 그들 중 한 사람의 머릿속에 언제 낳아놓았는지 알 수 없는 알 속에서 구더기가 나올 테고, 이것들은 불에 태워도 죽지 않으니 결국 헛수고만 하는 셈이 될 것이다. 그러나 우리는 이집트의 밀이 미라에 의해 우리에게 전달되었다는 사실을 잊지 말아야 한다.

나는 대체로 의상이란 것이 우리나라에서든 다른 나라에서든 아직 예술의 경지에 도달했다고 주장할 수는 없다고 생각한다. 현재 사람들은 그럭저럭 손에 들어오는 옷을 입고 지낸다. 마치 난파한 배의 선원들처럼 해변에 올라 손에 넣을 수 있는 아무 옷이나 주워 입는다. 그러나 공간적으로나 시간적으로 거리가 생기면 서로의 광대 모습을 비웃는다. 어느 세대건 낡은 유행을 비웃고 새 유행을 열심히 뒤쫓는다. 우리는 헨리 8세나 엘리자베스 여왕 시대의 의상을 볼 때 그것이 마치 식인종이 사는 섬나라의 왕이나 왕비의 옷인 양 재미있어한다. 사람의 몸을 떠난 의상은 초라하고 이상하다. 옷을 웃음거리가 되지 않게 하고 성스럽게 하는 것은 오로지 그 옷을 입은 사람의 반짝이는 진지한 눈빛과 성실한 삶이다. 광대가 복통을 일으켜 괴로워하면 그의 의상도 비통한 색채를 드러내고, 병사가 포탄에 맞아 쓰러지면 너덜너덜하게 찢긴 군복은 귀족의 자포(紫布)처럼 몸에 어울릴 것이다.

새로운 무늬와 양식을 추구하는 남녀들의 유치하고 야만적인 취미 때문에 그들은 현재 이 세대가 요구하는 새로운 모양을 찾아낼 욕심으로 끝없이 만화경을 흔들어 들여다보고 있다. 직물 제조업자들은 이러한 취미가 일시적인 변덕에 지나지 않는다는 것을 잘 알고 있다. 특정한 색깔의 실올이 몇 개 더 있고 없고에 따라 두 가지 옷감 중에서 하나는 잘 팔리고 다른 하나는 선반에 처박혀 있다가, 계절이 바뀌면 안 팔리던 옷감이 유행의 물결을 타게 되는 일이 비일비재하다. 그런 것에 비할 때 몸에 문신을 하는 것은 사람들이 생각하는 것만큼 흉측한 습관은 아니다. 피부 깊숙이 박혀 지울 수 없다는 이유만으로 야만적인 습관이라고 할 수는 없는 노릇이다.

나는 우리의 공장 제도가 인간들이 옷을 구하는 최상의 방법이라고 생각할 수 없다. 직공들의 노동조건은 매일같이 영국의 노동조건을 닮아가고 있다. 이것은 어쩌면 놀랄 일이 아닐지도 모른다. 내가 듣고 관찰한 바로는, 공장 제도의 주목적은 사람들로 하여금 옷을 잘 입고 정직하게 입을 수 있도록 하려는 것이 아니라 회사가 부유해지려는 데 있었다. 인간은 결국 목적한 바를 달성하는 법이다. 그러니까 당장은 실패하더라도 높은 목표를 정해두는 것이 좋을 것이다.

'주택'에 대해서 말하자면, 그것이 오늘날에 이르러 생활필수품이 되어 있다는 것을 부정하지 않겠다. 그런데 우리보다 추운 나라들에서도 사람들이 오랜 세월 동안 집 없이 살아온 실례가 있다. 새뮤얼 랭[17]은 "노르웨이의 라플란드 주민들은 가죽옷을 입고 가죽 자루를 머리와 어깨에 뒤집어쓰고 밤마다 눈 위에서 자는데, 그곳은 어떤 털옷을 입어도 얼어 죽을 만큼 추웠다"라고 기술하고 있다. 랭은 그 사람들이 그렇게 자는 모습을 직접 목격했던 것이다. "그러나 그들이 다른 종족보다 더 강인한 것은 아니다"라고 그는 덧붙이고 있다.

아마 인간은 지상에 출현한 지 얼마 안 돼 곧 집 안에 사는 편리함, 즉 가정의 안락함을 발견했을 것이다. 이 '가정의 안락'이란 말은 원래 가족을 가졌다는 만족감보다는 가옥을 가진 데 대한 만족감을 의미했을 것이다. 그러나 가옥을 생각하면 주로 추운 겨울과 비오는 계절이 연상되고, 1년 중 3분의 2는 파라솔만 가지고도 지낼 수 있는 기후의 지방에서 가정의 안락이란 매우 부분적이고 일시적이었을 것이다.

우리나라 같은 풍토에서는 전에만 해도 여름철에 집이란 밤에 머리를 덮어주는 덮개에 불과했다. 인디언의 그림 문서를 보면 하나의 천막집은 하루 동안의 행진의 상징이었고, 나무껍질에 새겨지거나 그려진 일련의 천막집들은 그들이 몇 번이나 야영을 했는가를 의미한다. 인간에게는 장대한 기골과 강인함이 부여되지 않았기 때문에

---

17 새뮤얼 랭(Samuel Laing, 1780~1808). 많은 독자들을 가졌던 영국의 저술가 겸 여행가. 소로가 여기 인용한 내용은 〈Journal of a residence in Norway during the years〉 1834, 1835 & 1836에 나온다.

자기들의 세계를 좁히고 자기들에 맞도록 공간에다 벽을 칠 필요는 없었다. 인간은 처음에 헐벗은 채 야외에서 살았다. 그런 생활도 낮에 날씨가 청명하고 따뜻할 때는 매우 쾌적했을 것이다. 그러나 인간이 서둘러 집이라는 은신처를 만들어 자기 몸을 감싸지 않았다면, 뜨겁게 내리쬐는 태양은 물론 우기와 겨울의 혹한으로 인류는 초기에 멸망하고 말았을 것이다. 우화에 따르면 아담과 이브는 다른 옷을 입기 전에 나뭇잎을 걸쳤다고 한다. 인간은 집이라는 따뜻하고 안락한 장소를 구했는데, 우선 육신의 따뜻함을 구하고 다음으로 애정의 따뜻함을 구했던 것이다.

우리는 인류의 유년 시대에 어느 모험심 많은 인간이 바위 굴로 기어들어 그곳을 집으로 삼았던 시기를 상상할 수 있다. 어린이들은 누구나 어느 정도는 인류의 역사를 다시 반복하듯 비가 오는 날이건 추운 날이건 가리지 않고 밖에 나가 있기를 좋아한다. 말 놀이는 물론 집짓기 놀이도 하는데, 그것은 그런 본능을 타고나기 때문이다. 어렸을 때 평평한 바위나 동굴로 통하는 길을 보고 흥미를 느껴본 기억이 없는 사람이 있을까? 그 감정은 우리 내부에 아직까지 원시 시대에 살던 조상의 일부분이 살아남아 느끼는 자연적인 동경이었던 것이다. 우리는 동굴부터 시작해서 순차적으로 야자잎, 나무껍질이나 가지, 짜서 펼친 아마포, 풀이나 짚, 판자와 널, 그리고 돌과 타일로 된 지붕을 만들게 되었다. 마침내 우리는 야외에서 사는 것이 어떤 것인지 모르게 되었고, 우리의 생활은 생각도 못했던 여러 의미에서 가정적이 되었다. 벽난로부터 밭까지의 거리는 아주 멀어졌다. 우리가 더 많은 낮과 밤을 우리의 몸과 천체 사이에 아무런 방해물도 두지 않고 보낸다면 얼마나 좋을까! 또한 시인이 그처럼 지붕 밑에서 열변을 토하지 않고, 성자가 지붕 밑에서 그처럼 오랫동안

은거하지 않는다면 얼마나 좋을까! 새들은 굴속에서 노래하지 않으며, 비둘기들도 비둘기장 속에서는 순결을 소중히 간직하지 않는다.

그러나 누구든 집을 하나 지어야겠다는 기분이 들면, 적어도 양키 같은 재치를 발휘해야 할 것이다. 그렇지 않으면 어느 틈에 무슨 공장처럼 되든지, 갈피를 잡을 수 없는 미궁이나 박물관, 양로원, 감옥 또는 호화 분묘처럼 되어 있을 것이다. 무엇보다 비바람만 가려주면 된다는 사실을 염두에 두어야 한다. 나는 이 마을에서 페놉스코트 인디언들이 얇은 무명 천막을 치고 사는 것을 본 적이 있는데, 천막 주위에는 눈이 1피트가량 쌓여 있었다. 그때 나는 더 많은 눈이 쌓여서 바람을 막아주면 그들이 좋아하리라고 생각해보았다.

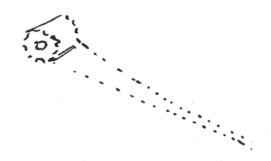

눈이 습기가 있으면서 가벼울 때 강한 돌풍은 몰려와서 눈을 잡고 굴린다. 아이들이 눈 덩어리를 굴리는 것이나 같다. 들판 위로 하얀 눈 덩어리가 멀리 보인다.(1859년 12월 15일)

불행히도 지금은 다소 무감각해졌지만, 어떻게 하면 정직한 방법으로 생활비를 벌면서 동시에 내가 진정으로 하고 싶은 일을 추구할 자유를 얻을 수 있을까 하는 문제를 지금보다 더 고민하고 있을 때였다. 나는 철로변에 놓여 있는 큰 상자를 바라보곤 했다. 그 상자는

가로 6피트에 세로 3피트쯤 되는 크기로, 철도 인부들이 밤에 연장을 넣어두는 곳이었다. 그것을 보고 내게 떠오른 생각은, 아주 어려운 사람이라면 1달러쯤 주고 저런 상자를 사서 구멍을 몇 개 뚫어 최소한의 공기가 통하게 하고 비가 올 때나 밤에는 그 속에 들어가 뚜껑을 내리면 사랑의 세계에서 자유롭고 영혼이 해방되겠구나 하는 것이었다. 그렇게 하는 것은 결코 최악의 선택이 아니며, 멸시받을 선택도 아닌 것 같았다. 거기서라면 마음 내키는 대로 늦게까지 자지 않고 앉아 있을 수 있고, 아무 때고 일어나 집을 나가도 집주인이 집세를 달라고 귀찮게 구는 일은 없을 것이다. 이런 상자 속에서 살아도 얼어 죽는 일은 없을 텐데, 많은 사람들은 이보다 더 크고 호화로운 상자를 빌려 살면서 그 집세를 치르느라 죽을 고생을 하고 있다. 나는 지금 결코 농담을 하는 것이 아니다. 경제란 입으로는 경솔하게 취급할 수도 있겠지만 그렇게 간단히 처리할 수 있는 것이 아니다.

전에 이곳에서 주로 야외 생활을 하던 어느 투박하고 강인한 인디언 부족은 자연 속에서 쉽게 마련할 수 있는 소재만으로도 안락한 집을 짓고 살았다. 매사추세츠 식민지의 인디언 담당관이었던 구킨은 1674년에 쓴 글에서 다음과 같이 말하고 있다. "그들의 집 중에서 최상의 것은 따뜻하고 빈틈없이 나무껍질로 말끔히 덮여 있다.

폴 브룩의 수로에서 발견한 인디언의 그릇. 껍질이 그대로 붙은 버들가지로 엮은 고기 바구니인 것 같다. 길이가 4피트 크기다. (1859년 1월 6일)

그 나무껍질들은 나무에 물이 오르는 계절에 나무줄기에서 벗겨내어 푸른 기가 가시기 전에 묵직한 통나무로 눌러 크고 얇은 조각으로 만든 것이다. … 이보다 좀 질이 떨어지는 집은 일종의 왕골로 만든 돗자리로 덮여 있고, 마찬가지로 빈틈없고 따뜻하지만 전자만큼 훌륭하지는 못하다. 내가 본 어떤 집들은 길이가 60 내지 100피트, 높이가 30피트쯤 되었다. … 나는 그런 인디언 집에서 가끔 자본 적이 있는데, 영국의 일류 가옥 못지않게 따뜻했다." 그는 다시 덧붙이기를, 그 집들에는 양탄자가 깔려 있고 내부의 가장자리에는 솜씨 좋게 수놓은 돗자리가 줄지어 놓여 있었으며 여러 가지 가구도 있었다고 한다. 이들 인디언들은 지붕에 구멍을 뚫고 돗자리로 통풍을 조절했으며, 돗자리에 줄을 달아 열고 닫을 정도로 진보한 자들이었다. 우선 이런 오두막은 기껏해야 하루 이틀이면 지을 수 있고 불과 몇 시간이면 철거할 수 있었다. 각 가정은 그런 집을 하나씩 가지고 있거나, 아니면 그런 집에 방 한 칸을 가지고 있었다.

미개사회의 모든 가족은 최고라고 할 수 있는 집을 한 채씩 가지고 있었고, 이 집은 소박하고 단순한 그들의 욕망을 채워주기에 충분했다. 하늘을 나는 새는 둥지를 가지고 있고 여우는 굴을 가지고 있으며 미개인들은 오두막을 가지고 있건만, 현대의 문명사회에서 자기 집을 가지고 있는 가정은 반수도 안 된다고 해도 지나친 말은 아닐 것이다. 특히 문명이 위세를 떨치고 있는 대도시에서는 자기 집을 가지고 있는 사람이 전체 인구의 극히 일부에 지나지 않는다. 나머지 사람들은 여름철이건 겨울철이건 필수 불가결한 것이 되어버린 이 주택이라는 이름의 겉옷에 대해서 해마다 세를 물고 있다. 그런데 이 집세는 인디언의 오두막 마을 하나를 통째로 살 수 있는 금액이지만 현재는 그들을 죽는 날까지 가난 속에 허덕이게 만드는 요인이 되어버렸다. 나는 여기서 집을 소유하는 것과 비교해서 세들어 사는 것의 단점을 역설하려는 것이 아니다. 그러나 미개인들은 비용이 적게 들기 때문에 자기 집을 소유할 수 있는 반면, 문명인들은 자기 집을 소유할 여력이 없기 때문에 세들어 사는 것만은 분명하다. 그 세들어 사는 형편마저 세월이 지난다고 해서 더 나아지는 것은 아니다. 그러나 가난한 문명인은 그저 집세를 내기만 하면 미개인의 오두막에 비해 훨씬 대궐 같은 주택을 얻게 되지 않느냐고 반박하는 사람도 있을 것이다. 이 나라의 현재 시세인 연간 25달러에서 100달러에 이르는 집세만 지불하면 널찍한 방, 깨끗한 칠과 도배, 럼퍼드식 벽난로, 석고 세공을 한 뒷벽, 베니스식 덧창, 구리 펌프, 용수철 자물쇠, 넓은 지하실과 그 밖의 여러 편의시설을 즐길 수 있다. 그러나 이런 모든 것을 누리는 사람은 '가난한' 문명인이고 이런 것들을 갖지 못한 미개인은 나름대로 풍족한 것은 어찌된 일일까?

문명이란 인간 생존 조건의 본격적 개선이라고 주장한다면 나도 동의한다. 단, 현명한 사람들만이 그 이점을 최대로 활용하는 것이다. 그 문명은 비용을 더 들이지 않고 더 훌륭한 주택을 만들었다는 것이 입증되어야 한다. 또한 물건의 가치란 당장에 또는 장차 그 물건과 교환해야 할 '삶의 양'을 말한다. 이 근처의 보통 가옥은 800달러 정도인데, 그만한 돈을 모으자면 부양가족이 없는 노동자라 할지라도 10년 내지 15년은 걸릴 것이다. 이 계산은 노동자의 하루 수입을, 사람에 따라 다소 차이는 있겠지만, 평균 1달러로 잡은 것이다. 그러니까 노동자가 자기의 오두막을 장만하려면 인생의 반 이상을 바쳐야 한다는 계산이 나온다. 그가 집을 마련하지 않고 세들어 사는 쪽을 택한다 해도 상황이 더 나아진다고 볼 수는 없다. 미개인이 이런 조건으로 자신의 오두막을 대궐과 바꾸려고 했다면 그것이 현명한 처사였을까?

독자들은 지금 내가 주택을 지니는 데 따른 이익을 격하시키고 있다고 짐작할지도 모른다. 주택이라는 이 쓸데없이 큰 재산을 미래에 대비한 자금으로 지니고 있어보았자 거기서 얻는 이익이란, 개인에 관한 한 자기가 죽은 뒤에 장례식 비용을 치르는 정도라고 말이다. 그러나 사람은 자기를 스스로 매장할 필요가 없다. 그럼에도 여기서 문명인과 미개인의 중요한 차이점이 나타난다. 개화된 민족의 생활을 하나의 제도로 만들어 종족의 생명을 보존하고 완성하기 위해 개인 생활의 대부분을 그 안에 흡수하도록 한 데는 물론 우리의 이익을 위한 기도가 들어 있다. 그러나 나는 지금 그 이익이 얼마나 큰 희생을 치르면서 얻어지고 있는가를 밝히는 동시에, 우리가 전혀 손해를 보지 않고 이익만을 얻을 수 있는 생활방식이 있을 수 있다는 것을 시사하고자 한다.

그런데 "가난한 자들은 항상 너희와 함께 있거니와"[18]라든가 "아버지가 신 포도를 먹었으므로 그의 아들의 이가 시다고 함"[19]은 무엇을 의미하는가?

"주 여호와의 말씀이니라 내가 나의 삶을 두고 맹세하노니 너희가 이스라엘 가운데에서 다시는 이 속담을 쓰지 못하게 되리라."[20] "모든 영혼이 다 내게 속한지라 아버지의 영혼이 내게 속함같이 그의 아들의 영혼도 내게 속하였나니 범죄하는 그 영혼은 죽으리라."[21]

나의 이웃인 콩코드의 농부들을 보면, 그들은 경제적으로 최소한

---

18 〈마태복음〉 26장 11절.
19 〈에스겔〉 18장 2절.
20 〈에스겔〉 18장 3절.
21 〈에스겔〉 18장 4절.

다른 부류의 사람들만큼은 살고 있다. 그들은 대개 각자의 농장을 명실공히 자기 것으로 만들기 위해 20년, 30년, 40년을 고생스럽게 일해온 사람들이다. 그들이 그런 고생을 한 것은 저당 잡힌 채로 상속받았거나 빚을 내어 구입한 농장의 실제 주인이 되려고 했기 때문인데, 그들 대부분은 아직 빚을 갚지 못한 상태다. 사실상 채무액이 농장 가격을 넘는 경우가 종종 있기 때문에 농장 자체가 큰 골칫거리가 되어 있다. 그런데도 사람들은 농장을 상속받는데, 그 이유는 "농장 사정을 자기가 잘 알기 때문"이라는 것이다. 토지 사정관들에게 물어보니, 우리 마을에서 빚 없이 농장을 소유하고 있는 사람은 그들이 알기로 열 명도 되지 않는다는 말을 듣고 나는 놀라지 않을 수 없었다. 만일 여러분이 이들 농장의 역사를 알고 싶다면 그 농장을 저당 잡고 있는 은행에 가서 물어보면 된다. 실제로 자신의 노력으로 농장의 빚을 갚는 사람은 아주 드물기 때문에 모든 이웃 사람들이 바로 그의 이름을 댈 수 있을 정도다. 그런 농부가 콩코드에 세 사람 정도 있는지도 의심스럽다. 상인들에 대해서 흔히 하는 이야기, 다시 말해 100명 중 97명꼴로 그 절대다수가 망한다는 이야기는 농부에게도 적용된다. 그러나 상인들에 대해서 상인 한 사람이 적절한 말을 하고 있다. 즉 그들의 실패의 대부분은 순수한 금전상의 실패가 아니라 단지 사정이 여의치 않아서 계약을 이행하지 못한 것일 뿐이라는 주장이다. 다시 말해 파산한 것은 도덕적이라는 말이다. 그렇다면 사태는 점점 더 추악한 모습을 띠게 되는데, 100명 중 성공한 세 사람마저 아마 자신의 영혼을 구제하는 데는 실패했을 뿐 아니라 정직하게 실패한 사람보다 더욱 나쁜 의미에서 파산했음을 의미하게 된다. 파산과 지불 거부는 미국 문명의 대부분이 발판으로 삼아 재주를 부리며 소생한 뜀틀이다. 그러나 미개인은 기아라는 이름의 탄력 없는 널빤지 위에 서 있는 격이다. 그런데도 농업이라는 기계의 모든 관절은 순조롭게 작동하고 있는 것처럼 미들섹스 군의 가축 품평회는 해마다 성대하게 치러지고 있다.

농부는 생계라는 문제를 그 자체보다 더 복잡한 공식으로 해결하려고 노력하고 있다. 그는 구두끈 하나를 사기 위해 많은 가축을 투기적으로 사들인다. 안락과 자립을 얻기 위해 완벽한 솜씨를 발휘하여 '머리칼 덫'을 놓는데, 놓고 돌아서자마자 자기 발이 그 덫에 걸린다. 이것이 농부가 가난한 이유다. 같은 이유로 우리는 사치품에 둘러싸여 있으면서 수많은 원시적 즐거움이라는 면에서는 가난하기 짝이 없다. 시인 채프먼은 노래했다.

> 허위투성이의 인간 사회여,
> 세속적 위대함을 위해
> 천상의 온갖 위안은 허공에서 희박해지도다.[22]

집을 마련하고 나서 농부는 그 집 때문에 더 부자가 된 것이 아니라 실은 더 가난해졌는지 모르며, 그가 집을 소유한 것이 아니라 집이 그를 소유하게 되었는지 모른다. 비난의 신 모무스는 미네르바 여신이 만든 집이 "나쁜 이웃을 피할 수 있도록 이동식으로 되어 있지 않다"고 비난했는데, 그것은 타당한 비난이었다. 우리의 집은 손으로 들어 옮기기가 불가능한 재산이므로 우리가 그 집에 살고 있다기보다 차라리 감금되어 있는 경우가 더 많고, 우리가 피해야 할 나

---

22 조지 채프먼(George Chapman)의 〈Tragedy of Caesar and Pompey〉에서 인용했다.

뿐 이웃이 바로 우리 자신의 비열한 자아이고 보면 이 비난은 지금도 타당하다고 하겠다. 내가 알고 있는 이 고을의 한두 가정은 거의 한 세대 동안 교외에 있는 집을 팔고 마을로 들어오려고 했으나 아직도 그 뜻을 이루지 못하고 있다. 죽음만이 그들을 자유롭게 해줄 것이다.

대다수의 사람들이 마침내 모든 개량이 가해진 현대적인 집을 소유하거나 빌릴 수 있게 되었다고 가정해보자. 문명이 우리의 주택을 개량했으나 그 안에 사는 사람들을 같은 정도로 개량하지는 못했을 것이다. 문명은 궁전을 낳았지만 왕과 귀족을 낳는 일은 그리 쉬운 일이 아니었다. 또한 문명인이 추구하는 바가 미개인보다 훌륭하지 못하고 문명인이 단지 비속한 생필품과 안락을 얻기 위해 삶의 대부분을 보낸다면, 어째서 그가 미개인보다 더 좋은 주택을 가져야 하는가?

한편 가난한 소수는 어떻게 살아가고 있는가? 아마 일부 사람들의 외적 생활환경이 미개인보다 나은 처지에 놓이게 된 반면에 그와 똑같은 비율의 다른 사람들은 미개인보다 못한 처지로 떨어졌다고 판명될 것이다. 한 계층의 호화로운 생활은 다른 계층의 궁핍한 생활로 균형이 잡힐 것이다. 한편에 궁전이 있으면 다른 편에는 빈민구제시설과 '말 없는 가난한 사람들'이 있다. 이집트 왕들의 무덤인 피라미드 공사에 동원된 수많은 사람들은 마늘로 연명했으며, 아마도 자신들은 제대로 매장되지 않았을 것이다. 궁전의 처마 장식을 마무리하는 석공은 밤이면 아마도 인디언의 천막보다 못한 오두막으로 돌아갈 것이다. 문명국임을 나타내는 증거가 흔한 나라라고 해서 그 국민 대다수의 사정이 미개인의 사정보다 나으리라는 생각은 옳지 않다. 나는 지금 타락한 부유층이 아니라 타락한 빈민층에 대해 이야기하고 있는 것이다. 이 빈민층의 사정을 알려면 멀리까지 찾아볼 필요 없이 이른바 문명 발전의 최신 상징인 철도 연변에 늘어선 판잣집을 보면 된다. 내가 매일 산책하면서 그곳에서 보는 것은 돼지우리 같은 데서 사는 사람들의 모습이다. 그들은 방이 어두워서 겨울 내내 문을 열어놓고 지낸다. 그러나 집 주위에 장작단이라고는 눈을 씻고 보아도 찾을 수가 없다. 그런 것이 있다는 것은 상상도 되지 않는다. 애 어른 할 것 없이 추위와 가난으로 늘 움츠리는 버릇이 있어 몸이 잔뜩 오그라들었으며, 팔다리와 지능의 발달은 거의 멈춘 상태다. 현대를 특징짓는 여러 사업이 그들의 노동 덕택으로 달성되었기에 이 계급에게 눈을 돌리는 것은 당연한 일일 것이다. 세계의 대공장인 영국에서도 모든 종류의 직공들 사이에는 많든 적든 이러한 상태가 눈에 띈다. 또한 지도에서 흰색 또는 개화된 지역으로 표시된 아일랜드를 예로 들어보자. 문명인과의 접촉으로 퇴락하기 이전의 북아메리카 인디언이나 남태평양 원주민 또는 어떤 미개인의 신체 조건과 아일랜드인의 체격을 비교해보라. 나는 아일랜드의 통치자들이 여느 문명국의 통치자에 비해 어리석다고 생각하지 않는다. 아일랜드인들의 상태는 비참할 정도의 가난이 문명과 공존할 수 있음을 증명할 뿐이다. 이 자리에서 우리 미국의 주요 수출품인 면화를 생산하는 자들이며 그들 자체가 남부의 주요 산물인 남부 여러 주의 노동자들에 대해서는 언급할 필요가 없으리라. 나는 '보통 정도의' 환경에 처해 있는 사람들에 대한 이야기로 한정하겠다.

대부분의 사람들은 집이란 무엇인지를 한 번도 생각해보지 않은 것 같다. 그들은 이웃이 소유하고 있는 정도의 집은 자신도 가져야겠다고 생각함으로써 가난하게 살지 않아도 될 것을 평생 가난에 쪼들리며 살고 있다. 재단사가 재단해주는 옷이면 어느 옷이나 받아 입으면서도, 평소에 쓰던 야자잎이나 마멋 가죽으로 만든 모자는 벗어버리고 왕관을 살 형편이 못 된다면서 생활고를 불평하는 것과 뭐가 다르겠는가? 사람들이 구입할 여유가 없는 것이 뻔한 어떤 집, 그러니까 우리가 현재 가지고 있는 집보다 더 편리하고 사치스러운 집을 고안해내는 것은 가능하다. 우리는 지금보다 더 많은 것을 얻으려고 노력할 뿐, 때로 더 적은 것을 가지고도 만족하는 법은 배우지 않을 것인가? 존경받을 만한 시민이 젊은이에게, 죽기 전에 여분의 장화 몇 켤레와 여러 개의 우산과 오지도 않을 손님들을 위해 비워둘 손님방들을 장만해야 한다고, 선례를 들고 모범을 보여주며 엄숙히 가르쳐야 하는가? 왜 우리의 가구는 아랍인이나 인디언의 가구처럼 소박해서는 안 되는가? 인류에게 신의 선물을 전해준 분들, 즉 하늘에서 내려온 사도로서 신격화된 인류의 은인들을 생각해볼 때, 나는 그들이 추종자들을 이끌고 최신 유행 가구를 가득 실은 수레를 몰고 오는 모습은 상상도 할 수 없다. 이상한 생각이지만, 우리가 도덕적으로나 지적으로 아랍인들보다 우수한 만큼만 우리의 가구도 다양해지면 좋다고 생각한다면 어떤 결과가 올까? 현재 우리의 집들은 가구로 가득 차고 잔뜩 어지럽혀져 있어, 현명한 주부라면 그 대부분을 쓰레기통에 처넣음으로써 아침 일을 마칠 것이다. 아침 일! 새벽의 여신 오로라의 붉어진 얼굴과 그녀의 아들 멤논의 음악이 퍼지는 가운데 사람이 이 세상에서 아침에 해야 할 일이 무엇일까? 나는 내 책상 위에 세 개의 석회석을 놓아둔 적이 있다. 그러나 내 마음속에 있는 가구의 먼지도 아직 다 털어내지 못하고 있는데 매일 한 번씩 그 석회석들의 먼지를 털어주어야 한다는 것을 알고 끔찍해졌다. 그리고 곧 지겨운 생각이 들어 그 돌들을 창밖으로 던져버렸다. 그러니 내가 가구 딸린 집에서 어떻게 살겠는가? 차라리 바깥 공기 속에 나가 앉아 있고 싶다. 사람들이 땅을 파헤치지 않는 한 풀잎 위에는 먼지 하나 앉지 않는다.

많은 사람들이 열심히 좇는 유행을 만들어내는 것은 바로 사치와 방탕을 일삼는 사람들이다. 소위 일류 여관에 투숙하는 사람은 이 사실을 곧 알게 된다. 여관 주인은 이 손님을 사르다나팔로스 왕[23]이라도 되는 양 극진히 모셔, 그들이 하는 대로 몸을 내맡기다가 나중에는 영혼까지 통째로 빼앗기게 될 것이다. 열차 내부를 보면 안전과 편리보다는 사치에 더 많은 돈을 사용한다는 생각이 든다. 객차는 안전과 편리를 도모하지 않은 채 긴 쿠션 의자, 오토만식 소파, 차양, 그 밖에도 우리가 서양으로 가져온 수많은 동양식 물건들을 비치한 현대식 응접실이 되어버렸다. 그러나 이런 물건들은 하렘의 부인네들이나 중화제국의 문약한 토박이들을 위해 만들어진 것들이어서 우리 미국인들은 그 이름을 아는 것만으로도 얼굴을 붉혀야 할 것이다. 나로서는 벨벳 쿠션 위에 여럿이 앉아 있기보다 호박 하나를 독차지하고 그 위에 앉고 싶다. 호화 유람열차를 타고 줄곧 말라리아 같은 독한 공기를 마시며 천국에 가느니 차라리 소달구지에 올라타 신선한 공기를 마시면서 땅 위를 돌아다니고 싶다.

원시시대의 인간은 단순하고 옷을 걸치지 않은 생활을 했기 때문에 적어도 자연 속에 산다는 이점이 있었다. 먹을 것과 잠으로 원기를 회복하고 나면 그는 다음 여정을 다시 생각했다. 그는 이 세상을 천막 삼아 기거했으며, 골짜기를 누비거나 평원을 횡단하거나 산마

---

23 사르다나팔로스(Sardanapalos). 기원전 9세기 아시리아 최후의 왕으로, 사치를 일삼았으며, 겁이 많았던 것으로 유명하다.

루에 오르기도 했다. 그러나 보라! 인간은 이제 자신들이 쓰는 도구의 도구가 되어버렸다. 배가 고프면 혼자서 과일을 따먹던 인간이 이제 농부가 되었고, 피신처를 찾아 나무 밑에 서 있던 인간이 주택 소유자가 되었다. 우리는 이제 야영하면서 밤을 보내지 않는다. 또한 땅 위에 정착하고는 하늘을 잊었다. 우리가 기독교를 받아들인 이유도 그것이 하늘이 아니라 진보된 토지 개간 방법이었기 때문이다. 우리는 현세를 위해 가족의 저택을 마련하고 내세를 위해서는 가족 묘지를 짓는다. 최고의 예술 작품이란 이런 상태에서 자신을 해방시키려는 인간의 투쟁을 표현하는 것이지만, 우리의 예술은 이처럼 저속한 상태를 편안한 것으로 만들고 더 높은 경지는 잊도록 하는 효과를 발휘한다. 사실 이 마을에는 미술품이 혹시 들어왔다 해도 그것을 놓아둘 장소가 없다. 우리의 생활과 주택들과 거리가 그 작품이 서 있을 만한 받침대 하나 마련해주지 않기 때문이다. 그림을 걸어둘 못 하나 없으며 영웅이나 성자의 흉상을 얹어놓을 선반 하나 없는 실정이다.

우리의 주택이 어떻게 건립되며 그 주택에 드는 대금이 어떻게 치러지고 또 얼마나 치러지고 있지 않는가를 생각해보고, 한편으로 그 집의 살림살이는 어떻게 관리되고 유지되는가를 생각해보면, 찾아온 손님이 벽난로 위에 놓인 값싼 장식품을 감상하고 있는 동안 그가 딛고 서 있는 마룻장이 갑자기 꺼져 지하실의 단단하고 정직한 흙바닥에 떨어지는 사건이 벌어지지 않는 것이 이상하다는 생각이 든다. 이른바 부유하고 세련된 이 생활은 차근차근 구축한 것이 아니라 단 한 번의 도약으로 손에 넣은 것이라는 사실을 감지할 수밖에 없고, 나의 모든 관심은 그 도약에 쏠리는 바람에 그의 생활을 장식하고 있는 미술품을 감상할 여유가 없는 것이다. 왜냐하면 근육에만 의존한 인간의 최고 도약 기록은 어느 아랍 유목민이 세웠는데, 그는 평지에서 25피트나 하늘로 뛰어올랐다는 것이 생각나기 때문이다. 인위적인 부축이 없는 한 사람은 그 이상의 높이에서는 땅으로 떨어지지 않을 수 없다. 그런 괴력의 소유자에게 내가 첫 번째로 묻고 싶은 것은, 당신을 받쳐주는 사람이 누구인가 하는 것이다. 당신은 실패한 97명에 속하는가? 아니면 성공한 세 사람에 속하는가? 이 질문에 대답해보라. 그러면 나는 당신의 번지르르한 싸구려 물건들을 들여다보고 그것들이 장식품으로 가치가 있는가를 살피겠다. 말의 앞쪽에다 수레를 매는 것은 아름답지도 않거니와 실용적이지도 않다. 우리는 집을 아름다운 물건들로 장식하기에 앞서 우선 벽을 깨끗이 벗겨내야 한다. 또한 우리 생활도 깨끗이 벗겨내야 한다. 그리하여 아름다운 가옥 관리와 아름다운 생활을 그 토대로 삼아야 한다. 그런데 아름다움을 향한 취미는 야외에서 가장 잘 개발되는 법이다. 집도 가정부도 없는 야외 말이다.

존슨 영감[24]은 《기적을 일으키는 섭리》라는 책에서 자기와 같은 시기에 이 마을에 정착한 초창기 사람들에 대해 이렇게 말하고 있다. "그들은 최초의 거처를 얻기 위해 어느 비탈에 땅을 파고들어가 그 위에 목재를 걸치고 흙을 높이 덮었으며 가장 높은 쪽에서 연기를 피웠다." 그들은 "주님의 축복으로 대지가 그들을 먹여살릴 빵을 생산해낼 때까지는 자기들의 집을 짓지 않았다." 첫해의 수확이 너무 보잘것없어서 "그들은 오랫동안 빵을 지독히 얇게 썰어야만 했다."

---

24 에드워드 존슨(Edward Johnson, 1600~1682). 매사추세츠의 초기 역사에 관한 저서를 남겼다.

뉴네덜란드 지방의 식민지 서기관은 그곳에 토지를 갖고 정착하려는 사람들에게 참고가 되도록 1650년에 네덜란드어로 더욱 자세히 설명하고 있다.

애초에 자기 뜻대로 농가를 지을 능력이 없는 뉴네덜란드 지방 사람들, 특히 뉴잉글랜드 지방 사람들은 자기들이 적당하다고 보는 넓이와 길이의 네모난 토굴을 지하실처럼 6, 7피트 깊이로 파고 나무로 사방에 벽을 만들었으며, 흙이 새어 나오지 않도록 나무껍질이나 다른 것들을 그 위에 댔다. 바닥에는 널빤지를 깔아 마루로 삼고, 판자로 천장을 만들며, 통나무로 된 지붕을 높이 세우고 그 위를 나무껍질이나 떼로 덮었다. 그들은 이런 집에서 온 가족과 함께 2년, 3년, 또는 4년을 습기 걱정 없이 따뜻하게 살았는데 가족 수에 따라 그 공간이 여러 칸으로 나뉘기도 했다.

식민지 초기의 뉴잉글랜드 지방에서는 유복한 실력자들까지도 이런 식으로 자신들의 첫 번째 집을 지었는데, 그 이유는 두 가지였다.

첫째는 집을 짓는 데 시간을 들이지 말고 다음 추수까지 식량이 떨어지지 않도록 하는 것이었다. 둘째는 고국에서 데려온 많은 불쌍한 노동자들을 기죽이지 않기 위해서였다. 3, 4년이 지나 그 지방의 농사가 자리를 잡으면 그때 가서 그들은 큰돈을 들여 멋진 집을 지었다.

우리는 우리 선조들이 택한 이러한 방침 속에서 적어도 그들의 사려 깊음을 엿볼 수 있다. 가장 시급한 욕구를 먼저 충족시키는 것이 그들의 원칙이었던 것 같다. 그러나 오늘날에 이르러서는 그 시급한 욕구가 충족되고 있는가? 나 역시나 하나의 사치스러운 주택을 손에 넣고 싶다가도 그런 생각을 이내 버리게 된다. 그 이유는 이 나라의 풍토가 아직 인간을 키우는 데 적합하지 않으며, 조상들이 밀가루 빵을 얇게 썰었던 것 이상으로 우리는 우리의 정신적 빵을 얇게 썰어야 할 처지에 있다는 생각 때문이다. 그러나 아무리 투박한 시대지만 건축상의 모든 장식을 소홀히 하자는 뜻은 아니다. 단지 우리 가옥의 외면만 번드르르하게 하지 말고, 마치 조개의 내부처럼 아름답게 장식하되 우선 생활과 직결된 내부부터 아름답게 만들자고 말하고 싶다. 그러나 아쉽게도 나는 한두 집에 들어가본 적이 있기 때문에 그 내부가 어떻게 꾸며져 있는지 알고 있다.

오늘날 우리의 체질이 퇴화되었다고 하지만 동굴이나 오두막에서 살 수 없거나 짐승 가죽으로 된 옷을 못 입을 정도는 아니다. 그러나 인류의 발명과 근면이 가져온 편의는 비록 값비싼 대가를 치르고 얻긴 했지만 받아들이는 편이 분명 더 나을 것이다. 우리가 거주하는 이 근처에서는 판자나 지붕 널빤지, 석회나 벽돌을 구하는 것이 살기 알맞은 동굴이나 온전한 통나무나 충분한 양의 나무껍질, 심지어 잘 이겨놓은 진흙이나 평평한 석재를 구하는 것보다 쉽고 값도 싸다. 나는 이론적으로나 실질적으로나 이런 일에 대해서 잘 알기 때문에 자신 있게 이야기하는 것이다. 우리가 머리를 좀 더 써서 이런 자재들을 잘 이용하면, 가장 큰 부자들보다 더 부유하게 살 수 있으며 우리의 문명을 축복의 문명으로 만들 수도 있다. 문명인이란 경험이 더 많고 더 현명해진 야만인에 불과하다. 그러면 이제 내가 했던 실험이 어떤 것이었는가에 관해 서둘러 이야기해보자.

1845년 3월 말경, 나는 도끼 한 자루를 빌린 뒤 월든 호숫가의 숲으로 들어갔다. 그 호수 아주 가까이에 집 한 채를 지을 생각으로 곧게 뻗은 젊은 백송들을 재목감으로 베어 넘기기 시작했다. 남에게서 아무것도 빌리지 않고 일을 시작하기란 어려운 법이다. 그러나 물건을 빌림으로써 이웃들로 하여금 당신의 일에 관심을 갖게 하는 것은 굉장히 친절한 행위가 아닐까? 도끼 임자는 나에게 도끼를 건네면서, 자신의 보물 같은 것이라고 말했다. 그러나 나는 그 도끼를 더 잘 들게 해서 돌려주었다. 내가 일하던 곳은 소나무들이 우거진 유쾌한 언덕배기였는데, 나무들 사이로 호수가 보였고 어린 소나무와 호두나무가 무성하게 자라는 숲속 작은 빈터도 보였다. 호수의 얼음은 군데군데 녹아 물이 보이는 곳도 있었으나 아직 다 녹지는 않았고, 온통 거무스레한 색깔을 하고 물기에 젖어 있었다. 낮에 내가 그곳에서 일할 때면 이따금 눈발이 날리기도 했다. 그러나 집으로 돌아가려고 철로변으로 나오면 선로 옆으로 끝없이 펼쳐진 노란 모래가 아지랑이 속에서 반짝거렸고, 선로 자체도 봄날의 햇살을 받아 빛나고 있었다. 또한 우리와 더불어 다시 새해를 시작하려고 벌써 이리 건너온 종달새와 피비새와 그 밖의 새들이 부르는 노랫소리가 들려오고 있었다. 유쾌한 봄날들이었다. 인간의 불만의 겨울[25]은 대지와 함께 녹아 사라져갔고, 겨울잠 자던 생명은 기지개를 켜기 시작했다.

어느 날 도낏자루가 빠져서 호두나무의 푸른 가지를 잘라 돌로 때려 쐐기를 박았다. 자루가 다시는 빠지지 않도록 물에 불리려고 도끼를 호수의 얼음 구멍에 담근 순간, 줄무늬 뱀 한 마리가 물속으로 들어가는 것이 보였다. 그 뱀은 내가 그곳에 있는 동안, 그러니까 15분

---

25 셰익스피어의 〈리처드 3세〉 1막 1장에 나오는 표현이다.

넘게 호수 바닥에 가만히 있었지만 별 불편을 느끼는 것 같지 않았다. 아마도 그놈이 아직도 동면 상태를 완전히 벗어나지 못했기 때문이었을 것이다. 사람도 이와 비슷한 이유로 현재의 비천하고 원시적인 상태에서 벗어나지 못하고 있는 게 아닌가 하는 생각이 내 머릿속을 스쳤다. 그러나 만약 참다운 봄기운이 자신을 깨우는 것을 느낀다면 사람들은 반드시 더욱 높고 영적인 생활을 향해 일어설 것이다. 나는 전에 서리가 내린 아침 길을 걷다가 뱀을 여러 번 만났는데, 이뱀은 추위에 몸이 굳어 움직이지 못하고 햇빛이 자신을 녹여주기를 기다리고 있었다. 4월 초하룻날에는 비가 내리면서 호수의 얼음이 녹았다. 그날 아침 일찍부터 안개가 끼어 있었는데, 길을 잃은 기러기 한 마리가 호수 위를 이리저리 더듬듯이 헤매면서 길을 잃은 듯 아니면 안개의 정령(精靈)인 듯 끼룩끼룩 소리를 내고 있었다.

이렇게 며칠 동안 나는 날의 폭이 좁은 도끼 한 자루만 가지고 나무를 자르고 깎고 기둥과 서까래를 다듬었다. 사람들에게 전할 만한 생각이나 학자다운 생각은 별로 하지 않고 혼자 노래를 불렀다.

사람들은 많은 것을 안다고 말한다.
하지만 보라! 예술도…
과학도, 무수한 응용도
날개를 펴고 날아가버렸다.
불고 있는 바람,
그게 누구나 아는 전부일 뿐.

나는 주된 재목들을 사방 6인치짜리 각목으로 다듬었다. 기둥은 대개 양면을 다듬고 서까래와 마루에 깔 널빤지들은 한쪽만 다듬었으며, 다른 쪽은 나무껍질을 그대로 두었다. 그래서 이 재목들은 마치 톱으로 켠 듯 고르면서 더 튼튼했다. 이 무렵에는 다른 연장도 빌려왔으므로 재목의 그루터기에 장부나 장붓구멍을 만들어 조심스럽게 이어 맞췄다. 내가 숲에서 보낸 시간은 그다지 길지 않았다. 그러나 거의 매일 점심으로 버터 바른 빵을 싸 가지고 갔다. 정오가 되면 내가 베어낸 푸른 소나무 가지들 사이에 앉아 빵을 쌌던 신문을 읽었다. 손에 송진이 잔뜩 묻어서 빵에 소나무 향기가 스며들었다. 집을 다 지을 무렵 나는 소나무의 원수라기보다 소나무의 친구가 되었다. 소나무를 여러 그루 베긴 했지만 이 나무에 대해 아주 잘 알게 되었기 때문이다. 때로 숲속을 거닐던 사람이 도끼 소리에 이끌려 내가 있는 곳으로 오곤 했는데, 우리는 잘라놓은 나무 조각들을 사이에 두고 즐거운 한담을 나누었다.

나는 일을 서두르지 않고 최대로 공을 들였기 때문에 집의 뼈대가 잡혀 세울 준비가 된 것은 4월 중순이었다. 나는 이미 판자를 구하기 위하여 피치버그 철도에서 일하는 제임스 콜린스라는 아일랜드 사람의 판잣집을 사놓은 상태였다. 콜린스의 판잣집은 꽤 좋다는 얘기를 듣고 있었다. 집을 보여준다고 해서 내가 그곳에 갔을 때 콜린스는 집에 없었다. 나는 그 집의 바깥을 한번 둘러보았다. 창문이 높고도 깊숙한 위치에 나 있었기 때문에 처음에는 집 안에서 내가 온 것을 모르고 있었다. 이 작은 집은 오두막 같은 뾰족지붕 말고는 별로 눈에 띄는 것이 없었는데, 그 이유는 집 주위를 돌아가며 퇴비더미처럼 흙을 5피트 정도 높이로 쌓아놓았기 때문이었다. 햇빛 때문에 휘고 약해졌지만 그래도 지붕이 제일 성한 부분이었다. 문턱은 아예 없었고, 문짝 밑으로는 닭들이 노상 드나들었다. 콜린스 부인은 집 안도 둘러보라고 했다. 내가 접근하자 닭들은 집 안으로 쫓겨

들어갔다.

집 안은 어두웠다. 바닥은 대부분 흙으로 되어 있고 우중충하면서 찐득거리는 바람에 학질이라도 걸릴 것 같았다. 떼어내려고 하면 부서질 것 같은 판자가 여기 한 장, 저기 한 장 깔려 있었다. 부인은 등불을 켜서 지붕과 벽의 안쪽을 보여주고 마루의 판자가 침대 밑에까지 깔려 있다는 것을 보여주었다. 부인은 나더러 지하실에는 발을 디디지 말라고 경고했다. 지하실은 2피트쯤 되는 쓰레기 구덩이 같았기 때문이다. 부인 말대로 "지붕 판자와 벽 판자와 창문은 쓸 만"했다. 창문에는 원래 온전한 유리 두 장이 끼여 있었는데 최근에 고양이만이 그리로 빠져나갔다는 것이었다. 집 안에 있는 것은 난로하나, 침대 하나, 의자 하나, 이 집에서 태어난 아기 하나, 실크 양산하나, 금테가 둘린 거울 하나, 그리고 어린 떡갈나무에 못 박아 걸어놓은 특허품인 커피 가는 기계가 전부였다.

그러는 동안 집주인이 돌아왔기 때문에 매매계약은 곧 이루어졌다. 그날 밤 안으로 내가 4달러 25센트를 지불하면 그는 다음 날 새벽 5시에 집을 비워주고 그동안에는 절대 아무에게도 이 집을 팔지 않는다는 조건이었으며, 아침 6시부터는 내가 소유권을 행사하기로 했다. 콜린스는 나더러 아침 일찍 오라고 했다. 지대와 연료대금에 대해 부당하고 애매한 청구권을 주장하는 사람이 있어서 선수를 쳐야 한다는 것이었다. 그것이 유일한 말썽거리라고 그는 강조했다.

6시에 나는 길에서 내 곁을 스쳐 지나가는 그와 그의 가족을 보았다. 그들의 짐이라고는 큰 보따리 하나뿐이었다. 그 안에 고양이를 뺀 그들의 전 재산, 그러니까 침대, 커피 기계, 거울, 그리고 닭들이 들어 있었다. 고양이는 숲속으로 달아나 들고양이가 되었다. 나중에 안 일인데, 그 고양이는 마멋을 잡으려고 설치해놓은 덫에 걸려 결국 죽어버렸다.

나는 그날 아침 이 판잣집을 헐었다. 판자에서 못을 뽑고 수레로 몇 차례에 걸쳐서 호숫가로 운반해 온 뒤에 햇볕에 말려 휘어진 것을 바로잡기 위해 풀밭에다 널었다. 숲길을 따라 수레를 밀고 갈 때 일찍 일어난 개똥지빠귀 한 마리가 노래를 한두 가닥 들려주었다. 패트릭이라는 아이가 동료를 배신하고 나에게 고자질하기를, 이웃에 사는 실리라는 아일랜드 사람이 내가 수레를 몰고 가서 그 자리를 비운 사이에 아직 쓸 만한 곧고 성한 못 몇 개와 꺾쇠나 대못 등을 자기 주머니에 슬쩍 넣었다고 했다. 이 사나이는 내가 돌아오자 일어서면서 인사를 하더니, 아무렇지도 않은 표정을 짓고 탄력 있게 머리를 굴리듯 그 헐린 자리를 큰 구경거리라도 되는 양 바라보았다. 할 일도 없고 해서 구경하러 왔다는 것이었다. 구경꾼을 대표해서 온 셈인데, 그 사람은 이 보잘것없는 일을 마치 트로이의 신들을 옮기는 대사업과 맞먹는 것으로 만드는 데 기여하고 있었다.

나는 마멋 한 마리가 굴을 팠던 남향의 언덕 기슭에 지하 저장실을 팠다. 옻나무와 검은딸기의 뿌리를 헤치고 풀이나 나무뿌리가 더는 보이지 않는 깊이로, 다시 말해 고운 모래가 나올 때까지 파내려갔다. 사방 6피트 넓이에 7피트 깊이로 팠는데 그 안에서는 겨울에도 감자가 얼 염려가 없었다. 저장실의 측면은 경사진 그대로 두고 돌로 보강하지 않았다. 햇빛이 들지 않았기 때문에 모래는 아직도 허물어져내리지 않았다. 그 작업은 겨우 두 시간 걸렸다. 나는 이렇게 땅을 파는 일에서 각별한 즐거움을 느꼈다. 어떤 위도에서든 땅을 파고 들어가면 일정 불변의 온도를 얻을 수 있다. 도시의 으리으리한 주택에도 지하 저장실이 있으며, 거기에는 옛날처럼 근채류를 저장한다. 지상의 건축물이 사라지고 나서 오랜 세월이 지난 후에도 후세 인간들은 이 지하 저장실의 흔적을 본다. 그러고 보면 집이란 아직도 땅굴 입구에 세운 일종의 현관과 같은 것이다.

마침내 5월 초순이 되었다. 나는 몇몇 친지들의 도움을 받아 들보를 올렸다. 도움을 받을 필요가 있었다기보다 이런 기회를 통해 이웃들과 친목을 도모하기 위해서였다. 들보를 올리는 데 나보다 훌륭한 일꾼들을 거느린 사람은 없었다. 그들이 언젠가 더욱 고귀한 건물의 상량식에 참여할 운명을 타고난 사람들이라고 믿기 때문이었다.

7월 4일, 벽판을 붙이고 지붕이 완료되자마자 나는 그 새로 지은 집에 입주했다. 벽판자들은 모서리를 깎아 빈틈없이 맞붙였기 때문에 비는 조금도 새지 않았다. 판자를 붙이기 전에 두 수레 분의 돌을 호수에서 언덕 위까지 두 팔로 안아 나른 후 집 모퉁이에 굴뚝의 토대를 쌓아 올렸다. 나는 가을 내내 밭일을 하고 나서 추위가 닥쳐 불이 필요한 시기가 오기 전에 굴뚝을 올렸다. 굴뚝이 완성되는 동안에는 아침 일찍 집 밖 한데에서 밥을 지었는데, 한편으로는 이것이 더 편하고 재미있는 취사 방법이 아니었나 하는 생각을 지금도 하고 있다. 빵이 다 구워지기도 전에 비바람이 불 때는 불 위쪽으로 판자 몇 장을 고정시키고 그 밑에 앉아 빵을 지켜보면서 즐거운 시간을 보냈다. 이 무렵 나는 손으로 할 일이 너무 많아서 독서를 하지 못했다. 그러나 땅에 떨어진 신문지 한 조각은 그것이 물건을 쌌던 것이든 식탁보로 썼던 것이든 간에 책 읽는 것만큼이나 큰 즐거움을 주었다. 사실 호메로스의 《일리아스》와도 같은 역할을 했던 것이다.

집을 지을 때 내가 실제로 했던 것보다 더 신중하게 집을 지으면 많은 득이 될 것이다. 예컨대 문이나 창, 지하실이나 다락방이 인간성의 어디에 바탕을 둔 것인지를 생각해보고, 경우에 따라서는 우리의 일시적인 필요성보다 더 훌륭한 이유를 발견하기 전에는 건물을 아예 짓지 않는다는 생각으로 말이다.

인간이 자기 집을 지을 경우에는 새가 둥지를 지을 때와 똑같이 어떤 목적에 부합되어야 한다. 인간들이 자기 손으로 살 집을 짓고 단순하고 정직한 노동으로 자신과 가족을 벌어 먹인다면, 시적 재능이 만인들 사이에서 피어나지 않을까? 마치 새들이 새끼들을 먹이면서 늘 노래하듯 말이다. 그러나 슬프게도 우리는 박달새나 뻐꾸기처럼 행동하고 있다. 이 새들은 다른 새들이 지어놓은 둥지에 자기 알을 낳으며, 이들의 시끄러운 울음소리는 나그네들을 즐겁게 하지 못한다. 우리는 집 짓는 즐거움을 영원히 목수에게 넘겨주어야 하는가? 사람들은 일반적으로 어느 정도의 건축 경험을 가지고 있는 것일까? 나는 산보를 하다가 자신의 집을 짓는다는 단순하고도 자연스러운 일을 하는 사람은 아직 한 번도 만난 적이 없다. 우리는 공동체에 속해 있다. 재봉사 아홉 명이 합쳐져야 한 사람이 된다는 말이 있는데, 이는 재봉사에게만 해당되는 말이 아니다. 목사도 상인도 농부도 다 마찬가지다. 이 노동의 분업은 어디에서 끝나는 것인가? 이것은 결국 어떤 목적에 이바지할 것인가? 물론 지금 어떤 사람이 나 대신 일을 생각해주고 있을지도 모른다. 그러나 그렇다고 해서 내가 스스로 생각하기를 중단하고 생각하는 일을 그 사람에게만 맡기는 것은 바람직하지 않다.

실제로 이 나라에는 건축가라고 불리는 사람들이 있다. 그리고 건축상의 장식이야말로 진리의 핵심이고 필요한 대상이며, 따라서 아름다움이라는 생각에 사로잡힌 건축가가 있다는 말을 들은 적도 있다. 그 건축가는 자기의 그런 생각이 신의 계시라고 믿는 것 같다. 자기 관점에서 볼 때는 훌륭하기 그지없겠지만, 실인즉 아마추어 예술 애호가 수준을 벗어나지 못한 생각이다. 감상적인 건축 개혁가인 그는 건물의 기초에서 시작하지 않고 처마 장식부터 시작한 격이다. 이것은 모든 사탕과자 안에 아몬드나 회양풀 열매를 넣듯 건축 장식 안에 진리의 핵심을 집어넣으려는 행위일 뿐이며 주민, 즉 거주자가 장식이라는 문제는 될 대로 되라고 내버려둔 채 진정으로 집 안팎을 어떻게 축조할 것인가 하는 문제는 도외시한 태도다. 말이 나온 김에 하는 말인데, 아몬드는 설탕 없이 먹는 편이 건강에 훨씬 좋다고 나는 생각한다.

이성이 있는 사람이 장식은 단지 외부적인 것이며 표피에 붙은 것에 지나지 않는다고 생각할까? 또 뉴욕 브로드웨이 주민들이 자기 마을의 트리니티 교회를 건축업자에게 하청을 주어 지었듯이, 거북이가 반점이 있는 껍데기를 갖게 되고 조개가 진주 빛깔을 띠게 된 것이 그런 하청으로 이루어졌다고 생각한 적이 있을까? 그러나 인간과 집의 건축양식 사이에는 거북이와 그것의 껍데기 모양 사이에 존재하는 그런 깊은 연관성은 없다. 병사는 아무리 한가해도 자신의 용기의 색깔을 군기에 칠할 필요는 없을 것이다. 적이 그것을 알아차릴 테니까. 시련이 닥치면 병사는 창백해질 것이다. 앞에서 언급한 건축가는 처마 장식 위로 몸을 굽혀 투박한 거주자들을 향하여 시덥지 않은 이론을 속삭이는데, 실은 그 거주자들이 이론을 더 많이 아는 경우가 있는 것 같다. 지금 나의 눈에 들어오는 건축미는 유일한 건설자인 거주자 자신의 필요성과 성격, 즉 무의식적 성실함과 품위 등을 바탕으로 하여 외형 따위는 전혀 고려

하지 않은 채 서서히 내부에서 외부로 성장한 것들이다. 또한 이런 종류의 아름다움이 앞으로 다시 우리 앞에 숙명적으로 나타난다면 그것 역시 이 같은 무의식적인 생활의 아름다움에 뒤이어 출현할 것이다.

이 나라에서 가장 흥미로운 주택들이란, 화가들이 잘 알듯이 흔히 가난한 사람들의 통나무집과 오두막들이다. 전혀 가식이 없고 소박한 것들 말이다. 그 통나무집과 오두막들을 한 폭의 그림으로 만드는 것은 그 집들을 껍질 삼아 사는 거주자의 생활이지 밖에 나타난 외견상의 어떤 특성이 아니다. 또한 교외의 시민들이 가지고 있는 상자갑 모양의 집도, 그들의 생활이 소박하고 상상만 해도 유쾌해지거나 주거 양식에 무리한 신경을 쓰지 않으면 더욱 흥미로운 것이 될 수 있다. 건축적 장식 대부분은 글자 그대로 공허한 것이므로 9월의 강풍이 불어닥치면 빌려온 깃털처럼 몸에 상처도 남기지 않은 채 모두 날아가버릴 것이다. 지하실에 올리브나 포도주를 저장하지 않는 서민들은 건축 없이도 살 수 있다. 만약 문학에서 문체의 장식에 대하여 이와 같은 법석이 벌어졌다면, 또한 우리의 성당 건축가들이 우리나라 건축가들처럼 처마 장식을 제작하느라 많은 시간을 낭비했다면 그 결과는 어찌되었을까? 하지만 오늘날의 '순수문학'과 '미술사', 그리고 그 교수들은 이래서 생겨난 것이다.

어이없게도 인간들은 기둥 몇 개를 자기 위나 자기 발밑에 어떻게 비스듬히 세울 것인가, 또는 자기 상자에 무슨 색깔을 칠할 것인가에 신경을 많이 쓴다. 사실 거주자 자신이 진지한 태도로 기둥을 세우거나 집의 색깔을 칠했다면 다소 의미가 있을 것이다. 그러나 집주인의 정신이 이미 빠져나간 뒤이므로 집 짓기는 자기 관을 만드는 일, 즉 무덤의 건축술이 되어버렸다. 사실 '목수'는 '관 짜는 사람'을 달리 표현한 말이다. 어떤 남자는 인생에 대한 절망 때문인지 무관심 때문인지 "당신 발치의 흙 한 줌을 집어 당신의 집을 흙색으로 칠하시오"라고 했다. 그 남자는 자기의 좁은 집인 무덤을 생각하고 있는 것일까? 차라리 동전을 던져 색깔을 정하라고! 여하튼 이 남자는 무던히도 한가한 남자인가 보다. 왜 한 줌 흙을 집어 들어야 하는가? 차라리 당신의 집을 당신의 안색으로 칠하는 것이 낫다. 그러면 집이 주인을 대신해서 붉으락푸르락할 게 아닌가? 오두막집의 건축 양식을 개량할 계획이 있다고? 당신이 내게 맞는 장식을 준비해준다면 내 달고 다니겠어.

겨울이 오기 전에 나는 굴뚝을 쌓았고, 비가 샐 염려는 없었지만 사방의 외벽에다가 널빤지를 대었다. 그런데 이 널빤지는 통나무를 처음 다듬을 때 쳐낸 들쑥날쑥한 생나무 조각이어서 대패로 옆을 반듯하게 밀어주어야 했다. 이렇게 해서 나는 널빤지를 촘촘히 대고 석회를 바른 집 한 채를 갖게 되었다. 집은 길이 15피트에 폭 10피트, 기둥 높이가 8피트였다. 다락방과 벽장이 있었으며, 양쪽으로 큰 유리창이 하나씩 있고 뚜껑문도 두 개 있었다. 출입문은 한쪽 끝에 있고 그 맞은편에 벽돌로 만든 벽난로가 있었다. 집을 짓는 데 든 정확한 비용은 다음과 같다. 모든 일을 손수 했으므로 노임은 제외하고 사용한 자재에 대해서는 일반적인 시세를 적용했다. 자기 집의 건축 비용을 정확히 알고 있는 사람은 매우 드물고, 또 있다 해도 갖가지 자재의 세목별 비용을 알고 있는 사람은 더욱 드물기 때문에 그 명세서를 적어보았다.

판자	8달러 3.5센트(대부분 판잣집에서 나온 것)
지붕과 벽에 쓴 헌 널빤지	4달러
윗가지	1달러 25센트
유리가 달린 헌 창문 2개	2달러 43센트
헌 벽돌 1,000개	4달러
석회 2통	2달러 40센트(값이 비싼 편)
솜	31센트(필요 이상의 분량)
철제 틀(난로용)	15센트
못	3달러 90센트
돌쩌귀 및 나사못	14센트
빗장	10센트
백묵	1센트
운반비	1달러 40센트(대부분 내가 등짐을 져서 나름)
합계	28달러 12.5센트

내가 불법 점거자의 권리로서 집 주위에서 가져다 쓴 목재, 돌, 모래를 제외하면 이상이 내가 쓴 재료의 전부다. 나는 내 통나무집 바로 옆에 자그마한 헛간도 하나 지었는데, 집 짓고 남은 자재를 주로 사용했다.

나는 콩코드의 큰 거리에 있는 어느 집보다 웅장하고 사치스러운 집을 지을 작정이다. 단, 이 집과 같은 정도로 마음에 들고 건축 비용도 이것 이상 들지 않는다면 말이다.

이로써 집을 원하는 학생이라면 누구나 그가 해마다 내고 있는 집세 정도의 비용을 가지고 평생 살 수 있는 집을 장만할 수 있다는 것을 알았다. 내가 지나치게 자랑한다고 생각하는 사람이 있다면,

그것은 나 자신을 위해서가 아니라 인류 사회를 위한 호언장담이라고 변명하고 싶다. 내 말에 모순과 결점이 있다 해도 그것이 내 말의 진실성에는 조금도 영향을 미치지 못한다. 사실 내 밀과 밀껍질을 가리기란 힘들며 때문에 나도 다른 사람만큼 유감으로 생각하지만, 큰소리치는 기질과 위선적인 면이 내게 있기는 해도 진지함이라는 점에서는 자유롭게 숨쉬고 사지를 펴고 싶다. 그렇게 하는 것이 정신적으로나 육체적으로 유익할 것이다. 또한 나는 겸손하기 위해 악마의 대변인이 될 생각은 추호도 없다. 나는 진실을 위해 변호하려고 노력할 것이다.

케임브리지에 있는 하버드 대학에서는 내 방보다 조금 더 큰 학생 방에 세들면 방세로만 1년에 30달러가 든다. 게다가 대학 측은 32개의 방을 한 지붕 밑에 나란히 지어 이득을 챙기는 반면, 기숙생들은 이웃에 학생들이 많고 시끄럽다는 불편 말고도 어쩌다 4층 방에 배정되는 불이익을 당할 수 있다. 만약 우리가 이런 면에서 조금 더 현명했다면, 이미 모두가 상당한 교육을 받은 몸이기 때문에 교육을 받을 필요가 없을뿐더러 교육을 받는 데 드는 금전적 부담도 상당히 감소될 것이라는 생각을 하지 않을 수 없다. 하버드 대학이나 다른 대학에서는 필요한 편의를 학생에게 주기 위해 본인과 경영자들이 적절히 처리했을 경우에 드는 희생보다 10배나 무거운 인생의 희생을 그들 양쪽에게 강요하고 있는 실정이다. 돈을 가장 많이 요구하는 학습 내용이 반드시 학생이 가장 절실히 원하는 학습 내용은 아니다. 예를 들어 수업료는 학비 가운데 큰 몫을 차지하고 있지만, 동시대의 더욱 교양 있는 사람들, 다시 말해 대학 동기생들과 접촉함으로써 얻어지는 그 가치 있는 교육은 무료다.

보통 대학을 설립하는 방법은 몇 달러나 몇 센트씩 기부금을 모은 다음, 그때부터 아주 신중하게 취급해야 하는 분업의 원리를 맹목적으로 밀고 나아가, 이 사업을 투기 대상으로 생각하는 공사 청부인을 부르는 것이다. 그래서 그 건축업자들은 아일랜드 사람이나 그 밖에 다른 사람들을 고용하여 실제 기초공사를 시킨다. 그러는 동안 대학에 입학하려는 젊은이들은 그 학교에 적합한 학생이 되기 위해 준비 교육을 받을 것이다. 이런 식의 잘못된 설립 과정 때문에 후대들이 그 대가를 지불해야 한다. 나는 학생들 자신이나 대학에 의해 혜택을 받고자 하는 사람들이 직접 대학 설립을 위해 기초를 닦으면 이보다 더 잘 해결될 것이라고 생각한다. 만일 어떤 학생이 인간이 반드시 해야 하는 육체노동을 평생 계획적으로 기피함으로써 여가를 얻고 만년에 은퇴 생활로 접어든다면, 그가 얻은 여가는 불명예스럽고 가치 없는 것이며, 그 여가를 가치 있게 할 수 있는 유일한 경험을 스스로 박탈하는 것이다.

"그러면 학생들더러 머리로 일하지 말고 손으로 일하라는 뜻입니까?" 하고 어떤 사람은 말한다. 정확히 그런 의미는 아니다. 그러나 어느 정도 그렇게 생각해도 상관없을 것이다. 내가 하고 싶은 말은, 학생들은 사회가 이렇게 돈이 드는 놀이 비용을 내준다고 해서 인생을 그저 '놀이로 보내거나' 또는 '공부만 하지' 말고 처음부터 끝까지 인생을 진지하게 '살라'는 것이다. 젊은이들이 당장 인생을 실험해보는 것보다 사는 법을 더 잘 습득할 수 있는 방법이 있는가? 그것은 수학 못지않게 그들의 지성을 단련시킬 것이다. 예컨대 한 소년에게 예술과 과학에 대한 무언가를 가르치고 싶다면, 나는 그 아이를 어떤 교수가 있는 곳으로 보내는 식의 흔해빠진 방법은 쓰지 않을 것이다. 왜냐하면 그곳에서는 모든 것이 강의되고 실습되지만 삶의 기술은 가르쳐주지 않기 때문이다. 그곳에서는 망원경이나 현미경으로 세계를 관찰하는 법을 가르치지만 육안으로 세상을 보는 법은 가르쳐주지 않는다. 화학은 공부하지만 자기의 빵이 어떻게 구워지는지는 배우지 않으며, 기계학은 배우되 빵을 벌어오는 방법에 대해서는 배우지 않는다. 해왕성의 새로운 위성은 발견하지만 자기 눈의 티는 보지 못하며, 자기가 지금 어떤 악당의 위성 노릇을 하고 있는지는 깨닫지 못한다. 한 방울의 식초 속에 사는 괴상한 균들은 연구하면서 자기 주위에서 우글거리는 괴물들에게 자신이 잡아먹히고 있다는 것은 모른다.

다음 중 어느 학생이 한 달 후에 더 발전해 있을까? 한 학생은 자기가 캐낸 쇠붙이를 녹여서 주머니칼을 만들되 그러는 중에도 거기에 관련된 문헌들을 읽었으며, 또 한 학생은 대학에 가서 광물학 강의를 들었으나 아버지에게 '로저스 표' 주머니칼을 선물받았다. 둘 중 누가 더 손을 잘 베이겠는가? … 대학을 졸업할 무렵 나는 내가 재학 중에 항해술을 수강했다는 말을 듣고 깜짝 놀랐다. 만일 내가 배 한 척을 몰고 항구 밖으로 단 한 번이라도 나갔더라면 항해술에 대해 훨씬 많은 지식을 배웠을 것이다. 가난한 학생조차도 정치경제학만 공부하며 강의를 들을 뿐 철학과 동의어인 생활경제학은 대학에서 진지하게 교육되지 않고 있다. 결과는 뻔하다. 애덤 스미스와 리카도와 세이[26]를 읽는 동안 그 학생은 자기 아버지를 헤어날 수 없는 빚구덩이에 빠트리고 만다.

우리 대학들에 대해 말할 수 있는 것은 여러 가지 '현대적 개선'

---

26 장 바티스트 세이(Jean Baptiste Say, 1767~1832). 영국의 애덤 스미스나 리카도와 비슷한 시기에 활동한 프랑스의 경제학자이며, 당시에는 경제학을 '정치경제학'이라 했다.

에 대해서도 적용된다. 그 개선이라는 것에는 환상이 깃들어 있다. 항상 긍정적 발전만 있는 것이 아니다. 악마는 최초의 투자와 그 후에 계속된 투자에 대하여 끝까지 가혹한 복리를 짜내고 있다. 우리의 발명품들은 진지한 일에서 우리의 관심을 빼앗아가는 예쁜 장난감 노릇을 하기 쉽다. 이런 것들은 개선되지 않은 목적을 달성하기 위한 개선된 수단에 지나지 않는다. 그 목적 역시, 기차가 보스턴이나 뉴욕에 쉽게 도착하듯 이 새로운 발명품 없이도 너무나 쉽게 도달할 수 있는 것들이다.

우리는 몹시 서두르며 메인 주에서 텍사스 주까지 전신을 가설하려 하고 있다. 그러나 어쩌면 메인 주와 텍사스 주는 서로 통신할 만큼 중요한 일이 없을지도 모른다. 마치 유명한 귀머거리 부인에게 소개받기를 열망하던 어떤 남자가 드디어 소개를 받아 그녀의 보청기 한쪽이 자기 손에 쥐어지자 말문이 막혔던 것 같은 그러한 곤경에 이 두 지방은 빠지고 만 것이다. 전신의 주요 목적은 빠른 속도로 이야기하자는 것이지 조리 있게 이야기하자는 것이 아니라는 논리와 비슷하다. 우리는 대서양에 해저전신을 가설하여 구세계의 소식을 몇 주 앞당겨 신세계에 가져오기를 갈망하고 있다. 그러나 이 해저전신을 타고 미국인의 펄럭이는 큰 귀로 새어 들어오는 첫 소식은 아마 애들레이드 공주가 백일해에 걸렸다는 소식 정도일 것이다. 결국 1분에 1마일을 달리는 말을 타고 온 사람이 가장 중요한 소식을 가져오는 것은 아니다. 그는 복음 전도자도 아니며, 메뚜기와 꿀을 먹으며 오는 예언자[27]도 아니다. 플라잉 차일더스[28]가 방앗간으로 옥

---

27 세례 요한을 일컫는다(《마태복음》 3장 4절).
28 18세기 초 영국 경마계의 명마.

수수 한 말이라도 나른 적이 있는지 의심스럽다.

당신이 내게 말한다. "왜 저축을 하지 않지? 여행을 꽤 좋아하는 것 같은데. 오늘이라도 기차를 타면 피치버그로 가서 그 지방을 구경할 수 있을 텐데." 하지만 나는 똑똑해서 그런 여행은 하지 않는다. 나는 가장 빠른 여행자란 자기 발로 가는 사람이라는 것을 안다. 나는 당신에게 우리 두 사람 중 누가 더 빨리 그곳에 도착하는지 시합하자고 말한다. 피치버그까지 거리는 30마일이고 차비는 90센트다. 이 돈은 거의 하루 품삯이다. 또 나는 이 철도 노선에서 일했던 노동자의 하루 품값이 60센트였던 때도 기억하고 있다. 자, 나는 당장 도보로 길을 떠나 밤이 되기 전에 그곳에 도착한다. 나는 그런 속도로 일주일씩 걸어서 여행한 적이 있다. 그러는 사이에 당신은 운이 좋아 곧 일자리를 구할 수 있다면 차비를 벌어 내일쯤 아니면 오늘 밤에 그곳에 도착할 것이다. 당신은 피치버그에 가는 대신 하루의 대부분을 이곳에서 일을 하느라 소비했을 것이다. 설사 철도가 온 지구상에 미치지 않는 곳이 없다 하더라도 나는 당신보다 항상 앞서 가리라고 생각한다. 또한 그 지방을 구경하고 그런 구경을 하는 것 같은 경험을 쌓는 일에 이르면 나는 당신과의 친분은 청산해야 할 것이다.

우주의 법칙이란 바로 이러한 것이어서 누구도 부정할 수가 없다. 철도에 대해서도 결국 같은 말을 할 수 있다. 세계 방방곡곡에 철도를 놓아 모든 인류가 이용할 수 있게 하는 것은 지구 표면 전체에다 길을 닦아놓는 것과 같다. 이렇게 공동자본과 삽질에 의한 활동을 오래 계속하면, 언젠가 모든 사람이 빠른 시간 안에 무료로 어디인가를 여행하게 될 것이라는 막연한 생각을 갖게 된다. 하지만 군중이 정거장에 몰려들고 차장이 "승차!" 하고 외쳐도 막상 기관차 연기가 걷히고 김이 물방울이 된 다음에 보면, 탄 사람은 겨우 몇 명 뿐이고 나머지 사람은 모두 기차에 치인 채로 뒤에 남겨졌음을 알게 될 것이다. 신문은 "또 하나의 슬픈 사고"라고 부를 것이고, 또 맞는 말이기도 하다. 오래 살아서 차비를 번 사람은 마침내 기차를 탈 수 있겠지만, 그때는 분명 여행하고 싶은 의욕도 원기도 잃은 다음일 것이다. 이처럼 인생의 가치가 최저로 하락한 노년기에 미심쩍은 자유를 누리기 위하여 인생의 황금기를 돈 버는 일로 소진하는 사람을 보면, 고국에 돌아와 시인의 삶을 살기 위해 먼저 인도로 건너가서 돈을 벌려고 했던 어떤 영국인이 생각난다. 그는 젊었을 때 당장 다락방에 올라가 시부터 써야 했다.

"뭐라고요? 우리가 만든 이 철도가 좋은 것이 아니라고요?" 하고 백만 명의 아일랜드 출신 노동자들이 이 땅의 수많은 판잣집에서 일제히 일어나 외칠지도 모른다. 그러면 나는 대답할 것이다. 좋은 것입니다. 비교적 좋은 것이지요. 당신들은 이보다 더 가치 없는 일을 할 수도 있었으니까요. 그러나 당신들이 내 형제니까 하는 말인데, 이렇게 땅을 파는 것보다 좀 더 가치 있는 일에 시간을 보낼 수 있다면 좋을 텐데……

집 짓기를 끝마치기 전에, 임시 지출을 충당하기 위해 뭔가 정직하고 기분 좋은 방법으로 10달러나 12달러쯤 벌고 싶어서 집 근처의 2에이커 반쯤 되는 모래땅에 강낭콩을 심었다. 또 그 한쪽에는 감자, 옥수수, 완두콩, 그리고 무를 심었다. 그 밭 일대의 면적은 11에이커로 대부분 소나무와 호두나무가 자라고 있었으며, 바로 지나간 계절에 1에이커당 8달러 8센트에 팔렸던 곳이다. 어떤 농부는 이곳을 가리켜 "찍찍거리는 다람쥐나 키운다면 모를까 그 외에는 아무

짝에도 쓸모가 없는 땅"이라고 말했다.

나는 그 땅에 비료를 전혀 주지 않았다. 나는 땅임자도 아니고 단지 잠깐 땅을 빌려 쓰는 사람에 지나지 않는 데다 그 땅을 다시 경작하리라고는 생각지 않았기 때문이다. 사실 일괄적인 김매기도 제대로 한 적이 없다. 그 밭을 쟁기질하다가 나무 그루터기를 여러 개 캐냈는데 이것들은 그 뒤로 오랫동안 땔감이 되었다. 또한 그루터기를 캐낸 자리는 조그맣고 둥근 처녀지가 되어 여름에는 다른 곳보다 강낭콩이 무성히 자라 바로 알아볼 수 있었다. 나머지 땔감은 집 뒤에 죽어 넘어져 상품 가치가 거의 없는 고목과 호숫가에 떠내려온 유목으로 충당했다. 밭을 쟁기로 갈 때는 소 한 쌍과 인부 한 사람을 사야 하는데 쟁기질은 내가 손수했다.

내가 첫해에 들인 농사 비용은 용구 및 종자 값과 품삯 등 모두 합쳐 14달러 72.5센트였다. 옥수수 씨앗은 그냥 얻었다. 많은 양을 심는 것이 아니면 씨앗 값은 별 문제가 되지 않았다. 내가 얻은 수확은 강낭콩이 13부셸, 감자가 18부셸에다 약간의 완두콩과 옥수수였다. 노란 옥수수와 순무는 철을 놓쳐 제대로 수확이 되지 않았다. 내가 농장에서 얻은 총수입은 23달러 44센트였다.

수입	23달러 44센트
지출	14달러 72.5센트
순이익	8달러 71.5센트

그 밖에 내가 그동안 먹은 것은 따지지 않더라도 이 계산을 할 때는 약 4달러 50센트의 농작물이 내게 남아 있었다. 이 액수만으로도 내가 키우지도 않은 풀의 가치를 생각할 때 남는 장사였다. 모든 것

을 고려해볼 때, 다시 말해서 인간의 영혼과 오늘이라는 시점의 중요성을 고려할 때, 내가 이 실험에 할애한 시간이 짧았음에도, 아니그 일시적인 성격 때문에 나는 그해 콩코드의 어느 농부보다 내가더 좋은 성적을 올렸다고 생각한다.

이듬해에 나는 더 잘 해냈다. 그것은 우선 내가 꼭 필요한 만큼의 땅, 즉 약 3분의 1에이커의 땅만 삽으로 파 엎었기 때문이다. 다음으로는 아서 영[29] 같은 농업에 관한 유명한 저서들을 전혀 우러러보지 않고도 이 2년간의 경험으로 다음과 같은 사실을 알아냈기 때문이다. 다시 말해 사람이 소박한 생활을 하며 자기가 키운 농작물만 먹되 먹을 만큼의 농작물만 키우고, 거둬들인 농작물을 충분치도 않은 양의 사치스런 기호식품과 바꾸려 들지 않는다면 단지 몇 '로드'[30]의 땅만 경작해도 충분히 먹고살 수 있다는 사실이다. 또한 그 땅을 일구는 데 소를 이용하기보다 순수 삽을 써서 갈아엎는 것이 돈이 적게 들며, 묵은 땅에 비료를 주기보다 그때그때 새 땅을 택하는 것이 비용이 적게 든다는 사실이다. 그리고 필요한 모든 농사일을 여름동안 틈을 내서 힘들이지 않고 할 수 있어서 지금처럼 소나 말, 돼지에 얽매이지 않아도 된다는 사실이다.

나는 이 점에 관해 공평하며, 또한 현재의 경제적·사회적 제반계획의 성공이나 실패와는 전혀 이해관계가 없는 인간으로서 이야기하고 싶다. 나는 콩코드의 어느 농부보다 어디에도 예속되지 않은 사람이다. 그것은 내가 집이나 농장에 얽매이지 않고, 항상 변하기 잘하는 변덕스러운 천성이 이끄는 대로 살아가는 사람이기

---

29 아서 영(Arthur Young, 1741~1820). 영국의 여행가, 농학자, 경제학자.
30 25.5제곱미터. 길이를 말할 때 1로드(rod)는 약 5미터.

때문이다. 나는 이미 그들 농부보다 잘살고 있으며, 내 집이 불타 버렸거나 농사에 실패했더라도 전과 다름없이 여유 있게 살았을 것이다.

사람이 가축의 주인이 아니라 가축이 사람의 주인이라는 생각이 든다. 가축이 훨씬 더 자유롭다. 사람과 소는 일을 서로 바꿔서 한다. 그러나 필요한 일만 생각한다면 소가 더 유리하다. 그것은 소들이 사는 농장이 훨씬 넓기 때문이다. 사람은 소와 교환 작업의 일부로서 6주 동안에 걸쳐 건초를 마련하는데, 이건 정말 힘든 일이다.

확실히 모든 점에서 소박한 생활을 하는 국민, 즉 철학자들로 이룩된 나라는 동물의 노동력을 이용하는 그런 큰 실수는 결코 범하지 않을 것이다. 물론 철학자들의 나라는 과거에 없었고, 가까운 장래에 생겨날 것 같지도 않다. 또 그런 나라가 있는 것이 바람직한지도 모르겠다. 그러나 나 같으면 소나 말을 길들여서 내 일을 시킬 수 있도록 사육하지는 않겠다. 자칫 내가 마부나 목동으로 전락할지 모르기 때문이다. 또한 설사 그렇게 함으로써 사회가 덕을 보는 것처럼 보일지 몰라도 갑의 이득이 을의 손실이 되지 않는다고 단언할 수 없으며, 마구간을 돌보는 소년이 주인처럼 만족할 이유가 있는지도 확실치 않다.

어떤 공공사업이 이런 가축의 힘을 빌리지 않았다면 달성될 수 없었다고 치자. 또 사업 완성의 영광을 소나 말과 나눈다고 치자. 그렇다고 해서 인간이 혼자서는 스스로에게 가치 있는 일을 이룩할 수 없었다는 결론이 되고 마는가? 사람이 가축의 힘을 빌려 불필요하게 기교적인 일뿐만 아니라 사치스럽고 낭비적인 일까지 하기 시작하면, 몇몇 사람들이 소와 바꾸어 하는 일을 떠맡게 되는 것, 즉 몇

몇 사람들이 가장 강한 자들의 노예가 되는 것은 불가피하다. 그리하여 사람은 자신의 내부에 있는 짐승을 위해 일할 뿐 아니라 그런 생존 방식의 상징으로서 자기 외부에 있는 짐승을 위해서도 일하게 된다.

우리는 벽돌이나 돌로 지은 훌륭한 집을 수없이 가지고 있지만, 농부가 잘사느냐 못사느냐 하는 것은 그 농부의 축사가 집보다 어느 정도 더 큰가에 의해 측정되고 있다. 우리 마을은 이 근방에서 가장 큰 규모의 축사와 마구간을 가진 것으로 알려져 있고 공공건물들의 규모도 결코 다른 곳에 뒤지지 않는다. 그러나 종교의 자유와 언론의 자유를 실천할 만한 장소는 거의 없다고 해도 과언이 아니다.

여러 민족은 건축물에 의해서가 아니라 기왕이면 추상적 사고력에 의해 후세에 이름을 남기려고 해야 하지 않을까? 《바가바드기타》[31]는 동양의 어떤 유적보다도 얼마나 더 멋있는가? 탑들과 사원은 군주들의 사치품이다. 소박하고 독립을 존중하는 정신의 소유자는 군주의 지시에 따라 일하지 않는다. 천재는 어떤 황제의 종이 아니며, 천재가 사용하는 재료는 소량을 제외하고는 은도 아니고 금도 아니며 대리석도 아니다. 그러면 도대체 무슨 목적으로 그처럼 많은 돌들이 다듬어지고 있는가? 아르카디아[32]에 갔을 때 나는 그곳에서 돌 다듬는 광경을 보지 못했다. 여러 민족은 그들이 다듬어 남긴 석재의 양으로 자신들에 대한 추억을 영구화하려는 광적인 야망에 사로잡혀 있다. 차라리 그런 노력을 자신들의 언행을 가다듬는 데 바

---

31 고대 인도의 대서사시 《마하바라타》에 나오는 철학적 교훈시.
32 고대 그리스인들의 소박한 이상향.

쳤다면 어땠을까? 한 조각의 양식(良識)은 달까지 솟아오른 기념비보다 더 후세에 남길 가치가 있을 것이다. 나는 대리석이 원래 자리에 있는 것을 보기 좋아한다. 고대 이집트의 수도 테베의 위용은 천박한 위용이었다. 인생의 참다운 목적에서 멀어진 100개의 대문을 가진 테베의 신전보다 어느 정직한 사람의 밭을 둘러싸고 있는 자그마한 돌담이 더 의미가 깊다.

야만적인 이교도의 종교와 문명은 화려한 신전을 짓는다. 그러나 기독교라고 부르는 것은 그런 짓을 하지 않는다. 한 민족이 정으로 다듬는 돌의 대부분은 단지 그 무덤으로 간다. 돌이 그들 자체를 생매장시키는 것이다. 피라미드에 관해 말하건대 거기엔 놀랄 것이 하나도 없다. 어떤 멍청이 같은 야심가의 무덤을 만드느라 그렇게 많은 사람이 일생을 바칠 정도로 타락되었었다는 사실이 더 놀랍다. 차라리 그 멍청이를 나일 강에 처박아 익사시켜 그 시체를 개에게 주어 뜯어먹게 하는 편이 더 현명하고 남자다운 방식이었을 것이다. 그들 일꾼들이나 그 멍청이를 위해 무슨 변명을 생각할 수도 있겠지만 지금은 그럴 시간이 없다.

건축가들의 종교와 예술에 대한 애정에 관해 말하건대, 이집트의 신전을 짓는 일이든 미국의 은행을 짓는 일이든 사정은 세계 어디서나 비슷하다. 완성된 건물의 가치는 그것을 짓는 데 든 비용보다 못하다. 근본 동기는 허영심이며, 그것이 마늘과 빵과 버터[33]에 대한 애착에 의해 조장된다. 전도 유망한 젊은 건축가 밸컴 씨는 비트루비우스[34]의 권말 여백에다 연필과 자로 설계도면을 작성한다. 그

---

33 피라미드 건설 노동자들에게는 마늘을 먹였으며, 빵과 버터는 임금을 뜻한다.
34 비트루비우스(Vitruvius). 기원전 1세기경 유명한 로마의 건축가로, 그가 남긴 《건축서》 10권은 오랫동안 건축학의 교과서 역할을 해왔다.

런 다음 석재상 도브슨 앤 손즈에게 하청을 준다. 3천 년의 세월이 그 건물을 내려다보기 시작할 때 인류는 그것을 올려다보기 시작하는 것이다.

세상에 있는 높은 탑과 기념비에 대해서 이야기해보겠다. 전에 우리 마을에 한 미치광이가 있었는데, 그는 땅에 굴을 파서 중국에 도달하려고 했다. 그의 말에 따르면 중국의 솥과 냄비 소리가 들리는 곳까지 파내려 갔었다는 것이다. 하지만 나는 그가 파놓은 구멍을 구경하러 일부러 가볼 생각은 없다. 많은 사람들은 동서양의 기념비에 관심을 가지고 누가 그것들을 세웠는지 알고 싶어 한다. 그러나 내가 알고 싶은 것은 그 시대에 그런 것을 세우지 않은 사람, 즉 그런 하찮은 것을 초월한 사람이 누구였나 하는 것이다. 하지만 우선 통계 작업을 계속해보자.

손가락 수만큼의 직업을 가진 나는 그동안에도 측량과 목수일, 그리고 여러 가지 막일을 해서 13달러 34센트를 벌었다. 나는 숲속에서 2년 이상을 살았지만 아래 계산이 행해졌던 기간, 즉 7월 4일부터 이듬해 3월 1일까지 8개월 동안의 식비는 다음과 같다. 단, 내가 손수 가꾼 감자와 풋옥수수와 약간의 완두콩은 계산에 포함시키지 않았고, 마지막 날에 내 수중에 있던 식량의 가격도 포함시키지 않았다.

쌀	1달러 73.5센트
당밀	1달러 73센트(제일 값이 싼 감미료)
호맥분	1달러 4.75센트
옥수수 가루	99.75센트(호맥분보다 값이 싸다.)
돼지고기	22센트

밀가루	88센트	
	(비용과 수공이 옥수수 가루보다 더 먹힌다.)	
설탕	80센트	
라드(돼지기름)	65센트	
사과	25센트	이 모든 실험은
말린 사과	22센트	실패로 끝났다.
고구마	10센트	
호박 1개	6센트	
수박 1개	2센트	
소금	3센트	

그렇다. 나는 모두 8달러 74센트를 먹었다. 내가 얼굴을 붉히지 않고 이처럼 나의 약점을 밝히는 것은 대부분의 독자도 나와 같은 약점을 가지고 있으며 그들의 행적도 활자화해놓고 보면 더 나을 것도 없으리라는 것을 알고 있기 때문이다. 다음 해에 나는 가끔 물고기를 잡아 저녁으로 먹었고, 한번은 내 콩밭을 망쳐놓은 마멋 한 마리를 때려잡은 적도 있다. 타타르족이 말하는 윤회(輪廻)를 이룩하도록 실험 삼아 잡아서 먹어보았다. 사향 냄새가 났지만 그 순간에는 꽤 맛이 있었다. 그러나 마을 푸줏간에 맡겨 손질을 잘한다 해도 오래 두고 먹기에는 적당치 않으리라는 생각이 들었다. 같은 기간 동안의 피복대와 기타 임시 비용은 8달러 40.75센트였는데, 이 항목까지 세분화하기는 어렵다.

등유 및 몇 가지 살림 도구   2달러

세탁과 옷 수선은 대개 외부에 맡겨서 했는데 아직 청구서를 받지 못했다. 그 비용을 제외하고 내가 지출한 총 액수는 아래와 같다. 이 금액이 이 지역에 살면서 부득이 나가게 되는 돈의 전부다.

주택	28달러 12.5센트
농지(1년분)	14달러 72.5센트
식비(8개월분)	8달러 74센트
피복대 기타(8개월분)	8달러 40.75센트
등유 기타(8개월분)	2달러
합계	61달러 99.75센트

이제 스스로 벌어서 생계를 유지하는 독자들에게 말하겠다. 위의 지출을 충당하기 위해 농작물을 팔아 얻은 금액은 23달러 44센트였다.

농작물 판매로 얻은 금액	23달러 44센트
노임으로 받은 금액	13달러 34센트
합계	36달러 78센트

이 수입 총액을 지출 총액에서 빼면 25달러 21.75센트의 부족액이 생기는데, 이것은 내가 애초에 가지고 있던 착수금과 거의 맞먹는 금액이었으며 또 앞으로 발생할 지출의 규모를 말해주었다. 반면 나는 여가와 자립과 건강을 얻었고, 게다가 내가 원하는 날까지 살 수 있는 안락한 집을 얻은 것이다.

이러한 통계가 아무리 우발적인 것으로 보이고, 또 그래서 누구에게 도움이 되지 않을 것처럼 보여도 어느 정도 완전하게 작성되었으므로 역시 어떤 가치가 있는 것이다. 내가 사람들에게 받은 것은 모두 결산 보고에 포함시켰다. 위의 계산에 따르면 식대만 해도 주당 27센트쯤 된다. 이때 이후 거의 2년 동안 나의 식량은 이스트를 섞지 않은 호밀분과 옥수수 가루, 감자, 쌀, 아주 소량의 소금에 절인 돼지고기, 당밀, 소금, 그리고 마시는 물이었다. 인도 철학을 무척 사랑하는 내가 쌀을 주식으로 삼은 것은 내 몸에 맞는 일이었다. 상습적으로 남의 흠을 잡는 사람들의 반론(反論)에 대비하기 위해 내가 가끔 외식을 했다는 사실을 여기에서 밝히는 편이 좋겠다. 나는 전에 가끔 외식을 했는데 앞으로도 그럴 것이어서 가계에 부담이 되는 때가 많다. 그러나 이미 이야기한 대로 외식이 나의 항구적 요소가 되었으므로 이러한 상대적 회계보고에는 하등의 영향을 미치지 않을 것이다.

내가 2년 동안의 경험에서 터득한 것은, 이처럼 높은 위도에서도 사람이 필요한 식량을 얻는 데는 믿을 수 없을 만큼 적은 노력밖에 들지 않는다는 사실과, 사람이 동물처럼 단순한 식사를 해도 체력과 건강을 유지할 수 있다는 사실이다. 나는 옥수수밭에서 캐낸 쇠비름(portulaca oleracea)을 데쳐서 소금을 친 것만 가지고도 만족스러운, 여러 면에서 만족스러운 식사를 했다. 나는 이 식물을 나타내는 oleracea라는 단어가 '야채를 닮다'라는 뜻으로 식욕을 돋우는 어휘 같아서 라틴어로 된 학명을 소개했다. 사실 말이지 분별 있는 사람이라면 평화로운 시대에 보통날 점심때 갓 따온 옥수수를 넉넉히 삶아 소금을 뿌려 먹는 것 말고 무엇을 더 바라겠는가? 내가 식단에 약간의 다양성을 보인 것은 건강상 이유가 아니라 먹고 싶다는 욕구에 굴복했기 때문이다. 그런데 인간들은 필수품에 속하는 양식이 아니라 사치성 식품의 부족으로 흔히 굶어 죽을 지경에 이른다. 내가 아는 어느 선량한 여성은 자기 아들이 물만 마셨기 때문에 죽었다고 생각한다.

여러분은 내가 이 문제를 영양학적 견지가 아니라 경제적 견지에서 다루고 있음을 알 것이다. 그러니까 여러분은 저장실에 식료품이 가득 차 있지 않는 한 나와 같은 절제 생활을 감히 시도하지도 못할 것이다.

내가 처음 만든 빵은 옥수수 가루에 소금을 조금 넣고 구운 순수 호우 케이크[35]였는데, 집 밖에 불을 피워놓고 널빤지 위나 집 지을 때 잘라 쓰고 버린 나무토막의 한쪽 끝에 올려서 구운 것이었다. 하지만 이 빵은 연기가 배어들어 송진 냄새가 나기 일쑤였다. 나는 또 밀가루 빵도 만들어보았다. 결국 호맥분과 옥수수 가루를 섞어서 구운 빵이 가장 맛있고 만들기도 쉽다는 결론을 얻었다. 추운 날씨에 이집트인이 달걀을 부화시킬 때처럼 조심스럽게 지켜보며 이리저리 뒤집어 빵을 연달아 구워내는 일은 여간 재미있는 게 아니었다. 이 빵들은 내가 성숙시킨 진정한 곡물의 과일이며, 천으로 감싸 되도록 오래 보관하는 다른 고상한 과일 못지않은 향기를 지니고 있었다.

나는 유구한 역사의 없어서는 안 될 이 빵이라는 것의 제조법을 연구하고, 손에 들어오는 한 권위 있는 문헌을 참고했다. 우선 원시 시대로 거슬러 올라가, 인간이 나무 열매나 짐승의 고기만을 먹던 야생의 생활에서 처음으로 빵이라는 부드럽고 세련된 음식을 접하게 된 시절, 최초로 누룩이 없는 빵을 발명한 시절을 조사했다. 시대

---

[35] 괭이나 쟁기의 날 위에다 놓고 구운 빵이어서 호우 케이크(hoe-cake)라는 이름이 붙었다.

를 서서히 내려오다가 인류는 우연히 밀가루 반죽에 누룩이 생기는 것을 발견하며, 여기서 빵을 발효시키는 과정을 배운다. 그 뒤로 여러 종류의 발효법을 거쳐 드디어 생명의 양식이라고 하는 "양질이면서 맛 좋고 건강에 좋은 빵"[36]에 도달한다. 효모는 빵의 영혼, 즉 빵의 세포조직을 채우고 있는 혼(spirits)으로 여겨지기도 했으며, 오랜 세월에 걸쳐 베스타 여신[37]의 부엌 불처럼 경건하게 보존되어왔다. 메이플라워 호가 신대륙으로 올 때 한 병의 효모도 소중히 바다를 건너 미국으로 와서 그 사명을 다했던 것이다. 지금도 그 영향은 커다란 물결이 되어 이 나라 방방곡곡에서 널리 부풀어오르고 있다.

나는 이 효모를 정기적으로 마을에 가서 사왔는데, 어느 날 아침 사용법을 깜빡 잊고 효모를 태워버렸다. 그 사고를 통해 나는 효모도 반드시 필요한 것이 아니라는 사실을 알게 되었다. 이 발견은 종합적인 과정이 아니라 분석적인 과정에 의해 이루어진 것이었다. 그 뒤부터 나는 기꺼이 효모를 쓰지 않았다.

그러나 대부분의 주부들이 효모 없이는 안전하고 몸에 좋은 빵을 만들 수 없다고 진지하게 역설했으며, 나이가 지긋한 사람들은 내 기력이 빨리 쇠진할 것이라고 단언하기까지 했다. 그러나 나는 효모란 절대적으로 필요한 것이 아님을 알고 있으며, 효모 없이 1년을 지냈지만 아직도 생자(生者)의 땅을 밟고 있다. 기쁜 것은 귀찮게 효모 병을 주머니에 넣고 다니는 수고를 면하게 된 일이다. 그것을 넣고 다니다 보면 마개가 튀면서 내용물이 쏟아지는 사태가 가끔 벌어졌기 때문이다. 효모는 쓰지 않는 편이 더 간편하고 모양새도 좋다.

---

36 영국의 매튜 헨리(Matthew Henry)의 저서 《Commentaries》(1708)에서 인용했다.
37 로마 신화에 나오는 불과 부엌의 신.

인간은 어떤 기후나 환경에도 적응하는 능력을 가진 동물이다.

또한 나는 빵 속에다 탄산소다나 그 밖에 다른 산이나 알칼리도 넣지 않았다. 나는 기원전 2세기경 마르쿠스 포르키우스 카토가 권했던 비법을 따른 것처럼 보일 것이다. 카토가 권한 비법을 현대 언어로 옮겨보겠다. "밀가루 반죽은 이렇게 한다. 먼저 손과 반죽 그릇을 잘 씻는다. 그 그릇 속에 밀가루를 담아 물을 천천히 붓고 잘 이긴다. 반죽이 된 다음에는 빵 모양을 만들어 뚜껑을 덮고 굽는다." 즉 빵 굽는 솥에다 구우라는 뜻이다. 효모에 대해서는 일언반구도 없다. 나는 생명의 양식인 빵을 늘 먹은 것이 아니다. 한때 주머니가 비어서 한 달 이상이나 빵을 구경조차 못했던 적이 있다.

뉴잉글랜드 거주민은 누구나 호밀과 옥수수의 고장인 이곳에서 자기들이 먹을 빵의 모든 재료를 재배할 수 있으므로 거리가 멀고 가격 변동도 심한 시장에 의존하지 않아도 될 것이다. 그러나 우리가 소박하고 자주적인 기풍을 잃은 나머지 콩코드의 상점에서는 신선하고 맛있는 옥수수 가루를 구하기가 힘들며, 깔깔하고 더 거친 옥수수 가루나 통옥수수는 먹으려는 사람도 거의 없다. 대부분의 농민은 자신들이 가꾼 곡물을 소나 돼지에게 사료로 먹이고, 자기들은 상점에서 밀가루를 구입하는데, 이것은 가격만 비쌀 뿐 영양가가 더 있는 것도 아니다. 나는 내가 먹을 한두 부셸의 호밀이나 옥수수는 쉽게 재배할 수 있다는 것을 알게 되었는데, 호밀은 척박한 땅에서도 잘 자라고 옥수수도 땅이 최상으로 비옥할 필요가 없었다. 이것들을 맷돌에 갈아서 먹으면 쌀이나 돼지고기 없이도 지낼 수 있다.

나는 또 어떤 강한 당분을 섭취해야 한다면 호박이나 사탕무로 양질의 당밀을 얻을 수 있다는 것을 실험을 통해서 알게 되었다. 이보다 더 쉽게 당분을 얻으려면 사탕단풍나무 몇 그루를 심으면 되고, 이 나무들이 자라는 동안에는 앞에 말한 것 말고도 여러 가지 대용품을 사용할 수 있다는 것을 알았다. "왜냐고?" 하고 우리의 조상들이 노래한다.

　　호박, 방풍나물, 호두나무 조각으로
　　입술을 달게 할 술을 빚을 수 있으니까.

　끝으로 식료품 가운데 가장 바닥에 있는 소금에 대해 이야기해보자면, 이것을 얻는다는 구실로 해변에 가볼 수도 있겠다. 그런데 소금을 전혀 먹지 않고 지낼 수 있다면 물도 적게 마실 것이다. 인디언들이 소금을 구하려고 애썼다는 말은 들어본 적이 없다.

　이리하여 나는 먹는 것에 관한 한 모든 거래와 물물교환을 피할 수 있었다. 게다가 집은 이미 마련되었기 때문에 옷과 땔감만 구하면 되었다. 내가 지금 입고 있는 바지는 어느 농가에서 짠 것인데, 인간에게 아직도 그만한 능력이 있다는 것은 하늘에 감사할 일이다. 왜냐하면 농민이 직공으로 전락한 것은 인간이 농민으로 전락[38]한 것만큼이나 잊어서는 안 되는 대사건이라고 생각하기 때문이다.

　땔감은 새로 개척되는 땅에서는 항상 골칫거리다. 집터로 말할 것 같으면, 만일 나에게 임시 거주가 허용되지 않았다면 내가 경작하는 땅 중에서 1에이커를 원래의 가격, 즉 8달러 8센트에 구입할 생각도 하고 있었다. 그러나 결국 임시 거주로 낙착을 보았고, 그 결과 이 땅의 가치는 올라갔다는 생각이 든다.

　세상에는 남의 말을 믿지 않으려는 부류가 있는데, 이들은 때때

---

38 에덴동산에서 추방된 아담은 농민으로 전락한다(〈창세기〉 3장 23절 참조).

로 나에게 채식만으로 살 수 있느냐는 등의 질문을 한다. 그러면 나는 문제의 핵심을 찌르기 위해(핵심은 신념이니까) 큼직한 쇠못을 먹고도 살아갈 수 있다고 대답해주곤 한다. 그 사람들이 이 말을 알아듣지 못한다면 내가 이 책에서 말하려는 취지를 대부분 이해하지 못할 것이다. 어떤 청년이 2주간 자신의 이를 절구 삼아 속대가 붙어 있는 날옥수수만 먹으며 사는 실험을 했다는 이야기를 나는 즐겁게 듣는다. 다람쥐 무리도 같은 일을 시도하여 성공하지 않았는가? 인류도 이런 실험에 흥미를 느끼고 있다. 하긴 이가 빠져 이런 실험이 곤란한 할머니나 죽은 남편의 유산 3분의 1을 제분소에 투자해놓은 과부들은 깜짝 놀랄 것이다.

내 가구는 어떤가 하면, 일부는 내가 손수 만들었고 그 이외의 가구에는 1센트도 들이지 않았기 때문에 결산보고서에 기재하지 않았다. 내 가구는 침대 하나, 탁자 하나, 책상 하나, 의자 셋, 지름 3인치짜리 거울 하나, 부젓가락 한 벌과 장작 받침쇠 하나, 솥 하나, 냄비 하나, 프라이팬 하나, 국자 하나, 대야 하나, 나이프와 포크 두 벌, 접시 세 개, 컵 하나, 스푼 하나, 기름 단지 하나, 당밀 단지 하나, 그리고 옻칠한 램프 하나뿐이다. 호박을 의자로 써야 할 만큼 가난한 사람은 없다. 만약 있다면 그것은 무기력 때문이다. 이 마을 많은 집의 다락에는 가서 들고 오기만 하면 되는 쓸 만한 의자들이 얼마든지 있다. 가구라고! 다행히도 나는 가구점 신세를 지지 않고도 앉거나 설 수 있다.

철학자가 아닌 한, 자기 가구가 수레에 실려 거지 같은 빈 상자의 모습으로 하늘의 빛과 사람의 눈총을 받으며 시골길 위로 끌려가는 모습을 보고 부끄러움을 느끼지 않을 사람이 어디 있겠는가? 저게

스폴딩[39]이라는 작자의 가구구먼! 저런 짐은 아무리 자세히 살펴도 이른바 부자라는 사람의 짐인지 가난한 사람의 짐인지 분간할 수 없다. 그 짐의 임자는 늘 가난에 찌든 사람처럼 보였다. 실제로 그런 물건을 많이 가질수록 더 가난한 법이야. 그런 짐 더미는 열두 채의 판잣집에 들어 있던 것들처럼 보인다. 한 채의 판잣집이 가난함을 나타낸다면 저 짐 더미는 열두 배의 가난을 나타내는 것이야. 가구, 즉 우리의 껍질, 그러니까 허물을 벗기 위해서가 아니라면 우리가 무엇 때문에 이사하는 것일까? 결국 이 세상에서 새 가구가 있는 저승으로 가면서 이승의 것들은 태워버리기 위한 것이 아닌가? 가구를 그대로 가지고 가는 것은 이 모든 덫을 우리의 허리띠에 매놓은 것이나 마찬가지다. 이것들을, 아니 이 덫을 끌지 않고는 우리가 살기로 되어 있는 그 험준한 고장을 거쳐갈 수 없는 것이다. 덫에 걸린 꼬리를 잘라내고 달아난 여우는 운이 좋은 놈이었다. 사향쥐는 자유로워지기 위해서라면 자신의 세 번째 다리도 물어 끊는 놈이다. 인간이 탄력성을 잃은 것은 놀랄 일이 아니다. 인간은 얼마나 자주 궁지에 빠지는가? "형씨, 실례를 무릅쓰고 묻겠습니다만, 궁지에 빠진다는 것이 무슨 뜻입니까?" 혹시 당신이 관찰력 있는 사람이라면, 사람을 만났을 때 그 사람 뒤로 그가 소유한 모든 것, 아니 소유하지 않은 척하는 모든 것, 심지어 부엌 가구와 그 밖에 그가 계속 모아두고 태워버리지 못한 온갖 잡동사니를 볼 수 있을 것이다. 그는 마구를 채운 말처럼 그 짐에 묶인 채 힘겹게 전진하려고 발버둥치는 듯 보일 것이다. 그 사람은 옹이구멍이나 출입문을 빠져나갔지만 썰매에 실은 자신의 가구와 짐은 문턱에 걸려 나오지 못한다. 그런 사람

---

39 스폴딩은 흔해빠진 이름으로, 특정 인물을 지칭하는 것 같지 않다.

을 두고 궁지에 빠졌다고 하는 것이다.

나는 어떤 말쑥하고 빈틈없으며 덫에 걸리지 않아 자유로워 보이면서 무슨 일을 감행할 준비가 되어 있는 듯한 남자가 자기 가구는 보험에 들어 있느니 안 들어 있느니 하며 떠들 때는 동정을 금할 수 없다. "그런데, 내 가구는 어떻게 해야 합니까?" 그는 여전히 지껄인다. 나의 이 명랑한 나비는 거미줄에 걸려 있는 셈이다. 오랫동안 아무 가구도 가지고 있지 않은 것처럼 보이던 사람도 자세히 물어보면 누군가의 창고에 몇 가지 가구를 보관시키고 있음을 알게 된다.

나는 오늘날의 영국을 짐을 잔뜩 가지고 여행하는 늙은 신사로 간주한다. 이 짐들은 오랜 살림살이를 하는 동안 누적된 겉만 번들한 시시한 물건인데, 그는 그것을 태워버릴 용기가 없었던 것이다. 큰 가방, 작은 가방, 상자와 보따리 같은 것들이다. 적어도 앞의 세 가지는 버리십시오! 오늘날에도 자기 침대를 집어 들고 걷기[40]란 건강한 사람에게도 벅찬 일이다. 그래서 나는 아픈 사람에게 침대를 버리고 뛰어가라고 충고해야겠다. 나는 저번에 갓 이민 온 사람이 자기의 큰 재산 보따리를 메고 비틀거리면서 걸어가는 것을 본 적이 있다. 그 짐은 마치 목덜미에 난 엄청나게 큰 혹처럼 보였다. 나는 그가 불쌍하다고 느꼈는데, 그가 가진 전부가 그것뿐이라서가 아니라 그가 너무 큰 짐을 지고 가기 때문이었다. 만일 내가 덫을 끌고 가야 한다면 나는 되도록 가벼운 것을 고를 터이고 그 덫에 내 급소가 다치지 않도록 조심할 것이다. 그러나 어쩌면 덫에 손발을 넣지 않는 것이 가장 현명한 일일 것이다.

그건 그렇고, 커튼을 하느라 돈 한 푼 들이지 않았다는 말을 하고

---

40 〈요한복음〉에 "침대를 집어 들고 걷다"라는 구절이 나온다.

싶다. 사실 해와 달 말고는 내 집 안을 들여다볼 사람이 없는 데다 나는 해와 달이 들여다보는 것을 환영하기 때문이다. 달빛이 들어왔다 해서 상할 우유나 고기[41]도 없었고, 해가 비쳐서 망가질 가구나 색이 바랠 양탄자도 없었다. 해가 때로 지나치게 뜨거운 친구로 판명되면 가계부의 지출 항목을 하나 늘리기보다 자연이 제공하는 커튼인 나무 그늘로 자리를 옮기는 편이 경제적으로 득이 될 것이다.

한번은 어느 부인이 매트를 하나 주겠다고 제의했지만, 집 안에 그것을 둘 자리도 없거니와 집 밖이나 안에서 그것을 털 시간도 없고 해서 사양하고 받지 않았다. 문 앞으로 깔린 잔디에 구두를 문지르는 편이 나았기 때문이다. 악의 싹은 처음부터 자르는 것이 최선이다.

얼마 전에 어느 교회 집사의 가재도구를 경매하는 곳에 갔는데, 그 집사는 생전에 꽤 능력이 있는 사람이었다.

인간이 저지르는 악행은 사후에도 남는다.[42]

흔히 그러하듯 그의 가재도 대부분 그의 아버지 때부터 쌓여온 잡동사니였다. 그중에는 말라붙은 촌충 한 마리도 있었다. 이런 물건들은 그의 다락방과 다른 먼지 구덩이에서 반세기 동안이나 자빠져 있다가 지금도 불태워지지 않은 상태였다. 큰 횟불, 즉 정화의 불로 태워버리는 대신 경매에 부쳐 가격 상승을 부채질하고 있는 것이다. 인근에서 눈에 불을 켜고 몰려든 사람들이 그 물건들을 죄다 사

---

41 예부터 내려오는 미신이다.
42 셰익스피어의 〈줄리어스 시저〉 3막 2장에서 인용했다.

갔다. 이 물건들은 각자의 집 다락방과 다른 먼지 구덕으로 조심스럽게 옮겨져서 그곳에 있다가 그들이 죽으면 유품으로 처분되고, 다시 경매장으로 나올 날까지 그곳에 남아 있을 것이다. 사람은 죽을 때 먼지를 차서 흙먼지를 피운다.[43]

어떤 미개인들의 풍습 중에는 우리가 본받는 것이 좋다고 생각되는 풍습이 있는데, 매년 적어도 한 번 허물을 벗는 것과 비슷한 행사를 치르는 습관이 그것이다. 실제로 그들이 허물을 벗든 안 벗든 허물을 벗겠다는 생각은 지니고 있다. 바트램[44]이 머클래스 인디언들의 그런 습관을 묘사했다. '버스크', 즉 '첫 곡식의 잔치'라고 부르는 이런 행사를 우리도 개최해보면 좋지 않을까? 바트램은 이렇게 기술하고 있다.

한 고을이 버스크 축제를 할 때 그들은 미리 새 옷, 새 솥과 프라이팬, 그리고 다른 살림살이와 가구를 마련해둔 다음, 그들의 모든 헌 옷과 지저분한 물건들을 모으고, 집과 거리와 마을 전체를 깨끗이 비질하며 청소하여 쓰레기를 모아놓고 이것들을 남은 곡식과 식료품들과 함께 무더기로 쌓아 올려 불을 질러 태워버린다. 그러고는 약을 먹고 사흘간 단식하는데, 단식이 끝나면 고을 안의 모든 불을 끈다. 단식 기간 중에는 식욕과 성욕 등의 모든 욕망을 자제한다. 그런 다음 대사면령이 선포된다. 그러면 모든 죄인은 자기 마을로 돌아갈 수 있다.

---

43 호메로스의 《일리아스》 중 헥토르의 죽음이 "먼지를 차다"라고 묘사된 부분을 생각하고 쓴 것 같다.

44 윌리엄 바트램(William Bartram, 1739~1823). 미국의 식물학자이며, 다음에 나오는 서술은 그의 저서 《Travels through North and South Carolina》(1791)에서 인용했다.

나흘째 아침, 직책이 높은 승려가 마른 나무를 비벼 광장에다 새로운 불을 피워놓는다. 온 마을 사람들은 이 불에서 새롭고 깨끗한 불을 당겨서 각자의 집으로 가져간다.

그런 다음 그들은 사흘 동안 햇곡식과 햇과일로 잔치를 벌이며 춤추고 노래한다. "그리고 이어지는 나흘 동안 그들은 자신들처럼 몸을 정화하고 새롭게 단장한 이웃 마을의 친구들을 맞이하여 함께 즐거운 시간을 보낸다."

멕시코인들도 52년이 끝날 때마다 세상의 종말이 왔다고 생각하여 이와 비슷한 정화제를 지냈다.

사전에 의하면 성례전(聖禮典, sacrament)이란 "내적이고 정신적인 신의 은총의 외적이고 가시적인 표현"이라고 정의되어 있는데, 나는 이보다 진실된 정의는 들어본 적이 없다. 그들은 비록 계시가 기록된 성전 같은 것은 갖고 있지 않지만, 애초에 하늘에서 그렇게 하라는 영감을 직접 받았다는 데는 의심의 여지가 없다.

나는 이처럼 5년 이상을 오직 육체적 노동만으로 생계를 유지해 왔다. 그 결과 1년 중 약 6주일만 일하면 필요한 모든 생활비를 벌 수 있다는 사실을 발견했다. 여름의 대부분과 겨울 전체를 나는 순전히 공부에 할애할 수 있었다. 또한 나는 학교 경영에 전력을 기울인 적이 있는데,[45] 비용이 수입과 맞먹거나 적자가 나는 것이었다. 선생답게 생각하고 교육자로서의 신념을 가져야 하는 것은 물론 직업에 맞는 복장과 준비를 해야 했으며, 그 외에도 시간을 많이 빼앗

---

[45] 소로는 대학 졸업 후 2년 반 정도 형과 함께 학교를 운영하며 교사 노릇을 한 적이 있다.

겼다. 같은 동포를 위해서라기보다 단지 생계를 위해 가르친 것이 실패였다.

나는 또 장사도 해보았다. 그러나 장사가 궤도에 오르려면 10년이 걸린다는 것을 알았고, 그때쯤 되면 나는 도덕적으로 파탄의 길을 걷고 있으리라는 것을 깨달았다. 그래서 나는 실제로 장사가 번성하는 게 아닌가 하는 걱정까지 하게 되었다.

역시 전에 있었던 일인데, 내가 무슨 일을 해서 먹고살까 하는 문제를 곰곰이 생각하고 있을 때였다. 직업에 대한 친구의 충고를 따르느라 겪은 서글픈 체험들이 내 머릿속에 생생히 남아서 나의 창의력을 깎아먹고 있을 때였다. 나는 야생 딸기의 일종인 허클베리를 따서 파는 일을 여러모로 진지하게 생각해보았다. '이 일이라면 틀림없이 나도 할 수 있을 테고, 이익이 적어도 나에게는 충분하지. 왜냐하면 나의 가장 뛰어난 장점은 욕심을 부리지 않는 것이니까. 자본도 별로 들지 않고 나의 평소 생활 방식에서 크게 벗어나지도 않겠지' 하고 어리숙한 나는 생각을 이어갔다.

나의 친구들이 주저 없이 상업이나 전문직에 발을 들여놓는 동안 나는 이 일이 그들의 직업과 가장 비슷하다고 생각했다. 여름 내내 여러 야산을 쏘다니며 마주치는 딸기를 따 모아서는 아낌없이 처분했다. 마치 아드메투스 왕의 양 떼를 돌보는 일[46]과 비슷했다. 또한 나는 수집한 야생 약초나 상록수를 건초 운반용 수레에 싣고, 숲을 그리워하는 마을 사람들이나 더 나아가서 도시 사람들에게 가지고 가서 파는 일도 머릿속에 그려보았다. 그러나 그 뒤에 장사라는 것

---

46 그리스 신화에서, 큰 죄를 짓고 1년간 아드메투스 왕의 양 떼를 지키며 산 적이 있는 아폴로 신처럼 살고 싶다는 뜻이다.

은 취급하는 모든 것을 망친다는 것을 알았다. 비록 하느님의 메시지를 취급하는 사업일지라도 장사에 따르는 저주는 좀처럼 떨어져 나가는 것이 아니다.

나는 내 나름대로 좋아하는 것이 있었고, 특히 자유를 소중히 여겼으며, 넉넉하게 살지는 않았지만 잘 살아가고 있었다. 그러므로 값비싼 양탄자나 훌륭한 가구들, 또는 맛있는 요리라든가 그리스나 고딕풍 집을 손에 넣기 위해 시간을 소비하고 싶지는 않았다. 혹시 이런 것들을 획득하는 일이 자유로운 삶의 방식에 방해가 되지 않고 일단 획득하면 그 사용법을 아는 사람들이 있다면, 그들에게 그런 것들을 추구하라고 맡기고 싶다. 어떤 사람들은 근면하며, 노동 자체를 사랑하는 것처럼 보인다. 또는 일을 하면 나쁜 짓을 할 기회가 없기 때문에 일을 사랑하는 것 같다. 그런 사람들에게 지금으로서는 할 말이 없다.

지금 누리고 있는 여가보다 더 많은 여가가 생기면 어찌할 바를 모르는 사람들에게는, 지금보다 두 배로 일하라고 충고하고 싶다. 자기의 몸값을 지불해버리고 자유의 증서[47]를 얻을 때까지 일하라고 하고 싶다. 나는 개인적으로 날품팔이가 가장 자유로운 직업이라고 생각한다. 무엇보다도 1년에 30, 40일만 일하면 먹고살 수 있기 때문이다. 게다가 그의 일과는 해가 지는 순간 끝나며, 그 후로는 노동에서 해방되어 자기가 좋아하는 일에 몰두할 수 있다. 그러나 달이면 달마다 부심하는 고용주는 1년 내내 숨 돌릴 여유가 없는 것이다.

간단히 말해서, 나는 신념과 경험을 통해 우리가 간소하고 현명하게 살 의지만 있다면 이 지상에서 자신을 부양하는 일은 고통이

---

47 미국으로 건너온 이민자 중에는 계약된 머슴이 많았다.

아니라 오히려 즐거움이라고 확신한다. 오늘날에도 간소하게 사는 국민의 노동은 인위적으로 살아가는 국민에게는 스포츠와 같은 것이다. 나보다 땀을 쉽게 흘리는 사람이면 몰라도 구태여 이마에 땀을 흘리며 밥벌이를 할 필요는 없다.

내가 아는 한 청년은 몇 에이커의 땅을 유산으로 물려받았는데, 여력만 있으면 자기도 나처럼 살고 싶다고 말했다. 사실 나는 어떤 사람이 내 생활 방식을 그대로 따르기를 바라지 않는다. 왜냐하면 그 사람이 내 생활 방식을 제대로 터득하기도 전에 나는 다른 생활 방식을 발견할지 모를 뿐만 아니라 이 세상에 되도록 많은 다양한 인간들이 각기 살아가기를 바라기 때문이다. 나는 각자가 나름대로의 생활 방식을 조심스럽게 찾아내어 그 길을 갈 것이지, 자기 아버지나 어머니나 이웃이 가는 길을 좇아가지 말기를 바란다. 젊은이는 건물을 짓거나 식물을 심거나 배를 타고 항해해도 좋다. 다만 그가 하고 싶다고 이쪽에다 말하는 일을 못하게 해서는 안 된다. 항해하는 뱃사람이나 도주하는 노예가 항상 북극성에서 눈을 떼지 않는 것처럼[48] 우리는 어떤 수학적인 점 하나에 의해서만 현명해질 수 있으며 그것은 일생의 지침이 되기에도 충분하다. 우리는 예정된 기간 안에 우리의 항구에 도달하지 못할 수도 있지만 올바른 항로를 이탈하지는 않을 것이다.

이런 경우 의심할 바 없는 사실은 한 사람에게 적용되는 말이 천 사람에게도 적용된다는 점이다. 그것은 큰 집이 작은 집보다 크기에 비례해서 건축비가 더 드는 것이 아니고 오히려 싸게 먹히는 것과 같다. 왜냐하면 아무리 큰 집이라도 하나의 지붕이 위를 덮어주

---

[48] 당시 캐나다로 도주하는 남부의 노예는 북극성을 따라갔다고 한다.

고, 하나의 지하실이 기초가 되며, 하나의 벽이 여러 방을 나눌 수 있기 때문이다. 그러나 나로 말하자면 단독주택이 더 좋다. 공동주택의 이점을 알리기 위해 남을 설득하는 것보다는 나 혼자 독채를 짓는 것이 더 싸게 먹히기 때문이다. 설령 남을 설득했다 해도 돈을 적게 들인 공동의 벽은 얇은 벽이 되기 십상이며, 이웃 사람은 알고 보니 질이 나쁠 수도 있고 자기 쪽 벽을 수리하지 않은 채 방치할지도 모른다.

흔히 있을 수 있는 유일한 협력도 극히 부분적이고 피상적인 것이다. 설사 진정한 협력이 있다손 치더라도 그것은 인간의 귀에 들리지 않는 어떤 화음처럼 없는 것이나 마찬가지다. 신념이 있는 사람이라면 어디서나 변함없는 신념으로 협력할 것이다. 신념이 없는 사람은 누구와 함께 섞여 일하든 대부분의 세상 사람들처럼 살아가기를 계속할 것이다. 협력한다는 것은 가장 높은 의미에서든 가장 낮은 의미에서든 같이 생계를 도모하는 것이다.

나는 최근에 어떤 두 청년이 함께 세계 일주를 하기로 했다는 이야기를 들었다. 한 청년은 돈이 없어서 여행 도중 선원 노릇이나 쟁기질로 여비를 벌었고, 또 한 청년은 환어음을 주머니에 넣고 떠났다는 것이다. 이들 중 한 사람은 전혀 일을 하지 않기 때문에 머지않아 동반자로 지내는 것이나 협력 상태가 중단되리라는 것은 쉽사리 짐작할 수 있다. 그들은 모험을 하다가 첫 번째 흥미로운 위기가 닥쳤을 때 서로 갈라질 것이다. 이제까지 암시했듯이 혼자 여행하는 사람은 오늘이라도 떠날 수 있다. 그러나 다른 사람과 같이 여행하는 사람은 상대방이 준비를 끝낼 때까지 기다려야 하기 때문에 출발까지 오랜 시간이 걸릴 것이다.

그러나 이것은 너무 이기적이라고 몇몇 마을 사람들이 말하는 것을 들은 적이 있다. 고백하건대 나는 이제껏 자선사업에 마음을 준 적이 없다. 의무감에서 다소의 희생을 하긴 했지만, 자선사업의 즐거움도 희생시킨 품목의 하나다. 마을의 가난한 사람들을 돕게 하려고 여러모로 나를 설득한 사람들이 있다. 나한테 할 일이 전혀 없었다면 그런 소일거리에 손을 댔을 것이다. 할 일 없이 빈둥거리는 자들에게는 악마가 일거리를 마련해주는 법이니까.[49] 그러나 막상 내가 이 자선사업을 해볼까 하여, 가난한 사람들로 하여금 모든 점에서 나와 같은 쾌적한 생활을 하게 함으로써 그들에게 은혜를 베풀려고 내 뜻을 전했더니, 그들은 모두 지체 없이 그냥 가난한 상태로 남는 쪽이 좋다는 것이었다. 우리 마을의 남녀들이 여러 가지 방법으로 다른 사람들의 행복을 위해 헌신하고 있으니 한 사람쯤은, 설사 그 일이 인류애와는 거리가 먼 일이라 하더라도 다른 일을 하도록 내버려두어도 좋을 것이다. 다른 일도 마찬가지지만 자선사업도 소질이 있어야 하는 법이다. 선행이란 말이 나왔으니 하는 말인데, 그것도 자리가 없을 만큼 꽉 찬 일거리 가운데 하나다. 더욱이 나도 꽤 그 사업을 시도했는데, 이상하게 들릴지 모르지만 선행은 나의 체질에 맞지 않는다는 확신을 얻고 말았다. 나는 사회가 요구하는 선을 행하기 위해 나의 고유한 직분을 의도적으로 포기해서는 안 될 것 같다. 그것이 비록 우주를 파멸에서 구하는 일이라 하더라도 말이다. 이런 정신과 비슷하지만 비교도 할 수 없이 위대한 어떤 부동의 정신이 어딘가에 있기 때문에 지금도 우주가 보존되고 있다고 나는 생각한다. 그러나 나는 다른 사람이 자신의 소질을 발휘하는 것을 방해하고 싶지는 않다. 내가 거절한 자

---

49 17세기부터 통용된 미국 속담이며, 고대 영어에도 나온다.

선사업을 온 마음과 정성과 성의를 다해 행하는 사람에게 말하고 싶다. "어쩔 수 없이 그렇게 될텐데, 세상 사람들이 결국 자선사업을 악한 것이라고 말해도 참고 매진하시오."

나는 결코 내 태도가 특수하다고 생각하지 않는다. 많은 독자들도 분명 나와 비슷한 변명을 할 것이다. 나는 내가 하는 어떤 일을 이웃들이 좋은 일이라고 부르든 말든 상관하지 않으며, 다만 서슴없이 내가 그 일을 맡아서 하기에 적합한 인물이라고 말한다. 그러나 나에게 어떤 일을 시키느냐는 나의 고용주가 정할 일이다. 내가 보통 의미에서의 착한 일을 했다 해도 그것은 나의 본령(本領)과는 무관한 것이어야 하며, 대개의 경우 전적으로 의도되지 않은 것이어야 한다.

세상 사람들은 결국 이렇게 말한다. "좀 더 가치 있는 인간이 되려 애쓰지 말고 지금 있는 그 자리에서 현재의 자신 그대로를 가지고 시작하시오. 애초에 친절한 마음으로 착한 일을 하시오." 그런데 내가 설교할 위치에 있다면 "먼저 착한 인간부터 되시오" 하고 말하겠다.

태양은 마치 달이나 육등성(六等星) 정도의 밝기가 되기까지 타버리다가 거기서 활동을 정지하고 로빈 굿펠로[50]처럼 돌아다니면서 모든 집의 창을 들여다보고, 미치광이들의 흥을 돋아주고, 고기 맛을 변하게 하며, 겨우 어둠이나 가시게 하는 정도의 빛을 가진 존재로 여겨지는 것 같다. 그러나 진짜 태양은 자체의 열과 혜택을 서서히 증가시켜 마침내 어떤 인간도 자기의 얼굴을 똑바로 바라

---

50 영국 민화에 나오는 장난꾸러기 작은 요정으로, 셰익스피어의 〈한여름밤의 꿈〉에도 등장한다.

볼 수 없게 하며, 한편으로는 자신의 궤도를 따라 세상을 돌면서 덕을 베풀고, 아니 정확한 과학이 발견했듯이 세상이 그 주위를 돌면서 덕을 보는 바로 그러한 존재인 것이다. 덕을 베풀어 자기가 신의 아들임을 증명하려고 했던 태양신의 아들 파에톤은 하루 동안 태양의 전차를 빌려 탔으나 궤도를 이탈하는 바람에 하늘나라의 아래쪽 거리에 있던 여러 마을을 불태우고 지구의 표면을 그을렸으며, 모든 샘물을 마르게 하고 거대한 사하라 사막을 생기게 했다. 마침내 주피터 신이 천둥번개로 내리쳐서 그를 지구로 추락시켰고, 태양은 그의 죽음을 슬퍼한 나머지 1년 동안이나 빛을 발하지 않았던 것이다.

부패한 선행에서 피어오르는 악취만큼 고약한 냄새는 없다. 그것은 인간의 썩은 고기이며, 신의 썩은 고기다. 만일 어떤 사람이 나에게 어떤 선행을 베풀겠다는 의식적인 계획을 가지고 내 집으로 오고 있다는 것을 알게 되면 나는 있는 힘껏 도주할 것이다. 입과 코와 귀와 눈을 먼지로 채워 마침내 질식사시킨다는 아프리카 사막의 건조한 열풍 시문(simoon)에게서 피하듯이 말이다. 그가 베푸는 선행의 바이러스가 내 피에 섞일까 봐 두렵다. 나는 차라리 악행의 피해를 자연스럽게 받아들이는 쪽을 택하겠다.

내가 굶주릴 때 내게 먹을 것을 주고, 추위에 떨 때 옷을 주고, 혹시 수렁에 빠졌을 때 나를 끌어내준다고 해서 그 사람이 나에게 좋은 사람은 아니다. 그 정도 일이라면 뉴펀들랜드 개도 할 수 있다. 박애는 가장 넓은 의미에서의 동포애와는 다르다. 하워드[51]는 나름

---

51 존 하워드(John Howard, 1726~1790). 영국의 박애주의자로 형무소 개혁에 공헌했다.

대로 지극히 친절하고 훌륭한 사람임에 틀림없고, 또한 그에 걸맞은 보상도 받았다. 그러나 비교적으로 말해서 우리가 가장 좋은 형편에 있을 때가 실은 가장 도움받을 가치가 있을 때인데, 그때 우리를 도와주지 않는다면 100명의 하워드가 있다 한들 무슨 소용이 있겠는가? 나는 어떤 박애주의자들의 모임에서 나 또는 나 같은 사람에게 도움을 주자는 이야기가 진지하게 거론된 일이 있다는 말을 들은 적이 없다.

예수회 선교사들이 인디언들을 화형시킬 때의 일인데, 이들 인디언이 박해자들에게 새로운 고문 방법을 제시하는 바람에 그 선교사들은 하던 고문을 멈췄다는 것이다. 인디언들은 육체적 고통에 대해 초연했기 때문에 선교사들이 제공하는 어떤 정신적인 위안에 대해서도 초연할 수 있었다. 그리고 남이 내게 해주었으면 하는 대로 남에게 해주라는 성경 말씀도 그들 인디언들의 귀에는 그다지 설득력이 없었다. 그들은 남이 자기들에게 어떻게 하든 상관치 않았기 때문이다. 이를테면 그들은 새로운 형식으로 원수를 사랑하고 원수의 행위를 너그럽게 용서하기까지 했던 것이다.

돕는 것이 가난한 사람들을 자꾸 뒤처지게 하는 모범일지 몰라도, 가난한 사람을 도울 때는 그들에게 가장 필요한 것을 도와라. 만일 돈을 주려거든 그 돈으로 무엇인가를 해주어야지 내던지듯 주어서는 안 된다. 우리는 때로 우스운 실수를 저지른다. 가난한 사람은 지저분하고 누더기에 망측한 꼴을 하고 있을지 모르지만 그렇다고 그들이 춥거나 배고픈 것은 아닐 경우가 흔하다. 그런 모습을 하고 다니는 것은 그의 취향 때문이지 단순히 불운해서가 아니다. 당신이 그에게 돈을 주면 그는 그 돈으로 누더기를 더 구입할지도 모른다.

나는 아주 얄팍하고 너덜너덜한 누더기를 입은 꼴사나운 아일랜드 노동자들이 호수에서 얼음을 잘라내는 광경을 보면서 그들을 불쌍히 여긴 적이 여러 번 있었다. 나 자신은 더 깨끗하고 모양도 꽤 좋은 옷을 입었지만 추워서 떨고 있었으면서 말이다. 그런데 어느 몹시 추웠던 어느 날, 노동자 한 사람이 물에 빠져 몸을 말리려고 내 집에 왔다. 그는 바지 세 벌과 긴 양말 두 켤레를 벗고서야 겨우 알몸을 드러냈다. 그 벗은 옷들이 더럽고 누더기이긴 했지만 내가 겉옷을 걸치라고 내밀자 그것을 거절하는 여유를 보였는데, 그건 속에 많은 속옷을 입고 있었기 때문이다. 이 덕킹 바지(ducking)야말로 그에게 필요한 옷이었다. 이때 나는 나를 불쌍하게 여기기 시작했다. 그에게 헌옷 가게를 통째로 주는 것보다 나에게 플란넬 셔츠 한 벌을 사주는 것이 더 큰 자선사업이라는 것을 깨달았다.

　악의 가지를 치려는 사람이 천 명이라면 악의 뿌리를 잘라내려는 사람은 한 명뿐이다. 가난한 사람들에게 가장 많은 시간과 돈을 주는 사람은 그런 생활 방식을 통해서 그가 없애려고 노력하는 바로 그 불행을 오히려 최선을 다해 조장하는 결과를 초래하게 될지도 모른다. 열 명의 노예 가운데 한 명의 노예를 팔아 그 대금으로 나머지 아홉 명의 노예에게 일요일 단 하루의 자유를 사주는 신앙심 깊은 노예 주인이 하는 행동, 바로 이런 행동을 자선사업가는 하고 있는 것이다.

　어떤 사람은 가난한 사람을 자기 부엌에서 일하게 함으로써 자신의 친절을 과시한다. 자신이 부엌에서 일하면 더 친절한 처사가 되지 않겠는가? 수입의 1할을 자선사업에 바치는 것을 자랑스럽게 생각하는 사람들이 있다. 차라리 수입의 9할을 바쳐서 자선사업을 끝내는 것이 낫지 않을까? 사회는 재산의 1할만을 회수하고 있다. 이것은 재산을 소유하게 된 사람의 관대함 때문일까? 아니면 사법관들의 태만 때문일까?

　자선은 인류가 충분한 평가를 내려준 유일한 미덕이다. 아니, 그
것은 지나치게 과대평가되고 있다. 그것을 과대평가하는 것은 우리
의 이기심이다. 어느 화창한 날, 이곳 콩코드에서 가난하지만 건장
한 남자가 내게 마을의 누군가를 극구 칭찬했다. 이 남자의 말로는
그 사람이 가난한 사람들에게 친절하다는 것이었다. 가난한 사람이
란 바로 자신을 의미하는 것이리라.

　인류의 친절한 아저씨와 아주머니들이 인류의 진정한 정신적 아
버지와 어머니들보다 더 존경을 받고 있다. 나는 학식과 지성을 겸
비한 한 목사가 영국을 주제로 하는 연설을 들은 적이 있다. 그는 영
국의 과학, 문학, 정치상의 위인들, 이를테면 셰익스피어, 베이컨,
크롬웰, 밀턴, 뉴턴 등의 인물을 열거하더니 뒤이어 기독교의 영웅
들에 관하여 말하기 시작했다. 그런데 그는 자신의 목사라는 직책이
강요라도 한 것처럼 기독교의 영웅들을 위인 중의 위인으로 떠받들
어 앞에 열거한 영국의 위인들보다도 훨씬 높은 위치에 올려놓는 것
이었다. 그 기독교의 영웅이란 펜과 하워드와 프라이 부인[52]이었다.
그의 말이 위선이며 거짓이라는 것은 누구나 감지했을 것이다. 이들
세 사람은 영국이 낳은 가장 뛰어난 사람이 아니었다. 어쩌면 가장
훌륭한 박애주의자에 불과했을 것이다.

　나는 박애주의가 마땅히 받아야 할 칭찬을 깎아내리려는 의도는
없다. 단지 생애와 업적을 통해서 인류에게 축복을 주었던 모든 사람

---

52 윌리엄 펜(William Penn, 1644~1714)은 영국의 퀘이커교도로서 펜실베이니아 주의
　개척자이기도 하다. 하워드는 존 하워드를 가리킨다. 엘리자베스 프라이(Elizabeth
　Fry, 1780~1845)는 영국의 퀘이커교도로서 여자 형무소를 개혁했다.

을 공정하게 취급해달라고 요구할 뿐이다. 인간의 강직성과 자비심만이 존중되어서는 안 된다. 그것들은 이를테면 인간의 줄기와 잎사귀에 불과하다. 푸르름이 시든 식물은 병자들을 위한 차로 만들어지는 것 같은 천박한 역할밖에 못하며 돌팔이 의사들이 즐겨 동원하는 물건이다. 내가 구하는 것은 인간의 꽃과 과일이다. 나는 그 인간에게서 어떤 향기가 풍겨오기를 원하며, 우리의 교제가 잘 익은 과일의 풍미를 띠기를 원한다. 그의 선량함은 부분적이거나 일시적인 행위가 아니라 끊임없이 철철 넘치는 샘과 같아야 하며, 아무 노력도 들이지 않고 본인도 의식하지 못하는 선량함이어야 한다. 그런 것이야말로 무수한 죄를 덮어주는 자애(慈愛)라는 것이다.[53]

박애주의자는 너무나 자주 자신이 벗어던졌던 슬픔에 대한 기억으로 인류를 마치 대기처럼 감싸고 그것을 동정이라고 부른다. 우리는 절망이 아닌 용기를, 질병이 아닌 건강과 편안함을 전달해주고 절망과 질병이 퍼져나가지 않도록 조심해야 한다. 저 통곡하는 소리는 남부의 어느 평원에서 들려오는 것인가? 우리가 빛을 보내주어야 할 이교도는 어디에 살고 있는가? 우리가 구제해야 할 그 방종하고 흉폭한 남자는 누구인가?

몸이 아파서 자기의 기능을 제대로 발휘하지 못하거나 동정심이 자리 잡고 있는 내장에 통증이 느껴지면 그 사람은 당장 개혁에, 그것도 세상의 개혁에 착수한다. 자신이 소우주이기 때문에 그는 세계가 풋사과를 먹어왔다는 것을 발견한다. 그것은 참다운 발견이며, 그 참다운 발견을 한 사람은 그가 된다. 사실 그의 눈에는 지구가 커다란 풋사과로 보이며, 인간의 어린 자식들이 그 풋사과를 익기

---

53 〈베드로 전서〉 4장 8절에 "사랑은 허다한 죄를 덮느니라"로 되어 있다.

도 전에 먹을 것이라는, 생각만 해도 끔찍한 위험이 도사리고 있음을 깨닫는다. 그러자 지체 없이 그의 박애정신은 에스키모와 파타고니아 사람들을 찾으며 인구가 많은 인도와 중국의 마을들을 포용한다. 강대국들은 이러는 동안 박애주의자를 이용하여 저희들의 목표를 추구하는 법인데, 이렇게 2, 3년 동안 박애 활동을 하고 나면 그 박애주의자는 위장병을 고치게 되고 지구는 갓 익어가는 과실처럼 한쪽 볼이나 양쪽 볼에 엷긴 하지만 붉은 색깔을 띠게 된다. 그러면 인생은 투박함을 벗고, 다시 한번 즐겁고 건강하게 누릴 수 있게 된다. 나는 내가 저지른 것보다 더 큰 악이 있다고는 상상할 수 없으며, 나보다 더 나쁜 악인은 본 적도 없고 앞으로도 결코 보지 못할 것이다.

개혁자를 슬프게 하는 것은 곤궁에 빠진 동료 인간들에 대한 연민이 아니라, 그 자신의 개인적인 고뇌라고 나는 믿는다. 비록 그 개혁자란 사람이 하느님의 가장 성스러운 아들일지라도 말이다. 고뇌가 제거되고, 그에게도 봄이 오고, 아침이 그의 침대 위로 올라오면 그는 변명 한마디 없이 선량한 개혁자 동료들을 버릴 것이다.

나는 담배의 해독에 대해 강연을 한 적이 없다. 그것은 내가 담배를 한 번도 피워본 적이 없기 때문이다. 담배의 해독에 대한 강연은 흡연의 악습을 끊은 사람들이 이제까지 행한 과오에 대한 벌로서 하는 편이 좋을 것이다. 내가 맛을 본 경험이 있는 것들 중에도 그 해독에 대해 강연할 수 있는 것들이 많이 있기는 하다. 혹시 당신이 무심결에 어떤 자선사업에 발을 들여놓았다면, 오른손이 하는 일을 왼손이 알지 못하도록 하라.[54] 그것은 알 가치가 없기 때문이다. 물에 빠진 사람을 구했으면 당신의 구두끈을 매라. 그러고는 천천히 어떤

---

54 〈마태복음〉 6장 3절에 나오는 말이다.

자유로운 일에 착수하라.

우리의 풍습은 성자들과의 소통을 통해서 손상되었다.[55] 우리의 찬송가는 신에 대한 감미로운 저주와 신에 대한 영원한 인내의 멜로디로 가득 채워져 있다. 예언자와 속죄자들조차 인간의 희망을 확인해주기보다 오히려 불안을 달래주었다고 말하는 편이 낫다. 생명이라는 선물에 대한 소박하고 억누르기 어려운 만족감이나 신에 대한 기억할 만한 칭송은 아무 데도 기록되어 있지 않다. 모든 건강과 성공은 아무리 멀리 물러나 있는 것처럼 보여도 나를 좋은 쪽으로 감화시킨다. 질병과 실패는 그것이 나에게 아무리 많은 동정을 베풀고, 또 내가 그것에게 아무리 많은 동정을 베풀어도 나를 슬프게 하고 해로움을 안긴다.

그러니까 우리가 진실로 인디언적, 식물적, 자석적, 자연적 수단으로 인류를 구제하려 한다면 우선 자연처럼 소박하고 건강해져야 하며, 우리의 이마 위에 걸려 있는 구름을 추방하고 우리의 숨구멍에 다소의 생명을 우겨넣기로 해야 한다. 가난한 사람들의 감독관으로 머물러 있지 말고 세상에서 가치 있는 한 성원이 되도록 노력하자.

나는 쉬라즈의 셰이크 사디[56]가 쓴《굴리스탄》('장미원'이라는 뜻) 속에서 다음과 같은 대목을 읽었다.

그들은 현자에게 물었다. 지고의 신께서 드높고 울창하게 창조한 온갖 이름 있는 나무 중에서 열매도 맺지 않는 삼나무 말고는 어느 나무도 아자드, 즉 자유의 나무라고 불리지 않는데, 그건 무슨 이유입니

---

55 〈고린도전서〉 15장 33절에 나오는 말이다.
56 셰이크 사디(Sheik Sadi, 1213?~1292?)는 페르시아의 시인이자 신비주의자.

까? 현자가 답했다. 나무란 저 나름의 과일과 저마다의 철을 갖고 있어서 제철에는 싱싱하고 꽃을 피우지만 철이 지나면 마르고 시드는 법이다. 삼나무는 어디에도 속하지 않고 항상 싱싱한 나무다. 자유로운 자들, 다시 말해 종교적으로 독립된 자들은 바로 이러한 천성을 지니고 있는 법이다. 그러니 자네들도 덧없는 것들에게 마음을 빼앗겨서는 안 된다. 칼리프족이 망한 뒤에도 티그리스 강은 바그다드를 뚫고 계속 흐를 것이다. 자네들이 가진 것이 풍부하거든 대추야자나무처럼 아낌없이 베풀어라. 그러나 가진 것이 없으면 삼나무처럼 자유인이 되거라.

보충하는 시[57]

가난의 허세

불쌍한 가난뱅이, 너는 너무나 우쭐대는구나.
너의 함지 같은 초라한 오두막이
돈 안 드는 햇빛 속에서 그늘진 우물가에서
풀뿌리와 채소로
어떤 게으른 자나 현학자의 덕을 키운다 하여
천상의 자리를 요구하다니.
너의 오른손은 아름다운 덕의 꽃을 피게 해줄
인간다운 정열을 정신적 토양에서 찢어내어

---

57 여기 인용된 커루의 시는 이제까지 소로가 기술한 견해와 정반대되는 내용이다. 독자로 하여금 두 가지 대립되는 삶의 방식을 비교하는 기회를 주기 위해서 소개한 것 같다.

본성을 타락시키고 감각을 마비시켜

고르곤[58]이 그랬듯, 활동하는 인간들을 돌이 되게 하는구나.

우리는 너의 강압적인 절제나

기쁨도 슬픔도 모르는 그 부자연스러운 어리석음과의

지루한 어울림을 바라지 않는다.

또한 네가 활동적인 것보다 높이 올려세운

수동적인 불굴의 정신도 바라지 않는다.

평범함 속에 자리 잡은 이 비천한 무리는

너의 비굴한 근성에 어울린다.

그러나 우리가 표방하는 것은

과잉을 용인하는 미덕일 뿐이다.

용감하고 관대한 행위, 왕실의 위엄,

모든 것을 보는 사리분별, 끝없는 아량,

또한 고대부터 이름은 남기지 않았지만

헤라클레스, 아킬레우스, 테세우스처럼 모범 그 자체로 남겨진 영
웅적 미덕 등이다.

역겨운 너의 은신처로 돌아가라.

그리하여 새롭게 빛나는 천체를 보거든

그 영웅들이 어떤 인간들이었는가를 잘 생각해보아라.

T. 커루[59]

---

58 그리스 신화에 나오는 세 괴물 자매.

59 토머스 커루(Thomas Carew, 1594?~1639). 영국 왕당파 시인이며, 위의 시는 가면
극 〈Coelum Britannicum〉에서 인용한 것이다.

2

내가 산 장소와 거기서 산 목적

인생의 어느 시기에는 모든 장소를 자기 집을 지을 수도 있는 집터로 생각하게 된다. 그래서 나는 내가 사는 곳으로부터 사방 12마일 이내에 있는 땅을 조사했다. 나는 상상 속에서 모든 농장을 연달아 사들였다. 모든 농장이 살 수 있는 것들이고, 나는 그 가격도 알고 있었기 때문이다. 나는 농가의 농장들을 하나하나 둘러보면서 거기서 자라는 야생 사과를 맛보기도 하고, 그 농부와 농사일에 대해 이야기를 나누기도 하고, 값이 얼마든 그가 부르는 값에 사서 마음속으로 그 땅을 그 농부에게 저당잡히기도 했다. 그 농부가 부르는 값보다 더 높은 가격을 부를 때도 있었다. 모든 것을 인수했지만 증서만은 받지 않았다. 증서 대신 상대방의 말을 받아들였다. 그것은 내가 이야기하기를 몹시 좋아하는 사람이기 때문이다. 그러고는 토지를 경작하면서 어느 정도 그 농부도 경작했으며, 이렇게 경작하는 작업을 즐긴 다음에는 농장을 다시 그에게 맡기고 물러났다. 이런 경험 때문에 친구들은 나를 일종의 부동산 중개인으로 보기에 이르렀다.

어디에 앉든지 나는 그곳에서 생활이 가능하고, 풍경은 내가 있는 곳에서 사방으로 펼쳐졌다. 집이란 결국 라틴어의 세데스(sedes), 즉 '앉은 자리'가 아닌가? 시골이면 앉기가 더 편할 것이다. 당장 쓸 수는 없지만 집을 짓기에 적당한 터를 많이 발견했다. 마을에서 너무 멀리 떨어졌다고 생각하는 사람들도 있겠지만 내 눈에는 마을이 거기에서 너무 멀게 보였다. '됐어, 여기라면 살아볼 만하군' 하고 나는 생각했다. 그러고는 거기에서 한 시간 동안 살면서 여름과 겨울 생활을 해보았다. 또한 그 시간 동안에 몇 년을 보내면서 겨울과 싸우고 봄을 맞이하는 내 모습을 그려보기도 했다.

장차 이 지역에 살게 될 사람들은 어디에 집을 짓든지 자기들보다 먼저 그곳을 집터로 생각한 사람이 있었다는 사실을 믿어도 좋을 것이다. 오후 한나절이면 이 땅을 과수원, 나무숲, 목장으로 분할하고, 문 앞에는 어떤 멋진 떡갈나무들과 소나무들을 남겨둘 것이며, 어느 쪽에서 보아야 고목들이 가장 돋보일까를 결정하는 데 충분했다. 그러고 나서 나는 이 땅을 휴경지로 묵혀두었다. 왜냐하면 묵혀둘 수 있는 땅이 많으면 많을수록 그 사람은 부유하다고 할 수 있기 때문이다.

나의 상상은 그칠 줄 모르고 결국 농장 몇 곳의 선매권을 얻는 데까지 이르렀다. 선매권은 내가 원하는 전부였고, 내가 농장을 실제로 소유하여 뜨거운 맛을 보는 일은 없었다. 내가 실제로 땅을 소유할 뻔했던 것은 할로웰 농장[1]을 샀을 때였다. 나는 곧 씨앗을 고르기 시작했고 작물을 실어나르는 데 필요한 외바퀴 수레를 만들 재료도 모았다. 그러나 땅 주인이 내게 증서를 넘겨주기 전에 그의 아내의

---

1 콩코드의 서드베리 강 서안에 실제로 있었던 오래된 농장.

마음이 변하여 땅을 팔지 못하게 되자 땅 주인은 해약금 조로 내게 10달러를 주겠다는 것이었다. 누구에게나 이런 아내가 있다. 그건 그런데 진실을 말하자면, 나는 그때 하늘과 땅을 다 뒤져도 10센트 밖에 없었다. 이렇게 되고 보니 나 자신은 10센트를 가진 사람인지, 농장을 가진 사람인지, 10달러를 가진 사람인지, 아니면 이 모든 것을 가진 사람인지 나의 산술 실력으로는 분간할 길이 없었다. 그러나 나는 그 사람더러 10달러고 농장이고 그냥 가지고 있으라고 했다. 왜냐하면 나는 이만하면 이 농장을 가질 만큼 가져본 사람이기 때문이었다. 아니 오히려 말을 바꾸어 이야기하면, 내 쪽에서 관용을 베풀어 내가 산 값에 농장을 그에게 되팔고 그가 부자가 아니기 때문에 그 위에 10달러를 얹어주었다고 하는 편이 더 나을 것 같았다. 또한 나에게는 10센트와 씨앗과 외바퀴 수레의 재료가 아직 남아 있었다. 이리하여 나는 나의 청빈에는 아무 손상을 입히지 않고 부자가 되어본 것이다. 그러나 나는 그곳의 경치만은 그대로 간직하고 있었으며, 그 뒤로도 그 경치가 생산하는 소득을 손수레 없이 해마다 실어왔다. 경치에 관한 한,

나는 내가 내려다보는 모든 것의 군주이며
내 권리에 대해 왈가왈부할 자는 하나도 없다.[2]

나는 흔히 시인이 어떤 농장의 가장 가치 있는 부분을 즐기고 물러나는 것을 보는데, 무뚝뚝한 농부는 그 시인이 야생 사과 몇 개를

---

2 영국 시인 윌리엄 쿠퍼(William Cowper, 1731~1800)의 시 〈A. 셀커크가 쓴 것으로 추정되는 시〉에서 인용했다.

따갔으려니 하고 생각했을 뿐이다. 시인이 눈에 보이지 않는 감탄스럽기 이를 데 없는 울타리, 다시 말해 시의 운율 안에 그의 농장을 집어넣고, 거기에 가둔 채 젖을 짜고 지방분을 걸어낸 다음 크림은 죄다 가져감으로써 농부에게는 찌꺼기 우유만을 남겨놓았다는 사실을 농부 자신은 여러 해가 지나도록 알 리가 없다.

할로웰 농장이 나에게 매력적이었던 것은 다음과 같은 이유 때문이다. 우선 완벽하게 외진 곳에 자리 잡고 있었다. 그곳은 마을에서 약 2마일, 가장 가까운 이웃과도 반 마일쯤 떨어져 있었으며, 큰길과는 넓은 밭을 사이에 두고 있었다. 다음으로 그곳은 강가에 있었기 때문이다. 주인 말로는 강의 안개가 봄철의 서리에서 농장을 보호해준다고 했지만 나하고는 별 상관 없는 일이었다. 회색으로 바래고 폐허 같은 집과 곳간, 망가진 울타리는 나와 그 농장의 마지막 주인이 서로 다른 시대 사람이라는 시간적 간격을 제시하는 것 같았다. 토끼들이 갉아먹은, 속이 비고 이끼로 덮인 사과나무들은 내가 앞으로 어떤 이웃을 만나게 될지 보여주었다. 무엇보다도 내가 처음 배를 타고 이 강을 거슬러 올라갈 때의 기억이 되살아난다. 그때 이 집은 무성하게 숲을 이룬 붉은 단풍나무들에 가려 보이지 않았고, 숲 사이로 이 집의 개가 짖는 소리만 들려왔다. 나는 땅 임자가 바위들을 죄다 들어내고 속이 빈 사과나무들을 베어버리고 풀밭에 자라고 있는 어린 자작자무들을 뿌리째 뽑아버리기 전에, 간단히 말해서 농장 개량 사업을 더 진척시키기 전에 그 농장을 사려고 서둘렀다. 이러한 매력을 즐기기 위해 나는 이 농장을 경영할 마음의 준비가 되어 있었다. 아틀라스[3]처럼 나는 세계를 내 어깨에 짊어질 각오가 되어 있었다.

나는 아틀라스가 그 고행의 대가로 무엇을 받았는지 들은 바가 없다. 내가 이 고생을 사서 하고 싶었던 동기나 구실은, 그냥 그 대금을 치르고 누구의 간섭도 받지 않으면서 그것을 소유해보겠다는 일념뿐이었다. 왜냐하면 이 농장을 그냥 내버려둘 여유만 있다면 내가 원하는 산물을 풍성하게 거둬들이게 되리라는 것을 알고 있었기 때문이다. 그러나 이미 말했듯이 이 농장을 사는 일은 물거품이 되어버렸다.

이렇게 해서 내가 대규모 농장에 대해 할 수 있는 이야기는(작은 밭은 늘 경작해왔지만) 나의 씨앗을 준비해놓았다는 것이 전부다. 많은 사람들이 씨앗이란 해가 묵을수록 좋아진다고 생각한다. 시간이 지날수록 좋은 씨앗과 나쁜 씨앗이 가려지는 것은 의심할 여지가 없다. 그러니까 마침내 내가 씨앗을 뿌릴 때가 오면 그 결과에 실망할 가능성은 줄어들 것이다. 여기서 나는 동료들에게 말해두고 싶다. 되도록 오래오래 자유롭게, 구속받지 말고 살라는 것이다. 농장에 얽매이건 군 형무소에 얽매이건 얽매이는 것은 별 차이가 없다.

로마의 카토 영감이 쓴 《농업론》은 내게 당시의 영농 잡지 〈경작자〉 같은 구실을 했는데, 그 저서에 다음과 같은 말이 나온다. 사실 내가 본 적 있는 유일한 번역본은 이 부분을 엉망으로 번역해놓고 있다.

농장을 살 때는 탐욕에 차서 달려들지 말고 머릿속에서 이리저리 굴려보아라. 그것을 살피는 데 수고를 아끼지 말고, 한번 둘러보는 것으로 충분하다고 생각하지 마라. 만약 정말 좋은 농장이라면 자주

---

3 그리스 신화에 나오는 거인. 올림포스 신들과 싸워 패배함으로써 그 형벌로 천공을 짊어지라는 명령을 받았다.

가서 보면 볼수록 더 마음에 들 것이다.[4]

나는 이제 탐욕에 차서 농장을 사러 달려들지 않을 것이며, 목숨이 붙어 있는 한 둘러보고 또 둘러볼 것이다. 우선 거기에 묻히면 마침내는 그 땅이 나를 더욱 기쁘게 할 것이다.

이번에 내가 다루려는 것은 같은 종류의 두 번째 실험으로, 편의상 2년간의 경험을 1년으로 집약해 더 구체적으로 기술할 작정이다. 이미 말했듯이 나는 실의에 찬 노래를 부르려는 것이 아니라 횃대위에 올라앉은 아침의 수탉처럼 원기 있게 과시하는 노래를 부르고 싶다. 그래서 이웃 사람들의 잠을 깨우는 결과밖에 얻지 못한다 해도 좋다.

내가 처음 숲속에서 살기 시작한 날은, 다시 말해서 낮뿐 아니라 밤까지 그곳에서 지내기 시작한 날은 우연히도 1845년의 미합중국 독립기념일, 즉 7월 4일이었다. 그때 나의 집은 겨울 날 준비가 되지 않은 채 비만 겨우 막아주고 있었다. 회벽도 굴뚝도 없었고, 벽은 비바람에 시달린 거친 판자들로 되어 있었다. 판자들은 넓은 구멍이 뚫려 있어 밤에는 서늘했다. 곧게 다듬은 하얀 중간 기둥과 새로 대패질한 문틀과 창틀 덕에 집은 깨끗하고 통풍이 잘되는 듯이 보였다. 특히 아침나절에 재목들이 이슬에 젖어 있을 때는 더욱 그러했다. 그럴 때면 나는 점심때까지는 나무에서 향기로운 수지(樹脂)라도 배어 나오지 않을까 하는 생각을 했다. 이 집은 하루 종일 다소나마 이 여명의 특징을 나의 상상 속에 안겨주면서, 내가 1년 전에 방

---

4 카토의 《농업론》 1장 1절에서 인용했다.

문했던 산 위의 어떤 집을 떠올리게 했다. 그 집은 회벽을 붙이지 않은, 바람이 잘 통하는 오두막이었는데, 여행하며 돌아다니는 신을 영접하거나 여신이 옷자락을 끌고 거닐기에 적절한 곳이었다.

내 집 위를 스치는 바람은 산마루를 쓸고 가는 그런 바람이었다. 그 바람은 지상의 끊어지는 음악 선율이나 지상 음악이 지닌 천상적인 부분만을 실어 나르고 있었다. 아침 바람은 영원히 불어 오고, 창조의 시는 끝나지 않는다. 그러나 그것을 듣는 귀는 거의 없다. 올림포스 산[5]은 속세를 조금만 벗어나면 어디에나 있다.

보트를 제외하면, 내가 이제까지 소유한 적이 있는 유일한 집은 이따금 여름에 여행할 때 사용하던 텐트 하나뿐이다. 이 텐트는 돌돌 말려 아직도 다락방에 처박혀 있다. 그러나 보트는 이 사람 저 사람의 손을 거쳐 시간의 강을 따라 흘러가버렸다. 이제 훨씬 견고한 집을 마련했으니 세상에 정착하는 일을 향해 한 걸음 더 나아갔다고 할 수 있다. 이렇게 걸친 것이 빈약한 집의 뼈대는 나를 에워싼 하나의 결정체였으므로 이것을 세운 나 자신에게 반응을 보였다. 그 집은 윤곽만을 그린 한 편의 그림처럼 암시적이었다. 나는 바람을 쐬기 위해 구태여 밖에까지 나갈 필요가 없었다. 집 안의 공기가 조금도 신선함을 잃지 않았기 때문이다. 문 안쪽에 있었다기보다 차라리 문 뒤에 앉아 있는 형국이었다. 심지어 비가 오는 날도 마찬가지였다.

고대 인도의 서사시 《하리반사》에는 "새들이 없는 집은 양념하지 않은 고기와 같다"라는 말이 있는데, 내 집은 그렇지 않았다. 나는 졸지에 뭇 새들의 이웃이 된 것을 깨달았다. 내가 새들을 잡아 가두어서가 아니라 내 쪽에서 새장으로 들어가 그들의 곁에 있었기 때문

---

5 그리스 신화에서 신들이 살았다는 곳.

이다. 나는 정원이나 과수원에서 흔히 볼 수 있는 새들뿐 아니라 마을 가까이에 와서 노래 부르는 일이 전혀 없는, 아니 거의 없는 더욱 야생적이고 더욱 우리를 전율케 하는 숲속의 노래꾼들, 이를테면 티티새, 개똥지빠귀, 붉은풍금조, 바위종다리, 쪽독새나 그 밖의 많은 새들과 더욱 가까운 사이가 되었다.

나는 작은 호수의 물가에 자리 잡았다. 그곳은 콩코드 마을에서 약 1마일 반쯤 남쪽으로 위치해 있었는데 마을보다 약간 지대가 높았으며, 그 마을과 링컨 마을 사이에 있는 커다란 숲의 한가운데였다. 그러니까 그 근처의 들판 가운데 유일하게 이름이 나 있는 '콩코드 싸움터'에서는 2마일가량 남쪽에 위치하고 있었다. 내 집은 숲에 묻혀 있다시피 했기 때문에 역시 숲으로 뒤덮인 반 마일가량 떨어진 맞은편 호숫가가 나의 가장 먼 지평선을 이루었다.

처음 일주일 동안은 호수를 바라볼 때마다 마치 호수 바닥이 다른 호수의 수면보다 높은 곳에 있는, 그러니까 산허리에 자리한 산상 호수(타룬) 같다는 인상을 받았다. 또 해가 떠오르며 호수가 안개라는 잠옷을 벗으면 여기저기에서 부드러운 잔물결이나 잔잔한 수면이 차츰 모습을 드러냈으며, 안개는 무슨 야간 비밀집회를 끝낸 유령들처럼 은밀히 사방으로 물러나며 숲속으로 사라졌다. 이슬마저도 산허리에서 그렇듯 여느 곳보다 더 늦게까지 나뭇잎에 매달려 있는 것 같았다.

이 작은 호수는 8월의 잔잔한 비바람이 불다 말다 하는 사이사이에 나의 가장 소중한 이웃이 되었다. 그때는 비록 하늘은 구름으로 덮여 있지만 공기와 물이 다 같이 죽은 듯이 움직이지 않고 있어, 겨우 오후 중반밖에 되지 않은 시각에도 초저녁의 고요함이 깃들어 있었고, 티티새 울음소리만이 이 기슭 저 기슭에서 들려왔다. 이런 호수는 바로 그런 계절에 가장 잔잔한 것이다. 호수 위의 맑은 공기층은 얇은 데다 구름에 가려 있기 때문에 빛과 반사로 가득 찬 수면은 그 자체가 지상의 하늘이 되는데, 그것은 더욱 소중한 하늘이다.

최근에 나무를 베어낸 근처의 언덕 마루에 올라보면, 호수 건너 남쪽으로 물가를 형성하는 여러 작은 언덕들 사이의 넓은 계곡을 통해 유쾌한 전망이 펼쳐진다. 그곳에서 서로 마주 보고 있는 산들이 경사져 내려온 것을 보면 우거진 계곡 사이로 냇물이 흐르고 있을 듯하지만 실제로 냇물은 없었다. 가까이에 있는 초록색 야산들 사이 또는 멀리 그 너머에는 더 높은 산들이 푸른빛을 띠고 있었다. 또한 발돋움을 하고 서면 서북쪽 방향으로 더욱 푸르고 더욱 멀리 있는 산맥의 봉우리들을 몇 개 볼 수 있었는데, 이것들은 하늘이 주조한 정말 푸른 동전이었다. 여기서는 마을 일부분도 눈에 들어왔다. 그러나 그 외의 방향으로는 설령 언덕 꼭대기에 선다 해도 주위를 둘러싼 숲 저편에 무엇이 있는지 볼 수 없었다.

근처에 물이 있으면 좋다. 대지에 부력을 주어 땅을 띄워주기 때

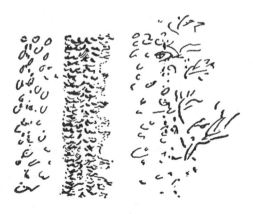

바람이 와서 표면을 건드릴 때, 강물 빛이 다양한 모습을 띤다. 파도의 크기에 따라 수면에서 발하는 광도에 차이가 생긴다. (1858년 8월 8일)

문이다. 아무리 작은 우물이라도 하나의 가치는 있다. 그 안을 들여다보면 땅이 대륙이 아니라 섬이라는 것을 알게 해주기 때문이다. 이것은 우물이 버터를 차갑게 보관해주는 것만큼이나 중요한 기능이다. 내가 이 언덕 마루에서 호수를 가로질러 서드베리 초원 쪽을 바라보면, 그쪽은 홍수가 나면 신기루 작용에 의한 것처럼 물결이 소용돌이치는 계곡 속에서 마치 대야 속의 동전처럼 떠 있는 듯 보이는 곳인데, 호수 너머의 땅 전체는 그 사이에 있는 작은 수면 때문에 고립되어 둥둥 떠 있는 빵 조각처럼 보인다. 나는 내가 사는 이곳이 한 조각의 마른 땅에 불과하다는 것을 깨달았다.

내 집 문앞에서 보이는 전망은 언덕 마루에서 바라본 전망보다 훨씬 초협했지만 나는 답답하거나 갇혔다는 기분을 조금도 느끼지 못했다. 나의 상상을 펼칠 충분히 넓은 초원이 있었던 것이다. 호수 맞은편 기슭에서 위쪽으로 비탈져 올라간 곳의 떡갈나무 관목이 우거진 평평한 고지는 서부의 대초원과 타타르인들이 거주하는 초원지대까지 뻗어 있어서 방황하는 유랑민들에게 충분한 공간을 제공하고 있었다. "세상에 행복한 자가 있다면 광대무변의 지평선을 마음껏 즐기는 자뿐이다" 하고 다모다라[6]는 그의 소들에게 새롭고 더 넓은 목초지가 필요할 때면 말했다.

그 산의 낭떠러지로 끝나는 한두 곳에는 넓이가 20 내지 30미터, 또는 그보다 큰 초원이나 늪이 있는 것을 발견한다.(1858년 6월 3일)

장소와 시간이 모두 바뀌어, 나는 나를 가장 매혹시켜온 우주의 어떤 장소와 역사의 어느 시대에 살고 있었다. 내가 사는 곳은 밤마다 천문학자들이 관측하는 수많은 곳들 못지않게 멀리 떨어진 장소였다. 우리는 우주 속 저 멀리 더 거룩한 구석에, 그러니까 카시오페이아 자리 위편에, 소음과 소란에서 멀리 떨어진 희귀하면서도 즐거운 장소들을 곧잘 상상한다. 나는 나의 집이 실제로 그와 같이 우주의 멀리 떨어진, 항상 새롭고 비속하지 않은 장소에 자리 잡고 있음을 발견했다. 플레이아데스 성좌, 히아데스 성좌, 알데바란성(星)이나 견우성 가까이에 사는 것이 가치 있는 일이라면, 나는 정말 그런 곳에 살고 있었다. 내가 뒤에 두고 온 인간세계에서는 성좌들까지의 거리만큼이나 떨어져 있었다. 그리하여 가장 가까운 이웃에게도 달이 없는 밤이 아니면 보이지 않을 정도로 깜빡이는 희미한 작은 광선에 불과했다. 내가 쪼그리고 앉아 있는 곳은 우주의 그런 곳이었다.

한 목동 살았었지.
그의 생각 꽤나 높았지.
양 떼들 그에게 시간마다 먹을 것을 주던
저 산만큼 높았지.

만약 양 떼가 항상 목동의 생각보다 더 높은 초원으로 옮겨간다면 목동의 인생은 어떻게 될까?

매일 찾아오는 아침은 나를 향해 자연 그 자신처럼 소박하게 살라고, 그러니까 순진하게 살라고 명랑한 목소리로 말했다. 나는 그

<hr />

6 힌두교의 신 크리슈나의 다른 이름. 인용문은 《하리반사(Harivansa)》에서 나왔다.

리스인들처럼 이제껏 진지하게 새벽의 여신을 숭배해왔다. 나는 일찍 일어나 호수에서 몸을 씻었다. 그것은 하나의 종교적 의식이며, 내가 행한 최선의 일 중 하나였다. 중국 탕왕의 욕조에는 다음과 같이 새겨져 있다고 한다. "매일 너 자신을 완전히 새롭게 하라. 자신을 다시 새롭게 하고, 또다시 새롭게 하고, 영원히 새롭게 하라." 나는 그 말의 뜻을 충분히 이해할 수 있다.

아침은 영웅의 시대를 다시 불러온다. 아주 이른 새벽에 문과 창문을 열어놓고 앉아 있으면 눈에 보이지도 않고 상상할 수도 없는 한 마리 모기가 방 안을 날아다니며 희미하게 잉잉거리는데, 그 소리는 명예를 예찬한 그 어떤 나팔 소리 못지않은 감동을 나에게 안겨주는 것이었다. 그것은 호메로스의 진혼곡이었다. 그 잉잉거리는 소리 자체가 분노와 방황을 노래하며 허공을 나는 《일리아스》와 《오디세이》였다. 거기에는 우주적인 무언가가 있었다. 그 모기 소리는 이 세계의 영원한 활력과 풍성한 번식에 대한 끊임없는 광고였다.

하루 중에서 가장 기억해야 할 때인 아침은 잠을 깨는 시간이기도 하다. 이 시간보다 졸립다는 느낌이 적은 때는 없다. 우리 몸 안의 어떤 부분, 그러니까 밤낮을 가리지 않고 잠만 자는 부분이 적어도 이 아침 한 시간 동안은 깨어 있다. 하인 하나가 기계적으로 흔들어서가 아니라 우리 영혼의 소리에 의해 눈을 뜨고, 공장의 종소리 대신 부드러운 천상의 음악과 대기에 가득 찬 향기에 둘러싸여 새롭게 얻은 힘과 우리 내부의 열망에 밀려 눈을 뜰 때만 전날 잠에 빠질 때보다 더 고귀한 삶을 시작할 수 있다. 그렇지 않으면 그것을 하루라고 부를 가치가 있는지는 몰라도, 많은 것을 기대할 수 없다. 이렇게 눈을 떠야 비로소 어둠은 그 열매를 맺고 빛에 못지않게 유익한 것임이 입증된다. 하루하루가 이제껏 자신이 더럽혀온 시간보다 이르고 성스러우며 서광이 충만한 시간을 담고 있다는 것을 믿지 않는 인간은 삶에 절망을 느낀 사람이며 어둠이 깔리는 내리막길을 따라가는 사람이다.

매일 감각적 삶을 부분적으로 중단한 뒤에는 인간의 영혼, 아니 영혼의 모든 기관은 아침마다 활력을 되찾고 그 사람의 영성(靈性)은 다시 고귀한 삶을 영위하려고 노력하게 될 것이다. 모든 기념할 만한 사건은 아침 시간 또는 아침의 분위기 속에서 이루어진다. 베다의 경전들[7]은 "모든 지성은 아침과 함께 깨어난다"고 말했다. 시와 예술, 그리고 가장 아름답고 훌륭한 인간 활동은 그러한 아침 시간에서 유래된다. 모든 시인과 영웅들은 멤논처럼 새벽의 여신의 자식들이며, 해가 뜰 때 그들의 음악을 발산한다.

태양과 보조를 맞춰 탄력 있고 힘찬 생각을 유지하는 사람에게 그날 하루는 언제까지나 아침이다. 시계가 몇 시를 가리키든, 사람들의 태도와 일이 어떻든 상관없다. 아침은 내가 깨어 있고 내 속에 새벽이 있는 시간이다. 도덕적 개혁이란 잠을 쫓아내려는 노력이다. 사람들이 졸고 있는 게 아니라면 하루를 그렇게 형편없이 살아갈 수 있을까? 그들은 그렇게 계산에 어두운 사람들이 아니다. 졸음에게 지지 않았다면 무언가를 해냈을 것이다.

몇백만 명의 사람들이 육체노동을 할 만큼은 깨어 있다. 그러나 백만 명 중 한 사람만이 효과적인 지적 노력을 할 만큼 깨어 있으며, 1억 명 중 한 사람만이 시적 생활이나 성스러운 삶을 영위할 만큼 깨어 있다. 깨어 있다는 것은 살아 있다는 것이다. 나는 아직 완전히 깨어 있는 사람을 만난 적이 없다. 만났다 하더라도 내가 어떻게 그

---

7 인도의 가장 오래된 종교 문학으로 브라만교의 성전.

의 얼굴을 정면으로 바라볼 수 있었겠는가?

우리는 다시 깨어나야 하며, 깨어 있는 상태를 유지해야 한다. 그것은 어떤 기계적 보조 수단에 의해서가 아니라, 가장 깊은 잠에 빠졌을 때도 우리를 저버리지 않는 새벽을 무한히 기대함으로써 가능하다. 나는 의식적인 노력으로 자기 생활을 향상시키는 그 의심할 여지 없는 인간의 능력보다 더 고무적인 사실을 알지 못한다. 그림을 그리거나 조각상을 만들어 대상에 아름다움을 부여하는 것은 대단한 일이다. 그러나 우리가 관통해서 보는 대기라는 매개체를 조각하고 그림으로 표현하는 것은 훨씬 더 영광스러운 일이며, 그 일을 가능하게 하는 것은 우리의 덕성(德性)이다.

하루의 생활을 질적으로 높이는 것이야말로 최고의 예술이다. 누구나 자신의 생활을 세부에 이르기까지, 자신의 마음이 가장 숭고해지고 맑아진 시간에 깊이 명상해볼 가치가 있게끔 만들어야 한다. 만일 우리가 얻은 빈약한 지식을 그나마 거부하거나 다 써버렸다면 신탁이 그러한 생활방식을 똑똑히 알려줄 것이다.

내가 숲으로 들어간 것은 인생을 사려 깊게 살고, 인생의 본질적인 것들만을 직면해보고, 인생의 가르침을 내가 터득할 수 있는지

인간은 생각이나 명상 속에서는 사물의 모습을 다각도로 보고 보고할 수 있는 수많은 눈을 갖는다. 실제로는 초원을 배경으로 희미하게 서 있는 상도 우리의 생각 속에서는 하늘을 배경으로 어둡고 명확한 형태로 보인다. (1858년 10월 16일)

없는지를 확인하기 위해서였으며, 마침내 죽음에 이르렀을 때 나는 산 게 아니었구나 하고 깨닫는 일이 없도록 하기 위해서였다. 인생이라고 말할 수 없는 인생을 살고 싶지 않았다. 삶이란 매우 소중한 것이기 때문이다. 또한 불가피하면 모를까 나는 체념을 실천하고 싶지도 않았다.

나는 인생을 깊이 살고 인생의 골수까지 빼먹기를 원했으며, 강인하게 스파르타인들처럼 살아서 삶이 아닌 것은 모두 파괴하기를 원했다. 수풀을 폭넓게 뿌리까지 바싹 베어내어 인생을 구석까지 몰고 가서 그 최저 한계까지 끌어내리고, 그리하여 인생이 천한 것으로 판명되면 그 천박함의 적나라한 전모를 포착하여 세상에 알리고 싶다. 그와 반대로 인생이 숭고한 것이면 체험으로 그 숭고성을 깨닫고 다음 여행기[8]에 그에 대해 있는 그대로 기술하고 싶다. 그런데 내가 보기에 대부분의 인간은 인생이 악마의 것인지 신의 것인지 이상하게도 확신이 없는 것 같고, 인간이 사는 주요 목적은 "신을 찬미하고 신을 영원히 받아들이는 것"이라는 다소 성급한 결론을 내리는 것 같다.

우리는 아직도 개미처럼 비천하게 살고 있다. 그러나 우화를 보면 우리는 이미 오래전에 인간으로 변해 있었다. 우리는 피그미족처럼 학들과 싸우고 있다.[9] 그것은 오류 위에 겹친 오류이며, 기워서 붙인 헝겊 조각 위에 다시 붙인 헝겊 조각이다. 우리의 가장 훌륭한 미덕은 불필요하면서도 불가피한 불행을 계기로 그 모습을 드러낸다. 우리의 인생은 사소한 문제로 낭비된다. 정직한 사람은 셈을 할

---

8 소로는 자신의 에세이 대부분을 자신의 '여행기'라고 불렀다.
9 《일리아스》 3권 초반부에 나오는 표현이다.

때 열 손가락 이상을 쓸 필요가 없으며, 극단의 경우 열 개의 발가락을 더 쓰면 되고 그 이상은 한 덩어리로 묶어버리면 될 것이다.

간소하게, 간소하게, 그리고 또 간소하게 살아야 된다는 것을 명심하라! 자신의 일을 백이나 천 가지가 아니라 두세 가지로 줄여라. 백만 대신 대여섯만 세고 계산은 엄지손톱 위에 적어두어라. 문명화된 생활이라는 이 험난한 바다 한가운데서는 구름과 폭풍과 유사(流砂)와 그 밖에 천 가지하고 한 가지를 더한 무수한 조건을 참작해야 하기 때문에, 배가 침수하거나 침몰하여 목적지인 항구에 도착하지 못하는 상태를 피하기 위해서는 추측항법으로 목숨을 유지해야 하는데, 그러려면 실로 계산에 탁월해야 성공할 것이다. 간소화하고 다시 간소화하라. 하루 세 끼를 먹는 대신 필요하면 한 끼만 먹어라. 백 가지 음식 대신 다섯 가지로 줄여라. 다른 일도 그런 비율로 줄여라.

지금 우리의 삶은 독일연방[10]과 같다. 그 나라는 수많은 군소 국가로 구성되어 있고, 그 국경선은 수시로 변하고 있어 독일 사람 자신들도 현재 국경선이 어떻게 되어 있는지 알지 못한다.

우리의 국가 자체도 이른바 내적 개혁에도 아랑곳없이 실은 모두 외형적이면서 피상적인 개혁이어서 걷잡을 수 없이 비대해진 조직체가 되어 있다. 이 조직체는 지금 가구가 여기저기 어지럽게 널려 있고 자기가 쳐놓은 덫에 자신이 걸린 상태에 있으며, 사치와 무모한 낭비, 게다가 치밀한 계산과 가치 있는 목표의 결여로 파산 상태에 와 있다. 이 나라의 백만 가정 역시 이와 비슷한 처지에 놓여 있다. 이런 가정과 이런 국가에 대한 유일한 구제책은 엄격히 절약하

10 1871년 비스마르크에 의해 통일되기 이전에 독일은 39개의 군소 국가로 되어 있었다.

며 스파르타인들 이상으로 생활을 간소화하고 목표를 더 높게 잡는 것이다.

우리 국가는 지금 너무 성급하다. 사람들은 국가가 상업을 하고 얼음을 수출하고 전신으로 이야기하고 시속 30마일로 달리는 것이 반드시 필요하다고 생각하고 있다. 그들은 자신들이 그런 짓을 하고 있는지 없는지도 생각해보지 않는다. 또한 인간이 원숭이처럼 살아야 하는가 인간답게 살아야 하는가 하는 문제에 이르면 아무도 확신을 갖지 못한다. 만일 우리가 침목을 잘라오고 철로를 주조하며 밤낮으로 일에 몰두하는 대신 생활을 개선한답시고 어설프게 인생론만 늘어놓는다면 철도는 누가 건설하는가? 또한 철도가 건설되지 않는다면 우리가 어떻게 때에 맞춰 천국에 당도할 수 있는가?

그러나 우리가 집에 머물러 자신들의 일만 돌본다면 누구에게 철도가 필요하겠는가? 우리가 철로 위를 달리는 것이 아니다. 철로가 우리 위를 달리는 것이다. 철로 밑에 깔린 저 침목들이 무엇인지 생각해본 적이 있는가? 침목 하나하나가 인간이다. 아일랜드인이거나 양키인 것이다. 그네들 위에 철로가 깔리고 모래가 덮이면 기차들이 미끄러지듯 그들 위를 달리는 것이다. 그들은 정말 좋은 침목들이다. 몇 년마다 새로운 침목들이 깔리고 기차는 계속 그 위를 달린다. 그러므로 어떤 부류가 철로 위를 달리는 즐거움을 맛본다면 다른 부류는 그 밑에 깔리는 불운을 당하는 것이다.

기차가 몽유병 환자처럼 걸어다니는 사람, 즉 잘못 놓인 여분의 침목을 치어 그의 잠을 깨워놓으면 인간들은 갑자기 기차를 세우고 무슨 예외적인 사건이라도 발생한 것처럼 큰 소동을 피운다. 침목들을 제자리에 눕히고 제대로 고정시키려면 5마일 단위로 한 떼의 인부들을 배치해야 한다는 것을 알고 나는 기쁜 마음이 들었다. 이것은 그 침묵 인간들이 때로 깨어날 수도 있다는 징조이기 때문이다.

왜 우리는 이처럼 서두르고 인생을 낭비하며 살아야 하는가? 우리는 배도 고프기 전에 굶어 죽을 각오가 되어 있다. 때를 놓치지 않은 바늘 한 땀이 아홉 땀을 절약한다고 말하면서도 내일 아홉 땀을 절약하기 위해 오늘 천 땀의 바느질을 한다. 일은 어떤가 하면, 중요한 일은 하나도 하지 않는다. 우리는 단지 무도병에 걸려 머리를 가만히 놔둘 수가 없을 뿐이다.

만일 내가 불이 난 것처럼 교회의 종을 몇 번 치기라도 하면 콩코드 주변의 자기들 농장에서 일하는 모든 남자들, 오늘 아침까지도 그처럼 여러 가지 일로 바쁘다고 변명하던 이 남자들은 물론 아이며 부인들까지도 모두 만사를 제쳐두고 그 종소리를 따라 달려올 것이다. 사실을 말하자면, 달려온 목적이 주로 불꽃에서 재산을 건지기 위해서가 아니라 불구경을 하기 위해서다. 어차피 타고 말 불이고, 불은 우리가 낸 것이 아니기 때문이다. 그렇지 않다면 불 끄는 것을 구경하고 그 작업에 한몫 끼기 위함인데, 제대로 진화 작업에 도움이 되면 잘된 일이기 때문이다. 타는 건물이 바로 그 교회 건물이라도 같은 일이 벌어질 것이다.

어떤 사람은 점심 먹고 30분 낮잠을 자고 나서 눈을 뜨면 고개를 들고 "무슨 뉴스라도 있습니까?" 하고 묻는다. 마치 자기 이외의 전체 인류가 자기를 위해 불침번이라도 선 것 같다. 어떤 사람은 30분마다 깨워달라고 지시하고 잠을 자는데 이 사람도 마찬가지다. 그러고는 그 대가로 그는 자기 꿈 이야기를 해준다. 하룻밤을 자고 나면 뉴스는 아침밥만큼이나 필수불가결한 것이다. "제발 새로운 사건이라도 있으면 들려주시오. 지구상 어디에서 누구에게 일어난 일이든 상관없으니까"라고 말하며 커피와 롤빵을 들면서 신문을 읽는다. 읽는 것은 와치토 강변에서 어떤 사람이 싸우다가 눈을 뽑혔다는 뉴스인데, 이 세상이라는 어둡고 깊이를 알 수 없는 거대한 동굴에 살고 있는 그 자신도 퇴화되어 흔적뿐인 눈 한쪽만을 가지고 있다는 사실은 꿈에도 모른다.

내 경우이긴 하지만, 나는 우체국 없이도 별 불편 없이 지낼 수 있다. 우체국을 통해 연락할 중요한 일이란 거의 없다고 생각한다. 비판적으로 말하자면, 이 일은 몇 년 전에도 써먹은 이야기지만, 내 평생에 걸쳐 우표 값이 아깝지 않은 편지는 한두 통밖에 받지 못했다. 통속적인 이야기인데, 페니 우편제도라는 것은 멍청히 앉아 있는 상대방에게 "무슨 생각을 하는지 가르쳐주면 1페니를 주겠네" 하던 농담이 이제 진지하게 1페니만 내면 편지를 전국 어디에나 전달하는 제도가 된 것이다.

또한 나는 신문에서 기억할 만한 뉴스를 읽은 적이 없다고 단언한다. 어떤 사람이 강도를 당했다든가, 살해되었다든가, 사고로 죽었다든가, 어떤 집은 불에 타고 어떤 배는 침몰하고 어떤 증기선은 폭발했다든가, 어떤 소가 서부 철도에서 기차에 치이고 어떤 미친개가 죽음을 당했다든가, 겨울에 메뚜기 떼가 나타났다든가 하는 뉴스는 두 번 읽을 필요가 없다. 한 번이면 충분하다. 원칙만 알면 되지 무수한 실례와 응용에 왜 신경 쓰는가? 철학자에게 이른바 뉴스는 모두 가십에 불과하며, 그것을 편집하거나 읽는 사람은 차나 마시고 있는 늙은 부인네들이다.

그러나 이런 가십에 걸신들린 사람은 적지 않다. 내가 들은 이야기인데, 요전에 어느 신문사 사무실에 최신 해외 뉴스를 알기 위해 사람들이 몰려드는 바람에 사무실 통유리 몇 장이 깨졌다는 것이다. 그런데 그 정도 뉴스는 좀 기지가 있는 사람이면 12개월 전, 아니 12

년 전에 아주 정확하게 작성할 수 있는 것이었다고 나는 진심으로 생각한다.

스페인의 예를 들어보자. 내가 그곳 신문을 본 이후 이름들을 바꾸었을지도 모르지만, 돈 카를로스나 인판타 공주나 돈 페드로, 세비야나 그라나다 같은 고유명사들을 그때그때 적당한 비율로 집어넣으면서 기사를 작성하되, 특별한 얘깃거리가 없을 때는 투우에 관한 이야기를 실으면 그대로 스페인의 실상이 될 것이다. 신문에 나온 같은 제목의 간결하고 명료한 기사 못지않게 정확한 스페인의 실상 내지 무질서 상태를 우리에게 전달할 것이다.

영국에 대해 이야기해보자. 그곳에서 발생한 중대 뉴스 가운데 가장 최근의 것은 1649년의 혁명이었다. 당신이 영국의 1년 평균 농산물 수확량의 역사를 알고 나면, 영국의 농업을 대상으로 투기에 뛰어들지 않는 한 이 문제에 다시는 신경을 쓰지 않아도 될 것이다. 나처럼 신문을 별로 보지 않는 사람이 판단하건대 외국에서는 새로운 일이 전혀 일어나지 않는다고 해도 과언이 아니다. 프랑스에서 일어나는 혁명도 예외는 아니다.

뉴스투성이로구나! 시간이 지나도 결코 낡을 줄 모르는 것을 아는 일이 얼마나 중요한가! 위나라의 대부 거백옥이라는 사람은 공자에게 사람을 보내 근황을 물었다. 공자는 그 사자를 자기 곁에 앉히고 그에게 물었다. "자네 주인은 지금 무엇을 하시는가?" 사자는 공손히 대답했다. "저의 주인은 실수의 수를 줄이기를 원하십니다만 여의치 않사옵니다." 사자가 간 다음 공자가 말했다. "참 훌륭한 사자로다! 정말 훌륭해!"

일요일은 잘못 보낸 한 주일의 적정한 끝맺음이지 새로운 주일의 참신한 시작은 아니기 때문에, 목사는 주일의 마지막 날인 휴일에 지루하기 짝이 없는 설교로 졸린 농부의 귀를 다시 괴롭히지 말고 우레 같은 목소리로 고함을 질러야 할 것이다. "서라! 멈춰! 겉보기에는 빠른데 왜 그리도 느린 거냐?"

실재는 터무니없는 것으로 여겨지는 반면, 허위와 망상은 건전하기 그지없는 진리로 존중받고 있다. 만일 인간이 실재의 세계만을 꾸준히 관찰하고 망상에 빠지지 않는다면, 인생은 우리가 아는 바와 달리 동화나 《아라비안 나이트》 같은 즐거운 것이 될 것이다. 만일 우리가 필연적인 것과 존재할 권리가 있는 것만을 존중한다면 음악과 시가 거리에 울려 퍼질 것이다. 우리가 서두르지 않고 현명하게 살아간다면, 위대하고 가치 있는 것들만이 영원하고 절대적인 존재이며 사소한 불안이나 사소한 쾌락은 실재하는 것들의 그림자에 지나지 않음을 알게 될 것이다. 실재하는 것은 숭고하며 항상 우리의 마음을 즐겁게 한다.

사람들은 눈을 감고 잠이나 자며 허식적인 것에 순순히 기만당함으로써 어디를 막론하고 판에 박힌 일상생활과 습관을 확립시키고 있다. 그런 생활은 순전히 환상을 기반으로 서 있는 것이다. 소꿉놀이를 하는 어린이들은 인생의 참된 법칙과 관계를 어른들보다 더 명확히 식별한다. 그러나 어른들은 인생을 가치 있게 살지도 못하면서 경험에 의해, 다시 말해 실패에 의해 자신들이 더 현명하다고 생각한다. 나는 한 힌두교 서적에서 다음과 같은 글을 읽었다.

어떤 왕자가 있었다. 갓난아이 때 태어난 도시에서 쫓겨나 숲에 사는 나무꾼에 의해 길러졌다. 그는 이런 상태에서 어른이 되었지만 자신은 함께 살고 있는 미개한 부족의 일원이라고 생각하고 있었다. 그런데 부왕(父王)의 대신 하나가 그를 발견하고 그의 원래 신분을 알려주었고, 젊은이는 자신의 신분에 대한 오해를 풀고 자신이 왕자임을 알게 되었다. 마찬가지로 인간의 영혼도…….

그 힌두교 철학자는 이어서 말한다.

처하게 된 환경으로 인해 자체의 본성에 대해 오해를 하는 법이다. 그러다가 어떤 거룩한 스승이 진실을 밝혀주면 그제야 자신이 '브라마'라는 것을 알게 된다.

우리 뉴잉글랜드 주민들이 현재와 같이 비천한 생활을 하는 이유는 사물을 꿰뚫어보는 눈이 없기 때문이라고 나는 생각한다. 우리는 존재하는 것처럼 보이는 것을 존재한다고 생각한다. 어떤 사람이 이 마을을 걸어서 통과하며 실재의 모습만을 본다면 콩코드의 중심에 있는 '밀담 상점가'는 어디로 가겠는가? 혹시 그 사람이 거기서 본 실재의 세계를 우리에게 있는 그대로 설명한다면 우리는 그가 말하는 장소를 알아보지 못할 것이다. 공회당, 재판소, 형무소, 상점, 주택 등을 보라. 참된 눈으로 보면 정작 그것들이 무엇이었는가를 말해보라. 말하는 도중 그것들은 모두 산산조각이 날 것이다.

사람들은 진리를 먼 곳에 있는 것으로 생각한다. 태양계의 외곽에, 가장 먼 별 너머에, 아담 이전에, 최후의 인간이 사라진 이후에 존재하는 것이라고 생각한다. 실로 영원 속에는 진실하고 고귀한 무엇이 있다. 그러나 이 모든 시간과 장소와 계기는 지금 여기에 있다. 하느님 자신도 현재 이 순간에 영광의 절정에 달해 있으며, 어느 시대가 지난 후에도 지금보다 더 거룩하지는 못할 것이다. 그러니까 우리는 우리를 에워싸고 있는 실재의 세계를 계속해서 우리 내부로

침투시켜 거기에 흠뻑 몸과 마음을 적심으로써 비로소 숭고하고 고결한 것을 파악할 수 있다. 우주는 끊임없이, 그리고 고분고분 우리의 사색에 응답한다. 우리가 빨리 가든 느리게 가든 우리의 궤도는 깔려 있다. 그렇다면 우리도 새로운 구상 작업에 생애를 바치자. 시인과 예술가가 아무리 아름답고 고상한 구상을 했다 해도 적어도 후세의 누군가가 그것을 완성시키지 못한 적은 없다.

하루를 자연처럼 느긋하게 보내자. 그리하여 호두 껍데기나 모기 날개 따위가 선로 위에 떨어진다고 해서 그때마다 탈선하는 일이 없도록 하자. 아침에는 일찍 일어나 아침 식사를 하든 거르든 차분하게 마음의 평온을 유지하자. 손님이 오든 가든, 종이 울리든 아이들이 울든 다 내버려두고 느긋하게 보내기로 결심하자. 왜 우리는 항복한 채 물결에 떠내려가야 하는가? 정오라는 얕은 모래톱에 자리 잡은 점심이라는 이름의 그 무서운 격류와 소용돌이 속에 휘말리지 않도록 하자. 이 위험을 뚫고 나가면 당신은 안전하다. 나머지는 내려가는 길이니까. 긴장을 풀지 말고 아침의 활력을 잃지 않은 채, 율리시스처럼 돛대에 몸을 묶은 채, 고개를 돌리고 그 위험에서 빠져나가자. 기적이 울면 목이 쉴 때까지 울게 내버려두자. 종이 울린다고 왜 우리가 뛰어야 하는가? 우리는 그런 소리들이 어떤 종류의 음악인가 생각해보자.

이제 제대로 자리를 잡고 일을 시작해보자. 의견, 편견, 전통, 망상, 외형이라는 진흙 구덩이 속에 발을 넣고 뚫고 나가 그 아래에 위치한 지구를 덮은 충적층을 지나, 파리와 런던을 지나고 뉴욕과 보스턴과 콩코드를 지나고, 교회와 주(州)를 지나 시와 철학과 종교를 지나 마침내 실재(實在)라고 부르는 단단한 바위에 닿아서 바로 이거야, 틀림없어, 하고 외쳐보지 않겠는가? 이렇게 홍수와 서리와 불

밑에 위치한 거점을 마련했으니, 성벽이나 국가의 토대가 되거나 안전하게 가로등을 세울 장소를 개척하기 시작하자. 그렇게 하는 김에 나일 강의 수위를 측정하는 측량기가 아니라 실재 측량기를 설치해 놓으면 후세의 자손들은 허위와 외형의 홍수가 때때로 어느 정도 깊이까지 다다랐는지 알 수 있을 것이다.

만일 당신이 사실을 정면으로 바라보고 선다면, 그 사실이 아랍인의 휘어진 칼처럼 태양이 그 양면 위에서 번쩍임을 볼 것이다. 그 날카로운 칼날이 당신의 심장과 골수를 갈라놓는 것을 느끼고, 그리하여 당신은 행복해하며 사람으로서의 생을 마칠 것이다. 죽음이든 삶이든 우리가 갈구하는 것은 실재뿐이다. 만일 우리가 정말로 죽어가고 있다면 우리의 목 안에서 나는 가래 끓는 소리를 듣고 사지가 차가워지는 것을 느끼자. 그러나 살아 있다면 우리가 해야 할 일에 달려들자.

시간은 내가 낚싯줄을 내리는 냇물일 뿐이다. 나는 거기서 물을 마신다. 그러나 그 물을 마시는 동안 모래 바닥을 보고 냇물이 얼마나 얕은가를 깨닫는다. 얕은 냇물은 흘러가버리지만 영원은 남는다. 나는 더 깊은 물을 마시고 싶다. 별들이 조약돌처럼 깔린 하늘의 강에서 낚시질하고 싶다. 나는 하나라는 수도 계산할 줄 모른다. 알파벳 첫 글자도 모른다. 나는 태어나던 그날처럼 현명하지 못했던 것을 늘 후회한다.

지성이란 식칼이다. 사물의 비밀을 알아차리고 잘라 들어간다. 나는 필요 이상으로 손을 많이 쓰고 싶지 않다. 나의 머리가 손과 발이기 때문이다. 나의 최고 능력 모두가 머리에 모여 있다는 것을 느낀다. 어떤 동물들이 코와 앞발로 굴을 파듯, 내 머리가 굴을 파는 기관임을 나는 본능적으로 느낀다. 이 머리를 가지고 나는 갱도를 내면서 주변 산들을 파 들어가고 싶다. 이 근처 어딘가에 노다지 광맥이 있을 것 같다. 탐지 막대와 엷게 피어오르는 증기를 보면 알 수 있다. 자, 여기에서 파 들어가기 시작해야겠다.

3

독 서

자신이 하고자 하는 일을 좀 더 신중히 선택하는 사람은 누구나 본질적으로 학구적인 사람이나 관찰자가 되기를 원할 것이다. 왜냐하면 자신의 본성과 운명에 대해서는 누구나 관심이 많기 때문이다. 자신과 자손을 위해 재산을 모으고, 가문이나 국가를 세우며, 심지어 명성을 얻는다 해도 우리는 죽는다. 그러나 진리를 다룰 때 우리는 불멸의 존재가 되며, 변화나 우연을 두려워할 필요가 없다.

태고의 이집트 아니면 인도의 철학자가 신의 입상을 덮고 있는 베일의 한쪽 구석을 들춰 올렸던 것이다. 그 떨리는 신의 의상은 아직도 들춰진 채 남아 있어서 나는 그 철학자가 그러했듯 그 신선한 광휘를 넋을 잃고 바라본다. 왜냐하면 당시에 그처럼 대담하게 행동했던 당사자는 철학자 내부의 나 자신이었으며, 지금 그 광경을 다시 그려보고 있는 사람은 내 속에 있는 옛 철학자이기 때문이다. 그 옷 위에는 먼지 한 톨 내려앉지 않았다. 신의 입상이 들춰진 이래 시간이 전혀 흐르지 않았기 때문이다. 우리가 진실로 활용하거나 활용할 수 있는 시간이란 과거도 현재도 미래도 아니다.

내가 사는 집은 사색뿐만 아니라 진지한 독서를 하기에 어느 대학보다 나았다. 나는 평범한 순회도서관도 찾아오지 않는 벽지에 살았지만, 온 세상을 떠돌아다니는 서적들의 영향을 어느 때보다 강하게 받았다. 그 책들의 문장들은 처음에는 나무껍질에 기록되었는데 지금은 이따금 아마포 종이에 인쇄된 것에 불과하다. 시인 미르 가마르 웃딘 마스트[1]는 말한다. "책 속에는 가만히 앉아서도 정신세계를 떠돌아다닐 수 있는 이점이 있다. 한 잔 술로 기분 좋게 취하는 것, 그 쾌락을 나는 오묘한 철리(哲理)의 술을 마셨을 때 맛볼 수 있다."

나는 이따금 페이지를 들춰보는 정도였지만 여름 내내 호메로스의 《일리아스》를 책상 위에 놓아두고 있었다. 집을 마저 지으랴 콩밭에서 김을 매랴 할 일이 끊이지 않았으므로 처음에는 더는 공부하기가 불가능했다. 그러나 앞으로는 독서할 시간이 생기겠지 하는 기대를 하면서 스스로를 달랬다. 일손을 멈추고 사이사이에 가벼운 여행기 한두 권을 읽었는데, 마침내 내 스스로가 부끄러워 도대체 나는 어디에 살고 있는지 자문해보았다.

학생들이 호메로스나 아이스킬로스[2]를 그리스어 원어로 읽는다 해도 방탕이나 사치에 빠질 염려는 없을 것이다. 그 책을 읽는 경우 학생들은 어느 정도 작품에 나오는 영웅들을 열심히 모방할 것이며, 아침 시간을 그런 작품의 페이지에 성스럽게 봉납할 것이기 때문이다. 영웅들을 묘사한 이런 책들이 비록 우리의 모국어로 인쇄되긴 했지만, 타락한 시대의 독자들에게는 마치 죽은 언어처럼 잘 이해되

---

1 18세기 페르시아의 시인. 인용문은 《Histoire de la Litterature Hindoue》에서 나왔으며, 소로 자신이 이 프랑스어판을 영어로 번역했다.
2 아이스킬로스(Aeschylos, B.C. 525?~B.C. 456). 고대 그리스의 비극 작가로 명성을 떨쳤다.

지 않을 것이다. 그렇기 때문에 우리는 우리가 가진 지혜와 용기와 관용을 총동원하여 보통 용법이 허용하는 범위를 넘어 훨씬 큰 의미를 추측하면서 단어 하나하나, 구절 하나하나의 의미를 땀 흘려 해독하는 길밖에 없다.

오늘날 염가로 풍성하게 쏟아져 나오는 출판물은 모두 번역서가 같이 나왔지만 영웅을 그린 작가들에게 우리를 좀 더 가까이 접근시켜주지는 못하고 있다. 그 책들은 전과 마찬가지로 외로워 보이고, 인쇄된 글자는 희귀하고 이상하게 보인다. 젊은 시절의 소중한 시간을 바쳐 몇 마디나마 고전 어휘들을 공부하는 것은 충분한 가치가 있는 일이다. 이 어휘들은 거리의 평범한 일상을 초월하여 젊은이들에게 영원한 암시와 자극을 주기 때문이다. 농부라 하더라도 자신이 주워들은 라틴어 몇 마디를 기억했다가 되뇌어보는 것은 헛된 일이 아니다.

때때로 사람들은 고전 연구가 현대적이고 더욱 실용적인 학문에 자리를 내줄 것이라고 말한다. 그러나 탐구적인 학생은 어떤 언어로 쓰였건, 또 얼마나 오래되었건 간에 항상 고전을 연구할 것이다. 고전이란 인류의 가장 고귀한 생각의 기록이 아니고 무엇이겠는가? 고전은 사라지지 않고 남아 있는 유일한 신탁이며, 거기에는 현대가 직면하고 있는 문제에 대해서도 델포이의 신탁이나 도도나[3]의 신탁도 제시하지 못했던 해답이 들어 있다. 고전을 연구하지 않는다는 것은 마치 자연이 낡았다고 자연 연구를 그만두는 것이나 다름없다. 독서를 잘하는 것, 다시 말해 참된 책을 참된 정신으로 읽는 것은 고귀한 단련이며 오늘날의 풍조가 존중하는 어떤 단련보다도 힘든 노

---

3 제우스의 신탁소가 있던 성역.

력을 요구하는 것이다. 그것은 운동선수들이 겪는 것과 같은 훈련과, 거의 평생토록 꾸준히 이 단련에 매진하겠다는 의지를 필요로 한다.

책은 작가가 쓸 때 사려 깊고 신중을 기했던 것처럼, 독자도 읽을 때 그런 자세를 가져야 한다. 책이 쓰인 나라의 언어를 말할 수 있는 것만으로는 부족하다. 왜냐하면 구어와 문어 사이에는, 그리고 듣는 언어와 읽는 언어 사이에는 현저한 차이가 있기 때문이다. 전자는 대개 일시적인 것이어서 하나의 소리, 하나의 수다 떠는 말, 하나의 사투리에 지나지 않는다. 따라서 우리는 동물들처럼 그런 언어를 어머니에게 무의식적으로 배운다. 후자, 곧 문어는 전자, 곧 구어가 성숙되고 경험이 축적되어 이루어진 말이다. 전자가 어머니 말이라면, 후자는 아버지 말이며 신중하고 선택된 표현이다. 이 표현은 귀로 듣기에는 너무 깊은 의미를 가졌으며, 이것을 입으로 말하려면 다시 태어나야 한다.

중세에 우연히 그 나라에 태어나서 그리스어와 라틴어로 말을 할 줄 알았던 사람들이 이 언어로 쓰인 천재들의 작품을 읽을 자격이 있었던 것은 아니다. 왜냐하면 이 작품들은 그들이 아는 그리스어나 라틴어가 아니라 선택된 문학 언어로 쓰였기 때문이다. 그들은 그리스나 로마의 더욱 고상한 방언을 배우지 않았던 것이다. 그래서 그런 방언으로 쓰인 책들은 그들에게 휴지나 다름없었다. 그들은 그런 책들보다는 당대의 값싼 유행 문학을 더 좋아했다.

그러나 유럽의 몇몇 국가들이 자기 나라의 문학을 일으키겠다는 목적에 충분히 부합되는, 거칠지만 명확한 문어(文語)를 갖게 되면서부터 비로소 학문이 되살아났으며, 학자들은 시대적 간격을 극복하고 고대의 보물을 식별할 수 있었다. 로마와 그리스 대중이 들을 수 없던 것을 긴 세월이 지난 뒤에 소수의 학자들이 읽게 되었으며, 오늘날에도 소수의 학자들만이 아직 그것을 읽고 있다.

우리는 웅변가가 가끔 터뜨리는 웅변에 크게 감복하지만, 비교할 수 없이 고귀한 문어는 보통 덧없는 구어의 한참 뒤에 처져 가려지거나 훨씬 높은 위치에 존재하는 것이다. 마치 별들을 거느린 창공이 구름 뒤에 자리하고 있는 것과 같다. 별들이 있다면 이 별들을 읽을 수 있는 사람들이 있다. 천문학자들은 항상 지칠 줄 모르고 별들을 관찰하며 이야기하고 있지 않은가? 고귀한 글들은 우리의 일상 대화나 금세 사라지는 우리의 숨과는 달리 증발해버리는 것이 아니다. 토론장에서 웅변이라고 일컬어지는 것이 서재에서 읽어보면 흔한 미사여구에 지나지 않을 때가 많다. 연설가는 일시적으로 조성된 상황의 분위기에 따르며 자기 앞의 군중, 그러니까 그의 말을 들을 수 있는 사람들에게 이야기한다. 그러나 자신의 평온한 생활이 글을 쓰는 동기가 되는 작가, 웅변가를 고무시키는 사건이나 군중을 앞에 두면 오히려 정신이 산란해지는 작가는 인류의 지성과 감성을 향해서, 그러니까 자기를 이해할 수 있는 모든 시대의 모든 인간을 향해서 말하는 것이다.

알렉산더 대왕이 원정을 나갈 때《일리아스》를 귀중품 상자에 넣어 가지고 다녔다는 것은 놀라운 일이 아니다. 기록된 언어는 역사적 유물 중에서도 가장 소중한 것이다. 그것은 다른 어떤 예술 작품보다 더 우리에게 친밀감을 주며, 동시에 더 큰 보편성을 지니고 있다. 그것은 삶 자체와 가장 가까이에 있는 예술 작품이다. 그것은 모든 언어로 번역되어 읽힐 뿐만 아니라 실제로 모든 인간의 입술에서 호흡처럼 나올 수 있다. 그림 캔버스 위에 또는 대리석에 표현될 수 있을 뿐 아니라 생명의 입김 그 자체로 조각될 수도 있는 것이다. 고대인의 사고(思考)의 상징이 현대인의 말이 된다. 2천 년 동안의 2천 번의 여름은 대리석 예술품에게 그랬듯이, 기념비적인 그리스 문학에도 원숙한 황금의 가을빛만을 더해주었다. 그리스 문학은 그 차분하고 천상적인 분위기를 모든 땅에 옮겨놓음으로써 스스로를 시간의 부식에서 보호했던 것이다.

책은 세계의 귀중한 재산이며, 모든 세대와 모든 민족이 받을 자격이 있는 유산이다. 가장 오래되고 가장 훌륭한 책들도 모든 오두막의 선반 위에 서면 자연스럽고 격에 맞는다. 책은 자체의 대의를 호소하지 않는다. 그러나 책이 독자를 계몽하고 위안이 되어주는 한, 상식 있는 독자가 책을 거부하지는 않을 것이다. 그런 책의 저자들은 어느 사회에서나 당연하고도 거부할 수 없는 귀족층이며, 왕이나 황제보다 인류에게 큰 영향을 미친다.

글도 못 보면서 어쩌면 학문을 경시하던 상인이 기업인의 정신과 근면을 바탕으로 부러워하던 여유와 자립을 얻으면 부유한 상류층에 합류되는 것이 허용되고, 마침내 그는 필연적으로 더 높으면서 아직은 접근이 불가능한 지성과 천재의 계층 쪽으로 눈을 돌리게 된다. 하지만 그는 자신의 교양 부족을 통감하며 많은 재산으로도 어쩔 수 없는 무력감과 공허감을 맛본다. 그러나 이때 그는 뛰어난 양식을 발휘하여 자기 자식들만큼은 스스로가 그 결핍을 뼈저리게 느꼈던 지적 교양을 갖추게 하기 위해 온갖 노력을 기울인다. 이렇게 해서 그는 한 가문의 창시자가 되는 것이다.

옛 고전을 원어로 읽는 것을 배우지 않은 사람들은 인류 역사에 대해 불완전한 지식을 가질 수밖에 없을 것이다. 왜냐하면 이건 놀랄 일인데, 어느 고전도 현대어로 번역된 일이 없기 때문이다. 우리의 문명 자체가 고전의 번역판이라고 생각한다면 할 말이 없다. 호메로스는 아직 영어로 인쇄된 일이 없으며,[4] 번역되지 않기로는 아이스킬로스나 베르길리우스[5]도 마찬가지다. 이들 작품은 아침 그 자체처럼 세련되고 충실하며 아름답다. 후세의 작가들은, 우리가 비록 그들의 재능을 칭찬은 하고 있지만, 고전 작가들의 우아한 아름다움이나 끝마무리하는 솜씨, 그리고 평생을 문학에 바친 영웅적 노고라는 점에서는 설사 비교가 된다 하더라도 거의 상대가 되지 않는다.

고전 작가들을 모르는 사람들만이 이들을 잊어버리자는 이야기를 한다. 우리가 고전에 관심을 가지고 충분히 감상할 정도의 학문과 능력을 갖추면 그때 가서 고전을 잊어도 늦지 않을 것이다. 우리가 고전이라고 부르는 유산들과 고전보다 더 오래되고 수도 많지만 잘 알려지지 않은 여러 나라의 경전들이 쌓이게 될 때, 그리고 바티칸 궁 같은 곳들이 베다 경전들, 조로아스터교의 경전들, 기독교의 성경과 같은 경전들, 게다가 호메로스, 단테, 셰익스피어 같은 작가들의 문학작품도 함께 어우러져 채워질 때, 또한 앞으로 올 모든 세기에 각자가 거둔 전리품을 세계의 광장에 차곡차곡 쌓아놓을 때 그 시대야말로 진실로 풍요로운 시대가 될 것이다. 이런 문화적 유산의 더미를 딛고 우리는 마침내 천국의 계단을 오를 희망을 품을 수 있을 것이다.

위대한 시인들의 작품은 이제껏 인류에게 읽힌 적이 전혀 없었다. 왜냐하면 다만 위대한 시인들만이 그것들을 읽을 수 있기 때문이다. 그 작품들은 대중이 별을 읽는 것처럼, 그러니까 천문학적으

---

4 문자 그대로는 받아들일 수 없는 틀린 주장이다. 단지 번역만으로는 작품의 의미가 완벽하게 전달될 수 없다는 뜻일 것이다.

5 베르길리우스(Vergilius, B.C. 70~B.C. 19). 고대 로마 최고의 시인이며, 대표작 《아이네이스》 외에 《전원시》와 《농경시》 등이 있다.

로가 아니고 잘해야 점성술적으로 읽혔던 것이다. 사람들은 장부를 기입하고 장사에서 속지 않으려고 셈을 배운 것처럼 하찮은 편의를 위해서 읽기를 배웠다. 고귀한 지적 단련으로서의 독서에 대해서는 거의 또는 전혀 모른다. 하지만 그것만이 진정한 의미의 독서인 것이다. 읽는 동안 사치품처럼 토닥여서 우리의 고귀한 능력을 잠재우는 독서가 아니라, 읽기 위해 발끝으로 서서 최고의 주의력을 기울이며 정신이 말끔한 시간을 바쳐야만 하는 독서가 참다운 독서인 것이다.

모국어의 글자를 배운 이상 우리는 최고의 문학작품을 읽어야 한다. 평생 초등학교 4, 5학년처럼 가장 낮고 가장 앞에 놓인 의자에 앉아서[6] 언제까지나 에이 비 에이비씨(a b abc)와 단음절로 된 단어만을 반복해서는 안 된다. 대부분의 사람들은 글을 읽을 줄 아는 것만으로, 또는 남이 읽어주는 글을 듣는 것만으로도 만족하여 한 권의 좋은 책, 즉 성경의 가르침에 전적으로 몸을 맡겨버린다. 그러고는 남은 평생을 무기력하게 살면서 이른바 가벼운 일거리로 지적 능력을 소진시키고 만다.

우리 마을 순회도서관에는 '리틀 리딩(Little Reading)'이라는 제목이 붙은 몇 권으로 된 책이 있는데, 나는 처음에 그것이 내가 가보지 못한 어떤 마을의 이름인 줄로만 알았다. 하긴 가마우지나 타조처럼 고기와 야채를 배불리 먹고 난 다음에도 이런 책들을 모두 소화해내는 사람들이 있다. 그들은 무엇이든 버리는 것을 허용치 않는 사람들이기 때문이다. 작가가 이런 여물을 제공하는 기계라면 그들

---

6 당시 교실이 하나밖에 없는 지방 초등학교에서는 가장 어린 소년이 맨 앞줄 낮은 벤치에 앉았다.

은 그것을 읽는 기계들이다. 그들은 '제블론과 세프로니아'에 관한 9천 번째 이야기를 읽으며 이들 젊은 두 연인이 누구보다 진한 사랑을 했다느니, 이들의 참사랑이 순탄한 길을 걷지 못했다느니, 여하튼 그 사랑이 앞으로 가다가 어떻게 넘어졌으며 다시 일어나서 앞으로 갔다느니 하면서 넋을 잃고 있다. 또한 가난하고 불운한 남자가 종탑에 올라갔다는데, 그 사람은 그곳까지 올라가지 않는 편이 좋았다는 것이다. 그렇게 쓸데없이 그 사람을 그런 곳으로 올려놓은 다음 신이 난 소설가는 종을 쳐서 세상 사람들을 모아놓고는, "이건 놀랄 일이 아닙니까? 저 사람이 어떻게 내려왔는지 아십니까?" 식의 자기 이야기를 듣도록 만들기도 한다. 나로 말하건대, 옛 작가들이 영웅들을 하늘의 성좌 사이에다 두었던 것처럼 현대의 작가도 세계의 소설 왕국에 사는, 다시 말해 이처럼 높은 곳에 올라가기를 좋아하는 주인공들 전부를 인간 풍향계로 변신시켜 거기서 녹이 슬 때까지 뱅글뱅글 돌게 하며 다시는 지상에 내려와 쓸데없는 장난으로 선량한 사람들을 괴롭히는 일이 없도록 하는 것이 좋을 듯하다. 다음에 소설가가 종을 칠 때는 공회당에 불이 나서 다 타버려도 나는 꼼짝하지 않을 생각이다.

　"《티틀 톨 탄》의 유명 작가가 새롭게 선보이는 중세의 로맨스《팁토 합의 도약》을 매월 분할 출간할 예정. 선풍적인 인기! 한꺼번에 몰려오지 마시오." 사람들은 이 연재물을 하나도 거르지 않고 읽는데, 하나같이 눈을 접시처럼 뜨고 왕성하고 유치한 호기심을 가지고 읽는다. 아직 내부의 분쇄 주름을 날카롭게 벼릴 필요가 없는, 그 지칠 줄 모르는 모래주머니로 새들이 돌도 소화시키는 모습이다. 마치 네 살짜리 꼬마가 2센트짜리 금박 표지의 《신데렐라》를 읽어나가듯이 말이다. 내가 보기에 그 아이는 그 책을 읽어도 발음이나 억양이나 강조에 약간의 발전도 없고, 교훈을 끄집어내거나 집어넣는 기술도 터득하지 못한다. 이런 식의 독서는 결과적으로 시력 감퇴, 혈액 순환 장애, 그리고 지적 능력의 전반적 위축 내지는 퇴보만을 가져온다. 이런 종류의 생강빵은 순수한 밀이나 옥수수로 만든 빵보다 더 많이 매일같이 거의 모든 오븐 속에서 구워지고 있으며 시장성도 더 밝다.

훌륭한 독자라고 불리는 사람들조차 양서를 읽지 않는다. 우리 콩코드의 교양은 어느 정도나 될까? 극소수의 몇 사람을 제외하면 우리가 읽고 쓸 수 있는 언어로 된 영문학에서조차 가장 훌륭한 작품들이나 그 버금가는 작품들을 흥미롭게 읽어보려는 사람이 없다. 다른 곳도 마찬가지겠지만 이 고장에서는 대학물을 먹고 이른바 대학의 교양 교육을 받았다는 사람들조차 영문학 고전에 대해 거의 또는 전혀 아는 바가 없다. 또한 인류의 기록된 예지인 옛 고전이나 경전들에 대해서 말인데, 알고자 하는 의욕이 있는 사람은 누구나 쉽게 접근할 수 있음에도 이 작품들을 가까이 하려는 노력은 어디를 보아도 미약하기 짝이 없다.

나는 중년의 한 나무꾼을 알고 있다. 그 사람은 프랑스어 신문을 받아보고 있는데, 뉴스를 보기 위해서가 아니라 자신이 캐나다 태생이라서 "프랑스어를 잊어버리지 않기 위해서"라는 것이었다. 내가 그에게 이 세상에서 특별히 성취하고 싶은 일이 뭐냐고 물었더니, 그는 프랑스어 말고도 영어를 계속 공부하여 어휘력을 기르고 싶다고 대답했다. 이것이 바로 대학 교육을 받은 사람들이 일반적으로 하고 있거나 하기를 원하는 지적 활동의 평균 수준이며, 그들은 그 목적을 위하여 영어 신문을 구독하는 것이다.

영어로 쓰인 가장 훌륭한 책이라고도 말할 수 있는 그런 책 한 권을 막 읽고 난 사람은 그 책에 관하여 함께 이야기를 나눌 수 있는 사람을 몇이나 찾아낼 수 있을까? 또는 그것이 훌륭한 책이라는 칭찬을 무식한 사람들까지 귀가 아프게 들어온 그리스어나 라틴어 고전을 그가 방금 원어로 읽었다고 치자. 아마도 그는 이야기 상대를 하나도 찾을 수 없어서 그 책에 대해 침묵할 수밖에 없을 것이다. 사실 이 나라 대학에서는, 어느 그리스 시인의 난해한 언어를 극복했다 해도 그 시인의 기지와 시의 난해성을 아울러 극복하고 기민하고 영웅적인 젊은 독자에게 어떤 공감을 안겨줄 수 있는 교수를 거의 찾아볼 수 없다.

또한 인류의 성서 내지 경전은 어떤가 하면, 심지어 그 책들의 제목만이라도 열거할 수 있는 사람이 이 마을의 누구인가? 대부분은 헤브라이 민족 이외의 다른 민족도 경전을 가지고 있었다는 사실을 모르고 있다. 1달러짜리 은화를 줍기 위해서는 누구나 하던 일을 멈춘다. 그것도 꽤 오래 멈춘다. 여기 고대의 가장 현명했던 사람들이 말했고, 그 뒤 모든 시대의 현명한 사람들이 그 가치를 우리에게 확언해준 황금 같은 말이 있다. 그러나 우리는 쉬운 읽을 거리나 초등 독본, 초등 교과서 정도의 책밖에 읽지 않으며 학교를 졸업하고 나면 아이들이나 초보자들을 위한 '리틀 리딩'과 그 밖의 이야기책들을 읽고 있다. 그래서 우리의 독서와 대화와 사고력은 온통 낮은 수준에 머물러 있으며, 피그미족이나 난쟁이 부족들의 수준과 맞먹을 뿐이다.

나는 이곳 우리 콩코드의 땅이 배출한 인물들보다 더 현명한 사람들과 사귀기를 열망한다. 비록 그런 사람들의 이름이 여기서는 거의 알려지지 않았더라도 말이다. 내가 플라톤의 이름을 들었는데 그의 책을 읽지 않는다? 그것은 마치 플라톤이 같은 마을에 사는데도 내가 그를 한 번도 만나보지 못하고, 이웃인데도 이야기하는 소리를 듣지 못하고, 예지에 가득 찬 그의 말에 귀를 기울인 적이 없는 것과 같다. 그런데 현실은 어떠한가? 불멸의 지혜를 담은 그의 《대화편》이 바로 옆 선반에 놓여 있는데도 나는 그 책을 한 번도 읽지 않은 실정이다.

우리는 태생이 천하며 생활도 비천하고 무식하다. 이런 점에서 고백하건대 전혀 책을 읽을 줄 모르는 사람의 무식과, 어린애들과 지능이 낮은 사람들을 위한 책만 읽기 위해 글을 터득한 사람들의 무식 사이에 큰 차이를 두지 않겠다는 것이다. 우리는 고대의 훌륭했던 인물만큼 훌륭해져야 한다. 그러기 위해서는 우선 그들이 얼마나 훌륭했던가를 먼저 알아야 할 것이다. 우리는 꼬마 인종이므로 지적인 비상(飛上)에서 일간 신문의 칼럼 이상은 날아오르지 못한다.

모든 책이 다 독자들처럼 따분한 것은 아니다. 아마 우리의 현 상황에 딱 들어맞는 말이 들어 있는 책도 있을 것이다. 만약 우리가 이 말들을 실지로 듣고 이해할 수 있다면, 아침이나 봄보다 우리의 삶에 더 큰 활력을 불어넣으며 우리에게 사물의 새로운 측면을 보여줄지 모른다. 한 권의 책을 읽고 자기 인생의 새로운 출발을 한 사람이 얼마나 많은가? 어쩌면 우리에게 일어난 기적을 해명하고 새로운 기적을 예시해줄 책이 있을 것이다. 지금 이 시점에서는 말할 수 없는 것이 어딘가에서는 말해지고 있을지 모른다. 우리를 괴롭히고 당황케 하며 혼란에 빠뜨리는 바로 그런 문제들은 일찍이 모든 현명한 사람들에게도 일어났던 일이다. 한 문제도 빠진 것이 없었다. 현명한 사람들은 각각의 능력에 따라 자신의 말과 삶을 통해 그 문제들의 해답을 주었다. 더욱이 우리는 지혜와 더불어 관용도 배우게 될 것이다. 그런데 나는 이렇게 옛 현자들에게 배운다는 것이 사실이 아니라고 생각하는 사람을 하나 안다. 콩코드 교외에 있는 어느 농장에 고용되어 외로운 생활을 하는 사람이다. 그는 제2의 탄생[7]을 겪었고 특이한 종교적 체험을 했기 때문에 그렇게 생각하는 모양이다. 그는 자기 신앙에 따라 엄숙한 침묵과 배타적인 고독의 생활을 해야 한다고 믿고 있다. 그러나 몇천 년 전에 살았던 조로아스터는 똑같은 길을 걷고 똑같은 체험을 했지만 현명한 사람이었기 때문에 이 경험이 보편적인 것임을 깨달았다. 그리하여 그는 그에 따라 자기의 이웃을 대했고, 하나의 종교를 창시하여 사람들 사이에 확립시켰던 것이다. 그러고 보면 그 농부도 겸손한 자세로 조로아스터와 마음을 터놓고 대화하고, 모든 위대한 사람들의 너그러운 감화에서 힘을 얻어 예수 그리스도 자신과도 마음을 터놓고 이야기하며, "우리 교회, 우리 교회" 하는 식의 배타적 자세는 버리는 편이 나을 것이다.

우리는 지금 우리가 19세기에 속해 있으며 어느 나라보다도 급속한 발전을 하고 있다고 자랑한다. 그러나 자체의 문화 향상을 위한 노력에는 얼마나 인색한가 생각해보라. 나는 여기 주민에게 아첨하고 싶지 않으며 아첨을 받고 싶지도 않다. 그래 보았자 어느 쪽도 발전하지 않기 때문이다. 우리에게는 자극이 필요하다. 다시 말해 우리는 소에 불과하니까 소처럼 채찍질을 당해서라도 발걸음을 빨리 떼어놓아야 한다.

우리는 어린아이들을 위해서는 비교적 훌륭한 초등학교 제도를 가지고 있다. 그러나 겨울철에만 열리는 데다 굶어 죽기 직전에 놓

---

7 개종을 체험하는 것을 '제2의 탄생'이라고 표현하는 경우가 있다(《요한복음》 3장 3절 참조).

인 문화회관과, 주 정부의 권장으로 최근에 생긴 보잘것없는 도서관을 제외하면 성인들을 위한 교육 시설은 전무한 상태다. 우리는 정신을 위한 자양분은 등한시하면서 육체를 위한 자양분이나 육체적인 질병에는 비용을 아끼지 않는다.

우리가 성장하여 어엿한 성인 남녀가 되기 시작하면 교육으로부터 떨어져나가지 않도록 성인들을 위한 학교를 세울 때가 왔다. 마을들이 각각 대학이 되고 나이 많은 주민들은 대학의 연구원이 되어, 정말로 말처럼 유복하다면 평생 여유를 가지고 교양을 쌓는 공부를 할 때가 온 것이다. 세계가 언제까지 파리 대학이나 옥스퍼드 대학 하나로 한정되는 이런 상황이 지속되어야 하는가? 이 마을에 학생들을 기숙시켜 콩코드의 하늘 밑에서 교양 교육을 받게 할 수는 없을까? 아벨라르[8] 같은 뛰어난 학자를 초빙하여 강의를 들을 수는 없을까?

유감스럽게도 우리는 소들에게 마초를 주고 가게를 지키느라 너무 바빠서 아주 오랫동안 학교에서 멀어지고 공부는 서글픈 정도로 등한시해왔다. 이 나라에서는 각 마을이 어느 면에서는 유럽의 귀족이 하는 역할을 대행해야 한다. 마을이 예술의 후견인이 되어야 한다. 마을은 그렇게 할 만한 돈을 충분히 가지고 있다. 다만 아량과 세련된 의식이 부족하다. 농부나 상인들이 좋다고 하는 일에는 많은 돈을 쓰지만, 더 지적인 사람들이 훨씬 더 가치를 인정하는 일에 돈을 쓰자고 제안하면 꿈같은 소리 그만하라는 반응을 보인다. 우리

---

8 피에르 아벨라르(Pierre Abelard, 1079~1142). 프랑스의 신학자이자 철학자. 그의 강의를 들으려고 수많은 학생이 몰려들었던, 소르본 대학의 실질적인 창시자로 알려져 있다.

마을은 운이 좋아서 그런지, 아니면 정치 덕분인지 1만 7천 달러를 마을 회관을 짓는 데 사용했다. 그러나 그 껍데기 안에 집어넣을 진짜 알맹이, 즉 살아 있는 지성을 키우는 데는 백 년이 지나도 그만한 돈을 쓰지 않을 것이다. 겨울에 열리는 시민 교양 강좌를 위해 매년 걷는 125달러의 기부금은 마을에서 걷는 같은 액수의 어떤 기부금보다 유용하게 쓰이고 있다.

우리가 19세기에 살고 있다면, 이 19세기가 제공하는 이점을 향유하지 말아야 할 이유가 어디에 있는가? 우리의 생활이 어느 면에서 시골티를 벗지 못할 이유가 무엇인가? 신문을 읽고 싶으면 가십이나 싣는 보스턴의 신문을 제쳐버리고 당장 세계 제일의 신문을 받아보는 것이 낫지 않은가? 이곳 뉴잉글랜드에 산다고 해서 항상 '중립적 가정' 신문이나 유아용 죽을 빨아먹듯 하거나, '올리브 가지'[9] 같은 신문을 가축처럼 뜯어먹지는 말자. 모든 학회의 보고서가 우리에게 배달되도록 하자. 그리하여 그들이 무엇을 알고 있는지 알아보자.

왜 우리가 읽을 책의 선정을 하퍼 앤 브라더스 출판사나 레딩 출판사에 맡겨야 하는가? 고급스러운 취미를 가진 귀족이 교양을 쌓는 데 도움이 되는 온갖 것들, 다시 말해 천재, 학문, 기지, 책, 그림, 조각, 음악, 과학 기기 등으로 자신을 에워싸듯이 우리 마을도 그렇게 하도록 하자. 그리하여 우리의 청교도 조상들이 황량한 바위 땅에서 겨울을 날 때 그랬다고 해서 우리까지도 선생 한 명, 목사 한 명, 교회지기 한 명, 교구 도서실 하나, 행정위원 세 명으로 만족하지는 말자.

---

9 실제로 있었던 주간지의 이름.

집단 행동은 우리가 가진 여러 제도의 정신에 부합된다. 또한 우리가 유럽의 귀족보다 더 번창하고 있으므로 우리의 재력도 그들보다 나을 것이 틀림없다. 우리 뉴잉글랜드는 여러 마을이 체재비를 공동 부담한다는 조건으로 세계의 모든 현인들을 불러들여 우리를 가르치게 할 수 있으며, 또 그렇게 해야 우리는 촌티를 벗어날 수 있다. 이것이 바로 우리에게 필요한, 성인들을 위한 학교다. 귀족들이 아니라 보통 사람들로 구성된 고귀한 마을을 건설하자. 필요하면 강위에 다리를 하나 덜 놓고 조금 돌아서 가게 되더라도, 그 비용으로 우리를 둘러싸고 있는 어두운 무지의 심연 위에 구름다리 하나라도 건설하도록 하자.

4

소 리

그러나 아무리 잘 고른 책이나 고전이라 해도 우리가 책에만 몰두해 그 자체가 방언이나 지방어에 지나지 않는 어느 특정한 문어(文語)들만 읽는다면, 모든 삼라만상이 은유 없이 말하는 언어, 그 자체로도 풍부한 표준어인 그러한 언어를 망각할 위험이 있다. 그것은 대량으로 발표되지만 인쇄되지는 않는다. 덧문 사이로 흘러드는 햇빛은 그 덧문을 완전히 걷어버리면 우리 기억에서 사라질 것이다.

어떠한 방법과 훈련도 항상 마음을 놓지 않고 경계해야 할 필요성을 대신하지 못한다. 보지 않으면 안 되는 것을 항상 보는 훈련에 비하면, 아무리 잘 선택된 역사나 철학이나 시에 대한 강좌라든지 훌륭한 교제라든지 가장 모범적인 생활 습관도 별것 아닌 것이다. 당신은 단순히 독자나 연구자가 되겠는가, 아니면 사물을 제대로 보는 자가 되겠는가? 당신의 운명을 읽으라. 당신 앞에 있는 것을 보라. 그러고 나서 미래를 향해 계속 걸어가라.

처음 맞은 여름에는 책을 읽지 않았다. 콩밭을 맸다. 아니, 나는 자주 그보다 더 좋은 일을 하며 시간을 보냈다. 머리로 하는 일이든 손으로 하는 일이든 어떤 일에 현재 이 순간이라는 꽃을 희생할 수 없는 때가 있다. 나는 내 생활에다 넓은 여백을 남기기를 좋아한다. 여름날 아침이면 이따금 이제는 습관이 된 멱을 감고 나서 해가 잘 드는 문 앞에 앉아 새벽부터 정오까지 한없이 공상에 잠기곤 했다. 나의 주위에는 소나무, 호두나무, 옻나무가 무성하게 자라고 있었으며 누구도 방해하지 않는 고독과 정적이 들어차 있었다. 오직 새들만이 곁에서 노래하거나 소리 없이 집 안을 넘나들었다. 그러다가 해가 서쪽 창문으로 스며들거나 멀리 한길을 달리는 어느 여행자의 마차 소리가 들리면 그제야 비로소 시간이 흐른 것을 깨달았다.

나는 이런 계절에 밤의 옥수수[1]처럼 자랐다. 이 시간들은 손으로 하는 어떤 일보다 훨씬 더 소중했다. 그런 시간들은 내 인생에서 공제되는 시간이 아니라 오히려 나에게 할당된 시간을 훨씬 초과하는 보너스였다. 나는 동양인들이 말하는 명상이라든가 무위(無爲)라는 말의 뜻을 깨달았다.

대체로 나는 시간이 가는 것을 개의치 않았다. 하루는 마치 내 일을 가볍게 해주려는 듯 지나갔다. 아침이구나 하면 어느새 저녁이었다. 따라서 특별히 이룩한 일은 없었다. 새들처럼 노래를 부르지는 않았지만 나는 끝없는 나의 행운에 말없이 웃었다. 참새가 내 문 앞의 호두나무에 앉아 지저귀듯이 나도 키득키득 웃었다. 아니면 웃음을 억눌렀지만 참새는 내 둥지에서 나오는 내 소리를 들었을 것이다. 나의 하루하루는 어떤 이교도 신의 이름[2]을 붙인 한 주일의 어느 요일이 아니었으며, 또한 24시간으로 쪼개져 시계의 재깍재깍하는

---

1 이 지방은 덥고 습해서 옥수수가 하룻밤 사이에 훌쩍 자라는 것처럼 느껴진다고 한다.
2 예컨대 Thursday는 Thor(천둥의 신)에서 유래되었다.

소리에 시달리는 하루도 아니었다. 나는 푸리족 인디언처럼 살았다. 그들에 대해서는 이런 이야기가 있다.

이 사람들은 어제, 오늘, 내일을 나타내는 데 한 가지 말밖에 없다. 그래서 어제를 의미할 때는 등 뒤를 가리키고 내일은 자기 앞을, 오늘은 머리 위를 가리켜 뜻의 차이를 나타낸다.

나의 이런 생활이 마을 사람들에게는 틀림없이 지독하게 게으른 생활로 비쳤을 것이다. 그러나 새들과 꽃들이 저희들의 기준으로 평가했다면 나는 실격되지 않았을 것이다. 사실이지 인간은 자기 내부에서 자기 행동의 동기를 찾아야 한다. 자연의 하루는 매우 평온한 것이어서 인간의 게으름을 꾸짖지 않는다.

즐거운 시간을 밖에서 구하기 때문에 사교계나 극장을 찾아야 하는 사람들에 비해, 나의 생활방식은 적어도 한 가지 큰 이점을 가지고 있었다. 다시 말해 내 생활은 그 자체로 즐거움이었고, 늘 그 신선미를 잃지 않았다. 그것은 여러 장으로 구성된 끝없는 한 편의 드라마였다. 만일 우리가 늘 생계를 세우고 우리가 가장 최근에 배운 최선의 방법으로 생활을 규제해나가면 결코 권태감에 시달릴 일은 없을 것이다. 자신에게만 주어진 창조적 재능을 바싹 좇아가라. 그러면 그것은 반드시 시간마다 새로운 전망을 보여줄 것이다.

집안일은 유쾌한 소일거리였다. 마루가 더러워지면 나는 아침 일찍 일어나 가구를 비롯해 침구와 침대 뼈대까지 모두 문밖 풀밭으로 끌어낸 뒤에 마룻바닥에 물을 끼얹고 호수에서 가져온 모래를 그 위에 뿌리고는 마루가 깨끗하고 하얗게 될 때까지 북북 문질렀다. 마을 사람들이 아침 식사를 마칠 무렵이면 집 안은 아침 햇살로 충분히 말라서 나는 다시 안으로 들어가 명상을 계속할 수 있었다.

내 모든 가재도구가 풀밭으로 나와 마치 집시의 봇짐처럼 작은 무더기를 이루고, 치우지 않아 책과 펜과 잉크가 그대로 놓인 세 발 탁자가 소나무들과 호두나무들 사이에 서 있는 모습을 보는 것은 유쾌한 일이었다. 그 물건들도 밖으로 나온 것을 기뻐하는 듯했고, 다시 끌려 들어가는 것을 싫어하는 듯했다. 때로 나는 이것들 위에 차일을 치고 그 아래에 앉아 있고 싶은 유혹을 느꼈다. 이 물건들 위에 햇빛이 비치는 것을 보거나 거침없는 바람이 그 위로 스치는 소리를 듣는 것은 신 나는 일이었다. 아무리 눈에 익은 물건들이라도 집 밖에 내놓으면 집 안에 있을 때보다 더욱 흥미를 자아냈다.

새 한 마리가 바로 곁에 있는 나뭇가지 위에 앉아 있고, 보릿대국화는 탁자 밑에서 자라고 검은딸기 넝쿨은 탁자의 다리를 휘감고 있으며, 솔방울과 밤송이 껍질들과 딸기 잎사귀들이 여기저기 흩어져 있다. 이러한 것들의 형체가 탁자나 의자나 침대 뼈대 등 우리의 가구에 장식무늬로 새겨진 경로가 바로 이렇구나 하는 느낌이 들었다. 가구들은 한때 그런 것들 사이에 있었기 때문이다.

내 집은 언덕의 중턱, 리기다소나무와 호두나무가 싱싱한 젊은 숲을 이루고 있는 한복판이면서 광활한 숲의 가장자리에 해당하는

송진 채취용 소나무 밑에서 발견된 솔방울 무더기. 붉은 다람쥐들이 껍데기와 알맹이를 모두 갉아 먹어 속줄기만 남은 형상이다.(1859년 4월 2일)

지점에 있었다. 호수에서 6로드³ 정도 떨어져 있었고, 언덕을 내려가는 좁은 길이 호수까지 통해 있었다. 집 앞 뜰에는 딸기, 검은딸기, 보릿대국화, 물레나물, 미역취, 떡갈나무 관목, 샌드벚나무, 월귤나무, 감자콩 등이 자라고 있었다.

5월 말이 되면 샌드벚나무가 짧은 줄기 주위에 원통형의 산형 꽃차례로 피어난 섬세한 꽃을 매달고는 그 호수로 이끄는 작은 길 양편을 장식하다가, 가을에 이르러 이 나무의 줄기는 큼직하고 보기좋은 그 열매들의 무게에 눌려 마치 사방으로 퍼지는 빛과 같은 화환 모양으로 휘어졌다. 나는 자연에 경의를 표하는 의미로 그 열매를 따서 먹어보았지만 맛은 별로였다.

옻나무는 내가 만든 제방을 뚫고 올라와 집 주위에서 무성하게 자라더니, 첫해에 5, 6피트나 되는 높이로 자랐다. 옻나무의 넓고 깃털 모양을 한 열대성 잎사귀는 이국적이면서 보기 좋았다. 그것의 큼직한 새싹은 늦은 봄까지 죽은 것처럼 보이던 마른 줄기에서 갑자기 터져 나오면서 마치 마술처럼 푸르고 여린 지름 1인치가량의 아름다운 가지들로 자랐다. 그 가지들은 너무 빨리 자라서 마디에 부담을 주었기 때문에, 어떤 때 내가 창가에 앉아 있노라면 바람 한 점없는데도 싱싱하고 여린 가지가 제 무게를 못 이기고 갑자기 부채처럼 땅에 떨어지는 소리가 들렸다. 꽃이 피었을 때 수많은 야생벌을 끌어들였던 엄청난 양의 딸기들은 8월이 되면 점점 우단 같은 밝은 진홍색을 띠는데, 이 딸기들도 스스로의 무게를 이기지 못하고 휘어지면서 자신의 여린 줄기를 부러뜨리는 것이었다.

---

3 6로드는 약 30미터인데, 실제로 가보면 그 배 이상의 거리라는 것이 판명된다.

어느 여름날 오후, 창가에 앉아 있노라니 매 몇 마리가 나의 개간 지 위를 빙빙 돌면서 날고 있다. 날랜 몸매의 산비둘기들이 두세 마 리씩 내 시야를 비스듬히 스치며 날아가거나 집 뒤에 선 백송 가지 위에 초조한 자세로 내려앉는데, 그들은 허공으로 목소리를 던진다. 물수리 한 마리가 거울 같은 호수 수면 위에 보조개를 만들더니 물 고기 한 마리를 낚아 올린다. 밍크 한 마리가 집 앞에 있는 늪에서 살그머니 나와 물가에서 개구리 한 마리를 잡아챈다. 획획 날아다니 는 쌀먹이새의 무게에 눌려 왕골풀은 몸을 굽히고 있다.

지난 반 시간 동안 나는 열차가 내는 바퀴 소리를 줄곧 들었다. 열차 소리는 이제 들리지 않을 정도로 잦아들더니 다시 자고새 날갯 짓 소리처럼 살아나고 있다. 그 열차는 보스턴에서 시골로 여행자들 을 실어 나르는 열차다. 이 마을 동쪽에 있는 어느 농부를 위해 머슴 살이를 했던 소년과는 달리 나는 세상에서 그리 멀리 떨어진 곳에 살고 있지는 않았다. 그 소년은 오래 견디지 못하고 도망쳐서 다시 집으로 돌아왔는데, 옷은 누더기였고 향수병까지 걸려 있었다는 것 이다. 그 소년은 그곳처럼 외지고 따분한 곳은 세상에 없을 것이라 고 말했다고 한다. 사람들은 모두 떠나고 기적 소리도 들리지 않는 곳이었다고 한다. 나는 오늘날 매사추세츠 주에 그런 곳이 남아 있 으리라고는 생각하지 않는다.

이제 우리 마을은 날쌘
철로 화살의 표적이 되었다네.
평화로운 들판 위에 울리는
마음을 달래주는 소리는 — 콩코드.

피치버그 철도는 내가 사는 곳에서 남쪽으로 약 500미터 떨어진 지점에서 호수와 접한다. 나는 늘 이 철도의 둑길을 따라 마을에 간다. 그러니까 말하자면 나는 이 연결 철로 덕분에 인간 사회에서 격리되지 않은 셈이다. 화물열차를 타고 이 노선 양끝을 왕복하는 승무원들은 오래 알고 지낸 사람처럼 내게 인사를 한다. 나를 여러 번 철로변에서 만났기 때문에 내가 자기들 같은 철도회사 직원이라고 생각하는 게 분명하다. 어떤 의미에서는 그렇다고 할 수도 있다. 나도 지구의 궤도 어디에선가 선로 수리공 노릇을 하고 싶으니까 말이다.

기관차의 기적은 어느 농가의 앞마당 위를 나는 매의 날카로운 울음소리처럼 여름이고 겨울이고 가리지 않고 숲을 관통해 들어와, 안달하는 많은 도시의 상인들이 읍의 경계선에 도착하고 있으며 그 반대쪽에는 한몫 잡으려는 시골 장사꾼들이 도착하고 있다는 것을 나에게 알려준다. 그들이 같은 지평선 밑으로 들어오게 되면 상대방더러 길을 비키라고 경고의 기적을 울리는데, 때로 이 기적 소리는 두 읍 전체를 관통하며 울려 퍼진다. 야, 시골아, 너의 식료품이 왔다. 야, 시골놈들아, 너희들 양식이다! 이것이 기적의 외침이다. 그러나 자기 농장에서 자라는 농산물로 자급자족하며 그런 것 필요 없소 하고 말할 수 있는 사람은 한 명도 없다. 식료품 값 여기 있소! 하고 시골 사람의 기차는 기적을 울린다. 그 기차에는 성벽을 깨뜨릴 수 있는 파성퇴(破城槌)처럼 생긴 목재들이 실린 채 도시의 성벽을 향해 시속 20마일의 속도로 달리고 있으며, 그 성벽 안에 사는 지치고 무거운 짐 진 자들[4]을 모두 앉히기에 충분한 의자도 실려 있다.

---

4 〈마태복음〉 11장 28절 "수고하고 무거운 짐 진 자들아 다 내게로 오라, 내가 너희를 쉬게 하리라"에서 따온 말이다.

이렇게 거창하고 투박한 울림 소리로 인사를 대신하면서 시골은 도시에게 의자를 내준다. 허클베리로 뒤덮였던 야산들이 발가벗겨지고, 넌출월귤이 깔렸던 초원들은 갈퀴질로 긁혀 도시로 간다. 솜은 도시로 올라가고 옷감은 시골로 내려온다. 비단은 올라가고 모직물은 내려온다. 책은 올라오지만 책을 쓰는 재능은 내려간다.

여러 개가 늘어선 차량들을 끌고 가는 기관차가 행성처럼 움직이는 것을 볼 때(행성처럼이라고 했는데 차라리 혜성처럼이라고 말하는 편이 낫겠다. 왜냐하면 기관차의 궤도가 원위치로 돌아오는 순환 궤도처럼 보이지 않으니 그 속력과 방향으로 달려서는 그것이 다시 태양계로 돌아올지 어떨지를 보는 사람은 모르니까), 그리고 증기 구름을 깃발처럼 휘날리며 높은 하늘에서 햇빛을 향해 자신의 모습을 펼치는 수많은 새털구름같이 생긴 금은의 화환을 뒤에 남기면서 움직이는 모습을 볼 때(이 여행하는 반신(半神), 즉 이 구름을 좌지우지하는 자, 즉 그 기관차가 머지않아 노을 지는 하늘을 자신의 제복으로 만들 것 같은데), 또한 이 철마가 발굽으로 대지를 흔들고 불과 연기를 내뿜으며 우레 같은 콧김으로 산울림을 만드는 것을 들을 때면, 지구는 이제 자기 위에 살 자격을 갖춘 새로운 종족을 갖게 되는 게 아닌가 하는 생각이 든다. (사람들이 어떤 날개 달린 말이나 불 뿜는 용을 새로운 신화 속에 등장시킬지 모르겠다.)

붉게 물든 하늘 밑, 검은 구름층이 한쪽으로 기울어져서 마치 대포 포신이 하늘을 향하고 있는 것 같다.(1851년 7월 10일)

만일 모든 것이 보이는 대로이고, 인간이 자연의 힘을 고귀한 목적을 위해 자신의 하인으로 삼은 것이라면 얼마나 좋을까! 만일 기관차 위에 걸린 구름이 영웅적 행위로 인한 땀이라든가 농가의 밭 위에 떠 있는 구름처럼 자비로운 것이라면, 자연의 여러 능력과 자연의 여신 자신도 기꺼이 인간의 일을 거드는 동반자가 되며 경호를 맡을 것이다.

아침 열차가 지나갈 때, 나는 기차보다 시간을 더 잘 지키지는 못하는 일출을 바라볼 때와 같은 기분으로 그것을 바라본다. 기차가 보스턴을 향해 달리는 동안 화통에서 나온 연기 구름은 뒤로 처지면서 점점 하늘로 높이 올라가서는, 잠시 태양을 가리면서 멀리 있는 나의 밭을 그늘 속으로 던져버린다. 그 그늘이야말로 하늘 열차이며, 그것에 비하면 땅을 달리는 기차는 한낱 창 끝에 단 미늘에 지나지 않는다.

철마의 마부는 이 겨울 아침에도 그의 말에게 마초를 주고 안장을 채우기 위해 산 사이에서 빛나는 별빛을 보며 일찍 일어난다. 불역시 철마 속에 생명의 열을 넣어 출발할 수 있게끔 그처럼 일찍 깨워졌다. 이 작업이 이른 시간에 걸맞게 순수하고 지저분하지 않으면 얼마나 좋을까! 눈이 많이 쌓인 날이면 그들은 철마에 눈 신을 신기고 거대한 쟁기로 산간지대부터 해안지대까지 고랑을 판다. 기관차 뒤의 열차 칸들은 마치 쟁기 뒤를 따르는 파종기가 고랑 안에 씨를 뿌리듯 많은 초조해하는 사람들과 상품들을 시골에 뿌린다. 온종일 이 화마(火馬)는 전국을 날아다닌다. 주인을 쉬게 하기 위해서나 겨우 걸음을 멈춘다.

나는 한밤중에 이 화마의 발굽 소리와 반항적인 콧김 소리에 잠을 깰 때가 있다. 이때 화마는 숲속 어느 외진 골짜기에서 얼음과 눈으로 몸을 단단히 굳힌 자연의 힘과 대치하고 있는 상태다. 화마는 겨우 새벽 별이 뜰 때가 되어서야 비로소 마구간으로 돌아온다. 그러나 쉬지도 자지도 못하고 다시 여행길에 오른다. 저녁때 간혹 나는 화마가 자기 마구간에서 그날 남은 힘을 발산하는 소리를 듣는다. 아마도 신경을 안정시키고 간과 뇌를 식히며 몇 시간이나마 잠을 자려는 것이리라. 화마의 지치지 않고 오래 계속되는 이런 일이 영웅적이고 위엄 있는 일이기도 하다면 얼마나 좋을까!

한때는 대낮에도 사냥꾼이나 겨우 헤치고 들어갔던 시골 읍 변두리에 자리한 인적 드문 숲속 깊숙한 곳을 이 불을 환하게 밝힌 응접실들이 승객들도 모르는 사이에 캄캄한 어둠을 뚫고 달린다. 어느 순간에는 수많은 사람이 모인 읍이나 도시의 어느 밝은 정거장에서 멈추는가 하면, 다음 순간에는 '디즈멀 늪지대'[5]를 지나며 부엉이와 여우를 놀라게 한다. 기차가 도착하고 출발하는 시간은 이제 마을의 하루에서 중요한 기준 시점이 되었다. 기차의 오가는 시간이 규칙적이고 정확하며 기적 소리가 대단히 먼 곳까지 들리기 때문에 농부들은 그에 따라 시계를 맞추게 되었고, 그리하여 일사불란하게 움직이는 하나의 제도가 온 나라를 관리하게 되었다.

철도가 발명된 이래 사람들의 시간관념이 얼마간 나아지지 않았을까? 사람들은 옛날의 역마차역에서보다 오늘날의 기차역에서 더 빨리 말하고 더 빨리 생각하는 게 아닐까? 기차역의 분위기에는 사람을 흥분시키는 무언가가 있다. 나는 기차역이 이룩한 기적들에 대해 여러 번 놀랐다. 내 이웃 중 몇 사람은 철도처럼 빠른 그런 운송 수단으로는 결코 보스턴에 갈 사람들이 아니라고 내가 장담할 수 있

---

5 버지니아 주 동남부부터 노스캐롤라이나 주 북동부에 걸쳐 펼쳐진 광대한 습지.

었는데, 역에서 울리는 종소리에 당장 거기에 나타나는 것이었다. 이제 일을 '철도식으로' 처리한다는 것은 상투적인 말이 되었다.

어떤 강력한 것이 제 앞에서 거치적거리지 말라고 경고할 때는 그 경고를 귀담아들을 필요가 있다. 소요(騷擾) 단속법을 읽어주기 위해 정지하지도 않으며, 폭도들의 머리 위에 발포하지도 않는다. 우리는 절대로 비키면서 길을 터주지 않는 운명 같은 것, 즉 아트로포스 여신[6] 하나를 만들어놓은 것이다. (이 여신의 이름을 너의 기관차에 채택하라.)

몇 시 몇 분에 이 기차라는 운명의 화살이 나침반의 어느 방향으로 발사되리라는 것은 모두 공고를 통해 알고 있다. 그러나 기차는 사람들의 일을 방해하지 않으며, 아이들은 별도의 길을 따라 등교한다. 우리는 철도 덕분에 좀 더 안정된 생활을 한다. 그러니까 우리 모두는 윌리엄 텔의 아들이 되도록 훈련을 받고 있는 셈이다. 공중은 눈에 보이지 않는 화살로 가득 차 있다. 한 발자국이라도 자기의 길을 이탈하면 운명의 화살을 맞아 죽게 된다. 그러므로 당신 자신의 궤도를 벗어나지 않도록 하라.

상업이 내 마음에 드는 것은 그 진취적 기상과 용기 때문이다. 상업은 두 손 모아 주피터 신에게 기도하지 않는다. 나는 상인들이 날마다 크든 작든 용기와 만족감을 가지고 자신들의 일에 종사하며, 스스로가 생각하는 이상으로 많은 일을 해내고 있는 것을 본다. 아마 그들이 의식적으로 계획을 세우고 했더라도 이보다 더 잘 해내지는 못했을 것이다. 나는 부에나비스타[7] 격전지의 최일선에서 반 시

---

6 그리스 신화에 나오는 운명의 세 여신 중 하나로, 사람의 생명의 실을 끊는 역할을 한다.

간을 견뎌낸 군인들의 영웅적 행위보다, 겨울 동안 제설차를 숙소 삼아 지내는 사람들의 꾸준하고 쾌활한 용기에 더 큰 감동을 느낀다. 그들은 나폴레옹이 가장 희귀한 용기라고 말했던 '새벽 3시의 용기'[8]를 가지고 있다. 그들의 용기는 일찌감치 잠자러 가지 않으며, 그들 자신도 눈보라가 멎거나 철마의 근육이 얼어붙었을 때에야 잠자리에 든다.

폭설이 아직 맹위를 떨치며 사람의 피를 싸늘하게 식히고 있는 이 아침에도, 나는 그들의 기관차 기적 소리가 스스로 토하는 얼어붙은 입김의 두꺼운 안개층을 뚫고 나오는 둔탁한 소리를 듣는다. 이 소리는 뉴잉글랜드 지방을 휩쓰는 북동 폭설의 제지를 무릅쓰고 기차가 큰 지연 없이 오고 있음을 알린다. 그런 다음 내 눈에 들어오는 것은 온몸이 눈과 서리로 덮인 제설 작업반원들이 기관차의 제설판 위로 머리를 내밀고 있는 모습이다. 그 제설판은 들국화나 들쥐들의 둥지와는 다른 것, 시에라네바다 산맥의 바윗덩어리 같은 것들, 우주의 바깥쪽을 차지하고 있는 것들을 뒤집어엎는 능력이 있다.

상업은 예상과는 달리 자신감 넘치고 침착하며 경계를 게을리하지 않을뿐더러 모험적이고 피로를 모른다. 게다가 상업은 그 방법에서 매우 자연스럽다. 허다한 공상적인 기획이나 감상적인 실험보다 훨씬 자연스러운 것이며, 바로 여기에 그 특유의 성공 비결이 있다. 나는 화물열차가 덜컹덜컹하며 내 옆을 지나갈 때면 기분이 상쾌해지고 가슴 뿌듯해진다. 나는 보스턴 항의 롱 부두에서 버몬트 주의

---

7 멕시코 북부의 지명으로 멕시코 전쟁 때 가장 격렬한 전투가 벌어졌던 곳.
8 정확하게는 '새벽 2시의 용기'이며, 새벽 2시에 갑자기 깨워도 힘과 용기가 넘치는 병사를 나폴레옹이 크게 칭찬했다는 이야기가 있다.

샘플레인 호수까지 줄곧 냄새를 풍기며 달려가는 화물들의 냄새를 맡는데, 그 냄새는 이국의 여러 지역들, 산호초, 인도양, 열대지방, 그리고 지구의 넓이를 생각나게 한다. 내년 여름에 수많은 뉴잉글랜드 지방 사람들의 금발 머리를 가려주는 모자가 될 종려나무 잎들, 마닐라 삼, 코코넛 껍질, 낡은 밧줄, 마대, 고철과 녹슨 못들을 보면 내 자신이 세계의 시민이 된 기분이 든다. 이 화차에 가득 실린 찢어진 돛은 종이로 재생되어 책으로 인쇄되겠지만, 그보다는 지금 이대로가 읽기도 좋고 내용도 재미있다. 이 돛들이 겪은 폭풍의 역사를 이 찢어진 자국만큼 생생하게 그려낼 사람이 어디 있겠는가? 이것들은 더 고칠 필요도 없이 바로 인쇄에 들어갈 수 있는 교정지가 아니고 무엇인가?

여기 메인 주의 숲에서 나온 목재가 실려간다. 이 목재들은 지난번 홍수 때 바다로 떠내려가지 않은 것들인데, 그때 떠내려가거나 쪼개진 것들 때문에 길이 1천 피트당 4달러가 올라 있다. 이 목재들은 소나무와 가문비나무와 삼나무로서 1급, 2급, 3급, 4급의 등급이 매겨져 있지만, 최근까지도 다 같은 품질이었고 곰과 사슴과 순록의 머리 위에서 바람에 흔들리고 있던 것들이다. 다음으로 토마스톤산 (産) 석회가 지나간다. 소석회(消石灰)로 사용되기 전에 저렇게 몇 개의 산하를 통과하며 멀리 운반되어 가는 것이다.

온갖 색깔의 품질이 다른 누더기를 담은 가마니들이 지나간다. 무명과 아마천이 닳고 헐어서 최하의 상태로 추락한 것이 누더기이며, 모든 옷의 종착점이 바로 누더기라는 것이다. 이 누더기의 모양과 무늬는 이제 밀워키 시에서가 아니면 떠들어대는 일이 없는 것들인데 영국산이나 프랑스산 또는 미국산 날염천, 깅엄천, 모슬린천 등 한때는 화려했던 옷감들이다. 또한 이것들은 부유층과 빈곤층이 거주하는 지역에서 수거했지만 이제 백색이라는 한 가지 색상의 종이 또는 색도만 약간 다른 두서너 가지 색상의 종이로 재생될 것이며, 틀림없이 그 종이에는 상류층 인생이나 하류층 인생에 관해 사실에 입각한 이야기들이 기록될 것이다.

이 유개화차(有蓋貨車)에서는 소금에 절인 생선 냄새가 난다. 여기 뉴잉글랜드의 그 상업적 냄새는 나에게 그랜드뱅크스[9]의 어업을 상기시킨다. 소금에 절인 생선을 본 적 없는 사람이 어디 있는가? 이 생선들은 어찌나 잘 절여놓았는지 무슨 일이 있어도 썩지 않겠지만 그 냄새 앞에서는 성자들도 인내심을 잃을 것이다. 이 절인 생선으로 사람들은 길거리를 청소하기도 하고 도로를 포장하기도 하고 불쏘시개를 자를 수도 있으며, 마부는 이것을 가지고 태양과 바람과 비에서 자신과 짐을 보호할 수도 있을 것이다. 전에 어떤 콩코드 상인이 그랬듯이 상인은 개업을 할 때 간판 대신 절인 생선을 가게 문 앞에 걸어놓을 수도 있을 것이다. 그렇게 되면 세월이 지나 마침내는 가장 오래된 단골손님도 그것이 동물인지 식물인지 광물인지를 알 수 없겠지만, 그래도 그것은 눈송이처럼 순수해서 솥에다 넣고 끓이면 토요일 저녁 만찬 때 훌륭한 생선 요리로 내놓을 수 있을 것이다.

다음에 지나가는 것은 스페인산 소가죽이다. 가죽에 붙은 꼬리는 소들이 살아서 스페인 본토의 대초원에서 뛰놀 때와 똑같은 각도로 들려 있고, 그때와 똑같은 모양으로 끝이 말려 있다. 이 꼬리는 모든 완고함의 상징으로, 타고난 악덕은 종류를 막론하고 얼마나 바로잡기가 절망할 정도로 힘든 것인가를 증명하고 있다. 솔직히 고백하건

---

9 캐나다 남동부에 위치한 세계 최대의 대구 어장.

대 나는 어떤 사람의 본성을 알게 되면 그가 살아 있는 한은 그 본성을 더 좋거나 나쁜 쪽으로 바꿔보겠다는 희망을 갖지 않는다. 동양인들이 말하고 있듯이 "개의 꼬리는 열로 데워서 다시 누른 다음 노끈으로 묶어놓을 수 있다. 그런데 그 노력을 12년간 계속해도 그것은 원래 상태를 그대로 지닐 것이다."[10] 이 두 가지 꼬리가 보여주는 것과 같은 완고함을 고치는 유일하게 효과적인 방법은 흔히 하듯 이것들을 끓여서 아교로 만든 다음 어디다 붙이면 된다. 붙여놓으면 떨어지지 않고 그대로 있을 것이다.

다음으로 버몬트 주 커팅스빌에 사는 존 스미스 씨에게 배달될 당밀 아니면 브랜디가 들어 있는 큰 통이 지나간다. 그는 그린 산맥으로 둘러싸인 지역에 사는 상인인데, 직접 개간한 땅 근처에 사는 농민들을 상대로 물건을 수입해서 팔고 있다. 어쩌면 그는 지금쯤 자신의 저장고 출입문이 내려다보이는 장소에 서서 최근 해안에 도착한 상품들이 자기 물건 가격에 어떤 영향을 미칠지 생각하면서, 다음 기차 편으로 오는 물품들은 최상급 물건이라고, 오늘 이전에도 스무 번쯤 되풀이했던 말을 또다시 고객들에게 하고 있을 것이다. 이 사실은 커팅스빌 신문에 광고로도 나와 있다.

이런 화물들이 올라가는가 하면 다른 화물들은 내려온다. 휙휙하는 소리에 놀라 책에서 눈을 들어 쳐다보니, 먼 북쪽 지역의 산에서 벌목된 큰 소나무가 그린 산맥과 코네티컷 주를 넘어 날아오더니 10분도 안 돼 마을 중심부를 화살처럼 통과하여 누가 보기도 전에 사라졌다. 그것은…

---

10 찰스 윌킨스(Charles Wilkins)가 영역한 《Fables and Proverbs from the Sanskrit being the Hitopadesa》 "The Lion and the Rabbit" 2절, 우화 9번에서 인용했다.

어느 거대한 군함의
돛대가 되려는 것이니.[11]

그건 그렇고, 자, 들어보라! 여기 가축 운반 열차가 오고 있다. 천
개의 산에서 풀을 먹던 소들, 양 우리, 마구간, 허공에 뜬 젖소 사육
장, 막대기를 든 몰이꾼, 가축들 한가운데에 선 소년 목동 등등인데,
이것들 모두는 산에 있는 목장만 빼고 9월의 강풍에 밀려 산으로부
터 낙엽처럼 공중에서 회오리를 만들고 있다. 대기는 온통 송아지와
양들의 울음소리와 수소들의 밀치는 소리로 가득 채워져, 마치 목장
계곡이 지나가는 듯하다. 맨 앞의 방울 단 양이 방울을 울리면, 산들
은 실로 숫양처럼 뛰고 작은 산들은 어린 양처럼 뛴다.[12] 열차의 중
간 칸에 있는 몰이꾼들은 이제 가축과 같은 짐이 된 신세인데, 지금
은 일거리가 없어진 상태지만 직무의 표시로 쓸모없는 막대기에 여
전히 매달려 있다.

그런데 몰이꾼의 개들, 그 개들은 어디 있는가? 개들 처지에서
볼 때 이것은 대탈주인 셈이다. 개들은 완전히 버려진 신세다. 개들
은 말을 냄새를 잃은 것이다. 그 개들이 피터보로 산 뒤에서 짖는 소
리가 들려오는 듯하다. 아니면 그린 산맥의 서쪽 경사면을 헐떡이며
올라가는 소리가 들리는 것 같기도 하다. 개들은 가축들이 도살되는
현장에 있지는 않을 것이다. 그들도 이제 일거리를 잃었다. 그들의
충성심과 영특함은 지금 영점 이하다. 그들은 치욕을 느끼며 개집으

---

11 밀턴의 《실낙원》 1권 293~294행에서 인용했다.
12 〈시편〉 114편 4절 "산들은 숫양들같이 뛰놀며 작은 산들은 어린 양들같이 뛰었도다"
　 에서 나온 말이다.

로 돌아가거나, 어쩌면 야생으로 돌아가 늑대나 여우들과 한패거리
가 될지도 모른다.

이렇게 나의 목가적 생활은 훌쩍 날아 지나가버린다. 그러나 기
적이 울리니 철로에서 비켜나 기차가 지나가도록 해야겠다.

철로는 나에게 무엇인가?
그것이 어디서 끝나는지
난 결코 보러 가지 않지.
철로는 몇 개의 팬 곳을 메워주고
제비들을 위해 둑을 만들어주지.
철로는 모래를 불어 날려
검은딸기 자라게 하지.

그러나 나는 숲속에 난 짐수레 길을 건너듯 철길을 건너간다. 나
는 기차가 내는 연기와 증기와 쉭쉭 하는 소리로 눈이 튀어나오고
귀가 상하는 꼴을 당하고 싶지 않다.

이제 기차가 지나가고 그와 함께 초조한 세상도 가버렸다. 호수
의 고기들도 기차로 인한 땅의 진동을 느끼지 않는다. 나는 이전보
다 더 혼자라는 느낌이 든다. 남은 오후 시간 내내 나의 명상을 방해
하는 것은 어쩌면 멀리 한길을 지나가는 마차나 가축들이 내는 희미
한 덜커덕거리는 소리뿐이다.

일요일 중 어느 날 바람이 알맞게 불고 있을 때면 종소리가 들려
오기도 했다. 링컨, 액턴, 베드퍼드나 콩코드 마을에서 들려오는 은
은하고 감미로운 종소리였다. 마치 자연의 멜로디인 듯 숲속으로 들
어올 자격을 갖춘 것 같았다. 이 종소리는 숲 위를 넘어올 때 마치

지평선 위의 바늘 같은 솔잎이 그 소리가 스치는 하프의 현인 듯 어떤 진동하는 콧노래 같은 효과를 냈다. 들을 수 있는 최대한의 거리를 두고 들을 때 모든 소리는 단 한 가지 동일한 효과, 다시 말해 우주의 가야금의 진동음이 된다. 마치 멀리 있는 지상의 산등성이들이 중간에 있는 대기로 인하여 감청색 빛깔을 띠게 되어 우리 눈에 더 재미있게 보이는 이치와 같은 것이다. 이번 경우 나에게 들려온 선율은 대기가 짜낸 선율이며, 솔잎을 비롯해 모든 숲의 잎사귀들과 이야기를 나눈 선율이며, 자연의 힘이 붙잡고 조율하여 계곡에서 계곡으로 메아리치게 한 선율이다. 메아리란 어느 정도 독창적인 소리이며, 바로 여기에 메아리의 마력과 매력이 있다. 메아리는 종소리 중에서 반복할 가치가 있는 것을 반복할 뿐 아니라 그 일부는 숲 자체가 내는 소리이기도 하다. 다시 말해 숲속 요정의 속삭임과 노래가 그 안에 담겨 있는 것이다.

저녁 무렵 숲 너머 지평선 멀리에서 들려오는 암소의 음매 소리는 감미롭고 음악적이다. 처음에 나는 그 소리를 이따금 내게 세레나데를 들려주던 어떤 유랑 가수들이 산과 계곡을 방랑하며 부르는 목소리로 착각하곤 했다. 그러나 곧 그 음성이 길게 늘어지더니 암소의 흔한 자연적인 음악으로 바뀔 때 나는 실망했지만 기분이 나쁘지는 않았다. 그 젊은이들의 노래가 암소의 노래와 비슷하다고 한 말은 비꼬는 것이 아니라 젊은이들의 노래에 대한 올바른 평가를 표명하기 위해서였다. 사실 양쪽이 다 같이 자연이 내는 하나의 소리임을 알았다는 말이다.

여름 어느 기간에는 저녁 열차가 지나간 7시 반만 되면 규칙적으로 쏙독새들이 문 근처 그루터기나 지붕 용마루에 앉아 반 시간 동안 저녁 기도를 읊는다. 그들은 저녁마다 일정한 시간에, 즉 해가 지고 5분 이내에 거의 시계처럼 정확히 노래를 시작한다. 나는 이 새들의 습성을 알 수 있는 희귀한 기회를 얻은 것이다. 어떤 때는 네다섯 마리가 숲의 각기 다른 곳에서 한꺼번에 울기도 했는데, 우연히도 한 소절씩 차례로 늦추면서 울었다. 또한 나는 가까운 거리에 있었으므로 매 소절 다음에 쿠륵쿠륵 하는 소리뿐만 아니라 거미줄에 걸린 파리가 내는 것 같은 특이한 웽웽 소리도 들을 수 있었다. 물론 몸집이 큰 새가 내는 소리는 파리가 내는 소리보다 컸다. 또한 때로 숲에 들어가면 쏙독새 한 마리가 마치 내가 잡은 줄에 묶인 듯 내 주위를 불과 두어 자 떨어진 채 계속해서 빙빙 도는 것이었다. 아마 바로 근처에 알을 낳은 둥지가 있었던 모양이다. 그들은 밤새 일정한 간격을 두고 울었고, 동이 틀 무렵이나 그 바로 직전에 가장 많이 울었다.

다른 새들이 조용해지면 부엉이들이 노래를 이어받아 마치 곡하는 여인네들처럼 우-루-루[13] 하고 그들이 태곳적부터 울던 소리를 낸다. 그들의 음산한 울음은 정말 벤 존슨[14]적이다. 영리한 한밤중의 마녀들 같으니! 그들의 노래는 시인들의 정직하고 투박한 노래가 아니라 실로 농담이 섞이지 않은 매우 엄숙한 무덤의 노래이며, 동반 자살한 두 연인이 지옥의 숲에서 지난날 이승의 숲에서 나눈 격렬한 사랑의 고통과 기쁨을 돌이켜보면서 서로를 위안하는 노래다. 그러나 나는 그들의 통곡과 구슬픈 응답 소리가 숲의 언저리에 떨리듯 들려오는 것을 사랑한다. 왜냐하면 그것은 때로 나에게 음악과 노래하는 새들을 생각나게 하기 때문이다. 다시 말해 내가 노래로 표현

---

13 라틴어의 'ululo(곡하다)'에서 소로가 만들어낸 단어 같다.
14 벤 존슨(Ben Jonson, 1572~1637). 영국의 극작가로 〈마녀의 노래〉라는 작품이 있다.

되었으면 하는 것은 음악의 어둡고도 눈물겨운 측면이며 후회와 탄식이기 때문이다.

부엉이들은 망령이다. 한때는 사람의 모습을 하고 밤마다 이 세상을 걸으면서 어둠의 만행을 저질렀고, 이제는 죄의 현장에서 탄식의 노래와 비가를 부르면서 속죄하고 있는 추락한 영혼들의 의기소침한 혼백이며 우울한 전조인 것이다. 부엉이들은 우리 모두의 집이기도 한 자연의 다양성과 가능성에 대해 새로운 인식을 주고 있다. "우우, 나, 차라리 태어나지 말걸!" 하고 호수 이쪽에서 부엉이 한 마리가 탄식을 하더니, 절망하듯 초조하게 날아올라 한 바퀴를 돌고 회색 떡갈나무 위에 새 자리를 잡는다. 그러자 "태어나지 말걸!" 하고 호수 건너편에 있는 다른 부엉이가 떨리는 목소리로 진지하게 응답을 보낸다. 그러자 다시 "… 말걸!" 하고 멀리 링컨 숲에서 응답하는 소리가 희미하게 들려온다.

올빼미 역시 나에게 세레나데를 들려주었다. 올빼미의 우는 소리를 가까이서 들으면 자연의 소리 중에서 가장 우울한 소리가 아닌가 하는 생각이 든다. 마치 자연의 여신이 죽어가는 인간의 신음 소리를 일정한 선율로 변화시켜 자신의 합창대에 영구히 편입시킨 것 같다. 그것은 희망을 버린 한 가련한 인간의 혼이 어두운 죽음의 계곡에 들어서면서 짐승처럼 울부짖는 소리인데 거기에 인간의 흐느낌이 첨가된 소리다. 그런데 이 소리는 어떤 목에서 나오는 거럭거럭 하는 음악적인 소리이기 때문에 더 끔찍하게 들린다. 나도 올빼미의 이런 소리를 흉내 내려고 노력해보니 그륵그륵 하는 소리부터 내야 하는 것을 알았다. 또 이 소리는 모든 건전하고 용기 있는 생각을 억누름으로써 끈끈하고 곰팡이가 슨 상태에 도달한 인간의 마음을 나타낸다. 그 소리를 들으면 시체를 뜯어먹는 귀신들과 백치들과 미친 울부짖음이 생각났다. 그러나 지금은 올빼미 한 마리가 먼 숲에서 울고 있는데 거리가 멀어서 그 선율이 정말 음악적으로 들린다. "후… 후… 후러… 후" 하는 올빼미의 울음소리는 낮이든 밤이든, 여름이든 겨울이든 나에게 대체로 즐거운 연상만을 넌지시 선사한다.

나로서는 부엉이와 올빼미가 있다는 것이 행복한 일이다. 인간들을 위해 백치 같기도 하고 미치광이 같기도 한 그 부엉부엉 소리 낼 테면 내라고 하라. 그들의 울음소리는 대낮에도 어두컴컴한 늪지대나 어스름한 숲에 너무나 걸맞은 소리다. 그 소리는 인간이 아직까지 인식하지 못한 광활하고 개척되지 않은 자연이 있다는 것을 암시해준다. 이 새들은 우리 모두의 가슴속에 있는 황량한 쇠퇴 의식과 충족되지 않은 사념(思念)을 상징한다.

태양은 온종일 어느 야생 습지의 수면 위에 내리쬐었다. 거기에는 가문비나무 한 그루가 넝쿨 이끼를 잔뜩 매달고 서 있고, 작은 매들은 그 위를 맴돌고 있다. 박새가 상록수들 틈에서 혀짤배기소리를 내는가 하면, 들꿩과 토끼는 그 밑을 은밀히 기어다닌다. 그러나 이제 더 음산하고 이곳에 어울리는 밤이 다가오고 있다. 그러면 또 다른 종류의 피조물들이 잠에서 깨어나 그곳 자연의 의미를 표현해줄 것이다.

저녁 늦은 시간이었다. 나는 마차들이 덜커덕거리며 다리를 넘어오는 소리를 들었다. 밤에는 어느 소리보다 멀리까지 들리는 소리다. 동시에 나는 개 짖는 소리와, 때로 멀리 있는 어느 외양간 앞마당에서 나는 암소의 구슬픈 음매 소리를 들었다. 그러는 동안 호숫가는 온통 황소개구리들의 나팔 소리로 가득 찬다. 이 개구리들은 옛날 술깨나 마시던 주당들과 죽어라 연회를 따라다니던 똘마니들의 망령인데, 그들은 아직도 전혀 뉘우치는 기색 없이 이 황천의 호수에서 서로 돌아가며 노래 한 가락을 멋들어지게 부르려는 모양이다. 호수에 수초는 별로 없어도 개구리들은 있었던 것이다. 그건 그렇고 월든 호수의 요정들이 월든을 황천의 호수에 비유한 것을 용서했으면 좋겠다.

이 개구리 망령들은 그 옛날 잔칫상에서의 유쾌한 격식을 지키려고 했으나 쉰 목소리에 무거운 엄숙함까지 배어 있어 오히려 즐거운 분위기를 비웃는 꼴이 되었고, 술은 맛을 잃더니 단지 배만 채워주는 액체가 되어버렸다. 과거의 기억을 잊게 하는 달콤한 도취는 결코 오지 않고 물로 찬 포만감과 팽만감만이 느껴질 뿐이었다. 제일 연장자 격인 개구리가 북쪽 물가에서 냅킨 대신 부초 위에 늘어진 턱을 괸 채 한때는 경멸했던 물을 한 모금 쭉 들이켜고 나서 "개굴, 개굴, 개굴" 하고 크게 외치면서 잔을 돌린다. 그러자 곧바로 어느 먼 후미진 구석에서 같은 구호가 수면을 타고 들려왔다. 이것은 나이에서나 허리 굵기에서나 둘째가는 녀석이 자기 격에 맞게 마셨다는 신호였다.

이러한 의식이 호숫가를 한 바퀴 돌고 나서 이 잔치의 진행자는 만족한 듯이 "개굴" 하고 외친다. 그러고 나면 하나씩 차례로 같은 구호를 반복하는데 여기에 착오가 있어서는 안 되며, 배가 가장 덜 나오고 제일 연약해서 물이 샐 것 같은 개구리에 이르러 끝이 난다. 그 뒤에도 술잔은 계속해서 몇 순배 돌고, 솟아오르는 해가 아침 이슬을 흩어버릴 때까지 잔치는 계속된다. 이때쯤 되면 모두 취해서 쓰러져버리고, 최고 연장자 혼자만 남아 이따금 "개굴" 하고 외치고 응답을 기다려보지만 이젠 모든 게 끝이다.

내 개간지에서 수탉이 우는 소리를 들은 적이 있는지 없는지 확실한 기억이 없다. 나는 그 울음소리를 듣기 위해 어린 수탉을 길러보는 것도 가치 있는 일이리라 생각했다. 한때 야생 꿩이었던 이 수탉의 울음소리는 확실히 다른 어느 새의 울음소리보다 특이하다. 닭을 가축으로 길들이지 말고 자연스럽게 자라도록 할 수 있다면 아마 그 울음소리는 머지않아 이 근처 숲속에서 가장 두드러진 소리가 될 것이며, 기러기의 끼룩끼룩 하는 소리나 부엉이의 부엉부엉 하는 소리를 능가할 것이다. 게다가 주인 격인 수탉이 나팔 부는 것을 쉬는 동안 암탉들이 그 공백을 메우는 광경을 상상해보라! 달걀과 닭다리를 따지지 않더라도 인간이 이 새를 가축의 품목에 끼워 넣은 것은 조금도 이상한 일이 아니다.

어느 겨울날 아침 닭들이 떼지어 살았던, 그러니까 그들의 고향이었던 숲을 거닐다가 야생 수탉이 나무 위에서 우는 것을 본다고 생각해보라! 그 울음소리가 날카롭고 뚜렷하게 몇 마일이고 울려 퍼져 다른 새들의 허약한 울음소리를 압도하는 장면을 생각해보라. 그 소리는 여러 민족들을 각성시킬 것이다. 그 소리를 듣고 누가 일찍 일어나지 않겠는가? 그리하여 다음 날에는 더 일찍 일어나고 끝없이 더 일찍 일어나 마침내 말할 수 없이 건강하고 부유하고 현명해지지 않을 사람이 누가 있겠는가?

모든 나라의 시인들은 노래하는 토박이 새들과 함께 이 외국 태생인 닭의 노래를 찬양하고 있다. 이 용감한 수탉은 어떤 기후에도 잘 적응하며, 토박이 새들보다 더 강한 토착성을 지니고 있다. 닭의 건강은 항상 좋으며 그의 폐는 항상 튼튼하다. 또한 그놈은 의기소침하는 일이 없다. 태평양과 대서양을 항해하는 선원들까지도 이 닭의 울음소리를 듣고 잠에서 깬다.

그러나 내가 수탉의 날카로운 소리에 잠을 깬 적은 없다. 나는 개, 고양이, 소, 돼지 등은 물론 닭도 기르지 않았다. 그래서 우리 집에는 가정적인 소리가 결여되었다고 말하는 사람도 있을 것이다. 또한 사람의 마음을 달래주는 우유 젓는 소리, 물레 도는 소리, 찻주전자 끓는 소리, 솥이 김 내는 소리, 아이들 우는 소리도 없다. 옛날식 사람이라면 미쳐버리거나, 아니면 그전에 권태감을 못 이겨 죽어버렸을 것이다. 심지어 벽에 쥐들도 살지 않았다. 배가 고파서 나가버렸거나 애초부터 아예 들어올 유혹을 느끼지 않았던 모양이다.

그러나 지붕 위와 마루 밑에는 다람쥐들이 있었고, 용마루 위에는 쏙독새가 있었으며, 창 아래쪽에서는 푸른어치가 울었다. 집 밑에는 산토끼나 마멋이 있었고, 집 뒤에는 부엉이나 올빼미, 호수 위에는 기러기 떼와 웃는 것처럼 우는 되강오리가 있는가 하면, 밤이 되면 짖어대는 여우도 있었다. 그러나 농장 주변에 사는 순한 새들인 종달새나 꾀꼬리는 단 한 번도 내 개간지를 찾지 않았다. 마당에는 꼬꼬 하고 울 수탉도 없었고, 꼬꼬댁거릴 암탉도 없었다. 마당 자체가 없지 않은가! 그러나 울타리가 없는 자연이 바로 문턱까지 와 닿아 있었다.

창문 밑에는 젊은 숲이 자라고 있었으며, 야생 옻나무와 검은딸기 넝쿨들이 지하실까지 침범하고 있었다. 강인한 리기다소나무들은 자리가 좁다고 서로 몸을 비비며 지붕의 널빤지를 소리 나게 밀치고 있었는데, 그 뿌리는 집 밑으로 잔뜩 들어와 있었다. 강풍이 불어 떨어져나갈 천창(天窓)이나 차양도 없었다. 그 대신 소나무가 집 뒤에서 그 바람에 부러지거나 뿌리째 뽑혀 땔감이 되어주었다. 큰 눈이 내린다고 앞마당의 대문에 이르는 길이 막히는 것이 아니다. 대문도 없다. 앞마당도 없다. 그리고 문명 세계로 이어지는 길이 없는 것이다!

5

고 독

기분 좋은 저녁이다. 온몸이 하나의 감각기관이 되어 모든 땀구멍으로 기쁨을 빨아들인다. 나는 자연의 일부가 되어 야릇한 자유를 느끼며 자연 속을 돌아다닌다. 날씨는 약간 서늘하고 구름이 낀 데다 바람도 불지만 셔츠만 입은 채 돌이 많은 호숫가를 거닐어본다. 특별히 내 마음을 끄는 것은 없지만 자연을 구성하는 모든 요소가 전에 없이 나를 흡족하게 하고 있다.

황소개구리는 밤을 맞아들이기 위해 나팔을 불어대고, 쏙독새의 노래는 수면 위에서 잔물결 같은 바람에 실려 들려온다. 바람에 펄럭이는 오리나무나 포플러 잎들과의 공감 때문에 숨이 막힐 지경이다. 그러나 호수처럼 나의 고요한 마음에도 잔물결만 일 뿐 거칠어지지는 않는다. 저녁 바람이 일으킨 이들 잔물결은 거울같이 매끈한 수면이나 마찬가지로 폭풍과는 거리가 멀다.

이제 어둠이 깔렸지만 바람은 여전히 불면서 숲속에서 요란한 소리를 내고 물결은 계속 부딪쳐오는데, 어떤 피조물들은 자신들의 노래로 나머지 다른 피조물들을 달랜다. 완전한 휴식은 결코 존재하지 않는다. 야성이 제일 강한 동물들은 휴식을 취하지 않고 이제 저희들의 먹이를 찾아 나선다. 여우와 스컹크와 산토끼들이 이제는 겁도 없이 들과 숲을 헤맨다. 그들은 자연의 야경꾼이며, 생명이 약동하는 낮이 단절되지 않도록 낮과 낮을 이어주는 교량이다.

이렇게 밖에 나갔다가 돌아오면 방문객들이 왔다가 명함을 남겨놓고 간 것을 발견한다. 그 명함이란 한 다발의 꽃이나 상록수로 엮은 화환일 때도 있고, 노란 호두나무 잎이나 그 나뭇조각에다 연필로 이름을 써놓은 경우도 있다. 어쩌다가 숲에 오는 사람들이 도중에 나뭇가지 같은 것을 꺾어 만지작거리며 놀다가 우리 집에 들러서는 의식적으로 또는 무의식적으로 그냥 두고 가는 경우도 있다. 수양버들 가지의 껍질을 벗겨 고리 모양으로 엮은 것을 내 탁자에 놓고 간 사람도 있었다.

내가 없는 동안 어떤 방문자들이 다녀갔는지는 나뭇가지가 휘어지거나 풀잎이 숙여진 모양이나 구두 자국을 보고 항상 알 수 있었다. 또한 꽃 한 송이를 떨어뜨리거나 풀 한 줌 뜯어서 던져버린 모습 같은 하찮은 흔적을 보고(아니 반 마일 밖의 철로 옆에다 버렸거나) 또는 남아 있는 시가나 파이프 담배의 냄새를 맡고도 그 사람의 성별과 나이와 인품을 알 수 있었다. 심지어 나는 3백 미터나 떨어진 한길을 지나가던 사람을 그의 파이프 담배 냄새로 알아맞힌 경우도 여러 번 있었다.

우리 주위에는 대개 넉넉한 공간이 있다. 지평선이 우리의 코밑에 와 닿아 있지 않다. 울창한 숲도 호수도 우리의 집 문 앞까지 와 있지 않다. 어느 정도의 공간은 늘 개척되어 우리와 친숙해지고 우리에게 밟혀 닳아가고 있다. 즉 어떤 식으로든 인간의 소유물이 되어 울타리가 쳐지는데, 이건 결국 자연을 개간한 것이다.

이 광활한 영역, 몇 제곱마일이나 되는 인적도 없는 이 숲을 나혼자의 사유물로 소유하다니, 그 이유가 무엇일까? 사람들이 나에게 가지라고 버린 것일까? 가장 가까운 이웃도 1마일이나 떨어진 곳에 살고 있으며, 언덕 꼭대기에 올라서지 않는 한 내 집 주위의 반마일 이내에는 사람 사는 집이 전혀 보이지 않는다. 숲이 경계선 노릇을 하는 지평선을 나 혼자 독차지하고 있는 것이다. 한편으로는 철로가 호수의 한쪽 옆을 지나는 것이 멀리 보이고, 다른 한편으로는 숲속 길과 접해 있는 울타리가 아득히 보인다.

그러나 대체로 내가 사는 곳은 대초원만큼이나 적적하다. 여기는 뉴잉글랜드지만 아시아나 아프리카 같은 기분이 든다. 말하자면 나는 나 혼자만의 해와 달과 별을 거느리고 혼자만의 작은 세상을 가지고 있는 것이다. 밤에는 내 집을 지나치는 여행자나 문을 두드리는 여행자도 없었다. 마치 내가 이 세상 최초의 인간이거나 최후의 인간인 것 같았다.

그러나 봄에는 메기를 낚으러 밤낚시를 오는 사람들이 아주 드물게 있었다. 하지만 그들은 현실의 월든 호수가 아니라 어둠을 미끼로 자신들의 마음의 호수에서 더 많은 고기를 낚았을 것이다. 왜냐하면 그들은 빈 바구니를 들고 물러갔으며 "세계를 어둠과 나에게"[1] 남겨놓았기 때문이다. 그리하여 밤의 어두운 핵심이 사람들의 접근으로 더럽혀지는 일은 결코 없었다. 아직도 사람들은 어둠을 몹시 두려워하는구나 하는 생각이 든다. 마녀들은 모두 붙잡혀 교수형을 당했고 기독교와 양초가 널리 보급되었는데 왜 그러는지 모르겠다.

---

1 토머스 그레이(Thomas Gray, 1716~1771)의 시, 〈Elegy Written in a Country Churchyard〉에서 인용했다.

때로 내가 겪은 경험에 의하면, 가련하게도 사람을 싫어하는 사람이나 극도의 우울증에 걸린 사람의 경우에도 가장 감미롭고 다정한 교제, 가장 순수하고 가장 격려가 되는 교제는 자연계의 사물에서 발견될 수 있었다. 자연 한가운데에 살면서 감각 기능을 제대로 유지하고 있는 사람에게는 암담한 우울증이 있을 수 없다. 건강하고 순진한 귀에는 어떠한 폭풍도 바람의 신 아이올로스의 음악으로 들릴 뿐이다. 소박하고 용기 있는 사람을 속된 슬픔으로 몰아넣는 것은 결코 정당화될 수 없는 일이다.

내가 사계절을 벗삼아 살아가는 동안에는 그 무엇도 삶을 짐스러운 것으로 만들 수 없으리라고 믿는다. 오늘 내 콩밭에 물을 주면서 나를 집에 묶어두는 저 보슬비는 지루하고 우울한 느낌을 주는 것이 아니라 나를 위해 착한 일을 하고 있는 것이다. 비는 콩밭 매는 일을 못하게 했지만, 비는 밭 매는 것보다 훨씬 큰 가치를 지니고 있다. 계속되는 비가 땅속의 종자를 썩게 하고 낮은 지대에서 감자 농사를 망치더라도 높은 지대의 풀에게는 좋을 테고, 풀에게 좋다면 나에게도 좋은 것이다.

때때로 나 자신을 다른 사람과 비교하면, 내가 그들에 비해 분에 넘치게 신들의 총애를 받고 있는 것 같은 느낌이 든다. 마치 나는 동료 인간들이 갖지 못한 허가서와 보증서를 신들에게 받았으며, 신들에 의해 각별한 지도와 보호를 받고 있는 것처럼 말이다. 내가 우쭐해서 하는 말이 아니다. 그러나 그런 일이 가능한지는 몰라도 신들이 나를 우쭐하게 만들고 있는 것이다.

나는 외로움을 느낀 적이 한 번도 없으며 고독감에 짓눌려본 적도 없다. 그러나 한 번, 내가 숲에 온 지 몇 주일이 되지 않아서였는데, 그때 나는 주변에 사람이 있는 것이 평온하고 건강한 생활의 필수 조건이 아닌가 하는 생각에 한 시간쯤 빠져 있었다. 혼자라는 것은 유쾌하지 못한 무엇이었다. 그러나 동시에 나는 내 기분 속에 자리한 미세한 비정상 상태를 의식했고, 그런 상태에서 곧 회복될 것을 예감했다.

보슬비가 내리는 가운데 이런 생각에 잠겨 있는 동안 나는 갑자기 대자연 속에, 후드득후드득 떨어지는 바로 저 빗방울 속에, 또한 집 주위의 모든 소리와 모든 경치 속에 너무나도 감미롭고 자애로운 상대, 교제할 상대가 있다는 것을 의식했다. 그것은 나를 지탱해주는 공기 그 자체처럼 무한하고 설명할 수 없는 우호적인 감정이었다. 이웃에 사람이 있음으로써 얻을 수 있다고 생각되던 모든 이점이 대단치 않다는 것을 느꼈고, 그 후로는 그런 것을 생각해본 일이 없다. 작은 솔잎 하나하나가 공감으로 확대되고 부풀어올라 나에게 우정의 손을 내밀었다. 나는 사람들이 황량하고 쓸쓸하다고 습관처럼 말하던 장소에도 나와 친근한 무언가가 존재하는 것을 분명히 느꼈다. 나에게 혈연적으로 제일 가깝거나 가장 인간적인 것이 반드시 어떤 사람이나 어떤 마을 사람은 아니며, 또한 이제부터 어떤 장소도 나에게는 낯선 곳이 될 수 없다고 생각했다.

> 죽은 사람에게 바치는 애도는
> 그 슬퍼하는 자의 목숨을 불시에 빼앗아가는 것.
> 살아 있는 사람들의 땅에서 그들이 사는 날은 짧은 법,
> 아름다운 토스카의 딸이여![2]

---

2 패트릭 맥그리거(Patrick MacGregor)의 《The Genuine Remains of Ossian》에서 인용했다.

나의 가장 즐거운 시간 중 하나는 봄이나 가을에 폭풍우가 오래 지속될 때였다. 그런 시간에는 오전 오후 할 것 없이 집 안에 틀어박혀 끝없는 바람의 포효와 비에게 위로를 받았다. 또한 이런 때는 이른 황혼이 긴 밤을 맞아들이는 바람에 나의 여러 사념들은 뿌리를 내리며 꽃을 피울 여유를 갖는다. 북동쪽에서 몰아닥치는 비가 마을의 집들을 엄습하여 하녀들이 빗자루와 물통을 들고 집 안으로 밀려드는 물을 막기 위해 문 앞에 서 있을 때, 나는 내 작은 집의 문을 닫고 그 뒤에 앉아 비바람으로부터 충분히 보호를 받았다.

폭우가 쏟아지는 가운데 묵직한 천둥소리가 나면서 번개가 호수 건너편의 커다란 리기다소나무를 때린 적이 있다. 그 벼락은 마치 지팡이에 홈을 파듯 나무 꼭대기에서 밑동까지 깊이 1인치 남짓에 폭은 4, 5인치쯤 되는 나선형 홈을 파놓았는데, 그것도 아주 또렷하고 완벽한 홈이었다. 얼마 전에 그 나무 옆을 다시 지나갔는데, 나는 8년 전 악의 없는 하늘에서 무섭고도 감히 저항할 수 없는 번개가 내리쳤던 흔적이 전보다 더 선명하게 남아 있는 것을 보고 놀라움을 금치 못했다.

사람들은 자주 나에게 이렇게 말한다. "그곳에선 무척 외로울 거예요. 특히 눈이나 비가 오는 날이나 밤에는 이웃이 그립지 않습니까?" 그런 사람들에게 나는 이렇게 대답해주고 싶다. "우리가 살고 있는 이 지구는 우주의 한 점에 불과합니다. 저 별의 폭은 인간의 기기로 측정할 수 없는데, 저 별에 살고 있는 가장 멀리 떨어진 두 사람의 거리가 얼마쯤 되리라고 생각하십니까? 내가 외로워한다고 생각하는 이유가 무엇입니까? 우리의 지구가 은하계 안에 있다는 것을 모르십니까? 댁이 나한테 던진 질문은 그다지 중요한 것 같지 않습니다. 사람을 그의 동료들에게서 분리시켜 고독하게 만드는 공간은 어떤 종류의 공간이라고 생각하십니까? 아무리 두 발로 노력해도 두 사람의 마음이 가까워지지 않는다는 것을 이제 나는 깨달았습니다. 사람은 무엇에 가장 가까이 살고 싶어 한다고 생각하십니까? 분명히 많은 사람들과 가까운 곳은 아닐 겁니다. 기차역이나 우체국, 공회당, 학교, 잡화점, 술집, 비컨힐이나 파이브포인츠[3]같이 사람들이 많이 몰려드는 곳은 아닐 것입니다. 물가에 서 있는 수양버들이 물 쪽으로 뿌리를 뻗듯, 우리의 모든 경험으로 볼 때 생명이 분출되어 나오는 곳, 즉 영원한 생명의 원천이라고 생각하는 곳 가까이에 살고 싶을 겁니다. 각자 본성에 따라 다르겠지만 현명한 사람이라면 반드시 그런 곳에 지하 저장실을 팔 것입니다."

어느 날 저녁, 나는 월든 거리에서 이른바 '상당한 재산'을 모은 사람을 따라간 일이 있다. 사실 상당한 재산이라는 것이 어떤 것인지 확실히는 모른다. 그는 소 두 마리를 끌고 가는 길이었는데, 나더러 어떻게 세상의 모든 낙을 버릴 수 있었느냐고 묻는 것이었다. 나는 이런 생활에 꽤 만족한다고 대답했다. 농담이 아니었다. 그리고 나는 집으로 와서 침대로 들어갔고, 그 사람이 어둠을 뚫고 진흙탕 길을 골라 디디며 브라이턴인가 브라이트타운인가 하는 곳으로 가도록 내버려두었다. 그 사람은 다음 날 아침 무렵 그곳에 도착했을 것이다.

죽은 사람이 눈을 뜨고 다시 살아날 가망이 있다면, 그에게 시간이나 장소 따위는 아무 상관도 없을 것이다. 그러한 기적이 일어날 수 있는 장소는 시대를 막론하고 항상 같으며, 우리의 5관에 형언하기 어려운 기쁨을 주는 곳이다. 대체로 우리는 멀리 있고 일시적인

---

3 비컨힐은 보스턴의 구시가지로 고급 주택지이며, 파이브포인츠는 당시 불결하고 범죄가 많기로 유명했던 뉴욕의 한 지역이다.

경우만이 우리 자신에게 좋은 계기를 선사할 거라고 생각한다. 그러나 그런 경우는 사실상 우리의 정신을 교란시키는 원인인 것이다.

모든 사물의 바로 곁에는 그 존재를 형성해주는 어떤 힘이 있는 법이다. 우리 바로 옆에서 가장 위대한 법칙이 수행되고 있는 것이다. 우리 바로 옆에는 우리가 고용하고 더불어 이야기하기를 좋아하는 그 일꾼이 아니라, 우리를 낳아준 그 일꾼이 있는 것이다.

천지(天地)의 힘이 미치는 영향은 그 범위가 얼마나 광대하며 그 깊이가 얼마나 깊은가!

그 힘을 감지하려 하지만 우리 눈에 보이지 않고, 아무리 귀를 곤두세워도 우리 귀에는 들리지 않는다. 사물의 본질과 일체가 되어 있어 그 영향력만 분리해내는 것은 불가능하다.

그 힘은 우주 속에서 인간들로 하여금 자신들의 마음을 깨끗하게 하고 성스럽게 만들며, 나아가 제복을 갖춰 입고 조상들에게 제물을 바치며 제사를 올리도록 하는 힘이다. 그것은 오묘한 지혜의 대양이다. 천지의 힘은 우리 위에, 우리 좌우 모든 곳에 존재한다. 그 힘은 사방에서 우리를 에워싼다.[4]

우리는 내가 적잖이 흥미를 가지고 있는 어떤 실험의 피험자들이다. 이런 상황에서 우리가 잠시나마 어울려 잡담이나 나누는 것을 삼가고 우리 자신의 사고로 스스로를 위로하면서 지낼 수는 없을까? 공자는 다음과 같이 옳은 말을 하고 있다.

---

4 세 구절 모두 공자의 《중용》 16장에서 인용했다.

덕은 버려진 고아로 남지 않으며 반드시 이웃이 있느니라.[5]

사색을 통해 우리는 건전한 의미에서 자기 자신을 망각할 수 있을 것이다. 의식적인 마음의 노력으로 우리는 행위들과 그 결과로부터 초연할 수 있다. 그렇게 되면 좋은 일이든 나쁜 일이든 모든 일이 격류처럼 우리 곁을 지나쳐가는 것이다.

우리는 자연 속에 전적으로 빠져 있지는 않다. 우리는 냇물에 떠가는 나무토막일 수도 있고, 하늘에서 냇물을 내려다보는 인드라 신[6]일 수도 있다. 나는 어떤 연극 공연을 보고 감동을 받을 수 있지만, 반면에 나와 더 깊은 이해관계가 있을지 모르는 실제 사건 앞에서는 감동을 느끼지 않을 수도 있다. 나는 나 자신을 인간적 실체로만 알고 있는 것이다. 말하자면 사고와 감정의 무대로만 알고 있다는 뜻이다. 또한 나는 다른 사람들로부터는 물론 나 자신으로부터도 멀리 떨어져 있을 수 있는 어떤 이중성이 내게 있는 것을 감지하고 있다.

내가 아무리 강렬한 경험을 해도 나의 내부에는 기어코 그 경험을 공유하지 않고 그냥 관찰하기만 하는 방관자로 남아 있는 부분이 있으며, 그것이 비판의 눈을 던지고 있는 것을 나는 느낄 수 있다. 그 부분은 타인이 아니지만 그렇다고 나 자신도 아니다. 비극일 수도 있는 인생의 연극이 끝나면 관객은 제 갈 길로 가버린다. 그 관객에 관한 한 그 인생극은 일종의 허구이며 상상이 만든 작품에 불과하다. 이러한 이중성은 때로 우리를 변변찮은 이웃이나 친구로 만들기 쉽다.

---

5 《논어》 4편 25절에서 인용했다.
6 힌두교의 신 중 하나이며 공기, 눈, 비, 바람과 천둥을 다스린다.

나는 대부분의 시간을 혼자 지내는 것이 건강에 이롭다고 생각한다. 아무리 좋은 사람이라도 같이 있으면 곧 지루하고 주의가 산만해진다. 나는 혼자 있는 것을 좋아한다. 나는 고독처럼 어울리기 좋은 친구는 발견하지 못했다. 우리는 대체로 방 안에 홀로 있을 때보다 밖에 나가 사람들 사이에 낄 때 더 고독하다. 생각하거나 일하는 사람은 어디에 있든지 항상 혼자다. 고독은 어떤 사람과 그의 동료 사이의 거리로 측정할 수 있는 것이 아니다. 케임브리지 대학의 학생이 우글거리는 교실에서도 정말 열심히 공부하는 학생은 사막의 수도승만큼이나 고독한 것이다.

하루 종일 혼자 밭에서 김을 매거나 숲에서 나무를 베는 농부는 일에 몰두해 있기 때문에 외로움을 느낄 수 없다. 그러나 밤에 집에 돌아오면 여러 생각이 떠올라 방 안에 가만히 혼자 앉아 있을 수 없다. 그래서 그는 하루 종일 혼자 있었던 것에 대해 스스로에게 보상하겠다는 심정에서 '사람들을 만나' 기분전환을 할 수 있는 곳으로 간다. 따라서 농부는 학생이 낮과 밤 대부분의 시간을 혼자 집에 있으면서 어떻게 권태와 '우울증'을 느끼지 않는지 의아하게 생각한다. 농부는 그 학생이 집에 있지만 농부처럼 그 나름의 밭을 갈고 그 나름의 나무를 베고 있으며, 그런 다음에는 좀 더 농축된 형태이긴 하지만 농부와 다를 바 없이 휴식과 사교를 찾는다는 사실을 이해하지 못한다.

인간들끼리의 교제는 대체로 너무 싸구려다. 너무 자주 만나기 때문에 서로에게 줄 어떤 새로운 가치를 획득할 시간이 없다. 우리는 하루 세 끼 식사 때마다 만나서 그 오래되어 곰팡내 나는 치즈, 즉 우리 자신을 새로 맛보라고 서로에게 내놓는다. 우리는 이 빈번한 만남을 참을 수 없게 되어 서로 치고받는 싸움판이 벌어지는 일이 없도록 하기 위해 예의범절이라는 일정한 규칙을 만들어 합의해야 했다.

우리는 우체국이나 친목회에서 만나고 매일 밤 난롯가에서 만난다. 우리는 너무 엉켜 살아서 서로에게 방해가 되기도 하고 서로에게 걸려 넘어지기도 한다. 그 결과 우리는 서로에 대한 존경심을 잃어버린다. 조금 더 간격을 두고 만나도 중요하고 흉금을 터놓는 의사소통에는 전혀 지장이 없을 것이다. 공장에서 일하고 있는 저 여공들을 생각해보라. 그들은 꿈속에서조차 혼자 있는 일이 없다. 내가 사는 이곳처럼 1제곱마일마다 한 사람이 살 수 있다면 얼마나 좋겠는가. 사람의 가치는 피부 속에 있는 것이 아니므로 그 사람을 만져보아도 알 수가 없다.

나는 숲속에서 길을 잃고 나무 밑에서 굶주림과 피곤에 지쳐 거의 죽어가던 어떤 사람의 이야기를 들은 적이 있다. 몸이 쇠약해져 있었기 때문에 병적인 상상력이 움직여 그의 주위에 기괴한 환영이 연달아 모습을 드러냈는데, 본인은 그 환영을 실재의 것으로 믿었기 때문에 오히려 고독을 느끼지 않았다는 것이다. 이와 마찬가지로 우리가 육체적·정신적 건강과 힘을 지니고 있으면, 위에 서술한 경우와 비슷하지만 좀 더 정상적이고 자연스러운 교제에 의하여 기운을 얻게 되며 자신이 결코 혼자가 아님을 알게 될 것이다.

내 집에는 굉장히 많은 친구가 있다. 특히 아무도 찾아오지 않는 아침에는 더욱 그렇다. 나의 처지가 이해되도록 몇 가지 비유를 들어보겠다. 마치 웃고 있는 것 같은 독특한 울음을 큰 소리로 우는 호수의 그 되강오리가 외롭지 않듯이, 그리고 월든 호수가 외롭지 않듯이 나도 외롭지 않다. 저 고독한 호수가 도대체 어떤 친구들을 가지고 있단 말인가? 그러나 호수는 그 감청색 물속에 푸른 악마들[7]이 아니라 푸른 천사들을 가지고 있는 것이다. 태양은 혼자다. 물론 안개가 자욱한 날에는 둘로 보이기도 하지만 하나는 가짜인 것이다. 하느님은 홀로 존재한다. 그러나 악마는 결코 혼자 있지 않는다. 그는 많은 패거리를 거느리고 대군을 이루고 있다. 목장에 핀 우단현삼, 민들레, 콩잎, 괭이밥, 등에, 그리고 뒤영벌이 외롭지 않듯이 나도 외롭지 않다. 밀브룩 강이나 지붕 위의 풍향계, 북극성, 남풍, 4월의 봄비, 정월의 해동, 그리고 새로 지은 집에 자리 잡은 첫 번째 거미… 이런 모든 것이 외롭지 않듯이 나도 외롭지 않다.

숲속에 눈이 펑펑 내리고 바람이 윙윙거리며 세차게 부는 긴 겨울 저녁이면 호수의 옛 개척자이며 원래 주인이었던 사람이 이따금 찾아온다. 누가 알려준 바에 따르면, 이 사람이 월든 호수를 파고 돌로 그곳을 다지고 주변을 소나무 숲으로 둘렀다고 한다. 그는 나에게 옛날에 있었던 일과 새로 찾아올 영원에 대하여 이야기해준다. 우리 두 사람은 사과나 주스도 없이 서로 사귀는 기쁨과 유쾌한 잡담을 나누며 즐거운 저녁 시간을 이럭저럭 보낸다. 나의 친구는 매우 현명하고 유머 감각이 뛰어나서 나는 그를 무척 좋아한다. 그는 고프나 휠리[8]보다 더 사람 눈에 띄지 않게 돌아다닌다. 사람들은 그가 이미 세상을 떠났다고 생각하지만 어디에 묻혀 있는지는 아무도 모른다.

또 한 사람, 역시나 사람들 눈에 잘 띄지 않는 한 늙은 부인[9]이 이 근처에 살고 있다. 때로 나는 이 노부인의 향기로운 약초밭을 거닐

---

7 우울증을 뜻한다.
8 17세기 중반의 영국인들로, 찰스 1세 처형에 가담한 뒤 미국으로 도망쳤다.
9 어머니 자연일 것이다(이 부분은 필자가 은유로 이야기한다고 미리 선언한 부분이다).

면서 약초도 캐고 그분의 이야기를 듣는 것을 좋아한다. 그분은 비할 데 없이 풍부한 재능을 가졌는데, 그 기억력은 신화 이전까지 거슬러 올라가 모든 전설의 기원과 그 전설이 어떤 사실에 근거를 두고 있는지까지 말해줄 수 있다. 그도 그럴 것이 이런 모든 사건은 그녀가 젊었을 때 일어난 일들이기 때문이다. 안색이 훤하고 기력이 좋은 이 노부인은 어떤 기후나 계절도 좋아하며, 자신의 자녀들보다 더 오래 살 것 같은 생각이 든다.

태양, 바람, 비, 여름, 겨울… 이러한 말로 표현할 수 없는 자연의 순수함과 자애로움은 우리에게 건강과 환희를 안겨준다. 그것도 영원히!

태양을 위시해 열거된 것들은 인류와 깊은 공감을 나누는 존재들이기 때문에 어떤 사람이 정당한 어떤 이유로 슬퍼하면 온 자연이 충격을 받을 것이다. 태양은 빛이 흐려지고, 바람은 인간의 신음 소리를 내며, 구름은 눈물의 비를 떨어뜨리고, 숲은 한여름에도 잎을 떨어뜨리고 상복을 입을 것이다. 내가 과연 대지를 모르는 체하고 지내야 하는가? 내 자신의 일부가 나뭇잎이며 식물의 부식토가 아닌가?

우리를 건강하고 명랑하고 만족을 느끼며 살게 해줄 묘약은 무엇인가? 그것은 나나 당신의 증조부가 빚은 환약이 아니고, 바로 우리 모두의 증조모이신 자연이 빚은 우주적이고 식물적이고 야생에서 채취한 생약인 것이다. 바로 이 약을 가지고 자연의 여신은 젊음을 유지해왔으며, 수없이 많은 파 노인들[10]보다 항상 더 오래 살았으며 그들의 썩어가는 비곗덩어리로 건강을 유지했다.

---

10 영국 사람으로 152세까지 산 장수 노인이다.

내가 애용하는 만병통치약에 관해 말하건대, 저승의 강 아케론과 사해의 물을 혼합해서 만든 돌팔이 의사들의 약이 아니다. 그런 약들은 유리병들을 운반하기 위해 제작된 것을 가끔 보는 그 길고 납작한 검은 배 같은 마차에 싣고 다니면서 파는 병에 든 물약이다. 그런 엉터리 약 대신 나에게는 희석되지 않은 아침 공기 한 모금을 마시게 해다오.

아침 공기! 만일 사람들이 하루의 발원지에서 이 아침 공기를 마시려 들지 않는다면, 그것을 병에 담아 팔기라도 해야 한다. 이 세상의 아침 시간, 이것을 얻을 처방전을 잃어버린 사람들을 위해서다. 그러나 아침 공기는 아무리 시원한 지하실에다 넣고 보관한다 해도 정오까지 버티지 못하고 그전에 벌써 병마개를 밀어젖히고 새벽의 여신이 밟고 간 자리를 좇아 서쪽으로 사라져버린다는 것을 잊지 말자.

약초의 신 아스클레피오스의 딸이며, 한 손에 뱀을 들고 다른 손에 그 뱀이 마실 물잔을 들고 있는 모습으로 조각상에 새겨진 히기에이아 여신[11]을 나는 결코 숭배하지 않는다. 나는 오히려 주노 여신과 야생 상추의 딸이며, 신과 인간을 회춘시킬 능력이 있으며 주피터 신에게 술을 따라 올리는 모습으로 묘사된 헤베 여신[12]의 숭배자다. 이 여신은 지구 역사상 아마 가장 건전한 신체 조건을 갖춘, 가장 건강하며 굳센 여성이었을 것이다. 그녀가 지상을 걷다가 그녀의 발길이 이르는 곳은 어디건 봄이었다.

---

11 그리스 신화에 나오는 건강의 여신.
12 그리스 신화에 나오는 청춘과 봄의 여신.

6

방문객들

사람들과 어울리기 좋아하는 것으로 말하자면 나는 어느 누구에게도 뒤지지 않는다고 생각하며, 열정이 있는 어떤 사람을 만나면 얼마 동안은 찰거머리처럼 달라붙을 용의가 있다. 나는 원래 은둔자가 아니다. 일이 있어 술집에 갈 때는 그 술집의 가장 끈질긴 단골 주당보다 더 오래 눌러앉아 있을 수도 있다.

내 집에는 세 개의 의자가 있다. 하나는 고독을 위한 것이고, 또 하나는 우정을 위한 것이고, 나머지 하나는 사교를 위한 것이다. 뜻밖에 여러 명의 방문객이 찾아왔을 때도 모두의 몫으로 세 번째 의자밖에 내놓을 수가 없다. 그러나 손님들은 대개 서 있음으로써 방을 효율적으로 이용해준다. 하나의 작은 집이 꽤 여러 명의 훌륭한 남녀들을 받아들일 수 있다는 것은 놀라운 일이다. 나는 한꺼번에 스물다섯 내지 서른 명의 영혼들을 그 육체와 함께 내 지붕 밑으로 맞아들인 적도 있다. 그러나 우리는 서로 너무 몸을 가까이하고 있었다는 느낌 같은 것은 전혀 없이 헤어지곤 했다.

공공주택이든 개인주택이든 많은 우리의 집들은 거의 셀 수도 없는 수의 방에다 넓은 홀을 갖췄을 뿐만 아니라 술과 같은 평화시의 탄약을 저장하기 위한 지하실도 갖추고 있어서, 안에 들어가 사는 사람들의 수에 비해 지나치게 크다는 생각이 든다. 집들이 매우 크고 으리으리하기 때문에 거기 사는 사람들은 그 안에 기생하는 해충들처럼 보일 뿐이다. 전령이 트레몬트 호텔이나 애스터 호텔이나 미들섹스 하우스 호텔 같은 거대한 호텔 앞에서 나팔을 불어보았자, 숙박한 손님들 전체를 위한 회랑 너머로 기어나오는 것이라고는 우습게 생긴 생쥐 한 마리뿐인데, 그놈도 곧 다시 보도에 나 있는 구멍으로 기어 들어가는 것을 보고 나는 놀랐다.

그렇게 작은 집에 살면서 내가 때때로 겪게 되는 한 가지 불편은 커다란 사상을 커다란 언어로 발언하기 시작할 때 내 손님들과 나 사이에 충분한 거리를 확보하기가 힘들다는 점이다. 사상이 그 목적하는 항구에 도착하려면 우선 출항 준비를 갖추고 한두 바퀴 연습 항해를 할 공간이 필요한 법이다. 사상이라는 탄환은 듣는 사람의 귀에 도착하기에 앞서 좌우상하로의 동요를 극복하고 마지막의 안정된 탄도로 들어가야 한다. 그렇지 않으면 듣는 사람의 한쪽 귀로 탄환이 들어갔다가 다른 쪽 귀로 빠져나올지도 모른다.

마찬가지로 우리의 문장은 우선 넓게 펼쳐졌다가 대열을 정비할 공간이 필요했다. 개인들도 국가들처럼 서로 간에 적당한 폭을 가진 자연스러운 경계선, 즉 상당히 넓은 중립지대를 가져야 한다. 나는 반대쪽에 있는 친구와 호수를 가운데 두고 이야기를 나눈 적이 있는데, 그것은 아주 독특한 즐거움이었다.

내 집에서 우리는 너무 가까운 거리를 두고 앉은 터라 상대방의 이야기를 처음부터 잘 들을 수가 없었다. 다시 말해서 서로에게 들릴 만큼 낮은 목소리로 이야기할 수 없었기 때문이다. 마치 잔잔한 수면에 두 개의 돌을 너무 가까이 던지면 그 두 개가 서로의 파문을 깨뜨리는 것과 같은 현상이다. 만약 우리가 단순히 수다스럽고 큰 소리로 떠들어대기만 하는 사람들이라면 턱과 뺨이 닿을 정도로 아주 가까이 서서 상대방의 입김을 맡을 수도 있을 것이다. 그러나 우리가 신중하고 사려 깊게 이야기하기를 원한다면 어느 정도 떨어져서 서로의 동물적 열기와 습기가 증발할 수 있도록 해야 한다.

우리가 말로 하지 않거나 말로 할 수 없지만 서로의 마음속을 알고 싶을 정도로 친밀한 교우관계를 정 원한다면, 침묵을 지켜야 할 뿐 아니라 일반적으로 서로의 목소리를 도저히 들을 수 없을 정도로 신체적인 거리를 두어야 한다. 이런 기준으로 보면 말이란 청각에 지장이 있는 사람들의 편의를 위해 존재하는 것이리라. 하지만 세상에는 크게 소리를 질러도 표현이 불가능한 미묘한 것들이 많다. 대화가 점점 고급스럽고 웅장한 색조를 띠면 우리는 의자를 조금씩 뒤로 밀어 결국에는 서로 반대쪽 벽에 닿게 되었다. 그렇게 되면 대개 방이 너무 좁다고 말할 수 있었다.

그러나 나의 가장 좋은 방, 항상 손님 맞을 준비가 되어 있고 양탄자에는 해가 비친 적이 거의 없는 나의 응접실은 집 뒤에 있는 소나무 숲이었다. 여름날 귀한 손님들이 오면 나는 그들을 이 소나무 숲으로 모셨는데, 값을 헤아릴 수 없이 귀한 하인들이 마루를 쓸고 가구의 먼지를 털어 모든 것을 제대로 정돈해두는 것이었다.

손님이 한 사람일 때는 나와 소박한 식사를 함께 나누곤 했다. 즉석 푸딩을 만드느라 휘젓는 행위라든가 재 속에서 빵 한 덩이가 부풀어올라 익는 것을 지켜보는 것도 대화에 방해가 되지는 않았다. 그러나 스무 명의 손님이 와서 내 집에 앉아 있을 때는 두 명이 먹기에 충분한 빵이 있더라도 식사에 대한 말은 전혀 없었다. 가령 식사라는 것이 버려진 습관이라도 이러지는 못했을 것이다. 하긴 우리는 자연스럽게 금욕을 실천했다. 그래서 손님 접대의 예의를 어기는 것으로 느껴지지 않고 가장 적절하고 사려 깊은 행위로 여겨졌다.

이런 경우 자주 보강을 필요로 하는 체력의 소모와 쇠약은 기적적으로 저지되고 강력한 활력이 자리를 고수하며 한 걸음도 물러나지 않았다. 이런 식이라면 나는 스무 명이 아니라 천 명도 대접할 수 있었다. 만약 어떤 손님이 내가 집에 있으면서 저런다고 실망해서 또는 배가 고파 돌아갔다 하더라도 그들은 내가 적어도 자기들을 동정하고 있었음을 믿어줄 것이다.

많은 주부들은 의심스럽게 생각하겠지만, 낡은 습관 대신에 새롭고 더 좋은 관습을 확립하는 것은 어려운 일이 아니다. 손님에게 내놓는 식사에 명예를 걸 필요는 없다. 지옥문을 지키는 케르베로스 같은 무서운 개만큼이나 내가 다른 사람의 집을 자주 방문하는 것을 막는 것이 있다면, 나를 식사에 초대한 사람이 요리에 대해서 취하는 지나칠 정도의 과시적인 행동, 바로 그것이다. 나는 그것을 다시는 와서 괴롭히지 말아달라는 주인의 아주 점잖고도 은근한 암시로 받아들인다. 나는 그런 장소에 다시는 가지 않을 생각이다.

어떤 방문객이 명함 대신 노란 호두나무 잎사귀에 적어놓고 간 스펜서[1]의 시가 있는데, 나는 그것을 우리 오두막의 표어로 자랑스럽게 내걸겠다.

그곳에 이르러 그들은 작은 오두막을 채운다.
대접하는 사람도 없으니 대접을 구하지 않는다.

---

[1] 에드먼드 스펜서(Edmund Spenser, 1552~1599). 영국의 시인이며, 여기에 나온 시는 《페어리 퀸(The Faerie Queene)》에서 인용했다.

휴식이 그들의 만찬이며 모든 것이 그들의 뜻대로이다.

가장 고귀한 정신이 가장 큰 만족을 얻는다.

후에 플리머스 식민지의 총독이 된 윈즐로[2]가 매사소이트 추장[3]을 인사차 방문했을 때의 일이다. 그가 수행원 한 사람을 데리고 숲속을 걸어서 추장의 집에 도착했을 때 두 사람은 피곤하고 배가 고팠다. 그들은 추장의 환대를 받았으나 식사에 대한 이야기는 전혀 없었다. 그들의 말에 따르면, "밤이 되자 추장은 우리를 자기 부부와 한 침대에 눕게 했다. 높이가 1피트 정도고 판자로 된 침대 위에는 얇은 매트 한 장이 깔려 있었다. 그래서 한쪽 구석에서 그들 부부가 자고 다른 쪽 구석에서는 우리가 잤다. 추장의 심복 부하 두 명이 잘 곳이 없어 우리 옆으로 비집고 들어와 엉켜 잤다. 그래서 우리는 여행에서보다 하룻밤 잠자리에서 더 피로했다."

이튿날 오후 1시쯤 되어 매사소이트 추장은 "그가 활로 쏘아 잡은 물고기 두 마리를 가져왔다." 크기가 송어의 세 배쯤 되는 고기였다. "그것을 끓여놓자 적어도 40명이 한 점 먹으려고 기다렸다. 거의 모든 사람이 그것을 나누어 먹었다. 이것이 이틀 밤과 하루 낮 동안에 우리가 먹은 식사의 전부였다. 만약 우리 중 한 사람이 들꿩 한 마리를 사오지 않았더라면 우리는 내내 굶으면서 여행했을 것이다." 먹을 것도 없는 데다 "인디언들의 야만스러운 노래 때문에 잠을 제대로 자지 못해(인디언들은 노래하다가 잠이 드는 습관이 있었으므

---

2 에드워드 윈즐로(Edward Winslow, 1595~1655). 1620년에 메이플라워 호로 플리머스에 상륙한 순례의 시조.
3 청교도들이 처음 뉴잉글랜드에 도착했을 때 호의를 베풀었던 인디언 추장.

로)" 총독 일행은 머리가 돌아버릴까 봐 두려워 정신이 남아 있는 동안에 귀가하려고 길을 나섰다는 것이다.

잠자리에 관한 한 그들이 받은 대접이 썩 좋은 것은 아니었다. 하지만 사실 그 불편은 인디언들이 경의를 표하고자 한 데서 초래되었다. 그러나 식사에 관한 한 인디언들로서는 그 이상 어떻게 할 수 없었다는 것을 우리는 알 수 있다. 그들 자신들도 먹을 것이 없었다. 또한 인디언들은 현명해서 어떤 변명이 손님에 대한 식사 대접을 대신할 수는 없다는 것을 알고 있었다. 그래서 그들은 허리띠를 졸라매고 식사에 대해서는 아무 말도 하지 않았던 것이다. 그 후 총독이 그들을 다시 방문했을 때는 먹을 것이 풍부한 시절이었으므로 식사 대접에 부족함이 없었다.

사람들이 어디에 살든 방문객은 있는 법이다. 숲속에서 사는 동안 나는 평생에 걸쳐 그 어떤 시기보다 많은 방문객을 맞았다. 다시 말해 방문객이 어느 정도 있었다는 말이다. 이곳에서 나는 어느 곳에서보다 순탄한 환경에서 사람들을 만났다. 그러나 사소한 일로 나를 보러 오는 사람은 줄었다. 이런 점에서는 마을에서 떨어져 있는 것만으로 방문객이 추려진 셈이었다. 나는 교제라는 이름의 강물들이 흘러드는 고독한 대해 한가운데 깊숙이 물러나 있었기 때문에, 나의 필요를 충족시켜준다는 관점에서 말하면 대체로 최상의 침전물만이 주위에 쌓였다. 그런 것들 말고도 바다 저편에는 아직 탐사도 개척도 되지 않은 대륙들이 존재한다는 증거물들이 표류해 왔다.

오늘 아침 나의 집에 누가 오나 했더니 정말로 호메로스의 작품 속에 등장하는 인물이나 파플라고니아[4]인 같은 사람이었다. 그는 매우 어울리는 시적인 이름을 가지고 있지만 이 자리에서 인쇄되게끔 밝힐 수 없어 유감이다. 그는 캐나다 태생의 벌목꾼이며 나무 기둥을 만드는 사람이다. 하루에 50개의 기둥에 구멍을 팔 수 있는 사람이다. 그는 자기 개가 사냥해온 마멋 고기로 마지막 식사를 했다는 것이다.

그 사람 역시 호메로스에 대해서 들은 적이 있었다. "만약 책이 없다면 비 오는 날 무엇을 해야 합니까?" 하고 말했다. 그러나 나는 그가 거듭되는 우기 동안에도 책 한 권을 전부 읽지 못했으리라고 생각한다. 그리스어를 좀 할 수 있던 어떤 신부가 그의 먼 고향 교구에서 그에게 신약성서를 그리스어로 읽는 법을 가르쳐주었다는 것이다. 이제 나는 그가 책을 들고 있는 동안 아킬레우스가 파트로클로스[5]의 슬픈 안색을 책망하는 구절을 번역하여 그에게 들려주어야 한다.

파트로클로스, 자네는 어찌하여 계집아이처럼 눈물에 젖어 있는가?
혹은 자네 혼자만 프시아에서 온 소식을 들었는가?
액토르의 아들 메네티우스가 아직 살아 있으며
이아쿠스의 아들 펠레우스도 미르미돈 사람들 사이에 살아 있다고들 하네.
그들 중 누군가가 죽었다면 우리는 크게 애통하게 될 걸세.

---

4 고대 소아시아에 있던 나라.
5 아킬레우스는 그리스군 최고의 용사이고 불사신이며, 파트로클로스는 그의 가장 친한 친구다.

"거기가 좋군요" 하고 그 사람은 말한다. 일요일인 오늘 아침 그는 흰떡갈나무 껍질을 한 다발 겨드랑이에 끼고 있다. 어떤 환자를 위해 모은 것이다.

"오늘이 일요일이지만 그런 책은 읽어도 별 탈이 날 것 같진 않아서요" 하고 그가 말한다. 작품 내용은 잘 모르지만 그는 호메로스가 위대한 작가였다고 생각한다. 이 사람보다 더 소박한 자연인은 찾아보기 힘들 것이다. 이 세상에 그처럼 어두운 그림자를 던지고 있는 악덕과 질병이 그에게는 존재하지 않는 것 같았다.

나이가 스물여덟쯤 된 그는 12년 전에 캐나다의 아버지 집을 떠나 미국으로 일하러 왔다. 돈을 벌어 나중에 농장을 사는 게 목적인데, 어쩌면 캐나다에 가서 살 예정인 모양이다. 그의 외모는 투박하기 짝이 없었다. 단단한 몸매지만 동작이 느렸는데 움직이는 전체 모습은 우아했다. 햇볕에 탄 굵은 목, 더부룩한 검은 머리, 또한 졸린 듯하면서 멍청한 푸른 눈을 가졌는데, 그 눈은 이따금 감정을 표현할 때 밝게 빛났다. 그는 납작한 회색 천 모자에다 칙칙한 양털 외투를 걸치고 소가죽 장화를 신고 있었다.

그는 고기를 대단히 좋아했다. 그는 여름 내내 나무를 벌채했는데, 도시락 통을 들고 내 집 앞을 지나 2마일쯤 떨어진 그의 작업장으로 가곤 했다. 양철통에 담은 도시락은 대개 차게 보관한 마멋 고기였다. 커피는 돌을 깎아 만든 병에 담아 허리띠에 매달고 다녔으며 나에게 한 잔 권하기도 했다.

그는 아침 일찍 나의 콩밭을 가로질러 갔지만 미국인들처럼 초조하거나 서두르는 기색 없이 일터로 가는 모습이었다. 그는 몸에 지장을 줄 정도로 일을 열심히 하는 유형이 아니었다. 그는 하숙비만 벌어도 상관이 없었다. 때때로 길을 가다가 개가 마멋이라도 잡으면 도시락을 덤불 숲속에 던져두고 하숙집까지 1마일 반을 되돌아가서는 마멋을 손질하여 하숙집 지하실에 보관했다. 그런데 실은 하숙집으로 돌아가기 전에 그 마멋을 일이 끝나는 저녁 시간까지 호수에 담가두는 게 낫지 않을까 하고 골똘히 생각하는 것이었다. 그는 그런 문제에 대해 생각하는 것을 즐겼다. 그는 아침에 내 곁을 지나쳐가면서 이렇게 말하곤 했다. "산비둘기가 지독히 많아요. 내가 매일 매달려 해야 하는 이런 일만 아니라면 산비둘기, 마멋, 산토끼, 들꿩 같은 것을 얼마든지 잡을 수 있을 겁니다. 정말이지 하루만 사냥해도 일주일 먹을 고기는 얻을 수 있을 겁니다."

그는 능숙한 나무꾼이어서 나무를 벨 때 약간의 멋을 부리기를 좋아했다. 그는 나무를 수평면으로 자르되 지면에 바싹 닿게 잘랐다. 그래서 나중에 새순이 무성하게 나오고 그 그루터기 위로 썰매가 달려도 미끄러지듯 넘어가게 했다. 그리고 장작 다발의 받침목을 통나무 하나로 하지 않고 가늘게 잘라 사용자가 나중에 손으로 끊어 쓸 수 있도록 했다.

내가 그에게 관심을 가진 이유는 말수가 적은 외톨이이면서도 몹시 행복해 보이기 때문이었다. 그는 쾌활함과 만족감의 샘이었는데, 그 샘물은 그의 눈을 통해 넘쳐흘렀다. 그가 즐거워하는 모습에는 잡티가 없었다. 나는 종종 그가 숲에서 나무를 베며 일하는 모습을 보았는데, 그럴 때면 그는 말로 표현할 수 없는 만족의 웃음소리를 내며 나를 맞이했고, 영어도 할 줄 알지만 캐나다식 프랑스어로 인사말을 했다. 내가 가까이 가면 그는 하던 일을 멈추고 기쁨을 억제하지 못하는 듯 잘라놓은 소나무 위에 길게 누웠다. 그러고는 소나무 속껍질을 벗겨 돌돌 뭉쳐 입안에 넣고 씹으면서 웃기도 하고 이야기도 했다.

동물적인 생기가 철철 넘치는 그는 무언가가 그의 생각을 건드리며 자극하면 우스워 죽겠다고 깔깔거리며 웃다가 밑으로 떨어져 뒹굴기도 했다. 주위의 나무들을 둘러보며 그는 소리치곤 했다. "이건 정말, 여기서 나무 베는 일이 한없이 재미있어요. 이보다 더 재미있는 일은 바라지도 않습니다."

그는 가끔 한가할 때면 온종일 숲에서 권총을 가지고 놀았는데, 걸으면서 일정한 간격을 두고 자신을 위해 축포를 쏘았다. 겨울에는 불을 피워놓고 정오가 되면 그 위에 주전자를 올려 커피를 끓였다. 점심을 먹으려고 통나무 위에 앉으면 박새들이 모여들었으며, 그의 팔에 내려앉아 손에 든 감자를 쪼아 먹을 때도 있었다. 그러면 그는 "이 꼬맹이들이 내 주변에 오면 기분 한번 좋지요"라고 말했다.

그의 내부에는 주로 동물적 인간이 발달해 있었다. 육체적 인내와 만족이라는 점에서 그는 소나무와 바위의 사촌이었다. 하루 종일 일했으니 때로 밤에는 피로하지 않느냐고 물은 적이 있다. 그러자 그는 진지하고 정색하는 표정으로 "천만에요. 평생 피곤해본 적이 없는 걸요" 하고 대답했다.

그러나 그의 내부의 지적 인간 또는 정신적 인간이라 불리는 것은 마치 갓난아이의 내부에서처럼 잠자고 있었다. 그는 가톨릭 신부가 원주민들을 가르치는 그런 천진난만하고 비효율적인 방법으로만 교육을 받았다. 이런 방식으로는 배우는 사람이 스스로 자각하는 능력을 갖는 정도까지는 결코 이르지 못하고 다만 신뢰와 존경을 표시할 정도까지만 교육되는 것이다. 어린이는 어른이 되지 못하고 계속 어린이로 남게 된다. 자연은 그를 만들 때 그의 몫으로 건강한 육신과 만족을 주었고, 어린아이로 70 평생을 살 수 있도록 그의 온몸에 존경과 신뢰라는 마음을 심어놓았던 것이다.

그는 너무나 순수하고 세속적인 때가 묻지 않아서, 마멋을 우리 이웃에게 소개하는 것 이상으로 그를 소개하기가 어려웠다. 누구에게 들어서는 그가 어떤 사람인지 알 수 없으므로 자기들 스스로 알아내야 했다. 그는 어떤 역할도 하려 들지 않았다. 사람들은 그에게 일한 품값을 주었고, 그렇게 함으로써 그가 먹고 입는 문제를 해결하도록 했다. 그러나 그는 사람들과 자신의 의견을 주고받지 않았다. 아무 욕망도 없는 사람을 놓고 겸손한 사람이라고 할 수 있는지는 모르겠지만, 그의 겸손은 매우 소박하고 자연스러웠으므로 그의 뚜렷한 특질이라고 할 수 없었고 본인도 그것을 전혀 의식하지 못하고 있었다.

그는 자기보다 현명한 사람들을 반신(半神)으로 보았다. 만약 그러한 분이 지금 곧 오실 거라고 알려주면 그처럼 굉장한 존재는 자기한테 아무 기대도 하지 않을 테고 스스로 귀찮은 일들을 맡아 하면서 자기 같은 것은 그냥 잊힌 존재로 내버려둘 것이라고 생각했다. 그는 평생 칭찬의 말을 들어본 적이 없었다. 그는 특히 작가와 목사를 존경했으며, 그들이 하는 일들은 기적을 행하는 것이라고 생각했다. 그에게 나도 글을 꽤 많이 쓰고 있다고 말했더니, 그는 오랫동안 내가 단지 글씨를 많이 쓴다는 뜻으로 받아들인 것 같았다. 그는 뛰어나게 글씨를 잘 썼다. 나는 길을 가다가 종종 그의 고향 교구의 이름이 프랑스어 특유의 악센트 부호까지 덧붙여져 길옆 눈 위에 멋진 글씨체로 쓰여 있는 것을 보고 그가 지나간 것을 알아차리곤 했었다. 한번은 그에게 자기 생각을 글로 표현하고 싶은 적이 없었느냐고 물었다. 그는 글을 모르는 사람들을 위해 편지를 대신 읽거나 써준 일은 있지만 자기 생각을 적어보려고 한 적은 한 번도 없다고 대답했다. 천만의 말씀이라는 것이었다. 그럴 수 없습니다, 처음에 무엇부터 써야 할지 모르겠어요. 쓰다가는 오래 살지도 못할 겁니다. 게다가 동시에 철자법까지 신경을 써야 하지 않습니까 하고 대답했다.

어느 저명하고 현명한 사회 개혁가가 그에게 세상이 좀 바뀌는 것이 좋지 않겠느냐고 묻는 것을 나는 들었다. 그는 놀랐을 때 내는 킥 웃음과 캐나다인의 억양으로 "아니, 이대로가 좋습니다" 하고 대답했다. 그는 그 문제가 전부터 얼마나 대접받는 인기 있는 질문인지도 모르는 것 같았다. 만일 어떤 철학자가 그와 접촉했더라면 많은 암시를 받았을 것이다.

그를 처음 보는 사람에게 그는 세상 물정을 모르는 사람으로 보였을 것이다. 그러나 나는 그에게서 내가 전에 보지 못한 측면을 본 적이 있다. 그가 셰익스피어처럼 현명한 사람인지 아니면 단순히 어린애처럼 무지한 사람인지, 또는 섬세한 시적 의식을 가진 사람인지 어리석은 사람인지 분간할 수가 없었다. 마을에 사는 어떤 사람은 내게 그 친구가 머리에 꼭 맞는 작은 모자를 쓰고 휘파람을 불면서 마을을 어슬렁거리는 것을 보면 변장한 어느 왕자가 생각난다고 말했다.

그가 가진 책이라고 해봤자 연감 한 권과 산술 독본 한 권이 전부였는데, 그의 산술 실력은 제법 탁월했다. 연감은 그에게 일종의 백과사전이었다. 그는 연감이란 인간의 요약된 지식을 담고 있는 책이라고 생각했다. 사실 인간의 지식을 많이 담고 있는 것은 부인할 수 없다.

나는 현재 진행되고 있는 여러 가지 개혁에 대해 그가 어떤 반응을 보이는지 흥미를 가졌다. 그럴 때면 그는 반드시 가장 단순하고 실질적인 관점에서 그 문제들을 바라보는 것이었다. 그는 전에 그런 문제에 대해 들어본 적도 없는 사람이었다. 공장이 없어도 살 수 있느냐고 내가 물었다. 그랬더니 자기는 집에서 짠 버몬트산 회색 옷감으로 만든 옷을 입고 있는데 품질이 좋더라고 대답했다. 또 이 나라에 차나 커피가 없어도 되겠소 하고 물었더니, 그는 송솔나무 잎을 물에 담갔다가 그 물을 마셔보았는데 더운 날씨에는 맹물보다 낫더라고 대답했다.

돈 없이도 살 수 있겠소 하고 묻자, 그는 나에게 돈의 편리한 점을 설명했다. 그의 설명은 화폐제도의 기원에 대한 가장 철학적인 설명과 일치했으며, 라틴어로 '돈'을 뜻하는 '페쿠니아'라는 단어의 어원과도 일치하는 것이었다. 가령 소 한 마리가 총재산일 경우 가게에서 바늘과 실을 사고 싶은 일이 생길 때마다 그 값에 해당하는 소의 일부를 저당잡혀야 하는 것은 불편할 뿐 아니라 불가능하다는 것이었다.

그는 여러 가지 제도를 어느 철학자보다 더 잘 변호할 수 있었다. 왜냐하면 자신과 관련된 범위 안에서만 그 제도를 설명하면서 그것이 널리 퍼지게 된 이유를 지적했기 때문이며, 어떤 깊은 사색을 하지 않음으로써 다른 곁길로 접어들지 않았기 때문이다.

한번은 플라톤의 인간에 대한 정의, 즉 인간은 '깃털이 없는 두 발 달린 동물'이라는 말과, 어떤 사람이 털을 뽑은 수탉을 들고 플라톤의 인간이라고 불렀다는 이야기를 듣고는, 그는 사람과 닭은 무릎이 각각 다른 방향으로 굽혀진다는 점을 지적하며 그것이 중요한 차이점이라고 생각한다는 것이었다. 이따금 그는 이렇게 외쳤다. "나는 이야기를 죽도록 좋아합니다. 정말이지 하루 종일 이야기하라면 하겠습니다."

언젠가 몇 달 만에 그를 만났을 때, 이번 여름에 무슨 새로운 생각이라도 떠오른 것이 있느냐고 물었다. "어이쿠! 나같이 일이나 해야 하는 사람은 이제까지 가지고 있던 생각을 잊어버리지나 않으면 다행이지요. 함께 김을 매는 사람이 당신과 경주를 하고 싶어 하면 어쩌시겠습니까? 틀림없이 당신의 마음도 그리 쏠릴 것입니다. 잡초만 생각하시겠지요." 이처럼 오랜만에 만나는 경우가 있으면 그가 먼저 나에게 그동안 무슨 발전이라도 있느냐고 물었다.

어느 겨울날이었다. 나는 그에게 항상 자신에게 만족하고 있느냐고 물었다. 나는 그의 외부에 있는 신부를 대신할 무엇, 즉 내부에서 그 역할을 할 무엇을 제시함으로써 인생을 살아가는 데 있어 좀 더 고귀한 어떤 동기를 제시해보고 싶다는 생각이 들었던 것이다. "만족이라고요?" 하고 그가 말했다. "무엇에 만족하는 것은 사람에 따라 가지각색으로 다를 겁니다. 어떤 사람은 가진 것이 넉넉하면 등을 난로 쪽으로 향하고 배는 식탁 쪽으로 향한 채 온종일 앉아 있는 것으로 만족할 겁니다."

그러나 나는 어떤 방법으로도 그로 하여금 사물의 정신적인 면을 보게 할 수는 없었다. 그가 인식하고 있는 것처럼 보이는 최고의 개념은 동물에게도 기대할 수 있는 단순한 편리라는 개념이었다. 사실상 이런 현상은 대부분의 인간에게도 적용되지 않을까? 내가 그의 생활방식에 어떤 개선을 제시하면 그는 후회하는 기색도 없이 그냥 너무 때가 늦었다고만 대답했다. 그러나 그는 정직 등의 미덕들을 철저히 신봉하고 있었다.

그의 내부에는 비록 미미하지만 어떤 확고한 독창성이 있는 것을 탐지할 수 있었다. 나는 그가 자기 힘으로 생각하고 자신의 의견을 표현하는 것을 가끔 발견했다. 이런 현상은 매우 희귀한 것이기 때문에 그런 일을 볼 수 있다면 언제고 10마일은 걸을 용의가 있다. 그

것은 마치 사회의 여러 제도가 다시 창시되는 장면 앞에 서는 것과
같았다. 비록 그가 주저하며 자신의 생각을 분명하게 표현하지는 못
했지만 그는 항상 내놓을 만한 사상을 배후에 가지고 있었다. 그러
나 그의 사상은 매우 원시적이며 자신의 동물적 생활에 깊이 빠져
있었기 때문에, 설사 그것이 단순한 학식만을 가진 사람의 생각보다
더 유망할지라도 사람들 앞에 내놓을 정도로 성숙되는 일은 거의 없
었다.

이 나무꾼의 예는 인생의 최하층에도 천재적인 인물이 존재할지
모른다는 것을 암시했다. 이 사람들은 비록 평생 비천하고 무식한
상태를 벗어나지 못할지라도 항상 독창적인 관점에서 사물을 보며,
그렇지 않으면 차라리 견해가 없는 사람처럼 행동한다. 또한 그런
사람들의 생각은 어둡고 흙탕물 같지만 그 깊이를 알 수 없다고 여
겨지는 월든 호수처럼 바닥을 헤아릴 수 없는 것이다.

많은 여행자가 나와 내 집의 내부를 보려고 길을 벗어나 찾아왔
다. 그러고는 찾아온 구실로 물 한 잔을 청했다. 나는 호숫물을 마신
다는 말과 함께 호수 쪽을 가리키며 그 물을 떠 마실 그릇을 빌려주
겠노라고 했다. 나는 외진 곳에 살았지만 해마다 있는 봄나들이 대
상에서 제외되지는 않았다. 그 봄나들이란 4월 초하루경인데 그때
가 되면 너 나 없이 집을 나선다. 나 역시 내 몫에 해당하는 방문객
들을 맞이했는데, 그중에는 묘한 인간들도 끼여 있었다.

예를 들면 빈민 구호소나 그 밖의 곳에 사는 머리가 좀 모자라는
사람들이 찾아올 때가 있었다. 그러나 나는 그들이 있는 머리를 죄
다 짜내어 자신들의 이야기를 털어놓게 만들려고 노력했다. 그럴 경
우 우리는 '머리'를 대화의 주제로 삼았는데 어느 정도 성과가 있었

다. 그들 중 몇몇은 이른바 빈민 감독관이나 시의원들이라는 사람보다 실은 더 현명하다는 사실을 발견했다. 그래서 이제 그들이 서로 자리를 바꿔 앉아야 할 때가 오지 않았나 하고 생각했다. 머리에 관해서 말인데, 머리가 온전하지 못한 사람과 온전한 사람과는 별 차이가 없다는 것을 나는 알게 되었다.

어느 날 양순하고 머리가 모자라는 한 가난한 남자가 찾아와 나와 같은 생활을 하고 싶다는 이야기를 했다. 나는 전에 이 사람이 들판에서 다른 사람들과 함께 곡식 부대 위에 앉거나 서서 가축들이나 본인이 달아나지 못하도록 인간 울타리 노릇을 하는 것을 몇 번 보았다. 그는 겸손이라는 것을 능가한다고 할까, 아니면 모자란다고 할 그러한 극도의 소박함과 진지함으로 자기는 "지적 능력이 모자란다"고 나에게 말하는 것이었다.

이것이 바로 그가 한 말이었다. 그는 주님이 자신을 그렇게 창조했지만 그래도 주님은 다른 사람만큼 자기를 돌봐주신다고 생각했다. "나는 아이 때부터 늘 그랬어요. 머리가 온전한 때는 한 번도 없었어요. 나는 다른 아이들과 달랐어요. 정신박약이었지요. 이것도 주님의 뜻일 거라고 생각해요." 그러니까 그는 자신이 한 말의 진실성을 증명하기 위해 내게 온 것이었다.

그는 나에게 형이상학적인 수수께끼였다. 나는 이렇게 전도가 유망한 기반 위에서 동료 인간을 만난 적이 별로 없었다. 그가 한 말은 소박하고 진지했으며 모두 진실이었다. 정말이지 스스로를 낮추는 만큼 그는 더 격이 높아졌다.[6] 처음에는 몰랐지만 그것은 현명한 처

---

6 〈마태복음〉 23장 12절 "누구든지 자기를 높이는 자는 낮아지고 자기를 낮추는 자는 높아지리라"에서 따온 말이다.

세술의 결과였다. 이 가난하고 머리가 모자란 가련한 남자가 다져놓은 진실과 정직의 기반 위에서 우리의 교제는 현명한 자들의 교제보다 더 나은 무엇을 향해 매진할 수 있을 것 같았다.

흔히 마을의 극빈자 대열에는 끼지 못하지만 마땅히 끼어야 할 사람들, 아무튼 세계의 극빈자 대열에 낄 만한 사람들의 방문도 받았다. 이 사람들은 손님 접대가 아니라 '자선병원이 베푸는 환대'를 바라는 사람이었다. 그들은 도움을 호소하는데, 그보다 먼저 자기는 스스로의 힘으로 문제를 해결할 생각은 없노라는 뜻을 밝힌다. 나는 손님이 세상에서 가장 왕성한 식욕의 소유자라 하더라도(그런 식욕을 어떻게 얻었는지는 몰라도) 제발 내 집을 방문할 때는 배고파 죽기 직전의 상태가 아니기를 바란다. 자선의 대상은 손님이 아니다. 내가 다시 내 일을 시작하고 점점 성의를 덜 보이면서 응답을 보내는데도 자기들의 방문 시간이 끝난 줄 모르는 사람들이 있다.

사람들의 이주가 잦은 계절에는 지능이 천차만별인 사람들이 나를 방문했다. 개중에는 지나치게 재주가 많아 뭘 해야 할지 모르는 사람들도 있었다. 농장을 도망쳐 나왔지만 아직도 농장에서 하던 대로 굽실거리는 버릇이 남아 있는 도망 노예들도 있었다. 그들은 이솝 우화에 나오는 여우처럼 자기를 추적하는 사냥개 소리가 혹시 들리지 않나 해서 때때로 귀를 기울이다가, "아아, 기독교도시여! 당신은 나를 보낼 겁니까?" 하고 말하듯 애원하는 눈으로 나를 쳐다보기도 했다. 나는 진짜로 도주한 노예 하나를 북극성만 줄곧 따라가도록 도와준 일도 있었다.

병아리 한 마리를, 그것도 새끼 오리인 줄 모르고 달고 다니는 암탉처럼 한 가지 생각에 빠진 사람이 있었다. 그런가 하면 천 가지 생각과 너저분한 머리를 가진 사람들도 있었는데, 이들은 백 마리의 병아리를 떠맡은 암탉과도 같았다. 모든 병아리가 한 마리의 벌레를 쫓다가 그중 스무 마리는 매일 아침의 이슬 속에 길을 잃었으며 그 어미 암탉들은 털이 빠지고 옴 오른 꼴이 되어버렸는데, 바로 그런 꼴을 한 사람들도 있었다.

두 발 대신 여러 가지 착상을 달고 다니는 일종의 지적 지네 같은 사람들도 있었는데, 그들을 보면 온몸에 닭살이 돋을 지경이었다. 어떤 사람은 유명한 휴양지인 화이트 산에서 하는 것처럼 방문객들의 이름을 기록하는 명부를 비치할 것을 제의했다. 그러나 이걸 어쩌지? 나는 기억력이 아주 좋아서 그럴 필요가 없었다.

나는 방문객들의 몇 가지 특징을 주목해서 보지 않을 수 없었다. 소년 소녀들과 젊은 여성들은 일반적으로 숲에 들어온 것을 기쁘게 생각하는 것 같았다. 그들은 호수를 들여다보고 꽃들을 바라보면서 시간을 선용했다. 사업가들은, 그리고 심지어 농부들조차 나의 고독한 생활과 내가 하는 일의 내용이라든가 내가 이러저러한 것에서 멀리 떨어져 사는 것에 대해서만 관심이 있었다. 그들은 종종 숲속을 거닐기를 좋아한다고 말했지만 실은 좋아하지 않는 것이 분명했다.

생활비를 벌고 생활을 유지하느라 시간을 다 빼앗겨 초조하고 꼼짝달싹 못하는 인간들, 신에 대한 문제라면 자기들이 독점권을 가진 것처럼 말하며 다른 어떤 견해도 용납할 줄 모르는 목사들, 의사와 변호사들, 그리고 내가 없는 사이에 나의 찬장과 침대를 들여다보는 불쾌한 가정주부들(도대체 아무개 부인은 내 침대 시트가 자기의 침대 시트보다 더러운 것을 어떻게 알았지? 원), 그리고 안정된 전문직이라는 닭인 가도를 걷는 것이 가장 안전하다고 결론을 내린, 이제 젊은 때를 벗은 젊은이들, 이 모든 사람들이 한결같이 하는 이야기는 현재 나의 위치에서는 큰일을 할 수 없다는 것이었다.

바로 그것이 문제였다. 나이와 성별에 관계없이 이들 늙고 병들고 겁많은 자들은 질병과 불의의 사고와 죽음에 대해서만 주로 생각한다. 그들에게는 인생이 위험으로 가득 찬 것으로 보였다. 사실 위험 따위 생각하지 않으면 무슨 위험이 있는가? 그런 점은 깨닫지 못하고들 있다. 그래서 신중한 사람은 위험을 알리는 순간 B 의사가 당장 달려올 수 있는 그런 가장 안전한 장소를 신중히 선택할 것이라고 그네들은 생각했다.

그들에게 마을이란 문자 그대로 커뮤니티, 즉 상호 방위 동맹이었다. 그들은 약상자 없이는 산딸기를 따러 갈 수도 없는 사람들이다. 내 말의 요지는 사람이 살아 있는 한 늘 죽을 수도 있는 위험이 뒤따른다는 것이다. 하긴 어떤 사람이 처음부터 산송장과 비슷하면 비슷할수록 죽음의 위험은 적다고 보아야 옳다. 사람은 앉아 있어도 달릴 때만큼 위험에 직면한다.

끝으로 자칭 개혁가들이 있었는데, 그들은 모든 사람들 중에서 가장 따분한 부류였다. 그들은 내가 영원히 이렇게 노래하고 있다고 생각했다.

이것은 내가 지은 집입니다.
이 사람은 내가 지은 집에 살고 있습니다.[7]

그러나 그들은 세 번째 행이 다음과 같다는 것을 모르고 있었다.

바로 이들이 내가 지은 집에 사는 사람을

---

7 《엄마 거위 동요집》에 나오는 시를 약간 변형시켰다.

곤란하게 만드는 사람들입니다.

나는 병아리를 기르지 않기 때문에 솔개를 두려워하지 않았다. 그러나 나는 인간을 채가는 인간 솔개[8]는 두려워했다.

내게는 마지막에 언급한 사람들보다 훨씬 유쾌한 방문객들이 있었다. 딸기를 따러 오는 어린아이들, 깨끗한 셔츠를 입고 일요일 아침 산보를 나온 철도원들, 낚시꾼과 사냥꾼들, 그리고 시인과 철학자들, 간단히 말해서 정말로 마을을 뒤에 두고 자유를 찾아 숲속으로 온 모든 정직한 순례자들이 바로 그들이었다. 나는 그들을 이렇게 반갑게 맞아들였다. "어서 오십시오, 영국인들! 어서 오십시오, 영국인들!" 왜냐하면 나는 이미 이 민족과는 친하게 지냈기 때문이다.

---

8 도망친 노예를 추적하는 연방보안관을 그렇게 불렀다.

7

콩밭

한편 모두 이어 합치면 총 연장 길이가 7마일 정도나 되게 심어놓은 나의 콩밭은 김매기를 갈망하고 있었다. 가장 먼저 심은 콩들은 마지막 콩을 심기 전에 상당히 자랐기 때문이다. 정말이지 김매기를 더는 뒤로 미룰 수는 없었다. 이 꾸준함과 자존심을 요하는 작업, 축소판 헤라클레스의 고난이라 할 수 있는 이 노동의 의미를 나는 알지 못했다. 사실 그토록 많은 콩을 원하는 것은 아니었지만 나는 콩이 자라는 밭두둑과 콩을 사랑하게 되었다. 나는 콩 덕택에 대지에 애착을 갖게 되었고 안타이오스[1]처럼 강한 힘을 얻었다. 그렇다고 해서 내가 왜 콩을 길러야 하는가? 오직 하늘만이 알 것이다. 여름 내내 내가 매달린 이 기묘한 일은, 전에는 양지꽃, 검은딸기, 물레나물 같은 향기로운 야생 열매와 아름다운 꽃들만이 자라던 땅에서 이제는 대신 콩이 나오도록 하는 일이었다. 나는 콩들한테서 무엇을

---

1 그리스 신화에 나오는 바다의 신 포세이돈과 대지의 신 가이아 사이에서 태어난 힘이 센 거인.

배우며, 콩들은 나에게서 무엇을 배울 것인가? 나는 콩들을 아껴주고 김을 매주면서 아침저녁으로 살펴준다. 이런 것이 나의 일과다. 보기만 해도 좋은 것은 넓적한 콩잎이다. 나를 거드는 것들이 있다. 그것은 이 메마른 땅에 물기를 공급하는 이슬과 비, 그리고 대부분 말라비틀어지고 척박한 땅과 그 안에 남아 있는 거름기였다. 반대로 나의 적들은 해충과 서늘한 날씨와 무엇보다도 마멋이란 놈들이었다. 마멋은 4분의 1에이커의 콩을 청소하듯 뜯어먹었다. 그러나 내게 무슨 권리가 있어 물레나물과 그 밖의 풀들을 추방하며 그들이 예부터 이룩해놓은 그들의 화원을 파 없앨 수 있는가? 머지않아 남은 콩들은 마멋과 대항할 강건한 힘이 생길 테고, 나아가 새로운 적들을 맞이할 것이다.

지금도 생생히 기억하는 것은 내가 네 살 되던 해에 보스턴에서 이 고향 마을로 이사 올 때 바로 이 숲과 들을 지나 월든 호수까지 왔던 일이다. 그것은 나의 기억에 새겨져 있는 가장 오래된 장면이다. 오늘 밤 지금 내가 부는 플루트 소리가 바로 그 기억 속 수면 위에 메아리를 일으켰다. 그때의 소나무들은 나보다 더 나이를 먹은 채 여기에 아직도 서 있다. 혹시 그 소나무 중 쓰러진 것이 있으면 나는 그 그루터기로 저녁 식사를 지어왔다.

또한 새로운 나무들이 주변 어디에나 자라나면서 새로운 어린이들의 눈동자를 위해 또 다른 풍경을 준비하고 있다. 이 풀밭에는 옛날과 거의 똑같은 물레나물들이 똑같은 다년생 뿌리에서 솟아나고 있다. 게다가 마침내 나까지도 어린 시절의 꿈속에서 보던 그 환상적인 풍경을 장식하는 데 역할을 하게 되었다. 내가 여기에 살면서 영향을 미치는 결과의 하나는 이들 콩잎들과 칼날 모양의 옥수수 잎들, 그리고 감자 넝쿨에 나타나 있다.

나는 고지대의 땅 2에이커 반가량에 파종을 끝냈다. 그 땅은 개간
된 지 15년밖에 되지 않았고, 내 자신이 군데군데 나무뿌리들을 캐
낸 곳은 처녀지나 다름없었으므로 전혀 거름을 주지 않았다. 그러나
여름 동안에 김을 매다 파낸 화살촉들로 미루어보면, 백인들이 이
땅에 오기 전에도 지금은 사라진 인디언 부족이 이곳에 살면서 옥수
수와 콩을 심어 먹어서 내가 지금 가꾸고 있는 농작물에 필요한 땅
힘을 어느 정도 쇠진시켰던 것 같다.

마멋이나 다람쥐가 아침에 일어나 길을 건너가기 전에, 태양이
덤불 떡갈나무 위로 떠오르기 전에, 그리고 모든 이슬방울이 마르기
전에 나는 내 콩밭에 자라는 오만한 잡초의 대열을 쓰러뜨리고 그
위에 흙을 덮었다. 농부들은 새벽일을 하지 말라고 경고했지만, 나
는 가능하면 아침 이슬이 맺혀 있는 동안에 모든 일을 끝내라고 권
하고 싶다. 이른 아침 나는 마치 조형미술가처럼 이슬을 머금어 잘
부서지는 모래흙을 맨발로 밟으며 작업을 했다. 그러나 나중에 보면
햇볕 때문에 내 발에 물집이 생겨 있었다. 이렇게 태양이 내 위에 빛
을 쏟는 가운데, 그 노란 자갈투성이 고지대에 위치한, 거의 80미터
길이로 길게 뻗쳐 있는 푸른 콩두둑 사이를 천천히 왔다 갔다 하며
김을 맸다.

콩두둑 한쪽 끝에는 덤불 떡갈나무 숲이 있어서 나는 그 그늘에
서 쉴 수 있었다. 그 반대쪽 끝에는 검은딸기 밭이 있었는데, 내가
두 번째 김을 매고 돌아올 무렵에는 그 초록색 딸기들의 색깔이 더
진해져 있었다. 잡초를 제거하고 콩대 주위에 새 흙을 덮어서 내가
파종한 이 콩이라는 잡초를 격려하며, 황색의 흙이 자신의 여름 생
각을 쑥이나 개밀이나 피 같은 것이 아니라 콩의 잎과 꽃으로 나타
내도록 설득하고, 마침내 대지가 풀이 아니라 콩이 제일이라고 말하

게끔 만드는 것, 이런 것이 나의 일과였다.

나는 말이나 소의 도움을 거의 받지 않았고, 어른이나 소년들을 고용하지 않았으며, 또한 개량 농기구의 도움도 전혀 받지 않았기 때문에 일이 몹시 더디었다. 그래서 콩들과는 유별나게 더 친숙해졌다. 손으로 하는 노동은 설사 천역이 될 지경까지 추구해도 가장 나쁜 형태의 게으름은 결코 아니다. 노동은 한결같은 불멸의 교훈을 지니고 있으며, 학문을 추구하는 사람에게는 더 훌륭한 성과를 가져다준다.

어디로 가는지는 모르지만 링컨이나 웨일랜드 마을을 통과하여 서쪽으로 가는 여행자의 눈에 나는 열심히 땀 흘려 일하는 농부, 바로 그것이었다. 그들은 이륜마차에 편안히 앉아 팔꿈치는 무릎 위에 얹어놓고 말고삐는 화환 모양으로 감아 느슨하게 쥐고 있었다. 그들에게 나는 집에 남아 힘들게 땅이나 파는 농사꾼이었다. 그러나 나의 자작농지는 곧 그들의 시야와 생각에서 벗어났다. 길 양편 상당한 거리에 걸쳐 보이는 농경지라고는 나의 농원뿐이었다. 그래서 여행자들은 큰 흥미를 느꼈던 것이다. 밭에 있을 때 간혹 남에게 들려줄 의도가 없었던 그들의 잡담과 비평이 내 귀에 들어왔다. "콩을 저렇게 늦게 심다니! 완두콩을 저렇게 늦게 심다니!" 다른 사람들이 김매기를 시작했을 때도 나는 계속 콩을 심었기 때문에, 저 농사를 잘 아는 목사에게는 생각지도 못한 일이었을 것이다. "이 사람아, 가축 사료로는 옥수수가 제일이야. 옥수수가 제일 좋다니까." "저 사람, 저기서 사나요?" 하고 검은 보닛을 쓴 여자가 회색 외투를 입은 남자에게 묻는다.

그러자 험상궂게 생긴 농부가 고삐를 당겨 고마워하는 말을 세우고는, 밭에 전혀 거름이 보이지 않는데 어찌된 영문이냐고 묻는다.

그러고는 톱밥이나 재나 석회 등 무엇이라도 좋으니 거름을 좀 주라고 권한다. 그러나 여기 2에이커 반쯤 되는 밭에 있는 것이라곤 수레 대신 괭이 한 자루와 그 괭이를 쥐고 움직이는 두 개의 손뿐이다. 나는 수레와 말이 싫었던 것이다. 게다가 톱밥도 멀리 떨어져 있었다. 동료 여행자들은 덜커덕거리며 지나가면서 내 밭을 자기들이 지나쳐온 여러 밭들과 큰 소리로 비교하는 것이었다. 그래서 나는 농업의 세계에서 내가 어떤 위치를 차지하고 있는지 알게 되었다. 콜맨 씨[2]의 농업보고서에 포함되지 않은 밭이 있다면 바로 나의 이 밭일 것이다.

그건 그렇고 사람의 손이 닿지 않는, 더 넓은 야생의 들판에서 대자연이 생산해내는 수확물의 가치는 누가 평가할 것인가? 영국산 목초는 수확 직후 조심스럽게 그 무게를 달아보고 습도를 재며 규산염과 칼리의 성분 비율도 측정한다. 그러나 모든 골짜기, 숲속의 모든 호수, 초원과 늪지에도 풍요롭고 다양한 작물들이 자라고 있다. 단지 사람에 의해 수확되지 않을 뿐이다.

나의 밭은 이를테면 야생의 들과 인간의 경작지를 연결하는 고리와도 같은 위치에 있었다. 마치 어떤 나라들은 개발국가라고 불리고 어떤 나라들은 반개발국가라고 불리며 어떤 나라들은 미개국이나 야만국이라고 불리듯이, 나의 밭은 나쁜 의미에서는 아니지만 반(半) 개척지였다. 내가 기르고 있는 것은 기꺼이 야생적 원시 상태로 돌아가려고 하는 콩들이었으며, 나의 호미는 그들을 위하여 '소떼를 부르는 노래(Ranz des vaches)'[3]를 연주하고 있었다.

---

2 헨리 콜맨(Henry Colman, 1785~1849). 농사 연구가였으며, 매사추세츠 주를 위해 네 차례에 걸쳐 농업조사보고서를 냈다.

가까이에 있는 자작나무 맨 꼭대기 가지에는, 어떤 사람들은 붉은지빠귀라고 부르기를 좋아하는 갈색 개똥지빠귀 한 마리가 나와 자리를 같이한 것을 기뻐하듯 아침 내내 노래를 부르고 있다. 내가 이곳에 없었다면 이 새는 다른 농부의 밭을 찾아갔을 것이다. 내가 씨앗을 심고 있을 때 그 녀석은 소리 지른다. "뿌려라, 씨를. 뿌려라, 씨를. 덮어라, 씨를. 덮어라, 씨를. 뽑아라, 씨를. 뽑아라, 씨를. 뽑아라, 씨를."[4]

그러나 콩은 옥수수가 아니기 때문에 그 새와 같은 적들에게서도 안전했다. 개똥지빠귀의 노래하는 소리, 사실 그 새가 한 줄의 현이나 스무 줄의 현 위에서 켜대는 서투른 파가니니 연주가 나의 파종 작업과 무슨 관계가 있는지 의심스럽지만, 그래도 재나 석회를 거름으로 쓰는 것보다는 그 새의 노래가 씨앗들에게 훨씬 좋다는 생각이 든다. 그 새의 노랫소리는 돈도 안 드는 웃거름이자 내가 전적으로 신용하는 거름이었다.

아직 신선도를 유지하고 있는 흙을 괭이로 긁어 줄지어 늘어선 콩대 주위를 덮어주는 일을 하고 있을 때였다. 나는 원시시대에 이곳 하늘 아래 살았던, 역사에 아무 기록도 남기지 않은 민족의 유품들을 잠에서 깨우거나 그들이 전쟁이나 수렵에 사용했던 작은 도구들로 하여금 현대의 햇빛을 받도록 했다. 그것들은 다른 자연석과 섞여 있었는데, 그중 어떤 것들은 인디언의 모닥불에 그을린 흔적이 있는가 하면 어떤 것들은 햇볕에 탄 흔적이 있었다. 그리고 근래에 이 땅을

---

3 스위스 산악 지방의 목동들이 부르는 민요.
4 새 소리를 흉내 낸 부분이다. 영어로 "drop it… cover it up… pull it up"은 새 소리처럼 들린다.

개간한 사람들이 가져온 그릇의 파편과 유리 조각들도 있었다.

내 괭이가 돌에 부딪혀 쨍그랑 소리가 나면 그 음악은 숲과 하늘에 메아리처럼 반향을 일으키며, 눈 깜짝할 사이에 측량할 수 없는 수확을 거두는 나의 노동에 반주 역할을 했다. 내가 김을 매고 있는 것은 콩밭이 아니었고, 또한 콩밭에서 김을 매는 것은 내가 아니었다. 그리하여 성스러운 오라토리오를 들으러 도시에 간 내 친지들이 혹시 생각나는 경우에는 어떤 연민의 감정과 자부심을 동시에 느꼈다.

때로 나는 하루 종일 신이 나서 일했는데, 그런 햇빛이 화창한 오후에는 쏙독새의 일종인 밤매가 내 눈에 박힌 티처럼, 아니 하늘의 눈에 박힌 티처럼 머리 위에서 큰 원을 그리며 나는 것이 보였다. 이놈은 때때로 하늘이 갈기갈기 찢어지는 듯한 소리를 내면서 갑자기 곤두박질하며 내려왔다. 그러나 하늘이라는 천은 매끈하게 온전히 남아 있었다. 하늘 구석구석을 날아다니다가도 알은 사람들이 찾아낼 수 없는 지상의 모래밭이나 산꼭대기의 바위틈에 낳는 이 작은 장난꾸러기들, 이들의 모습은 호수에 이는 잔물결처럼 우아하고 날씬하다. 마치 바람이 하늘 위에 띄운 잎사귀들 같다. 자연에는 그처럼 피붙이 같은 것들이 있는 법이다. 매는 위를 날면서 내려다보는 물결의 형제, 공중에 사는 형제다. 공기를 담고 있어 잔뜩 부푼 매의 완벽한 두 날개는 아직 초보적이며 불완전한 것에 불과하다고 여겨지는 바다의 날개, 즉 파도에 해당된다.

어떤 때는 한 쌍의 솔개가 하늘 높이 원을 그리며 날면서 상승과 하강을 번갈아 반복하기도 하고 서로 접근했다가 떨어져나가는 모습을 보았는데, 마치 내 사상을 눈에 보이는 형체로 구현하는 것 같았다. 또 산비둘기들이 이쪽 숲에서 저쪽 숲으로 약간 떨리는 듯한 날갯짓 소리를 내며 날아가는 것을 보았다. 긴급히 전해야 할 통신문이라도 있는 것 같았다. 그런가 하면 썩은 나무 그루터기를 괭이로 파헤치던 중에 둔한 몸집에 이국적인 점들이 박힌 도롱뇽이 나오기도 했다. 도롱뇽은 이집트와 나일 강의 흔적을 지니고 있지만 우리와 동시대를 살아가는 생물이다. 내가 일을 멈추고 괭이에 몸을 기대고 서 있노라면 밭고랑 도처에서 이러한 소리와 광경을 듣거나 보았다. 그것들은 시골이 제공하는 탕진될 수 없는 즐거움의 일부였다.

경축일에는 마을에서 대포를 쏜다. 그 대포 소리가 이 숲속에서는 딱총 소리 정도로 들리며, 때로 군악 소리 몇 가닥이 멀리 이곳까지 침투해오기도 한다. 마을 반대편 끝의 콩밭에 와 있는 나에게는 대포 소리가 말불버섯이 터지는 소리처럼 들렸다. 내가 알지 못하는 군사 훈련이 있는 경우, 나는 때로 지평선에 성홍열이나 두드러기 같은 질병이나 가려움증이 발생할 것 같은 막연한 예감에 온종일 사로잡히곤 했다. 그러다가 마침내 좀 더 좋은 방향의 바람이 들판과 웨일랜드 도로로 급히 불어올 때에야 포병대가 훈련하고 있다는 것을 알게 되었다.

멀리서 들려오는 윙윙 소리를 들을 때면, 마치 어떤 사람의 벌떼가 분봉하여 새 집을 지으려는 참인데 이웃들이 베르길리우스의 충고에 따라 가정의 도구들 중 제일 소리를 잘 내는 것들을 쾅쾅 두드려서 벌들을 다시 벌집 속으로 불러들이려는 것 같았다. 소음이 끝나고 윙윙 소리도 잠잠해진 뒤에 바람 소리가 더는 아무런 소식을 전하지 않게 되면, 나는 사람들이 마지막 수벌마저 미들섹스의 벌통 안으로 안전하게 몰아넣었으니 이제 벌통에 고인 꿀에만 정신이 쏠려 있다는 것을 알 수 있었다.

나는 매사추세츠 주와 조국의 자유가 그렇게 안전하게 유지되고 있는 것을 알고 자부심을 느꼈다. 다시 김매기를 계속하면서도 내

가슴은 말로 표현하기 어려운 자신감으로 가득 차 있었다. 그리하여 미래에 대한 평온한 신뢰감을 안고 나의 노동을 기꺼이 계속했다.

몇 개의 악대들이 함께 연주할 때는 온 마을이 하나의 거대한 풀무 같은 소리를 냈다. 그럴 때면 마을의 모든 집과 건물이 요란한 소리와 함께 늘어났다 줄었다 하는 것 같았다. 그러나 때로는 정말 고귀하고 용기를 불러일으키는 곡조와 영예를 칭송하는 트럼펫 소리가 들려왔다. 그 소리를 들은 나는 멕시코 사람이 곁에 있기라도 하면 그에게 실컷 욕설을 퍼부을 수 있을 것 같았다. 하찮은 일이라 해서 왜 우리는 항상 참아야 하는가? 그래서 나는 용맹심을 발휘하기 위해 마멋이나 스컹크라도 있으면 혼내주려고 주위를 둘러보았다.

이 군악 소리는 멀리 떨어진 팔레스타인에서 들려오는 것 같아서 나는 지평선 위를 행군하는 십자군, 그러니까 마을 위에 가지를 늘어뜨리며 울창하게 서 있는 느릅나무 꼭대기들이 약간 질주하거나 떠는 동작을 하는데 그런 동작을 하고 행군하는 십자군을 상기했다.[5] 오늘은 위대한 날 중의 하나였다. 그러나 내 경작지에서 보이는 하늘은 영원히 변함없는 위대한 모습, 매일 보이는 모습을 보여주었고 나로서도 그 속에서 하등의 차이를 보지 못했다.

내가 콩과 맺은 긴 교제는 하나의 특이한 경험이었다. 나는 콩을 심고, 김을 매고, 수확하고, 도리깨질을 하고, 선별 작업에 판매까지 했다. 사실 말이지 파는 일이 제일 어려웠다. 콩을 맛보았으니 먹는 것도 추가할 수 있겠다. 나는 콩에 대해 알기로 결심했다.[6] 콩이 자

---

5 소로가 멕시코와의 전쟁(1846~1848)을 반대했던 것은 너무나 잘 알려진 사실이다. 반전주의 태도가 이 부분에서 상당히 완곡하게 묘사되어 있다.
6 뉴잉글랜드 지방의 사투리로 "나는 콩을 전혀 몰랐다"는 뜻이라고 한다.

라는 동안 나는 새벽 5시부터 정오까지 김을 매주었고, 그 후의 시간은 흔히 다른 일을 하며 보냈다. 여러 종류의 잡초와 나 사이에 생긴 친숙하고 기묘한 교우관계를 생각해보는 것이 좋겠다. 이런 이야기는 좀 반복되는 것 같은데 원래 노동에는 적지 않은 반복이 있는 법이다.

나는 잡초들의 섬세한 조직을 무자비하게 파괴하고 괭이로 불공평한 차별 대우를 감행하며 어떤 종류의 전 대열을 때려눕히면서 다른 종의 식물은 극진히 보살피고 있었다. 저것은 로마쑥, 저것은 돼지풀, 저것은 괭이밥, 저것은 개밀이다. 공격하여 잘라버려라. 뿌리를 뽑아 햇볕에 말려버려라. 가는 뿌리 하나라도 그늘에 놔두지 마라. 그렇지 않으면 이틀 만에 다시 일어나 부추처럼 파릇파릇해질 것이다.

이것은 기나긴 싸움이었다. 학들과의 싸움이 아니라 해와 비와 이슬을 자기편으로 둔 트로이 사람들과의 싸움이었다. 날이면 날마다 콩들은 괭이로 무장한 내가 그들을 구하기 위해 와서는 저희들의 적인 잡초를 무찌르고 다시 그 시체로 밭고랑을 가득 채우는 모습을 보고 있었다. 주위에 운집한 전우들보다 1피트나 높이 우뚝 솟아 투구의 앞술을 흔들며 용감하게 싸우던 수많은 헥토르 장군[7]들이 내 무기 앞에 쓰러지면서 먼지 속에 나뒹굴었다.

그해 여름, 나의 동시대 사람들이 보스턴이나 로마에서 미술품을 관람하거나 인도에 가서 명상을 하거나 런던이나 뉴욕에서 장사하는 일에 시간을 바치고 있을 때, 나는 뉴잉글랜드의 다른 농부들과 함께 이렇게 농사에 시간을 바치고 있었다. 먹을 콩이 필요해서가

---

7 트로이 왕의 장남으로 트로이 최고의 용사였으나, 아킬레우스에게 죽음을 당했다.

아니었다. 왜냐하면 남들이 콩으로 죽을 쑤든 투표에 이용하든 상관할 바 없지만, 나는 본래 피타고라스[8]처럼 콩을 싫어해서 그 콩을 쌀과 바꾸어 먹었기 때문이다. 내가 콩을 기른 것은 어쩌면 비유와 표현을 얻기 위해서라도, 또는 훗날 어느 우화 작가에게 도움을 주겠다는 이유만으로도 누군가 밭에서 일해야 한다는 생각에서였다. 대체적으로 콩 농사의 노동은 희귀한 즐거움이었지만 너무 오래 계속하면 기력이 탕진될 수도 있었다.

나는 콩들에게 전혀 거름을 주지 않았고 한꺼번에 밭 전체에 걸친 김매기는 해준 적이 없지만, 나름대로 김매기에 상당한 공을 들임으로써 좋은 결실을 맺을 수 있었다. 이블린[9]이라는 사람은 말한다. "사실 어떠한 퇴비나 거름도 삽으로 이렇게 땅을 파고 또 파서 흙을 뒤집어놓는 작업에는 비교도 안 되는 것이다." 그 작가는 다시 또 다른 곳에서 다음과 같이 덧붙인다.

흙, 특히 신선한 흙은 자체에 어떤 자력을 가지고 있어서 그 자력으로 염분과 에너지 혹은 효력이라 불러도 되는 것을 끌어들여 흙에게 생명력을 제공한다. 나아가서 우리 인간을 지탱해준다. 우리가 늘 노동을 들여 계속 흙을 뒤집는 이유도 바로 여기에 있다. 인분 거름이나 다른 지저분한 퇴비는 이 토양 개량 방법의 대용 수단에 불과하다.

---

8 그리스의 수학자. 제자들에게 콩을 먹지 말라고 했다고 전한다.
9 존 이블린(John Evelyn, 1620~1706). 영국의 일기 작가이며, 위의 글은 그의 《Terra : a philosophical discourse of earth》에서 인용했다.

더욱이 나의 콩밭은 "지치고 탈진하여 안식일을 즐기는 풋내기 밭"이었기 때문에 케넬름 딕비 경[10]의 생각처럼 공기에서 "생명의 영기"를 흡수했는지도 모른다. 나는 12부셸의 콩을 수확했다.

여기서 좀 더 자세히 기술해본다. 왜냐하면 콜맨 씨는 주로 부유한 농민들의 돈이 많이 드는 실험에 대해서만 보고했다는 불평이 있기 때문이다. 나의 지출은 다음과 같다.

괭이	54센트
쟁기질, 써레질, 두둑 만들기	7달러 50센트
	(너무 비싸다)
콩 종자	3달러 12.5센트
씨감자	1달러 33센트
완두콩 종자	40센트
순무 씨앗	6센트
까마귀 퇴치용 흰 실	2센트
말 부리는 남자와 소년의 품삯(3시간)	1달러
곡물 운반용 마차	75센트
합계	14달러 72.5센트

수입은 이렇다. "집안의 주인은 사들이는 버릇을 들이면 안 되고 파는 습관을 몸에 익혀야 한다"라는 말을 명심하겠다.

---

10 케넬름 딕비(Kenelm Digby, 1603~1665). 영국의 궁정인(宮廷人), 외교관, 해군 장성, 저술가.

콩 9부셸 12쿼트 판매 대금	16달러 94센트
큰 감자 5부셸	2달러 50센트
작은 감자 9부셸	2달러 25센트
풀	1달러
콩대	75센트
합계	23달러 44센트

앞서 어디선가 말한 것처럼 순이익은 8달러 71.5센트였다.

　콩을 키우면서 내가 얻은 경험의 결과는 다음과 같다. 6월 1일경, 보통 우리가 보는 작고 하얀 콩 중에서 싱싱하고 동그란 순종을 주의 깊게 골라 두둑과 두둑 사이는 3피트, 콩과 콩 사이는 18인치가 되게 심는다. 처음에는 해충을 조심하고, 빈 곳이 있으면 다시 심어 채운다. 다음으로 울타리가 없는 밭이면 마멋을 조심한다. 마멋은 밭을 지나갈 때 처음 나온 새싹들을 깨끗이 갉아먹는 놈들이다. 놈들은 새 넝쿨이 나올 때 그것을 알아차리고 다람쥐처럼 꼿꼿이 서서 콩꽃 봉오리와 콩꼬투리가 달린 부위를 그대로 잘라버린다. 그러나 무엇보다도 가능한 한 일찍 수확을 해서 서리를 피하고 최적의 판매 시기를 잡아야 한다. 그렇게 해야 큰 손실을 예방할 수 있다.
　더 나아가서 나는 이런 경험을 얻었다. 나는 혼잣말을 했다. 내년 여름에는 그처럼 열심히 콩과 옥수수를 심지 말아야지. 대신에 성실, 진리, 소박, 믿음, 순진무구라는 씨앗이 아직 없어지지 않았다면 그 씨앗을 심어, 올해처럼 고생하지 않고 거름도 적게 주고, 그래도 이 땅에서 자라 나의 양식이 되어줄지를 지켜보자. 확실히 이 땅은 그런 씨앗들을 키우지 못할 정도로 메말라 있지는 않으니까.

아, 아쉽다. 나는 이렇게 혼잣말을 했었다. 그러나 이제 또 하나의 여름이 지나갔다. 그리고 그다음 여름이 지나고 다시 또 하나의 여름이 지나갔다. 그래서 독자 여러분에게 말하지 않을 수가 없다. 내가 심은 씨앗들, 내가 아름다운 씨앗들이라고 믿었던 그 씨앗들이 벌레를 먹었는지 생명을 잃었는지 싹이 트지 않았던 것이다.

사람들은 흔히 자기 아버지가 용감했던 만큼만 용감해지거나 겁쟁이가 되는 모양이다. 몇백 년 전에 인디언들이 옥수수와 콩을 심고 최초의 백인 개척자들에게 가르쳐준 방법 그대로, 요즈음 신세대들은 마치 그것이 숙명인 양 매년 꼬박꼬박 옥수수와 콩을 심고 있다. 저번에 나는 어느 노인이 놀랍게도 괭이를 가지고 적어도 일흔 개의 구멍을 열심히 파고 있는 것을 보았는데 그것은 자기가 들어가 누울 구멍도 아니었다. 원, 세상에!

그런데 왜 우리 뉴잉글랜드 사람들은 새로운 모험을 시도하지 않는가? 왜 곡물, 감자, 건초 수확, 과수원은 그처럼 중요시하면서 다른 수확물은 기르지 않는가? 왜 우리는 콩의 종자에는 큰 관심을 쏟으면서 인간의 새로운 세대를 키우는 일에는 관심이 없는가? 우리가 만약 어떤 사람을 만났을 때 내가 위에서 말한 여러 가지 덕목들이 그 사람 안에 뿌리내리고 자라는 것을 본다면 우리는 진실로 그에게 정신적 자양분과 위안을 얻지 않겠는가? 사실 우리는 너 나 할 것 없이 미덕을 다른 산물보다 더 큰 자랑으로 삼고 있지만, 그 미덕이라는 것들은 대개 바람에 날리는 씨앗처럼 공중에 흩어져 표류하고 있을 뿐이다.

가령 우리가 길을 가고 있는데, 비록 그 양은 작고 새로운 변종이긴 하지만 진실이나 정의의 섬세하고 성스러운 특질 자체가 걸어오고 있다고 하자. 해외에 있는 우리의 대사들은 이러한 미덕의 씨앗

들을 본국에 보내라는 훈령을 받아야 할 테고, 의회는 그 씨앗이 전
국에 분포되도록 노력해야 할 것이다.[11] 우리는 격식을 차리면서까
지 성실할 필요는 없다. 덕성과 우정의 알맹이만 보이면, 우리의 야
비함을 동원하여 서로를 속이고 모욕하고 추방해서는 안 된다.

우리는 지금처럼 서둘러 서로를 만나서는 안 된다. 대부분의 사
람들은 시간이 없는 것같이 보이기 때문에 나는 그들을 전혀 만나지
않는다. 그들은 자신들이 기르는 콩 때문에 바쁘다. 이처럼 악착같
이 일만 하고, 일하는 사이사이에는 괭이와 삽을 지팡이 삼아 기대
고 서 있는 인간과는 상종하고 싶지도 않다. 그렇게 기대고 서 있는
모습은 버섯과 달리 땅에서 몸이 반쯤 떨어져 있으며, 똑바로 선다
는 게 지나쳐 뒤로 젖혀진 것이 마치 땅 위에 내려앉아 걷고 있는 제
비를 닮았기 때문이다.

그리고 말할 때는 마치 날아가려는 듯이
그 사람은 이따금 날개를 폈다가 다시 접곤 했다.[12]

그래서 그런 사람과 이야기할 때는 우리가 천사와 대화하고 있는
것이 아닌가 하는 생각이 든다.

빵이 항상 우리에게 자양분이 되는 것은 아닐지도 모른다. 그러
나 인간이나 자연 속에 존재하는 너그러움을 깨닫고 어떤 순수하고
영웅적인 기쁨을 함께 나누는 것은 늘 우리에게 이익이 된다. 더욱

---

11 소로가 살던 시대에는 국회의원이 무상으로 종자를 선거구민들에게 나누어주는 것이
   흔한 관례였다.
12 영국 시인 프랜시스 퀄스(Francis Quarles, 1592~1644)의 시 〈목동 앞에 나타난 신
   의 계시〉에서 인용했다.

이 그것은 우리가 겪는 괴로움의 원인을 모를 때도 우리의 굳은 관절을 풀어줌으로써 유연성과 탄력성을 지니게 한다.

고대의 시와 신화는 적어도 농사가 한때는 성스러운 예술이었다는 사실을 암시한다. 그러나 지금 우리는 대형 농장과 대량 수확만을 목표로 하는 나머지 성급하고 생각 없이 농사를 짓는다. 농부로 하여금 자기 직업이 지닌 성스러움에 대한 의식을 표현하고 그 성스러운 기원을 회상하게 하는 축제나 가두행렬이나 의식이 전혀 없다. 가축품평회나 이른바 추수감사절도 잊히기는 마찬가지다. 농부의 관심을 끄는 것은 횡재와 잔치뿐이다. 농부는 풍작의 여신 케레스나 대지의 신 주피터가 아니라 지옥의 신 플루토스에게 제를 올린다.

탐욕과 이기심, 게다가 땅을 재산이나 재산 획득의 수단으로 보는 누구나가 벗어나지 못하는 천한 습성 때문에 자연 경관은 불구가 되고, 농사는 우리 인간들과 함께 품위를 상실하며, 농부는 가장 비천한 삶을 살고 있다. 농부는 자연을 알고 있지만 강도로서 알고 있는 것이다. 카토는 농사에서 생기는 이익이 무엇보다 성스럽고 정당한 것이라고 말했다. 또한 바로[13]에 따르면, 고대 로마인들은 "대지를 어머니라고 부르기도 하고 풍작의 여신 케레스라고 부르기도 했다. 그들은 땅을 경작하는 사람들이야말로 경건하고 유익한 삶을 살고 있으며 그들만이 사투르누스[14] 왕족의 유일한 후손이라고 생각했다."

우리의 태양이 우리의 경작지와 초원과 숲을 차별 없이 내려다보

---

13 테렌티 바로니스(M. Terenti Varronis, B.C. 116~B.C. 28). 로마에서 가장 학식이 높았다고 전해진다. 《농업론》이라는 저서가 있다.
14 주피터의 아버지이며, 인간에게 농사를 가르친 신으로 알려져 있다.

고 있다는 것을 곧잘 잊어버린다. 그것들은 태양의 광선을 똑같이 반사하고 흡수한다. 인간의 경작지는 태양이 매일 지나다니는 길에 내려다보는 찬란한 풍경의 작은 일부일 뿐이다. 태양의 눈에는 이 지구 전체가 정원처럼 골고루 잘 가꾸어진 곳으로 보일 것이다. 그러므로 우리는 태양의 빛과 열의 혜택을 그에 상응하는 신뢰와 아량으로 받아들여야 한다. 내가 이 콩의 종자들을 소중히 여겨 가을에 수확한다 해도 그게 무슨 대단한 일인가? 내가 그토록 오래 보살펴 온 이 넓은 밭은 나를 주인이 되는 경작자로 보지 않고 밭에 물을 주고 밭을 더 푸르게 만드는 어떤 힘, 더욱 친절한 자연의 어떤 힘을 더 따른다.

이 콩들은 결실을 맺었지만 내가 모두 수확하는 것은 아니다. 이 콩의 일부는 마멋들을 위해 자라고 있는 것이 아닌가? 밀의 이삭(라틴어 spica인데 이것의 고형(古形) speca는 '희망'을 뜻하는 spe에서 유래한다)이 농부의 유일한 희망이 되어서는 안 되며, 그 낟알(라틴어 granum인데, 이것은 '낳다'를 의미하는 gerendo에서 유래한다)만이 밀대가 생산하는 전부는 아닌 것이다. 그렇다면 우리의 수확이 어떻게 실패할 수 있는가? 잡초들의 씨가 새들의 주식일진대, 잡초가 무성한 것도 내가 기뻐해야 할 일이 아닌가? 밭농사가 잘되어 농부의 광이 가득 차느냐 아니냐는 비교적 중요한 일이 아니다. 올해 숲에 많은 밤이 열릴지 말지 다람쥐들은 걱정하지 않듯, 참다운 농부는 걱정에서 벗어나 자기 밭의 생산물에 대한 독점권을 포기하고 최초의 수확물뿐 아니라 최종의 수확물도 제물로 바칠 마음의 준비를 하고 하루하루의 노동을 끝맺어야 할 것이다.

8

마 을

김을 매거나 간혹 글을 읽고 쓰는 일로 오전을 보낸 다음, 나는 다시 호숫물에서 미역을 감고 일정한 시간 동안 호수가 육지를 먹어 들어간 작은 만을 가로질러 수영해 가기 일쑤였다. 그렇게 함으로써 노동의 먼지를 몸에서 씻어내거나, 공부가 만들어낸 주름살을 남김없이 폈다. 이렇게 해서 맞은 오후에는 완전히 자유로운 몸이 되었다.

매일 또는 하루걸러 나는 세상 이야기를 들으러 마을로 어슬렁거리며 갔다. 거기에는 이 입에서 저 입으로, 이 신문에서 저 신문으로 어떤 이야기들이 끊임없이 돌고 있었다. 그 이야기들을 동종요법(同種療法)에서 하는 식으로 적은 양을 취하면 살랑이는 잎사귀 소리나 개구리 울음소리처럼 나름대로 상쾌한 기분을 맛볼 수 있었다.

새들과 다람쥐들을 보려고 숲속을 거닐었던 나는 이제 어른들과 아이들을 보려고 마을을 거닐었다. 소나무들 사이를 스쳐가는 바람 소리 대신에 마차들이 덜컹거리는 소리가 들려왔다. 나의 집에서 한쪽 방향으로는 강가의 풀밭에 사향쥐들의 영토가 있었고, 그 반대편

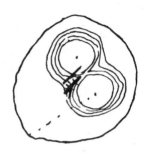

땅에서 9.5피트 되는 곳이 잘려 있는 느릅나무로, 나이테를
세기가 수월했다. 중심이 두 개인 따로따로 성장한 나이테가
13개가 되는 곳에서 하나로 합쳐져 있다.(1856년 1월 25일)

지평선에는 우거진 느릅나무와 플라타너스 나무들 밑에 바삐 움직
이는 인간들의 마을이 있었다. 이들 인간들은 대초원에 굴을 파고
사는 초원 다람쥐들만큼이나 신기해 보였다. 그들은 각자의 굴 앞
에 앉아 있다가도 주고받을 이야깃거리가 있나 해서 이웃의 굴로
달려가는 것이었다. 나는 그들의 습성을 관찰하기 위해 자주 마을
로 갔다.

　마을은 마치 커다란 신문 열람실 같았다. 거리의 한쪽에는 마을
을 지탱시키기 위하여, 마치 옛날에 스테이트 가의 레딩 상사가 그
랬듯이 호두, 건포도, 소금, 밀가루와 그 밖의 다른 식료품을 팔고
있었다. 어떤 사람들은 앞의 상품, 다시 말해서 뉴스에 대한 엄청난
식성과 매우 건전한 소화기관을 가지고 있어서 큰길가에 꼼짝 않고
앉아 언제까지라도 뉴스의 바람이 에게 바다의 계절풍처럼 속삭이
며 지나가는 소리를 듣고 있었다. 그들은 에테르 마취약을 흡입하듯
뉴스를 빨아들이고 있었다. 그러나 이 뉴스라는 마취제는 다만 감각
의 마비와 고통에 대한 무감각 상태만을 초래했다. 그렇지 않았다가

는 뉴스는 흔히 듣기 괴로웠을 것이다.

마을 안을 어슬렁거릴 때는 이런 양반들이 줄지어 앉아 있는 모습이 영락없이 보였다. 그들은 사다리 위에 앉아 햇볕을 쪼이고 있었는데, 상반신을 앞으로 숙이고 이따금 탐욕적인 표정을 띠며 신문 기사의 줄을 이리저리 훑어보고 있었다. 다른 양반들은 호주머니에 양손을 찔러 넣은 채 창고 벽에 기대어 있었는데, 마치 여인상(女人像)이 조각된 기둥들이 창고를 떠받치고 있는 것 같았다. 그들은 대개 문밖에 나와 있었으므로 바람에 실려오는 것은 무엇이든 듣고 있었다. 그러니까 그들은 대충 빠는 제분소여서 모든 가십은 여기서 우선 거칠게 빻아지거나 부서진다. 그런 뒤에야 집 안의 더욱 정밀하고 섬세한 깔때기 안으로 들어간다.

내가 관찰한 바로 마을의 중추부는 식료품 상점과 술집, 그리고 우체국과 은행이었다. 또한 필요한 기계의 일부로서 사람들은 종과 대포와 소방차를 편리한 곳에 비치해놓고 있었다. 집들은 지나가는 인간들을 최고로 대접한답시고 좁은 골목길 양편에 나란히 서로를 마주 보고 서 있도록 배열되어 있어서 마을을 통과하는 여행자는 몰매 형벌을 받아야 했고, 따라서 남자와 여자, 아이 할 것 없이 모든 주민은 그 통행자를 팰 수 있었다.

물론 그 대열의 맨 앞 가까이에 자리를 잡은 사람들은 제일 잘 볼 수 있고 또 제일 눈에 잘 띄는 곳이어서 제일 먼저 그 행인을 패줄 수 있으므로 제일 비싼 자릿세를 지불하고 있었다. 한편 소수의 사람들이 흩어져 사는 외곽에 이르면 대열에도 널찍한 틈이랄까 간격이 벌어져 있었기 때문에 여행자는 담을 넘거나 소들의 통로로 빠져 들어가 도주할 수 있었다. 그래서 그곳의 자릿세나 창문세는 매우 저렴했다.

행인을 유혹하기 위한 간판이 여기저기 내걸려 있었다. 술집과 음식점은 식욕을 미끼로 사람을 낚으려 했고, 포목점과 보석상은 사치심을 미끼로 낚으려 했다. 이발소와 구두 가게와 양복점은 행인의 머리털이나 두 발이나 스커트를 잡고 늘어졌다. 게다가 나는 모든 집을 방문해달라는 무서운 초청장을 받은 상태였고 이때쯤에는 나의 방문을 기대하고 있는 사람들도 있었다. 나는 몰매 형벌을 받을 사람이 흔히 듣게 되는 충고에 따라 이것저것 생각하지 않고 목표 지점을 향해 과감히 전진하거나, 아니면 "가야금에 맞추어 신의 영광을 찬미함으로써 사이렌 마녀들의 소리를 잠재웠던" 오르페우스[1]처럼 고귀한 생각에 집중함으로써 그곳에서 잡혀버리는 위험을 벗어났다.

때로 나는 갑자기 마을을 뛰쳐나왔기 때문에 누구도 내 행방을 알 수 없었다. 왜냐하면 내가 체면 같은 것은 가리지 않고 울타리 구멍이라도 발견하면 지체 없이 그리로 빠져나왔기 때문이다. 나는 심지어 남의 집에 무단 침입하는 것에도 익숙해 있었다. 무단 침입을 했는데도 그 집에서 대접을 잘 받고, 체로 쳐서 마지막으로 걸러낸 뉴스의 알맹이, 그러니까 바닥에 가라앉은 부분을 듣고, 전쟁과 평화에 대한 전망과 세상이 조금 더 지탱될지 여부를 알아본 다음 뒷길로 빠져나와 다시 숲으로 도망쳤다.

특히 캄캄하고 폭풍이라도 몰아닥칠 것 같을 때 늦게까지 마을에 머물렀다가 호밀이나 옥수수 가루 한 부대를 어깨에 메고 밝게 불을 밝힌 마을의 어느 응접실이나 강연장을 뒤로한 채 밤의 칠흑 속으로 출항하여 숲속에 위치한 아늑한 나의 항구로 향하는 것은 무척 유쾌

---

1 그리스 신화에 나오는 음악가 겸 시인.

한 일이었다. 그런 때 나는 외부 세계를 굳게 닫아버린 채 나의 외부적 자아만을 키잡이로 남겨놓고, 아니 뱃길이 순조로울 때는 키마저 고정시키고 사념이라고 하는 유쾌한 선원들과 같이 갑판 밑 선실로 들어갔다. "파도를 가르며"[2] 나는 선실의 난롯가에서 여러 가지 즐거운 생각을 했다. 심한 폭풍우를 만났지만 어떤 경우에도 표류하거나 조난을 당한 적은 없었다.

여느 날 밤에도 숲속은 사람들이 생각하는 것보다 더 어둡다. 칠흑 같은 어둠이 한결같이 깔린 밤에 숲 한가운데를 지날 때, 나는 내 길을 알아내기 위하여 길 위를 뒤덮고 있는 나무들 사이의 터진 공간을 자주 올려다보아야 했고, 수레바퀴 자국도 없는 곳에서는 내가 전에 다니면서 생긴 희미한 발자국을 발로 더듬어 찾곤 했다. 가령 서로의 간격이 18인치밖에 안 되는 두 그루 소나무 사이를 통과할 때는 전에 알고 있던 특정 나무들의 위치를 짐작하여 손으로 더듬으며 키를 조정해갔다.

때로 캄캄하고 무더운 밤의 이처럼 늦은 시간에 보이지 않는 길을 발로 더듬어가며 꿈꾸듯 정신없이 집에 당도했을 때는 문의 걸쇠를 올리려고 손을 드는 순간에야 비로소 정신이 드는 것이었다. 이럴 때는 내가 걸어온 길이 한 발자국도 생각나지 않았다. 그래서 나는 손이 아무런 도움 없이도 입을 찾아내듯이 내 몸도 주인이 버리더라도 집을 찾아올 것이라는 생각을 해봤다.

나를 찾아온 손님이 저녁 늦게까지 있다가 돌아간 적이 몇 번 있었다. 캄캄한 밤이어서 나는 집 뒤로 난 수레길까지 그를 안내하고 그가 가야 할 방향을 알려주었는데, 그럴 때는 눈이 아니라 발로 길

---

2 미국에서 오래전부터 내려오는 민요의 후렴구.

을 더듬어 가라고 일렀다. 어느 칠흑같이 어두운 밤, 나는 호수에서 낚시질하던 두 청년에게도 그런 식으로 길을 가르쳐주었다. 그들은 숲속 길로 1마일쯤 떨어진 곳에 살았고 평소 그 길을 잘 알고 있었다. 하루 이틀 지난 무렵 두 청년 중 한 사람이 나에게 말하기를, 그들은 자기네 집 근처에서 거의 온밤을 헤매다가 새벽녘에야 겨우 집에 돌아갔다는 것이다. 게다가 그 밤사이에 몇 차례 심한 소나기가 내리고 나뭇잎들이 젖어 있어서 완전히 물에 빠진 생쥐 꼴이 되었다는 말을 덧붙였다.

속담에도 있듯이 어둠이 칼로 자를 수 있을 만큼 짙은 밤에는 마을의 한길에서도 자주 길을 잃는다는 말을 들은 적이 있다. 교외에 사는 어떤 사람들은 마차를 타고 마을에 물건을 사러 왔다가 하룻밤을 묵어야 했던 적도 있고, 나들이를 가던 신사 숙녀가 발만으로 보도를 더듬으며 가서 언제 옆길로 들어섰는지도 모르고 계속 가다가 반 마일이나 딴 길로 빗나간 적도 있다고 한다.

어느 때고 숲속에서 길을 잃는다는 것은 놀랍고도 기억할 만한 경험인 동시에 소중한 경험이다. 흔히 대낮인데도 눈보라가 몰아칠 때는 낯익은 길로 나왔더라도 어느 쪽으로 가야만 마을에 이르게 되는지 알 길이 없다. 자신이 그 길을 천 번이나 지나다닌 것은 알지만 그 길의 특징 하나 알아볼 수 없어서 마치 시베리아의 길처럼 낯설기만 한 것이다. 물론 밤이면 그 당혹감이 무한히 증폭된다.

근처를 좀 걸어다닐 때도 우리는 무의식적이지만 수로 안내원처럼 어떤 잘 알려진 등대나 곶을 기준으로 배를 조종하며, 일상의 항로를 벗어날 경우에도 근처 어떤 곳의 위치를 여전히 염두에 두는 것이다. 따라서 우리는 완전히 길을 잃거나 한 바퀴 빙글 돌려지는 처지에 있어보지 않으면(인간이 이 세상에서 길을 잃으려면 눈을 감고 한 바퀴 빙 돌면 되니까) 대자연의 거대함과 기이함을 깨닫지 못한다. 잠에서 깨어나든 모든 방심 상태에서 깨어나든, 인간은 깨어날 때마다 나침반의 위치를 확인해야 한다. 다른 말로 말하면 길을 잃고 나서야, 아니 세상을 잃고 나서야 우리는 비로소 자기 자신을 발견하기 시작하며, 우리가 놓인 위치와 무한한 범위로 펼쳐진 인간관계를 깨닫기 시작하는 것이다.

첫 번째 여름이 끝나가던 어느 날 오후, 나는 구둣방에서 구두를 찾으려고 마을에 갔다가 체포되어 감옥에 갇혔다. 그 이유는 다른데[3]서 기술한 바와 같이, 나는 미 상원 의사당 앞에서 인간을 남녀노소 가리지 않고 가축처럼 매매하는 국가는 그 권위를 인정할 수 없었고 그러한 국가에는 세금도 낼 수 없었기 때문이다. 내가 숲에 들어간 것은 정치적 목적이 아닌 다른 목적이 있어서였다. 그러나 한 인간이 어디를 가든 사람들은 그를 뒤쫓아와 자기들의 더러운 제도를 가지고 그를 함부로 다루며, 할 수만 있으면 자기들의 우스운 비밀 조직에 강제해서라도 그를 소속시키려 한다.

사실 나는 힘껏 저항하여 다소 성과를 거둘 수도 있었으며, 사회를 상대로 '미친 듯이 날뜀' 수도 있었을 것이다. 그러나 나는 차라리 사회가 나를 상대로 '미친 듯이 날뛰게' 하는 쪽을 택했다. 필사적인 것은 사회 쪽이었기 때문이다. 그러나 나는 다음 날 석방되었다. 그래서 수선한 구두를 찾아가지고 숲으로 돌아온 뒤에 곧바로 페어헤이븐 산[4]에 올라가 산딸기로 점심을 때웠다.

나는 국가를 대표하는 사람들 이외에는 어느 누구에게도 괴롭힘

---

3 '다른 데'라는 것은 《시민 불복종》을 가리킨다.
4 월든 호수의 바로 남서쪽에 위치한 야산.

을 당한 적이 없다. 내 집에는 내가 쓴 원고를 넣어둔 책상 말고는 자물쇠나 빗장 같은 것이 없었고, 문의 걸쇠나 창문 위에 못 하나 꽂아놓지 않았다. 밤이고 낮이고 문을 잠근 적이 없다. 며칠 집을 비웠을 때도 그랬고, 심지어 이듬해 가을에 메인 주의 산속에서 두 주일을 보냈을 때도 그랬다. 그래도 내 집은 사람들의 존중을 받았는데, 일단의 병사들이 내 집을 둘러싸고 지켰다 해도 이보다 더 존중받지는 못했을 것이다.

숲을 어슬렁거리며 산책하다 지친 사람은 내 집 난로 곁에서 쉬면서 몸을 녹일 수 있었고, 문학적 취향이 있는 사람은 탁자에 놓인 몇 권의 책을 뒤적이며 즐길 수 있었으며, 또한 호기심이 많은 사람은 내가 점심에 무엇을 먹고 남겼으며 저녁 식사로는 무엇을 먹으려고 하는지 알 수 있었을 것이다.

그러나 온갖 계층의 많은 사람이 이 길을 거쳐 호수로 갔지만 이들에게 어떤 심각한 불편을 겪은 적은 없으며 조그만 책 한 권 말고는 아무것도 잃어버린 것이 없었다. 그 책은 호메로스의 작품으로 어울리지 않게 금박을 입힌 것이었는데, 지금쯤은 그 가치를 아는 사람의 손에 들어갔을 거라고 나는 믿는다.

만약에 모든 사람이 당시 내가 생활했던 것처럼 소박하게 산다면 절도나 강도가 없어지리라고 나는 확신한다. 이러한 사건들은 필요 이상의 재물을 소유한 사람들이 있는 데 반하여 다른 사람들은 필요한 것도 갖지 못한 사회에서만 일어나는 것이다. 포프가 번역한 호메로스의 책들은 곧 적절하게 배포될 것이다.

> 너도밤나무 그릇만이 필요했던 시절에는
> 사람들이 전쟁으로 시달리지 않았으니.

"정사를 맡은 자들아, 형벌을 쓸 필요가 어디 있느냐? 그대들이 덕을 사랑하면 백성들도 덕을 사랑하리라. 윗사람의 덕은 바람과 같고 평민의 덕은 풀잎과 같으니라. 풀잎들은 저희들 위에 바람이 불면 몸을 숙일 것이니라."[5]

---

5 《논어》 12편 19절에서 인용했다.

9

호 수

간혹 사람들을 만나 잡담을 나누는 것이 지겨워지고 마을 친구들한테도 싫증을 느낄 때면 나는 내가 살고 있는 장소에서 훨씬 더 서쪽으로 발걸음을 옮겼다. "신선한 숲과 새로운 풀밭"[1]을 찾아 마을 사람들이 자주 찾지 않는 곳으로 갔다. 아니면 해가 지는 동안 페어헤이븐 산에서 허클베리나 월귤로 저녁 식사를 하고 며칠분을 더 따가지고 오기도 했다.

허클베리와 월귤이라는 과일은 그것들을 사 먹는 사람이나 시장에 내다 팔기 위해 재배하는 사람에게는 그 진짜 맛을 선사하지 않는다. 그 진짜 맛을 알아보는 방법은 오직 한 가지뿐인데 이 방법을 택하는 사람은 별반 없다. 허클베리의 참맛을 알고 싶으면 소 모는 소년이나 들꿩에게 물어보라. 허클베리를 손수 따보지 않은 사람이 그 맛을 안다고 여기는 것은 흔히 범하는 잘못된 생각이다.

허클베리는 보스턴까지 결코 오지 않는다. 보스턴의 세 언덕에서

---

1 존 밀턴의 《리시다스(Lycidas)》1. 193에 나오는 표현이다.

허클베리가 자라기 시작한 적은 있지만 그 뒤로 허클베리는 그곳에서 알려지지 않았다. 허클베리의 향기로운 본질적인 부분은 시장을 향해 오는 수레 안에서 하얀 과분(果粉)이 서로 부대껴 없어질 때 같이 사라져버리는 것이다. 그래서 허클베리는 단지 인간의 사료가 되고 만다. 영원한 정의가 이 세상을 지배하는 한 순수한 허클베리는 한 알도 산골에서 도시로 반입될 수 없을 것이다.

이따금 있는 일이지만, 그날의 김매기 작업이 끝나면 나는 아침부터 호수에서 초조한 마음으로 낚시질을 하고 있는 친구에게 가서 합세했다. 그는 한 마리의 오리나 물 위에 떠 있는 나뭇잎처럼 아무말 없이 꼼짝도 않고 오직 낚시에만 몰두했다. 내가 그에게 갈 때쯤 그는 이미 여러 가지 철학을 실천해본 끝에 자신이 옛날에 있었던 시노바이트 파의 수도사[2]라는 결론에 도달해 있었다. 이 친구 말고도 고기를 잘 잡고 목각 기술도 뛰어난 낚시꾼 노인이 한 사람 있었다. 그는 내 집을 낚시꾼들의 편의를 위해 지어진 것으로 생각했다. 나 역시 그가 내 집 앞에 앉아 낚싯대를 손보고 있는 것이 그리 싫지 않았다. 가끔 우리는 호수에 배를 띄워놓고 제각기 배의 한쪽 끝을 차지하고 앉아 있었다. 최근 들어 그 노인의 귀가 거의 들리지 않게 되었으므로 우리 두 사람 사이에는 말이 별로 없었다. 그러나 노인이 이따금 콧노래로 흥얼거리는 찬송가는 나의 철학과 꽤 좋은 조화를 이루었다. 그와 나의 친교는 전적으로 깨어지지 않는 조화의 친교였으며, 말이 개입된 경우보다 훗날 회상하기에 더 즐거운 것이었다.

---

2 원문은 'Cœnobite(같이 사는 수도사)'로 되어 있으며, 여기서는 "See? no bite(저 봐, 고기가 물지 않네)"라는 뜻도 연상시키기 위한 재치 있는 말장난이다.

흔한 경우였지만, 같이 이야기를 나눌 상대가 없을 때면 나는 노로 뱃전을 쳐서 메아리를 일으키곤 했다. 그 소리는 원을 그리며 점점 팽창하여 호수를 둘러싸고 있는 숲을 가득 채웠다. 이는 마치 동물원의 조련사가 야수들을 자극하듯 숲을 뒤흔들어서, 마침내 모든 숲의 골짜기와 산허리에서 으르렁대는 소리를 끌어냈다.

훈훈한 저녁에는 자주 보트에 앉아 플루트를 불었다. 내 플루트 소리에 매혹된 듯한 농어들이 나타나 주위를 맴돌며 헤엄치고 있었다. 한편 숲의 잔해가 잔뜩 깔려 이랑진 한 호수 바닥을 달이 건너가고 있는 모습도 보였다.

한참 전 일인데, 캄캄한 여름밤에 나는 가끔 한 친구와 함께 모험심에 가득 차서 이 호수에 왔었다. 고기를 끌어들일 생각으로 물가에 불을 피워놓고 실에 매단 지렁이들을 미끼로 메기를 잡았다. 밤이 늦어 낚시질이 끝나면 불이 붙어 있는 나무토막들을 봉화처럼 하늘 높이 던졌고, 그것들은 호수에 떨어질 때 쉬익 소리를 내며 꺼졌다. 그 불이 꺼지는 순간 우리는 칠흑 같은 어둠 속에서 주위를 손으로 더듬어야 했다. 우리는 휘파람을 불며 어둠을 뚫고 사람 사는 곳으로 다시 나왔다. 그러나 지금 나는 호숫가에 내 집을 마련했다.

때때로 나는 마을의 어느 집 응접실에 늦게까지 앉아 있다가, 그 집 식구들이 모두 잠자리에 들 때 비로소 자리에서 일어나 숲으로 돌아왔다. 그러고는 다음 날 점심거리도 마련할 겸 심야의 몇 시간을 달빛 아래에서 보트 낚시로 보냈다. 부엉이와 여우들이 세레나데를 부르는가 하면, 이따금 이름 모를 새가 가까이에서 날카로운 소리로 외쳐대기도 했다. 이러한 경험들이 내게는 기억할 가치가 있는 소중한 것이었다. 물가에서 100미터나 150미터쯤 떨어진 호수 위에 자리를 잡고, 깊이가 40피트쯤 되는 물속에 닻을 내린 나는 달빛 아래에서 꼬리로 수면에 보조개 모양의 무늬를 만들어내는 새끼 농어 몇천 마리와 피라미에 포위되면서 아마로 된 긴 낚싯줄을 통해 저 40피트 아래에 사는 신비로운 야행성 물고기들과 교신했다.

또 어떤 때는 부드러운 밤바람을 맞아 표류되면서 낚싯줄을 60피트쯤 호숫물 속에 길게 풀어주어야 했다. 그러다가 이따금씩 낚싯줄을 타고 오는 어떤 가벼운 진동을 느낄 때가 있다. 그것은 낚싯줄 끝을 배회하는 어떤 생명체가 있음을 나타냈고, 그 생명체가 어렴풋하고 불확실하며 허둥대는 목표는 가졌으되 아직 결심하기를 망설이고 있음을 암시했다.

마침내 천천히 줄을 당긴다. 손을 번갈아가며 줄을 당기면 뿔이 난 메기 한 마리가 끽끽 하는 소리를 지르고 몸부림치며 물 밖 공기 속으로 끌려 나온다. 캄캄한 밤에, 특히 내 생각이 다른 천체들의 방대하고 우주진화론적인 여러 문제 주위를 방황하고 있을 때 고기가 낚싯밥을 무는 가벼운 충격을 느끼면서 몽상에서 깨어나 자연과 다시 연결되는 것은 참으로 기이한 체험이었다. 이제 나는 공기보다 밀도가 더 진할 것도 없는 아래쪽 물속으로 낚싯줄을 던지듯 위쪽

호수로부터 파인 힐 산의 눈 덮인 경치가 물속에 드리워진 것을 관찰했다. 물속에 비친 산 그림자는 실제보다 훨씬 확대되면서 호수를 건너오는 것 같았다.(1852년 12월 14일)

하늘로도 낚싯줄을 던질 수 있을 것 같았다. 이리하여 나는 한 개의 낚시로 이를테면 두 가지 물고기를 낚았던 것이다.

월든 호수의 경치는 그 규모가 수수하여 아름답기는 하지만 웅장함과는 거리가 멀다. 또한 자주 와본 사람이나 호숫가에 살아본 사람이 아니면 깊은 관심은 갖지 않는다. 그러나 이 호수는 너무나 깊고 맑기 때문에 각별히 묘사할 만한 가치가 있다. 이 호수는 길이가 반 마일이고 둘레의 길이는 1.75마일에 이르는 맑고 진한 초록빛 우물이며 61에이커 반쯤 되는 넓이를 가지고 있다.

소나무와 떡갈나무 숲의 한가운데 자리 잡은 영원한 샘물로서, 구름과 증발에 의한 방법 이외에는 물이 들어오는 입구나 나가는 출구가 보이지 않는다. 호수를 둘러싼 산들은 수면에서 40피트 내지 80피트 높이로 가파르게 치솟아 있다. 그러나 동남쪽과 동쪽에 위치한 산들은 4분의 1마일과 3분의 1마일 거리에서 각각 100피트와 150피트 높이에 달하고 있다. 이 일대는 완전히 삼림지대다.

우리 콩코드의 모든 물은 적어도 두 가지 색깔을 가지고 있는데, 하나는 멀리서 본 색깔이고 다른 하나는 가까이서 본 색깔, 그러니까 더 본래에 가까운 색깔이다. 첫 번째 색깔은 빛에 많이 좌우되며 하늘의 색을 따른다. 여름날 청명한 날씨에 그리 멀지 않은 거리에서는 청색으로 보인다. 특히 물결이 일 때는 더욱 그렇다. 그러나 멀리 떨어져서 보면 모두 같은 색깔이다. 폭풍우가 몰아치는 날에는 때로 어두운 청회색을 띤다.

그러나 바다는 대기에 어떤 감지할 만한 변화 없이도 어떤 날은 청색이고 어떤 날은 초록색으로 보인다는 말을 들었다. 나는 사방이 눈으로 덮였을 때 콩코드 강의 물과 얼음이 풀처럼 초록색을 띠고 있는 것을 본 적이 있다. 간혹 청색은 "액체든 고체든 순수한 물의 특유한 색깔이다"라고 말하는 사람들이 있다. 그러나 보트 위에서 우리의 물들을 곧장 내려다보면 매우 다른 여러 색깔로 보이는 것을 알 수 있다.

월든 호수는 심지어 똑같은 지점에서 바라보아도 어떤 때는 청색이고 어떤 때는 초록색이다. 하늘과 땅 사이에 놓인 이 호수는 양쪽 색깔을 다 지니고 있는 것이다. 언덕 위에서 보면 호수는 하늘의 색깔을 반영하지만 가까이에서 보면 모래가 보이는 호숫가의 물은 누런 색조를 띠고 있으며, 좀 깊은 곳은 엷은 녹색을 띠지만 더 깊은 곳으로 갈수록 점차로 색이 진해지면서 호수의 중심부를 포함한 대부분의 물은 한결같이 짙은 초록색이다. 빛의 상태에 따라 호숫가 근처의 물은 언덕 위에서 보더라도 선명한 초록색일 때가 있다.

이것은 주변의 초목을 반영하는 것이라고 생각하는 사람들도 있다. 그러나 철도의 모래로 된 둑 옆의 호숫물도 초록색이고 봄에 나뭇잎들이 무성해지기 전의 호숫가 물도 초록색인 점으로 보아 그것은 단순히 기본색인 청색이 모래의 노란색과 뒤섞인 결과일지도 모른다. 여하튼 월든 호수의 홍채(虹彩)에 해당하는 부분은 그러한 색깔이다. 이 부분이 봄에 호수 바닥에서 반사된 태양열과 땅을 통해

어새벳 돌다리 밑 모랫둑에 서서 그 다리가 그리는 아치를 통해 강 상류를 바라보았을 때 그건 아름다운 한 폭의 그림이다.(1857년 5월 27일)

전달된 태양열로 인해 얼음이 제일 먼저 녹아서 아직도 얼어 있는 중심부 둘레에 좁은 운하를 만드는 부분이다.

콩코드의 다른 수역도 마찬가지지만, 월든 호수도 맑은 날씨에 물결이 일 때는 수면이 햇빛을 받아 직각으로 반사하기 때문인지 또는 수면 자체에 섞인 빛의 양이 더 많기 때문인지 모르겠지만, 약간 거리를 두고 보면 하늘색보다 더 짙은 푸른색으로 보인다. 바로 그런 때 수면 위에 자리 잡고 있으면서 그 반사광을 보기 위해 시선을 분할해서 바라보면 물결무늬 비단, 즉 빛에 따라 색이 변하는 비단이나 칼날이 발하는 듯한 비할 데 없이 엷은 청색이 보인다.

말로는 표현할 수 없는 이 엷은 청색은 하늘 자체보다 더 하늘색에 가까운 색으로서 파도 반대측의, 원래 색깔인 짙은 초록색과 서로 교차되면서 나타난다. 이 색깔과 비교하면 원래의 짙은 초록색은 차라리 진흙 색깔로밖에 보이지 않는다.

내 기억에, 그 청색은 해가 서쪽으로 지기 전 구름 사이로 보이는 겨울 하늘의 조각처럼 유리 같은 녹색을 띤 푸른색이었다. 그러나 유리잔에 호숫물을 떠서 햇빛에 비추어보면 같은 양의 공기처럼 투명하다. 누구나 알다시피 큰 판유리는 초록빛을 띤다. 유리 제조업자는 유리의 몸체 때문에 그렇다고 하는데, 같은 유리의 작은 조각은 색깔이 없는 투명이다. 월든 호숫물을 얼마나 큰 몸체에 담아보아야 초록빛을 띠게 되는지 나로서는 증명해본 적이 없다.

이 일대의 강물은 가까이서 내려다보는 사람에게는 검은색이나 꽤 짙은 갈색으로 보인다. 이 강물은 대부분의 호숫물처럼 그 물에서 수영하는 사람의 몸에 누런 빛깔을 선사한다. 그러나 월든 호수의 물은 수정처럼 맑기 때문에 수영하는 사람의 몸은 설화석고 같은 백색을 띠게 되는데, 한층 더 부자연스러운 색깔이다. 게다가 팔다리가 확대되고 뒤틀려 보이기 때문에 그 백색은 더욱 기괴한 효과를 내게 되어 미켈란젤로와 같은 화가의 좋은 연구 대상이 될 것이다.

월든 호수의 물은 너무 투명해서 25피트나 30피트 아래에 있는 바닥을 쉽게 식별할 수 있다. 보트의 노를 젓고 있노라면 몇십 피트 깊이에서 헤엄치고 있는 새끼 농어와 피라미 떼를 볼 수 있다. 이 물고기들의 크기는 고작 1인치를 넘지 못하지만 새끼 농어는 세로로 난 줄무늬 때문에 쉽게 구별할 수 있다. 이런 곳에서 먹이를 찾을 수 있다니, 그놈들은 매우 금욕적인 물고기임에 틀림없다.

여러 해 전 어느 겨울날, 나는 강꼬치라는 물고기를 잡으려고 얼음 구멍을 여러 개 뚫어놓은 적이 있다. 물가로 걸음을 옮기며 얼음 위에 도끼를 던져두려 했는데, 무슨 마가 끼었던지 이 도끼가 20여 미터를 미끄러져 얼음 구멍 안으로 쏙 들어가는 것이었다. 수심이 25피트쯤 되는 곳이었다. 호기심에서 나는 얼음 위에 엎드려 구멍 속을 들여다보았다. 얼음 구멍에서 조금 옆으로 비스듬히 벗어난 곳에 도끼가 머리를 아래에 두고 자루는 위로 한 채 똑바로 서 있었는데, 호수의 맥박에 따라 자루는 좌우로 가볍게 흔들리고 있는 것이 보였다. 그냥 놔두면 그 도끼는 자루가 썩어 없어질 때까지 똑바로 서서 흔들리고 있을 게 분명했다. 나는 가지고 있던 얼음끌로 도끼 바로 위에다 얼음 구멍을 하나 더 뚫은 다음 주머니칼로 근처에서 가장 긴 자작나무를 잘라서 가져왔다. 올가미를 만들어 자작나무 끝에 매단 다음 조심스럽게 그것을 구멍 속으로 내려뜨려 도낏자루의 손잡이 아래로 씌우고는 자작나무에 맨 줄을 당겨 도끼를 다시 건져 냈다.

월든 호숫가는 한두 군데의 작은 모래사장을 제외하고는 도로포장용 자갈처럼 매끄럽고 둥근 하얀 돌들로 되어 있었다. 게다가 경사면이 가파르게 올라간 데가 많아서 물로 뛰어들면 머리까지 빠진다. 호숫물이 그처럼 투명하지 않다면 맞은편에 이르기까지 바닥을 다시는 구경하지 못할 것이다. 이 호수에는 바닥이 없다고 생각하는 사람들도 있다. 물이 흐린 곳은 어디에도 없다. 무심히 바라본 사람은 호수에 수초가 전혀 없다고 말할 것이다. 최근에 물이 불어 잠겨버리는 바람에 호수의 일부라고 말하는 것이 적절치 않은 작은 풀밭을 제외하면 눈에 띌 만한 수초는 없다. 자세히 찾아보아도 창포나 부들은커녕 노란색이나 흰색 백합도 볼 수 없으며 약간의 작은 심장초와 가래풀, 그리고 한두 포기의 순채 정도를 볼 수 있을 뿐이다. 그러나 수영하는 사람은 그런 것들마저 보기가 쉽지 않을 것이다. 이 식물들은 저희들을 키워주는 물처럼 깨끗하고 밝게 빛난다.

물가의 돌들은 5미터 내지 10미터쯤 더 물속으로 뻗어 있고 그 안으로는 깨끗한 모래가 바닥을 이룬다. 그러나 가장 깊은 곳에는 약간의 침전물이 있는데, 가을에 떨어져 물결을 타고 흘러온 수없이 많은 나뭇잎들이 바닥에 쌓여 썩은 것이리라. 한겨울에도 보트의 닻을 끌어올리노라면 파란 풀잎이 걸려 따라 올라오기도 한다.

월든 호수와 아주 비슷한 호수 하나가 더 있다. 월든 호수에서 서쪽으로 2마일 반쯤 가면 나인에이커코너라는 이름의 마을이 나오는

화이트 호수의 잔물결은 어쩌나 작고 섬세한지 제대로 끼워 맞춘 기왓장들이 겹쳐 있는 것 같았다.(1860년 5월 6일)

데 그 가까이에 화이트 호수가 있다. 월든을 중심으로 반경 12마일 이내에 있는 호수라면 내가 거의 잘 알고 있지만, 이 두 개의 호수만큼 맑고 샘과 같은 성질을 가진 호수는 보지 못했다. 수많은 부족이 이 호숫물을 마시고 그 아름다움에 감탄하고 그 깊이를 재보다가 시간의 뒤안길로 사라졌지만, 호수의 물은 여전히 푸르고 맑기 그지없다. 물이 샘솟다 말다 하는 그런 샘이 아닌 것이다!

아마 아담과 이브가 에덴동산에서 쫓겨나던 그 봄에도 월든 호수는 이미 존재하고 있었을 테고, 엷은 안개와 남풍을 동반한 부드러운 봄비를 맞아 호수의 얼음이 녹고 있었을 것이다. 수면에는 아직 인간의 몰락에 대한 소식을 듣지 못한 수많은 물오리와 기러기들이 이 정도 맑은 호수가 있다는 데 만족하고 있었을 것이다.

이미 그때도 월든 호수는 수위를 올렸다 내렸다 하면서 자신의 물을 정화하여 지금 입고 있는 색조를 띠었을 테고, 이 세상에서 하나밖에 없는 월든 호수가 되는 면허증을 하늘에서 얻어내고 하늘의 이슬을 증류할 수 있는 자격증을 따냈을 것이다. 이제는 사라지고 없는 수많은 민족의 문학에서 이 호수가 카스탈리아의 샘[3] 같은 역할을 했었는지 누가 아는가? 또한 황금시대에는 어떤 요정들이 이 호수를 지배했는지 누가 아는가? 월든 호수는 콩코드 사람들이 자신들의 작은 왕관에 달고 있는 최고의 물보석인 것이다.

그러나 어쩌면 이 월든 호수라는 샘에 처음 온 사람들도 자신들의 발자취를 조금은 남겨놓았을지 모른다. 지금의 호수를 걸어서 한 바퀴 돌다가 나는 물가의 울창한 숲이 벌채된 곳에서조차 가파른 산

---

3 그리스 파르나소스 산기슭에서 솟아났던 성스러운 샘으로, 시적 영감의 원천으로 여겨졌다.

허리를 따라 선반 같은 길이 나 있는 것을 보고 놀란 적이 있다. 이 길은 산허리를 따라 올라갔다 내려갔다 하기도 하고, 물가에 가까워 졌다 멀어졌다 하기도 한다. 이 길은 아마도 이곳에 살아온 인간의 역사만큼이나 오래된 길로서 원시시대 사냥꾼들의 발에 의해 닦이기 시작했을 것이며, 현재의 주민들도 그 사실을 모르고 이따금 이 길을 밟고 다니는 것이다.

이것은 겨울에 눈이 약간 내린 다음 호수 한가운데 서서 보는 사람의 눈에는 각별히 뚜렷하다. 그때 이 길은 잡초나 나뭇가지로 가려지지 않기 때문에 뚜렷한 기복이 있는 하나의 하얀 선으로 나타난다. 여름에는 가까이에서 그 길을 식별할 수 없었지만 겨울에는 4분의 1마일 떨어져서 보아도 아주 분명히 볼 수 있다. 말하자면 눈이 그 길을 명백한 흰 활자로 부각시켜 다시 인쇄해놓았다고 할 수 있다. 장차 여기에 지어질 별장의 치장한 정원들이 이 길의 흔적을 어느 정도 보존해줄지도 모른다.

호수의 수면은 오르내린다. 그러나 그것이 주기적인지, 또는 얼마의 간격을 두고 그러는지 아무도 모른다. 항상 그렇듯 아는 척하는 사람은 많다. 대체로 수위는 겨울에 높아지고 여름에는 낮아지는데, 일반적인 강우나 가뭄과는 일치하지 않는다. 내가 호숫가에 살 때보다 수위가 1피트 내지 2피트 낮았던 때와 적어도 5피트 이상 높았던 때를 기억한다.

호수 속으로 뻗어나간 좁은 모래톱이 있는데, 그 한쪽은 수심이 매우 깊다. 그 모래톱의 끝은 호수 기슭에서 약 30미터쯤 떨어져 있는데, 1825년경에 어른들이 거기서 솥에다 생선찌개를 끓일 때 심부름했던 일이 생각난다. 그러나 지난 25년 동안 그런 일을 하는 것은 불가능했다. 그런가 하면 그 뒤로 2, 3년 후에 그들이 알고 있는 유일한 호수 기슭에서 약 80미터쯤 떨어진 숲속 외지고 작은 만에서 내가 보트를 타고 자주 낚시를 했다는 이야기를 하면 믿을 수 없다는 표정으로 귀를 기울이곤 했다. 왜냐하면 그 작은 만은 풀밭으로 변한 지 오래되었기 때문이다.

그러나 호수는 지난 2년 동안 꾸준히 수면이 상승하더니, 1852년 여름, 그러니까 지금에 이르러서는 내가 호숫가에 살던 때보다 정확히 5피트나 수위가 높아졌다. 다시 말해서 30년 전과 같은 높이의 수위가 되어 그 풀밭에서 다시 낚시질을 할 수 있게 되었다. 이것으로 미루어볼 때 월든 호수의 수위 변동폭은 최대 6, 7피트다. 그러나 주위의 산에서 흘러드는 물의 양은 대수롭지 않으므로 이 같은 수량의 증가는 지하 깊숙한 곳에 있는 수원(水源)에 영향을 미치는 요인들에 기인한다고 보아야 할 것이다.

같은 해 여름에도 호수의 물은 다시 줄기 시작했다. 이처럼 주기적이든 아니든 수위의 변동이 완료되기까지 오랜 세월이 걸리는 듯 보이는 것은 주목할 만한 일이다. 이제까지 나는 한 번의 상승과 두 번의 하강 일부를 관찰했는데, 앞으로 12년 내지 15년 후에 호수의 수위는 내가 알고 있는 최저 수치 이하로 떨어질 것으로 예상하고 있다. 물의 유입구와 유출구가 있어 그에 따른 변동 폭을 감안할 수 있는 호수, 즉 여기서 1마일 동쪽에 있는 플린트 호수와 중간에 위치한 작은 호수들도 월든 호수와 수위 변동이라는 점에서 보조를 맞추고 있다. 이들 호수는 얼마 전에 월든 호수와 때를 같이하여 최고 수위에 도달했다. 나의 관찰에 따르면 화이트 호수의 경우도 마찬가지다.

월든 호수가 긴 간격을 두고 물이 불었다 줄었다 하는 것은 적어도 다음과 같은 쓸모가 있다. 다시 말해서 최고 수위가 1년이나 그 이상 지속되면 호수 주위를 걸어 다니기가 어려워지지만, 지난번 수위가 최고로 올라갔던 때 이후 물가에 자라난 덤불숲이나 나무들, 즉 리기다소나무, 자작나무, 오리나무, 사시나무 등을 죽게 만든다. 그래서 물이 다시 빠지면 말끔히 정리된 호수 기슭이 제 모습을 드러낸다.

매일 간만의 차가 있는 호수나 강과는 달리 월든 호수의 기슭은 수위가 최저일 때 최고로 깨끗하다. 나의 집 바로 아래 호숫가에 한 줄로 서 있던 15피트 높이의 리기다소나무들은 마치 지렛대를 써서 쓰러뜨린 것처럼 죽어 넘어졌다. 이렇게 이 나무들의 침략은 저지되고 있었다. 쓰러진 나무들의 크기를 보면 전번의 수위가 이 나무들의 키만큼 높았던 때부터 몇 년의 세월이 흘렀는지 알 수 있는 것이다.

이러한 수위 변동을 통해 호수는 기슭에 대한 자기 권리를 주장하며, 기슭은 난도질을 당한 터라 나무들이 소유권을 주장하며 그 기슭을 차지할 수 없게 된다. 기슭은 수염이 자라지 않는 호수의 입술이다. 호수는 때때로 자신의 입술로 핥아서 그곳을 치유한다. 수위가 최고에 달하면 오리나무, 수양버들, 단풍나무들은 물속에 있는 줄기에서 사방으로 수없이 많은 불그스레한 섬유질 뿌리를 지상 3, 4피트 높이까지 뻗으면서 어떻게든지 살아남으려고 한다. 또한 물가에 사는 월귤나무는 대개 열매를 맺지 않는데, 이런 상황이 되면 많은 열매를 맺는다는 것을 나는 알게 되었다.

호숫가에 어떻게 해서 그처럼 정연하게 돌이 깔리게 되었는지를 알고 싶어 고심하는 사람들이 꽤 많다. 그것에 관해 마을 사람들 모두가 들어본 전설이 있는데, 나이가 제일 많은 사람들이 자기가 젊었을 때 들었다고 말하는 그런 전설이다. 아주 옛날에 인디언들이 이 근처 산 위에 모여 회의를 하고 있었는데, 그 산은 지금의 월든 호수의 깊이만큼이나 하늘 높이 치솟은 산이었다는 것이다. 그런데 인디언들이 결코 범하지 않는 죄가 신에 대한 모독인데, 이 집회에서 그들이 신을 모독하는 말을 많이 했다고 그 이야기는 전하고 있다. 이런 모독적인 언사를 쓰고 있는 도중 산이 흔들리면서 그 산이 갑자기 가라앉았다는 것이다. 이때 '월든'이라는 이름의 한 노파만이 도망쳐 목숨을 구했으며, 그 노파의 이름에서 이 호수의 이름이 유래되었다는 전설이다.

산이 흔들릴 때 돌들이 산허리를 굴러 내려와 지금의 호수 기슭을 이루었으리라는 것이 사람들의 추측이다. 여하튼 옛날에는 여기에 호수가 없었으며 지금은 있다는 사실 하나만은 틀림없다. 이 인디언의 전설은 내가 전에 언급한 바 있는 원시 개척자의 이야기와 어느 면에서도 상충되지 않는다. 그 개척자는 탐지 막대기를 들고 이곳에 처음 왔을 때 풀밭에서 엷은 수증기가 올라오는 것을 보았고, 또한 개암나무로 된 그 탐지 막대기가 자꾸만 아래로 숙여지는 것을 보고 이곳에 우물을 파기로 결심했다는 것이다.

호숫가의 돌들에 대해 말하자면, 호수의 물결이 언덕배기에 부딪히는 작용으로는 설명되지 않는다고 생각하는 사람들이 아직도 많다. 그러나 내가 관찰한 바로는 호수 주위 산들에는 이와 똑같은 돌들이 놀라울 정도로 많다. 호수 근처를 통과하는 철도를 만들 때 그런 돌들이 많이 나왔기 때문에 그 돌들로 철로변의 돌둑을 쌓아야 했다. 더구나 호수 기슭 중에서도 가장 가파른 곳에 돌들이 제일 많다. 그러므로 유감스럽지만 이 돌들의 유래는 나에게 더는 신비로운 일이 아니다. 나는 그 돌들을 깐 당사자를 알아낸 상태다.[4] 이 월든

---

4 그 돌들을 깐 당사자는 곧 빙하라는 뜻.

이라는 호수명이 새프론 월든 같은 영국의 지명에서 유래된 것이 아니라면 원래부터 월드인폰드(Walled-in pond), 즉 '담으로 둘러싸인 호수'라고 불린 데서 유래한 것으로 생각해도 무방할 것이다.

월든 호수는 누가 미리 파놓은 나의 우물이었다. 연중 항상 맑은 이곳의 물은 4개월간은 차가웠다. 그 물은 이 고을에서 최고는 아니지만, 당시로서는 어느 물에도 뒤지지 않았다. 겨울에 대기에 노출된 물들은 대기의 보호를 받는 샘물이나 우물물보다 차갑다. 1846년 3월 6일 오후 5시부터 다음 날 정오까지 내 방의 기온은 지붕 위에 내리쬐는 햇빛의 영향도 있고 해서 한때는 화씨 65도 내지 70도까지 올라갔지만, 같은 시간 동안 방 안에 놓아두었던 호숫물은 42도였다. 그것은 갓 길어온 마을의 가장 차가운 우물물보다 1도가 낮은 것이었다. 같은 날 보일링 샘의 물은 45도였는데, 내가 실험해본 여러 샘물 가운데 가장 온도가 높았다. 그러나 그 샘물은 표면에 얕게 고여 있는 물만 섞이지 않는다면 내가 아는 물 중에서 여름철에 가장 차가운 물이다.

더욱이 여름의 월든 호수의 물은 그 깊이 때문에 햇빛에 노출되는 대부분의 물처럼 따뜻해지는 일이 없다. 나는 날씨가 아주 더울 때면 늘 물 한 통을 호수에서 길어다가 지하 저장실에 보관했다. 그랬더니 밤 사이에 차가워져서 다음 날 낮 동안에도 시원한 상태가 유지되는 것이었다. 나는 근처에 있는 샘에서 물을 길어오는 때도 있었다. 그러나 호숫물은 일주일이 지나도 길어온 날과 물맛이 같았고 펌프 냄새도 나지 않았다. 여름에 호숫가에서 일주일 동안 캠핑을 하는 사람은 누구나 물 한 통을 텐트 그늘에 2, 3피트 깊이로 묻어두면 구태여 사치스러운 얼음 신세를 질 필요가 없을 것이다.

월든 호수에서는 강꼬치고기가 잡힌다. 7파운드짜리가 잡힌 적이 있는가 하면, 또 한 마리는 굉장한 속력으로 릴을 가로챈 채 달아났기 때문에 낚시꾼은 보지도 못해놓고 그놈이 8파운드는 나갔을 거라고 자신 있게 우겼다. 농어와 피라미도 잡히는데, 2파운드가 넘는 것들도 있다. 피라미와 황어, 기름종개와 송어 몇 마리도 잡는다. 장어도 두 마리 잡혔는데, 한 마리는 4파운드나 나갔다. 내가 무게에 관심을 갖는 것은, 물고기의 경우 흔히 그 무게가 유일한 자랑거리인 데다 이 장어는 월든 호수에서 잡힌 것으로 알려진 유일한 장어들이기 때문이다. 나는 또 길이가 5인치 정도에 옆구리는 은색, 등은 초록색이며 전체 생김새가 버들개와 비슷한 작은 물고기를 본 기억이 어렴풋이 난다. 여기 이야기에 끌어들인 이유는 사실을 우화에 연결시키고자 하는 의도에서다.

그러나 월든 호수에 물고기가 풍부하지는 않다. 수는 많지 않지만 강꼬치가 제일 자랑거리라고 할 수 있다. 나는 얼음 위에 엎드려 적어도 세 종류의 강꼬치를 동시에 목격한 일이 있다. 첫 번째 것은 길고 납작하며 쇠 색깔이 나므로 강에서 잡히는 강꼬치와 아주 흡사하다. 두 번째 것은 밝은 황금색으로 초록빛 광택이 나며 이 호수에서 가장 흔히 눈에 띄는 것들이다. 세 번째 것은 역시 황금색이며 생김새도 두 번째 것과 비슷하지만 옆구리에 짙은 밤색이나 검은색 반점들이 몇 개의 엷고 붉은 반점과 뒤섞여 있어 송어와 아주 흡사해 보인다. 이 세 번째 고기에게는 종명인 reticulatus(그물 무늬의)가 맞지 않기 때문에 차라리 guttatus(점이 박힌)라고 하는 편이 더 나을 것이다.

이 고기들은 모두 살이 단단해서 보기보다 무게가 더 나간다. 그런 점에서는 피라미나 농어나 메기도 마찬가지다. 사실 물이 깨끗하기 때문에 이 호수에 사는 모든 물고기들은 강이나 다른 호수에 사는 물고기보다 훨씬 깨끗하고 모양새가 준수하며 살도 단단하다. 그래서 다른 곳의 물고기와 쉽게 구별된다. 어류학자들 중에는 이곳 물고기 가운데 몇 가지를 새로운 변종으로 분류하려는 사람도 여럿 있을 것이다.

또한 깨끗한 외모의 개구리와 거북이 한 종류도 여기에 살고 있고 약간의 민물조개도 살고 있다. 사향쥐와 밍크가 호수 주변에 발자국을 남기며 돌아다니고, 때로는 떠돌이 자라가 찾아오기도 한다. 아침에 보트를 밀어내다가 밤사이에 그 밑에 들어가 숨어 있던 커다란 자라를 놀라게 한 적도 간혹 있었다.

봄과 가을에는 물오리와 기러기들이 호수를 찾아온다. 여름 내내 흰가슴제비들이 수면 위를 스치며 날아다니는가 하면, 도요새는 돌이 많은 호숫가를 갸우뚱하면서 날아다닌다. 때때로 나는 호수 위로 뻗은 백송나무 가지 위에 앉은 물수리를 놀라게 하는 일이 있었다. 그러나 갈매기가 많이 찾는 페어헤이븐 만과는 달리 월든 호수가 갈매기 날갯짓에 성스러움을 잃은 적이 있는지 의심스럽다. 기껏해야 이 호수는 되강오리 한 마리가 해마다 찾아오는 것을 묵인하고 있을 뿐이다. 지금까지 말한 것이 현재 월든 호수를 찾아오는 주요 동물들이다.

바람이 없는 날, 모래로 덮인 동쪽 기슭 가까이로 배를 저어가서 깊이가 8피트 내지 10피트 되는 물속을 내려다보면 돌무더기들을 볼 수 있을 것이다. 그곳 말고도 호수의 다른 여러 곳에서 발견되는 이 돌무더기는 달걀보다 작은 돌들이 직경 6피트에 높이 1피트로 둥그렇게 쌓여 있었으며, 그 주변에는 모래가 깔려 있다. 처음에는 인디언들이 무슨 목적으로 얼음 위에 쌓아놓았던 돌들이 얼음이 녹으면서 호수 바닥으로 가라앉은 것이 아닌가 하고 생각했다. 그러나 그 돌무더기들은 너무나 고르게 쌓여 있고 어떤 더미는 쌓은 지 그리 오래되지 않은 것이 분명해 보였다. 그것들은 강물 속에서 발견되는 돌무더기들과 비슷했다. 그러나 이 호수에는 빨판상어나 칠성장어가 살지 않으므로 어떤 고기가 그 돌무더기를 쌓아 올렸는지 나는 알지 못한다. 어쩌면 황어의 집인지도 모른다. 이런 것 때문에 호수 바닥은 재미있는 수수께끼를 담고 있는 것이다.

월든 호수가 주변 육지를 배경으로 그려내는 워터라인은 매우 불규칙해서 단조롭지가 않다. 내 마음의 눈은 깊은 만의 모습으로 육지를 먹어들어간 서쪽 물가와, 더 대담한 선을 긋고 있는 북쪽 물가와, 아름다운 가리비 조개 모양을 한 서쪽 물가를 보고 있다. 그곳에는 연달아 이어지는 갑들이 겹쳐 있어 아직 탐험되지 않은 작고 후미진 구석이 있음을 암시하고 있다.

물가에 솟아오른 산들의 가운데 위치한 이 작은 호수, 즉 월든 호수 한가운데에서 내다볼 때만큼 그 숲이 자리를 잘 잡은 숲으로 보일 때는 없을 테고 더 명확한 미를 과시할 때도 없을 것이다. 이때 숲의 형상이 비친 호숫물은 가장 훌륭한 전경(前景)이 될 뿐 아니라, 이리저리 굽으면서 나아가는 그 워터라인은 숲과 호수를 가르는 가장 자연스럽고 기분 좋은 경계가 된다. 그런 때는 숲의 일부분이 도끼로 잘려 나가거나 경작지가 숲의 경계를 침범하면서 생긴 상처나 결함이 그 숲 가장자리에 나타나지 않는다. 나무들은 물가로 뻗어들어올 충분한 공간을 확보한 채 저마다 제일 힘찬 가지를 물 쪽으로 내뻗고 있다. 거기서 자연의 여신은 가장자리를 끝마무리하는 자연스러운 박음질을 끝낸 것이다. 그래서 보는 이들의 시선은 호수 기슭의 낮은 관목에서 점차 눈을 들어 가장 높은 나무들에 이르게 된다. 인간의 손이 미친 흔적은 거의 찾아볼 수 없다. 호수는 천 년 전이나 다름없이 이 기슭을 씻고 있다.

호수는 풍경 속에서 가장 아름답고 표현이 풍부한 지형적 요소다. 그것은 대지의 눈이다. 그 눈을 들여다보는 자는 자기 본성의 깊이를 측정한다. 물가에서 자라는 나무들은 눈 가장자리에 난 가는 속눈썹이며, 그 주위에 있는 울창한 숲과 낭떠러지들은 웃자란 눈썹이다.

엷은 안개로 반대편 물가가 그리는 선이 불분명하게 보이는 고요한 9월 오후, 동쪽 물가의 매끈한 모래사장에 서서 호수를 바라보면 "유리 같은 호수의 수면"이란 표현이 어디서 유래했는지 알 수 있을 것 같다. 머리를 앞으로 굽혀 가랑이 사이로 바라볼 때 호수면은 계곡 사이에 걸쳐놓은 한없이 섬세한 한 가닥 거미줄처럼 보인다. 또한 그 선은 멀리 있는 소나무 숲을 배경으로 반짝반짝 빛나면서 대기의 층과 물의 층이라는 두 개의 층으로 분할되고 있다. 맞은편 산까지 물에 젖지 않고 대기층 밑으로 해서 걸어갈 수 있겠다는 생각이 들 것이다. 호수 위를 스치듯 날아다니는 제비들이 그 수면 위로 내려앉을 것만 같다. 사실 제비들은 때때로 착각이라도 한 듯 수면 밑으로 잠수했다가 놀라서 다시 날아오르는 것이었다.

서쪽을 향해 호수면을 바라보면 태양과 호수에 반영된 태양이 똑같이 눈을 부시게 하기 때문에 두 손으로 눈을 가리지 않으면 안 된다. 이 두 개의 태양 사이에 있는 수면을 냉정히 살피다 보면 문자 그대로 유리처럼 매끄럽다. 다만 수면 전체에 똑같은 간격을 두고 흩어져 있는 소금쟁이들이 햇빛 속에서 움직이면서 반짝반짝 작은 빛을 발하고 있는 곳이라든지, 물오리 한 마리가 깃털을 다듬고 있는 곳, 또 방금 얘기한 것처럼 제비가 너무 낮게 날다가 수면을 스치는 곳은 빼놓고 말이다.

멀리서 물고기 한 마리가 높이 3, 4피트의 호를 그리며 허공으로 뛰어오를 때가 있다. 그때 그 물고기가 뛰어오른 지점과 그것이 다시 수면을 때리며 들어간 곳 양쪽에서 모두 섬광이 번뜩인다. 간혹 그 은빛 호가 전부 눈에 들어올 때도 있다. 엉겅퀴라는 풀의 깃털이 물 위 여기저기에 떠돌아다닐 때는 물고기들이 그것을 향해 달려드는 바람에 다시 동글동글한 파문이 생긴다.

호숫물은 액체 상태로 녹은 유리가 식기는 했지만 아직 굳지 않은 것과 같아서, 그 속에 떠 있는 몇 개의 티눈은 유리 속 불순물처럼 차라리 순수하고 아름답기까지 하다. 이따금 호숫물의 어느 부분이 다른 곳보다 더 매끄럽고 색이 짙은 것을 보게 되는데, 그렇게 양분된 이유는 그곳 수면에다 올려놓고 쉬고 있는 물의 요정들의 팔, 즉 사람 눈에는 보이지 않는 거미줄 같은 팔 때문인 것 같다.

언덕 꼭대기에서 호수를 바라보면 거의 모든 곳에서 고기가 뛰어오르는 모습을 볼 수 있다. 강꼬치나 피라미가 이 매끄러운 수면에서 벌레 하나를 낚아챌 때 분명히 전체 호수의 평정이 교란된다. 고기가 벌레를 잡는 이 단순한 행동이, 살인을 감추어두기가 어려운 것과 마찬가지로 교묘하게 사방에 이렇게 알려지는 것은 신기한 일이다. 원을 그리면서 점점 커지는 파문의 직경이 30미터쯤 될 때는 내가 있는 먼 언덕 위에서도 식별할 수 있다.

심지어 4분의 1마일쯤 떨어진 곳에서도 물방개 한 마리가 매끄러운 수면 위에서 쉴 새 없이 전진하고 있는 모습이 보인다. 그도 그럴 것이 물방개는 물 위에 작은 고랑을 내면서 나아가는데, 두 개의 분기선을 경계로 하여 똑똑히 보이는 잔물결을 만들어내기 때문이다. 그러나 이 잔물결 위를 소금쟁이는 별 흔적도 내지 않고 미끄러지듯 넘어간다. 호수의 수면에 물결이 일렁일 때는 소금쟁이도 물방개도 눈에 보이지 않는다. 그러나 수면이 잔잔한 날에는 이들 곤충이 숨어 있던 데서 나와 한쪽 호숫가로부터 짧고 충동적인 동작으로 물 위를 미끄러지면서 결국 호수를 완전히 횡단한다.

태양의 따스함이 정말 고맙게 여겨지는 가을 어느 맑은 날에 언덕 위 나무 그루터기에 앉아 호수를 내려다보고, 그 물 위에 비친 하늘과 나무들 그림자 때문에 잘 보이지 않는 수면 위에 끊임없이 그려지는 동그라미 파문을 관찰하노라면 마음이 차분히 가라앉는다. 이 넓은 수면에는 동요가 있더라도 곧 잠잠해지면서 가라앉는다. 마치 화병에 든 물을 흔들면 몸을 떠는 파문들이 화병 벽면에 부딪히다가 모든 것이 잠잠해지는 것과 같은 현상이다.

호수 위에 고기 한 마리가 뛰어오르거나 벌레 한 마리가 떨어져도 아름다운 동그란 파문을 일으키면서 사방에 알려진다. 그것은 이 호수의 원천, 그러니까 발원지로부터 물이 끊임없이 솟아나는 모습 같이 보이며, 호수가 살아서 그 생명이 부드럽게 고동치는 모습 또는 호흡하려고 그 가슴이 부푸는 모습처럼 보인다. 기쁨의 전율과 고통의 전율을 구별할 수가 없다. 이 호수에서 일어나는 현상들은 얼마나 평화로운가! 그 덕분에 인간의 작업도 다시 봄날을 맞은 듯 빛나는 것이다. 그렇다. 오늘 오후 모든 잎사귀와 나뭇가지, 돌멩이와 거미줄이 봄날 아침 이슬에 젖어 있을 때처럼 반짝이고 있다. 노가 움직일 때마다, 벌레가 움직일 때마다 빛이 번쩍인다. 그건 그렇고, 노가 물을 칠 때 생기는 메아리는 얼마나 듣기 좋은 소리인가!

9월이나 10월에 그런 날이 찾아오면 월든 호수는 완벽한 숲의 거울이 된다. 그 거울의 가장자리를 장식하듯 박힌 돌들이 내 눈에는 훌륭한 보석으로 보인다. 보석보다 더 수가 적고 희귀한 것으로 보인다. 호수처럼 아름답고 순수하며 동시에 그렇게 크기가 큰 것은 아마 이 지상에는 없을 것이다. 하늘의 물. 그것은 울타리가 필요 없다. 수많은 민족이 오고가지만 그것을 더럽히지는 못한다. 그것은 돌로 깰 수 없는 거울이다. 그 거울의 수은은 결코 닳아 없어지지 않으며, 그것의 도금은 자연이 맡아서 계속 수리해준다. 어떤 폭풍이나 먼지도 그 깨끗한 표면을 흐리게 할 수 없다. 호수의 거울에 나타난 모든 불순물은 아지랑이라는 태양의 솔, 즉 가벼운 마른걸레가 쓸어주고 털어주기 때문에 밑으로 가라앉아버린다. 이 호수의 거울에는 입김을 불어도 자국이 남지 않는다. 오히려 자신의 입김을 구름으로 만들어 하늘로 띄운다. 그러면 그 구름은 호수의 가슴에 다시 제 모습을 비친다.

들판같이 넓은 호수의 표면은 대기 속에 들어 있는 정기(精氣)를 명백히 보여준다. 그것은 위로부터 끊임없이 새로운 생명과 움직임을 받아들이고 있다. 호수는 하늘과 땅 사이에서 그 중간적인 성질을 지니고 있다. 땅 위에서는 풀과 나무들만이 흔들리지만 여기서는 물 자체가 바람에 의해 잔물결이 된다. 빛줄기나 빛의 조각들을 보고도 미풍이 어디를 향해 가는가를 알 수 있다. 이처럼 우리가 호수의 표면을 내려다볼 수 있다는 것은 멋진 일이다. 어쩌면 우리는 언젠가 공기의 표면을 내려다보며 더욱 신묘한 정령이 그 공기의 표면을 넘어 어디로 달려가는가를 알게 될 것이다.

10월 하순이 돌아와 된서리가 내리면 소금쟁이와 물방개가 마침내 자취를 감춘다. 그때부터 11월이 되고 바람 없는 날이 찾아오면 호수 표면에 잔물결을 일으킬 것이라고는 정말 아무것도 없다. 며칠간 계속되던 비바람이 멈춘 잔잔한 11월의 어느 오후, 하늘은 아직도 잔뜩 찌푸리고 공기는 엷은 안개로 가득 차 있는데, 내가 관찰한 것은 호수가 유난히 매끈하여 그 표면을 식별하기가 어렵다는 점이었다. 그러나 수면은 이제 10월의 화려한 색채가 아니라 주위를 둘러싼 산들의 어두운 11월 색채를 반영하고 있었다. 그 영상 위를 나는 되도록 가만가만 노를 저었다. 그러나 보트가 일으킨 작은 물결은 내 시선이 가까스로 닿을 수 있는 곳까지 퍼져 나가더니 호수에 비친 영상 위에 물이랑을 만들어놓았다.

그런데 수면 위를 바라보고 있을 때 멀리 물 위 이곳저곳에서 희미하게 반짝이는 빛들이 내 눈에 들어왔다. 마치 서리를 피한 소금쟁이들이 모여 있는 것 같았다. 그게 아니면 수면이 매우 잔잔하기 때문에 호수 바닥으로부터 샘이 솟는 지점을 드러내는 것도 같았다. 느긋하게 노를 저어 그곳에 다가간 순간 내 자신이 수많은 농어 떼에 둘러싸인 것을 발견하고 깜짝 놀랐다. 약 5인치 정도 크기의 이 농어들은 푸른 물속에서 아름다운 청동색을 띠고 뛰놀다가 끊임없이 수면으로 올라와서 파문을 일으키곤 했는데, 이따금 수면에 기포를 남기기도 했다. 이처럼 투명하고 바닥이 없어 보이는 호숫물에 구름까지 투영된 것을 보고 있자니까 나는 마치 기구를 타고 하늘을 날고 있는 기분이었고, 지느러미를 돛처럼 펼치고 헤엄치는 이 물고기들은 나보다 조금 낮은 고도에서 좌우로 날고 있는 새들을 연상시켰다.

호수에는 그러한 어족의 떼가 많았는데, 겨울이 그들의 넓은 하늘 창문에 얼음 덧문을 씌우기 전에 얼마 남지 않은 짧은 시간이나마 맘껏 즐기려는 것 같았다. 고기 떼가 수면 가까이에서 노는 모습은 가벼운 바람이 수면을 스치는 것처럼, 아니면 약간의 빗방울이 수면에 떨어지는 것처럼 보일 때도 있었다. 내가 무심히 배를 젓다가 고기들을 놀라게 하면 그들은 마치 누군가 잎이 많이 달린 나뭇가지로 수면을 치듯 소리를 내며 꼬리로 수면을 쳐서 잔물결을 일으키고는 깊은 물속으로 사라져버렸다. 마침내 바람이 일고 안개가 더욱 짙어지며 파도가 치기 시작하자 농어들은 수면 위에 몸이 반쯤 드러나게 높이 뛰기 시작했다. 그 모습은 3인치 길이의 검은 점 100여 개가 동시에 수면 밖으로 나타난 것 같았다.

어느 해인가는 12월 5일이 되었는데도 호수 표면에 파문이 이는 것을 본 적이 있다. 게다가 대기 속은 안개로 자욱하여, 나는 비가 세차게 쏟아질 것을 예상하고 급히 노를 저어 집으로 돌아가려고 서둘렀다. 내 얼굴에 빗방울이 떨어지지는 않았지만 비의 양이 급격히 증가하는 것 같아 금방이라도 나는 비에 흠뻑 젖을 것 같았다. 그러나 갑자기 수면 위에서 작은 파문이 사라져버렸다. 그 파문들은 농어들이 일으켰던 것인데, 나의 노 젓는 소리에 놀라서 물속 깊은 곳으로 달아난 것이었다. 나는 그 농어 떼가 희미하게 사라지는 것을 보았다. 그리하여 나는 결국 비도 맞지 않고 오후를 보냈다.

60여 년 전 아직 이 호수가 숲에 둘러싸여 어둠침침했던 시절 여기에 자주 들렀던 한 노인의 말에 따르면, 당시에는 물오리와 그 밖의 다른 물새도 이곳에 많았고, 주위에는 많은 독수리들이 살고 있었다고 한다. 그는 또 낚시질을 하러 여기에 올 때는 물가에서 발견한 낡은 통나무 카누를 사용했다는 것이다. 그 카누는 백송나무 두

카누 바닥은 사람들이 생각하는 것과는 달리 배 밑창이 둥근 것이 아니라 판판한 평면이다.(1853년 9월 22일)

그루의 속을 파내어 서로 맞붙여놓고 양쪽 끝은 네모나게 잘라버린 것이었다. 매우 투박하게 생긴 카누였지만 오랜 세월 동안 사용되었으며, 결국에는 침수되어 호수 바닥에 가라앉았을 것이라고 했다. 노인은 배 주인이 누구인지 몰랐다. 월든 호수가 주인일 수밖에 없지 않느냐는 것이었다. 노인은 호두나무 껍질을 벗겨 그것을 엮어서 닻줄로 사용했었다고 한다.

미국 독립 이전에 이 호숫가에 살던 옹기장이 영감이 있었는데, 이 옹기장이가 그 노인에게 호수 바닥에 쇠로 된 상자가 하나 있었으며 자기가 직접 보았다는 말을 했다는 것이다. 이 상자는 때로 물가로 떠밀려오기도 했지만 사람이 가까이 가면 깊은 물속으로 물러나 결국에는 사라져버렸다는 이야기였다.

낡은 통나무 카누에 대한 이야기를 듣고 나는 기뻤다. 이 카누는 같은 재질이면서도 더 우아하게 만들어진 인디언의 카누를 대신한 셈이었기 때문이다. 아마 그 카누는 처음에 둑 위에 서 있는 한 그루 나무였을 것이다. 그 나무가 어쩌다가 쓰러져, 그 뒤로 한 세대 동안 호수를 떠다니며 호수에 가장 적합한 배의 역할을 충실히 해낸 것이다. 내가 월든 호수의 깊은 곳을 처음 들여다보았을 때 바닥에 잔뜩 쌓여 있던 큰 통나무들이 어렴풋이 기억난다. 그 목재들은 바람에 밀려 그리로 갔거나, 아니면 목재 값이 쌌던 시절 마지막 채벌 때 얼음 위에 쌓아놓았다가 그냥 버려진 것들이었으리라. 그러나 지금은 대부분 사라지고 없다.

내가 월든 호수에서 처음으로 카누의 노를 저었을 때 호수는 줄기가 굵고 키가 높이 자란 소나무와 떡갈나무 숲으로 완전히 둘러싸여 있었다. 또한 몇몇 작은 만은 포도 넝쿨들이 물가 나무들 위로 자라며 덮어서 마치 정자와도 같은 모습을 하고 있어 보트가 그 밑을 통과할 수 있었다. 호숫가를 이루는 야산들은 경사가 매우 급하고 그 야산 위에 자리한 숲들도 높이가 대단했기 때문에 호수의 서쪽 끝에서 내려다보면 호수는 어떤 숲의 진경을 관람하기 위한 원형극장처럼 보였다.

내가 더 젊었을 시절의 어느 여름날 오전, 나는 보트를 호수 한가운데로 저어가서는 그 안에 길게 누워 공상에 잠기곤 했다. 산들바람이 부는 대로 보트가 떠가도록 맡겨놓으면 여러 시간 후에야 보트가 기슭에 닿는 바람에 몽상에서 깨어나곤 했다. 그제야 나는 일어서서 운명의 여신들이 나를 어떤 물가로 밀어 보냈는지를 알았다. 그 시절에는 게으름 피는 것이 가장 매력적이고 생산성 있는 작업이었다. 하루 중 가장 귀한 시간을 그런 식으로 보내기 위해 아침나절에 몰래 빠져나오는 일이 얼마나 많았는지 모른다. 당시 나는 참으로 부유했다. 금전상으로가 아니라 밝은 시간과 여름날들을 풍성하게 가졌다는 의미에서 부자였다. 나는 그것들을 아낌없이 썼다. 그런 시간들을 작업장이나 교사의 교단[5]에서 좀 더 보내지 않은 것에 대해 나는 결코 후회하지 않는다.

그러나 내가 그 호숫가를 떠난 이후로 벌목꾼들은 그곳을 더욱 황폐하게 만들었다. 가끔 호수가 보이는 전망을 가진 숲속의 오솔길을 거닌다는 것은 앞으로 상당한 기간에 걸쳐 불가능할 것이다. 이제 나의 시신(詩神)이 침묵을 지키더라도 탓할 수가 없다. 숲들이 베어져 넘어지고 있는데 새들이 노래하기를 어떻게 기대할 수 있겠는가?

이제 호수 바닥의 통나무들과 낡은 통나무배, 그리고 호수 주위를 에워싼 어두운 숲들은 사라졌다. 호수 위치도 잘 모르는 마을 사

---

5 소로는 아버지가 운영하는 작은 연필공장에서 일했고, 학교 선생 노릇도 했다.

람들은 호수에 와서 멱을 감거나 물을 마시는 대신에 그 물을 수도 관으로 마을에 끌어가 설거지할 생각을 한다. 적어도 이 물은 갠지스 강처럼 신성한 물이 아닌가? 그들은 수도꼭지를 틀거나 마개를 뽑아서 월든을 탈취하려 한다.

귀를 찢을 듯한 울음소리가 온 마을에 울려 퍼졌던 저 악마 같은 철마는 발굽으로 보일링 샘물을 망쳐놓았다. 월든 호숫가의 모든 숲을 뜯어먹는 것도 그 철마다. 저것이야말로 배 속에 천 명의 병사를 감춰놓고, 돈에 눈 먼 그리스 군대에 의해 운반돼온 트로이의 목마다. 그 오만한 악질을 철로변에서 맞이해 그의 갈비뼈 사이에 복수의 창을 깊숙이 꽂을 무어홀의 무어[6] 같은 용사는 이 나라 어디에 있는가?

월든이 이렇게 되었는데도, 내가 이제껏 알고 있는 모든 인물 중에서 월든만큼 옛 모습을 잘 보존하고 그 순수성을 보존하고 있는 자는 없다. 많은 사람이 이 호수에 비유되어왔지만 그러한 영예를 받을 자격이 있는 사람은 거의 없다. 벌목꾼들이 호숫가 여기저기를 야금야금 베어내고, 아일랜드 사람들이 호수 근처에 돼지우리 같은 집을 짓고, 철도가 그 경계선을 침범하고, 얼음 장사꾼들이 호수의 얼음을 거두어갔지만, 월든 자체는 변함이 없으며 내가 어릴 때 보았던 그 호수 그대로다. 어떤 변화가 있다면 그것은 모두 나 자신 속에 있었을 뿐이다. 무수한 잔물결이 호수에 일었지만 항구적인 주름살은 단 한 개도 없다. 월든 호수는 영원히 젊다. 지금 호숫가에 선다 해도 옛날과 다름없이 제비가 벌레를 잡으려고 살짝 수면을 스치는 모습을 볼 수 있을 것이다.

나는 지난 20여년간 매일 이 호수를 보아왔는데도, 마치 보지 못

---

6 용을 퇴치한 영국의 전설적 영웅.

한 사람처럼 오늘 밤에도 새로운 감동을 받았다. 여기 월든 호수가 있구나. 내가 그 옛날 발견했던 것과 똑같은 숲속의 호수 월든아. 지난겨울에 숲이 잘려나간 물가에 새로운 다른 숲이 힘차게 자라고 있다. 그때와 똑같은 사념이 호수 표면에 샘처럼 솟아오르고 있다. 그 표면도 그때의 그 표면이다. 이 호수는 그 자신에게, 그 창조자에게, 그리고 어쩌면 나에게 똑같은 기쁨과 행복의 샘물이다. 그것은 확실히 마음속에 아무런 흉계를 품지 않은 용감한 사람의 작품이다. 그 사람은 손수 이 호수 주위를 둥글게 다듬었고, 그의 신념 속에 호수를 깊이 파고 그 물을 맑게 했으며, 유언으로 그것을 콩코드에게 물려준 것이다. 호수의 얼굴을 보니 호수도 나와 똑같은 회상에 잠긴 것을 알 수 있다. 그래서 나는 이렇게 말할 수 있을 것 같다. 오, 월든이여, 정녕 그대인가?

시 한 줄을 장식하는 것,
그것은 나의 꿈이 아니다.
월든 호수 가까이에 사는 것보다
신과 천국에 더 가까이 갈 수는 없다.
나는 월든의 돌 깔린 기슭이며
그 위를 스쳐가는 미풍이다.
내 손바닥에는
월든의 물과 모래가 있다.
월든 호수의 가장 깊은 휴식처는
내 생각 속에 높이 자리하고 있다.[7]

---

7 소로의 자작시.

열차가 이 호수를 보기 위해 정차하지는 않는다. 그러나 기관사와 화부와 감시원, 그리고 정기승차권을 가지고 이 호수를 자주 보게 되는 승객들은 호수를 보았기 때문에 더 나은 사람이 되었을 것이라고 나는 상상한다. 하루에 적어도 한 번 평온과 순수가 담긴 이 풍경을 보았다는 것을 그 기관사는 밤에도 잊지 않을 것이다. 아니 그의 본성이 잊지 않을 것이다. 겨우 한 번밖에 보지 않더라도 이 호수의 영상은 보스턴의 유명한 금융가 스테이트 스트리트와 기관차의 검댕을 씻어내는 데 도움이 될 것이다. 이 호수를 "신의 귀고리에 붙은 다이아몬드"로 부르자고 제안한 사람이 있다.

월든 호수에는 눈에 보이는 물의 유입구나 유출구가 없다고 이미 말한 바 있다. 그러나 한편으로 이 호수는 중간에 있는 일련의 작은 호수들을 통해 멀리 높은 지대에 있는 플린트 호수와 간접적인 연관을 맺는다. 또한 더 낮은 지대에 위치한 콩코드 강과도 역시 일련의 호수들을 통해 직접적인 명백한 연관을 맺고 있다. 어느 지질학적 시대에 월든 호수는 이들 호수들을 통해 콩코드 강 쪽으로 흘렀던 것 같으며, 지금이라도 호수 바닥을 조금 파면 다시 그쪽으로 흐르게 할 수도 있을 것이다. 그러나 그런 일은 하느님이 금지할 것이다.

만일 이 월든 호수가 숲속 은둔자처럼 그렇게 긴 세월을 나서지 않고 엄격한 생활을 함으로써 그처럼 놀라운 순수성을 얻었다고 한다면, 비교적 불순한 플린트 호수의 물이 이 호수의 물과 섞이거나 이 호수의 물이 바다의 물결 속에서 그 단맛을 낭비해버리는 것을 누가 애석하게 여기지 않겠는가?

링컨 시 근처에 있는 플린트 호수는 일명 샌디 폰드라고도 하는데, 이 지역에서 가장 큰 호수이자 내해(內海)로서 월든 호수에서 동쪽으로 약 1마일 지점에 있다. 넓이가 197에이커에 달하여 월든 호수보다 훨씬 크며 물고기가 더 풍부하다고 전해진다. 그러나 이 호수는 비교적 수심이 얕으며 물도 뛰어나게 맑지는 않다. 숲을 통과하여 그 호수까지 걸어가는 것은 내가 자주 이용하는 기분 전환 수단이었다. 멋대로 부는 바람을 볼 위에서 감지하고 물결이 이는 것을 보면서 뱃사람들의 생활을 기억에 떠올리는 것만으로도 가치 있는 일이었다. 바람 부는 가을날에 그곳으로 몇 차례 밤을 따러 갔는데, 밤들이 호숫물에 떨어졌다가 물결에 실려 내 발치로 오는 것이었다.

어느 날 얼굴에 신선한 물보라를 맞으며 골풀이 무성한 호숫가를 거의 기다시피 하면서 헤쳐 나가다가 썩어가는 보트 잔해를 발견했다. 배 옆부분은 사라지고 평평한 배 밑창이 골풀 사이에 흔적만 겨우 남아 있었다. 그래도 마치 커다란 썩은 수련의 잎에 잎맥이 남아 있듯 그 원형은 모습이 뚜렷했다. 그것은 바닷가에 떠밀려온 어느 난파선 못지않게 상상할 수 없이 인상적이었고, 그에 못지않은 교훈이 담겨 있었다. 이제 그것은 단지 부식토가 되어 호숫가와 구별할 수 없었고, 그 부식토를 뚫고 골풀과 창포가 자라고 있었다.

이 호수의 북쪽 끝에 가면 모래 바닥 위에 물결 모양 자국이 있는데, 나는 이것을 볼 때 감탄을 금치 못했다. 이 자국들은 물의 압력을 받아 물속을 걷는 사람의 발에는 딱딱하게 느껴졌다. 이 자국을 따라 골풀들이 한 줄로 자라고 있었는데, 이러한 줄이 연속으로 서 있어 마치 물결이 거기에다 심어놓은 것 같아 역시나 나의 감탄을 자아냈다.

또한 나는 거기서 가는 풀과 뿌리가 공처럼 뭉쳐진 모양의 이상한 것을 발견했다. 어쩌면 등심초의 잎과 뿌리일 것이다. 이들은 직경이 1.5인치 내지 4인치가량의 완전한 공 모양이었다. 풀이 뭉쳐진

이 공들은 모래 바닥의 얕은 물속에서 물결에 밀려 앞뒤로 흔들리고 있거나, 때로 물 밖으로 밀려 나오기도 했다. 또 이들은 딱딱하게 굳어진 풀이거나, 아니면 중심부에 모래가 약간 들어 있기도 했다. 처음에는 이들이 물가의 조약돌처럼 물결의 작용으로 생성되었을 것이라고 생각하기 쉽다. 그러나 직경 반 인치 정도의 가장 작은 공도 그 구성 재료는 똑같으며 1년 중 단 한 계절에만 만들어진다. 더욱이 물결은 어느 정도 딱딱해진 물질을 튼튼히 해주기보다 오히려 닳아 없어지게 한다는 것이 나의 의견이다. 이들은 마른 뒤에 상당히 오랜 기간 동안 그 형태를 유지한다.

플린트 호수! 우리가 이름 짓는 방식의 빈약함이 여기에 나타나 있다. 하늘에서 내려보낸 이 물 옆에 자신의 농장을 만들고 물가의 나무들을 무자비하게 베어버린 불결하고 어리석은 농부가 무슨 권리로 자신의 이름을 이 호수에 붙였단 말인가? 그는 호수의 수면보다 자신의 철면피 같은 얼굴이 비치는 1달러짜리 은화나 1센트짜리 동전의 번쩍이는 표면을 더 사랑하는 지독한 구두쇠가 아닌가?

그는 호수에 내려앉은 물오리들조차 침입자로 여긴다. 무엇이든 움켜쥐는 괴물 하피처럼 긁어모으는 오랜 습관으로 그의 손가락들은 꼬부라진 각질의 발톱으로 변형되었다. 그래서 플린트 호수라는 이름을 나로서는 받아들이기 싫다. 나는 그 농부를 보거나 그에 대한 이야기를 들으러 그 호수에 가는 것이 아니다. 그 농부는 한 번도 진정 어린 눈으로 이 호수를 본 적이 없으며, 호수에서 멱을 감은 일도 없고, 호수를 사랑하거나 보호한 일도 없다. 또한 호수에 대한 칭찬의 말을 한 마디라도 한 적이 없으며, 하느님이 이 호수를 창조한 것에 대하여 감사한 적도 없다.

이 호수에서 헤엄치는 어떤 물고기나 그곳에 자주 나타나는 들새나 네발짐승, 또는 물가에서 피어나는 어느 야생화, 또는 그 삶이 호수의 역사와 서로 얽혀 있는 어떤 야성의 어른이나 소년의 이름을 따서 이 호수의 이름을 지었더라면 훨씬 좋았을 것이다. 자신과 비슷한 사고방식을 가진 사람이나 주 의회가 그에게 준 토지증서 말고는 아무런 권리도 주장할 수 없는 사람, 이 호수의 금전적 가치만 따지는 사람의 이름을 붙여서는 안 되는 일이었다.

그가 호숫가에 나타나는 것만으로도 호수 전체에 저주였다. 그는 호수 주변 땅의 지력을 소진시켰고, 호수의 물마저 고갈시키려 했다. 그는 이 호수가 영국 건초나 월귤이 자라는 풀밭이 아닌 것을 아쉬워했다. 그의 눈에 비친 호수는 참으로 환금성이 없었다. 그는 할 수만 있다면 호수의 물을 전부 빼고 바닥에 깔린 진흙이라도 팔려고 했을 것이다. 이곳 물은 그의 물방아를 돌려주지 않았고, 호수를 바라보는 것은 그에게 아무 특권도 아니었다.

나는 그의 노력을 경멸하며, 모든 것에 값이 매겨져 있는 그의 농장도 경멸한다. 그는 얼마간의 값을 받을 수 있으면 그곳 경치라도, 아니 자신이 믿는 하느님이라도 팔기 위해 시장으로 내갈 것이다.

곡식을 상품으로만 바라보는 농부에겐 그 곡식들의 아름다움은 보이지 않는다. (1860년 7월 22일)

그가 시장에 가는 것은 그의 하나님이 현재 거기 있기 때문이다. 그의 농장에선 아무것도 공짜로 자라지 않는다. 그의 밭에서는 곡식이 아니라 달러가 자라고, 꽃밭에서는 꽃이 아니라 달러가 꽃을 피우고, 그의 과일나무에는 과일이 아니라 달러가 열린다. 그는 과일의 아름다움을 사랑하지 않으며, 과일이 달러로 환금되기 전에는 익지 않은 것으로 여겼다.

진정한 부를 즐기는 가난, 그런 가난을 나에게 다오. 농부의 가난에 비례하여 나의 관심과 애착심이 커진다. 모범 농장! 그곳에는 퇴비 더미에서 자란 버섯 같은 집이 서 있고, 일꾼들의 방과, 말, 소, 돼지들의 방이 서로 다닥다닥 붙은 채 열을 짓고 있다. 청소가 된 방도 있고 안 된 방도 있다. 가축들과 더불어 사람을 사육하는 곳, 가축들의 똥오줌 냄새와 버터밀크 냄새가 혼재하는 곳, 사람들의 심장과 뇌를 퇴비로 쓰는 고도의 경작이 이루어지는 곳, 공동묘지에서 감자를 재배하는 것과 무엇이 다른가! 모범 농장이란 바로 그런 곳이다.

아니다, 이건 말이 되지 않는다. 경치의 가장 아름다운 지형적 특징에 사람의 이름을 붙이려 하면 가장 고귀하고 가장 훌륭한 인물의 이름으로 제한해야 한다. 우리 고장의 호수에게 최소한 '이카로스의 바다'[8]만큼 참된 이름을 붙여주자. "그 해안에서는 아직도 하나의 용감한 위업을 칭송하는 소리가 울려 퍼지고 있다."

규모가 작은 구스 호수는 플린트 호수로 가는 길에 위치해 있다. 콩코드 강의 연장이며 넓이가 약 70에이커에 달한다고 하는 페어헤

---

8 에게 바다의 일부를 가리키며, 이카로스가 태양에 너무 가까이 올라갔다가 바다로 떨어져 익사했다고 전해진 데서 붙여진 이름이다.

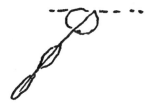

오늘 밤 몇몇 소년들이 페어헤이븐 호수에 떠 있는 것을 발견했다고 말하며
독특하게 생긴 알이 붙은 막대기 하나를 내게 가져왔다.(1854년 7월 1일)

이븐은 남서쪽으로 1마일 거리에 있으며, 약 40에이커 넓이의 화이
트 호수는 페어헤이븐에서 다시 1마일 반쯤 너머에 있다. 이상이 나
의 호반 지역이다. 콩코드 강을 포함한 이 수역은 내가 개발권을 가
지고 있다. 매년 밤낮을 가리지 않고 이 수역은 내가 운반해가는 곡
식들을 어김없이 빻아준다.

벌채꾼들과 철도, 게다가 나 자신도 월든 호수를 더럽혀놓았기
때문에 이제 이 지역 호수들 중에서 가장 아름답지는 않지만 가장
매력적인 호수, 즉 숲의 보석과도 같은 호수는 바로 화이트 호수다.
그런데 화이트라는 이름은 호숫물이 맑은 데서 유래했든 모래 색깔
에서 유래했든 너무 평범해서 잘 지은 이름이라고는 할 수 없다. 그
러나 다른 점에서도 그렇지만 이런 점에서 화이트 호수는 월든 호수
의 쌍둥이 동생이다. 이들은 서로가 너무 닮았기 때문에 지하로 연
결되었을지 모른다는 생각이 든다. 호숫가에 돌이 많은 것도 비슷하
고 물의 빛깔도 똑같다. 무더운 복날 같은 때 깊지 않은 만의 물을
숲 사이로 바라보면, 월든 호수처럼 바닥으로부터 색깔이 반사되어
호숫물이 청록색을 띠는 것을 볼 수 있다. 오래전에 나는 사포를 만
들 모래를 채취하기 위해서 수레를 끌고 그 호수에 갔었다. 그 후에

도 계속하여 그곳을 찾는다.

그 호수에 자주 가는 어떤 사람은 호수의 이름을 비리드(Virid) 호수, 즉 녹색의 호수로 부르자고 한다. 내 생각엔 '미송 호수'라고 부르는 것이 좋을 듯하다. 그 이유는 이러하다. 15년 전이었든가, 그 때만 해도 물가에서 몇십 미터 떨어진 깊은 곳에 뚜렷한 종으로 분류되는 것은 아니지만 이 지방에서 미송이라고 부르는 종류의 소나무 위쪽 끝 부분이 물 위에 나와 있는 것을 볼 수 있었다. 어떤 사람은 육지가 가라앉아 이 호수가 생겨났고, 이 나무는 과거에 이곳에 있던 원시림 중에서 남아 있는 나무일 것이라고 추측하기도 했다.

상당히 오래전인 1792년에 이미 매사추세츠 역사 학회의 논문집에 수록된 '콩코드 시의 지형'이란 글에서, 콩코드의 시민 한 사람은 이 미송에 대해 언급했다. 그는 이 글에서 월든 호수와 화이트 호수에 대해 기술한 다음 이렇게 덧붙이고 있다. "호수의 수위가 낮아지면 화이트 호수 한가운데에서 나무 한 그루가 모습을 드러내는데, 이 나무는 그 자리에서 자란 것같이 보인다. 그러나 뿌리는 수면에서 50피트 아래 호수 바닥에 박혀 있다. 이 나무의 꼭대기 부분은 잘려나갔는데 그 잘린 부분의 지름은 14인치쯤 된다."

1849년 봄에 나는 서드베리 마을 사람들 가운데 이 호수와 가장 가까운 곳에 살고 있는 남자와 이야기를 나눌 기회가 있었다. 그런데 그 사나이는 10년 전인가 15년 전에 그 나무를 호수에서 꺼낸 사람이 바로 자기라는 것이었다. 그의 기억이 확실하다면 그 나무는 호숫가에서 60미터 내지 75미터쯤 떨어진 물속에 서 있었으며, 그곳의 깊이는 30피트 내지 40피트 정도였다고 한다. 어느 겨울날 그는 오전에 호수에서 얼음을 자르고 있었는데, 그날 오후에 이웃 사람들의 도움을 받아 그 오래된 미송을 뽑아내기로 결심했다는 것이다. 그는 나무가 있는 데서 호숫가 쪽으로 얼음을 톱으로 잘라 골을 내고 황소의 힘을 빌려 그 나무를 얼음 위로 끌어올렸다고 한다.

그가 작업에 착수한 지 얼마 안 돼, 위에 나와 있던 부분이 실은 밑동이며 가지 부분은 아래로 향해 있고 그 가는 끝이 모래 바닥에 단단히 박혀 있다는 사실을 알고 깜짝 놀랐던 것이다. 나무는 굵은 쪽 지름이 1피트쯤 되어서 그는 훌륭한 판자용 목재가 되리라고 기대했었는데, 막상 꺼내놓고 보니 너무 썩어 있어서 겨우 땔감으로나 쓸 수 있었다는 이야기였다.

그 당시만 해도 나무의 어떤 부위가 그의 헛간에 남아 있었다. 나무의 밑동 부분에는 도끼 자국과 딱따구리가 쪼아놓은 자국이 있었다. 그의 추측으로 이 나무는 호숫가에 있을 때 이미 고목이었으며, 바람에 의해 마침내 호수 위로 넘어졌으리라는 것이었다. 그리하여 나무 윗부분에는 물이 스며들고 밑동 부분은 아직 말라서 가벼울 때 호수 가운데로 떠내려가다가 거꾸로 호수 바닥에 박혔을 것이라 했다. 그의 부친은 연세가 여든이었는데 호수에 그 나무가 없었던 때를 기억할 수 없었다는 것이었다. 이 호수 바닥에는 아직도 꽤 큰 통나무들이 몇 개 있는 것을 볼 수 있는데, 수면 물결의 움직임 때문에 마치 커다란 물뱀들이 꿈틀거리고 있는 것처럼 보인다.

이 호수는 보트에 시달리는 경우가 거의 없었다. 낚시꾼들을 끌어들일 만큼 고기가 많지 않았기 때문이다. 진흙이 필요한 하얀 수련이나 보통의 창포 대신 붓꽃이 호숫가 주변의 돌이 많은 바닥에서 뻗어 올라 맑은 물속에서 가냘프게 자라고 있었다. 6월이 되면 벌새들이 붓꽃을 찾아 이곳으로 날아온다. 붓꽃의 푸르스름한 긴 잎과 꽃들, 특히 물에 비친 그림자는 호수의 청록색 물과 더불어 독특한 조화를 이룬다.

화이트 호수와 월든 호수는 지상의 거대한 수정이며 빛의 호수다. 만약 이 호수들이 영원히 응결되고 잡아채갈 수 있을 만큼 작다면 아마 제왕들의 머리를 장식하는 보석으로 쓰기 위해 노예들을 시켜 옮겨갔을 것이다. 그러나 이 호수들이 액체 상태인 데다 그 양이 풍부하며 우리와 우리 자손들에게 영원히 확보되어 있으므로 우리는 이들을 무시하고 '코히누르의 다이아몬드'[9]를 뒤쫓는다.

이 호수들은 너무 순수해서 시장 가치를 지니지 않는다. 그들에게는 더러운 오물이 없다. 그들은 우리의 인생보다 얼마나 더 아름다운가! 우리의 인격보다 얼마나 더 투명한가! 우리는 그들에게 천박한 것은 결코 배우지 않았다. 농부의 집 앞에 오리들이 헤엄치는 물웅덩이보다 얼마나 더 아름다운가! 이곳으로는 깨끗한 야생 물오리가 찾아온다. 자연은 자신에게 감사하는 마음을 가진 인간을 가지고 있지 않다. 아름다운 깃털을 가지고 노래를 부르는 새들은 꽃들과 조화를 이룬다. 그러나 청년이나 처녀 치고 자연의 야성적이고 풍요로운 아름다움과 호흡을 같이하려는 자가 누구인가? 자연은 이들이 살고 있는 도시에서 멀리 떨어져 홀로 있을 때 가장 번창한다. 천국에 대해 이야기하는 자는 지상(地上)을 모독하는 자다!

---

9 1850년에 영국의 빅토리아 여왕이 소유했던 큰 다이아몬드.

10

베이커 농장

때로 나는 터덜터덜 발걸음을 옮겨 소나무 숲으로 갔다. 그 숲은 사원처럼 서 있었다. 아니 돛을 전부 올린 바다의 함대처럼 서 있었다. 흔들리는 가지들이 햇빛을 받아 잔물결이 이는 듯한 그 소나무 숲은 부드럽고 푸른 데다 그늘을 만들고 있어서 드루이드 교도들[1]조차 그들의 떡갈나무 숲을 버리고 이런 숲에서 예배를 보았을 것이다.

나는 플린트 호수 너머에 있는 삼나무 숲을 찾아가기도 했다. 그곳에는 희끄무레한 청딸기 넝쿨에 감긴 삼나무들이 점점 키가 커져서 발할라의 전당[2] 앞에 선다 해도 전혀 손색이 없는 모습을 하고 있으며, 노간주나무는 열매가 달린 화환으로 땅을 뒤덮고 있었다.

때로 나는 늪을 찾기도 했다. 거기에는 넝쿨 이끼가 가문비나무에서 꽃줄장식처럼 늘어져 있으며, 늪의 신들의 둥근 탁자인 버섯들

---

1 고대 영국, 아일랜드, 프랑스 등지에 살던 켈트족들은 드루이드 교를 믿었고 떡갈나무를 신성시하여 그 숲에서 종교 의식을 치렀다.
2 고대 게르만 민족의 최고 신 '오딘'의 전당.

흰가문비 나무 3분의 2에 해당하는 가지들은 아래를 향해 뻗
다가 다시 하늘을 향하고 끝머리를 들어 올리고 있다. 가지
가 워낙 촘촘해서 윗부분은 보이지 않는다.(1854년 1월 8일)

이 땅을 덮고 있다. 더 아름다운 버섯들은 나비나 조개 모양으로 나
무 그루터기를 장식하고 있는데, 그 붙어 있는 모습이 꼭 식물성 고
둥(貝) 같다. 늪에는 패랭이꽃과 산딸기나무가 자라며, 감탕나무 붉
은 열매는 꼬마 도깨비들의 눈처럼 빛을 발한다. 노박덩굴은 아무
리 단단한 나무라도 꽉 휘감아서 자국을 남긴다. 야생의 감탕나무
열매는 너무 아름다워서 보는 이로 하여금 집에 돌아가는 것을 잊
게 한다. 그 밖에도 이름 모를 야생 금단의 열매들이 보는 이의 눈
을 부시게 하고 유혹을 하는데, 너무 아름다워 사람으로서는 맛보
지 못한다.

　나는 어떤 학자를 방문하는 대신 이 근처에서는 희귀한, 어떤 특
이한 나무들을 여러 차례에 걸쳐 찾아갔다. 이런 나무들은 멀리 떨
어진 어느 초원 한가운데 서 있거나 숲이나 늪의 깊숙한 곳에 자리
잡고 있으며, 산꼭대기에 있는 것도 있다. 예를 들면 검정자작나무
라는 것이 있는데, 직경이 2피트쯤 되는 잘생긴 몇 그루가 그 지역
에 있다. 그 사촌뻘 되는 노랑자작나무는 황금색 헐렁한 조끼를 걸
치고 있지만 검정자작나무와 같은 향기를 낸다. 너도밤나무는 깨끗

한 줄기에 아름다운 이끼로 덮인 것이 모든 세목을 따져보아도 완벽하다. 이 너도밤나무는 몇몇 흩어져 있는 나무들을 제외하고는 이 지역에 단 한 군데의 작은 숲밖에는 남아 있는 것이 없다고 나는 알고 있다. 예전 이 근처에서는 산비둘기를 잡을 때 너도밤나무 열매를 미끼로 썼는데, 그 열매를 산비둘기가 물고 가다가 떨어뜨린 것이 이 너도밤나무 숲이 생긴 유래라는 이야기가 있다. 이 나무를 쪼갤 때 은빛 나뭇결이 빛나는 것은 보기에도 기가 막히게 좋다.

그 밖에도 참피나무와 서나무가 있다. 또한 개느릅나무가 있는데, 충분히 성장한 개느릅나무는 한 그루뿐이다. 높은 돛대 같은 소나무와 싱글(shingle) 소나무도 있으며, 보통 이상으로 완벽한 솔송나무가 숲 한가운데 탑처럼 서 있다. 많은 다른 나무들도 열거하려면 할 수 있다. 여하튼 이 나무들은 내가 여름이고 겨울이고 간에 찾아보는 신전들이었다.

나는 우연히도 무지개의 한쪽 끝에 서본 적이 있다. 그 무지개의

아메리카 솔송나무는 겨울이 되면 얼마나 아늑하고 훈훈해 보이는지 모른다. 진달래 곁에 선 그 나무가 더욱 그렇다. 바닥에서 꼭대기에 이르는 3분의 1에 해당하는 부분의 가지들은 방사선 모양을 나타낸다. 그 나무의 외형은 얼마나 독특한 질서정연함을 과시하는지 모른다.(1855년 12월 14일)

끝은 대기의 하층을 가득 채워 주위 풀과 나뭇잎들을 물들이면서 내 눈을 어찌나 부시게 하던지 마치 색깔 있는 수정을 통해 세상을 내다보는 것 같았다. 그것은 무지갯빛 호수였으며, 나는 잠시나마 그 속에서 돌고래처럼 뛰놀았다. 그것이 조금 더 지속되었더라면 나의 일과 생활은 그 색깔에 물들고 말았을 것이다.

철둑길을 걸을 때 나는 내 그림자 주위에 후광이 어려 있는 것을 보고 신기하게 생각했으며, 내가 선택된 사람 가운데 하나가 아닌가 하는 공상에 빠지곤 했다. 나를 방문했던 한 사람은 자신의 앞을 지나가는 아일랜드 사람들의 그림자에는 후광이 없었으며 오직 이 나라에서 태어난 사람들에게만 그러한 특징이 있다고 단언하기도 했다.

벤베누토 첼리니[3]는 그의 자서전에서 이야기하기를, 성 안젤로 성에 감금되었을 때 밤에 무서운 꿈을 꾸거나 환상을 본 다음 날 아침이나 저녁에는 자신의 머리 그림자 주위에 찬란한 빛이 나타났다고 한다. 그런 일은 그가 이탈리아에 있든 프랑스에 있든 관계없이 일어났으며, 특히 풀이 이슬에 젖어 있을 때 더욱 역력했다는 것이다. 이것은 어쩌면 내가 말한 것과 같은 현상이라고 생각되는데, 아침에는 특히 잘 보이며 다른 때도 볼 수 있고 심지어 달이 뜬 밤에도 볼 수 있는 것이다. 이것은 실은 늘 있는 현상이지만 사람들은 거의 주목하지 않는다. 첼리니같이 흥분하기 쉬운 상상력을 가진 경우에는 충분히 미신의 바탕이 될 수도 있을 것이다. 게다가 그는 극소수의 사람들에게만 그것을 보여주었다고 우리에게 말하고 있다. 하지만 자신이 주목받고 있음을 인식하는 사람은 그것만으로도 선택받

---

3 벤베누토 첼리니(Benvenuto Cellini, 1500~1571). 이탈리아의 조각가 겸 문학자.

은 인간이 아닌가?

어느 날 오후 나는 숲을 지나 페어헤이븐으로 고기를 잡으러 갔
다. 식물성으로 구성된 나의 빈약한 식단을 보강하기 위해서였다.
그곳에 가려면 플레전트 초원을 통과해야 하는데, 이 초원은 베이커
농장에 부속된 땅이었다. 이 한적한 땅에 대해 어떤 시인이 노래를
불렀는데 시작은 이렇다.

입구는 유쾌한 들판,
이끼에 덮인 과일나무들은
들판의 일부를 기운찬 개울에게 양보하고
개울의 임자는
슬금슬금 미끄러지는 사향쥐와
화살처럼 헤엄쳐 다니는 송어들.

내가 월든으로 가기 전에는 베이커 농장에서 살아볼까 하는 생각
도 했었다. 나는 그곳에서 사과도 '서리'하고 개울을 뛰어넘어 사향
쥐와 송어를 놀라게 하기도 했다. 그날은 많은 사건이 발생할지도
모르는 한없이 길게 느껴지는 오후였다. 우리 인생의 상당 부분은
그런 날이 차지하는 것이리라. 그러나 내가 출발했을 때는 이미 오
후의 절반가량이 지난 후였다. 도중에 소나기를 만나 30분 동안은
소나무 아래에 서서 여러 개의 나뭇가지를 머리에 얹고 손수건으로
비를 막아야 했다.

마침내 물속에 몸을 반쯤 담그고 낚싯줄을 수초 위로 던졌을 때,
나는 갑자기 내가 구름의 그림자 속에 들어 있는 것을 발견했다. 그

소나기가 쏟아지자 장작더미로 달려가 그 위에 말뚝을 몇 개 박
고 다시 그 위에 넓은 면이 있는 장작을 올려놓고, 그 위에 솔가
지를 덮고는 비를 피했다.(1860년 5월 29일)

때 천둥 소리가 어찌나 요란하게 사방을 뒤흔드는지 나는 그냥 그
소리를 듣고 있는 수밖에 없었다. 불쌍하고 무장도 하지 않은 낚시
꾼 하나를 쫓아내기 위해 갈라진 번갯불까지 동원한 것을 신들은 자
랑스럽게 생각하는 게 틀림없어, 하고 나는 생각했다. 나는 가장 가
까이에 있는 오두막으로 피신하기 위해 급히 달렸다. 이 오두막은
어떤 길에서도 반 마일은 떨어져 있었지만 그만큼 호수와는 가까운
거리였고, 오랫동안 사람이 살지 않은 곳이었다.

　이곳에 시인이 세웠었지.
　아주 오래된 일이지만.
　자, 보라, 다 쓰러져가는
　초라한 오두막을.

　이렇게 시의 여신 뮤즈는 이야기를 전하고 있다. 그러나 막상 가
보니 아일랜드에서 이민 온 존 필드라는 사람이 아내와 여러 명의
아이들을 데리고 살고 있었다. 큰아들은 아버지 일을 돕는 얼굴이
넓적한 소년이었는데, 방금 비를 피해 아버지와 함께 늪에서 막 뛰

오늘 오후의 구름은 아름답다. 북쪽 하늘에선 검고 바
람을 안은 구름들이 아래로 비를 떨구고 있다.(1857
년 4월 23일)

어온 참이었다. 막내는 얼굴에 주름이 있고 여자 무당 같은 모습을
한 원추형 머리를 가진 아이였다. 그 아이는 아버지 무릎이 왕후들
의 궁전인 양 그 위에 앉아 있었다. 습기와 굶주림의 한가운데서 어
린아이의 특권으로 낯선 사람을 수상하다는 듯이 내다보고 있었다.
아이는 자신이 존 필드라는 사람의 가난하고 굶주린 자식이 아니라,
실은 고귀한 가문의 막내이며 세상의 희망인 동시에 주목의 대상이
라는 것을 모르고 있었다.

그 집에서 비가 제일 적게 새는 지붕 밑에 우리는 다 함께 모여
앉았다. 밖에는 비가 억수로 쏟아지며 천둥이 치고 있었다. 이 집 식
구들을 미국으로 태워온 배가 건조되기 전인 옛날에도 나는 여러 차
례 이곳에 앉아 있었다.

존 필드는 분명히 정직하고 부지런했지만 주변머리가 없는 사람
이었다. 그의 아내 역시 높다란 그 난로의 한구석에서 수많은 나날
에 걸쳐 지속되는 식사를 만드느라 애를 쓰고 있었다. 동그랗고 기
름기가 흐르는 얼굴에 빈약한 가슴을 가진 그녀는 언젠가 자기 집
형편이 나아지리라는 희망을 버리지 않고 있었다. 한 손에는 언제나
걸레가 들려 있었지만 그 효과는 어느 구석에서도 찾아볼 수 없었

다. 닭들도 비를 피해 집 안으로 들어와서 마치 가족의 성원인 양 돌아다녔다. 닭들은 너무 인간화되어 요리를 해도 맛이 날 것 같지 않다는 생각이 들었다. 닭들은 똑바로 서서 내 눈을 보거나 내 구두를 의미 있게 쪼기도 했다.

그러는 동안 집주인은 나에게 자신의 이야기를 들려주었다. 이웃 농부를 위해 땅을 파고 뒤엎는 일을 얼마나 열심히 했는지 말했다. 삽과 괭이를 써서 초원을 개간하는 데 1에이커당 10달러를 받고 또 그 땅을 1년 동안 비료를 써서 경작할 수 있다는 조건에서 일한다는 것이었다. 얼굴이 넓적한 아들은 아버지가 얼마나 불리한 계약을 했는지 알지 못한 채 그의 곁에서 즐거운 마음으로 일을 해왔던 것이다.

나는 내 경험을 토대로 그를 돕고 싶었다. 그가 나의 가장 가까운 이웃 중 한 사람이며, 또한 내가 이곳에 낚시질이나 하러 오는 빈둥거리며 허송하는 사람처럼 보이겠지만 실은 나 자신도 일을 해서 먹고사는 사람이라는 이야기를 했다. 나는 밝고 깨끗하고 탄탄한 집에 살고 있으며, 그의 집처럼 낡은 집을 1년 동안 세내는 금액만 가지고도 내 집을 지었으니 원한다면 그도 한두 달 안에 궁전 같은 자신의 집을 지을 수 있을 것이라고 말해주었다.

또한 나는 차나 커피, 버터나 우유나 육류를 먹지 않기 때문에 그런 것들을 얻기 위하여 힘든 노동을 할 필요가 없다는 점, 또한 중노동을 하지 않으니 많이 먹을 필요가 없고 식료품 값으로 아주 적은 돈만을 지출한다는 점을 이야기해주었다. 그러나 기본 식량이 차, 커피, 버터, 우유, 그리고 소고기인 그는 그것들을 얻기 위해 중노동을 해야 하며 중노동을 하면 신체의 축난 부분을 보충하기 위하여 다시 식사를 대량으로 한다는 점, 그러니 결국은 도로아미타불이 된다는 점, 그렇다고 삶에 만족하는 것도 아니고 몸까지 축내고 있으니 손해라는 점을 말해주었다.

그 사람은 자기가 미국에 건너온 것을 잘한 일로 생각했는데, 그 이유가 이곳에서는 차와 커피와 고기를 매일 먹을 수 있기 때문이라는 것이었다. 그래서 내가 그에게 말했다. 유일한 참다운 미국은 그런 것들을 먹지 않고 그런 것들이 없어도 살아갈 수 있는 생활양식을 자유롭게 추구할 수 있는 나라여야 하며, 노예제도나 전쟁을 국민이 지지하도록 국가가 강요하고 또한 그런 제도나 전쟁 때문에 직간접으로 초래하는 엄청난 비용을 국민이 부담하도록 강요하는 일이 없는 나라여야 한다고 말해주었다. 나는 그가 철학자라도 되는 것처럼, 아니면 철학자가 될 의향이 있는 사람인 것처럼 이런 이야기를 진지하게 들려주었다.

지구상의 모든 초지가 야생 상태로 남는다 해도 그것이 인간들 스스로가 자신들을 구제하기 시작한 결과라고 하면 나는 기뻐할 것이다. 교양을 쌓는 데 무엇이 가장 좋은지 알기 위해 역사를 공부할 필요는 없을 것이다. 하지만 이건 안타깝다! 아일랜드 사람을 교화시키는 일은 일종의 정신적인 늪지대 개발용 괭이를 동원해야 하는 작업인 것이다.

그는 힘든 개간 작업을 하기 때문에 두꺼운 장화와 튼튼한 작업복을 필요로 하며 또 그것들마저 쉽사리 더러워지고 닳아버리지만, 나는 가벼운 구두와 얇은 옷을 입으니까 신사의 옷차림으로 보일지 모르지만(사실 신사가 무슨 신사이겠습니까만) 실은 그가 들인 비용의 절반밖에 들이지 않았다고 말했다. 또한 나는 원하기만 하면 한두 시간의 수고로 이틀 먹기에 충분한 물고기를 잡거나 일주일을 버틸 만한 돈을 벌 수 있는데, 그것도 노동이 아니라 오락을 하는 기분으로 할 수 있다고 그에게 말해주었다. 만약 그와 그의 가족도 소박하게 살려고만 한다면 여름에는 모두 허클베리를 따러 놀러 가는 여유를 갖게 될 것이라는 말을 덧붙였다.

이런 말에 존은 한숨을 깊게 내쉬었고, 그의 아내는 양손을 허리에 대고 무엇인가를 응시했다. 이들 부부는 자신들에게 그런 생활을 시작할 만한 밑천이 충분한지, 또 일단 시작하면 그것을 계속할 산술 능력이 있는지 없는지를 따져보는 것 같았다. 그들에게 그런 생활은 추측항법으로 항해하는 것과 같은 일이어서 어떻게 하면 목적하는 항구에 도착할지 뚜렷한 방법을 모르는 것 같았다. 그래서 이건 내 생각인데, 그들은 아직도 자신들 방식대로 용감하게 인생에 달려들어 얼굴을 맞대고 물어뜯고 할퀴고 있을 것이다. 인생이라는 거대한 기둥에다가 잘 듣는 쐐기를 박아서 갈라놓은 다음 하나하나 부수어 해결하는 기술은 갖지 못한 채 이들 부부는 엉겅퀴를 다루듯 인생을 거칠게만 다루려 하고 있다. 그러나 그들은 지독히 불리한 싸움을 하고 있는 것이다. 존 필드는, 아, 안타깝게도 계산적이지 못하게 살아가고 있다. 그래서 그처럼 실패하고 있는 것이다.

"낚시질 간 적 있습니까?" 하고 내가 물었다. "물론 갔지요. 한가할 때는 나가서 한 끼니가 될 만큼 물고기를 잡아옵니다. 농어를 꽤 잡았습니다." "미끼론 무엇을 씁니까?" "지렁이로 먼저 피라미를 잡고, 그 피라미를 미끼로 농어를 잡아요." "여보, 이제 나가는 게 좋겠어요." 그의 아내는 눈을 반짝이며 희망에 찬 얼굴로 말했다. 그러나 존은 망설였다.

이제 소나기가 그쳤고, 동쪽 숲 위에 뜬 무지개는 맑은 저녁을 예고하고 있었다. 그래서 나는 작별 인사를 했다. 집 밖으로 나왔을 때 나는 물 한 잔 주지 않겠느냐고 부탁했다. 이 집 주변을 마지막으로 살필 겸 우물의 바닥을 보고 싶었다. 그러나 슬프게도 물은 얕고 모래가 보였으며, 두레박 줄은 끊어지고 두레박은 우물에 빠져 있었다.

그러는 동안 그 부부는 적당한 그릇을 선택했다. 물은 끓인 물 같았다. 의논하느라 한참 지체한 끝에 물은 목마른 사람에게 건네졌다. 아직 식지도 않고 거품이 가라앉지도 않은 물이었다. 이런 죽 같은 물이 이곳에서는 생명을 부지해주는구나 하고 나는 생각했다. 그래서 눈을 딱 감고 기술적으로 물 바닥을 흔들어 티끌을 한쪽으로 밀면서 그들의 순수한 환대에 대한 감사의 표시로 그 물을 벌컥벌컥 마셨다. 예의범절과 관련된 이런 경우에 나는 까다롭게 굴지 않는다.

비가 그친 후 나는 아일랜드 사람의 지붕을 떠나 다시 호수 쪽으로 발걸음을 돌렸다. 사람도 없는 초원이나 수렁과 진흙 구덩이에 빠지면서 강꼬치고기를 잡으려고 서둘러 가는 나의 모습이 고등학교와 대학교까지 나온 사람으로서는 너무 하잘것없는 것이 아닌가 하는 생각이 잠시 내 머리를 스쳤다. 그러나 무지개를 어깨 너머에

천정(天頂)에, 적어도 그 근처에 또렷한 무지개의 반원 모양이 나타났다. 바로 머리 위에 뜬 무지개였다.(1860년 2월 2일)

두고, 맑아진 공기를 뚫고 어디선가 전해오는 작은 방울들이 딸랑거리는 희미한 소리를 들으면서 붉어지는 서쪽을 향해 언덕을 달려 내려갈 때 나의 착한 수호신이 이렇게 말하는 것 같았다.

"낚시와 사냥을 가라. 여기저기 매일 헤매고 다녀라. 시냇가든 난롯가든 불안해하지 말고 쉬어라. 너의 젊은 날에 조물주를 기억하라. 새벽이 되기 전에 근심에서 깨어나 모험을 찾아 떠나라. 낮에는 다른 호수에 가 있도록 하라. 밤에는 모든 장소를 너의 집으로 삼아라. 여기보다 넓은 평야는 없으며 여기서 하는 놀이보다 더 가치 있는 것은 없다. 너의 천성에 따라 야성적으로 성장하라. 여기 있는 골풀이나 고사리를 닮아라. 그것들은 결코 영국 건초는 되지 않을 것이다. 천둥이 울리면 울리라고 그대로 두어라. 그것이 농부의 수확을 망친다 한들 어떻단 말이냐? 그것은 네가 상관할 일이 아니다. 사람들이 수레와 헛간으로 피할 때 너는 구름 밑으로 피하라. 밥벌이를 너의 직업으로 삼지 말고 도락으로 삼아라. 대지를 즐기되 소유하려 들지 마라. 진취성과 신념이 없기 때문에 사람들은 그들이 지금 있는 곳에 머무르면서 사고 팔고 농노처럼 삶을 보내는 것이다."

아, 베이커 농장이여!

가장 풍요로운 자연의 요소가
때묻지 않은 귀여운 햇빛인 풍경. …

울타리로 둘린 너의 풀밭에는
술 마시고 흥청거리는 자 없구나. …

너는 아무와도 논쟁하지 않고
질문으로 시달리지도 않는구나.
소박한 갈색 옷 걸치고
처음이나 지금이나 여전히 순하구나……

사람을 사랑하는 자들, 오라.
사람을 미워하는 자들, 오라.
성스러운 비둘기의 자식들도,
국사범 가이 포크스의 자손도,
튼튼한 나무 서까래에 달아서
음모를 교수형에 처하라.

저녁이 되면 사람들은 얌전하게 집으로 돌아온다. 먼 곳이 아니라 자기 집에서 나는 소리가 모두 들리는 겨우 지척의 밭이나 길거리에서 돌아오는 것이다. 그들의 생명은 스스로 내쉰 숨을 다시 반복해서 호흡하기 때문에 시들고 있다. 그들의 그림자는 아침이건 저녁이건 그들의 발로 걸어간 거리보다 더 멀리까지 뻗어간다. 우리는 매일 먼 곳으로부터, 모험과 위험과 발견으로부터 새로운 경험과 성격을 얻어가지고 집에 돌아와야 한다.

내가 호수에 도착하기 전에 무슨 새로운 충동을 느꼈는지 존 필드가 뒤쫓아왔다. 해 지기 전에 그놈의 '개간 작업'을 하겠다던 생각은 버리고 마음을 바꿔 먹은 것이었다. 그러나 내가 한 줄에 가득 꿸 만큼 물고기를 잡는 동안 이 가엾은 인간은 겨우 두어 마리를 놀라게 했을 뿐이다. 그것이 자기의 운수라고 그는 말했다. 우리가 보트 안에서 자리를 바꾸어 앉자 운수도 덩달아 자리를 바꾸는 것이었다.

가엾은 존 필드! 읽고 나서 깨닫는 것이 없을 바에는 그가 나의 이 글을 읽지 말기를 바란다. 그는 낡은 나라에서 쓰던 수법의 한 변형을 가지고 이 원시적인 새 나라에서 먹고살겠다는 생각이다. 피라미를 미끼로 농어를 잡겠다는 생각을 하고 있다. 때로는 피라미도 좋은 미끼라는 것을 나도 인정한다. 지평선 전체를 차지하고도 그는 가난하다. 아일랜드의 가난과 아담의 할머니 때부터 내려온 진흙 수렁 같은 생활방식을 유산으로 물려받았기 때문에 그와 그의 후손들은 늪을 헤매고 다니는 그들의 물갈퀴까지 달린 오리발 뒤꿈치에 날개라도 돋기 전에는 이 세상에서 출세할 길이 전혀 없는 것이다.

11

더 높은 법칙들

줄에 꿴 물고기를 들고 낚싯대는 끌면서 숲을 지나 집으로 돌아오는 길은 꽤 어두웠다. 이때 마멋 한 마리가 내 앞길을 살금살금 지나가고 있었다. 나는 야만적인 기쁨의 야릇한 전율을 느끼면서 그놈을 잡아 날것으로 먹고 싶은 강렬한 유혹을 느꼈다. 배가 고파서가 아니었다. 마멋이 대표하는 야성에 대한 허기를 느꼈던 것이다.

나는 호숫가에 사는 동안 마치 굶주린 사냥개처럼 야릇한 자포자기의 심정으로 어떤 야생동물이라도 잡아먹겠다고 다짐하며 숲속을 헤맨 적이 한두 번 있었다. 그때는 어떤 고기고 가릴 것 없이 태연히 먹을 수 있을 것 같았다. 가장 야성적인 광경도 웬일인지 친숙해 보였다.

지금도 그렇지만 그때 나는 나 자신 속에 더 높은 삶, 이른바 정신적 삶을 추구하는 본능과 원시적이고 상스럽고 야만적인 삶을 추구하는 또 하나의 본능을 발견했다. 나는 현재도 이 두 가지를 다 존중한다. 나는 야성을 선에 못지않게 사랑한다. 낚시질에는 야성과 모험이 내포되어 있기 때문에 나는 아직도 낚시질에 매력을 느낀다.

때로는 야성적인 삶을 살고 싶어 하루하루를 야생동물처럼 보내고 싶다는 생각을 한다. 어렸을 때 내가 자연과 친해진 것은 아마 낚시와 사냥 덕택이었을 것이다. 낚시와 사냥은 우리를 일찌감치 자연의 풍경에게 소개하고 그 안에 머물도록 해준다. 그 나이 때는 달리 풍광과 별 친교 관계를 맺을 길이 없을 것이다. 어부, 사냥꾼, 나무꾼, 그 밖에 그런 비슷한 일을 하는 사람들은 들이나 숲에서 자신의 삶을 보내기 때문에 어떤 특수한 의미에서 그들은 자연의 일부인 것이다. 그들은 생업을 추구하는 과정에서 자연에 어떤 기대감을 가지고 섭근하는 철학자나 시인보다도 자연을 더 유리한 위치에서 관찰할 수 있다. 자연은 그들에게 자신의 적나라한 모습을 드러내기를 두려워하지 않는다.

대초원을 여행하는 사람은 자연히 사냥꾼이 되며, 미주리 강과 컬럼비아 강 상류를 여행하는 사람은 덫사냥꾼이 되고, 세인트메리 폭포를 여행하는 사람은 어부가 된다. 단순히 여행만 하는 사람은 간접적으로 사물의 반쪽만을 배우기 때문에 정말로 배웠다고 할 수가 없다. 사냥꾼이나 어부 같은 사람이 체험적으로나 본능적으로 이미 아는 것을 과학이 보고할 때 우리는 가장 큰 흥미를 느낀다. 왜냐하면

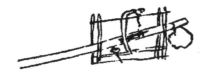

짐승들을 잡는 통나무 덫. 곰을 잡는 덫은 재목이 6, 7피트 위에서 밑으로 떨어지게 되어 있다. 떨어지는 통나무를 가는 막대기가 밑에서 받치고 있는데, 곰이 통과하다 막대기를 쓰러트리는 순간 통나무가 밑으로 떨어진다.(1850년 12월 26일)

그런 것만이 진정한 인문과학, 즉 인간 경험의 보고서이기 때문이다.

미국인은 영국인과 달리 공휴일이 많지 않고 어른들과 아이들이 영국에서처럼 많은 놀이를 하지 않는다는 이유로 그들에게는 오락이 별로 없다고 주장하는 사람들은 잘못된 생각을 하고 있는 것이다. 왜냐하면 미국에서는 사냥이나 낚시 같은 원시적이고 개인적인 오락들이 아직 다른 게임에 자리를 내주지 않기 때문이다.

나와 동시대에 사는 뉴잉글랜드의 소년은 열 살에서 열네 살 사이에 엽총을 어깨에 메는 경험을 했으며, 그들의 사냥터와 낚시터는 영국 귀족의 전용 수렵 지구처럼 범위가 한정된 것이 아니라 미개인의 사냥터 이상으로 광활했다. 그러므로 그들이 무슨 경기를 하려고 공설 광장 같은 데 자주 가지 않는 것은 하나도 이상한 일이 아니다.

그러나 이미 어떤 변화가 일어나고 있는데, 그것은 인간성의 증가 때문이 아니라 사냥감이 점점 줄어들고 있기 때문이다. 어쩌면 사냥꾼은 포획되는 동물들의 가장 좋은 친구일 것이다. 동물애호가 협회의 회원까지 포함한 모든 인간 중에서 말이다.

또한 호숫가에 사는 동안 나는 변화를 줄 겸 식단에 물고기를 추가하고 싶은 때가 있었다. 나는 사실 인류 최초의 어부들과 똑같은 필요 때문에 물고기를 잡았다. 내가 낚시에 대하여 어떤 인도적인 이유로 반론을 제기한다면 그것은 인위적인 것이며, 나의 감정보다는 나의 철학에 더 관계된 것이다. 여기서 나는 오로지 낚시에 대해서만 이야기하고 있는 것이다. 새 사냥에 대해서는 오래전부터 다른 견해를 가지고 있었기 때문에 숲으로 들어오기 전에 엽총을 팔아버렸다. 낚시에 대해서는 내가 다른 사람보다 자비심이 덜해서가 아니라 별다른 감정을 느끼지 못했던 것이다. 나는 물고기와 벌레들에 대해서는 가엾은 생각이 들지 않았다. 그것은 습관이었다.

엽총으로 조류를 잡은 일에 대해 말하겠는데, 엽총을 메고 다닌 그 몇 년 동안에 대한 나의 변명은 조류학을 연구하고 있었으며 다만 처음 보는 새나 희귀한 새만을 찾아다녔다는 것이다. 그러나 조류학을 연구하는 데는 총을 쓰는 것보다 더 좋은 방법이 있음을 고백하지 않을 수 없다. 이 방법은 새들의 습성에 대한 더욱 면밀한 관찰을 요구하는 것이다. 그 이유 하나만으로 나는 기꺼이 엽총을 포기했다.

그러나 여러 가지 인도적 견지에 입각한 반대를 무릅쓰고서라도 사냥을 내신할 만한 좋은 스포츠가 있는가 하는 의문은 털어버릴 수가 없다. 그래서 몇몇 친구들이 아들들에게 사냥을 시켜야 할지 물어오면 나는 시키라고 대답한다. 사냥이 내가 받은 교육에서 가장 귀중한 부분의 하나였음을 기억하고 하는 대답이다. "그래, 아이들을 사냥꾼으로 만들게나. 처음에는 운동 삼아 하겠지만 가능하면 나중에는 큰 사냥꾼으로 키우게. 그래서 이곳이나 어떤 황야에서도 그가 사냥할 만한 큰 사냥감은 찾아볼 수 없을 만큼 큰 사냥꾼으로 만들어보게. 그러니까 인간을 잡는 사냥꾼, 인간을 낚는 낚시꾼으로 말일세."

이처럼 나는 초서[1]의 작품에 나오는 여승과 같은 의견이다. 그 여승은 이렇게 말하고 있다.

사냥꾼들은 성인이 아니라는 주장에 대해

---

1 제프리 초서(Geoffrey Chaucer, 1340?~1400). 다음에 나오는 시구는 그의 작품 《캔터베리 이야기(The Canterbury Tales)》에서 인용했으며, 원작에는 여승이 아니라 수도승으로 되어 있다.

나는 털 뽑힌 암탉만큼도 관심이 없어.

앨곤퀸족 인디언들이 말하듯, 사냥꾼이 '가장 훌륭한 인간'이던 시절이 인류의 역사에 있었던 것처럼 개인의 역사에도 그런 시절이 있다. 우리는 엽총을 한 번도 쏘아보지 않은 소년을 가엾게 여기지 않을 수 없다. 왜냐하면 그 소년이 남보다 인정 많기 때문이 아니라 오히려 그의 교육이 등한시되고 있다는 사실을 보여주기 때문이다.

이것이 사냥에 빠진 청소년들에 관한 사람들의 질문에 대한 나의 대답이다. 그 대답은 또한 그 젊은이들이 머지않아 사냥을 벗어나리라는 나의 믿음에 기초를 두고 있다. 인간이라면 철없는 소년기를 지나고서도 자기와 똑같은 조건에서 삶을 살아가는 어떤 동물을 함부로 죽이지는 못할 것이다. 막다른 골목으로 몰린 산토끼는 어린아이처럼 운다. 어머니들이여, 나의 동정심은 흔히 보는 박애주의자처럼 인간에게만 관심을 돌린 그런 동정은 아니라는 것을 경고한다.

이렇게 하여 소년은 숲과 만나는 동시에 가장 근원적인 자기 자신과 처음으로 상봉하는 것이다. 처음에 그는 사냥꾼이나 낚시꾼으로 숲에 간다. 그러나 그가 자신의 몸 안에 더욱 훌륭한 삶의 씨앗을 지닌 사람이라면, 시인으로서든 박물학자로서든 자신의 진정한 목표를 찾고 총과 낚싯대를 버리게 된다. 이런 점에서 대부분의 사람들은 청소년기를 벗어나지 못하고 있을뿐더러 어쩌면 영원히 그러할 것이다. 몇몇 나라에서는 사냥이 취미라고 말하는 목사들을 흔히 볼 수 있다. 그런 사람들은 꽤 쓸 만한 양치기 개 노릇을 할지 모르지만 진정한 목자와는 거리가 멀다.

내가 알고 있는 한 나무를 베고 얼음을 잘라내는 등의 일 말고 우리 마을 사람들을 어른 아이 할 것 없이 월든 호수에 와서 한나절을 보내도록 잡아두는 유일한 일거리는 낚시질뿐이라는 생각이 들었을 때 놀라지 않을 수 없었다. 흔히 그들은 그 한나절 내내 호수를 바라볼 기회를 가졌음에도 긴 줄에다 가득 꿸 만큼 물고기를 잡지 못하면 재수가 없었다거나 시간 낭비만 했다고 생각한다. 낚시질에 따르는 어떤 욕심 같은 침전물이 호수 바닥으로 가라앉고 그 낚시의 목적이 순수해지기까지 그들은 아마 천 번쯤은 낚시질을 해봐야 할 것이다. 그러한 정화 작업은 늘 계속될 것이 분명하다.

주지사와 주 의회 의원들도 소년 시절에 낚시질하러 다니던 그 호수를 어렴풋이 기억한다. 그러나 이제 너무 나이가 많아지고 너무 위엄이 생겨서 낚시질은 못 간다. 그리하여 그들은 영원히 호수와 담을 쌓는다. 하지만 심지어 그들도 죽어서는 천국에 갈 것을 기대하고 있다. 만약 주 의회가 이 호수에 관심을 갖는다면 아마도 주로 이곳에서 사용할 수 있는 낚싯바늘 수를 규제하자는 정도일 것이다. 그러나 그들은 주 의회를 미끼로 써서 호수 자체를 낚는 낚시질 중의 낚시질에 대해서는 아는 바가 없다. 이처럼 미숙한 인간이란 문명사회에 살면서도 인류 발달사의 수렵 단계를 통과하고 있는 것이다.

최근 들어 낚시질을 할 때마다 내 자존심이 점점 떨어지고 있다는 것을 반복적으로 자각하고 있다. 나는 낚시질을 수없이 많이 해본 사람이다. 나는 낚시에 기술이 있는 사람이며, 나의 많은 동료들처럼 낚시질을 하기에 적절한 본능을 가졌고 그 본능이 이따금 발동하기도 한다. 그러나 낚시를 하고 나면 항상 차라리 하지 말았더라면 하는 생각을 하게 된다.

낚시를 하지 말았더라면 좋았겠다는 이 기분은 잘못된 것이 아니라는 생각이 든다. 이것은 하나의 희미한 계시다. 그러나 새벽의 첫 햇살도 희미하기는 마찬가지다. 나에게는 분명 하등동물에 해당하는 본능이 있다. 그러나 인간애가 많아졌거나 심지어 지혜가 늘어난 것도 아니지만 해가 갈수록 나의 낚시질 횟수는 줄어들고 있다. 이제 나는 전혀 낚시질을 하지 않는다. 그러나 내가 야생 상태에 살아야 한다면 다시 본격적인 사냥꾼이나 낚시꾼이 되지 않을 수 없을 것이다.

또한 물고기를 먹는 것에는 다른 육류를 먹는 것처럼 본질적으로 불결한 무엇이 있다는 것이다. 나는 이제 집안일이 어디서 시작되며, 매일 깔끔하고 보기 좋은 외관을 드러내고 집 안을 깨끗이 하여 온갖 나쁜 냄새와 흉한 모습에서 자유로워지려는, 비용이 많이 드는 노력이 어디서부터 시작되는지를 알게 되었다. 나 자신이 푸줏간 주인인 동시에 설거지꾼이며 요리사인 동시에 밥상을 받는 신사였기 때문에 나는 유별날 정도로 완벽한 경험을 바탕으로 이야기할 수 있다.

내 경우에 육식을 반대하는 실질적인 이유는 불결함 때문이다. 또한 물고기를 잡아서 내장을 제거하고 요리해서 먹었을 때도 근본적으로 내 배가 채워진 것 같지 않았다. 그것을 먹은 것이 무의미하고 불필요했으며, 쏟아부은 수고에 비해 얻은 것이 없었다. 약간의 빵이나 감자 몇 개를 먹었어도 그 정도는 배가 불렀을 것이다. 수고는 덜고 불결함도 덜 느꼈을 것이다.

많은 동시대 사람들처럼 나는 여러 해 동안 육류 및 차와 커피는 거의 입에 대지 않았다. 그런 것들이 건강에 해로운 영향을 끼친다는 것을 추적해서 알아냈기 때문이 아니라 어쩐지 내 상상력에 거슬리는 부분이 있었기 때문이다. 육식에 대한 혐오감은 경험의 결과가 아니라 일종의 본능이다. 검소한 옷을 입고 검소한 식사를 하는 것이 여러 가지 관점에서 더 아름답게 보였다. 나는 그토록 검소한 생활을 실제로 달성하지는 못했지만 내 상상력을 충족시킬 정도의 검소한 생활은 실천했다. 자기의 고상한 능력, 시적인 능력을 최고의 상태로 유지하기를 진정으로 열망하는 사람들은 각별히 육식을 삼가고 어떤 음식이든 많이 먹는 것을 피하는 경향이 있었다고 나는 믿고 있다.

곤충학자들이 말한 다음과 같은 사실은 의미심장하다. 이것은 커비와 스펜스[2]의 저서에서 내가 발견했다. "성충이 된 어떤 곤충들은 소화 섭취 기관이 있는데도 그 기관을 쓰지 않는다." 또한 이어서 "일반적으로 이런 상태에 들어선 거의 모든 곤충은 유충 때보다 훨씬 음식을 적게 먹는다. 식욕이 왕성한 배추벌레는 나비가 되고⋯ 게걸들린 구더기가 파리가 되어서는" 그 후로는 꿀 한두 방울이나 그 밖의 단맛 나는 액체로 만족한다는 것이다.

나비의 양 날개 밑에 위치한 아랫배 부분은 유충기의 흔적을 나타낸다. 이것이 곤충을 잡아먹는 동물을 유혹하여 비운을 가져오는 맛있는 부분이다. 대식가는 유충 상태에 있는 인간이다. 국민 전체가 그런 상태에 놓인 국가들도 있다. 그런 국민들은 꿈이나 상상력이 없으며, 광활한 아랫배를 보면 그들의 정체가 확연히 드러난다. 상상력을 해치지 않을 소박하고 정결한 음식을 마련하고 요리하는 것은 쉬운 일이 아니다. 그러나 우리가 육체에 먹을 것을 줄 때 상상력에도 먹을 것을 주어야 한다는 것이 내 생각이다. 이들 둘은 함께 같은 식탁에 앉아야 한다. 그것은 불가능한 일이 아니다. 과일을 적당히 먹을 때 우리는 식욕을 부끄럽게 여길 필요가 없으며 우리가 추구하는 가치 있는 작업을 방해받지도 않는다. 그러나 음식에 지나치게 많은 양념을 치면 바로 독이 되는 것이다. 상다리가 휘어지게

2 《곤충학 입문》이란 책을 쓴 19세기의 두 생물학자.

음식을 잔뜩 차려놓고 그것을 먹으며 사는 것은 가치 있는 삶이 아니다. 육식이든 채식이든 매일 다른 사람이 해다 바친 음식과 똑같은 음식을 자신이 손수 만드는 현장이 남의 눈에 발각되면, 대부분의 사람들은 부끄러움을 느낄 것이다. 그러나 식생활이 변하지 않는 한 우리는 문명인이라고 할 수 없고, 신사숙녀는 될지 모르지만 진정한 남자와 여자라고는 할 수 없는 것이다. 이것은 어떤 변화가 이루어져야 할 것인가를 확실히 시사한다.

상상력이 왜 고기나 비계와는 조화되지 않는가 하고 의문을 제기하는 것은 헛된 일일 것이다. 나는 그에 대한 해답을 모르며, 내가 아는 것은 단지 그들이 조화가 되지 않는다는 사실뿐이다. 인간은 육식동물이라는 말은 치욕이 아닌가? 사실 인간은 주로 다른 동물을 잡아먹으면서 살 수 있고, 또 현재도 그렇게 하고 있다. 그러나 그것은 삶의 비참한 방식이다. 덫으로 토끼를 잡아본 사람이나 양을 도살해본 사람은 그 이유를 알 것이다.

따라서 장차 인간에게 더욱 깨끗하고 건강에 좋은 식사만 하도록 가르쳐주는 사람이 있다면 그는 인류의 은인으로 여겨질 것이다. 나의 식습관에 관계없이 인류가 점점 발전함에 따라 육식 습관을 결국 버리는 것이 인류의 운명임을 나는 조금도 의심하지 않는다. 그것은 야만족들이 비교적 개화된 민족들과 접촉하게 되고부터 서로를 잡아먹는 관습을 버린 것만큼 확실하다.

인간 내부에 자리한 정신이 발하는 희미하지만 끊일 줄 모르는 경고, 확실히 진실을 알리는 경고에 인간들이 귀를 기울이다 보면, 이 정신이 어느 정도 극단적 방향이나 심지어는 광기에 빠지도록 이끌지 모른다는 생각이 들 것이다. 그러나 점점 결심과 신념이 굳어짐에 따라 자신이 걸어야 할 길이 그 정신이 가리키는 그쪽이라는 것을 알게 된다. 건강한 인간이 느끼는 미약하면서도 확고한 육식에 대한 반대는 결국 인류의 주장과 관습을 압도할 것이다. 자기 자신을 오도할 때까지 자기 정신을 따른 사람은 아무도 없었다. 육식을 포기한 결과로 몸이 약해졌다 하더라도 그 결과가 후회스럽다고 할 수는 없다. 왜냐하면 그것은 더 높은 원칙에 부합된 삶이기 때문이다.

만일 낮과 밤이 기쁨으로 맞이할 수 있는 그런 낮과 밤이라면, 인생이 꽃들과 방향초들처럼 향기를 내뿜으며 더욱 탄력적이고 더욱 별처럼 빛나고 더욱 불멸의 존재가 된다면, 그것이 바로 우리의 성공인 것이다. 그렇게 될 때 자연 전체는 우리를 축복할 것이며 우리는 스스로를 시시각각 축복할 이유가 생길 것이다.

최대의 이익과 가치는 제대로 평가되기 가장 어려운 것이다. 우리는 그러한 것이 정말 존재하는지 곧잘 의심한다. 우리는 곧 그런 것들을 잊어버린다. 그러나 그것들이야말로 최고의 현실이다. 가장 놀랍고 가장 현실적인 사실들은 사람에서 사람에게 결코 전달되지 않는 모양이다. 내가 매일매일의 생활에서 거두어들이는 참다운 수확은 아침의 빛깔이나 저녁의 빛깔처럼 만질 수도 없고 표현할 수도 없다. 그것은 내 손에 잡힌 작은 별 가루이며 무지개의 작은 조각이다.

그러나 나는 결코 유별나게 까다롭게 구는 사람이 아니었다. 필요하면 튀긴 쥐도 맛있게 먹을 수 있었다. 나는 아편 중독자의 천국보다 자연의 하늘이 더 좋은데, 바로 그런 이유로 오랫동안 맹물만 마신 것을 기쁘게 생각한다. 나는 늘 취하지 않은 말짱한 상태를 유지하고 싶다. 취하는 것에는 무한한 단계가 있다. 물이야말로 현명한 사람을 위한 유일한 음료라고 나는 믿는다. 술은 고상한 음료가 아니다. 아침의 희망을 뜨거운 한 잔의 커피로 날려버리고 저녁의 희망을 한 잔의 뜨거운 홍차로 날려버리는 행각을 생각해보라! 그런 음료의 유혹에 걸려들 때 얼마나 깊이 타락한 것인가!

심지어 음악도 사람을 취하게 하는 속성이 있다. 보기에는 사소한 그런 원인들이 그리스와 로마를 멸망시켰으며 영국과 미국을 장차 멸망시킬 것이다. 모든 취기 중에서 자신이 호흡하는 공기에 취하는 쪽을 더 좋아하지 않을 사람이 어디 있는가? 내가 오래 지속되는 거친 노동을 반대하는 가장 큰 이유는 그런 노동을 하고 나면 거칠게 먹고 마셔야 했기 때문이다.

그러나 사실을 말하자면, 이런 면에서 지금은 내가 예전처럼 까다롭지 않게 된 것을 자각한다. 식탁에까지 종교를 들고 가는 일이 줄었고, 식탁에서 은총도 바라지 않는다. 내가 과거보다 더 현명해졌기 때문이 아니라 유감스럽게도 세월이 지나면서 스스로가 투박하고 무감각해졌기 때문이라는 점을 고백하지 않을 수 없다. 아마 이런 문제는 많은 사람들이 시에 대해 그렇게 느끼듯이 젊은 시절에만 문제로 삼는 것이 아닌가 하는 생각이 든다. 나의 실천은 어디론가 사라지고 나의 의견만 남아 있는 셈이다.

그럼에도 나는 나 자신이 저 베다 경전이 말하는 특권을 받은 사람이라고는 생각하지 않는다. "만유 지고의 존재를 진정으로 믿는 자는 존재하는 것은 무엇이든 먹을 수 있다"는 말이 나에게도 적용된다고 믿는 것은 아니다. 음식이 무엇이며 누가 마련했는지를 묻지 않는다는 뜻이다. 그런데도 인도인 주석자가 말했듯이 이 특권은 '위급한 시기'에 국한되고 있는 점을 주목해야 할 것이다.

식욕이 없는 상태에서 한 식사로부터 말로 표현할 수 없는 만족감을 느껴보지 않은 사람이 있을까? 나는 정신적 지각이 천박한 미각에 신세 지고 있다는 점, 내가 미각을 통해 영감을 얻어왔다는 점, 그리고 산에서 따 먹은 산딸기가 나의 내적 정신을 키워왔다는 점을 생각하면 전율을 느낀다. 공자는 "마음이 스스로를 거느리지 못하면 보아도 보이지 않고, 들어도 들리지 않으며, 먹어도 그 맛을 모른다"[3]고 말했다. 음식의 참된 맛을 아는 사람은 대식가가 될 수 없으며, 그 맛을 모르는 사람은 대식가가 되지 않을 도리가 없다.

어떤 시의원이 바다거북 요리를 대할 때 나타내는 탐욕적 식욕은 한 청교도가 갈색 밀빵을 손으로 집을 때도 똑같이 나타날 수 있다. 입으로 들어가는 음식이 사람을 천박하게 만드는 것이 아니고, 음식을 먹을 때의 요란한 식욕이 그를 천하게 만드는 것이다. 음식의 질이나 양이 아니라 감각기관을 자극하는 맛에 완전히 빠져드는 것이 문제다. 먹는 음식이 우리의 동물적 생명을 유지하거나 우리의 정신적인 삶을 고무하는 양식이 되지 못하고 우리를 사로잡은 벌레의 먹이가 될 때 문제가 되는 것이다.

사냥꾼이 자라나 사향쥐나 야만스런 짐승 고기를 좋아하고 멋진 숙녀가 송아지 발로 만든 젤리나 바다를 건너온 정어리 고기를 좋아한다면, 이 두 사람은 누가 더 잘나고 누가 더 못나고 할 것이 없다. 사냥꾼은 물레방아가 있는 호수로 가는 것이고, 숙녀는 음식 저장실로 가는 것이다. 신기한 건 어떻게 그들이, 어떻게 여러분과 내가 먹고 마시며 이 더럽고 야수 같은 삶을 영위할 수 있는가 하는 것이다.

우리의 전 생애는 놀라울 정도로 도덕적이다. 덕과 악덕 사이에는 한순간의 휴전도 없다. 선이야말로 절대로 실패하지 않는 유일한 투자다. 온 세상에 울려 퍼지는 하프 선율이 우리를 감동시키는 이유는 바로 선만이 유일한 투자임을 강조하기 때문이다. 이 하프는 우주의 법칙을 천거하는 우주보험사의 외판원이며, 우리의 작은 선

---

3 《대학》7장.

행은 우리가 지불하는 보험료 전액이다. 젊은이는 결국 무감각해지지만 우주의 법칙은 무감각해지기는커녕 항상 감수성이 풍부한 사람들 편에 선다. 미풍에 귀 기울여 질책하는 소리를 들어보라. 그 소리는 틀림없이 거기 있으며, 그것을 듣지 못하는 사람은 불운한 사람이다. 하프의 현을 만지거나 손가락으로 누를 때면 반드시 매력적인 교훈의 선율이 우리를 사로잡는다. 귀에 거슬리는 갖가지 잡음도 멀리 떨어진 곳에서 들으면 음악으로 들린다. 우리의 천박한 생활을 풍자하는, 자랑스럽고 감미로운 음악으로 들린다.

우리는 우리 몸 안에 동물이 들어 있음을 의식한다. 그 동물은 우리의 고귀한 본성이 잠자는 정도만큼 눈을 뜨고 깨어 있다. 그것은 저속하고 관능적이며 어쩌면 완전히 제거될 수 없을지도 모른다. 우리가 살아서 건강할 때도 우리 몸 안에 들어 있는 기생충과 같은 것이다. 우리는 그것으로부터 후퇴는 할 수 있어도 그것의 본성을 바꿀 수는 없을지 모른다. 걱정스러운 것은 그 동물성이 나름대로의 어떤 건강을 즐길지도 모르며, 그래서 우리가 건강할 수 있다 해도 순수할 수 없다는 사실이다.

요전날 나는 돼지의 아래턱뼈를 주웠다. 하얗고 건강한 이빨과 엄니가 그대로 박혀 있어서, 정신적인 것과 구별되는 동물적인 건강과 활력이 존재한다는 것을 암시했다. 이 돼지는 절제와 순결이 아닌 다른 방법으로 성공적인 삶을 누렸던 것이다. 맹자는 말한다.

사람이 금수와 다른 점은 극히 사소한 것이다. 서민은 그것을 곧 잃어버리지만 군자는 그것을 조심스럽게 간직한다.[4]

---

4 《맹자》〈이루장구하(離婁章句下)〉.

만일 우리가 순수함을 얻으면 어떤 삶을 살게 될지 누가 아는가? 나에게 순수함을 가르칠 만큼 현명한 사람이 어딘가에 있다면 나는 지금이라도 당장 그를 찾아 나서겠다. 베다 경전이 선언하듯, 정욕을 억제하고 육신의 외부적 감각을 억제하는 통제력과 선행은 인간의 마음이 신에게 접근하는 데 없어서는 안 되는 요건이다. 정신은 당분간이나마 신체의 모든 부분과 기능에 파고들어 지배함으로써 겉보기에 천박하기 그지없는 육체적 욕망을 순결과 헌신으로 변형시킬 수 있다.

생식력은 우리가 해이할 때는 우리를 방탕하게 하고 불결하게 만들지만, 우리가 절제할 때는 우리에게 기력을 주고 영감을 준다. 순결은 인간의 개화(開花)다. 이른바 천재, 용기, 성스러움 같은 것들은 순결의 꽃이 맺은 여러 가지 열매에 지나지 않는다. 순결의 수로가 열릴 때 인간은 곧장 신에게로 흘러간다. 순결은 우리에게 영감을 주고 불결은 우리를 나락으로 던진다. 자신의 내부에서 동물적 요소가 날마다 조금씩 죽어가고 신성한 면이 서서히 확립되는 것을 확신한다면 매우 축복받은 사람이다. 자기와 결연되어 있는 열등한 동물적 본성으로 말미암아 창피해할 이유가 없는 사람은 아마 한 명도 없을 것이다. 우리는 파우누스나 사티로스[5] 같은 신이나 반신이며, 수성(獸性)과 신성이 결합된 존재이며, 온갖 욕구로 가득 찬 피조물이다. 그래서 어느 면에서는 우리의 삶 자체가 바로 치욕이 아닌가 하는 생각도 드는 것이다.

---

5 파우누스는 로마 신화에 나오는 반인반양의 숲의 신이고, 그리스 신화의 사티로스와 동일시된다.

그는 얼마나 행복한가! 적당한 장소를
마음속의 짐승들에게 배당하고 마음속의 숲을 개척한 자는!
… (중략) …
말, 염소, 늑대, 그리고 모든 짐승을 부리고도
자신은 나머지 일체의 것에게 나귀 신세가 되지 않는 자!
또한 인간은 돼지치기로 끝내지 않고
돼지들을 격분시켜 파멸시킨 악귀들이다.[6]

모든 육체적 욕망은 다양한 형태를 가졌지만 결국은 하나다. 모든 순결도 하나다. 한 사람의 관능적인 행동은 그가 음식을 먹든, 음료수를 마시든, 누구와 동침을 하든, 잠을 자든 똑같다. 단지 한 가지 욕망인 것이다. 그렇기 때문에 누가 얼마나 지독한 관능 추구자인가를 알려면 그가 그것들 중 한 가지를 하는 것을 보기만 하면 된다. 순결하지 못한 자는 서거나 앉는 동작에도 순결성이 결여되어 있다. 파충류는 자기 굴 한쪽 입구를 공격당하면 다른 입구로 머리를 내민다.

정결하려면 여러분은 절제를 해야 한다. 정결이란 무엇인가? 사람은 자신이 정결한지 어떻게 아는가? 알지 못할 것이다. 우리는 이 미덕에 대하여 들었지만 그것이 무엇인지는 모른다. 우리는 우리가 들은 소문에 따라 이러쿵저러쿵 지껄일 뿐이다.

노력에서 지혜와 순수성이 온다. 나태에서는 무지와 관능적 욕망이 온다. 공부하는 사람에게 관능적 욕망은 게으른 정신 습관이다.

---

6 존 던(John Donne, 1572~1631)의 〈줄리어즈의 에드워드 허버트 경에게〉라는 시에서 인용했다. 돼지들을 파멸로 몰았다는 부분은 〈마가복음〉 5장 참조.

깨끗하지 못한 사람은 보편적으로 게으른 사람이고, 난롯가에나 앉아 있는 사람이고, 해가 머리 위로 떠올라도 누워 있는 사람이고, 피곤하지도 않은데 휴식을 취하는 사람이다.

불결함과 온갖 죄를 피하고 싶다면 외양간 청소라도 좋으니 열심히 일하라. 타고난 본성은 극복하기 어렵지만 극복되어야 한다. 여러분이 이교도보다 순수하지도 않고, 그들보다 자기부정도 못하고, 종교심도 없다면 도대체 기독교인이라는 것이 무슨 소용이 있는가? 이단으로 여겨지는 종교 체계 중에는 그 계율이 신자들로 하여금 부끄러움을 깨닫게 하여 비록 의식의 수행에 지나지 않더라도 새로운 노력을 하도록 자극하는 그런 계파가 있다는 것을 나는 알고 있다.

나는 여기서 말문을 열기가 좀 주저된다. 사실 나는 원래 추잡한 말도 꺼리지 않는 사람이므로 말하려는 주제 때문이 아니라 이야기를 하다 보면 내 자신의 불결함이 폭로될 것이기 때문이다. 우리는 어떤 형태의 관능적 욕구에 대해서는 거리낌 없이 자유롭게 이야기하지만 어떤 형태의 관능적 욕망에 대해서는 입을 다문다. 우리는 어찌나 타락했는지 신체의 필요한 기능에 대해서도 솔직히 이야기할 수 없게 되었다. 고대의 몇몇 나라에서는 모든 신체 기능이 경건하게 논의되고 법으로 규정되었다. 현대인의 취향에는 거슬릴지 모르지만 인도의 입법가에게는 어떤 일도 사소하게 취급되지 않았다. 그는 먹고 마시는 행위, 누구와 동침하는 행위, 대소변을 보는 행위 등등 비천한 것을 승화시켜 그것들을 어떻게 치를지 교육했다. 그런 행위들을 하찮은 것이라고 부르면서 거짓되게 발뺌하지 않았다.

모든 인간은 자신이 숭배하는 신에게 바칠 육체라는 신전을 순전히 자기 식으로 건립하는 건축가다. 또한 그 신전 가장자리에 큰 망치를 써서 대리석을 박아놓음으로써 자신도 그 신전을 벗어나지 못한다. 우리 모두는 조각가이며 화가다. 우리의 소재는 우리의 살과 피와 뼈다. 어떤 고상함이 있으면 즉시 사람의 외모로 나타나 그의 모습을 세련되게 하는 반면, 저속함이나 관능적 욕망은 그 당사자들을 짐승으로 보이게 만든다.

9월 어느 날 저녁, 존 파머는 하루의 고된 노동을 마치고 자기 집 문 앞에 앉아 있었다. 그의 마음은 아직도 다소간 오늘 그가 한 일을 돌이켜보고 있었다. 목욕을 끝낸 그는 자신의 지적 인간을 재창조하기 위해 자리 잡고 앉은 것이었다. 저녁 날씨는 조금 쌀쌀했고, 이웃 사람들 중에는 서리를 걱정하는 사람도 있었다. 줄이어 오는 자신의 생각을 더듬고 있는데 얼마 안 있어 누군가가 플루트를 부는 소리가 들렸다. 그 소리는 그의 기분과 잘 맞았다. 그래도 그는 자기의 일을 생각했다. 그러나 자기 뜻과는 반대로, 일을 궁리하고 계획했지만 그 일이 대단한 것이 아니라는 생각이 들었다. 그것은 줄곧 벗겨지는 피부의 비듬 같은 것이었다.

그러나 플루트 가락은 그가 일하고 있는 세계와는 다른 세계에서 그의 귀에 절실하게 들려와 그의 내부에서 잠자고 있는 기능들이 해야 할 일을 제시하고 있었다. 그 플루트 가락은 그가 살고 있는 거리와 마을과 국가를 머릿속에서 가만히 제거해버렸다. 어떤 목소리가 그에게 말했다. 당신은 영광스러운 삶을 살 수 있는데도 마다하고 어째서 이곳에 머물러 이런 천하고 힘든 생활을 하는가? 저 하늘에 있는 별들은 여기 말고 다른 들판 위에서도 빛나고 있느니라. 그러나 그로서는 어떻게 이 환경을 벗어나 실제로 그곳으로 이주할 수 있는가? 그가 생각할 수 있는 것은 새로운 내핍 생활을 실천하고, 자기 정신으로 하여금 자기 육체 속으로 내려가 그 육체를 구원하게 하며, 점점 커지는 존경심으로 스스로를 대접해야겠다는 것이었다.

12

이웃의 동물들

나에게는 때때로 낚시질을 같이 하는 친구가 있었다. 그는 읍의 반대편에서 마을을 지나 나의 집으로 왔다. 그런 때는 저녁거리로 물고기를 잡는 것이 식사 자체만큼이나 교제를 깊게 하는 기회였다.

은자[1] 요즘 세상이 어떻게 돌아가고 있는지 궁금하군. 지난 세 시간 동안 소귀나무 위에 메뚜기 한 마리 나는 소리도 듣지 못했어. 산비둘기들도 둥지 위에서 죄다 잠들었나 보군. 날개 치는 푸드덕 소리가 들리지 않으니 하는 말이야. 방금 숲 너머에서 들려온 것은 농부의 뿔나팔 소리인가? 일꾼들은 소금으로 간한 삶은 쇠고기와 사과즙과 옥수수빵이 있는 곳으로 가고 있겠군. 왜 사람들은 걱정을 달고 살까? 먹지 않으면 일도 필요 없는 건데. 오늘은 수확을 얼마나 했을까? 개 짖는 소리 때문에 생각이라는 것을 할 수 없는 곳

---

1 여기서 은자는 소로 자신이며, 시인은 친구인 윌리엄 채닝을 가리킨다.

에서 누가 살고 싶어 하는 거지? 오, 살림을 꾸려간다는 것은 쉬운 일이 아니야. 이렇게 화창한 날에도 그놈의 문손잡이를 윤이 나도록 닦아야 하고 통들을 청소해야 하다니! 집이 없는 편이 차라리 나아. 속이 텅 빈 어떤 나무가 좋을 거야. 그러면 아침에 찾아오는 사람도 없고 저녁 만찬 파티도 없을 것 아냐. 딱따구리만이 나무를 두드리겠지. 오, 인간들, 무리 짓기 좋아하지. 햇빛도 그들이 모인 곳에서는 후덥지근하단 말야. 사람들은 태어나자마자 곧 생활 속으로 너무 깊이 틀어박힌 거야. 난 못 당해. 샘에서 길어온 물하고 선반에 있는 저 통밀빵 한 덩어리가 내가 가진 전부지. 들어봐! 나뭇잎 바스락거리는 소리가 들리지 않아? 어떤 배고픈 마을의 사냥개가 추적 본능에 따라 사냥 나온 게 아닐까? 아니면 숲으로 도망쳐 잃어버렸다는 돼지가 아닐까? 그 발자국은 비가 그친 뒤에 나도 봤지. 발걸음이 빨라지고 있군. 옻나무와 들장미 넝쿨이 흔들리고 있군. 어이, 시인 양반, 당신이었군그래! 오늘은 세상이 기분 좋게 돌아가고 있나?

시인 저 구름을 보게. 하늘에 매달린 모습 좀 보라고. 오늘 내가 본 것 중에서 제일 멋있는 광경이지. 저런 것은 옛날 그림

시시각각 변하는 하늘. 정오에 관찰한 남쪽 하늘에는 짤막한 구름들이 수평으로 서로 평행선을 그리며 깔려 있고 그 선 위에 약간의 적운을 이고 있다. (1852년 4월 10일)

에도 없고, 외국에도 저렇게 생긴 것은 없어. 스페인 해안은 제외하고 말일세. 저것이 진짜 지중해의 하늘이야. 나도 생계를 꾸려가야 하는데, 오늘은 아직 밥 한 톨도 먹지 않았으니, 끼닛거리도 마련할 겸 낚시나 갈까 하네. 낚시질은 시인에게 맞는 일거리고 내가 배운 유일한 재주야. 자, 함께 가세.

은자 거절 못하지. 내 갈색 밀빵도 곧 떨어질 테니까. 기꺼이 같이 가겠네만, 지금 심각한 명상을 마무리하는 중이야. 끝 단계에 온 것 같아. 그러니까 잠시 나 혼자 있게 해주게. 하지만 출발이 늦어지지 않게 그동안 자네는 미끼나 파내고 있게나. 지렁이는 거름이 없는 흙 속에는 흔치 않아. 거름이 없으면 거의 멸종하는 거지. 식욕이 왕성하지 않을 때는 미끼를 파내는 재미도 낚시질 못지않아. 오늘은 그 재미를 자네가 독점하게나. 저 강낭콩 넝쿨 사이를 삽질해보게. 저기 물결치고 있는 물레나물이 보이는 저곳 말야. 김을 매듯이 풀뿌리 사이를 잘 살피게. 풀뿌리 세 포기마다 지렁이 한 마리는 틀림없이 나올 테니까. 아니면 좀 더 멀리 가보아도 머리를 잘못 쓰는 건 아닐 걸세. 좋은 미끼는 거리의 제곱에 비례하여 더 많이 잡힌다는 걸 나는 이미 알아냈거든.

은자(혼잣말) 자, 아까 내가 어디까지 생각했지? 참, 이런 생각을 하고 있었군. 세계는 이 각도로 놓여 있다고 하는 데까지. 천국으로 갈 것이냐, 낚시질을 갈 것이냐? 이 명상을 여기서 끝내면 그처럼 좋은 기회가 다시 올까? 나는 이제껏 사물의 본질 속으로 이렇게 용해되어 들어간 적이 없었어. 나의 사념들이 다시는 돌아오지 않을까 걱정되는군. 효과가

300

있을지 모르지만 휘파람을 불어서라도 그 사념들을 불러올 수 있으면 좋을 텐데. 사념들이 나한테 무슨 제안을 해올 때 '우리, 생각 좀 해보자'고 말하는 것이 현명한 일일까? 내 사념들은 흔적도 남기지 않고 사라졌고 나는 다시 길을 찾을 수가 없군. 내가 무엇을 생각하고 있었지? 오늘은 안개가 자욱하게 낀 날이었어. 그냥 공자의 그 세 문장을 읊어보면 어떨까? 그렇게 하면 아까 그 상태로 돌아갈지도 모르지. 그 상태가 극도로 우울한 상태였는지 황홀한 상태였는지 알 도리가 없군.(메모—똑같은 기회는 두 번 다시 오지 않음.)

시인 이제 어떤가, 은자 양반? 내가 너무 빨리 왔나? 그래도 나는 하자가 없는 놈 열세 마리하고 끊어졌거나 크기가 작은 놈 몇 마리를 잡아왔다네. 그 정도면 작은 물고기를 낚는 데 지장이 없을 거야. 낚싯바늘을 완전히 싸 감지는 못할 거야. 마을 지렁이들은 너무 커서 피라미가 낚싯바늘을 건드리지 않고도 배불리 뜯어먹을 수 있단 말일세.

은자 그럼 떠나세. 콩코드 강으로 가볼까? 물이 너무 불지 않았으면 낚시가 잘될 거야.

왜 우리 눈에 들어오는 대상들만이 하나의 세계를 만들어낼까? 왜 사람은 이런 종류의 동물들만 이웃으로 가지고 있을까? 마치 이 보이는 세계와 보이지 않는 세계 사이의 틈은 생쥐만이 채워줄 수 있는 것 같기도 하다. 필페이(pilpay) 동화 작가들[2]은 동물들을 한껏

---

2 3세기경 인도에서 쓰인 동물우화집의 저자.

이용하여 이야기를 쓰고 있는데, 하나같이 짐을 나르는 동물이었던 것으로 보아 어느 의미에서 그들이 인간 사상의 일부를 짊어지도록 묘사된 것이 아닌가 하는 느낌이 들 정도다.

내 집을 드나드는 생쥐들은 유럽에서 이 나라로 건너왔다고 하는 흔히 눈에 띄는 쥐들이 아니라, 마을에서는 볼 수 없는 야생의 토종이었다. 그 생쥐 한 마리를 저명한 박물학자에게 보냈더니 그 학자는 큰 관심을 보였다. 내가 집을 지으려 할 때 그중 한 마리가 집터 밑에 보금자리를 가지고 있었다. 그 생쥐는 내가 마루를 깔고 대팻밥을 쓸어낼 무렵 점심때가 되면 꼬박꼬박 나와서 내 발 밑에 떨어진 빵부스러기를 주워 먹었다. 사람이라고는 한 번도 보지 못한 것 같았다. 그놈은 곧 나와 아주 친숙해져서 내 구두와 옷 위를 뛰어다니곤 했는데, 동작이 다람쥐 같아서 깡충 뛰고 기는 동작으로 방 안의 벽면을 쉽게 기어오르기도 했다.

어느 날 내가 벤치 위에 팔꿈치를 얹고 기대어 앉아 있는데, 그놈이 내 옷 위로 뛰어오르더니 다시 옷소매를 따라 달려와서는 내 손에 있는 종이로 싼 점심 주위를 맴도는 것이었다. 나는 점심을 싼 종이를 단단히 쥐고 그놈을 피하면서 숨바꼭질을 벌였다. 마침내 내가 엄지와 집게손가락 사이에 치즈 한 조각을 쥐고 가만히 있자, 놈은 내 손바닥 위로 올라오더니 거기에 앉아서 치즈를 야금야금 갉아먹는 것이었다. 그러고는 파리처럼 제 얼굴과 앞발들을 깨끗이 닦더니 걸어가버렸다.

그 뒤 얼마 안 있어 딱새 한 마리가 헛간에 둥지를 틀었고 개똥지빠귀는 내 집에 기대듯이 자라고 있는 소나무에 피신처를 장만했다. 6월이 되자 천성이 수줍은 새인 들꿩 한 마리가 어린 새끼들을 데리고 집 뒤의 숲에서 나와 창문을 지나 집 앞쪽으로 가는 모습이 보였다. 암탉처럼 꾸우꾸우 새끼를 부르면서 앞장서 가는 모습이 영락없는 숲속의 암탉이었다.

사람이 가까이 가면 어미의 신호를 받은 새끼들은 마치 회오리바람이 쓸고 간 듯 순식간에 흩어지는데, 그 모습이 마른 잎사귀나 나뭇가지와 너무도 닮았기 때문에 길 가는 사람들은 그 한배의 새끼들의 한가운데 발을 딛고 서 있으면서도 그들이 자기 근처에 있다는 것을 전혀 알지 못했다. 이때 어미새가 날아오르며 요란하게 날갯소리를 내거나 불안에 가득 찬 야릇한 소리를 내지르기도 하고, 날개를 땅에 질질 끄는 모습을 연출하여 행인의 주의를 끌기 때문이다.

어미 들꿩은 때로 털과 깃을 풀어헤친 채 길 가는 사람 앞에서 빙빙 주위를 돌거나 제자리 회전을 한다. 때문에 행인은 그것이 무슨 짐승인지 일순간 알아보지 못하는 경우가 있다. 새끼들은 나뭇잎에 고개를 처박고 전혀 움직이지 않은 채 웅크린 자세로 멀리에 있는 어미의 지시만을 기다리며, 사람이 다가가도 달아나거나 자신들의 몸을 노출시키지 않는다. 그래서 행인은 심지어 새끼 한 마리를 밟거나 1분 이상 바라보면서도 그것들을 알아채지 못한다.

언젠가 나는 들꿩 새끼들을 내 손바닥 위에 올려놓은 적이 있는데, 어미에게 충실하고 본능에 충실한 새끼들은 두려워하거나 몸을 떠는 일 없이 가만히 쪼그리고 있는 것에만 신경을 집중했다. 이 본능이 어찌나 철저한지, 한번은 내가 새끼들을 집었다가 다시 나뭇잎 위에 내려놓을 때 잘못해서 한 마리가 옆으로 자빠졌는데 10분 후에 다시 보았더니 이놈을 포함한 모든 새끼가 내가 놓은 자세를 그대로 유지하고 있었다.

들꿩 새끼는 다른 새들의 새끼와 달리 털이 없지 않으며, 병아리보다 발육이 빨라 조숙해 있었다. 새끼들의 시원히 열리고 맑은 눈동자에 담긴 유별나게 어른스러우면서도 천진한 표정은 정말 기억할 만하다. 온통 영특함이 이들 눈에서 반사되어 나오는 것 같다. 그 눈은 유아기의 순수성뿐만 아니라 경험으로 연마된 지혜까지도 담고 있다. 그러한 눈은 갖고 태어나는 것이 아니라 그것이 반영하는 하늘과 더불어 존재하는 것이다. 그와 같은 보석은 숲에서 다시는 나오지 않을 것이다. 여행자가 그처럼 맑은 샘을 들여다볼 기회는 흔치 않다.

무지하고 무모한 사냥꾼이 그러한 시기에 어미 들꿩을 쏘아 죽이는 경우가 흔히 있다. 그리하여 이 천진한 새끼들을 떠돌이 짐승이나 새의 먹이가 되게 하거나, 자신들의 모습과 너무나도 닮은 썩은 나뭇잎들과 차츰 뒤섞이게 만든다. 암탉에 의해 부화된 들꿩 새끼들은 무엇에 놀라 흩어지면 다시 돌아오지 않는다는데, 그것은 저희들을 부르는 어미새의 소리를 영원히 듣지 못하기 때문이라고 한다. 들꿩이야말로 나의 암탉이며 병아리들이었다.

숲속에서야 보이지 않고 은밀해서 모르지만 여러 마을의 근교에도 얼마나 많은 동물이 야생 그대로 자유롭게 살며 여전히 생명을 유지해가고 있는지 경탄할 만하다. 물론 사냥꾼들만은 그들의 존재를 냄새 맡고 있는 것이 사실이다. 이 근처에는 수달이 그럭저럭 조용히 사람 눈에 띄지 않고 살고 있다. 4피트 정도 크기니까 조그만 소년만 한 이 수달을 어쩌면 얼핏 본 사람도 없을 것이다. 나는 전에 내 집 뒤의 숲속에서 너구리를 본 적이 있는데 밤에는 이따금 그놈이 우는 소리를 들을 수 있었다.

씨를 뿌린 다음에 나는 대개 샘터의 그늘에서 한두 시간을 보내면서 점심을 먹고 책도 읽었다. 그 샘은 내 밭에서 반 마일 떨어진 브리스터 언덕 아래에서 스며 나오는데, 자그만 늪과 개울의 근원이

작은 백송나무들은 이렇게 서 있는데 아랫가지들은 눈의 무게에 눌려 땅으로 숙이고 있고 윗가지들은 보통 똑바로 서 있다.(1859년 1월 4일)

된다. 샘으로 가는 길은 어린 리기다소나무가 빽빽이 자라고 풀이 무성한 좁은 골짜기들을 따라 내려가다가 늪 근처의 비교적 큰 숲으로 들어간다. 그 샘터에는 가지가 넓게 퍼진 백송나무 한 그루 아래 한적한 그늘과, 사람이 앉을 만한 깨끗하고 평평한 작은 풀밭이 있었다. 나는 샘을 더 파서 맑은 우물처럼 만들어 물을 휘젓지 않고도 물을 한 통 떠낼 수 있도록 해놓았다. 호숫물이 시원하지 않은 한여름에는 거의 매일 물을 길으러 이 샘으로 갔다.

샘가에는 도요새 한 마리가 진흙 속에서 벌레를 찾기 위해 새끼들을 데리고 찾아오곤 했다. 어미 도요새가 둑을 따라 1피트 정도 높이로 날면서 오면 새끼들은 그 아래에서 떼를 지어 뛰어왔다. 마침내 나를 발견한 어미새는 새끼들을 버려두고 내 주위를 빙빙 돌기 시작했다. 4, 5피트까지 가까이 날아온 어미새는 날개와 다리가 부러진 시늉을 하며 나의 주의를 끌어서 나를 새끼들에게서 떼어놓으려고 노력했다. 한편 새끼들은 어미새의 지시에 따라 피피 하고 가냘픈 소리로 길게 울면서 늪 쪽을 향해 일렬로 이미 행군을 시작한 후였다. 어미새가 보이지 않는 어떤 경우에는 새끼들만 피피 하고 우는 소리가 들렸다.

샘터에는 멧비둘기들도 날아와 머리 위 백송나무에 앉거나 이 가지에서 저 가지로 날갯소리를 내며 옮겨 다니기도 했다. 붉은다람쥐 한 마리도 아주 가까운 가지를 타고 내려와 호기심을 보이며 기웃거렸는데 그 모습은 특히 친근하게 느껴졌다. 숲속 어느 아늑한 곳에 자리를 잡고 어느 정도 오래 앉아 있기만 하면 거기에 사는 온갖 동물들이 차례로 찾아와 자신들 모습을 보여준다.

나는 평화하고는 거리가 먼 사건을 목격했다. 어느 날 내 장작더미, 아니 나무 그루터기를 쌓아놓은 더미가 있는 곳으로 갔을 때였다. 큰 개미 두 마리가 무섭게 싸우고 있는 것이 보였다. 한 마리는 붉은개미였고 또 한 마리는 훨씬 더 큰, 아마 반 인치 정도 되는 검은개미였다. 일단 서로를 붙잡았다 하면 절대로 놓아주지 않고, 나무토막들 위에서 조금도 쉬지 않고 서로 당기고 씨름하고 굴렀다.

더 자세히 주위를 둘러보았더니 나무토막들 전체가 그런 투사들로 뒤덮여 있는 것을 발견하고 나는 놀랐다. 두 마리만의 결투가 아니라 하나의 전쟁, 그러니까 종족이 다른 두 개미 떼 사이의 전쟁이었다. 붉은개미는 반드시 검은개미와 맞붙어 있었으며, 붉은개미 두 마리가 검은개미 한 마리와 엉켜 있는 경우도 많았다. 이들 미르미돈[3]의 대군들은 내 장작 패는 마당의 모든 언덕과 계곡을 뒤덮었고 그 옆의 땅에는 이미 쌍방의 전사자들과 부상자들이 널브러져 있었다.

이것은 내가 이제껏 목격한 유일한 전투였고, 전투가 벌어지는 현장에 발을 디뎌본 유일한 전쟁터였다. 붉은색 공화주의자들과 검

---

3 아킬레우스를 따라 트로이로 진격한 테살리아의 호전적 부족으로, 선조가 개미(myrmex)였다는 데서 이런 이름이 붙었다고 전한다.

은색 제국주의자들이 벌이는 대규모 전쟁이었다. 사방에서 필사적인 전쟁을 벌이고 있었지만 내 귀에 들려오는 소리는 전혀 없었다. 인간 병사들도 이렇게 결연히 싸운 적은 없었으리라. 나는 나무토막 사이의 작은 양지바른 계곡에서 서로를 움켜잡은 채 떨어지지 않고 싸우고 있는 한 쌍의 개미를 지켜보았다. 지금은 대낮이지만 해가 질 때까지, 아니 목숨이 끊어질 때까지 싸울 각오가 돼 있는 것 같았다. 몸집이 작은 붉은개미는 적의 가슴팍에 바이스처럼 달라붙어 상대방의 더듬이 뿌리 근처를 꽉 물고는 그처럼 싸우느라 뒹구는 동안 단 한순간도 놓아주지 않았다. 다른 한쪽의 더듬이는 이미 잘려 떨어져나가고 없었다. 힘이 더 센 검은개미는 적을 좌우로 흔들어댔는데, 좀 더 가까이에서 보니 적의 수족을 이미 여러 개 잘라놓고 있었다. 이 두 개미는 불독보다 더 끈질기게 싸웠다. 어느 편도 물러날 기색이라곤 조금도 보이지 않았다. 그들의 전쟁 구호는 '정복 아니면 죽음을 달라!'임이 분명했다.

그러는 동안 붉은개미 한 마리가 이쪽 계곡의 비탈을 단신으로 내려왔다. 분명 잔뜩 흥분한 상태였는데, 자기의 적은 이미 해치웠거나 아니면 아직 전투에 참여하지 않은 것 같았다. 아마 후자였을 것이다. 왜냐하면 그는 다리를 하나도 잃지 않은 상태였다. 그의 어머니는 그에게 싸워 이겨서 방패를 가지고 돌아오든가 죽어서 방패에 실려오든가 하라고 훈계한 모양이었다. 아니면 그는 개미족의 아킬레우스로서 홀로 떨어져 분노를 삭이고 있다가 친구인 파트로클로스를 구하거나 그의 죽음에 대한 복수를 하기 위해 나타난 것이었으리라.

검은개미의 크기가 붉은개미의 거의 두 배였으니까 불공평한 싸움이 확실했지만, 그놈은 멀리서 이 싸움을 보고 빠른 걸음으로 다가와서 두 전사에게서 반 인치쯤 떨어진 거리에서 전투 태세를 갖추었다. 그러고는 기회를 엿보다가 검은개미에게 달려들어 그의 오른쪽 앞다리 뿌리 근처를 물고 늘어졌다. 동시에 그는 적에게 자기 수족 가운데 하나를 골라잡을 기회를 주었다. 그리하여 이들 세 마리 개미는 영영 떨어지지 않을 것처럼 엉겨 붙었는데, 그 모습은 모든 자물쇠와 시멘트를 능가하는 어떤 새로운 결합체라도 발명된 것 같았다.

이때쯤 되자 양쪽의 개미 진영이 나무토막 중 유난히 키가 높은 토막 위에 군악대를 배치하고 각기 애국가를 연주시켜 겁먹은 병사들의 사기를 북돋고 부상병들을 격려하는 모습을 보았다 하더라도 나는 조금도 이상하게 생각하지 않았을 것이다. 나 자신은 그 개미들이 사람들인 양 약간 흥분해 있었다. 생각하면 생각할수록 인간 만사에는 차이가 없다. 미국 역사라면 모를까 적어도 콩코드 역사에서는 전투원이나 싸움터에서 발휘된 애국심과 영웅적 행위라는 면에서 이 개미들의 전투에 비길 만한 전투는 분명히 기록돼 있지 않다.

참가 인원이나 처절한 살육 행위라는 면에서 이 개미들의 전투는 분명 아우스터리츠나 드레스덴 전투와 맞먹는다고 하겠다. 콩코드 전투라고! 독립군 편에서 두 사람이 전사하고 루터 블랜처드가 부상당한 그 전투 말인가! 그러나 이곳에서는 모든 개미가 버트릭과 같았으며 "사격하라! 제발!" 하고 외쳤던 것이다. 그래서 몇천 마리 개미가 콩코드 전투에서 전사한 데이비스와 하스머 같은 운명을 맞았던 것이다. 또 이곳에는 용병이 한 명도 없었다. 개미들은 우리의 조상들처럼 신념을 위해 싸웠으며 차세(茶稅) 3페니를 면제받기 위해 싸운 것이 아님을 나는 의심하지 않는다. 그리고 이 싸움의 결과는 적어도 벙커힐 전투[4]만큼이나 관련된 모든 자들에게 중요하고 기억에 남을 만한 것이었으리라.

내가 각별히 묘사한 세 마리 개미가 싸우고 있는 나무토막을 집어 들고 집 안으로 가져가 창문턱 위에 올려놓고, 그 위에 커다란 유리잔을 씌워놓았다. 싸움의 최종 결과를 알고 싶어서였다. 현미경을 들고 맨 처음의 붉은개미를 들여다보았다. 그놈은 검은개미의 하나 남은 더듬이마저 잘라버리고 그의 앞다리 하나를 물어뜯는 일에 전념하고 있었다. 그러나 붉은개미 자신의 가슴팍은 산산이 찢겨서 내장이 검은개미의 사나운 입 공격 앞에 무방비 상태였다. 검은개미의 가슴팍은 너무 단단하여 붉은개미로서는 찢을 수 없는 것이 분명했다. 극심한 고통을 겪고 있는 붉은개미의 검은 홍옥 같은 눈은 전쟁만이 자아낼 수 있는 살기로 가득했다.

개미들은 유리잔 밑에서 반 시간을 더 싸웠으며 내가 다시 쳐다보았을 때는 검은개미가 두 적의 목을 잘라놓은 상태였다. 그런데도 아직 생명이 끊어지지 않고 꿈틀거리는 머리들은 검은개미의 옆구리를 꽉 문 채 매달려 있었다. 그 모습은 말의 안장테에 묶어놓은 무시무시한 전리품 같았다. 검은개미는 잘려나간 두 더듬이와 한 개밖에 남지 않은 다리, 게다가 그것들 말고도 내가 모를 많은 상처를 입은 몸으로 아직도 달라붙어 있는 적의 머리들을 떼어버리려고 버둥대고 있었다. 드디어 다시 반 시간이 지나자 그는 하려던 일을 이루어냈다. 내가 유리잔을 들어올리자 그는 불구가 된 몸으로 창문턱을

---

4 미국독립전쟁 당시의 유명한 전투. (그 위에 여러 전투가 나오는데 모두 개미의 전투와 다를 바 없다는 것을 장황하게 서술하는 부분으로, "생각할수록 차이가 없다"라는 표현의 예증이다.)

넘어 밖으로 나가는 것이었다.

검은개미가 그 전투에서 살아남아 '오텔 데 쟁발리드'[5] 같은 어떤 병원에서 여생을 보냈는지 나로서는 알 수가 없다. 그러나 그의 용맹도 앞으로는 별 쓸모가 없을 것이라는 생각이 들었다. 어느 편이 승리했으며 전쟁의 원인이 무엇이었는지 나는 끝내 알지 못했다. 그러나 내 집 문 앞에서 인간들이 벌이는 전쟁의 투쟁과 살기와 처참한 살육을 목격한 것 같아서 그날 내내 흥분에 겨워 처절한 감정에서 벗어날 수 없었다.

커비와 스펜스에 따르면 개미들의 싸움은 예부터 잘 알려져 있으며 그 연대도 기록되어 있으나, 현대의 저자로서 그들의 싸움을 목격한 것으로 보이는 사람은 스위스의 곤충학자 후버뿐이라고 한다. 그들은 다음과 같이 말한다.

교황 아이네아스 실비우스는 배나무 줄기에서 큰 개미들과 작은 개미들 사이에 벌어진 길고 끈질긴 싸움을 자세히 기록한 다음 "이 싸움은 교황 유게니우스 4세 시절 유명한 법률가인 니콜라스 피스토리엔시스의 눈앞에서 일어난 것이며, 그는 그 전쟁사를 매우 충실히 기술했다"라고 첨가하고 있다. 큰 개미들과 작은 개미들 사이에 벌어진 또 하나의 비슷한 싸움에 대해서 스웨덴의 신부였던 올라우스 마그누스가 기록한 것이 있는데, 승리를 거둔 작은 개미들은 같은 편 시체는 매장했으나 몸집이 더 컸던 적의 시체는 새들의 먹이가 되도록 내버려두었다는 것이다. 이 사건은 폭군 크리스천 2세가 스웨덴에서 축출되기 전에 발생했다.

---

5 프랑스 파리의 상인군인 요양원으로, 나폴레옹의 무덤이 있는 곳이다.

내가 목격한 개미들의 싸움은 미국의 포크 대통령 재임 시절, 웹스터의 도망노예법이 통과되기 5년 전에 일어난 것이다.

식량 저장용 지하실에서 겨우 자라(mud-turtle)나 쫓기에 적합한 마을의 개 여러 마리가 주인 몰래 그 육중한 몸을 이끌고 숲속에 나타나 별 성과도 없이 오래된 여우굴이나 마멋의 구멍을 뒤지고 다녔다. 이들의 안내역을 하는 것은 몸집이 작은 들개였는데, 이놈은 잽싸게 숲을 누비고 다니면서 숲의 동물들에게 공포심을 불러일으켰다. 이 안내자로부터 훨씬 뒤처진 마을의 개들은 나무 위에 올라가 이들을 구경하고 있던 작은 다람쥐 한 마리를 보고 황소처럼 짖어댔다. 그러다가 제 딴에는 길 잃은 날다람쥐를 추격한다는 망상에 사로잡혀 육중한 몸으로 덤불을 쓰러뜨리며 달리기도 했다.

언젠가 나는 돌이 많이 깔린 호숫가를 고양이 한 마리가 거니는 것을 보고 놀란 적이 있다. 고양이는 인가에서 그렇게 먼 곳을 돌아다니는 경우가 거의 없기 때문이다. 놀란 것은 고양이도 마찬가지였다. 그러나 늘 양탄자 위에 엎드려 세월을 보내는 길이 잘 든 고양이도 일단 숲에 들어오면 마치 제집에 온 것처럼 편안해 보이며, 그 교활하고 은밀한 거동으로 숲의 원래 주민인 동물보다 더 토착적인 면모를 보여준다. 한번은 산딸기를 따러 숲속으로 들어갔다가 새끼들을 거느린 어미 고양이를 만났다. 그들은 이미 꽤 야성화되어 있어 어미나 새끼들이나 다 같이 등을 움츠리고 내게 무섭게 으르렁거리는 것이었다.

내가 숲으로 들어와 살기 몇 년 전 일이다. 링컨 마을 주민 가운데 호수에 가장 가까이 사는 길리언 베이커 씨라는 사람이 있었는데, 그의 농가에 '날개 달린 고양이'라는 것이 있었다. 1842년 6월 그 짐승의 생김새를 보려고 내가 그 집을 방문했더니 고양이는 평소 습성대로 사냥을 나가고 없었다. 안주인 말에 따르면 1년 남짓 전, 그러니까 그 전해 4월에 그녀가 집 근처에 처음 나타나 결국 그 집 식구가 되었다는 것이다. (그 고양이가 수놈인지 암놈인지 알 수 없어 우리는 일반적으로 고양이를 지칭하는 그녀라는 대명사를 썼다.) 그 고양이는 털이 진한 갈색이며 목덜미에 하얀 점이 있고 발은 희며 여우처럼 더부룩한 꼬리를 가지고 있다고 했다. 겨울에는 털이 무성하게 자라 몸 양쪽으로 펼쳐지는데, 길이 10인치, 폭 2인치 반의 띠로 되어 있다는 것이다. 턱밑에는 술 같은 것이 자라는데 술의 위쪽은 느슨하지만 아래쪽은 펠트처럼 짜여 있으며, 이런 여러 가지 부속물들은 봄이 되면 모두 떨어져나간다는 것이었다.

그 농가의 부부는 떨어져나간 털, 즉 '날개' 한 쌍을 나에게 주었다. 나는 아직도 그것을 보관하고 있다. 그 날개에 막 같은 것은 보이지 않는다. 어떤 사람은 이 고양이가 날다람쥐나 다른 야생동물의 튀기라고 생각하는데, 터무니없는 말은 아니다. 박물학자들에 따르면 담비와 집고양이를 교접시켜 여러 가지 잡종이 나왔다고 하기 때문이다. 고양이를 기른다면 바로 이런 고양이를 길러야겠다는 생각이 든다. 시인이 날개 달린 말은 물론 날개 달린 고양이를 키우지 말라는 법이 어디 있는가?

가을이 되자 여느 해나 마찬가지로 털갈이도 하고 헤엄도 칠 겸 되강오리가 월든 호수에 왔다. 내가 잠자리에서 일어나기도 전에 그 특유의 미친 듯한 웃음소리로 온 숲을 뒤흔들었다. 되강오리가 왔다는 소문이 퍼지면 마을의 사냥꾼들도 일제히 비상근무에 들어간다. 그들은 특허총, 원추형 탄환, 망원경으로 무장하고 두셋씩 조를 이루어 마차를 타거나 걸어서 출정한다. 사냥꾼들은 가을 낙엽처럼 바스락거리며 숲속을 전진해오는데, 비율은 되강오리 한 마리당 열 사람꼴이다. 일부는 호수 이쪽에 진을 치고 나머지는 호수 건너편에 진을 친다. 그 가련한 새가 도처에 있을 수 없기 때문에 호수 이쪽에서 잠수하면 반대편으로 나올 것이 뻔하기 때문이다.

그러나 이제 친절한 10월의 바람이 고개를 들면서 나뭇잎들이 버스럭버스럭 소리를 내고 호수의 수면에 잔물결이 인다. 그리하여 되강오리의 적들이 망원경으로 호수를 샅샅이 훑고 총성이 숲을 울려도 되강오리의 모습은 보이지 않고 소리도 들리지 않는다. 큼직한 물결이 분연히 일어나 성난 듯이 몰아치며 물새들 편을 들자 사냥꾼들은 마을로, 가게로, 끝내지 않은 일거리로 후퇴하지 않을 수 없게 된다. 그러나 사냥꾼이 성공을 거두는 경우도 너무나 많았다.

내가 아침 일찍 물 한 통을 길으러 호수에 나가면 이 당당한 새가 불과 몇 미터도 안 떨어진 내 집 쪽의 물가에서 호수 한가운데로 헤엄쳐 나가는데, 그런 모습을 한두 번 본 것이 아니다. 이 새가 어떻게 처신하는지 보기 위해 보트를 타고 뒤쫓으면 물속으로 들어가 행방을 감춘다. 그렇게 되면 그날 오후 늦게까지 다시는 못 볼 때도 있었다. 그러나 물 위에서는 내가 되강오리보다 한 수 위였다. 비가 올 때면 되강오리는 대개 어디론가 가버렸다.

아주 고요한 10월 어느 오후, 나는 호수 북쪽 물가에서 보트를 젓고 있었다. 이런 날에는 되강오리들이 박주가리 넝쿨의 털들처럼 하얗게 호수 표면에 내려앉기 일쑤인데, 내가 아무리 호수 위를 살펴도 한 마리도 보이지 않았다. 그런데 그때 갑자기 되강오리 한 마리가 물가에서 호수 한가운데로 헤엄쳐 오더니, 내 앞 불과 10여 미터 지점에서 그 이상한 웃음소리를 내며 제 모습을 드러냈다. 내가 노를 저어 뒤를 쫓자 물속으로 들어가버렸으나, 그가 다시 물 밖으로 나왔을 때는 내가 훨씬 가까이 가 있었다. 그는 다시 물속으로 들어갔다. 그런데 나는 그가 물속에서 헤엄쳐 갈 방향을 잘못 짚어 거리를 벌려놓았고 그 바람에 그가 다시 나왔을 때는 250미터쯤 사이가 벌어지고 말았다. 되강오리는 오랫동안 큰 소리로 웃어댔는데 그럴 만한 이유가 있었다.

되강오리의 거동은 너무 교활해서 나는 20, 30미터 거리 이내로 접근할 수가 없었다. 물 밖으로 나올 때마다 그는 머리를 사방으로 돌려 침착하게 호수와 육지를 둘러보고, 수면이 제일 시원하게 터져 있으면서 보트와는 가장 먼 지점에서 물 위로 나올 수 있도록 잠영 방향을 정하는 것 같았다. 그가 어떻게 그토록 빨리 결심을 하고 그 결심을 실행에 옮기는지 놀라웠다. 그는 나를 즉시 호수의 가장 넓은 부분으로 유인했는데 나는 그를 그곳에서 몰아낼 수 없었다. 그가 제 머릿속에서 한 가지 일을 생각하는 동안 나는 내 머릿속에서 그 한 가지가 뭘까 짐작하려고 노력했다. 그것은 잔잔한 호수의 수면 위에서 벌어지는 인간 대 되강오리의 멋진 한판 승부였다. 상대방의 말이 갑자기 장기판 아래로 사라진다. 그러면 문제는 나의 말을 상대방의 말이 다시 나타나리라고 생각되는 지점과 가장 가까운 곳에 갖다놓는 일이었다.

때로 되강오리는 반대쪽에서 갑자기 나타나기도 했는데, 내 보트 밑을 똑바로 헤엄쳐 지나간 것이 분명했다. 그는 숨이 매우 길고 쉽게 지치지도 않아 물속에서 헤엄을 오래 치고 났을 때도 곧 다시 잠수하곤 했다. 그런 때는 그가 물고기처럼 재빠르게 헤엄쳐, 잔잔하지만 비할 데 없이 깊은 호수의 어느 곳을 지나고 있는지 알아낼 길이 없었다. 그는 호수의 가장 깊은 바닥면까지 헤엄쳐 내려갈 수 있는 수영 능력과 호흡 주기를 가지고 있었기 때문이다. 뉴욕 주의 호수에서 송어를 잡으려고 수면 밑 80피트 깊이에 설치해놓은 낚싯바늘에 되강오리들이 걸렸다고 한다. 물론 월든 호수는 그보다 더 깊다. 이 꼴사나운 외계의 방문객이 자기들 틈에서 헤엄치는 것을 보고 물고기들은 얼마나 놀랐을까!

그는 물 위에서와 마찬가지로 물 밑에서도 나아갈 진로를 확실히 알고 있었고 물 밑에서 오히려 더 빨리 헤엄을 쳤다. 나는 되강오리가 수면 위로 나오려는 곳에 잔물결이 이는 것을 한두 번 보았는데, 머리만 내밀어 주위를 살피더니 곧장 물속으로 사라졌다. 나는 그가 어디서 나타날지 알아내려고 애쓰느니 차라리 노젓기를 멈추고 그냥 기다리는 편이 낫겠다고 생각했다. 왜냐하면 내가 두 눈을 부릅뜨고 수면의 한 방향을 지켜보고 있을 때 갑자기 등 뒤에서 들려오는 되강오리의 괴상한 웃음소리에 깜짝 놀란 적이 한두 번이 아니었기 때문이다.

그런데 왜 되강오리는 그 지독한 교활함을 과시한 뒤 물 위로 나올 때는 큰 웃음소리를 내어 자신의 정체를 어김없이 드러내는 것일까? 그 하얀 가슴 때문에 이미 쉽게 모습이 드러나고 있지 않은가? 그놈은 정말 바보 같은 놈이야 하고 나는 생각했다. 보통 나는 그가 수면 위로 나올 때 내는 물장구 소리를 듣고 그의 위치를 알아냈다. 그러나 이렇게 한 시간을 보내고 나서도 전혀 지친 기색이 없었고, 또다시 물속으로 들어가 처음보다 더 멀리 잠영을 했다. 그가 물 밖에 나와 있을 때 물갈퀴가 달린 발로 모든 동작을 하면서 가슴의 털을 조금도 흐트러뜨리지 않고 유유히 헤엄쳐 가는 모습은 참으로 놀라웠다.

되강오리가 보통 내는 울음소리는 그 특유의 악마 같은 웃음소리였지만, 그래도 다소 물새다운 데가 있었다. 그러나 그가 간혹 나를 성공적으로 골탕을 먹였을 때나 대단히 먼 거리를 잠영하고 나왔을 때는 길게 늘여 빼는 괴상한 울음소리를 냈는데, 그것은 새의 소리라기보다 차라리 늑대의 울부짖음에 가까웠다. 마치 어떤 짐승이 주둥이를 땅에 박고 길게 울부짖는 것 같았다. 이 숲속에 넓고 길게 울려 퍼지는 되강오리의 울음소리는 내가 월든 호숫가에서 들은 소리 중 가장 괴이한 소리였다. 나는 그것이 되강오리가 제 능력만 믿고 나의 시도를 비웃는 웃음이라는 결론을 내렸다.

하늘이 잔뜩 찌푸렸지만 호수가 너무나 잔잔하여 그의 소리가 들리지 않을 때도 그가 어디서 물 밖으로 나왔는지를 볼 수 있었다. 그의 하얀 가슴, 바람 한 점 없는 날씨, 잔잔한 수면이 모두 그에게 불리하게 작용했다. 마침내 그는 200미터쯤 떨어진 수면에 올라와 마치 되강오리들의 신에게 도와달라고 요청하듯 그 기다란 울부짖는 소리를 냈다. 그러자 즉시 동쪽에서 바람이 불기 시작하여 수면에 잔물결을 일으켰고 사방에 안개 같은 비가 내리기 시작했다. 그것은 마치 되강오리의 기원이 이루어져 그의 신이 나에게 분노를 표시하고 있는 것이라는 느낌을 안겨주었다. 그래서 나는 그가 거칠어진 수면 위로 멀리 사라지는 모습을 그냥 바라보기만 했다.

가을의 나날이 지나는 동안 나는 물오리들이 영특하게도 사냥꾼들을 멀리 피하여 호수 가운데서 갈지자로 헤엄치며 노는 것을 몇 시간이고 지켜보았다. 남쪽 루이지애나의 늪지대에 가면 그런 재주를 써먹지 않아도 될 것이다. 공중으로 날아올라야 하는 어떤 경우에는 호수 위를 뱅뱅 돌면서 하늘 높이 올라간다. 높은 하늘에 검은 점처럼 떠 있으면 다른 호수들과 강을 쉽게 내려다볼 수 있을 것이다. 물오리들이 이미 그곳으로 가버렸으려니 생각하고 있노라면 그들은 4분의 1마일 높이에서부터 급강하로 날아 내려와 아무도 없는 호수의 먼 곳에 앉곤 했다. 그들이 월든 호수 한가운데서 즐겨 헤엄

치는 이유가 그곳이 안전하다는 것 말고 다른 어떤 이유가 있는지
나는 모른다. 어쩌면 나와 같은 이유로 이 물오리들도 월든 호수를
사랑하고 있는지 모른다.

13

난방

10월이 되자 나는 강변 풀밭으로 포도를 따러 갔다. 그리고 먹을 거리로보다는 그 아름다움과 향기로 더 귀중한 포도송이를 한 짐 따왔다. 그곳에서 넌출월귤 열매도 보았지만, 따지는 않고 그저 바라보며 감탄을 했다. 그 열매들은 작은 밀랍 보석, 또는 목초지의 풀로 만든 목걸이들이었고 진주색과 붉은색을 띠고 있었다.

그러나 농부는 추한 갈퀴로 그것들을 훑어 모아 평탄한 목초지를 황폐하게 만들며, 그 열매들을 그저 몇 부셸이나 몇 달러로 계산해 가지고는 이 목초지의 약탈품을 보스턴과 뉴욕에 내다 판다. 그곳에서 이 열매들은 잼으로 만들어져 자연을 사랑하는 사람들의 입맛을 충족시킬 것이다. 마찬가지로 도살업자들은 대초원의 풀밭에서 들소의 혀를 긁어모은다. 그 초원의 식물이 찢기고 쓰러지는 것에는 아랑곳하지도 않는다.

매발톱나무의 빛나는 열매도 나에게는 단지 눈요기를 위한 식품이다. 그러나 땅임자나 여행자들이 못 보고 지나쳐버린 야생 사과들은 잼을 만들기 위해 얼마가량을 수집해놓았다. 또 밤이 영글자 나는 겨울을 대비해서 반 부셸 정도를 저장해놓았다. 가을철에 링컨 마을 근처의 끝없이 넓은 밤나무 숲을 거니는 것은 너무나도 유쾌한 일이었다(지금 그 밤나무들은 철도의 침목으로서 영원한 잠을 자고 있다). 서리가 내릴 때까지 기다릴 수 없었던 나는 어깨에 부대를 메고 밤송이를 깔 막대기를 손에 든 채 나뭇잎이 바스락거리는 소리와 붉은다람쥐들과 어치들이 크게 꾸짖는 소리를 들으면서 밤나무들 사이를 돌아다녔다. 때로 나는 다람쥐나 어치가 반쯤 먹다 남긴 밤송이를 훔치기도 했다. 그들이 고른 밤송이 속에는 꼭 성한 알밤들이 들어 있었다. 어떤 때는 내가 직접 나무 위로 올라가 흔들기도 했다.

밤나무들은 내 집 뒤에서도 자라고 있었는데, 그중 한 그루는 집을 뒤덮을 정도로 컸다. 꽃이 피면 그 나무는 이웃 전체에 향기를 뿜어내는 꽃다발이 되었다. 그러나 밤은 다람쥐들과 어치들이 거의 차지했다. 특히 어치들은 이른 아침부터 떼 지어 와서 밤알이 밤송이에서 떨어지기도 전에 알맹이들을 쪼아냈다. 나는 집 근처의 밤나무들은 그들에게 인계하고 좀 멀리 있는 온통 밤나무뿐인 숲을 방문했다. 밤은 그런대로 훌륭한 빵의 대용 식품이 되었다. 아마 찾아보면 다른 대용 식품들이 많이 발견될 수도 있을 것이다.

어느 날 낚시질에 쓸 지렁이를 파내다가 넝쿨에 달린 감자콩을 발견했다. 이것은 원주민의 감자라고 할 수 있는 일종의 전설적인 열매인데, 앞에서도 이야기한 것처럼 어렸을 때 캐어 먹은 적이 있지만 그런 일이 있었나 할 정도로 거의 잊고 있었다. 나는 전에도 그 주름 잡힌 벨벳 모양의 빨간 꽃들이 다른 식물의 줄기에 떠받혀 있는 것을 본 적이 있으나 그것이 바로 감자콩이라는 것을 몰랐었다.

지금에 이르러 감자콩은 개간이라는 것 때문에 거의 멸종 상태에 놓여 있다. 이것은 서리 맞은 감자처럼 엷은 단맛이 나며, 굽는 것보다 삶아 먹는 것이 내 입에는 더 맛있었다. 이 감자콩이라는 뿌리열매 식물은 자연이 장차 어느 시기에 이 장소에다 자기 아이들을 낳아 검소하게 키우겠다는 희미한 약속처럼 느껴졌다. 한때 인디언 부족의 자연숭배 대상이었던 이 소박한 식물은, 살찐 소와 물결치는 곡식의 들판이 널린 오늘날에 와서는 완전히 잊히거나 꽃이 핀 그 넝쿨에 의해서만 기억되는 실정이다.

그러나 야성의 자연이 다시 한번 이 땅을 지배하는 날이 와보라. 그렇게 되면 허약하고 사치스런 영국의 곡물들은 무수한 적 앞에서 아마 종족을 감출 깃이고, 옥수수 역시 사람의 보호를 받지 않게 되면 까마귀가 그 최후의 한 톨까지 인디언의 신이 다스리는 남서부의 광활한 옥수수밭으로 다시 가져갈 것이다. 옥수수는 원래 까마귀가 그곳에서 이리로 날라왔다고들 말한다.

지금은 멸종되다시피 한 감자콩은 서리와 황량한 환경에도 아랑곳없이 다시 살아나 번창할 것이며, 자신이 이 땅의 토박이임을 입증하고 나아가 수렵 민족의 주식으로서 옛날의 중요성과 위신을 다시 찾게 될 것이다. 이 식물을 창조해서 인디언에게 기증한 것은 그들의 곡물의 신 아니면 지혜의 여신이었음에 틀림없다. 이 땅을 시(詩)가 다시 지배하기 시작하면 감자콩 잎사귀와 열매들은 우리의 예술 작품 위에 그 모습을 드러낼 것이다.

호수 건너편의 돌기처럼 물로 뻗어 나온 지점에는 세 그루의 사시나무 밑동이 각기 갈라져나가는 곳이 있으며, 그 밑 물가에는 단풍나무가 두세 그루 서 있었다. 9월 1일쯤 되었는데 그 단풍나무들이 벌써 빨갛게 물들어 있는 것이 보였다. 아, 저 나무들의 색깔은 얼마나 많은 이야기를 하고 있는 것일까! 그때부터 한 주일 한 주일 지나면서 나무들은 제각각 특색을 드러내며 거울 같은 호수에 비친 자신의 모습에 스스로 감탄하고 있었다. 매일 아침 이곳 화랑의 관리인은 벽에 걸린 낡은 그림을 떼어내고 더 멋있고 색채가 조화로운 그림으로 대체했다.

10월이 되자 수많은 말벌들이 겨울을 날 장소로 정했는지 내 집으로 몰려들었다. 그들은 창문 안쪽과 머리 위 벽에 자리를 잡고는 때로 방문객들이 들어오는 것을 방해하기도 했다. 아침마다 말벌들이 추위 때문에 몸이 마비되었는지 움직이지 못할 때 나는 몇 마리를 밖으로 쓸어냈다. 그러나 그들을 군이 내쫓으려고 수고하진 않았다. 오히려 내 집을 바람직한 피신처로 여기는 데 대해 누구의 찬사를 받은 기분이었다. 밤에는 나와 침대를 같이 쓰기도 했지만 나를 정색하며 괴롭힌 적은 결코 없었다. 그들은 겨울과 말할 수 없이 가혹한 추위를 피해 차츰차츰 나도 모르는 틈바구니로 사라졌다.

말벌들이 하는 것처럼 나도 11월이 되자 겨우살이에 들어가기 전에 월든의 북동쪽 호숫가를 자주 찾곤 했다. 그곳은 리기다소나무 숲과 돌이 많은 물가에서 태양열이 반사되어 마치 월든 호수의 난롯가처럼 된 곳이다. 가능한 한 오랫동안 인간이 피운 불보다 태양의 열로 몸을 덥히는 것이 훨씬 상쾌하고 건강에도 좋다. 이렇게 나는 떠나버린 사냥꾼이 남기듯 여름이 뒤에 남기고 간 아직 불티가 있는 깜부기불로 내 몸을 덥혔다.

굴뚝을 쌓게 되자 나는 석공 기술을 배웠다. 벽돌이 중고품이라 흙손으로 깨끗이 할 필요가 있었다. 그리하여 벽돌이나 흙손의 성질에 대해 보통 이상으로 알게 되었다. 벽돌에 붙어 있는 회는 50년이나 된 것인데, 아직도 더 단단히 굳어지고 있는 중이라고 했다. 그러나 이런 말은 사람들이 진위를 가려내지도 않고 남들 말을 그대로 따라하는 이야기 중 하나인 것이다. 그러한 속설 자체가 세월이 감에 따라 한층 더 굳어지고 단단히 부착되기 때문에 뭔가 아는 척하는 인간들에게서 그런 엉터리 생각을 떼어버리려면 흙손질을 많이 해야 할 것이다.

메소포타미아의 여러 마을들은 바빌론의 폐허에서 손에 넣은 질이 매우 좋은 벽돌로 건조되어 있다. 그 벽돌에 붙은 시멘트는 매우 오래된 데다 아마 아직도 매우 단단할 것이다. 아무리 그렇다고 해도, 나는 그 무수한 타격을 받고도 닳지 않는, 특유의 강인성을 지닌 강철에 더 깊은 감명을 받았다. 나의 벽돌엔 느부갓네살 대왕[1]의 이름은 새겨져 있지 않지만 그전에 굴뚝으로 사용되었으므로 나는 될수록 벽난로에 쓸 벽돌을 많이 추려내어 시간과 노력을 절약하려 했다. 또한 벽난로 주위의 벽돌과 벽돌 사이는 호숫가에서 가져온 돌로 메우고, 같은 곳에서 가져온 흰 모래로 회반죽을 만들었다.

나는 벽난로가 집에서 가장 중요한 부분이라 생각하고 벽난로 작업에 가장 많은 시간을 들였다. 실로 매우 신중히 작업했기 때문에 아침에 바닥에서 시작해 밤이 되어서도 바닥에서 불과 몇 인치 높이의 벽돌 한 층밖에 쌓지 못했다. 그날 밤은 이 벽돌을 베개 삼아 잠을 잤다. 그러나 그것 때문에 내 목이 굳어진 것은 아닐 것이다. 내 목이 굳어진 것은 꽤 오래된 얘기다. 그 무렵 나는 시인 한 사람을 손님으로 맞아 두 주일을 같이 지냈는데, 공간이 초협해서 그만 나는 벽돌을 베게 되었다. 나도 칼이 두 개 있었지만 그 시인도 칼 한 자루를 가지고 있었다. 우리는 칼들을 흙 속에 쑤셔 넣음으로써 그 날을 갈았다. 시인은 내가 요리하는 일을 거들기도 했다.

---

1 전성시대를 누렸던 바빌론 왕족의 통치자(?~B.C. 562).

벽난로가 차츰 네모반듯해지고 튼튼하게 올라가는 것을 보니 기분이 좋았다. 일이 오래 걸리면 걸릴수록 그만큼 오래 견딜 것이라고 생각했다. 굴뚝이란 지면에 기초를 두고 집을 뚫고 하늘로 솟아오르는, 어느 정도는 독립적인 구조물이다. 집이 타버린다 해도 굴뚝은 의연히 남아 서 있기도 하기 때문에 그 중요성과 독립성은 명백한 것이다. 이상이 여름이 끝나갈 무렵까지의 이야기다. 이제 11월이 되었다.

북풍은 벌써 호수를 식히기 시작했다. 그러나 호수를 완전히 식히려면 적어도 몇 주일은 쉬지 않고 불어야 할 것이다. 월든 호수는 그렇게 깊은 호수다. 집에 아직 회벽질을 하기 전이었는데, 저녁에 처음으로 불을 때기 시작했을 때 굴뚝은 연기를 너무나 잘 뽑아냈다. 판자들 사이에 터진 곳이 수없이 많았기 때문이다. 나는 시원하고 바람이 잘 통하는 집에서 여러 날에 걸쳐 즐거운 저녁을 보냈다. 옹이가 잔뜩 박힌 거친 판자들로 된 벽이 나를 에워싸고, 껍질도 덜 벗겨진 대들보가 머리 위에 높이 자리 잡은 그런 방이었기 때문이다.

회벽질을 하고 나니 집은 훨씬 안락해졌다고 고백해야겠지만 전

집의 높이 두 배쯤 되는 허공에 엷은 습기가 홍수로 뒤덮인 초지 위를 채우고 있다. 그 습기를 통해 마을 지붕 굴뚝들에서 진한 연기 기둥들이 피어오르고 있다. 보기 유쾌한 장면이다.(1853년 10월 31일)

처럼 내 눈을 즐겁게는 하지 못했다. 사람이 사는 모든 집은 천장이 높직해서 그곳에 어두컴컴한 곳이 형성되고 저녁에는 흔들리는 불빛 그림자들이 서까래들 근처에서 술래잡기라도 해야 되는 게 아닌가? 그러한 형상이야말로 벽화나 다른 값비싼 가구들보다 공상이나 상상의 날개를 펼치는 데 더 적합할 것이다.

이제야 비로소 내 집에 들어와 산다고 말할 수 있게 되었다. 집이 숙소로서뿐만 아니라 추위를 피하기 위한 곳으로도 사용되기 시작했기 때문이다. 나는 장작을 벽난로에서 격리시키려고 낡은 장작받침쇠를 한 쌍 구입했다. 내가 쌓은 굴뚝 뒷면에 그을음이 생긴 것을 보니 기분이 좋았다. 나는 무슨 권리라도 생긴 것처럼 여느 때보다 만족스럽게 불을 쑤석거렸다.

내 집은 자그마해서 안에서 메아리 소리를 즐길 수는 없었다. 그렇지만 방 하나로 이루어진 집인 데다 이웃과도 멀리 떨어져 있어서 실제보다 훨씬 넓어 보였다. 한 채의 집이 가질 수 있는 모든 매력이 방 하나에 집약되어 있었다. 그것은 부엌이자 침실이고 응접실이자 안방이었다. 어른이나 아이, 주인이나 하인이 한 채의 집에 거주함으로써 얻는 모든 만족감을 나는 다 즐기고 있었다.

로마의 카토라는 사람은 다음과 같이 말한다. 한 집안의 가장은 시골 별장에 "기름과 술을 저장하는 지하실과 그런 것이 담긴 많은 통을 가지고 있어야 한다. 그러면 어려운 시기가 와도 의연히 맞이할 수 있을 것이다. 그것들은 가장의 이익이며 덕이고 영광이 될 것이다." 나는 내 지하실에 감자가 들어 있는 작은 통 하나, 바구미가 섞인 완두콩 두 쿼트, 선반에는 약간의 쌀과 당밀 한 병, 그리고 호밀 가루와 옥수수 가루를 각각 9리터가량 가지고 있었다.

나는 때로 황금시대에 세워지고 덩치도 크고 사는 사람도 많은

324

집 한 채에 대해 몽상에 빠져본다. 그 집은 탄탄한 재료로 지어졌고 겉치레만 요란한 장식은 없다. 전체가 방 하나로 되어 있다. 넓고 소박하며 견고하고 원시적인 홀이다. 천장도 없고 회벽질도 하지 않은 채 단지 대들보와 서까래가 머리 위에서 작은 하늘을 떠받치면서 비와 눈을 막아주고 있다. 누군가가 문지방을 넘어 고대 왕조의 농경신 사투르누스의 와상(臥像)에게 경의를 표하면 왕기둥과 여왕기둥들이 그 인사를 받으려고 앞으로 나선다.

동굴처럼 생긴 집이기 때문에 지붕 겸 천장을 보려면 장대 끝에 횃불을 달아 쳐들지 않으면 안 된다. 어떤 사람들은 벽난로 주변에서 살기도 하고, 어떤 사람들은 창이 움푹 들어간 곳에서 살기도 하며, 또 어떤 사람들은 긴 의자에서 살기도 한다. 어떤 사람들은 방 한쪽 구석에서 사는가 하면 또 어떤 사람들은 그 맞은편 구석에서 살며, 또 원하는 사람들은 대들보 위에서 거미들과 함께 살기도 한다.

바깥문을 열면 이미 집 안에 들어와 있으니 인사의 교환은 끝난 것이다. 지친 여행자는 더는 발걸음을 옮길 필요 없이 손발을 씻고, 식사를 하고, 이야기를 나누고, 잠을 잘 수 있다. 비바람이 몰아치는 밤에 그곳에 도착한 것을 행복하게 생각할 수 있는 집이며, 집으로서 필요한 것은 모두 갖추고 있으나 집 돌보기 같은 것은 필요 없는 집이다. 집 안 모든 보물은 한눈에 다 볼 수 있고 사람이 사용할 모든 도구는 각각 못에 걸려 있다. 부엌, 식료품실, 사랑방, 안방, 창고, 다락방 등 모두가 갖춰져 있다. 큰 통이나 사다리 등의 필요한 물건이나 식기장 같은 편리한 것도 다 갖춰져 있다.

냄비 끓는 소리를 들을 수 있고, 저녁 식사를 요리해주는 화덕이나 빵을 구워주는 오븐에 가서 경의를 표할 수도 있다. 필요한 가구들과 살림 도구들이 집 안의 주요 장식품 역할을 하고 있다. 빨랫거

리는 세탁실로 내놓을 필요가 없고, 불도 꺼지는 일이 없으며, 안주
인도 들볶일 일이 없다. 지하실로 내려갈 일이 있는 요리사에게 뚜
껑문에서 비켜달라는 요청을 받을지도 모른다. 그렇게 되면 바닥을
발로 쿵쿵 구르지 않고도 그 밑이 굳은 땅인지, 아니면 밑에 지하실
이 있는지를 알 수 있을 것이다.

집 내부가 새 둥지처럼 트이고 훤히 보여서 앞문으로 들어와서
뒷문으로 나가더라도 집 안에 거주하는 몇 사람은 꼭 만나게 된다.
그 집 손님이 된다는 것은 그 집을 마음대로 돌아다닐 자유를 부여
받는 것이며, 집의 8분의 7로부터는 조심스럽게 격리되어 특정한 작
은 골방에 갇힌 채 부디 편히 쉬라는 인사를 받고 혼자 유폐되는 일
은 없다. 요즈음 들어 주인은 손님을 자기 집 벽난로로 초대하지 않
는다. 집 안 어느 한쪽 구석의 손님방에 석공을 시켜 벽난로 하나를
설치해놓을 뿐이다. 손님 대접의 예우는 손님을 최대한 멀리 떼어놓
는 기술이 되어버렸다. 주인이 손님을 독살하려는 게 아닌가 할 정
도로 요리는 비밀스럽게 준비된다.

나는 여러 사람들의 소유지에 들어가 법률상 퇴거를 명령받을 수
도 있었을 경우는 기억하지만, 정말로 누군가의 집에 들어간 적이
있는지 모르겠다. 내가 꿈을 꾸듯 방금 묘사한 그러한 집에 소박하
게 사는 왕과 왕비가 있는데 마침 내가 그쪽으로 가는 길이라면 평
소 입던 옷을 입고 한번 찾아볼 생각은 있다. 그러나 현대식 궁전에
들어와 있다면 그곳에서 빠져나갈 궁리만 할 것이다.

우리의 응접실에서 주고받는 언어 자체가 모든 활력을 잃고 별
의미 없는 잡담으로 전락되고 있는 것 같다. 우리의 생활은 그 상징
에서 멀리 떨어진 곳을 지나고 있고, 그 은유와 비유는 이른바 급사
용 요리 운반기 같은 것에 의해 억지로 먼 곳에서 끌어온 것 같다.

다시 말해 응접실은 부엌이나 작업장에서 매우 멀리 떨어져 있는 셈이다. 식사도 흔히 식사의 비유에 불과하다. 이건 마치 자연과 진리에 충분히 가까운 데 살아서 거기서 비유적 표현을 빌려 쓸 수 있는 사람은 오직 야만인뿐인 것 같다. 멀리 미국 북서부나 아일랜드 해의 만이라는 섬에 살고 있는 학자가 부엌에서 논란이 되고 있는 것이 무엇인지를 어떻게 알겠는가?

내 손님들 가운데는 오직 한두 사람만이 충분히 오래 머물러 있다가 즉석 푸딩을 얻어먹을 정도로 대담했다. 대부분의 손님은 식사 시간이라는 위기가 다가오면 허둥지둥 퇴각했다. 마치 그것을 나누어 먹으면 내 집이 뿌리째 흔들릴 것 같았던 모양이다. 그러나 내 집은 제법 많은 즉석 푸딩을 차려내고도 끄떡없었다.

얼음을 얼리는 추운 날씨가 닥치고 나서야 나는 집의 회벽질을 시작했다. 그러기 위해 나는 호수 건너편으로 가서 고운 흰모래를 보트에 실어 날랐다. 이 수송 작업은 필요하면 보트를 한없이 저어 멀리 가고 싶은 충동을 유발했다. 그러는 한편 내 집은 사면이 바닥까지 널빤지로 이어졌다. 윗가지를 붙일 때는 망치질 한 번에 못이 제대로 들어가 박혀 나 자신의 솜씨에 우쭐해지는 기분이 들기도 했다.

회반죽을 깨끗하고 재빠르게 바닥 마루에서 벽으로 옮겨 바르는 것이 나의 포부였다. 어느 건방진 녀석의 이야기가 생각났다. 멋진 옷을 입고 마을을 돌아다니면서 일꾼들의 일에 참견하는 버릇이 있는 놈이었다. 하루는 말뿐 아니라 행동으로 시범을 보이겠다고 마음먹은 그가 소매를 걷어붙이고 미장이의 흙받기를 집어 들었다. 무난히 흙손에 진흙을 옮겨 담고는 자신만만한 모습으로 머리 위의 윗가지에 겁 없이 달려들었다. 그 순간, 주름을 잡아 모양을 낸 그의 가슴으로 흙손에 있던 진흙이 주르륵 쏟아져 내리는 망신스러운 사태가 벌어졌다.

나는 새삼스럽게 회벽질의 경제성과 편리함에 탄복했다. 회벽은 효과적으로 추위를 막아주고 집을 품위 있게 단장해준다. 또 미장이가 범하기 쉬운 여러 가지 실수가 무엇인지도 알게 되었다. 내가 놀란 것은 벽돌이 물을 잘 빨아들이기 때문에 내가 회를 고르게 바르기도 전에 회의 수분을 다 빨아먹는다는 사실과, 그래서 새로 벽난로를 쌓는 데는 물이 여러 통 필요하다는 사실이었다. 나는 그 전해 겨울에 실험 삼아 콩코드 강에서 나오는 조개의 껍데기를 태워 소량의 석회를 만든 적이 있어서 그 원료가 어디서 나오는지를 알고 있었다. 마음만 먹는다면 1, 2마일 떨어진 곳에서 양질의 석회석을 입수하여 내 힘으로 석회를 구워낼 수도 있었다.

그러는 동안 호수에서 가장 그늘이 많이 지거나 얕은 작은 만에는 살얼음이 얼었다. 그것은 호수가 전반적으로 얼기 며칠 전, 아니면 몇 주일 전의 일이었다. 최초의 얼음은 각별히 흥미를 자아내며 완벽하다. 그것은 단단하고 색이 어둡고 투명하기 때문에 얕은 곳에서는 호수 바닥을 조사하는 데 절호의 기회를 마련해준다. 수면 위에 떠 있는 소금쟁이처럼 불과 1인치 두께의 얼음 위에 쭉 뻗고 엎드려 물 밑바닥을 마음 놓고 구경하는 것이다. 물은 아주 잔잔하고 바닥은 2, 3인치밖에 떨어져 있지 않기 때문에 마치 유리를 끼워놓은 그림을 보는 듯했다.

호수 바닥의 모래에는 어떤 피조물이 기어갔다가 그 기어간 길로 다시 돌아온 자리가 파여서 생긴 고랑이 많다. 또한 어떤 피조물의 잔해라고 하면, 흰 석영의 작은 알맹이로 되어 있는 날도래 유충의 집이 모래 위 여기저기에 깔려 있었다. 이 벌레의 집들이 고랑 속에 여러 개 있는 것으로 보건대 아마 그들이 고랑을 판 것 같았다. 하지만 그렇게 단정하기에는 고랑이 꽤 넓고 깊었다.

그러나 가장 흥미 있는 관찰 대상은 얼음 그 자체다. 그것을 연구하려면 최초의 기회를 잡아야 한다. 얼음이 언 다음 날 아침에 자세히 들여다보면, 처음에는 얼음 속에 있는 듯 보이던 대부분의 공기 방울이 실은 얼음 밑 쪽에 붙어 있다는 것과, 다른 공기 방울들이 끊임없이 밑에서 올라오고 있다는 것을 알 수 있다. 얼음이 아직 비교적 단단하고 어두운 색조를 띠고 있는 동안에는 얼음을 통해서 물이 보인다. 이들 공기 방울은 지름이 80분의 1인치부터 8분의 1인치까지 다양한 크기이고, 매우 맑고 아름다우며, 얼음을 통해서 들여다보는 사람의 얼굴이 비친다. 얼음 1제곱인치당 이런 공기 방울이 30, 40개는 될 것이다.

또한 이미 얼음 내부에도 길이가 반 인치쯤 되는, 꼭짓점을 위로 향한 날카로운 원추형의 가늘고 긴 공기 방울들이 생겨나 있다. 얼음이 언 지 얼마 되지 않으면 아주 작은 공 모양의 공기 방울들이 염주 알처럼 위아래로 쭉 매달려 있는 경우가 많다. 그러나 이러한 얼음 내부에 있는 공기 방울들은 얼음 밑에 있는 것들만큼 수가 많지 않으며 눈에 잘 띄지도 않는다.

나는 때로 얼음이 얼마나 단단한가를 실험하기 위해 돌을 던져보았다. 그런데 얼음을 깨뜨린 돌은 공기를 함께 끌고 들어가는 바람에 그 공기는 매우 크고 뚜렷한 공기 방울이 되어 얼음 밑에 매달리는 것이었다. 어느 날 48시간 후에 같은 장소에 가보았더니 얼음이 1인치쯤 더 두꺼워지기는 했지만 그 공기 방울들은 여전히 완벽한 상태를 유지하고 있었다. 얼음이 두꺼워진 것은 얼음이 깨졌다가 다시 붙은 자리를 보고 분명히 알 수 있었다. 그러나 최근 이틀 동안 날씨가 봄날처럼 따뜻했기 때문에 얼음은 짙은 초록빛 물과 호수 바닥을 보여주던 투명함을 잃어버리고 말았다. 얼음은 투명성을 잃고 색깔도 희끄무레한 색이나 회색으로 변해 있었다.

또한 얼음의 두께가 두 배로 두꺼워졌지만 강도는 전보다 더 강해진 것 같지 않았다. 얼음 속에 있던 공기 방울들이 기온이 오르자 크게 팽창하여 서로 맞붙게 되면서 규칙적인 배열이 흩어졌기 때문이다. 공기 방울들은 이제 위아래 일렬로 연결된 모습이 아니라, 자루에서 쏟아진 은화처럼 포개져 있거나 갈라진 좁은 틈새에 낀 얇은 조각의 모습을 하고 있었다. 얼음의 아름다움은 사라지고, 호수 바닥을 살피는 작업도 때가 지났다.

나는 새 얼음 속에서 그 큰 공기 방울들이 어떤 위치를 차지하는지 알고 싶어서 중간 크기의 공기 방울을 품고 있는 얼음 덩어리를 깨서 뒤집어보았다. 공기 방울 주위와 밑에 새 얼음이 얼었으므로 그것은 두 얼음 사이에 끼여 있었다. 공기 방울은 완전히 아래쪽 얼음 속에 자리를 잡고 있었지만 위쪽 얼음에 달라붙어 있었고, 모양은 납작한 편이라기보다 차라리 볼록 렌즈에 가까웠다. 가장자리는 둥글고 두께는 4분의 1인치, 지름은 4인치였다.

내가 놀란 것은 공기 방울 바로 밑의 얼음은 접시를 엎어놓은 모양으로 아주 규칙적으로 녹아 있었다는 점이다. 그 접시 모양의 중심부는 높이가 8분의 5인치 정도였기 때문에 공기 방울과 물 사이에는 8분의 1인치 정도도 안 되는 얇은 칸막이벽만이 남겨져 있었다. 이 칸막이 사이에 있는 작은 공기 방울 중에서 여러 개는 밑이 터져 있었다. 지름이 1피트쯤 되는 큰 공기 방울들 밑에는 아마도 얼음이 없었던 것 같다. 내가 맨 처음 본 얼음 밑에 무수히 매달려 있던 작은 공기 방울들 역시 지금은 얼음 속에 갇혀 있으며, 각자 그 크기에

오후 5시. 남서쪽으로 날아가는 기러기 대열이 흡사 써레를 연상시키는데 그중 한두 마리가 우는 소리가 희미하게 들린다. 짧은 줄은 열두 마리이고 네 번째 기러기에 이어지는 긴 대열은 스물네 마리다. 제2대열에 속한 기러 기들 사이의 간격은 그들 날개의 두 배, 즉 5.2피트이고 제1대열 개개의 간 격은 8피트라고 윌슨이 말한다.(1853년 11월 23일)

따라 집광(集光) 렌즈 역할을 해서 얼음을 녹이고 침식시키는 작용 을 했을 것이다. 그것들이 얼음을 갈라지게 하면서 요란한 소리를 내게 하는 작은 공기총이라 할 수 있다.

나의 회벽질 작업이 끝나자 본격적인 겨울이 닥쳐와, 바람은 이 제야 허락이라도 받은 것처럼 집 주위에 몰아치며 울부짖기 시작했 다. 땅이 눈으로 덮인 다음에도 기러기들은 밤마다 날갯소리와 요란 한 울음소리를 내며 어둠 속을 날아와서는 월든 호수에 내려앉고, 일부는 숲 위를 나지막이 날며 페어헤이븐 호수를 향해 갔다. 거기 서 다시 멕시코로 날아갈 것이다. 밤 10시나 11시쯤 마을에서 돌아 올 때 나는 여러 번 집 뒤 조그만 연못가에 있는 숲속에서 기러기 한 떼나 물오리들이 가랑잎을 밟으며 먹이를 주워 먹는 소리와, 이어서 선도자의 울음소리에 따라 이들이 황급히 떠나가는 소리를 들었다.

1845년 월든 호수는 12월 22일 밤에야 비로소 완전히 얼었다. 플린트 호수, 물이 좀 얕은 다른 호수들, 그리고 콩코드 강은 열흘 전 또는 그 이전부터 얼어 있었다. 1849년에는 12월 31일경에, 1850년에는 12월 27일경에, 1852년에는 1월 5일에, 1853년에는 12월 31일에 얼음이 얼었다. 눈은 이미 11월 25일부터 땅을 뒤덮으며 나를 갑자기 겨울 풍경으로 포위해버렸다. 나는 나의 껍질 속으로 더욱 깊숙이 들어가, 집 안뿐 아니라 나의 가슴속에서도 밝은 불이 계속 타오르게 하려고 노력했다.

이제 내가 밖에 나가 할 일은 숲에 들어가 마른 나무를 모아서 양손으로 들고 오거나 어깨에 메고 헛간까지 나르는 일이었다. 소나무 고목 한 그루를 양쪽 겨드랑이 사이에 끼고 질질 끌고 온 적도 있다. 한때는 제 몫을 했던 숲의 낡은 울타리가 내게는 큰 횡재였다. 경계선의 신을 모시기엔 정년이 지난 이 울타리를 나는 불의 신에게 제물로 바쳤다. 눈 속을 돌아다니면서 밥 지을 땔감을 구해온, 아니 훔쳐온 사람의 저녁 식사는 얼마나 재미있는 행사인가! 그의 빵과 고기는 바로 꿀맛이다.[2]

우리 마을들 주변의 숲속에는 많은 집에서 땔감으로 쓰기에 충분한 온갖 종류의 삭정이와 죽은 나무들이 널려 있지만 대부분 활용되지 않고 있다. 어떤 사람들은 이것들이 어린 나무의 성장을 방해한다고 생각하고 있다. 그 밖에 호수 위를 떠다니는 유목(流木)이 있다. 여름에 나는 철로 공사가 한창일 때 아일랜드인 노동자들이 엮어놓은 뗏목을 발견했다. 그 뗏목은 나무껍질이 채 벗겨지지 않은 리기다소나무들로 엮여 있었는데, 나는 그것을 기슭으로 반쯤 끌어올렸다. 2년 동안 물에 떠 있다가 6개월 동안 육지에 놓여 있던 이

---

2 속담 "훔친 물은 달고 몰래 먹은 빵은 꿀이다"에서 따온 부분이다.

뗏목은 어떻게 해도 마르지 않을 정도로 물이 배어 있었지만 목재의 상태는 매우 양호했다.

어느 겨울 나는 뗏목을 하나하나 풀어 약 반 마일 거리의 호수를 가로질러 그것들을 미끄러뜨리는 운반 작업을 즐겼다. 15피트 길이의 통나무 한쪽은 어깨에 메고 다른 한쪽은 얼음 위에 놓은 채 밀기도 하고, 몇 개의 통나무를 자작나무의 나긋나긋한 가지로 묶은 다음 고리가 달린 길쭉한 자작나무나 오리나무를 거기다 꿰어서 끌기도 했다. 이 통나무들은 온통 물이 배어 있어 거의 납처럼 무거웠지만 불길이 오래 탔을 뿐 아니라 화력도 매우 좋았다. 물이 배어 있어 오히려 더 잘 타는 게 아닌가 싶었다. 마치 송진이 물에 갇혀 있어서 램프 속에서 더 오래 타는 것과 같은 이치가 아닌가 하는 생각이 들었다.

길핀[3]은 영국의 숲 주변에 사는 사람들에 대한 글에서 다음과 같이 말한다.

숲을 무단으로 출입하거나 개인의 주택 또는 울타리가 경계를 침범하는 것은 옛 삼림법에서 중대한 불법행위로 간주되었다. 그러한 행위는 새와 짐승을 놀라게 하고 삼림을 해칠 우려가 있으므로 불법 삼림 침해라는 죄목으로 엄벌에 처해졌다.[4]

그러나 나는 야생동물이나 초목의 보존에 관해서는 사냥꾼이나

---

3 윌리엄 길핀(William Gilpin, 1724~1804). 영국의 저술가로, 모국의 자연 경관을 시적으로 묘사한 여행기 작가로 알려져 있다.
4 W. 길핀의 《삼림 경관에 대한 의견》(1834)에서 인용했다.

나무꾼보다 깊은 관심을 가지고 있었다. 그 점에 있어서는 삼림감독관에게도 뒤지지 않았다. 실은 나도 실수로 불을 한 번 낸 적이 있지만, 혹시 숲의 일부가 불에 타기라도 하면 그 숲의 주인보다 내가 더 슬퍼했다. 나의 그 슬픔은 주인의 그것보다 더 오래 지속되고 달랠 수 없는 슬픔이었다. 아니, 숲의 임자가 나무를 잘라낼 때도 나는 슬펐다. 고대 로마인들이 신성한 숲을 솎아내어 빛을 숲에 넣어주려할 때 가졌던 외경심을 다소나마 우리 농부들이 가졌으면 하는 바람이다. 그 숲은 어떤 신에게 바쳐진 신성한 것이라는 믿음이 농부에게 있기를 바란다. 로마인들은 속죄의 제물을 바치고 "이 숲을 성스럽게 여기시는 남자 신이든 여자 신이든 당신께 비옵나니 부디 저와 제 가족과 제 자식들에게 자비를 베풀어주십시오" 하는 식으로 기원했던 것이다.

놀라운 일은, 오늘날 이 새로운 국가에서조차 목재에 아직도 엄연한 가치가 부여되고 있다는 사실이다. 그 가치는 황금보다 항구적이고 보편적인 것이다. 이제껏 온갖 발견과 발명이 이루어졌음에도 어느 누구도 한 더미 나무를 그냥 지나치지 않는다. 나무는 우리 조상인 색슨족이나 노르만족에게 그러했듯 우리에게도 소중하다. 그들이 나무로 활을 만들었다면 우리는 나무로 총의 개머리판을 만든다.

프랑스 식물학자 미쇼는 30여 년 전에 이렇게 말했다.

뉴욕과 필라델피아에서 연료용 나무의 값은 파리의 최상급 목재 값과 거의 같거나 때로는 더 비싸기까지 하다. 광대한 수도 파리는 해마다 30만 코드 이상의 나무가 필요하고, 300마일이나 멀리까지 산은 없이 경작된 평야로 둘러싸여 있는데도 그렇다.

우리 마을에서도 장작 값은 꾸준히 오르고 있으며, 문제라면 올해는 작년보다 얼마나 더 오르느냐 하는 것뿐이다. 다른 볼일이 별로 없는데도 숲을 찾아오는 직공들이나 장사꾼들은 반드시 목재 경매를 참관하고, 벌목꾼이 숲의 나무를 베고 남은 부스러기를 모으는 권리에 대해서도 비싼 값을 치른다. 사람들이 땔감이나 각종 공예 재료를 숲에 의지하게 된 지도 오래다. 뉴잉글랜드 사람들이나 뉴네덜란드 사람들, 파리 시민, 켈트인들, 농부와 로빈 후드, 구디 블레이크와 해리 길[5], 그리고 거의 모든 나라의 왕후든 농사꾼이든, 배운 사람이든 무식쟁이든 모든 사람이 다같이 몸을 따뜻하게 하고 밥을 짓기 위해서는 숲에서 가져온 나무 한 다발이 필요한 것이다. 나 역시 장작 없이는 살아갈 수가 없다.

사람은 누구나 자기의 장작더미를 보면 일종의 애정이 솟구치는 것을 느낀다. 나는 장작을 창문 밖에 쌓아놓기를 좋아한다. 장작더미가 높으면 높을수록 나무를 장만할 때의 즐거운 시간들이 더 잘 상기된다. 나는 주인 없는 헌 도끼 한 자루를 가지고 있었는데, 겨울에는 가끔 양지바른 곳으로 나가 콩밭에서 캐낸 나무 그루터기에 도끼질을 하면서 시간을 보냈다. 내가 밭을 갈 때 소를 몰던 사람이 예언한 대로 이 그루터기들은 나를 두 번 따뜻하게 해주었다. 한 번은 내가 그것들을 쪼개느라고 도끼질을 할 때, 또 한 번은 그것을 땔감으로 태웠을 때였다. 그러니까 어떤 연료도 그것보다 더 많은 열은 줄 수 없었을 것이다. 도끼로 말하면, 마을 대장간에 가서 날을 갈라는 충고도 있었지만 나는 대장장이를 무시하고 숲에서 잘라온 호두

---

5 영국 시인 워즈워스의 시 〈참 이야기〉(1798)에 나오는, 장작 때문에 싸우는 가난한 여자 블레이크와 부유한 농부 길을 가리킨다.

나무로 자루를 박아 그럭저럭 쓸 수 있게 했다. 날은 좀 무딜지 몰라도 자루는 제대로 박힌 도끼였다.

송진이 잔뜩 들어 있는 소나무 토막은 정말 보물이나 다름없었다. 이와 같은 불의 먹잇감이 대지의 태내에 지금도 얼마나 많이 감춰져 있는가를 생각하니 재미있다. 지난 몇 년 동안 나는 과거에 리기다소나무 숲이 서 있었으나 지금은 헐벗은 언덕이 되어버린 그 언덕 비탈을 여러 차례 탐사하면서 송진이 잔뜩 박힌 소나무 뿌리들을 캐내곤 했다. 이 뿌리들은 거의 썩지 않은 상태였다. 적어도 30년 내지 40년이나 된 그루터기들이 속은 말짱한 채로 있었다. 하지만 겉의 백목질(白木質)은 모두 부식토가 되어 있었는데, 그것은 중심에서 4, 5인치 떨어진 두꺼운 껍질층이 지면과 같은 높이에서 동그라미 모양을 이루고 있는 것을 보아도 알 수 있었다. 도끼와 삽으로 이 광산을 파 들어가 소의 기름처럼 누런 그 골수 부분을 캘 때는 마치 땅 깊숙한 곳에서 금광맥이라도 찾아낸 기분이었다.

불쏘시개로는 대개 마른 나뭇잎을 썼다. 눈이 오기 전에 숲속에서 긁어다가 헛간에 쌓아놓은 것이었다. 나무꾼들은 숲에서 야영을 할 때 가늘게 쪼갠 호두나무를 불쏘시개로 사용하는데, 나도 이따금 그것을 쓸 때가 있었다. 지평선 너머에서 마을 사람들이 불을 때고 있을 때면, 나도 굴뚝으로 긴 연기를 뿜어내어 월든 골짜기의 여러 야생의 주민들에게 내가 깨어 있다는 것을 알렸다.

가벼운 날개의 연기, 이카로스를 닮은 새여,
날아오르며 네 날개를 녹이는구나.
노래 없는 종달새여, 새벽의 사자(使者)여,
너의 보금자리 같은 마을들 상공에 호(弧)를 그리는구나.

아니면 떠나버리려는 꿈이냐,

치맛자락을 여미는

한밤중의 어두운 환영(幻影)이냐.

밤에는 별들을 가려주고

낮에는 광선을 어둡게 하며 태양을 차단하는 자,

이제 일어나라, 나의 향기여, 이 난로에서,

그러고는 신들에게 간청하라.

이 맑은 불꽃을 용서해달라고.[6]

갓 잘라낸 단단한 생나무는 별로 사용하지는 않았지만 다른 어떤
땔감보다 나의 목적에 부합되는 것이었다. 겨울 오후에 산책을 나갈
때 나는 잘 타고 있는 불을 간혹 그대로 남겨두고 집을 나섰다. 서너
시간 후에 돌아와 보면 불은 여전히 잘 타고 있었다. 내가 집을 나갔
을 때도 내 집은 빈집이 아니었다. 마치 어떤 쾌활한 가정부를 집에
남겨둔 것 같은 기분이었다. 여기에 사는 것은 나와 불이었다. 이 불
이라는 가정부는 항상 신뢰를 저버리지 않았다.

그러나 어느 날 밖에서 장작을 패고 있는데, 집에 혹시 불이 나지
않았나 하고 창문 안을 들여다보고 싶은 생각이 들었다. 내 기억으로
불 때문에 왠지 불안한 마음이 들었던 유일한 경우였다. 집 안을 들
여다보니 불꽃이 침대에 튀어 불이 붙어 있었다. 나는 급히 뛰어 들
어가 손바닥만 한 크기로 타고 있는 불을 껐다. 그러나 나의 집은 양
지바르고 바람이 잘 닿지 않는 장소에 위치한 데다 지붕이 낮았으므
로 어떤 겨울날에도 한낮에는 불을 피우지 않고 지낼 수 있었다.

---

6 소로의 자작시로, 그의 시 중에서는 가장 널리 알려져 있다.

내 지하실에는 두더지들이 집을 짓고 감자를 3분의 1 정도 갉아 먹은 상태였다. 이놈들은 회벽질할 때 쓰고 남은 털과 갈색 종이로 아늑한 침대까지 만들어놓고 있었다. 아무리 야성적인 동물이라 하더라도 안락함과 따뜻함을 사랑하는 것은 사람과 다를 바 없다. 안락함과 따뜻함을 얻으려고 충분한 노력을 하기 때문에 그들은 겨울에도 죽지 않고 살아남는 것이다. 친구 중에 누군가는 내가 얼어 죽기 위해 숲에 들어온 것처럼 말했다. 동물은 단지 은폐된 곳에 보금자리를 만들어놓고 체온으로 그것을 따뜻하게 할 뿐이다. 그러나 인간은 불을 발견했으므로 넓은 방에 공기를 가둬두고 그 공기를 덥혀서 자신의 보금자리로 만든다. 자기의 체온을 빼앗길 필요가 없다. 인간은 그 안에서 거북스러운 옷을 입지 않고 돌아다닐 수 있으며, 한겨울에도 여름 같은 상태를 유지한다. 게다가 창문이라는 수단을 이용하여 빛이 들어오게 하고, 램프를 써서 낮의 길이를 늘이기도 한다. 이렇게 인간은 본능을 넘어 한두 걸음 전진함으로써 예술 창조를 위한 약간의 시간을 비축하는 것이다.

장시간 혹독한 찬바람에 노출되어 온몸이 무감각해졌을 때도 내 집의 따뜻한 분위기 속으로 들어오면 곧바로 몸의 기능을 회복하고 생명을 연장할 수 있었다. 그러나 아무리 호화로운 집에 사는 사람이라도 이 점에 관한 한 자랑할 것이 없으며, 인류가 결국 어떻게 멸망할 것인가를 두고 골치를 썩일 필요도 없다. 북쪽에서 약간만 더 강한 바람이 불어오면 언제라도 인간 운명의 실은 쉽사리 끊어질 것이다. 우리는 '추웠던 금요일'이니 '대폭설의 날[7]'이니 하면서 그런

---

7 '추웠던 금요일'은 무서운 한파가 몰아친 1810년 1월 19일을 말하며, '대폭설의 날'은 1717년 10월 10일을 가리킨다.

날로부터 오늘까지 며칠이 지났는지 날짜를 계산하지만, 조금 더 추운 금요일이나 좀 더 심한 폭설이 내리기만 하면 지구상의 인간 생존에는 종지부가 찍힐 것이다.

나는 숲의 소유주가 아니었으므로 이듬해 겨울에는 나무를 절약하기 위해 작은 요리용 난로를 사용했다. 그러나 그것은 열려 있는 벽난로만큼 불을 오래 유지시키지 못했다. 이제 먹을 것을 조리하는 일은 대체로 더는 시적인 작업이 아니라 단지 화학적 과정이 되어버렸다. 이처럼 난로를 쓰는 시대에는 과거의 우리가 감자를 구울 때 인디언처럼 재 속에 묻었다는 것은 곧 잊히고 말 것이다. 난로는 자리를 차지하고 집 안에 냄새를 풍기는 데다 불을 볼 수 없기 때문에 나는 마치 친한 친구라도 잃은 듯한 기분이 들었다.

불을 피우면 늘 그 불 속에서 하나의 얼굴을 볼 수 있다. 노동자는 저녁에 그 불을 바라보며 낮 동안 쌓인 찌꺼기와 먼지를 자기의 생각으로부터 씻어낸다. 그러나 나는 이제 가만히 앉아 불을 들여다볼 수 없다. 그런 생각을 하자 어떤 시인이 불에 관하여 읊은 적절한 시 구절이 새로운 힘을 가지고 내게 되살아났다.

밝은 불꽃이여, 나에게 베풀어다오.
너의 그리운, 인생을 조각해내는, 따뜻한 마음씨를.
나의 희망 말고 무엇이 그처럼 밝게 타올랐던가?
나의 운명 말고 무엇이 그처럼 밤의 어둠 속으로 낮게 가라앉았던가?

어찌하여 너는 우리의 벽난로와 대청에서 쫓겨났느냐?
우리 모두 환영하고 사랑하던 너 아니었느냐?

지루하기 그지없는 우리 인생의 평범한 빛이 되기엔
너의 존재가 너무나 환상적이었느냐?
너의 찬란한 빛은 마음 맞는 우리의 영혼들과
신비한 대화나 너무나 대담한 비밀을 주고받았던가?
자, 이제 우리는 벽난로 옆에 앉아 안전하고 강건하지만
여기서는 희미한 그림자도 흔들리지 않으며
신명을 돋우거나 슬픔을 주는 것이라고는 아무것도 없고
다만 불이 발과 손을 녹여주고 있구나.
더는 열망할 것도 없구나.
실용적인 소형 난로 옆에
현재라는 시간은 앉아서 잠들 수 있으며,
어두운 과거에서 걸어 나와 흔들리는 옛 장작불 곁에서
우리와 이야기를 나누었던 유령들을
이제는 두려워하지 않아도 된다.[8]

---

8 이 시는 엘렌 후퍼(Ellen Hooper, 1762~1848)라는 여성 시인의 작품이다.

14

전에 살던 사람들과 겨울 방문객

나는 몇 차례의 눈보라를 유쾌하게 겪었다. 밖에서는 눈이 사납게 휘날리고 올빼미도 목소리를 죽였지만 나는 벽난로 앞에 앉아 즐거운 겨울밤을 보냈다. 몇 주일 동안 내가 숲을 산책하다가 만난 사람이라고는 이따금 숲의 나무를 베어 썰매로 마을까지 실어가는 사람들 말고 아무도 없었다.

그러나 나는 자연의 힘에 이끌려 숲에서도 눈이 가장 많이 쌓인 곳을 뚫고 길을 내게 되었다. 내가 한번 눈을 밟고 지나가면 바람은 떡갈나무 잎들을 그 발자국으로 몰아넣어 자리를 잡게 했으며, 다시 잎들은 햇빛을 흡수하여 눈을 녹여서는 밟고 다니기에 알맞은 마른 바닥을 만들어주었다. 또한 밤에 이 발자국들은 검은 선으로 보여 내가 길을 가는 데 안내 역할을 했다.

사람들과 교제하려면 전에 이 숲에 살던 사람들을 머릿속에 떠올리는 방법밖에 없었다. 내 집 근처를 지나는 길을 가노라면 이 숲에 사는 사람들의 웃고 떠드는 소리가 들렸고, 그 길 옆 숲속에는 그들의 작은 집과 화단이 여기저기 자리 잡고 있던 때를 기억하는 마을 사람들도 많았다. 그 당시에는 지금보다 길 옆의 숲이 더 울창했다고 한다. 내 기억에도 길을 가는 이륜마차가 길 양쪽 소나무들을 동시에 스치는 곳도 있었고, 이 길을 따라 혼자서 링컨 마을까지 가야 했던 여자나 아이들은 두려움에 가득 차 길을 걸으며 대부분의 거리를 뛰어가다시피 했다.

이 길은 주로 사람들이 이웃 마을에 가거나 벌목꾼들이 수레를 몰고 다니던 보잘것없는 길이지만, 그 당시에는 여러 가지 다양한 점이 있어 길 가는 여행자는 결코 심심치 않았으며 그들의 추억에도 오래 남아 있다. 지금은 굳은 땅으로 된 넓은 밭이 마을에서 숲까지 뻗어 있지만 당시에는 단풍나무들이 자라는 늪지대를 가로질러 통나무를 깐 길이 나 있었다. 오늘날 구빈원 농장이 되어버린 스트래튼 농장에서 브리스터 언덕에 이르는 먼지 나는 큰길 밑에는 지금도 분명 그 통나무 길의 흔적이 남아 있을 것이다.

내 콩밭 동쪽 길 건너에는 카토 잉그램이라는 사람이 살았었는데, 그는 콩코드 마을 유지였던 던컨 잉그램 씨의 노예였다. 주인은 그 노예를 위해 월든 숲속에 집 한 채를 지어주고 거기서 살도록 했다. 고대 로마에서 유명했던 우티카의 카토가 아니라 콩코드의 카토였다. 어떤 사람의 말로는 그가 아프리카 기니에서 잡혀온 흑인 노예였다고 한다.

호두나무들 가운데 있던 그의 작은 밭을 기억하고 있는 사람이 아직도 몇 명 있다. 카토는 호두나무를 길러 노년기를 대비하려 했으나, 그 호두나무들은 결국 젊고 피부가 하얀 투기꾼에게 넘어가버렸다. 그러나 그 사람도 지금은 카토나 마찬가지로 땅을 한 조각 차지하고 잠들어 있다. 카토의 지하 저장실은 반쯤 땅속에 묻힌 채 지금도 남아 있는데, 소나무들에 가려 길에서 보이지 않기 때문에 그것을 아는 사람은 거의 없다. 이제 그곳에는 부드러운 옻나무 덩굴이 뒤덮여 있으며 꽃이 제일 먼저 피는 미역취가 무성하게 자라고 있다.

카토의 집에서 조금 더 마을에 가까운 쪽인 내 콩밭 한구석에 질파라는 흑인 여자의 작은 집이 서 있었다. 그녀는 아마를 짜서 마을 사람들에게 팔아 생계를 유지했는데, 크고 특이한 목소리의 그녀가 노래를 하면 숲이 쩡쩡 울리곤 했다. 1812년 영국과의 전쟁 때 그녀가 집을 비운 사이에 가석방되어 풀려나온 영국인 전쟁 포로들이 그녀의 집에 불을 질러 고양이와 개와 닭들을 모두 태워 죽이고 말았다. 그녀는 지독히 어려운 생활을 했다. 거의 사람 사는 모습이 아니었다. 당시에 숲을 자주 드나들던 사람이 기억하는 바로는, 하루는 그 집 옆을 지나는데 팔팔 끓는 냄비를 보면서 그녀가 "너희들은 모두 뼈다귀들이야, 뼈다귀!" 하고 혼자 중얼거리는 소리가 들리더라는 것이다. 떡갈나무의 작은 숲속에 있던 그녀의 집터에는 이제 벽돌만 몇 개 남아 있다.

길을 더 내려가서 오른쪽에 위치한 브리스터 언덕 위에는 브리스터 프리맨이라는 사람이 살았었다. 그는 지방 유지였던 커밍스 씨의 노예였다가 자유의 몸이 된 사람으로 '솜씨가 좋은 흑인'으로 알려져 있었다. 그곳에는 브리스터가 심어서 키운 사과나무들이 거대한 늙은 나무들이 되어 아직도 서 있는데, 사과 맛은 야생 사과에 가까운 신맛이었다. 얼마 전 링컨 마을의 오래된 공동묘지에 갔다가 브리스터의 묘비명을 읽었다. 콩코드 전투에서 후퇴하다가 전사한 영국의 척탄병들이 묻혀 있는 무명의 묘에 가깝게 위치한 그의 묘비명에는 '시피오 브리스터. 유색인'이라고 새겨져 있었다. 그를 '스키피오 아프리카누스'라고 부를 수는 있었겠지만 굳이 '유색인'이라고 한 것은 이제 그가 죽었기 때문에 색이 없어졌다고 여기는 것도 같았다. 또한 이 묘비명은 그가 죽은 날짜를 강조해서 기록하고 있지만, 그가 한때는 살아 숨쉬던 사람이었다는 것을 간접적으로 말해줄 뿐이었다. 브리스터는 펜다라는 상냥한 아내와 함께 살았다. 그녀는 사람들의 점을 쳐주었지만 그들의 기분을 잡치게 만드는 적은 없었다. 그녀는 몸집이 크고 통통했으며 피부는 어떤 밤의 아이들보다 더 까맸다. 그처럼 검고 둥근 달은 그전에도 그 후에도 콩코드의 하늘에 뜬 적이 없었다.

그 언덕을 더 내려가면 왼쪽의 숲속 옛 도로 근처에 스트래튼 일가의 농장이 있던 흔적이 일부 남아 있다. 그들의 과수원은 한때 브리스터 언덕의 모든 비탈을 덮었으나 오래전에 리기다소나무들에게 압도되어 이제는 그루터기만이 약간 남아 있을 뿐이다. 이 늙은 그루터기들은 아직도 그 마을에 꽤 많은 과일나무 묘목을 거저 제공해준다.

좀 더 마을로 가까이 가서 길 건너 숲 가장자리를 보면 브리드 가의 집터가 있는데, 옛 신화에도 그 이름이 확실히 나와 있지 않은 어떤 악마가 장난질한 것으로 유명하다. 이 악마는 이곳 뉴잉글랜드의 생활에서도 놀랍고도 두드러진 역할을 해왔기 때문에 신화에 나오는 어떤 인물보다도 그의 행적은 기록해둘 만한 가치가 있다. 이자는 처음에는 친구나 일꾼으로 위장하고 와서는 그 집 식구 전부를 약탈하고 살해한다. 이 악마의 이름은 다름 아닌 뉴잉글랜드의 럼주다.

그러나 여기서 빚어진 비극의 역사를 이야기할 때는 아니다. 좀 더 시간이 흐르도록 해서 그 비극이 완화되고 하늘색을 띠도록 내버려두자. 이곳에 한때 주막이 있었다는 이야기가 있지만 정말 그랬었는지는 불분명하고 의심스럽다. 이곳의 우물은 여행자의 물통을 채

위주고 그의 말의 힘을 북돋아주었던 모습 그대로 남아 있다. 당시에는 여기서 사람들이 서로 인사를 나누고 소식을 주고받았으며, 그러고 나서 자기들 갈 길을 다시 떠났던 것이다.

브리드의 오두막은 오랫동안 빈집으로 있었지만 12년 전만 해도 그 자리에 서 있었다. 내 집과 거의 비슷한 크기였다. 내 기억이 틀리지 않다면 마을의 개구쟁이들이 그 집에 불을 지른 것은 어느 선거일 밤이었다. 나는 당시 마을의 변두리에 살고 있었는데, 영국의 시인 대버넌트[1]의 작품인 《곤디버트》를 읽는 데 몰두해 있었다. 그 해 겨울 나는 어떤 무기력증에 시달렸는데, 이 병이 혹시 어떤 유전에 의한 것인지 의심하고 있었다. 왜냐하면 내 숙부는 면도를 하다가 잠이 들기도 하고 안식일을 눈뜨고 지키기 위해 일요일에 지하실로 감자의 눈을 따러 내려가기도 했기 때문이다. 유전적인 것이 아니면, 차머스의 《영시선집》을 깡그리 읽으려는 내 욕심의 결과인지 알 수 없었다. 어쨌든 그 병 때문에 나는 거의 꼼짝 않고 있었다.

내가 책에 얼굴을 박고 있는데 화재를 알리는 종소리가 울렸다. 소방차가 그쪽으로 급히 달려갔고, 그 앞을 이미 한 떼의 어른과 아이들이 달리고 있었다. 나는 개천을 뛰어넘어 달렸기 때문에 그들보다 앞에 있었다. 우리는 불이 난 위치가 숲 너머 훨씬 남쪽일 거라고 생각했다. 창고든 상점이든 가정집이든, 아니면 모두가 전부 타든 불이 났다 하면 그리로 달려갔던 경험이 있는 우리였다. "베이커 농장의 창고다" 하고 누군가가 소리쳤다. "카드맨 씨 집이 틀림없어" 하고 다른 사람이 단정적으로 말했다.

---

1 윌리엄 대버넌트(William D'Avenant, 1606~1668). 영국의 시인 겸 극작가이며, 《곤디버트》는 그의 서사시.

바로 그때 지붕이 내려앉은 것처럼 새로운 불길이 숲 위로 솟아올랐다. "콩코드 사람들아, 구조하러 갑시다!" 하고 모두 소리쳤다. 마차들이 사람들을 가득 싣고 무서운 속도로 부서져라 달려갔다. 그중에는 아무리 멀어도 현장에 가보아야 하는 보험회사 대리인도 타고 있었을 것이다. 그 뒤를 가끔씩 종을 울리며 천천히, 그리고 침착하게 소방차가 달렸다. 그리고 사람들이 나중에 중얼거린 바에 따르면, 맨 꽁무니에는 저희가 불을 지르고는 그 소식을 마을에 알린 녀석들이 쫓아갔다는 것이다.

그리하여 우리는 참나운 이상주의자들처럼 감각기관의 증언을 무시하고 계속 달렸다. 길모퉁이를 돌자 불꽃이 튀는 소리가 들리면서 담 너머로 불의 열기를 실제로 몸에 느낄 수 있었다. 아, 드디어 현장에 도착했구나 하는 생각이 들었다. 불타는 현장에 아주 가까이 있었지만 우리의 열의는 식지 않았다. 처음에 우리는 개구리 연못의 물을 통째로 퍼부을 작정이었다. 그러나 불길을 잡기에는 이미 늦은 데다 집의 가치도 보잘것없었으므로 그냥 타도록 내버려두기로 했다.

서로를 밀치다시피 소방차 주변에 빽빽이 모여 선 우리는 손나발로 우리의 느낌을 외치기도 하고, 낮은 목소리로 배스콤 상점의 화재를 비롯해 세계가 목격한 큰 화재에 대한 이야기를 주고받았다. 그리고 소방차가 조금만 더 일찍 도착하고 근처의 개구리 연못에 물이 가득했더라면 이번 화재를 또 하나의 홍수로 바꾸어놓을 수도 있었을 것이라는 우리끼리의 생각을 쑤군거렸다. 우리는 아무런 장난질도 치지 않고 현장에서 물러나 각자의 잠자리로 돌아갔다. 《곤디버트》로도 돌아갔다. 《곤디버트》에 대해 한마디 하자면, 기지(機智)는 영혼의 화약이라는 그 서문의 내용에서 "인류의 대부분은 기지를 모르는데, 마치 인디언들이 화약을 모르는 것이나 같다"라는 구절은 따로 떼어 생각하고 싶었다.

이튿날 나는 우연히도 거의 같은 저녁 시간에 들판을 지나 그 길을 산책했다. 그곳에서 낮은 신음 소리를 듣고 어둠 속에서 가까이 다가가보니, 브리드 집안에서 유일하게 살아남은 그 집 아들이 배를 땅에 깔고 엎드린 채 지하실 벽 너머 저 밑에서 아직도 연기를 내고 있는 불 찌꺼기를 바라보면서 늘 하던 버릇대로 혼자 무언가를 중얼거리고 있었다. 브리드 집안의 장점과 단점을 모두 물려받은 그는 이번 화재와 이해관계가 있는 유일한 사람이라 할 수 있었다. 그는 하루 종일 멀리 있는 강변 풀밭에서 일하고 있었는데, 여유 시간이 생기자마자 자기 조상의 집이며 자기가 어린 시절을 보낸 옛집을 찾아온 것이었다. 그는 배를 땅에 댄 채 지하실 안을 모든 쪽에서, 그것도 모든 각도에서 들여다보고 있었다. 그의 기억에는 돌들 사이에 어떤 보물이 숨겨져 있기라도 한 것 같은 모습이었지만, 거기에는 벽돌과 잿더미 말고 아무것도 없었다. 집이 없어졌으니 그곳에 남은 것이라도 보고 있는 것이었다. 그는 내가 그냥 거기에 있다는 것이 내포하는 동정심에 위안을 받은 듯했으며, 어두워서 잘 보이지 않지만 가려진 우물의 위치를 나에게 가르쳐주었다.

다행히 우물이란 것은 결코 불에 탈 수가 없었다. 그는 벽을 더듬어 자기 아버지가 나무를 잘라서 만들어놓은 지레식 우물 기둥을 찾아냈다. 그리고 무거운 쪽 끝에 무겟돌을 연결시키는 쇠고리를 더듬어 찾아내어(이 쇠고리야말로 이제 그가 매달릴 수 있는 유일한 물건이었다) 그것이 보통 갈고리가 아니라는 것을 나에게 납득시키려고 했다. 나는 그것을 만져보았다. 지금도 거의 매일 나가는 산보 도중에 그 집터 옆을 지날 때는 그 쇠갈고리를 유심히 바라보곤 한다. 왜냐하면 그것에는 한 집안의 역사가 담겨 있기 때문이다.

거기서 좀 더 가다 보면 왼쪽으로 브리드의 집터와 우물과 그 담 옆의 라일락 관목이 보이는 공터에 전에는 너팅과 르 그로스라는 사람의 집이 있었다. 하지만 이제 링컨 마을 쪽으로 돌아가기로 한다.

이런 집들 중 그 어느 집보다 숲속으로 깊이 들어가 있으며 도로가 월든 호수와 가장 가깝게 접근해 있는 곳에 와이맨이라는 옹기장이가 살았다. 그는 도기 그릇을 만들어 마을 사람들에게 팔았고 자식들에게도 그 직업을 물려주었다. 그들은 물질적으로 풍족하지 않았으며 거주하는 땅도 주인의 묵인하에 이용하고 있었다. 간혹 세무 관리가 세금을 걷으러 왔지만 허탕을 치고 돌아갔다. 차압할 만한 것이 아무것도 없었으므로 그가 형식상 '딱지를 붙였다'고 세무 보고서에 써넣은 것을 나는 나중에 읽은 적이 있다.

한여름 어느 날 내가 김을 매고 있을 때, 도기 그릇을 수레에 가득 싣고 가던 어떤 사람이 내 밭 옆에 말을 세우고는 와이맨 아들의 안부를 물었다. 그 사람은 오래전에 와이맨한테서 도기 제작용 녹로를 샀는데 지금은 와이맨이 어떻게 되었는지 궁금한 모양이었다. 나는 성서에서 도공의 점토와 녹로에 대해 읽은 적이 있었다. 그러나 우리가 쓰는 도기 그릇들이 그 옛날부터 깨어지지 않은 채로 물려 내려오는 것도 아니고 박처럼 나무에서 열리는 것도 아니라는 생각은 한 번도 해보지 않았다. 나는 한때나마 우리 마을 근처에서 이런 도기 제조를 생업으로 삼은 사람들이 있었다는 것을 알고 흐뭇했다.

나보다 앞서서 이 숲에 마지막으로 거주한 사람은 아일랜드 사람인 휴 코일이었다. 와이맨의 집을 차지하고 살았던 그를 사람들은 '코일 대령'이라고 불렀다. (그의 이름의 철자를 Quoil로 썼는데 coil로 충분히 발음될는지 모르겠다.) 소문에 그는 워털루 전투에 참전한 군인이었다고 한다. 만약 그가 아직도 살아 있다면 그 전투 이야기를 하게 해서 들을 수 있었을 것이다. 그러나 그는 여기 와서 도랑 파는 일을 직업으로 했다. 나폴레옹은 세인트헬레나 섬으로 가고, 코일은 월든 숲으로 온 것이다.

내가 코일 대령에 대해 알고 있는 것은 하나같이 비극적이었다. 그는 세상을 많이 경험한 사람답게 예의가 바르고 귀가 가려울 정도로 점잖은 말을 구사할 수 있었다. 알코올성 중풍으로 몸을 떨었던 그는 여름에도 외투를 입고 다녔으며, 얼굴은 짙은 붉은색이었다. 그는 내가 숲으로 들어온 지 얼마 안 되어 브리스터 언덕 기슭의 길 가에서 죽었다. 그래서 이웃으로서의 그에 대한 기억은 별로 없다.

코일의 친구들은 그 집을 '불길한 성'이라고 피했지만 나는 그 집이 헐리기 전에 가본 일이 있다. 높은 나무 침대 위에는 그의 헌 옷이 구겨지고 움츠린 모습으로 마치 주인 자신처럼 놓여 있었다. 성서에서 말하듯 "금 사발이 샘가에 깨어져 있지"[2] 않고 그의 담배 파이프가 벽난로 위에 깨진 채 놓여 있었다. 샘가에 깨져 있는 사발이 그의 죽음의 상징이 될 수는 없었을 것이다. 왜냐하면 그는 브리스터 샘에 대해 듣긴 했어도 가본 적은 한 번도 없다고 내게 말했던 것이다. 마룻바닥에는 다이아몬드와 스페이드와 하트의 킹 등 때 묻은 카드들이 흩어져 있었다.

농장 처리반원도 잡을 수 없었던 검정 닭이 한 마리 있었는데, 이 닭은 야밤처럼 검은 것이 꼬꼬댁거리지도 않고 여우의 밥이 되는 것도 모르고 옆방으로 쉬러 들어갔다. 이 집 뒤에는 윤곽이 뚜렷하지 않은 밭이 있었다. 씨는 뿌렸지만 몹시 떨리는 수전증 때문에 수확기가 되도록 김매기를 단 한 번도 해준 것 같지 않았다. 그 밭은 로

---

2 〈전도서〉 12장 6절 "… 금 그릇이 깨지고 항아리가 샘 곁에서 깨지고 …"에서 나왔다.

마쑥과 도깨비바늘풀로 뒤덮여 있었고 도깨비바늘풀 씨가 내 옷에 잔뜩 달라붙었다. 집 뒷벽에는 그의 마지막 전투의 전리품인 마멋의 가죽이 펼쳐져 있었다. 그러나 그는 이제 따뜻한 모자나 장갑이 더는 필요 없게 되었다.

이 버려진 집터에는 이제 땅이 파인 자국만 남아서 흙 속에 묻혀버린 지하실과 더불어 그곳에 한때 집이 있었음을 표시해주고 있다. 이 집터의 양지바른 풀밭에는 딸기, 나무딸기, 골무딸기, 개암나무 관목과 옻나무가 자라고 있다. 굴뚝이 있던 구석에는 리기다소나무와 옹이투성이 떡갈나무가 자리하고 있으며, 문간의 섬돌이 있던 곳에는 향기로운 검정자작나무가 바람에 흔들리고 있다.

한때는 샘물이 스며 나오던 곳에 가끔 우물 흔적이 보이기도 하지만, 이제 거기에는 메말라서 눈물조차 없는 풀들이 자라고 있을 뿐이다. 아니면 집 안의 마지막 사람들이 떠나갈 훗날에나 발견되도록 우물 위에 평평한 돌을 덮고 그 위에 잔디를 씌워서 깊숙이 감춰놓은 곳도 있다. 우물을 덮는다는 것, 세상에 그처럼 슬픈 일이 또 있을까? 우물을 덮을 때 아마 그 집 사람들 눈에서는 눈물의 샘이 터졌으리라.

버려진 여우 굴 같은 지하실의 흔적만 남은 이곳에서도 한때는 사람들이 시끌벅적하게 떠들며 바쁘게 생활했을 것이다. 그리고 "운명과 자유의지와 절대적 선견지명"[3]이라는 주제가 차례로 어떤 형식으로든지, 또 어떤 사투리로든지 토론되었을 것이다. 그러나 그들이 내린 결론에 대하여 내가 알 수 있는 것은 단지 "카토와 브리스터는 제혁업자를 위해 가죽에서 털을 뽑았을" 뿐이라는 것이다. 그러나 그

---

3 밀턴의 《실낙원》 2권 560행. 한 명의 사탄에 대한 징벌을 놓고 끝없이 논쟁했다.

것은 유명한 철학 학파들의 역사에 뒤지지 않는 훌륭한 교훈이었다.

문과 문지방과 창문턱이 모두 없어진 지 한 세대가 지난 뒤에도 라일락은 활기 있게 자라나 봄마다 향기로운 꽃을 피우며, 생각에 잠긴 여행자의 손은 무심히 그것을 꺾는다. 라일락은 그 집 아이들이 집 앞 빈터에 직접 심어서 가꾼 것인데, 이제는 외진 풀밭에 덩그렇게 남은 벽 옆에 서 있는 모습이 되었고 무성하게 자라는 어린 나무들에게 계속 자리를 양보하고 있었다. 그 나무는 마지막으로 남은 이 집안 유일한 생존자인 것이다.

피부가 거무스름한 그 집 아이들은 자기들이 집 그늘진 곳에 심어서 매일 물을 준 그 라일락 묘목이, 눈이 둘밖에 달리지 않은 어린 것이 강인하게 뿌리를 뻗어 자기들보다, 아니 그늘을 제공한 집과 그 옆 화단과 과수원보다 더 오래 살아남으리라는 사실을 알지 못했을 것이다. 뿐만 아니라 자신들이 성장하여 죽고 나서 반세기가 지난 뒤에도 그 라일락들은 첫 번째 봄에 못지않게 아름다운 꽃을 피우고 달콤한 향기를 풍기며, 어떤 외로운 방랑자에게 자신들의 이야기를 어렴풋이 들려주리라는 것을 결코 알지 못했을 것이다. 나는 아직도 부드럽고 점잖으면서 명랑한 라일락꽃의 색깔을 눈여겨본다.

그러나 콩코드가 터전을 굳건히 잡고 있는 데 반해, 큰 무언가로 성장할 소지가 있던 그 작은 마을은 어찌하여 몰락하고 말았을까? 그곳에는 자연이 주는 이점, 특히 물이라는 이점이 있지 않았던가? 그렇다. 저 깊은 월든 호수와 저 차가운 브리스터의 샘에서 건강에 좋은 물을 실컷 마실 수 있는 특권을 이 사람들은 최대한으로 활용하지 못하고 기껏 자신들의 술을 희석시키는 데나 이용했던 것이다. 그들은 한결같이 술주정뱅이들이었다.

바구니 짜기, 빗자루 만들기, 매트 만들기, 옥수수 튀기기, 리넨

짜기, 그리고 도기 제조업 등이 이곳에서 번창하여 황야를 장미꽃처럼 활짝 피게 하고 수많은 후손들이 그들 조상의 땅을 물려받도록 할 수는 없었단 말인가? 땅이 척박하기 때문에 적어도 낮은 지대의 타락된 삶이 이곳에서는 발을 붙이지 못했을 것이다. 슬프다. 여기에 전에 살던 사람들에 대한 기억이 이 아름다운 경치를 더 승화시키지 못하다니! 아마 자연은 나를 최초의 이주자로 하고, 지난봄에 지은 나의 집을 작은 이 마을에서 제일 오래된 고가(古家)로 하여 다시 한번 작업을 시작할지 모르겠다.

내 집이 자리한 이 지짐에 과거의 어떤 사람이 혹시 집을 지었던 적이 있는지 나는 모른다. 그러나 고대의 도시가 있던 자리에 세워진 도시에서는 결코 살고 싶지 않다. 그곳의 건축 자재는 폐허에서 뜯어오는 것일 테고, 정원은 묘지의 터였을 것이다. 그런 곳은 하얗게 바랜 저주의 땅이며, 그런 일이 불가피해지기 전에 지구는 멸망할 것이다. 과거를 회상하면서 나는 다시 숲을 사람으로 채웠으며, 나 자신을 잠으로 이끌었다.

이런 계절에는 찾아오는 방문객이 거의 없었다. 눈이 주책없이 깊게 쌓였을 때는 한두 주일 동안 그 누구도 내 집 근처까지 감히 모험하지 않았다. 그러나 나는 그곳에서 초원의 생쥐처럼 아늑하게 살았다. 아니, 눈더미에 파묻혀 먹을 것 하나 없이도 오랫동안 견뎠다는 소와 닭들처럼 살았다. 또는 같은 주에 속한 서튼 마을의 초기 이주자 가족과도 비슷한 처지였다. 다시 말해 1717년의 대폭설 때 그 집의 가장은 집에 없었고 오두막집은 완전히 눈 속에 파묻히게 되었는데, 굴뚝에서 나오는 연기로 생긴 구멍이 밖에서 보였는지 어떤 인디언이 와서 그 가족을 구했다는 이야기가 있다. 그러나 나를 걱정해줄 친절한 인디언은 없었고 그럴 필요도 없었다. 이 집의 주인인 나는 늘 집에 있었기 때문이다.

폭설, 듣기만 해도 얼마나 멋진 말인가! 그런 때는 농부들이 말들을 끌고 숲이나 늪에 갈 수 없으므로 할 수 없이 집 앞의 그늘을 드리우는 나무를 베어 써야 한다. 그러나 이듬해 봄 아직 눈이 단단할 때 늪 나무들이 모습을 드러내는 대로 지상 10피트 높이에서 그 나무들을 자를 수 있으니 얼마나 다행인지 모른다.

눈이 가장 많이 쌓였을 때 큰길에서 내 집에 이르는 반 마일 정도 길은 간격이 넓은 점들이 일렬로 박힌 구불구불한 선으로 표현될 수 있었다. 평온한 날씨가 계속된 어느 일주일 동안 나는 일부러 눈 위에 처음으로 난 내 자신의 발자국을 밟으며 이 길을 오고 갔다. 캠퍼스 같은 정확도를 유지하며 똑같은 걸음 수와 보폭으로 왕래한 것이다. 겨울날의 단조로움을 이기려고 사람들은 별의별 장난을 다 하는 법이다. 아주 빈번하게도 이 발자국들에는 하늘의 푸르름이 꽉 차 있었다.

어떤 날씨도 나의 산책이나 외출에 치명적인 장애는 되지 못했다. 다시 말해서 나는 자주 깊이 쌓인 눈을 뚫고 8 내지 10마일을 걸어 너도밤나무나 노랑자작나무나, 소나무들 중에서도 옛날부터 잘 알고 지내는 친구와 만날 약속을 지켰다. 이런 때는 얼음과 눈의 무게 때문에 나뭇가지들이 축 늘어지고 꼭대기는 날카롭게 솟구쳐 소나무들이 전나무들로 돌변하는 것이었다. 거의 2피트 깊이로 쌓인 눈을 헤치며 높은 언덕 꼭대기에 오르노라면 발걸음을 옮길 때마다 머리 위에 이는 눈보라를 털어내야 했다. 어떤 때는 손발로 기어오르다가 눈 속에서 구르기도 했다. 그런 날은 사냥꾼들도 그들의 겨울 피신처로 들어간 지 오래다.

어느 날 오후 줄무늬올빼미 한 마리가 대낮인데도 백송나무 아래쪽 죽은 가지 위 줄기에 가깝게 앉아 있는 것을 관찰하게 되어 즐거웠다. 나와 그놈과의 거리는 5미터도 되지 않았다. 내가 움직이며 눈 위에다 뽀드득 소리를 내도 올빼미는 그 소리는 들을 수 있어도 나를 보지 못한다는 것이 분명했다. 내가 좀 더 큰 잡음을 내자 올빼미는 목을 앞으로 길게 빼며 목의 깃털을 곤두세우고는 눈을 크게 떴다. 그러나 놈은 곧 눈꺼풀을 내리고 꾸벅꾸벅 졸기 시작했다.

올빼미는 고양이의 날개 달린 사촌인데, 그가 고양이처럼 눈을 반쯤 감고 앉아 있는 모습을 30분쯤 지켜보고 있자니까 나 자신도 졸음이 왔다. 올빼미는 실눈을 뜨고 있어 나와의 관계를 완전히 차단하지는 않고 있었다. 그는 이처럼 반쯤 감은 눈으로 꿈나라에서 밖을 내다보면서 제 환상을 방해하고 있는 희미한 물체, 어쩌면 티눈같이 보이는 나의 정체를 밝히려고 애쓰고 있었다. 마침내 내가 좀 더 큰 잡음을 내거나 앞으로 접근하면 그는 불안한 모습을 보이며 앉은 자리에서 천천히 몸을 뒤척였다. 마치 꿈을 꾸는 데 방해받기 싫다는 거동이었다.

드디어 올빼미는 자신의 몸을 이륙시켜 소나무들 사이로 날아올랐다. 그가 편 날개의 넓이는 예상을 초월했으며, 날개 치는 동작에서는 아무 소리도 들리지 않았다. 그리고 올빼미는 시력이 아닌 미묘한 감각의 안내를 받으며 그 예민한 날개로 황혼의 길을 더듬어 소나무 가지에 새로운 자리를 찾았다. 그곳에서 그는 누구의 방해도 받지 않으면서 자신의 날이 밝아오기를 기다리는 것이었다.

철도를 위해 만들어진 목초지를 가로지르는 긴 둑길을 걸어서 마을에 가노라면 살을 에는 듯한 찬바람을 많이도 만난다. 여기보다 바람이 더 자유롭게 놀아날 수 있는 장소는 없기 때문이다. 나는 비록 기독교 신자는 아니지만 서리 바람이 내 한쪽 뺨을 때리면 다른 쪽 뺨도 내밀었다.[4] 그러나 브리스터 언덕 옆으로 난 마찻길로 가더라도 사정은 마찬가지였다. 넓게 펼쳐진 들판 전체가 월든으로 통하는 길의 양쪽 돌담 사이에서 눈으로 완전히 덮이고, 마지막으로 지나간 여행자의 발자국이 반 시간 만에 지워지는 그런 날씨에도 나는 그 친절한 인디언처럼 마을로 내려갔다.

또한 돌아오는 길에는 부지런한 북서풍이 길가 모서리 진 곳에 가루눈을 몰아와 새로운 눈 더미들이 생겨나 있었으므로 그것을 헤치며 나아가는 데는 고생깨나 했다. 사방 어디를 둘러보아도 산토끼의 발자국뿐 아니라 더 작은 활자체로 잘 인쇄한 들쥐의 발자국 하나 찾아볼 수 없었다. 그러나 한겨울에도 따뜻한 샘물이 솟는 늪 한쪽에는 앉은부채풀이나 다른 풀들이 영원한 초록 잎을 내밀고 있는 것을 거의 언제고 볼 수 있었다. 때로는 어떤 이름 모를 강인한 새 한 마리가 봄이 돌아오기를 기다리고 있는 모습도 보였다.

간혹 저녁 산보를 나갔다가 돌아왔는데 눈이 내리는데도 내 집 문 앞에서 시작된 어떤 나무꾼[5]의 깊은 발자국을 건너뛰어야 할 때가 있었다. 집으로 들어가자 벽난로 옆에는 그가 나무로 깎아 무엇을 만들다 흘린 부스러기가 수북이 쌓여 있었고 집 안은 그의 파이프 담배 냄새로 빼곡 차 있었다.

또한 어느 일요일 오후, 내가 마침 집에 있는데 한 총명한 농부가 눈을 밟으며 찾아오는 소리가 들렸다. 멀리서부터 숲을 건너 내 집을 방문한 것은 둘이서 사교적인 '잡담'을 나누기 위해서였다. 그는

---

4 〈마태복음〉 5장 39절.
5 '방문자들'에 등장한 캐나다인 나무꾼을 말한다.

농민으로서는 드물게 '자작농'을 운영하는 사람이었으며, 교수 가운 대신 노동복을 입을 그는 마당에서 퇴비 한 짐을 끌어내는 데 능숙한 만큼 교회나 국가에서 교훈을 끌어내는 데도 능숙했다. 우리는 추워서 정신이 바짝 드는 날씨에 밖에다 큼직한 불을 피워놓고 그 가장자리에 둘러앉아 맑은 정신으로 이야기하던, 더 투박하고 단순했던 시절에 대해 이야기했다. 다른 후식이 떨어졌을 때 우리는 영리한 다람쥐들이 오래전에 포기한 호두를 여러 개 깨물어보며 이빨을 실험했다. 그런데 껍데기가 두꺼운 호두일수록 대개 속이 비어 있는 법이다.

지독히 깊게 쌓인 눈과 맹렬한 태풍에도 아랑곳없이 가장 먼 데서 내 집을 찾아온 사람은 한 시인[6]이었다. 농부, 사냥꾼, 군인, 신문기자, 심지어 철학자까지도 겁을 집어먹을 수 있겠지만 시인을 막을 수 있는 것은 아무것도 없다. 왜냐하면 시인을 행동에 나서게 하는 것은 순수한 사랑이기 때문이다. 그가 오고 가는 것을 누가 예측할 수 있는가? 심지어 의사들이 잠자고 있는 시간에도 시인은 일이 있으면 언제라도 밖으로 나온다.

시인과 나는 이 작은 집을 떠들썩한 웃음소리로 쩡쩡 울리게 하거나 꽤 진지한 이야기의 소곤대는 소리로 가득 채우기도 하면서 월든 골짜기에 깃들여온 오랜 침묵에 대해 보상했다. 이에 비하면 브로드웨이 거리는 고요하고 적적한 셈이었다. 적당한 간격을 두고 우리는 웃음의 축포를 터뜨렸는데, 그것은 방금 전에 한 농담에 대한 별반 뜻이 없는 응답이거나 앞으로 할 농담에 대한 예비 응답이기도 했다. 우리는 묽은 죽 한 접시를 나누어 먹으면서 유쾌함의 장점과

---

6 친한 친구 윌리엄 채닝을 말한다.

철학이 요구하는 명석함을 결합시킨 '아주 새로운' 인생론을 수없이 엮어냈다.

내가 월든 호숫가에서 보낸 마지막 겨울에 또 한 사람의 반가운 방문객[7]이 있었던 것을 잊어서는 안 되겠다. 그는 마을을 지나 눈과 비와 어둠을 뚫고 나무들 사이에 비치는 내 집의 등불이 보일 때까지 숲을 걸어와 긴긴 겨울 저녁을 나와 함께 보낸 적이 여러 번 있었다. 그는 마지막 남은 철학자 중 한 사람이며, 그의 출생지인 코네티컷 주가 이 세상에 보낸 선물과도 같은 인물이었다. 사실 그의 말에 따르면 처음에 그는 코네티컷 주의 생산품을 다른 주에 파는 장사를 했으며, 다음으로는 자신의 두뇌를 파는 사업을 해왔다고 한다. 지금도 그는 신을 흥분시키고 인간을 모독하며, 그 노력의 결실로는 마치 호두가 속 알맹이를 맺듯 단지 두뇌만을 결실로 맺고 있다.

나는 그가 이 세상에 살아 있는 사람 중에서 가장 굳은 신념의 소유자라고 생각한다. 그의 말과 태도는 다른 사람들이 알고 있는 것보다 더 나은 사물의 상태를 늘 설정한다. 그래서 시대가 어떻게 변해도 그는 절대로 실망하지 않을 사람이다. 그는 현재에는 아무것도 걸지 않는다. 지금 그는 비교적 무시되고 있지만 그의 때가 오면 대부분의 사람들이 생각하지도 못한 법령이 제정되어 실시될 것이며, 각 가정의 가장들과 국가의 통치자들이 그에게 와서 조언을 구할 것이다.

얼마나 눈이 멀었기에 마음의 평정을 보지 못하는가![8]

---

7 애모스 브론슨 올컷(Amos Bronson Alcott, 1799~1888). 《작은 아씨들(Little Women)》을 쓴 올컷(Louisa May Alcott)의 아버지며, 초월주의자.

그는 인간의 참된 친구이며, 인간 발전의 거의 유일한 친구다. 그는 낡은 비석을 닦아주고 다니던, 옛 월터 스콧의 소설에 나오는 비석 청소부와도 같다. 아니 '영원히 죽지 않는 자'라고 불리는 쪽이 더 낫다. 왜냐하면 그는 불굴의 신념과 끈기로 인간의 몸에 새겨진 신의 마모된 영상을 꾸준히 닦아 그 모습을 되살리려고 했기 때문이다. 그는 자비로운 지성으로 아이들, 거지들, 미친 인간들, 그리고 학자들을 포용하여 모든 사상을 받아들이고 거기에 폭과 품위를 덧붙였다. 나는 그가 세계의 큰길에 모든 국가의 철학자들이 투숙할 수 있는 큰 여관을 경영했으면 좋겠다. 입구의 긴판에는 "인긴을 환영함. 단 짐승은 사절.⁹ 바른길을 진지하게 추구하는, 시간이 있고 평온한 마음을 가진 사람은 들어오시오"라고 써 넣어야 할 것이다. 그는 내가 우연히 알게 된 사람 중 가장 건전한 정신의 소유자이며, 가장 변덕이 없는 사람이다. 어제나 오늘이나 그는 한결같으며, 내일도 그러할 것이다. 그와 함께 숲을 거닐며 이야기를 나누면 속세를 완전히 벗어난 기분이 종종 들었다. 왜냐하면 그는 어떤 제도에도 구속받지 않는 자유인이었기 때문이다. 우리가 어느 쪽으로 방향을 틀어도 하늘과 땅이 서로 만나는 것 같았다. 그가 자연 경관의 미를 고조시켰기 때문이다. 이 푸른 옷을 입은 사람에게 가장 알맞은 지붕은 그의 평온한 마음을 반영하는 무궁한 하늘이었다. 그에게 죽음의 날이 오리라는 것은 생각할 수도 없다. 자연은 그 없이는 견딜 수 없을 것이기 때문이다.

---

8 영국 시인 토머스 스토어(Thomas Store, 1571~1604)의 시 〈Wolseius Triumphans〉에서 인용했다. .
9 당시 여관들은 '인간과 동물의 숙박 환영'이라는 간판을 많이 내걸었다.

우리는 각자 잘 말린 사상의 널빤지를 손에 넣고 앉아 그것들을 깎으면서 우리 칼이 제대로 드는지 실험하고, 호박소나무의 깨끗한 노란색 속살에 감탄을 아끼지 않았다. 우리는 가만가만 서로를 존경하며 얕은 물속을 거닐거나 함께 너무나 부드럽게 노를 당겼기에 사상의 물고기들은 놀라서 도망치거나 둑에 앉은 낚시꾼을 두려워하지 않았고, 서쪽 하늘에 떠다니는 구름처럼, 그리고 거기서 생겨났다가 사라지는 자개구름 떼처럼 유유자적하며 오고 갔다. 우리는 신화를 수정하거나 우화를 여기저기 다듬기도 했으며, 지상에서는 그 가치 있는 터전을 마련할 수 없어서 허공에다 성을 건립하는 작업을 했다.

그는 위대한 관찰자이며 위대한 예견자였다. 그와 나눈 이야기는 실로 '뉴잉글랜드 천일야화'였다. 아, 우리는 얼마나 많은 이야기를 나누었던가! 은자와 철학자와 전에 말한 옛 개척자, 이 세 사람이 나누는 이야기로 내 집은 부풀어서 판자들이 휠 정도였다. 기압 이외에 몇 파운드의 압력이 있었는지 밝힐 수는 없지만 집이 너무 부풀어서 틈이 벌어져 생긴 구멍을 막기 위해 그 뒤로 많은 권태를 느끼며 메우는 작업을 해야만 했다. 그러나 그런 틈새를 막는 데 필요한 틈새막이 뱃밥은 이미 충분히 마련해놓고 있다.

오래 두고 기억할 만한 실속 있는 내용의 대화를 나눈 또 한 사람[10]이 있다. 내가 주로 마을에 있는 그의 집을 찾았지만 그도 간혹 내 집을 찾아왔다. 이상이 내가 호반의 집에서 가졌던 교우관계의 전부다.

어디서나 마찬가지겠지만 나는 그곳에서 결코 오지 않는 방문객

---

10 랠프 에머슨(Ralph Emerson, 1803~1882)을 가리킨다. 그는 소로에게 깊은 영향을 준 초월주의의 대표적 사상가다.

을 기다리는 때가 있었다. 인도의 성전 《비슈누 푸라나》는 이렇게 말한다.

집주인은 저녁때가 되면 뜰에 머물면서 암소의 젖을 짜는 동안이나 그보다 오랫동안 손님의 도착을 기다려야 한다.

나는 때로 손님 접대라는 이 의무를 수행하기 위해 한 마리가 아니라 한 떼의 소젖을 느긋이 짤 만한 시간을 기다렸지만 마을 쪽에서 다가오는 사람은 보지 못했다.

15

겨울 동물들

여기저기 호수들이 단단히 얼어붙자 여러 지점으로 통하는 새로우면서 가까운 길들이 생겼을 뿐 아니라, 얼음 위로 나가서 주위의 낯익은 경치들을 바라볼 수 있는 새로운 기회가 생겼다. 플린트 호수는 내가 전에 자주 배를 저어 돌아다니거나 스케이트를 타던 곳인데, 눈이 덮였을 때 건너보니 너무 넓고 낯선 느낌이 들어 북극해의 광활한 배핀 만이 연상될 뿐이었다. 이 눈 덮인 설원 끝에는 링컨 마을 주변의 산들이 솟아 있는 것이 보였는데, 과연 내가 이전에 이곳에 서본 일이 있었나 하는 생각이 들었다.

거리를 알 수 없는 저쪽 얼음 위에서 낚시꾼들은 늑대처럼 생긴 개들을 데리고 어슬렁거리고 있었다. 그 모습은 물개 사냥꾼이나 에스키모같이 보였으며, 안개가 좀 낀 날에는 무슨 옛이야기에 나오는 피조물처럼 보여서 나는 그들이 거인인지 난쟁이인지 구별할 수가 없었다.

저녁에 링컨 마을에서 강연이라도 할 일이 있을 때는 내 집과 강연장 사이에 있는 길이나 집들을 지나지 않고 그냥 플린트 호수를 건너갔다. 그 마을로 가는 길에 있는 구스 호수에는 사향쥐가 한 떼 살고 있었다. 그들은 얼음 위에 집을 지어놓고 살았지만 내가 지나 갈 때 밖에 나와 있는 놈은 하나도 없었다.

월든 호수는 다른 호수와 마찬가지로 눈이 와도 대체로 별로 쌓이지 않거나 얇게 덮이거나 여기저기 무더기 형태로 쌓이기 때문에 나에게는 앞마당과도 같았다. 어디를 보나 눈이 2피트 정도로 쌓여 있고 마을 사람들도 길만 겨우 이용할 수밖에 없을 때 나는 호수 위를 마음대로 돌아다닐 수 있었다. 마을의 거리들, 그리고 그 위를 달리는 눈썰매가 내는 방울 소리로부터 멀리 떨어진 이 호수 위에서 나는 썰매나 스케이트를 타면서 즐거운 시간을 보냈다. 눈 때문에 휘어지고 고드름이 매달려 번쩍이는 떡갈나무들과 근엄한 소나무들이 가지들을 잔뜩 늘어뜨린 그 밑으로 사슴들이 밟아서 만든 거대한 마당에서 혼자 노니는 것 같았다.

겨울에는 밤은 물론이고 낮에도 어딘지 모르는 먼 곳에서 들려오는 올빼미의 외로우면서도 듣기 좋은 울음소리를 들을 수 있었다. 꽁꽁 얼어붙은 지구를 악기 삼아 적당한 활로 튕기면 울려 나올 것 같은 소리, 올빼미의 소리는 바로 월든 숲의 고유언어라 할 수 있다. 이제는 귀에 익은 소리지만 올빼미가 우는 현장을 본 적은 없다. 겨울 저녁에 문을 열면 반드시 그 울음소리가 들렸다. '후 후 후 후러 후' 하는 소리가 낭랑하게 울렸다. 그런데 첫 세 음절은 어딘지 '하우 더 두(안녕하십니까)'처럼 들렸고, 어떤 때는 그냥 '후후'로만 들렸다.

초겨울 호수가 완전히 얼기 전 어느 날 밤 9시경, 나는 기러기 한 마리의 큰 울음소리에 깜짝 놀라 문으로 갔다. 수많은 기러기들이 숲에 몰아닥친 폭풍우 같은 날갯소리를 내면서 내 집 위를 낮게 날아가는 소리가 들렸다. 그들은 호수를 넘어 페어헤이븐으로 향하고

있었다. 그러나 내 집에서 비치는 불빛 때문에 월든 호수에 내려앉
으려던 생각을 버린 것 같았다. 그러는 동안 대장 기러기는 규칙적
으로 박자를 맞추며 계속 끼룩거렸다. 그러자 갑자기 바로 근처에서
올빼미 한 마리가 숲에 사는 어떤 짐승도 낼 수 없는 매우 날카롭고
큰 소리로 대장 기러기의 울음소리에 규칙적인 간격을 두면서 응답
하는 것이었다.

그것은 마치 허드슨 만에서 날아온 이 침입자에게 토착민의 울음
소리가 더 넓은 음역과 더 큰 성량을 가지고 있음을 알려 창피를 줌
으로써 콩코드 지평 밖으로 쫓아내려고 하는 것 같았다. 이 밤 시간
에 나에게 바쳐진 이 성곽을 시끄럽게 하는 너의 의도가 무엇이냐?
내가 이런 시간에 잠이나 잘 것 같으냐? 내가 가진 허파와 목청이
네 것만 못할 것 같으냐? 부-후, 부-후, 부-후! 이런 올빼미의 소리
는 내가 들은 중에서 가장 오싹한 불협화음이었다. 그러나 분별력
있는 귀를 가졌다면 이 근처 평원에서는 보지도 듣지도 못한 화음의
요소가 들어 있음을 감지했을 것이다.

나는 콩코드의 이 지역에서 나와 절친한 밤 친구인 월든 호수의
얼음이 우는 소리를 들었다. 그 얼음은 잠자리에 들었어도 편히 잠
들지 못하고 몸을 뒤척이는 것이 속이 좋지 않거나 흉한 꿈이라도
꾸는 모양이었다. 어떤 때는 냉기에 의해 땅이 갈라지는 소리를 들
었는데, 마치 누가 소 떼를 몰고 와 내 집을 부수려는 소리처럼 들렸
다. 아침에 나가보면 깊이 4분의 1마일에 폭 3분의 1인치 정도로 땅
이 갈라져 있는 것을 볼 수 있었다.

때로 달 밝은 밤에는 여우들이 들꿩이나 다른 사냥감을 찾아 눈
덮인 땅 위를 돌아다니며 숲속 들개인 양 흉측하게 악마처럼 짖어대
는 소리가 들렸다. 그들은 마치 어떤 불안감에 쫓기거나 뭔가 표현

겨울 동물들 363

하고 싶은 것이 있는 듯했다. 빛을 찾아 헤매며 당장 개가 되어 거리를 자유롭게 달리고 싶다는 시위 같았다. 사실 장기적으로 보면 인간의 경우처럼 짐승들 사이에서도 문명이 진보되고 있는 게 아닐까? 여우들은 아직은 자신들의 몸을 지키는 데 급급한 존재지만 장차 자신들의 변신을 기다리고 있는 미성숙한 혈거인들처럼 보였다. 이따금 여우 한 마리가 나의 불빛에 이끌려 창문 가까이에 와서는 나를 향해 여우다운 저주를 내뱉듯 짖고 물러가곤 했다.

대개 새벽에는 붉은다람쥐가 나를 불러 깨웠다. 그놈들은 나를 깨우기 위해 숲에서 파견된 것처럼 지붕 위와 양쪽 벽면을 달음질치며 돌아다녔다. 겨울에 나는 종종 문밖의 눈 위에 덜 영근 채로 수확한 옥수수를 반 부셀가량 던져놓고, 그것이 미끼 역할을 하여 끌어들인 여러 동물들의 거동을 지켜보며 즐겼다. 해질 무렵과 밤에는 항상 토끼들이 와서 옥수수를 배불리 먹었다. 붉은다람쥐들은 하루 종일 오가며 그 기민한 동작으로 나를 몹시 즐겁게 했다.

처음에 다람쥐는 떡갈나무 관목이 있는 데서 조심스럽게 다가와서 옥수수가 있는 눈 근처에 이르면 바람에 날리는 가랑잎처럼 팔짝팔짝 뛰어온다. 이쪽으로 몇 걸음, 저쪽으로 몇 걸음, 마치 내기를 하듯 놀라운 속도로 뒷다리를 움직여 달리지만 한꺼번에 반 로드 이상 앞으로 나가는 적은 없다. 그러다가 문득 우스꽝스러운 표정을 지으며 아무 이유도 없이 재주를 한 번 넘으면서 그 자리에 멈춘다. 아마도 온 세상 눈이 저한테 집중하고 있다고 생각하는 모양이다. 사실 깊은 산속에서도 다람쥐의 동작은 어떤 무희의 동작만큼이나 관객을 의식하는 것처럼 보인다.

다람쥐가 걷는 모습은 본 적이 없지만, 그 전체 거리를 걷는 데 드는 시간보다 머뭇거리며 경계하는 데 보내는 시간이 더 길다. 그러다가도 다람쥐는 눈 깜짝할 사이에 어린 리기다소나무의 꼭대기로 올라가서 시계태엽을 감는 듯한 소리를 내면서 모든 가상의 관중을 꾸짖기 시작한다. 그는 혼잣말을 하기도 하고 온 세상을 상대로 말하기도 하면서 꾸지람을 했지만 그래야만 하는 특별한 이유를 나는 찾을 수 없었고 다람쥐 자신도 모를 것 같았다.

마침내 다람쥐는 옥수수 쪽으로 가서 적당한 옥수수 하나를 골라 잡았다. 그러고는 아까처럼 갈피를 잡을 수 없는 삼각법적 주법으로 왔다 갔다 하더니 창문 앞 장작더미 꼭대기로 올라갔고, 내 얼굴을 똑바로 쳐다보고 나서 그 자리에 앉아 몇 시간 동안 옥수수를 먹기 시작했다. 때때로 새 옥수수를 가져와 처음에는 게걸스럽게 먹지만 반쯤 남은 토막을 그냥 버리기도 했다. 마침내 입맛이 까다로워진 그 놈은 속 알맹이만 파먹고 옥수수를 가지고 장난을 치는 것이었다.

장작개비 위에다 올려놓고 한쪽 앞발로 균형을 잡고 있던 옥수수 하나가 방심하는 통에 스르르 미끄러져 땅으로 떨어졌다. 그러자 다람쥐는 그것이 살아 있기라도 한 양 어이없다는 듯 우스꽝스러운 표정을 지으며 그 떨어진 옥수수를 내려다보았다. 녀석은 저것을 집어 올릴까 새 옥수수를 다시 가져올까, 아니면 아예 집으로 돌아갈까를 결정하지 못하는 것 같았다. 그는 한순간 옥수수를 생각하다가도 다음 순간에는 바람결에 어떤 풍문이 들려오는 게 아닌지 궁금해하는 눈치였다. 이렇게 뻔뻔한 이 꼬마 녀석은 오전 중에 많은 옥수수를 낭비하곤 했다.

결국에는 길고 통통한 것이 자기 몸보다 큰 옥수수 하나를 골라 능숙한 솜씨로 균형을 잡으며 숲속으로 운반하기 시작했다. 마치 들소를 채가는 호랑이처럼 갈지자를 그리며 가다가 자주 쉬는 것이었다. 옥수수가 너무 무거운지 간신히 끌고 가긴 하는데, 수직이나 수

평이 아니라 그 중간에 해당하는 대각선 모양으로 옥수수를 세운 채 땅 위를 끌고 갔다. 여러 번 넘어지기도 했지만 악착같이 끌고 갔다. 정말 독특하다고 할 만큼 경박하고 변덕스러운 녀석이었다. 결국 녀석은 옥수수를 2, 3백 미터나 떨어진 숲속 나무 꼭대기에 있는 제 집까지 끌고 갔을 것이다. 나중에 보니까 숲속 이곳저곳에 옥수수 속대가 흩어져 있었다.

드디어 어치들이 도착한다. 이 새들의 시끄러운 울음소리는 한참 전부터 들려왔는데, 그들은 8분의 1마일 밖에서부터 조심스럽게 다가오고 있었다. 어치들은 몰래 이 나무에서 저 나무로 살그머니 옮겨 날며 다람쥐들이 떨어뜨린 옥수수 알갱이들을 집어 올린다. 그러고는 리기다소나무 가지에 앉아서 그 알갱이를 급히 삼키려 하지만 너무 커서 목에 걸리고 숨구멍을 막는다. 무진장 애쓴 끝에 알갱이를 목구멍에서 빼낸 어치는 부리로 알갱이를 계속 쪼아대며 그것을 부수려는 노력으로 한 시간을 보낸다. 어치들은 천하가 다 아는 도둑놈들이어서 나는 이들을 별로 존경하지 않는다. 그러나 다람쥐들은 처음에는 수줍어하지만 애당초 저희들 것인 양 거리낌 없이 일을 시작했다.

그러는 동안 박새들도 떼를 지어 날아왔다. 그들은 다람쥐가 떨어뜨린 부스러기들을 물어 올리고는 가까운 나뭇가지 위로 날아가서, 발톱 밑에 놓고 그것이 마치 나무껍질 속에 든 벌레인 양 주둥이로 쪼아댐으로써 그들의 좁은 목구멍에 들어갈 만큼 잘게 부순다. 박새들은 매일 몇 마리씩 날아와 장작더미에서 먹을 것을 찾거나 문간에서 부스러기를 주워 먹었다. 박새의 울음소리는 풀에 맺힌 고드름들이 서로 부딪칠 때 나는 희미하고 가벼운 혀 짧은 소리로 들린다. 또 어떤 때는 위세 좋게 "데이 데이 데이"라고 노래하거나, 더 드

월든 호수 맞은쪽 길가에서 박새가 우는 소리를 듣고 다시 그것이 옻나무 위에 앉은 것을 보았다. 열매를 따서는 수평을 이룬 가지로 가지고 와서 부리로 쪼아 먹었다.(1856년 1월 30일)

물게는 날씨가 봄날같이 따뜻할 때 여름에 그러듯 "피비" 하고 울어 그 소리가 숲 언저리에서 들려오기도 했다.

서로 제법 낯이 익자 드디어 어느 날 내가 양손에 한 아름 안고 가던 장작 위에 박새 한 마리가 겁 없이 내려앉아 나뭇조각을 쪼았다. 전에도 내가 마을의 어떤 밭에서 김을 매고 있을 때 참새 한 마리가 내 어깨에 잠시 내려앉은 일이 있는데, 나에게는 어떤 훈장보다도 명예롭게 느껴졌었다. 다람쥐들 역시 나중에는 친숙해져서 가장 지름길이면 내 구두 위를 넘어가곤 했다.

지면이 아직 눈으로 완전히 덮이지 않았거나 겨울이 끝날 무렵에는, 그러니까 내 집 근처의 남쪽 언덕 비탈과 장작더미 주위의 얼음이 녹을 때면 들꿩들이 아침저녁으로 숲에서 나와 거기서 먹이를 찾는다. 숲속을 거닐다 보면 들꿩이 느닷없이 요란한 날갯소리를 내며 날아오르면서 마른 나뭇잎들과 잔가지들 위에 쌓였던 눈을 털어낸다. 그러면 눈은 햇빛 속에서 체로 쳐낸 황금가루처럼 쏟아진다. 이 용감한 새는 겨울 따위에 겁을 먹지 않는다. 들꿩들은 자주 눈 속에 묻히는데, "어떤 때는 부드러운 눈 속으로 곧장 날아 들어가 그 속에 박혀 하루나 이틀을 숨어 지낸다"고 사람들은 말한다.

나는 해 질 무렵 숲속에서 나와 들판에 있는 야생 사과나무의 순을 따먹는 들꿩을 놀라게 한 적이 여러 번 있다. 들꿩들은 매일 저녁 특정한 사과나무들에게만 오기 때문에 교활한 사냥꾼들은 거기서 그들을 잡으려고 기다린다. 마을에서 멀리 떨어져 숲 근방에 위치한 과수원들은 들꿩에게 받는 피해가 적지 않다. 여하튼 들꿩들이 이렇게 해서라도 먹이를 얻는 것은 다행이다. 새순과 약수를 먹고 사는 들꿩은 자연의 여신의 진사식이기 때문이다.

어두운 겨울날 아침이나 해가 짧은 겨울 오후에 때때로 나는 사냥개 한 떼가 추격 본능을 억제하지 못하고 깨갱대고 짖으며 온 숲을 누비는 소리를 들었다. 사람이 그 뒤를 따르는 듯 간격을 두고 사냥 뿔나팔 소리가 들려왔다. 숲은 다시 울리는 소리로 가득 차지만 호숫가 공터에는 아직 여우가 한 마리도 나타나지 않고, 수사슴으로 변신한 악타이온[1]을 추적하는 사냥개 무리도 모습을 나타내지 않는다. 그러나 저녁 무렵이면 사냥꾼들이 여우 꼬리 하나를 사냥 기념으로 썰매에 매달고 여관으로 돌아가는 것을 보게 된다.

사냥꾼들 말로는 만약 여우가 눈 속에 그냥 숨어 있었다면 안전했을 테고, 그렇지 않고 일직선으로 계속 달아났더라도 사냥개들이 도저히 따라잡을 수 없었을 것이라 했다. 그러나 추적자들을 멀리 따돌린 여우는 걸음을 멈추고 쉬면서 귀를 기울이는데, 사냥개들이 따라잡으면 이번에는 방향을 반대로 바꾸어 늘 찾아가는 곳으로 달

---

1 그리스 신화에서 아르테미스 여신이 목욕하는 것을 보기 위해 사슴으로 변했지만 자기 사냥개에게 물려 죽은 사냥꾼.

린다. 하지만 그곳에는 사냥꾼들이 기다리고 있기 마련이다.

그러나 때로 여우는 담 위를 몇십 미터나 달리다가 다른 편으로 멀리 뛰어내려 추격을 피한다. 또 물속에 들어가면 자신의 냄새가 사라진다는 점을 아는 것 같다. 어느 사냥꾼이 나에게 들려준 이야기인데, 그 사람은 사냥개들에게 쫓기던 여우가 월든 호수로 뛰어드는 것을 보았으며 그때 호수는 얼음이 녹아 물이 군데군데 드러나 있었다고 한다. 여우는 호수를 조금 건너가다가 다시 같은 쪽 호숫가로 되돌아왔고, 얼마 후 사냥개들이 몰려왔지만 개들은 그곳에서 여우 냄새를 놓친 채 더는 추적을 못하더라는 것이었다.

언젠가는 저희들끼리만 사냥에 나선 한 떼의 사냥개들이 내 집 문간까지 와서 집 주위를 돌며 미친 듯이 짖어댔다. 나는 전혀 안중에 두지 않고 일종의 광기에 사로잡힌 듯해서 그 무엇으로도 이들의 추적을 멈추게 할 수 없을 것 같았다. 사냥개들은 여우가 최근에 남긴 냄새를 다시 찾을 때까지 계속 한 지점을 빙빙 도는데, 영리한 개는 이 냄새를 찾기 위해서라면 모든 것을 버린다.

어느 날 렉싱턴에서 온 어떤 사람이 자기 사냥개의 행방을 찾기 위해 내 오두막을 찾았다. 그 개는 일주일 전에 혼자서 사냥을 나갔고 발자국은 남겼는데 행방이 묘연하다는 것이었다. 그런데 내가 무슨 말을 해도 그의 귀에는 아무 소리도 들리지 않았을 것이다. 왜냐하면 그의 질문에 대답하려고 할 때마다 그는 내 말문을 막고 "선생은 여기서 무엇을 하십니까?" 하고 되묻는 것이었다. 이 남자, 개는 한 마리 잃었지만 사람 하나를 발견한 것이다.

월든 호수의 물이 제일 따뜻할 때를 기다렸다가 1년에 한 번 월든 호수로 목욕을 오는 늙은 사냥꾼이 있었다. 그때마다 그는 나를 찾아보았다. 그는 나에게 다음과 같은 이야기를 들려주었다. 오래전 어느 오후에 그는 엽총을 들고 월든 숲으로 사냥을 갔다. 그가 웨일랜드 마을로 가는 길을 걷고 있을 때 사냥개들이 짖는 소리가 들리면서 점점 그 소리가 가까워졌다. 잠시 후 여우 한 마리가 담을 넘더니 길로 뛰어들었고, 그가 급히 총을 겨누어 쏘았지만 여우는 눈 깜짝할 사이에 맞은편 담을 넘어 숲속으로 사라졌다. 얼마 안 있어 어미 사냥개 한 마리가 새끼 세 마리를 데리고 뒤쫓아왔다. 그 개들은 주인의 지시도 없이 저희들끼리 사냥에 나섰던 것인데, 곧 그들은 다시 숲속으로 사라졌다.

그날 오후 늦게 그 사냥꾼이 월든 호수 남쪽, 숲이 무성한 곳에서 쉬고 있을 때 멀리 페어헤이븐 호수 쪽에서 사냥개들이 짖는 소리가 들려왔다. 그 개들은 아직도 그 여우를 쫓고 있는 것 같았다. 개 짖는 소리는 온 숲에 울리면서 점점 가까워졌는데 어떤 때는 웰메도 쪽에서, 어떤 때는 베이커 농장 쪽에서 들려오는 것이었다. 그는 한참 동안 가만히 서서 사냥개들이 짖는 소리에 귀를 기울였다. 그 소리만큼 사냥꾼의 귀에 아름답게 들리는 소리는 없었던 것이다. 그때 갑자기 풀숲을 헤치고 여우가 나타났다. 나뭇잎들의 동정적인 살랑거림이 여우가 풀을 가르며 달리는 소리를 감추어준 것이다. 조용히, 그리고 재빠르게 도망쳐 이제 추적자들을 꽤 멀리 떼어놓은 셈이다.

그리고 여우는 숲 사이에 있는 바위로 뛰어오르더니 똑바로 앉아 그 사냥꾼에게 등을 돌린 채 주위를 경청했다. 한순간 불쌍하다는 생각이 들어 사냥꾼은 총을 든 팔을 자제했다. 그러나 그것은 잠시 지나가는 감정이었다. 그는 재빨리 엽총을 들어 겨냥했다. 빵! 소리가 나면서 여우는 바위 옆으로 굴러 땅 위로 나뒹굴었다. 사냥꾼은 그 자리에 선 채로 사냥개들 소리에 귀를 기울였다. 그 소리는 점점 가까이 들려오더니 이제 주위 숲은 개들의 악마같이 짖는 소리로 가득 찼다.

드디어 늙은 어미 사냥개가 코로 땅을 훑으며 미친 듯 허공을 물어뜯기도 하면서 바위 쪽으로 달려오는 것이 보였다. 그러나 죽은 여우를 보자 갑자기 놀라서 벙어리가 된 것처럼 땅을 코로 훑는 동작을 그치고 아무 소리 없이 여우 주위를 빙빙 돌았다. 그러는 동안 새끼들은 하나씩 차례로 도착했는데, 그들도 어미처럼 이 신비한 일에 충격을 받은 듯 침묵을 지키는 것이었다. 다음 순간 사냥꾼은 앞으로 걸어가 개들 가운데에 섰다. 이제 수수께끼는 풀렸다. 개들은 사냥꾼이 여우의 가죽을 벗기는 동안 조용히 기다리고 있었다. 그뒤에 그들은 잠시 동안 여우의 꼬리털을 뒤따라오더니 마침내 방향을 돌려 숲으로 사라졌다.

그날 저녁 웨스턴 마을의 유지 한 사람이 이 콩코드 사냥꾼의 집을 찾아와서 자기 사냥개들의 행방을 아느냐고 물었다. 그 개들은 웨스턴 근처의 숲에서 시작하여 벌써 일주일째 저희들끼리 사냥을 하는 중이라는 것이었다. 콩코드의 사냥꾼은 자신이 알고 있는 것을 이야기해주고 여우 가죽을 주겠다고 말했다. 그러나 그는 그것을 거절하고 사냥꾼의 집을 떠났다. 그는 그날 저녁 자기 사냥개들을 찾지 못했지만 다음 날에는 그 개들의 소식을 들을 수 있었다. 그 개들은 콩코드 강을 건너 어느 농가에서 하룻밤을 머물렀는데 그 집에서 잘 얻어먹고 이튿날 아침 일찍 떠났다는 것이다.

이런 이야기를 나에게 해준 사냥꾼은 샘 너팅이라는 사람을 알고 있었다. 너팅은 페어헤이븐 산에서 곰을 사냥하여 그 가죽을 콩코드 마을에서 럼주와 교환했는데, 그 산에서 말코손바닥사슴을 본 적이 있다고 그에게 말했다고 한다. 너팅은 버고인이라는 이름의 유명한 여우 사냥개를 한 마리 데리고 있었는데, 내가 아는 그 사냥꾼에게도 그 개를 가끔 빌려주었다고 한다.

전에 이 마을에는 모피 상인이 한 사람 살았다. 그는 전직 군인으로 대위였고 마을의 서기 및 법정 대리인을 겸하고 있었다. 그의 장부에는 다음과 같은 기록이 있다. 1742~1743년 1월 18일, "존 멜빈, 회색여우 한 마리, 2실링 3펜스." 회색여우는 이제 이 지역에서는 구경할 수 없다. 1743년 2월 7일자 장부에는 헤스키아 스트래튼으로부터 "고양이 가죽, 1실링 4.5펜스"어치를 사들였다는 내용이 있다. 여기서 고양이는 들고양이를 말하는 것일 텐데, 왜냐하면 스트래튼은 영불전쟁에 중사로 참전했던 사람으로서 고양이 따위를 잡아서 팔았을 리가 없기 때문이다. 또 사슴 가죽을 외상으로 들여놓았다는 기록도 있다. 당시에는 거의 매일 사슴 가죽을 사고팔았다고 한다.

마을의 어떤 사람은 이 인근 지방에서 마지막으로 잡힌 사슴의 뿔을 아직도 보관하고 있다. 또 한 사람은 그 마지막 사슴 사냥에 자기 아저씨도 끼여 있었다고 하면서 그 사냥에 대한 자세한 이야기를 나에게 들려주었다. 예전의 이 지방 사냥꾼들은 수가 많았을 뿐만 아니라 무척 재미있는 사람들이었다. 아직도 나는 몸이 유난히 말랐던 한 사냥꾼을 기억하고 있다. 그는 길가에서 딴 나뭇잎으로 멋지게 피리를 불곤 했는데, 그 소리는 그 어떤 사냥 뿔나팔보다 구성지고 흥겨웠던 것으로 기억된다.

달이 뜬 한밤중에 때로 숲속을 걷다 보면 돌아다니는 사냥개들을 만난다. 이들은 내가 무서운 모양인지 길 옆으로 비키면서 내가 지나갈 때까지 수풀 속에 조용히 서 있기만 했다.

다람쥐들과 야생 생쥐들은 내가 보관하고 있는 호두 때문에 서로 다투었다. 내 집 주위에는 지름이 1인치에서 4인치에 이르는 리기다소나무들이 20여 그루 서 있는데, 지난겨울에는 생쥐들이 그 나무들을 상당히 많이 갉아 먹었다. 눈이 많이 내린 데다가 오랫동안 녹지 않고 쌓여 있던 지난겨울은 생쥐들에게 노르웨이의 겨울과 같았을 것이다. 그래서 생쥐들은 다른 식량과 이 소나무 껍질을 잔뜩 섞어 먹어야 했다.

이 리기다소나무들은 밑동 근처의 껍질을 빙 돌아가며 갉아 먹혔지만 한여름까지만 해도 싱싱했고 그들 중 대부분은 1피트나 더 자랐다. 그러나 이번 겨울에 또 한 번 그런 일을 당한 나무들은 예외 없이 죽어버렸다. 작은 생쥐 한 마리가 커다란 소나무를 위아래로 갉아 먹지 않고 한 곳을 빙 둘러 갉아 먹어 쓰러뜨리도록 자연이 허용한다는 것은 놀라운 일이다. 그러나 리기다소나무의 강한 번식력을 이런 식으로라도 제어하여 솎아주는 일이 필요할지도 모른다.

산토끼들도 이제 나와 친밀해졌다. 한 놈은 내 집 마루 밑에 집을 짓고 겨울 내내 거기서 살았다. 그러니까 그놈과 나 사이의 간격은 마룻장 하나였다. 매일 아침 내가 거동을 시작할 때면 토끼는 급히 떠나느라 나를 놀라게 했다. 토끼는 뭐가 그리 급한지 머리로 내 마룻장을 쾅 쾅 쾅 소리가 나게 받는 것이었다.

땅거미가 질 무렵 산토끼들은 내가 밖으로 던진 감자 껍질을 오물오물 먹으려고 내 문 주위로 몰려들곤 했다. 그들은 땅 색깔과 매우 비슷해서 가만히 움직이지 않고 있을 때는 거의 구분할 수 없었다. 황혼 속에서 때로 내 창 밑에 움직이지 않고 앉아 있는 산토끼를 보고 있노라면 한순간에는 보이다가 다음 순간에는 보이지 않는 것이었다. 저녁에 내가 문을 열고 나가면 놈들은 끼익끼익 하는 소리를 내며 뛰어 달아났다. 가까이에 있는 토끼들은 다만 나의 동정심만 불러일으켰다.

어느 날 저녁 문 앞에 나하고 두 발자국 떨어진 거리에 토끼 한 마리가 앉아 있었다. 처음에 그놈은 무서워서 떨었지만 도무지 움직일 생각이 없는 모양이었다. 아주 불쌍한 녀석이었다. 마르고 뼈만 앙상한 데다 힘없는 귀와 날카로운 코, 짧은 꼬리에 가는 앞발을 가지고 있었다. 이제 자연은 더욱 고귀한 혈통은 수용하지 못하고 겨우 마지막 남은 발가락으로 자신의 몸을 버티고 서 있는 것 같았다. 토끼의 큰 눈은 어리고 병약하고 거의 수종(水腫)에 걸려 있는 듯 보였다.

그러나 내가 앞으로 한 발자국 떼자 그놈은 용수철처럼 튀어 몸을 우아하게 뻗으며 눈더미를 넘어 숲속으로 사라져버리는 것이었다. 자유로운 야생동물이 자신의 활력과 자연의 품위를 과시하는 현장이었다. 산토끼의 몸매가 날씬한 것은 다 이유가 있었다. 경쾌함이 토끼의 본성이었다.(토끼를 뜻하는 라틴어 Lepus는 levipes(경쾌한 발)에서 유래한다고 어떤 사람은 생각한다.)

산토끼와 들꿩이 없는 시골이 무슨 시골인가? 그들은 가장 소박하고 가장 토속적인 동물들이다. 그들은 예나 지금이나 잘 알려진 유서 깊고 존경받는 동물 과(科)에 속한다. 그들은 자연 그 자체의 색깔이며 본질이다. 나뭇잎과 땅과 가장 밀접한 관계가 있으며, 저희끼리의 관계도 밀접하다. 단지 한쪽은 날개가 달리고 다른 쪽은 다리가 달렸을 뿐이다.

어느 야생동물이 눈에 들어왔다 싶으면 산토끼나 들꿩이 급히 달아나고 있는데, 그것은 살랑거리는 나뭇잎처럼 당연한 자연현상을 본 것에 불과하다. 지구상에 무슨 대혁명이 일어나도 들꿩과 산토끼는 땅의 진정한 토박이처럼 여전히 번창할 것이 틀림없다. 숲이 잘려나가더라도 거기서 움트는 새싹들과 덤불숲은 그들을 감춰줄 것이고, 그들은 전보다 더 수가 늘어날 것이다. 토끼 한 마리 먹여살리지 못하는 시골은 불쌍한 시골임에 틀림없다. 소를 기르는 아이가 설치한 나뭇가지로 만든 덫이나 말털로 된 올가미가 포위하고 있어도 우리의 숲은 토끼와 꿩으로 가득 찰 것이고, 모든 늪 언저리에서는 그들의 걷는 모습이 보일 것이다.

16

겨울의 호수

어느 고요한 겨울밤이 지났을 때, 나는 자면서 무엇을—어떻게—언제—어디서와 같은 질문을 받고 무언가 대답하려고 애는 썼지만 허사였다는 인상을 품고 눈을 떴다. 그러나 모든 생물의 보금자리인 대자연이 동트고 있었으며, 자연은 밝고 만족한 얼굴로 나의 널찍한 창문을 들여다보고 있었다. 자연의 입술은 아무런 질문을 담고 있지 않았다. 나는 눈을 뜨고 이미 대답이 나온 질문과 자연과 햇빛을 바라보았다.

젊은 소나무들이 점점이 박혀 있는 땅 위에 깊이 쌓인 눈과, 내 집이 자리한 언덕 비탈은 '앞으로 나가라!' 하고 말하고 있는 것 같다. 자연은 아무런 질문도 하지 않으며 우리 인간들이 묻는 질문에도 대답하지 않는다. 자연은 그렇게 하기로 결심한 지 이미 오래다.

오, 폐하, 우리의 눈은 이 우주의 경이롭고도 다양한 광경을 감탄하면서 바라보며 영혼에게 전합니다. 물론 밤은 이 찬란한 창조물의 일부를 장막으로 가립니다. 그러나 낮이 와서 지상으로부터 하늘 평

원으로까지 뻗어나간 이 위대한 작품을 우리 앞에 드러내 보입니다.[1]

그러고 나서 나는 아침 일에 착수한다. 먼저 도끼와 물통을 들고 물을 찾아 나선다. 이게 꿈이 아니면 그렇다는 말이다. 춥고 눈이 내린 밤 다음 날 물을 찾으려면 물을 찾는 탐지 막대가 필요하다. 미세한 공기의 움직임에도 그처럼 민감하고 모든 빛과 그림자를 되비치던 호수의 투명하면서 바르르 떠는 수면은, 겨울이 되면 1피트 내지 1피트 반의 두께로 얼어서 아무리 무거운 마차가 지나가도 끄떡하지 않는다. 게다가 눈이 얼음 두께로 쌓이면 호수와 평지를 구별할 수 없게 된다. 주변 언덕에 사는 마멋들처럼 호수는 눈꺼풀을 내리고 3개월 또는 그 이상을 동면에 들어간다.

나는 언덕들로 둘러싸인 목초지 안에 서 있는 기분으로 이 눈으로 덮인 평원에 서서 우선 1피트 두께의 눈을 뚫은 다음 다시 1피트 두께의 얼음을 뚫어 내 발밑에 창문을 만든다. 그러고는 무릎 꿇은 자세로 물을 마시며 물고기들의 조용한 응접실을 들여다본다. 호수 속은 마치 반투명 유리창을 통해 들어온 듯한 부드러운 광선이 널리 퍼져 있고, 바닥에는 여름처럼 밝은 모래가 깔려 있다. 파도라고는 영원히 없는 평온함이 지배하는 이곳은 마치 호박색 노을이 진 저녁 하늘 속 같다. 그 평온함은 물속 주민들의 냉정하고 한결같은 기질에 부합하는 것 같다. 천국은 우리의 머리 위에만 있는 것이 아니라 발밑에도 있는 것이다.

이른 아침 모든 것이 서리로 뽀송뽀송하게 얼어 있을 때 낚싯대

---

1 고대 인도의 서사시 《하리반사》 2권에서 인용했다. 1834년 소로가 프랑스어판을 영역했다.

와 간단한 도시락을 들고 호수를 찾는 사람들이 있다. 그들은 눈 덮인 호수를 뚫고 가느다란 줄을 내려 강꼬치와 농어를 잡으려 한다. 그들은 본능적으로 도시인들과 다른 유행을 추구하며 다른 권위를 신봉하는 야성적인 인간들이다. 그렇지만 이들이 오고 감으로 인해 하마터면 끊어져버릴 수도 있는 마을 간의 유대가 어느 정도 이어지고 있는 것이다.

그들은 투박한 털외투를 걸치고 호숫가 마른 떡갈나무 잎 위에 앉아 점심을 먹는다. 도시인들이 인공 지식에 밝다면 그들은 자연 지식에 밝다. 그들은 결코 책을 참고하지 않으며, 자신들이 알고 말할 수 있는 것보다는 훨씬 많은 일을 해낸다. 그들은 그냥 습관적으로 하는 일들이지만 아직 세상에는 알려지지 않은 것이 있다. 예컨대 커다란 농어를 미끼로 써서 강꼬치를 낚는 사람도 있다. 그의 물통을 들여다보면 마치 여름 호수를 들여다본 듯 감탄을 금할 길이 없다. 그는 마치 여름을 자기 집에 가두어둔 것 같기도 하고, 아니면 여름이 어디로 물러가 있는지를 아는 것 같다. 아니, 이런 것들을 한겨울에 어떻게 잡았지? 아, 땅이 얼어붙은 후로는 썩은 통나무 속에서 벌레를 잡아 그것을 미끼로 잡았지 뭐. 그 사람의 생활 자체가 박물학자의 연구보다 더 자연을 꿰뚫고 있다. 그 사람이야말로 박물학자의 연구 대상이다. 박물학자는 주머니칼로 이끼와 나무껍질을 살살 들어 올려 곤충을 찾는 반면, 이 사람은 도끼로 통나무의 속까지 찍어 벌어지게 한다. 그러면 이끼와 나무껍질은 사방으로 튄다. 그는 나무껍질을 벗겨 생계를 유지한다. 그런 사람은 고기를 잡을 권리가 어느 정도 있다. 그래서 나는 그 사람 안에서 자연이 할 일을 하는 것을 즐거운 눈으로 바라본다. 농어는 유충을 삼키고, 강꼬치는 농어를 삼키며, 낚시꾼은 강꼬치를 삼킨다. 그리하여 존재의 서

중심부에 희고 탄력 있는 실을 가진 이끼가 나무들 위에
더부룩한 털처럼 솟아 있다. 때로 이끼는 다른 더 큰 납작
한 이끼에서 솟아난 것도 있다. (1854년 2월 9일)

열^2 사이에 있는 틈이 메워지는 것이다.

안개 낀 날씨에 호수 주위를 산책하다가 어떤 세련되지 못한 낚
시꾼들이 쓰는 원시적인 낚시 방법을 보면 재미있다는 생각이 든다.
낚시꾼들은 얼음 위에 구멍을 뚫고 그 위에 오리나무 가지를 걸쳐놓
고 있는 것 같다. 그 얼음 구멍들은 4 내지 5로드의 간격을 두고 떨
어져 있는데 물가로부터는 같은 거리에 있다. 낚싯줄이 끌려가지 않
도록 줄의 끝을 오리나무에 묶어둔다. 그리고 낚싯줄의 늘어지는 부
분은 얼음 위 1피트 또는 그 이상의 높이를 가진 오리나무의 작은
가지에 걸쳐놓는다. 게다가 그 줄에는 마른 떡갈나무 잎을 하나 매
달아서 그것이 아래로 끌려가면 고기가 낚시에 걸렸다는 것을 알게
된다. 이런 낚시 구멍은 호숫가로부터 20, 30미터에서 시작하여 연
달아 있는데, 그 간격은 역시 20, 30미터 정도다. 그래서 호수 주위

---

2 모든 피조물은 신을 정점으로 하는 거대한 서열 속에 위치하게 된다. 기독교 문명의
   전통적 우주관이다.

를 반 바퀴 정도 돌아보면 안개 속에 오리나무 가지들이 일정한 간격으로 서 있는 광경을 어렴풋이 볼 수 있었다.

아, 월든 호수의 강꼬치들! 얼음 위나 낚시꾼들이 얼음 위에 작은 구멍을 파서 물을 담아놓은 곳에 누워 있는 강꼬치를 볼 때마다 나는 그 희귀한 아름다움에 감탄하지 않을 수 없다. 그들은 마치 전설에 나오는 물고기와 같다. 아라비아가 콩코드에서 멀리 떨어진 이국이듯 강꼬치들은 도시의 거리에서, 아니 심지어 숲에서도 멀리 떨어진 이국적인 인상을 준다. 그들은 너무나 눈부신 초월적인 아름다움을 지니고 있다. 그에 비하면 거리에서 나팔 불듯 명성을 자랑하는 대구나 대구의 사촌 해덕은 잔뜩 차이가 나며 차라리 송장 같은 인상을 줄 뿐이다.

강꼬치는 색깔이 소나무들처럼 초록도 아니고, 돌처럼 회색도 아니며, 하늘처럼 푸르지도 않다. 이렇게 말해도 되는지는 몰라도, 내눈에 강꼬치는 꽃이나 보석처럼 조금 더 진귀한 색깔로 보인다. 예컨대 그들은 진주와도 같으며, 월든 호숫물의 살아 있는 결정체로 보인다. 물론 강꼬치들은 속과 겉 할 것 없이 전체가 월든이며, 그 자체가 동물의 왕국에서 작은 월든이며 월든세즈[3]다. 그런 물고기가 여기서 잡힌다는 것은 놀라운 일이다.

마차나 가축들이 요란한 소리를 내며 지나 다니고 썰매가 딸랑대며 지나는 월든 길가의 깊고도 넓은 샘물 속에 이 커다란 황금색과 에메랄드 색 고기들이 헤엄치고 있다는 것은 놀라운 일이다. 나는 시장에서 강꼬치를 본 적이 없다. 만약 시장에 모습을 드러냈다면

---

3 Waldenses는 발도파를 가리키는데 영어식으로 읽으면 Walden과 발음이 비슷하다. 발도파는 1170년 이래 남프랑스에서 일어난 청빈을 존중하는 기독교의 일파.

모든 눈에 감탄의 대상이 되었을 것이다. 강꼬치들은 두세 번 몸부림치고는 쉽게 물속에서의 생애를 단념한다. 마치 자기 천명을 다하지도 않고 하늘의 엷은 공기로 옮겨가는 인간과도 같다.

오랫동안 행방을 모르던 월든 호수의 바닥을 되찾기를 갈망한 나는 1846년 초 얼음이 녹기 전에 나침반과 쇠사슬과 측심줄을 가지고 호수 바닥을 세밀히 측정했다. 월든 호수를 두고 바닥이 있느니 없느니 여러 가지 이야기가 전해지고 있으나, 그 어느 것도 믿을 만한 근거는 없었다. 바닥을 재는 수고도 해보지 않고 어떤 호수는 바닥이 없다고 오랫동안 믿는 것을 보면 그저 놀라울 뿐이다. 나는 콩코드 주변을 한나절 돌아다니다가 바닥이 없다는 호수를 두 군데나 방문한 적이 있다.

많은 사람들은 월든 호수가 지구의 반대편으로 뚫려 있다고 믿어왔다. 어떤 사람은 호수의 얼음 위에 오랫동안 배를 대고 엎드려 물이라고 하는 사람 눈을 속이는 매체를 통해, 게다가 물기 어린 눈으로 내려다보다가 가슴이 차져서 감기라도 걸릴까 봐 두려운 나머지, 만일 누가 가지고 가서 넣을 수 있다면 "한 수레분의 건초라도 넣을 수 있는" 거대한 구멍을 몇 개 보았다는 결론을 내렸다. 그 구멍은 저승의 강인 스틱스 강의 원천이며 이 근방에서 연옥으로 통하는 길의 입구로 보아도 된다고 말하기도 했다.

또 어떤 사람들은 마을에서 56파운드짜리 추와 지름 1인치짜리 밧줄을 한 수레나 싣고 갔으나 호수 바닥을 찾는 데는 역시 실패했다. 그도 그럴 것이 56파운드짜리 추가 이미 바닥에 닿았는데도 그들은 쓸데없이 줄을 계속 풀어 넣으면서 실은 경이로운 것을 무한정으로 받아들이는 자신들의 능력을 측정하려 했던 것이다. 그러나 월든 호수는 깊이가 유별나게 깊기는 하지만 터무니없이 깊지는 않으며 비교적 단단한 바닥을 가지고 있다는 것을 나의 독자에게 단언할 수 있다.

나는 대구잡이 낚싯줄과 1파운드 반 정도 되는 돌을 사용하여 호수 바닥을 쉽게 측정했다. 일단 바닥에 닿아 있는 돌을 다시 끌어올릴 때, 돌이 바닥에서 떨어지는 순간에는 훨씬 세게 당겨야 하기 때문에 그 순간을 정확하게 알 수 있었다. 가장 깊은 곳은 정확히 102피트였다. 그 후 물이 5피트 불었으니까 그곳의 깊이는 107피트가 될 것이다. 면적이 작은 곳치고는 놀라운 깊이인 셈이다. 하지만 공연히 상상력을 동원하여 단 1인치라도 빼먹어서는 안 된다.

만일 모든 호수의 깊이가 얕다면 어떻게 할 것인가? 그것이 사람들의 마음에 어떤 영향을 끼치지나 않을까? 나는 이 호수가 깊고 깨끗하게 창조되어 하나의 상징 역할을 하는 것을 고맙게 생각한다. 다시 말해서 인간이 무한을 신봉하는 한 바닥이 없는 호수는 계속 존재할 것이다.

어떤 공장 주인은 내가 잰 호수 깊이를 듣고 나더니 그것은 사실일 리가 없다고 했다. 자기가 댐에 대해 알고 있는 지식으로 판단하건대, 그렇게 급경사 위에는 모래가 깔릴 수 없다는 것이었다. 그러나 가장 깊은 호수들도 면적에 비하면 흔히 상상하는 만큼 깊지 않으며, 만약 물을 다 퍼낸다 해도 대단한 골짜기는 드러나지 않는다. 이 호수들은 산과 산 사이에 긴 물 잔들과 같은 것이 아니다. 면적에 비해 보통 이상으로 깊은 이 호수도 그 중심을 통하는 수직 단면으로 보면 얕은 접시 모양과 흡사할 것이며 그보다 더 깊지는 않을 것이다. 대부분의 호수는 물을 다 퍼내면 우리가 흔히 보는 목초지보다 더 움푹 패어 있지는 않을 것이다.

풍경 묘사에서 매우 경탄할 만하고 극히 정확을 기하는 윌리엄 길핀은 스코틀랜드의 록 파인 호수에 대하여 산들로 둘러싸인 염수만인데 깊이는 60, 70길에 폭은 4마일, 길이는 50마일 정도 된다고 말하며, 갑에 섰을 때의 감상을 다음과 같이 기술하고 있다.

대홍수에 의한 파괴나, 이러한 지형을 생성한 어떤 자연의 대변동이 일어난 직후, 바닷물이 노도처럼 유입되기 전에 여기를 볼 수 있었다면 얼마나 무서운 심연으로 보였을까!

돌출한 산들이 높이높이 솟아 있듯
공허한 바닥은 넓고도 깊게 꺼져 있구나.
광활한 물밭 이랑을 만들면서…….

그러나 록 파인 호수 표면의 제일 짧은 지름을 사용하여 그 비율을 월든 호수에 적용하면, 우리가 이미 알고 있듯이 수직 단면이 얕은 접시 같은 월든 호수에 비해서 록 파인 호수의 깊이는 4분의 1 정도로 얕게 보일 것이다. 록 파인 호수의 물이 다 빠지면 드러날 심연이 보여줄 공포스러움에 대해서는 이제 그만두기로 하자. 뻗어가는 넓은 옥수수밭들을 가진 그 많은 미소 짓는 계곡이 바로 물이 빠진 '무서운 협곡'과 다를 바 없다는 사실을, 그렇게 알고 있지 않은 주민들에게 납득시키려면 지질학자의 통찰력과 혜안이 필요할 것이다.

탐구적인 눈을 가진 사람은 낮은 지평선의 언덕에서 원시시대 호수의 흔적을 흔히 발견할 수 있는데, 나중에 들판의 융기 현상이 없었더라도 호수의 역사는 감추어졌을 것이다. 큰길의 도로 작업을 하는 인부들이 잘 알듯이 소나기가 내린 뒤에 생긴 물웅덩이를 보고 팬 장소를 알아내는 것이 가장 쉽다. 요컨대 상상력이란 조금이라도 틈을 주면 자연보다 깊이 잠수하고 자연보다 더 높이 솟아오른다는 것이다. 큰 바다의 깊이도 아마 그 넓이에 비하면 대단치 않다는 사실이 드러날 것이다.

얼음을 뚫고 호수의 깊이를 쟀기 때문에 얼지 않는 항구를 측량하는 것보다 훨씬 정확하게 그 바닥의 형태를 측정할 수 있었다. 나는 그 바닥이 대체로 규칙적인 데 놀랐다. 가장 깊은 곳에서는 몇 에이커에 달하는 면적이 태양, 바람, 쟁기의 영향을 받게 마련인 대부분의 밭보다 더 고르게 평평했다. 예컨대 임의로 선택한 어느 선 위의 여러 지점에서 깊이를 재보았더니 150미터 이내에서는 1피트 이상의 차이가 없었다. 대체로 호수의 중심부 근처에서는 어느 방향으로든 100피트당 3, 4인치 이내에서 그 깊이의 차이를 예측할 수 있었다.

이처럼 모래 바닥으로 된 고요한 호수에도 깊고 위험한 구멍들이 있다고 이야기하는 사람들이 있지만, 그런 여건에서는 오히려 물의 작용으로 인해 모든 기복이 평평해지는 것이다. 호수 바닥은 대단히 고르며, 또 그 바닥의 형태가 호숫가와 근처 산들의 형세와 완전히 일치하기 때문에 먼 갑(岬)은 맞은편 호숫가의 깊이에 영향을 주며, 그 방향도 반대편 물가를 관찰함으로써 결정할 수 있다. 갑은 사주와 모래톱이 되고, 계곡과 협곡은 깊은 물이나 수로가 된다.

나는 10로드를 1인치로 축소하여 이 호수의 지도를 만들고 전부백 군데 이상의 깊이를 측정하여 기입해두었다. 그리고 다음과 같은 놀라운 우연의 일치를 발견했다. 즉 가장 깊은 곳을 가리키는 숫자가 분명히 지도 한가운데 있는 것을 보고는 지도 위에 자를 가로와 세로로 놓아보았는데, 놀랍게도 가장 긴 가로선과 가장 긴 세로선이 가장 깊은 지점에서 정확히 교차하는 것이었다. 호수의 중심부는 바닥이 거의 평평하고, 호수의 윤곽은 상당히 불규칙적이며, 가장 긴 가로선과 세로선은 작은 만의 안까지 잰 것인데도 그런 결과가 나왔다. 그래서 나는 혼잣말을 했다. 이것이 암시하는 바를 따르면 호수나 웅덩이는 물론 큰 바다의 가장 깊은 곳도 찾아낼 수 있을지 누가 알아? 이것은 계곡의 반대라고 할 수 있는 산악의 높이에도 적용되는 규칙이 아닐까? 우리가 알다시피 어떤 산의 가장 높은 곳은 산기슭의 넓이가 가장 좁은 곳에 있는 것이 아니다.

다섯 개의 내포(內浦) 중 세 개를 측정해보았는데, 그 입구를 넘어서 안쪽으로 모래톱이 있었고 그 안의 물은 더 깊다는 것을 관찰을 통해 알 수 있었다. 그리하여 내포는 수평뿐 아니라 수직으로도 육지 내부로 뻗은 물의 연장이라고 할 수 있었다. 그것은 일종의 내포나 독립적인 호수를 이루는 경향이 있었고, 두 갑의 방향은 모래톱이 뻗은 방향을 나타내고 있었다. 해안가에 있는 모든 항만도 그 입구에 모래톱을 가지고 있다. 내포의 입구가 그 길이에 비해 넓으면 넓은 만큼 모래톱 밖의 물은 내포의 물보다 더 깊었다. 내포의 길이와 넓이, 그리고 그 주위 호숫가의 특징을 알게 되면 어떠한 경우에 대해서나 하나의 공식을 세울 만한 거의 모든 자료를 갖게 되는 셈이다.

나는 월든 호수에서의 이런 경험을 살려 어떤 호수면의 윤곽과 그 호숫가의 특징을 관찰함으로써 그 호수의 가장 깊은 곳을 얼마나 정확하게 맞힐 수 있는가를 알아보기 위해 화이트 호수의 도면을 만들어보았다. 화이트 호수의 면적은 약 41에이커에 달했으며, 월든 호수와 마찬가지로 그 안에 섬이 없으며 눈에 보이는 어떤 유입구나 유출구도 없었다. 그런데 가장 긴 세로선은 두 개의 마주 보는 갑이 서로 접근하고 두 개의 마주 보는 만이 쑥 들어간 곳에서 가장 짧은 세로선에 가까이 지나기 때문에 나는 짧은 세로선에서 조금 떨어진 지점을 가장 긴 가로선 위에서 가장 깊은 곳이라고 대담하게 표시해 보았다. 나중에 조사해본 결과, 가장 깊은 곳은 내가 표시한 곳에서 100피트 이내에 있다는 것이 판명되었다. 그것도 내가 처음에 점찍은 방향이었으며, 깊이도 1피트밖에 더 깊지 않은 60피트였다. 물론 물속에 조류가 흐른다든지 호수 안에 섬이 있다면 문제는 훨씬 복잡해질 것이다.

우리가 자연의 법칙을 모두 안다면, 단 하나의 사실이나 단 하나의 실제적 현상의 설명만 있다 해도 그 시점에서의 모든 구체적 결과를 추리할 수 있을 것이다. 현재 우리는 단지 몇 가지 법칙만을 알고 있을 뿐이다. 그래서 우리가 추리해낸 결과는 무효가 되는데, 그것은 자연의 어떤 혼란이나 변칙 때문이 아니라 계산하는 데 꼭 필요한 요소를 우리가 모르기 때문이다. 법칙과 조화에 대한 우리의 개념은 대개 우리가 탐지해낸 경우들로 한정되어 있다.

그러나 우리가 탐지해내지 못했고, 그래서 보기에는 모순된 것 같으나 실제로는 합치되는 수많은 법칙에서 유래되는 조화는 더더욱 경탄할 만한 것이다. 특정 법칙이 우리의 시점이 되는 것은 마치 어느 산의 형태가 절대적으로 하나지만 여행자에게는 걸음을 뗄 때마다 변화하여 무한히 많은 측면을 갖는 것이나 같다. 산은 쪼개거나 구멍을 뚫어도 그 전체가 파악되지 않는다.

내가 여러 호수에 대해 관찰한 것은 인간의 윤리에도 자주 똑같이 적용된다. 그것은 평균의 법칙이다. 두 개의 직경에 관한 그러한 법칙은 우리를 태양계 안의 태양으로 인도하고 사람 몸 안의 심장으로 인도한다. 뿐만 아니라 그것은 한 사람의 매일 하는 모든 행동과 그의 삶의 물결을 뚫고 그의 내포(內浦)와 유입구에 이르는 데까지 종선과 횡선을 긋는 것을 의미한다. 두 선이 만나는 곳에서 그의 성격의 가장 높은 점 또는 가장 깊은 점이 발견될 것이다.

우리가 그의 마음의 깊이와 감추어진 바닥을 알려면 그의 마음의 호숫가가 그리는 곡선과 그 인접 지역이나 환경이 어떠한가를 알기만 해도 충분하다. 만일 그의 호수가 고산준봉과 아킬레우스의 고향 같이 험준한 산봉우리에 둘러싸여 있으며, 그 봉우리들이 그의 가슴에 그 그림자를 반영시키고 있다면, 그의 내부에도 이에 상응하는 깊이가 있음을 암시하는 것이다. 그러나 낮고 평평한 물가의 모습은 그가 그 측면에서 천박하다는 것을 입증할 것이다. 우리 신체에서도 대담하게 불쑥 나온 이마는 그것에 상응하는 생각의 깊이를 표시한다. 또한 모든 내포, 즉 특별한 성향의 입구에는 모래톱이 하나씩 있다. 그것은 어느 기간 동안에는 우리의 항구 역할을 하기 때문에 우리는 그곳에 억류되어 부분적으로 물에서 봉쇄당한다.

이러한 성향들은 흔히 변덕에 의해 형성된 것이 아니며, 그 형태와 크기와 방향은 고대로부터의 융기 현상의 축이라 할 갑에 의하여 결정된다. 이 모래톱이 폭풍과 조류와 해류에 의하여 점차 커지거나 점차 물이 줄어 모래톱이 물 표면에 도달하면, 하나의 사상이 정박하고 있던 물가의 성향에 지나지 않던 것, 바로 그것이 하나의 호수가 된다. 이 호수는 바다와 단절되며, 그 안에서 사상은 독자성을 얻게 된다. 그것은 염수에서 담수로 바뀔 수도 있다. 그것은 물맛 좋은 담수해가 되든가 사해가 되든가 늪이 된다.

각 개인이 이 세상에서 생명을 얻을 때, 그런 모래톱이 어디선가 수면에 도착한 것이라고 생각하면 어떨까? 사실 우리는 서투른 항해사이기 때문에 우리의 사상 대부분은 항구도 없는 해안가에서 방황하거나 시(詩)라는 해안 만곡부에 대해서만 정통하기가 쉽다. 아니면 공식 통관항을 향해 방향타를 돌려 학문이라는 메마른 도크에 들어가 이 속세에 맞춰 배를 개수하게 되는데, 그곳에는 그들의 사상을 개성화하도록 도와줄 자연의 조류가 일지 않는다.

나는 월든 호수의 유입구와 유출구로 비와 눈과 증발 외에는 아무것도 발견하지 못했다. 그러나 온도계와 낚싯줄만 있어도 그러한 장소는 찾아낼 수 있을 것이다. 그도 그럴 것이 물이 호수로 흘러드는 곳은 여름에 가장 물이 차며 겨울에 가장 따뜻할 것이기 때문이다. 얼음 자르는 인부들이 이곳에서 작업하던 1846~1847년의 어느 겨울날, 호숫가로 운반된 얼음덩이들의 일부가 두께가 얇아서 다른 얼음들과 함께 섞을 수 없다는 이유로 거기서 얼음 쌓는 작업을 하는 인부들에 의해 불량품 처리가 된 적이 있다. 그래서 채빙 인부들은 호수의 어느 지역, 그것도 아주 작은 면적을 차지하고 있는 지역의 얼음은 다른 곳의 얼음보다 2, 3인치가 얇다는 점을 알게 되었고 그곳에 유입구가 있을 것이라고 생각했다.

그들은 나를 얼음덩어리 위에 태워 밀고 가더니 거기야말로 '새는 구멍'이라고 자신들이 생각하는 곳 몇 군데를 보여주었다. 그들은 호숫물이 그곳을 통해서 언덕 밑으로 새어 나가 인근 목초지로 흘러간다고 생각했다. 그것은 수면 아래로 약 10피트 지점에 있는 작은 구멍이었다. 그러나 이보다 더 심하게 새는 구멍이 발견되기 전에는 이 호수를 땜질할 필요가 없다고 나는 장담할 수 있다. 어떤 사람은 그런 '새는 구멍'이 발견되면 그것이 저습지와 연결되어 있음을 증명할 방법을 제시하기도 했다. 즉 그 구멍 입구에다 색깔이 있는 가루나 톱밥을 넣은 다음 저습지에 있는 샘물에 체를 설치하면 물줄기를 타고 운반된 가루가 그 체에 걸리게 되리라는 것이다.

내가 측량하고 있을 때 두께가 16인치나 되는 얼음이 사소한 바람에도 물결처럼 출렁거렸다. 잘 알다시피 수준기(水準器)라는 것은 얼음 위에서 사용할 수 없다. 호숫가에서 5미터 떨어진 지점에 있는 얼음의 최대 부동(浮動)은, 육지에 설치한 수준기를 얼음 위에 세워 둔 막대기의 눈금 쪽으로 향하게 해서 측량해본 결과 4분의 3인치였다. 얼음이 호숫가에 단단히 붙어 있는 듯 보이지만 실제 수치는 그러했다. 아마 호수 중심부에서는 부동이 더 심했을 것이다. 만약 우리의 측정 기구가 더 정밀하다면 지각의 부동도 탐지해낼 수 있을지 누가 아는가? 수준기의 두 다리는 물가에 두고 세 번째 다리를 얼음 위에 고정시킨 채 수준기의 가늠자를 그 다리들 쪽으로 향하게 한 후 관측했더니, 얼음의 극히 약한 상하 부동이 호수 건너편 나무에는 몇 미터 차이를 나타내는 것이었다.

내가 호수 깊이를 측정하기 위해 얼음에 구멍을 뚫기 시작했을 때 얼음을 덮고 있는 두터운 눈 밑에는 물이 3, 4인치 고여 있었다. 이 물은 내가 판 구멍들 속으로 즉시 흘러 들어가기 시작하더니 깊은 수로가 되어 이틀 동안이나 계속 흘렀다. 이 흐름은 사방의 얼음을 녹여서 호수의 표면을 말리는 데 주된 공헌은 아니지만 실질적인 공헌을 했다. 왜냐하면 물이 호수로 흘러 들어가 얼음을 들어 올려 뜨게 했기 때문이다. 마치 물을 빼내기 위해 배 밑에 구멍을 뚫는 것과 같다.

이런 구멍들이 다시 얼고 이어서 비가 와서 마지막으로 새로운 얼음이 전체를 매끈하게 덮으면 그 속에는 아름다운 검은 형상들이 여기저기 생긴다. 그 모양은 거미줄과 다소 비슷하며, 얼음 장미라고 부를 수 있을 것이다. 이것은 사방에서 중심으로 흘러 들어가는 물에 의해 팬 수로들 때문에 생긴 것이다. 얼음 위에 얕은 물웅덩이

월든 호수의 얼음 위에는 매우 아름답고 큰 나뭇잎 모양 수정 조각들이 풍부하다.(1856년 1월 1일)

가 생기면 내 자신의 그림자가 이중으로 보일 때가 있다. 그림자 하나는 다른 그림자의 머리 위에 서 있는데, 첫 번째 그림자는 얼음 위에, 두 번째 그림자는 나무 위나 산비탈에 서 있는 모습이었다.

아직 추운 정월이고 눈과 얼음이 두껍고 단단한데, 생각이 깊은 지주는 여름에 마실 음료를 차게 할 얼음을 채취하러 마을에서 온다. 지금은 정월인데 7월에 있을 더위와 갈증을 내다보며 두꺼운 외투와 장갑을 끼고 대비책을 구하는 그 현명함에 깊은 인상을 받으면서도 한편으로는 측은하다는 생각이 들었다. 미래를 위해 준비되지 않은 것들이 얼마나 많은가! 아마 그는 내세에서 마실 여름 음료를 식혀줄 보물은 현세에서 쌓아 올리지 못하고 있을 것이다.

그는 고체가 된 호수를 자르고 톱질하여 고기들의 지붕을 들어낸다. 물고기에게는 원소도 되고 공기도 되는 얼음을 마치 장작처럼 쇠사슬과 말뚝으로 단단히 감아서 짐마차에 싣고, 상쾌한 겨울 공기 속을 지나 겨울의 지하실로 운반해서는 그곳에서 여름을 나게 하려는 것이다. 호수의 얼음이 마을의 길 위로 운반되는 것을 멀리서 보면 마치 고체가 된 하늘빛을 보는 것 같다. 지주를 위해 얼음을 자르는 인부들은 쾌활한 사람들로서 농담 잘하고 놀기 좋아하는 부류다.

내가 가까이 다가가면 나를 밑에 서라고 권하고 이른바 '구멍 톱질'⁴ 에 끼워주었다.

1846~1847년의 어느 겨울날 아침, 북방 정토인의 핏줄이 흐르는 남자들 백 명이 갑자기 월든 호수에 나타났다. 그들은 보기 흉한 농기구들과 썰매, 쟁기, 씨앗 뿌리는 수레, 잔디 깎는 칼, 삽, 톱, 갈퀴 등을 수레 여러 대에 가득 싣고 왔다. 각자는 내가 《뉴잉글랜드 농민》이나 《경작인》 같은 농업 잡지에서도 본 적이 없는 뾰족한 끝이 달린 작대기 두 개로 무장하고 있었다. 그들이 겨울 호밀의 씨를 뿌리러 왔는지, 아니면 최근에 아이슬란드에서 도입한 어떤 곡물의 씨앗을 뿌리러 왔는지 나는 알 수가 없었다. 비료가 눈에 띄지 않는 것으로 보아 그들이 이곳 땅이 걸고 오래 묵었다고 생각하여 나처럼 지력을 이용하여 농사를 지으려 하는구나 하고 짐작을 했다.

인부들 말에 따르면, 이 사업을 주관하는 신사 농민은 50달러가량의 재산을 이미 가지고 있는데 이 사업을 통해 재산을 배로 늘릴 계획이라고 했다. 이 친구는 달러 지폐 한 장을 또 한 장으로 덮기 위해 이 엄동설한에 월든 호수의 유일한 외투, 아니 피부 그 자체를 벗기고 있는 것이었다. 인부들은 이 호수를 모범 농장으로 만들려는 것처럼 일에 착수했고, 놀랄 만큼 질서 정연하게 쟁기질과 써레질을 하여 고랑을 팠다.

그들이 어떤 종류의 씨앗을 뿌리나 하고 주의 깊게 보고 있자니, 내 바로 옆에 있던 인부들 한 무리가 갑자기 갈고리를 특유의 동작으로 모래 속, 아니 물속까지 깊이 집어넣어 그 처녀 토양을, 그 단

---

4 구멍을 크게 하나 파고 그 위에 통나무를 걸쳐놓은 뒤에 2인용 톱의 한쪽을 잡은 사람은 구멍 속에 서고 다른 한 사람은 통나무 위에 서서 같이 얼음을 톱질하는 형식.

단한 땅 전부를 끌어올려 썰매에다 싣고 나르기 시작했다. 나는 그들이 늪에서 이탄을 캐나 보다고 생각했다. 이들 인부들은 기관차의 특이한 기적 소리와 더불어 한 떼의 흰멧새들처럼 북극 어느 지점이라고 짐작되는 곳에서 이곳 월든 호수까지 매일 왔다 갔다 하는 것이었다.

그러나 때로 전설의 인디언 노파 월든이 복수를 했다. 어느 날 인부 하나가 말 수레 뒤를 따라가다가 땅의 터진 틈에 빠져 '나락의 바닥'으로 떨어질 뻔한 일이 발생한 것이다. 그때까지만 해도 용감하기 짝이 없던 이 사람은 갑자기 9분의 1 정도의 남자로 오그라들었다. 자신의 동물적 열기를 거의 잃은 그는 나의 집에 피신하게 된 것을 기쁘게 생각했고, 난로에도 장점이 있다는 것을 인정하기도 했다. 어떤 때는 얼어붙은 땅에 쟁기 끝의 쇳조각이 부러지기도 하고, 쟁기가 고랑에 박혀 그냥 날을 부러뜨려 꺼내기도 했다는 것이다.

돌려서 이야기하지 말고 있는 그대로 말하건대, 아일랜드 사람들 백 명이 미국인 감독관들과 함께 얼음을 채취하러 매일 케임브리지에서 왔다. 그들은 너무 잘 알려져 있어서 설명할 필요도 없는 방법으로 얼음을 여러 덩어리로 잘라서 썰매에 실어 물가로 운반하고는, 다시 재빠르게 얼음 플랫폼으로 운반하고 또다시 말의 힘으로 움직이는 쇠갈고리와 도르래 장치를 사용하여 밀가루 통처럼 나란히, 그리고 층층으로 쌓아 올렸다. 그 모습은 구름을 뚫고 솟아오를 오벨리스크의 기초공사라도 하는 것 같았다. 그들이 들려주는 이야기로는 일이 순조롭게 진행되면 하루에 얼음을 1천 톤 캘 수 있다고 하는데, 그것은 약 1에이커의 면적에서 나오는 얼음 양이었다. 썰매들이 이미 자국이 난 곳을 계속 통과하기 때문에 마치 육지에서처럼 얼음 위에 깊은 자국과 '요람 같은 구멍'이 생겼다. 말들은 예외 없이 물통처럼 파놓은 얼음 덩어리에 담긴 귀리를 먹었다. 인부들은 야외에다 밑면 한 변의 길이가 30 내지 35미터, 높이가 35피트가 되도록 얼음을 쌓았다. 그리고 맨 바깥쪽에 쌓은 얼음의 층 사이에는 공기를 차단하기 위하여 건초를 끼워놓았다. 별로 차갑지 않은 바람이 틈을 발견하게 되면 얼음 사이에 큰 구멍을 만들어 여기저기에 가는 기둥이나 받침 역할을 하는 것들만 남겨놓게 되어, 결국에는 쌓아놓은 얼음이 모두 쓰러지기 때문이다.

처음에 그 얼음 더미는 거대한 푸른 요새나 '발할라의 전당'처럼 보인다. 그러나 인부들이 얼음 사이의 틈에 풀밭에서 베어온 거칠고 마른 풀을 끼우기 시작하고 이 풀들이 서리와 고드름으로 뒤덮이자, 그것은 하늘빛 대리석으로 지은 건물이 오랜 세월이 지나면서 이끼도 끼고 해서 그럴싸하게 보이는 폐허와 같은 모습이 되었다. 그것은 달력에서 우리가 보는 그 늙은이로 묘사된 동장군의 주거지 같기도 하고, 우리와 함께 여름을 보낼 생각으로 그 동장군이 지은 오두막 같기도 했다.

사람들 계산으로는 그 얼음의 25퍼센트도 목적지에 도착하지 못할 테고, 2 내지 3퍼센트는 화물차 속에서 그냥 없어진다는 것이었다. 그러나 이 얼음의 더 많은 부분이 처음 의도와는 다른 운명을 맞았다. 얼음 속에 보통 때보다 더 많은 공기가 들어 있었든지 아니면

바위들에서 떨어지는 이 파이프 오르간 같은 고드름들은 아래쪽으로 성장하는 동글동글한 모양을 하고 있다.(1860년 2월 10일)

무슨 다른 이유로 기대했던 만큼 잘 보관되지 않아 결국 팔려나가지 못했기 때문이다. 1846~1847년 겨울에 쌓아놓은 이 얼음 더미는 약 1만 톤가량으로 추정되는데, 결국에는 건초와 판자로 덮이게 되었다. 그해 7월에 지붕을 걷고 그 일부를 운반해갔지만, 나머지는 태양에 노출된 채 그해 여름과 다음 겨울을 견뎌냈다. 1848년 9월이 되어서야 얼음은 완전히 녹아버렸다. 이로써 호수는 거의 대부분의 물을 되찾았다.

월든 호수의 얼음은 그 물처럼 가까이에서 보면 초록색을 띠지만, 멀리서 보면 아름다운 청색이다. 그래서 4분의 1마일의 거리를 두고 보더라도 강의 하얀 얼음이나 다른 호수들의 단지 푸르스름한 빛이 도는 얼음과는 쉽게 구별된다. 때로 채빙 인부들의 썰매가 마을의 거리를 지나는 길에 커다란 얼음덩이가 미끄러져 떨어져서는 일주일 동안이나 녹지 않고 그 자리에 놓여 있는 일이 발생하는데, 그 얼음덩이 모양이 천생 커다란 에메랄드 같아서 지나가는 모든 사람의 흥미를 끌기도 한다.

내가 관찰한 바로는, 월든 호수의 어떤 부분은 액체 상태에서 녹색이지만 그것이 얼면 같은 지점에서 보아도 청색으로 보일 때가 많다. 그래서 겨울에는 때로 호수 근처 움푹 팬 곳들에 호숫물과 같은 초록빛 물이 고여 있다가도 다음 날 얼면 청색으로 변해 있는 것을 볼 수 있다. 아마 물과 얼음의 청색은 그 안에 담고 있는 빛과 공기 때문일 텐데 가장 투명한 것이 가장 청색을 많이 띤다.

얼음은 명상을 위한 흥미로운 대상이다. 사람들 말에 따르면 프레시 호수 앞 얼음 창고에는 5년이나 된 얼음이 좀 있었다는데 채취했을 때와 비교해 조금도 변하지 않았다는 것이다. 어째서 한 통의 물은 금세 물맛이 변하는데 그것이 일단 얼면 언제까지나 싱싱한 것일까? 이것이 애정과 지성의 차이라고 흔히들 말한다.

이처럼 나는 16일 동안이나 내 창문을 통해 인부들 백 명이 농번기 농사꾼들처럼 팀을 이룬 말들이 끄는 수레와 온갖 농기구를 사용하여 일하는 모습을 지켜보았다. 그 장면은 달력 첫 장에서 보는 것 같은 한 폭의 그림이었다. 밖을 내다볼 때마다 종달새와 추수하는 사람들의 우화나 씨 뿌리는 사람의 비유담[5] 등이 생각났다.

이제 그 인부들은 모두 가버렸다. 30일만 지나면 바로 이 창문에서 바다의 초록빛을 띤 순수한 월든 호수를 바라보게 될 것이다. 그 수면에는 구름과 나무들이 영상을 드러낼 것이고, 호수는 고독하게 수증기를 하늘로 올려 보낼 것이다. 그러나 사람이 그곳에 서 있었다는 흔적은 나타나지 않을 것이다. 얼마 전까지만 해도 백 명의 인간들이 겁 없이 일하던 바로 그곳에서 되강오리 한 마리가 물속에 들어가 깃털을 가다듬으며 웃음을 터뜨리는 소리를 듣게 될 것이다. 혹은 그곳에서 외로운 낚시꾼 한 사람이 떠다니는 나뭇잎과도 같은 보트에 몸을 싣고 물결 속에 반사되는 자신의 모습을 바라보는 광경을 보게 될 것이다.

이리하여 찰스턴과 뉴올리언스, 그리고 마드라스와 봄베이와 캘커타의 더위에 시달리는 주민들은 나의 샘에서 물을 마시게 될 것 같다.[6] 아침이면 나는 《바가바드 기타》의 경이로운 우주 생성 철학에 나의 지성을 목욕시킨다. 이 책이 완성된 뒤 신들의 시대는 지났으며, 이것에 비하면 우리의 현대 세계와 그 문학은 왜소하고 보잘

---

5 전자는 라퐁텐의 우화 《종달새와 농부》를, 후자는 〈마태복음〉 13장 3~8절에 나오는 내용을 말한다.

6 과장이 아니라 뉴잉글랜드의 얼음은 위에 열거된 지방과 그 외의 항구들로 수출되고 있었다.

것없다. 그 철학의 숭고함이 우리의 개념과 너무 멀리 떨어져 있기 때문에 그것이 우리의 전생에 대해 이야기하고 있는 것이 아닌가 하는 의문까지 생긴다. 나는 그 책을 내려놓고 나의 샘으로 물을 길으러 간다. 그런데 아니, 이게 누구야? 나는 브라만의 하인을 만난 것이다. 브라흐마와 비슈누와 인드라 신의 승려인 브라만은 갠지스 강변에 있는 자기의 사원에 조용히 앉아 베다 경전을 읽거나 빵 껍질과 물병만을 가지고 나무뿌리 곁에 살고 있다. 나는 주인을 위해 물을 길으러 온 그의 하인을 만났으며, 우리의 물통은, 말하자면 같은 우물 안에서 서로 부딪친 것이다. 월든 호수의 순수한 물이 이제 갠지스 강의 성스러운 물과 섞이게 되었다. 월든 호수의 물은 순풍을 만나 전설적인 아틀란티스 섬과 헤스페리데스 섬[7]을 지나 한노[8]가 밟았던 항로를 뒤쫓아 테르나테 섬과 티도레 섬[9]과 페르시아 만 입구를 지나 인도양 열대 강풍에 녹을 것이며, 알렉산더 대왕도 이름만 들어본 항구에 도착할 것이다.

---

7 세계의 서쪽 끝에 있다는, 그리스 신화에 나오는 섬.
8 기원전 5~6세기 카르타고의 항해자.
9 둘 다 밀턴의 《실낙원》 2권에서 노래된 인도네시아 북동부의 섬들.

17

봄

채빙 인부들이 넓은 면적에 걸쳐 얼음을 잘라내면 일반적으로 호수의 얼음은 더 빨리 녹는다. 그 까닭은 추운 날씨에도 호숫물은 바람 때문에 출렁거리며 주위의 얼음을 깎아 먹기 때문이다. 그러나 그해의 월든 호수는 그러한 영향을 받지 않았다. 왜냐하면 월든 호수는 낡은 얼음 옷 대신에 두꺼운 새 얼음 옷으로 즉각 갈아입었기 때문이다.

이 호수는 다른 호수에 비해 더 깊은 데다가 얼음을 녹이거나 깎아 먹는 물의 흐름이 없기 때문에 인근의 다른 호수들처럼 빨리 얼음이 녹지 않는다. 나는 월든 호수가 겨울 중에 녹는 것을 한 번도 본 적이 없다. 호수들에게 지독한 시련이었던 1852~1853년의 겨울도 예외는 아니었다.

월든 호수는 대체로 플린트 호수나 페어헤이븐 호수보다 일주일 내지 열흘쯤 늦은 4월 1일경에 녹기 시작하여, 얼음이 맨 처음 얼었던 북쪽 물가와 얕은 곳부터 녹는다. 이 호수는 일시적인 온도 변화에 별로 영향을 받지 않기 때문에 이 근처 어느 호수나 강보다 계절의 절대적인 진행을 잘 나타내는 지표가 된다. 3월에 심한 추위가 2, 3일만 계속되어도 다른 호수의 해빙은 많이 늦어지지만 월든 호수의 수온은 지속적으로 상승한다.

1847년 3월 6일에 월든 호수 한가운데 집어넣은 온도계는 화씨 32도, 즉 빙점을 가리켰다. 물가의 온도는 33도였다. 같은 날 플린트 호수의 한가운데는 32.5도였고 물가에서 60미터 안쪽, 1피트 두께의 얼음 밑의 얕은 물속 온도는 36도였다. 플린트 호수의 깊은 곳과 얕은 곳의 온도 차이가 이처럼 3.5도나 되고 호수의 대부분이 비교적 얕다는 사실이 그 호수가 월든 호수보다 훨씬 빨리 해빙되는 이유다. 이 무렵 가장 얕은 곳의 얼음은 호수 가운데의 얼음보다 몇 인치 얇았다.

그러나 한겨울에는 호수 한가운데의 온도가 가장 높았고 그곳 얼음이 가장 얇았다. 여름에 호숫가 근처 물속에 들어가본 사람이라면 누구나 알다시피 3, 4인치 깊이밖에 안 되는 물가의 물 온도는 그보다 조금 안쪽의 물 온도보다 훨씬 높으며, 깊은 곳에서는 수면 온도가 호수 바닥보다 훨씬 더 높다. 봄에는 태양이 공기와 땅의 온도를 높여 영향을 끼칠 뿐만 아니라, 태양열은 1피트 또는 그 이상 되는 두께의 얼음을 통과해서 얕은 곳에서는 바닥에서 반사되어 물을 덥혀 얼음 아래쪽을 녹인다. 그와 동시에 태양열은 얼음을 위에서 직접 녹여 울퉁불퉁하게 만들며, 그 속에 들어 있는 공기 방울을 위아래로 팽창시켜 얼음을 벌집 모양으로 만든다. 그 위에 단 한 번의 봄비가 내려도 얼음은 갑자기 사라진다.

얼음에도 나무처럼 결이 있어서 얼음덩어리가 허물어지거나 벌집 모양이 되기 시작하면 그 위치가 어디건 그 안의 기포들은 수면이었던 얼음 면과 직각을 이룬다. 바위나 통나무가 수면 가까이 올라와 있는 곳에서 그 위에 어는 얼음은 훨씬 얇으며 반사된 열에 의하여 거의 녹아버리는 경우가 자주 있다. 내가 듣기로 케임브리지에서는 나무로 만든 얕은 연못에다 물을 얼리는 실험을 했다고 한다. 그런데 찬 공기를 물 밑으로 순환시켜서 위아래로 찬 공기와의 접촉이 있었는데도 바닥에서 반사된 태양열이 이 이점을 상쇄해버리더라는 것이다.

한겨울에 내린 따뜻한 비가 월든 호수의 설빙(雪氷)을 녹이고 호수 가운데 검은색 아니면 투명하고 단단한 얼음을 남겨놓을 때, 호숫가에 있는 5미터나 그 이상의 넓이를 가진 흰색 얼음은 이 반사열 때문에 비교적 두꺼우면서도 푸석푸석한 상태가 된다. 또한 전에도 말했듯이 얼음 속에 들어 있는 기포는 집광 렌즈처럼 밑에 있는 얼음을 녹이는 작용을 한다.

1년 중 발생하는 여러 현상들이 규모는 작지만 매일같이 호수 안에서도 일어난다. 대체로 얕은 곳의 물은 아침에 깊은 곳의 물보다 빠른 속도로 온도가 오르기 시작하고, 저녁부터 이튿날 아침까지는 역시 빠른 속도로 온도가 내려간다. 하루는 1년의 축소판이다. 밤은 겨울이고, 아침과 저녁은 봄과 가을이며, 낮은 여름이다. 얼음이 울리거나 깨지는 듯한 소리를 내는 것도 온도 변화를 나타낸다.

1850년 2월 24일, 추운 밤을 보내고 상쾌한 아침을 맞은 나는 플린트 호수에서 하루를 보내기 위해 그곳으로 갔다. 그때 내가 도끼머리로 얼음을 내려치자 마치 징이라도 친 것처럼, 아니 팽팽한 북을 친 것처럼 사방 몇십 미터에 그 소리가 울려 퍼지는 바람에 깜짝 놀랐다. 해가 뜨고 한 시간 후 언덕들 너머로 비스듬히 내리비치는 태양 광선의 영향을 받아 호수는 쿵 하고 울리는 소리를 내기 시작했다. 호수는 마치 잠에서 깬 사람처럼 기지개를 켜고 하품을 하면서 점점 더 시끄러운 소리를 냈고, 이런 상태가 서너 시간이나 계속되었다.

그러나 정오 무렵에는 낮잠이라도 자는 듯 잠시 조용해졌다가 태양이 그 영향력을 약화시키는 저녁 무렵이 되면 다시금 울리는 소리를 냈다. 기후가 순조로울 때 호수는 규칙적으로 저녁을 알리는 포성을 울린다. 그러나 낮에는 깨지는 소리로 가득하고 공기도 탄력이 감소되기 때문에 호수는 완전히 그 울림 소리를 잃는다. 그러니까 어쩌면 얼음 위를 치더라도 물고기와 사향쥐들이 그 때리는 소리에 기절할 수는 없었을 것이다.

낚시꾼들 말에 따르면 '호수의 천둥소리'에 물고기들이 놀라서 미끼를 물지 않는다고 한다. 호수가 저녁마다 천둥소리를 내는 것은 아니다. 또 언제 천둥소리를 낼지 예측할 수도 없다. 그러나 날씨에 특별한 변화가 없는데도 호수는 갑자기 천둥소리를 낸다. 이처럼 몸집이 크고 차가우며 두꺼운 피부를 가진 것이 그처럼 민감하리라고 누가 상상이나 하겠는가? 그러나 봄이 오면 새싹이 트듯 이 호수는 어떤 자신의 법칙에 순종하며 천둥소리를 내야 할 시점에서는 반드시 그렇게 한다. 대지는 살아 있고 예민한 유두 모양 돌기로 덮여 있다. 아무리 큰 호수라도 대기 변화에 대해서는 시험관 속 수은 입자처럼 민감한 것이다.

숲에 들어와 사는 것의 매력 가운데 하나는 봄이 오는 것을 지켜보는 여유와 기회를 갖는 것이었다. 호수의 얼음은 마침내 벌집 모양으로 변하기 시작했고, 그 위를 걷노라면 구두 굽 자국이 생겼다. 안개와 비와 따뜻해져가는 태양이 눈을 차츰차츰 녹이고 있다. 낮이 감지될 정도로 길어지고 있다. 더는 장작더미를 쌓아 올리지 않고도 겨울을 어떻게 날지 알고 있다. 이제 큰 불은 필요가 없다. 봄이 오는 첫 번째 징조를 눈이 빠져라 기다리고 있으며, 혹시 다시 돌아온 새의 노랫소리나 줄무늬다람쥐의 찍찍거리는 소리가 안 들리나 귀를 기울인다. 다람쥐도 이제 겨울 식량이 거의 다 떨어졌을 것이다. 마멋이 겨울 보금자리에서 감히 기어 나오는 모습도 보고 싶다.

3월 13일, 푸른 물새와 노래참새와 티티새의 울음소리를 들었는데도 호수의 얼음은 아직도 거의 1피트 두께를 유지하고 있었다. 날씨가 계속 따뜻해지고 있지만 얼음은 눈에 띄게 물에 녹거나 강에서처럼 쪼개져서 떠내려가거나 하지 않았다. 호숫가 얼음은 2, 3미터 폭으로 완전히 녹아버렸는데 가운데의 얼음은 단지 벌집 모양으로 변해 질퍽질퍽할 뿐이었다. 그래서 쑥쑥 들어가기 때문에 6인치 정도 두께가 되어야 그곳을 발로 밟을 수 있었다.

그러나 따뜻한 비가 내린 뒤에 안개라도 낀다면 얼음은 다음 날 저녁까지는 완전히 종적을 감출 것이다. 안개와 더불어 귀신에 홀린 듯 사라질 것이다. 어느 해인가 나는 얼음이 완전히 녹기 5일 전에 호수 가운데의 얼음을 건너간 적이 있다. 1845년 월든 호수는 4월 1일에 완전히 해빙이 되었다. 1846년에는 3월 25일에, 1847년에는 4월 8일에, 1851년에는 3월 28일에, 1852년에는 4월 18일에, 1853년은 3월 23일에, 그리고 1854년에는 4월 7일경에 완전히 해빙되었다.

강과 호수의 해빙, 그리고 기후가 고정되는 것과 관련된 모든 작은 사건들은 극단적인 온도 차이가 있는 기후에 사는 우리에게는 각별히 흥미롭다. 따뜻한 날이 찾아올 때 강가에 사는 사람들은 한밤중에 대포 소리같이 큰 소리를 내며 깨지는 얼음 소리를 듣는다. 마치 강을 얽어매고 있던 얼음 사슬이 산산조각 나는 것과도 같다. 그 뒤로 며칠 안에 얼음은 빠른 속도로 녹는다. 그리하여 악어도 대지의 진동과 함께 진흙 속에서 기어 나온다.

자연을 주의 깊게 관찰해온 어떤 노인을 내가 아는데, 그 사람은 자연의 모든 활동에 대해 너무도 잘 알아서 혹시 어린 시절에 자연이라는 배가 건조될 때 그 용골을 설치하는 일을 거들지나 않았을까 하는 생각이 들 정도다. 그는 이미 지긋한 나이가 되었기 때문에 설령 므두셀라[1]만큼 장수하더라도 자연에 관한 지식을 그 이상 얻을 수 있으리라고는 생각되지 않았다. 그러한 사람이 자연의 활동에 대하여 경이로움을 표시할 때 나는 놀라움을 금할 수 없었다. 왜냐하면 그 노인과 자연 사이에는 아무런 비밀이 없으려니 생각했기 때문이다. 노인은 나에게 다음과 같은 이야기를 들려준 적이 있다.

어느 봄날 그는 엽총과 보트를 가지고 오리 사냥이나 해보겠다고 생각했다. 목초지에는 아직 얼음이 남아 있었지만 강의 얼음은 다 녹아 없어졌기 때문에 그가 사는 서드베리에서 페어헤이븐 호수까지 아무런 장애 없이 강물을 타고 내려갈 수 있었다. 그러나 뜻밖에도 페어헤이븐 호수는 거의 전부가 단단한 얼음판으로 덮인 것을 발견했다. 그날은 날씨가 따뜻했으므로 그는 그렇게 큰 얼음덩어리가 남아 있는 것을 보고 놀라지 않을 수 없었다.

오리가 보이지 않아서 그는 보트를 북쪽, 즉 호수 안에 있는 섬 뒤쪽에 감추어놓고 자신은 섬 남쪽 덤불 속에 몸을 숨긴 채 오리들을 기다렸다. 섬 주위에는 얼음이 15 내지 20미터가량 폭으로 녹아 있어서 따뜻하고 잔잔한 물이 보였고 바닥은 진흙이었다. 이런 것들을 바로 오리들이 좋아했기 때문에 그는 이제 오리들이 곧 날아오려니 생각했다.

---

1 969세까지 살았다는 성경 속 인물.

그곳에 한 시간가량 조용히 엎드려 있을 때 아주 멀리서 들려오는 듯한 나지막한 소리가 들렸다. 그 소리는 그가 이제까지 들어본 적이 없는 유난히 장엄하고 인상적인 소리였다. 세계를 뒤흔드는 기억할 만한 결과를 가져올 것처럼 점점 부풀어오르면서 증가하는 소리였고, 음침한 돌진이며 포효 같은 것이 엄청난 새 떼가 한꺼번에 몰려와 내려앉는 소리 같기도 했다. 그는 흥분한 나머지 급히 총을 움켜쥐고 몸을 일으켰다.

그러나 놀랍게도 그가 그곳에 엎드려 있는 동안 호수의 큰 얼음덩이 전체가 움직이기 시작하여 섬의 기슭으로 몰려왔는데, 그가 들은 소리는 얼음덩이의 가장자리가 기슭에 부딪혀 긁히는 소리였던 것이다. 처음에는 가만히 야금야금 씹히고 부서져 떨어져나갔으나, 나중에는 상당한 높이로 치솟더니 부서지는 얼음조각들을 섬 주변에 흩트려 떨어뜨리고는 결국 조용히 멈추는 것이었다.

마침내 햇빛은 적당한 각도에 이르고 따뜻한 바람은 안개와 비를 몰고 와 눈 더미들을 녹인다. 안개를 흩어지게 만드는 태양은 마치 향을 피워 생긴 적갈색과 흰색의 연기가 교차하는 풍경을 향해 웃는 듯하다. 졸졸 흐르는 수많은 실개천과 개울의 음악에 신이 난 나그네는 이 섬에서 저 섬으로 징검다리를 골라 디디며 이 풍경 속을 나아간다. 개울들의 혈관은 겨울의 피를 가득 담고 흘러가고 있다.

내가 마을에 가려면 철로를 놓을 때 깊이 깎인 산허리 곁을 지나게 된다. 봄이 되면 얼었던 모래와 진흙이 녹으면서 그 깎인 곳 양편으로 흘러내리는데, 그때 나타나는 여러 가지 모양보다 관찰하기에 더 흥미로운 현상도 없을 것이다. 철도가 발명된 이래 적절한 재질로 이루어지고 생생하게 노출된 둑의 수효는 엄청나게 증가했지만 이처럼 규모가 큰 현상은 그리 많지 않을 것이다.

둑을 이루고 있는 재질은 그 굵기와 색깔이 다양한 온갖 종류의 모래이며, 대개는 약간의 진흙이 섞여 있다. 봄에 얼었던 땅이 녹을 때라든지 심지어 겨울에도 몹시 따뜻한 날에는 모래가 용암처럼 비탈을 흘러내리기 시작하고, 때로는 눈을 뚫고 쏟아져 나와 전에 모래가 보이지 않던 곳이 온통 모래 천지가 되기도 한다. 무수한 작은 모래 흐름이 서로 겹치고 뒤엉켜 반은 흐름의 법칙을 따르고 반은 식물의 법칙을 따르는 일종의 잡종적 산물의 양상을 띤다. 그것은 흘러내리면서 수분이 많은 잎이나 덩굴 형태를 띠고 깊이가 1피트나 그 이상 되는 걸쭉한 잔가지들의 퇴적물이 된다.

또 위에서 내려다보면 어떤 이끼 식물의 톱니 모양이나 열편(裂片)의 형상, 그러면서도 비늘 같은 엽상체(葉狀體)를 닮았다. 혹은 보는 사람으로 하여금 산호, 표범 발톱, 새들의 발, 뇌나 폐나 내장, 또는 온갖 종류의 배설물을 연상시키기도 한다. 그것은 정말 기괴한 식물로서, 우리는 그 형태와 색채가 청동 주조물 속에 모사(模寫)된 것을 볼 수 있다. 그것은 건축상의 장식으로 흔히 이용되는 아칸서스 잎이나 꽃상추, 포도나무나 담쟁이덩굴, 또는 어느 식물의 잎들보다 오랜 역사를 가진 전형적인 건축용 잎사귀다. 경우에 따라서는 미래의 지질학자들에게 수수께끼가 될 운명을 지닌 것들이다.

산허리를 깎아낸 이곳은 종유석이 많은 어떤 동굴이 햇빛에 통째로 노출된 듯한 인상을 나에게 안겨주었다. 여러 가지 색채의 차이를 드러내는 모래는 독특하게 풍요로우면서 기분 좋은 감정을 안겨주고, 갈색, 회색, 누르끼리한 색과 불그스름한 색 등 다양한 철분 색채를 띠고 있다. 흘러내리는 모래들이 둑 바닥의 배수 도랑에 도달하면 그것들은 좀 더 납작한 몇 개의 가닥으로 퍼져 나뉜다. 각각의 가닥은 반원통의 모습을 잃고 점점 더 평평하고 넓어지며, 수분이 많아짐에 따라 함께 흘러내려 거의 평평한 모래가 되어버린다. 그러나 그 모래들은 아직도 여러 가지 아름다운 색깔을 지니고 있으며 그 속에 본래 식물의 모습이 보인다. 그러다가 마침내 도랑물 속에 들어가면 마치 강어귀에 형성되는 것과 같은 모래톱이 되어, 식물의 형상은 바닥에 생기는 물결무늬 자국 속에 없어지고 만다.

20피트 내지 40피트 높이의 둑 전체가 때로 봄날 단 하루의 생산물인 이런 잎사귀 무늬의 모래 분출로 뒤덮이는데, 이 현상은 한쪽 또는 양쪽 둑을 따라 4분의 1마일까지 펼쳐진다. 무엇보다 신기한 것은 이 잎사귀 무늬의 모래 덩어리가 어느 날 갑자기 터져 나온다는 점이다. 한쪽 둑은 아무렇지도 않은데 맞은편 둑은, 물론 태양이 한쪽 둑에 먼저 작용하니까 그렇겠지만, 단 한 시간 만에 그처럼 잎들이 무성한 것을 보면, 나는 세계와 나를 창조한 그 위대한 예술가의 작업실에 와 있는 게 아닌가 하는 느낌이 든다.

다시 말해 그 예술가는 아직도 작업을 계속하고 있는가 하면 이 둑에 장난까지 치면서 남아도는 정력으로 새로운 작품을 여기저기에서 만들어내는 현장에 와 있는 듯한 기분이 드는 것이다. 또한 지구의 내장에 더 가까이 와 있다는 느낌도 든다. 범람을 일으킨 이 모래 덩어리는 동물의 내장을 닮은 잎사귀 형태의 덩어리이기 때문이다. 우리는 이런 모래 속에서도 식물 잎의 출현을 기대하게 된다.

대지가 자신을 외부로 표출할 때 나뭇잎 형태로 표현하는 것은 이상한 일이 아니다. 대지는 자기 내부에 그런 개념을 잉태하고 산모처럼 진통하고 있기 때문이다. 원자들은 이미 이 법칙을 알고 그 법칙에 따라 수태를 한 것이다. 우리 머리 위에 매달린 나뭇잎은 바로 여기에 그 원형이 있다. 지구 내부든 동물 내부든, 내부에 있을 때 그것은 수분이 많은 두꺼운 잎(lobe)이며 이 말은 특히 간, 폐,

그리고 지방엽(脂肪葉) 등에 적용된다. ($\lambda\varepsilon\iota\beta\omega$, labor, lapsus는 각각 '흐르다', '미끄러져 떨어지다', '하강하다'라는 뜻이고 $\lambda o\beta o\varsigma$, globus는 각각 '잎'과 '지구'를 의미하며, 동시에 '잎(lobe)', '지구(globe)', '싸다(lap)', '펄럭이다(flap)', 그 밖에 많은 다른 의미를 나타낸다.)

이제 외부를 살펴보면, 그것은 마르고 얇은 잎(leaf)인데, f와 v는 b가 압축되고 마른 것이다. lobe의 어근은 lb인데, 뒤에 있는 l음이 부드러운 b를 앞으로 밀어내고 있다. globe의 경우 어근은 glb인데, 후음(喉音)인 g가 단어의 의미에 목구멍의 힘을 더해주는 역할을 한다.

새의 깃털과 날개는 한층 더 마르고 얇은 잎이다. 이렇게 해서 땅속의 통통한 유충에서 공중을 나는 나비에 이르는 과정을 훑어볼 수 있다. 지구 자체도 자신을 초월하고 변화시켜 자신의 궤도를 날게 된 것이다. 얼음조차도 섬세한 수정과 같은 잎으로 시작한다. 얼음은 마치 수초의 잎이 물의 거울 위에 눌려 만들어진 틀 속에 들어갔다 나온 것 같기도 하다. 나무도 그 전체가 하나의 잎에 지나지 않는다. 하천은 좀 더 큰 잎이다. 하천의 육질 부분은 사이에 끼어든 육지이며, 마을과 도시들은 옆 겨드랑이에 자리한 곤충의 알이다.

해가 물러가면 모래도 흐름을 멈춘다. 그러나 아침이 되면 흐름은 다시 시작되며, 갈라지고 다시 갈라져서 수많은 흐름으로 나뉜다. 우리는 여기서 혈관의 형성 과정을 볼 수 있다.[2] 좀 더 면밀히 살펴보면, 큰 모래 덩어리가 녹으면서 끝 부분이 물방울처럼 생긴 부드러운 모래의 흐름이 앞으로 밀고 나오는데 그것은 마치 손가락 끝과 흡사하며 맹목적으로 길을 더듬어 아래로 내려오는 것이 보인다. 해가 더 높아짐에 따라 열과 수분이 증가하면 가장 유동적인 부분은

---

2 여기는 비유적이거나 환상적인 이야기에 불과하다. 과학적인 정확도가 없다.

자연의 법칙에 따라 가장 완만한 부분과 갈라져, 그 내부에 꾸불꾸불한 수로, 즉 동맥을 형성한다. 그 안에서 작은 은빛 흐름이 번개처럼 빛을 발하며 육질이 풍부한 잎이나 가지 단계에서 다음 단계로 옮겨가고 이따금 모래 속에 파묻히는 것을 볼 수 있다. 모래가 그 수로의 날카로운 끝 부분을 형성하기 위하여 자체가 제공하는 최고의 재료를 사용하면서 얼마나 빨리, 그리고 완벽하게 자신의 흐름을 정비하는가 하는 것은 놀라운 일이다. 강의 근원들도 바로 그러한 것이다. 물이 축적하는 규산질 물질 속에 어쩌면 골격 조직이 있을 것이고, 섬세한 토양과 유기물 속에는 육질 섬유와 세포 조직이 있을 것이다.

인간이란 얼었다 녹는 진흙 덩어리가 아니면 무엇이란 말인가? 인간의 손가락 끝머리는 응고된 진흙 한 방울에 지나지 않는다. 손가락과 발가락은 얼었다 녹고 있는 몸통에서 그 끝머리까지 흘러간 것들이다. 지금보다 쾌적한 하늘 아래에서는 인간의 육체가 확장되어 어디까지 흘러갈지 누가 아는가? 인간의 손은 열편(lobes)과 잎맥(veins)이 있는 펼쳐진 야자 잎이 아닌가? 공상의 날개를 펴보면, 귀란 머리통 옆면에 피어난 이끼 식물이며 거기에 열편이나 물방울이 매달려 있는 것이라고 생각할 수도 있다. 입술은 동굴 같은 입의 위아래 양쪽으로부터 벗어나 미끄러져 나온 부분이다.

코는 분명히 응고된 진흙 방울이거나 종유석이다. 턱은 좀 더 큰 진흙 방울이며, 얼굴 전체에서 흘러내려 그 아래에서 합류한 것이다. 뺨은 이마에서 얼굴이라는 골짜기로 미끄러져 내려오다가 광대뼈에 부딪혀 퍼진 것이다. 나뭇잎이나 풀잎의 동그란 열편도 크든 작든 잠시 망설이고 있는 두툼한 방울이라고 할 수 있다. 이 열편들은 잎의 손가락들이다. 열편의 수만큼 잎은 여러 방향으로 흐르는 경향이 있다. 온도가 더 높았거나 환경이 좀 더 쾌적했다면 잎은 더 멀리 흘러갔을 것이다.

이처럼 잘려나간 이 하나의 언덕 비탈은 대자연의 모든 움직임의 원리를 보여주는 것 같다. 이 지구의 창조자는 단지 잎사귀 하나에 대한 특허를 따놓았을 뿐이다. 장차 샹폴리옹[3] 같은 인물이 다시 나타나 이 상형문자를 해독함으로써 우리가 새로운 잎, 즉 새로운 삶의 장을 여는 것을 가능하게 할 것인가? 이 언덕 비탈에서 일어나는 현상은 풍요롭고 기름진 포도원보다 내 가슴을 더 두근거리게 한다.

사실이지 이 현상이 갖는 성격에는 무언가 배설물 냄새가 난다. 지구의 안팎을 뒤집어놓은 듯 간장, 폐장, 그리고 온갖 내장이 끝없이 이어져 있다. 그러나 이런 것은 자연이 적어도 어떤 내장을 가지고 있으며, 그래서 자연은 인류의 어머니임을 암시하는 것이다. 이것이 땅속에서 빠져나오는 서리이며, 이것이 봄인 것이다. 이것이 있은 다음에야 꽃 피는 초록빛 봄이 오는 것이다. 마치 신화가 있고 나서 본격적인 시가 나오듯 말이다. 겨울의 독기와 소화불량을 이보다 더 잘 해소시킬 수 있는 것을 나는 모른다.

이것은 지구가 아직도 기저귀를 차고 있고 갓난아기의 손가락을 사방에 뻗치고 있음을 나에게 확신시켜준다. 새로운 고수머리가 아무것도 나지 않은 이마에서 자라나는 단계에 불과하다. 거기에 무기물 같은 것은 하나도 없다. 잎사귀 같은 더미들은 용광로의 쇠찌꺼기처럼 둑 위에 놓인 채 자연이 내부에서는 '풀가동 중'이라는 것을 알려준다. 지구는 책장처럼 층층이 쌓여 있어 주로 지질학자와 고고

---

3 장 프랑수아 샹폴리옹(Jean François Champollion, 1790~1832). 상형문자 해독에 공헌한 프랑스의 이집트 학자.

학자들의 연구 대상이나 되는 단순한 죽은 역사의 조각이 아니라, 살아 있는 시이며 꽃과 열매에 앞서 피어나는 나뭇잎과 같은 것이다.

지구는 죽은 화석의 대지가 아니라 살아 있는 대지다. 지구 내부의 위대한 생명에 비하면 모든 동식물의 생명은 기생적인 생명체에 불과하다. 대지의 진통은 벗어던졌던 우리의 껍질을 무덤에서 들어올릴 것이다. 누군가가 금속을 녹여 세상에서 가장 아름다운 주형 속에 붓는다 해도, 이 용해된 대지가 흘러 들어가 만들어내는 여러 형상만큼 내 가슴을 흥분시키지 못한다. 대지뿐만 아니라 지구상의 어떠한 제도도 도공의 손에 놓인 진흙처럼 늘 변할 수 있는 것이다.

머지않아 이 둑들뿐 아니라 모든 언덕과 들판, 그리고 모든 구멍 속에 웅크리고 있던 서리는 마치 굴속에서 겨울잠을 자던 짐승처럼 땅속에서 기어 나와 음악을 연주하며 바다를 찾아가거나 구름이 되어 다른 기후를 찾아 이주한다. 부드러운 설득력을 가진 해빙은 망치를 든 우레의 신 토르보다 힘이 더 세다. 전자는 녹이지만, 후자는 다만 부수어 조각을 낼 뿐이다.

지면을 덮었던 눈이 부분적으로 소멸되고 따뜻한 날씨가 며칠간 지속되면서 땅 표면의 물기를 어느 정도 말리면 봄의 부드러운 첫 징조인 새싹들이 모습을 드러내는데, 이 어린 새싹들과 겨울을 견뎌내며 초췌해지긴 했지만 당당한 아름다움을 잃지 않은 초목들을 비교하는 것은 즐거운 일이었다. 예컨대 보릿대국화, 미역취, 그리고 쥐손이풀 같은 우아한 야생초들은 지난여름보다 더 눈에 잘 띄고 더 흥미로울 때가 많다. 지난여름만 해도 그들의 아름다움이 채 무르익지 않았던 것 같다. 그 밖에 황새풀, 부들, 우단현삼, 물레나물, 조팝나무, 그리고 피리풀 같은 강인한 식물들의 모습도 눈에 띄는데, 이들의 씨는 봄이 채 되기도 전에 이곳을 찾은 새들의 귀한 양식이 된다. 이들 기품 있는 식물들은 과부가 된 자연이 입은 상복[4]이다.

나는 등심초의 아치 모양과 곡식 다발처럼 생긴 꼭대기 부분에 각별히 끌렸다. 이 풀은 겨울에 대한 우리 기억에 여름을 다시 불러들이는 식물이며, 예술가가 모방하고 싶어 하는 형상의 하나다. 또한 등심초는 이미 인간의 정신 속에 있는 여러 가지 형태에 대해 천문학이 가지고 있는 것과 같은 관계를 식물계에서도 가지고 있다. 이 풀의 유형은 그리스나 이집트의 유형보다 더 역사가 깊다. 겨울에 일어나는 많은 현상은 표현힐 수 없는 부드러움과 깨지기 쉬운 섬세함을 암시한다. 흔히 사람들은 동장군을 난폭하고 시끄러운 폭군으로 묘사하지만, 그는 연인처럼 점잖고 부드럽게 여름 아가씨의 머리를 치장해준다.

봄이 다가오자 붉은다람쥐 두 마리가 동시에 내 집 마루 밑으로 들어왔다. 내가 책을 읽거나 글을 쓰고 있노라면 놈들은 내 발 바로 밑에서 이제까지 들어본 것 중 제일 이상한 낄낄거리는 소리, 찍찍거리는 소리, 그리고 목소리가 발끝으로 급회전 무용을 하는 듯하면서 가글하는 소리를 계속 냈다. 내가 발로 마룻장을 쾅쾅 구르면 그들은 오히려 더 시끄럽게 굴었다. 장난에 미쳐 두려움과 존경심을 완전히 내팽개친 그들은 제지하려는 인간에게, 어디 한번 막을 테면 막아봐라 하고 도전하는 것 같았다. 야, 붉은다람쥐들아, 붉은다람쥐들아, 너희들 이제 그만 좀 해라. 하지만 놈들은 나의 요구가 들리지 않거나 내 요구에 담긴 힘을 감지하지 못한 듯 나에게 감당 못할 욕만 퍼붓는 것이었다.

---

4 'weed'는 잡초라는 뜻인데, 소로는 '과부의 상복'이라는 뜻으로도 사용하고 있다.

봄의 첫 참새! 그 어느 해보다 더 젊은 희망을 품고 시작하는 새해! 파랑물총새와 노래참새와 티티새의 희미한 은방울 소리 같은 노랫소리는 여기저기 헐벗고 축축한 들판을 넘어 들려오는데, 그 소리는 겨울의 마지막 눈송이들이 땅에 닿으면서 내는 짤랑거리는 소리 같다! 이런 때에 역사와 연대기, 전통과 모든 기록된 계시 같은 것들이 도대체 무엇이란 말인가? 개천들은 캐럴과 환희의 찬가를 봄에게 바치고 있다. 목초지 위를 낮게 나는 개구리매는 겨울잠에서 깨어나는 첫 개구리, 그 미끈미끈한 생명체를 벌써 찾고 있다. 모든 계곡에서 눈이 녹아내리는 소리가 들리고, 여러 호수에서도 얼음이 빠른 속도로 녹고 있다.

언덕 허리에서는 풀이 봄 불처럼 타오른다. "봄비의 부름을 받고 풀들은 처음으로 싹트다"[5]라는 말이 있었지. 마치 대지가 돌아오는 태양을 맞기 위해 내부의 열을 발산하는 것 같다. 그 불길의 색깔은 붉은색이 아니라 초록색이다. 영원한 청춘의 상징인 풀잎은 기다란 푸른 리본처럼 흙에서 나와 여름 속으로 흘러가다가 겨울 추위의 제지를 받고는 실제로 시들어버리지만, 땅 밑에 간직한 싱싱한 생명력으로 지난해 마른 잎의 칼날을 치켜들며 또다시 밀고 올라온다.

풀잎은 마치 실개천이 땅에서 스며 나오듯 꾸준히 자란다. 풀잎과 실개천은 거의 동일한 것이다. 왜냐하면 6월 중 낮이 길어질 때 실개천이 마르면 풀잎이 물을 공급하는 수로 역할을 하기 때문이다. 그래서 해마다 가축들은 이 영원한 푸른 실개천에서 물을 마시며, 풀 베는 사람들은 여기서 미리 그들의 겨울 사료를 끌어낸다. 우리 인간의 생명도 뿌리 쪽을 향해 죽어 내려가지만 뿌리는 살아남아 영

---

5 바로의 《농업론》.

원을 향해 그 푸른 잎을 내뻗는다.

월든은 빨리 녹고 있다. 북쪽과 서쪽 변두리 일대는 10미터 폭으로 얼음이 녹았는가 하면, 동쪽 끝은 그보다 더 넓게 얼음이 녹아 있다. 또한 넓은 밭만 한 면적의 얼음이 본체에서 갈라져 나가 있었다. 호숫가 덤불 속에서 노래참새가 노래하는 소리가 들린다. 올릿, 올릿, 올릿… 칩, 칩, 칩, 체 차, 체 위스, 위스, 위스……. 노래참새도 얼음이 깨지도록 거들고 있다. 얼음 가장자리를 휩쓸고 가는 그 거대한 곡선들은 얼마나 아름다운가! 어느 정도 물가가 그리는 곡선과 비슷하지만 더 규칙적인 선이다. 호수의 얼음은 최근에 있었던 일시적이지만 강했던 추위 때문에 유난히 단단하고, 온통 궁전의 마루처럼 물결무늬를 띠고 있다. 바람은 그 불투명한 표면을 넘어 동쪽으로 불지만 얼음은 반응이 없다. 그러나 그 너머에는 살아 있는 물의 표면이 있다. 이 리본같이 뻗은 호숫물이 햇빛 속에서 반짝이는 모습을 보는 것은 영광된 일이다.

환희와 젊음으로 가득 차 맨살을 드러낸 호수는 그 속에 사는 물고기들의 기쁨과 물가에 깔린 모래들의 기쁨을 이야기하고 있는 것

허버드의 넓은 목초지를 지나 부드러워진 얼음 위를 걷노라면 얼음 속에 들어 있는 뚜렷한 선을 보고 감탄하게 된다. 파도 같은 선으로 이루어진 섬유 조직이나 머리칼, 또는 불꽃 같다. 그릴 수 없을 정도로 아름다운 무늬다.(1860년 2월 8일)

같다. 잉어의 비늘처럼 은빛으로 번쩍이는 모습은 거대한 물고기 한 마리가 살아서 움직이는 것만 같다. 그러한 것이 바로 겨울과 봄의 차이다. 월든은 죽었었다. 그런데 지금 다시 살아난 것이다. 그러나 이번 봄에는 전에 말했듯 해빙이 더 서서히 진행되고 있다.

눈보라치는 겨울이 화창하고 온화한 날씨로 바뀌고, 어둡고 무기력했던 시간이 밝고 탄력 있는 시간으로 바뀌는 과정은 만물이 선포하는 하나의 중대한 전기다. 그런데 그 변화는 최후의 순간에 홀연히 일어난 것으로 보인다. 초저녁에 가까운 시간으로 하늘에는 아직도 겨울 구름이 드리워져 있고 처마에는 진눈깨비가 몰아온 빗물이 뚝뚝 떨어지고 있었는데, 갑자기 밖에서 쏟아져 들어오는 빛으로 온 집 안이 꽉 차는 것이었다. 나는 창밖을 내다보았다. 아아, 보라. 어제까지만 해도 차가운 회색 얼음이 있던 곳에 투명한 호수가 여름 저녁처럼 평온하고 희망찬 모습을 보여주고 있는 게 아닌가! 여름이 아닌데도 그 가슴속에 여름의 저녁 하늘을 비추고 있는 것이 마치 호수가 먼 지평선과 뜻을 나누고 있었던 것 같았다.

멀리서 한 마리의 개똥지빠귀 소리가 들려왔다. 나는 그 소리가 몇천 년 만에 처음 듣는 소리라는 생각이 들었다. 또한 몇천 년이 지나도 그 노랫소리를 잊을 수 없을 것 같았다. 옛날이나 똑같이 아름답고 힘찬 노랫소리다. 아, 뉴잉글랜드의 여름날 하루가 끝날 무렵의 저녁 개똥지빠귀! 그가 앉아 있는 작은 가지를 지금 발견할 수 있으면 얼마나 좋을까! 그 개똥지빠귀를, 그 작은 가지를 말이다. 이것은 적어도 투르더스 미그라토리우스(Turdus migratorius)라는 학명으로 불리는 그런 새가 아니다. 오랫동안 축 늘어져 있던 집 주위 리기다소나무들과 관목 떡갈나무들은 갑자기 본래의 몇몇 특성을 회복한 듯 빛깔이 더 선명해지고 더 푸르러졌으며, 더 꼿꼿해지고 생기가 넘쳤다. 마치 비에 효과적으로 씻기고 건강을 되찾은 것 같았다. 비가 더는 내리지 않을 것을 나는 알고 있었다.

숲속의 어떤 잔가지만 보아도, 아니 집의 장작더미만 보아도 겨울이 지났는지 지나지 않았는지 알 수 있을 것이다. 사방이 어두워졌을 때 나는 숲 위를 나지막이 나는 기러기들의 울음소리에 깜짝놀랐다. 남쪽 호수들에서 날아온 이들은 지친 나그네처럼 늦은 시각에 쉴 곳을 찾았으며, 이제는 마음 놓고 불평을 터뜨리기도 하고 서로를 위로해주기도 했다. 문 앞에 서 있던 나는 이들의 날갯소리까지 들을 수 있었다. 기러기들은 내 집 가까이까지 날아오다가 갑자기 불빛을 보고는 시끄럽던 울음소리를 낮추더니 방향을 바꾸어 호수에 내려앉았다. 나도 집 안으로 들어가 문을 닫았다. 그러고는 숲속에서의 첫 봄날 밤을 보냈다.

다음 날 아침 문에 서서 안개 너머로 기러기들을 지켜보았다. 그들은 250미터쯤 떨어진 호수 한가운데에서 헤엄을 치고 있었다. 그수가 무척 많았고 시끌벅적했기 때문에 월든 호수가 기러기들의 놀이터로 만들어진 인공 호수 같았다. 그러나 내가 호숫가로 다가가자이들은 대장 기러기의 신호에 따라 요란한 날갯소리를 내며 일제히날아올랐다. 대열이 정비되자 이들은 내 머리 위를 한 바퀴 돌았는데, 모두 스물아홉 마리였다. 그리고 대장 기러기가 일정한 간격을두고 내는 울음소리를 따라 캐나다 방향으로 곧장 날아갔다. 아침식사는 여기보다 물이 흐린 어떤 연못에서 할 예정인 듯했다. 바로그때 물오리 한 떼가 날아오르더니 시끄러운 사촌들의 뒤를 따라 북쪽으로 항로를 잡는 것이었다.

그 후 일주일 동안 안개가 자욱한 아침마다 어떤 혼자 남은 외로운 기러기가 동료를 찾아 헤매며 우는 소리를 들었다. 그는 숲이 감당할 수 없는 커다란 생명의 소리로 숲을 가득 채우고 있었다. 4월에는 작은 떼를 지어 급히 날아가는 산비둘기들을 다시 볼 수 있었다. 또한 때를 맞춰 제비들이 내 개간지 위를 날며 지저귀는 소리를 들었다. 나한테까지 할애해줄 정도로 마을에 제비들이 많은 것 같지는 않았는데 말이다. 이 제비들은 백인이 이 땅에 오기 전에는 속이 빈 나무 속에 살던 옛 종족에 속하는 제비일 것이라는 생각이 들었다. 거의 모든 기후대에 속하는 땅에서 거북이와 개구리는 봄의 선구자이며 전령이다. 새들이 노래하면서 날개를 반짝이며 날고, 초목이 싹트고 꽃이 피며, 바람이 부는 것은 지구 양극의 미미한 진동을 바로잡아 자연의 균형을 유지하기 위함이다.

각 계절은 올 때마다 우리에게 제일 좋은 계절이라는 생각을 갖게 한다. 그래서 봄이 오는 것은 마치 혼돈에서 우주를 창조하고 황금시대가 실현된 것 같은 느낌을 준다.

> 동풍은 물러갔다. 오로라 여신과 나바대 왕국으로,
> 그리고 페르시아와 아침 햇살 밑에 놓인 산등성이들에게로.
> … (중략) …
> 인간은 태어났다. 더 나은 세계의 근원이신
> 조물주가 인간을 신의 종자로 만들었는지,
> 드높은 창공으로부터 최근에 갈라져 나온
> 대지가 같은 하늘의 종자를 간직했는지는 몰라도.[6]

이슬비가 한 번 내리면 풀은 한층 더 초록빛이 된다. 마찬가지로

---

6 고대 로마의 시인 오비디우스의 《변신 이야기》에서 인용했다.

더 나은 사상이 유입되면 우리의 전망도 밝아진다. 우리가 항상 현재에 살면서 자신에게 떨어지는 작은 이슬 단 한 방울의 영향력을 있는 그대로 받아들이는 풀처럼 우리에게 닥친 모든 일을 최대로 이용한다면, 또한 의무 수행이니 하며 과거의 기회를 소홀히 한 것에 대해 참회하는 일로 시간을 보내지 않는다면 우리는 축복을 받을 것이다.

이미 봄은 와 있는데도 우리는 겨울 속을 배회한다. 유쾌한 봄날 아침에는 모든 인간의 죄가 용서를 받는다. 그러한 날은 악에 대한 휴전일이다. 그러한 태양이 타고 있는 동안은 극악무도한 죄인도 집으로 돌아가는 것이 허용될 것이다. 우리 자신이 순수함을 되찾는다면 그 순수함을 통해 우리 이웃의 순수함을 식별할 수 있다.

어제 당신은 이웃 사람을 도둑놈, 주정뱅이 또는 오입쟁이로 알고 그 사람을 동정하거나 경멸하며 세상에 대해 개탄했을지 모른다. 그러나 태양이 밝고 따뜻하게 빛나면서 만물을 회생시키는 이 첫 봄날 아침 당신은 그 사람이 차분하게 일을 하고 있는 현장을 본다. 그의 방탕에 탈진한 핏줄이 고요한 기쁨으로 부풀어오르고 그 새로운 날을 축복하며 어린애의 순수함으로 봄기운을 받아들이는 것을 볼 때 그의 모든 허물은 잊히고 만다.

그의 몸에서는 선의의 분위기가 감돌 뿐 아니라 갓 태어난 본능처럼 성스러운 기미마저 맹목적이면서 비효율적으로나마 표출되는 것 같다. 그리하여 잠시 동안이나마 이 남쪽 언덕 비탈은 천박한 농담이 날아와도 그에 대한 응답의 메아리가 없다. 그의 옹이투성이 껍질에서는 깨끗하고 순수한 싹들이 터져 나와 마치 어린 나무처럼 부드럽고 신선한 모습으로 새해의 삶을 시도하는 것이 보인다.

이제 그와 같은 인간마저도 주님의 기쁨을 나누게 된 것이다.[7] 어찌하여 간수는 옥문을 열어놓지 않고, 판사는 맡은 사건을 기각하지 않으며, 목사는 그의 회중을 집으로 돌려보내지 않는가! 그것은 그들이 신이 내리는 계시를 듣지 않고 신이 만인에게 아낌없이 베푸는 용서를 받아들이려 하지 않기 때문이다.

"매일 고요하고 자비로운 아침 공기 속에서 피어난 선으로 복귀하고 싶은 마음으로 인해, 인간은 덕을 사랑하고 악을 미워한다는 점에서 인간의 본성에 더 접근하게 된다. 그것은 베어진 숲에서 어린 싹이 터져 나와 자라는 것과 같다. 이와 마찬가지로 인간이 하루 동안에 행한 악은 다시 싹트기 시작한 덕의 배아를 자라나지 못하게 하며 그것을 망친다.

이처럼 덕의 배아가 여러 차례 발육을 방해받으면 저녁의 자비로운 공기도 그 배아를 보존하지 못한다. 밤공기가 그것을 더는 보존하지 못하게 되면 인간의 본성은 금수와 다를 바 없게 된다. 인간들은 이 사람의 본성이 짐승의 것과 같은 것을 보고 그 사람은 아예 인간 고유의 이성 기능을 소유한 적이 없다고 생각하지만, 과연 그것이 어찌 인간이 원래 타고난 천성이겠는가?"[8]

> 처음 황금시대가 창조되었을 때 응징자가 없었고
> 동시에 법도 없었지만 충성과 공정을 소중히 여겼다.
> 형벌과 두려움이 없었고 위협적인 말이
> 매달린 놋쇠 위에 적혀 있지 않았다.
> 애원하는 군중이 판관의 말을 두려워하지 않았고

---

7 〈마태복음〉 25장 23절 "…네 주인의 즐거움에 참여할지어다…"에서 인용했다.
8 《맹자》 고자편 〈고자장구상(告子章句上)〉 8장.

응징자 없이도 태평했다.

산에서 잘린 소나무가 바다 물결에 굴러 떨어져

낯선 세상을 보는 일도 없었고

사람들은 자기 나라 해안 말고는 어떤 해안도 몰랐다.

… (중략) …

거기에는 영원한 봄이 있었고 부드러운 미풍은

따스한 손길로 씨 없이 태어난 꽃들을 달래주었다.[9]

4월 29일에 나는 나인에이커코너 다리 근처 강둑에서 낚시질을 하고 있었다. 나는 은방울꽃이 자라고 버드나무 뿌리들이 드러나 있으며 사향쥐들이 은신하고 있는 곳에 서 있었는데, 그때 갑자기 이상하게 덜그럭거리는 소리를 들었다. 그것은 아이들이 손가락에 끼고 노는 막대기에서 나오는 소리 같았다. 고개를 들어 위를 쳐다보니 매우 가냘프고 우아한 매 한 마리가 마치 밤매인 양 잔물결같이 위로 솟았다가 5 내지 10미터가량 재주를 넘으며 내려왔다. 이런 동작을 번갈아 반복하는 과정에서 매의 날개 안쪽이 드러났는데, 그것은 공단으로 된 리본처럼, 아니 조개 속에 든 진주처럼 햇빛에 번득였다.

그것을 보는 순간 나는 매사냥이 떠올랐으며, 귀족의 품위와 시정(詩情)이 그 운동에 얼마나 결부되어 있는가를 생각했다. 내 생각에 이 새는 쇠황조롱이라고 불러도 될 것 같았다. 그러나 이름이야 어떻든 상관없다. 그것은 내가 이제까지 본 것 중에서 가장 경쾌한 비상(飛上)이었다. 이 매는 나비처럼 단순히 훨훨 날지도 않았고 큰

---

9 오비디우스의《변신 이야기》에서 인용했다.

매처럼 하늘로 솟아오르지도 않았다. 다만 공기로 된 들판에서 자부심에 가득 찬 자긍심을 가지고 유희를 즐겼다. 야릇한 킥 웃음을 발하며 하늘로 올라갔다가는 자유롭고 아름답게 떨어지면서 연처럼 여러 차례 몸을 회전시키는 것이었다. 그는 상당한 거리를 떨어져 내려오다가 방향을 바꾸곤 했는데, 마치 지상에는 한 번도 내려앉은 적이 없는 것 같았다.

거기서 그렇게 혼자 놀고 있는 것을 보면 그 새는 이 세상 천지에 동료라곤 하나도 없으며, 또 함께 놀아주는 아침과 공기 이외엔 아무 동료도 필요하지 않은 것 같았다. 그 새는 외롭지 않았으나 자기 밑에 깔린 온 천지를 외롭게 만들고 있었다. 그를 낳아준 부모와 형제는 하늘 어디에 있단 말인가? 하늘의 거주자인 그 새는 언젠가 바위틈에서 알에서 부화되었다는 것 말고는 이 대지와 아무 관계도 없는 것 같았다. 아니면 그가 태어난 둥지마저 구름 한구석에 만들어진 것이며, 무지개의 가장자리와 노을 진 하늘을 실 삼아 직조되고 대지에서 집어 올린 부드러운 한여름 아지랑이로 끝마무리한 그런 둥지란 말인가? 그가 지금 사는 곳은 절벽투성이 구름이란 말인가?

이런 구경 말고도 나는 황금색, 은색, 밝은 구리색 물고기를 꽤 많이 낚았다. 그것들은 한 줄에 펜 보석 같았다. 아! 최초로 맞는 여러 봄날 아침마다 목초지 속으로 깊이 들어가 낮은 언덕들을 차례로 뛰어넘고 이 버드나무 뿌리에서 저 버드나무 뿌리로 얼마나 많이 징검다리처럼 뛰어 건너곤 했던가? 그럴 때면 야성적인 강 계곡과 숲은 너무도 순수하고 밝은 빛 속에서 미역을 감고 있었기 때문에, 혹시 죽은 사람들도 몇몇 사람들이 생각하듯 무덤에서 잠자고 있었다면 번쩍 눈을 뜨고 일어났을 것이다. 영혼 불멸을 증명하는 것으로 말하면 이 밝은 빛을 따라올 수 있는 것은 없다. 만물은 그러한 빛

연준모치라는 잔챙이 물고기를 자세히 관찰해보니 그것은 길이가 1.16인치에 너비가 0.4인치였다. 모양은 잉어 같았고 농어처럼 엷은 금색이거나 푸르께했다. 잉어처럼 몸을 상하로 횡단하는 선이 일곱 개가 있었다. 형태로 보나 한 개의 등지느러미가 달린 것으로 보나 이것은 천상 잉어였다. 이것은 새로운 종의 물고기가 아닐까?(1858년 11월 26일)

속에서 살아야 한다. "오, 죽음이여, 자네의 침은 어디에 있었느냐? 오, 무덤이여, 그렇다면 자네의 승리는 어디에 있었느냐?"[10]

우리의 마을을 에워싼 인적 드문 숲들과 초원이 없다면 우리의 생활은 매우 단조로울 것이다. 우리에겐 야성이라는 강장제가 필요하다. 때로 우리는 뜸부기와 해오라기가 은신하고 있는 늪을 걸어서 건너보거나 도요새 날갯짓 소리에 귀 기울일 필요가 있다. 또한 더 야성적이고 더 고독한 새들만이 둥지를 틀고 족제비가 배를 땅에 가까이 대고 기어가는 곳에서 속삭이고 있는 골풀 냄새를 맡을 필요가 있다.

우리는 모든 것을 탐험하여 알아내려고 열망하는 동시에 모든 것들이 신비하고 탐험되지 않은 채로 남아 있기를 바라며, 육지와 바다가 원래 바닥을 알 수 없는 것이니까 그냥 무한의 야성을 지니고 탐사나 측량이 되지 않은 채로 남아 있기를 바라기도 한다. 자연을

---

10 〈고린도전서〉 15장 55절 "사망아 너의 승리가 어디 있느냐, 사망아 네가 쏘는 것이 어디 있느냐?"에서 인용했다.

아무리 만끽해봐도 여전히 허전하다. 우리는 자연의 고갈될 줄 모르는 활력, 광대하고 웅장한 지형, 난파선 잔해가 깔린 해안, 살아 있는 나무들과 썩어가는 나무들이 있는 야성의 들판, 천둥을 품은 구름, 3주간 퍼부어 홍수를 몰고 온 비를 보고 원기를 회복해야 한다. 인간 자신의 한계가 침범당하고 우리가 결코 발도 들여놓지 않는 곳에서 어떤 생명체가 자유롭게 풀을 뜯는 것을 목격할 필요가 있다.

구역질을 일으키고 용기마저 잃게 하는 썩어가는 시체를 독수리가 뜯어먹고 거기서 건강과 힘을 얻는 것을 보면 차라리 힘이 새로 솟는다. 내 집으로 오다 보면 길가에 깊이 팬 곳이 있는데 그곳에 말 한 마리가 죽어 넘어져 있었다. 이것 때문에 나는 길을 돌아가야만 했고, 밤에 공기마저 무겁게 가라앉았을 때는 더욱 그러했다. 그러나 그 시체를 보고 자연의 왕성한 식욕과 침범할 수 없는 건강을 확인한 것이 내가 받은 보상이었다. 자연은 이처럼 생명으로 가득 차 있기 때문에 상당수가 희생되거나 서로를 잡아먹어도 되는 여유가 있다는 것이 차라리 보기 좋다.

연약한 유기체들이 과육처럼 짓눌려 없어져도, 그러니까 왜가리가 올챙이를 통째로 삼킨다든지 길 위에서 거북이와 두꺼비들이 마차에 치여 때로는 즐비하게 죽어 넘어져 있어도, 차라리 나는 그것을 기꺼이 바라본다. 때로 피와 살이 비처럼 쏟아지지 않는가! 사고의 위험이란 늘 있을 수 있으므로 그것을 가볍게 설명할 필요가 있다. 현명한 인간이라면 우주는 결백하다는 것을 알고 있다. 독이라는 것도 따지고 보면 독이 아니며, 어떤 상처도 치명적인 것이 아니다. 연민은 그다지 지지할 만한 논거가 없는 감정이다. 연민은 신속해야 한다. 그 호소력은 판에 박은 듯 진부해서는 안 된다.

5월 초가 되자 호수 주위 소나무들 사이에 있던 떡갈나무, 호두나무, 단풍나무와 그 밖의 나무들이 새싹을 내밀어 주위 풍경에 햇빛과도 같은 밝음을 가져다주었다. 특히 구름이 잔뜩 낀 날에는 더욱 그러했다. 마치 태양이 안개를 뚫고 여기저기 산허리에 아련한 빛을 던져주는 것 같았다. 5월 3일인가 4일에는 호수에서 되강오리 한 마리를 보았고, 그달 첫 주일 동안에는 쪽독새, 지빠귀, 갈색지빠귀, 딱새, 되새, 그리고 다른 여러 새들의 울음소리를 들었다. 숲개똥지빠귀의 울음소리를 들은 것은 그보다 한참 전의 일이었다.

딱새의 일종인 포이베새(달의 신이라는 뜻을 내포한)도 어느새 다시 찾아와 앞문과 창을 통해 집 안을 들여다보며 들어가 살 만한 곳인지를 알아보고 있었다. 포이베새는 마치 공기를 움켜잡듯 발톱을 오므리고 날개를 퍼덕여 공중에서 몸무게를 가누면서 내 집 주변을 조사하고 있었다. 머지않아 리기다소나무의 유황과 같은 송홧가루가 호수와 주변 돌들과 썩은 나무들 위에 누렇게 덮였다. 쓸어 담았으면 한 통은 채웠을 것이다. 이것이 우리가 흔히 듣는 '유황 소나기'라는 것이다. 인도의 시인 칼리다사의 희곡 〈샤쿤탈라〉에도 "연꽃의 황금색 꽃가루로 노랗게 염색된 시냇물"이라는 구절이 있다. 그래서 점점 키가 높아지는 풀 속을 거니는 동안 계절은 이렇게 여름으로 굴러 들어갔다.

이렇게 내 숲속에서의 첫해는 끝이 났다. 다음 해도 첫해와 비슷했다. 1847년 9월 6일 나는 드디어 월든을 떠났다.

18

맺는말

의사들은 현명하게도 아픈 사람들에게 공기와 사는 장소를 바꾸어보라고 권한다. 고맙게도 이곳만이 세상 전부는 아닌 것이다. 침엽수는 뉴잉글랜드에서 자라지 않고 앵무새 소리도 이곳에서는 거의 들을 수 없다. 기러기는 인간보다 더 세계인다운 데가 많다. 기러기는 캐나다에서 아침을 먹고, 점심은 오하이오 강에서 먹으며, 남부의 늪에서 밤을 지내기 위해 깃털을 가다듬는다. 들소까지도 어느 정도 계절과 보조를 맞추어 콜로라도 강변의 초원에서 풀을 뜯되, 옐로스톤 강변의 풀이 좀 더 푸르러지고 맛있게 자라서 그를 기다릴 때까지만 거기에 머문다.

그러나 인간들은 농장 울타리가 헐리고 돌담이 쌓이고 나면 이미 생활에 한계가 설정되고 운명이 결정된 것으로 생각한다. 만약 당신이 마을의 서기관으로 선출되기라도 하면 이번 여름에 티에라델푸에고[1]에 가는 것은 불가능하다고 단정한다. 그러나 그럼에도 당신은

---

1 '불의 땅'이란 뜻으로, 남아메리카 남단에 있는 몇 개의 섬들이다.

지옥의 불의 나라에는 가게 될지 모른다. 우주는 우리의 시야가 닿지 않을 만큼 광대한 곳이다.

우리는 호기심 많은 승객처럼 우리가 탄 배의 뒷난간 너머로 자주 밖을 내다보아야 할 것이며, 우둔한 선원처럼 땜질용 뱃밥만 만들며 항해해서는 안 될 것이다. 지구 반대편이라 해도 그곳은 그곳 통신원의 고향일 뿐이다. 우리의 항해는 단지 대권항법(大圈航法)[2]에 지나지 않으며, 의사는 단지 피부병에 대한 약 처방을 해줄 뿐이다. 어떤 사람은 기린을 사냥하러 남아프리카로 달려가지만, 그것이 분명 그가 쫓아야 할 사냥감은 아니다. 실제로 그렇게 할 수 있다 하더라도 얼마 동안이나 기린을 쫓아다닐 것인가? 깍도요나 멧도요도 희귀한 사냥감이긴 하겠지만 자기 자신을 겨냥하는 것이 더 고상한 사냥이 되리라고 나는 믿는다.

너의 눈을 안으로 돌려라. 그러면 너의 마음속에
아직 발견되지 않은 천 개의 지역을 찾아낼 것이다.
그곳으로 여행하라. 그리하여
자기(自己) 우주지리학의 전문가가 되라.[3]

아프리카는 무엇을 의미하는가? 그리고 서부는? 우리 자신의 내부는 해도 위에 하얀 공백으로 남아 있지 않은가? 하긴 우리의 내부도 발견되고 나면 해안 지방처럼 까맣게 드러날지 모른다. 우리가

---

2 지구상의 두 점을 최단거리로 연결하는 항법.
3 윌리엄 해빙튼(William Habington, 1605~1654)의 시 〈존경하는 친구, Ed. P. 나이트 경에게〉에서 인용했다.

발견하기를 원하는 것은 단지 나일 강과 니제르 강과 미시시피 강의 수원이나 미국 대륙의 서북 항로란 말인가?

이런 것들이 인류에게 가장 중대한 문제란 말인가? 행방불명이 되어 아내가 애타게 찾고 있는 사람이 프랭클린[4] 한 사람뿐이란 말인가? 그린넬 씨[5]는 지금 자신이 어디에 있는지를 알고 있는가? 우리는 제2의 멍고 파크, 루이스와 클라크, 그리고 프로비셔[6]가 되어 자기 내부의 강과 대양을 발견해야 되는 게 아닌가? 당신 내부에 있는, 위도가 좀 높은 지역을 탐험하라. 필요하다면 식량으로 고기 통조림을 배에 가득 싣고, 빈 깡통은 하늘 높이 쌓아 올려 간판으로 삼아라. 고기 통조림이 단지 고기 보존을 위해 발명된 것인가?

부디 당신 내부에 있는 신대륙과 신세계를 발견하러 나서는 콜럼버스 같은 사람이 되라. 그리하여 무역을 위해서가 아니라 사상을 위한 새로운 항로를 개척하라. 각자 모두는 한 왕국의 군주이며, 그 왕국에 비하면 러시아 황제의 대제국은 작은 나라일 뿐이고 얼음이 남긴 풀숲에 지나지 않는다. 그러나 어떤 사람은 자신에 대한 존경심은 전혀 없으면서 애국자가 될 수 있으며 소를 위해 대를 희생할 수 있다. 그들은 자기 무덤을 만드는 흙은 사랑하지만 흙으로 만들어진 자신의 육신에 생명을 불어넣는 정신과는 하등의 공감도 느끼지 못한다. 애국심은 그들의 머릿속에 든 구더기다.

온갖 퍼레이드를 벌이고 엄청난 비용을 들여 떠나보낸 저 남태평양 탐험대[7]가 의미하는 것이 무엇인가? 그것은 정신 세계에도 대륙

---

4 북극에서 실종된 영국의 탐험가.
5 프랭클린을 찾기 위해 수색대를 조직한 사람.
6 각각 서아프리카 니제르 강 탐사, 미국 서부 개척, 북아메리카 대륙 서북 항로 개척으로 유명한 탐험가.

과 바다가 있으며 각 개인은 여기에 연결된 지협이며 작은 만이지만 아직 자신에 의해서는 탐색되지 않았다는 사실과, 각 개인의 바다, 각자 속에 있는 대서양과 태평양을 탐험하는 것보다는 정부의 배를 타고 대원 5백 명과 그 대원을 도와줄 급사들을 지휘하면서 추위와 폭풍우와 식인종과 싸우며 몇천 마일을 항해하는 일이 훨씬 쉽다는 사실을 간접적으로 시인하는 것이다.

저들이 배회하다 이국적인 호주인들을
구경하고 싶어 하면 그냥 내버려두라.
나는 신을 더 많이 가지고 있고
저들은 길을 더 많이 가지고 있구나.[8]

아프리카 잔지바르에 있는 고양이 수를 세기 위하여 세계 일주를 할 필요는 없다. 그러나 그보다 더 좋은 일이 생기기 전까지는 그렇게라도 하라. 그러면 지구의 내부에 도달하는 '심스의 구멍'[9]을 드디어 발견할지도 모른다. 영국과 프랑스, 스페인과 포르투갈, 황금해안과 노예해안은 모두 이 개인의 바다에 면해 있다. 그러나 어떤 배도 이 개인의 바다를 향하여 육지가 보이지 않을 때까지 항해하는

---

7 미국의 해군 장교 윌크스의 지휘로 1838~1842년에 남태평양 남극 대륙을 탐험했던 탐험대.

8 소로의 일기에 따르면, 이것은 라틴 시이며 클로디언(Claudian, 4세기)의 〈베로나의 노인〉에서 인용했다. 소로는 원본의 '스페인 사람'을 영역하면서 '호주인'으로 바꾸어 놓았다.

9 존 클리브스 심스(John Cleves Symmes, 1780~1829)가 1818년 지구 양극에 구멍이 있다는 가설을 발표했다.

모험을 감행한 적은 없다. 그것은 의심할 바 없이 인도로의 직항로 였는데도 말이다.

만일 당신이 모든 언어를 구사하고 모든 나라의 관습을 배우고자 한다면, 그리고 어떤 여행가보다 더 멀리 여행하고 모든 풍토에 익숙해지고 스핑크스의 수수께끼를 풀어서 그 머리를 바위에 부딪혀 죽게 하고 싶으면 옛 철인의 가르침을 받아들여 당신 자신을 탐험하라. 여기에는 눈과 용기가 필요하다. 자기 탐험에서 패배한 자와 탈주자만이 전쟁터로 가는 것이다. 도망쳐서 군대에 입대하는 겁쟁이 들이다.

당장 서쪽으로 향해 끝닿는 데까지 가보아라. 그 길은 미시시피 강이나 태평양에서 멈추지 않으며, 낡은 중국이나 일본으로 통하는 것이 아니라, 이 지구와 접선을 이루도록 인도하는 길이다. 여름과 겨울의 구별 없이, 낮과 밤의 구별도 없이, 해가 지든 달이 지든 관계없이, 마침내 지구마저 지는 것도 상관없이 인도해주는 길이다.

미라보[10]는 "사회의 가장 신성한 법에 공공연히 반대하는 쪽에 서려면 어느 정도의 결의가 필요한가를 확인하기 위해" 노상에서 강도질을 시작했다는 이야기가 있다. "대열에 끼여 싸우는 병사에게는 노상강도의 용기 반만큼도 필요 없다"고 그는 단언했다. 그는 이어 "심사숙고 끝에 어떤 굳은 결심을 하게 되면 명예나 종교도 그것을 방해한 적이 한 번도 없다"고 말했다.

이런 자세는 세상 사람들이 흔히 생각하는 것처럼 남자답다. 그러나 그 자세는 자포자기는 아니지만 나태한 태도였다. 정신이 건전

---

10 오노레 미라보(Honoré Mirabeau, 1749~1791). 프랑스의 정치가로, 프랑스 혁명에 서 중대한 역할을 한 인물이다.

한 사람이라면 좀 더 신성한 법을 따르는 과정에서 "사회의 가장 신성한 법"이라는 것에 "공공연히 저항하는" 위치에 놓이게 되는 일이 빈번하다. 그리하여 그런 사람은 미라보처럼 탈선적인 행동을 하지 않고도 자신의 결의를 실험했던 것이다.

사람은 그런 반대하는 태도로 사회와 접해서는 안 되며, 자신이 옳다고 믿는 법칙에 비추어 자신의 태도를 견지해야 한다. 운이 좋아 정당한 정부를 만난다면 그 정당한 정부에 반대하는 태도만이 자신이 믿는 옳은 법칙은 아닐 것이다.

나는 숲에 들어갈 때와 마찬가지로 타당한 이유가 있어서 숲을 떠났다. 내가 살아야 할 몇 가지 삶이 더 있다고 생각되어 숲속 생활에 더는 시간을 할애할 수 없었다. 아주 놀라운 일은, 사람은 자신도 모르는 사이에 쉽사리 어떤 특정한 길로 접어들고는 스스로 그 길을 단단하게 다져놓는다는 사실이다. 내가 숲속에서 산 지 일주일도 안 되어 나의 문에서 호숫가까지 내 발자국으로 길이 생겼다. 내가 그 길을 사용하지 않은 지 5, 6년이 지났는데도 그 길의 윤곽은 뚜렷이 남아 있다. 실은 다른 사람들도 그 길을 이용하게 되어 없어지지 않고 길이 열려 있는 모양이다.

땅 표면이란 부드러운 것이어서 사람의 발에 의해 자국이 나게 마련이다. 정신이 다니는 길도 마찬가지다. 그렇다면 세계의 간선도로들은 얼마나 닳아버리고 먼지투성이가 되었으며, 전통과 늘 치르는 의식의 바퀴 자국은 얼마나 깊게 파였겠는가! 나는 일등선실 승객이 되기보다는 세계의 돛대 앞에 서고 갑판 위에서 일하기를 더 좋아했다. 그곳이라야 산들 사이를 비추는 달빛을 가장 잘 볼 수 있기 때문이다. 이제 나는 갑판 밑 일등선실로 내려가기 싫다.

나는 내가 한 실험을 통해 적어도 배운 것이 있다. 즉 사람이 자기 꿈의 방향으로 자신 있게 나아가서 자기가 상상해온 삶을 살려고 노력하면 보통 때는 생각지도 못한 성공과 마주친다는 것을 알았다. 그는 어떤 것들은 뒤로하고 보이지 않는 경계선을 넘을 것이다. 새롭고 보편적이며 더욱 자유분방한 법칙이 그의 주변과 내부에서 확립되기 시작할 것이다. 그렇지 않더라도 낡은 법칙이 확대되고 더욱 자유로운 의미에서 그에게 유리하도록 해석되어 더욱 고차원적인 존재의 인가를 받아 살아가게 될 것이다. 그가 자신의 생활을 단순화시킬수록 우주의 법칙은 복잡성이 줄어드는 것처럼 보일 테고, 따라서 고독은 고독이 아니고 빈곤도 빈곤이 아니며 약점도 약점이 아닐 것이다. 만약 공중에 누각을 쌓았더라도 그 일이 헛된 것으로 끝날 필요는 없는 것이다. 누각은 원래 공중에 있어야 하니까. 이제 그 밑에 기초만 쌓으면 된다.

영국과 미국은 알아듣게 말하라고 요구하는데, 그것은 우스운 요구다. 사람이든 독버섯이든 그런 식으로 자라지 않는 법이다. 알아듣게 말하는 것이 중요하며 자기들이 없으면 당신을 이해할 사람이 없다는 태도다. 마치 자연은 한 차원의 이해만을 뒷받침한다는 태도이고, 자연은 네발짐승과 새들, 그러니까 땅을 기는 짐승들과 하늘을 나는 새들을 동시에 먹여살리지 못하리라는 태도이며, 황소가 알아들을 수 있는 '이러'나 '워' 하는 소리가 제일 훌륭한 영어라고 생각하는 태도다. 또한 안전이라는 것은 우둔함 속에만 있다는 태도다.

내가 주로 우려하는 것은, 나의 표현이 도를 지나쳐야 하는데 그렇지 못하지나 않을까 하는 점이다. 내가 확신하는 진리를 적절히 표현할 수 있게끔 나의 일상적인 경험이라는 좁은 한계를 벗어나야 하는데 그렇지 못하는 게 아닌가 하는 것이다. 도를 지나치는 것! 그것은 우리가 울타리 속에 어떻게 갇혀 있느냐에 달렸다. 새로운 풀밭을 찾아 다른 위도로 옮겨 가는 들소는, 젖 짤 시간에 통을 차서 둘러엎고 울타리를 뛰어넘어 제 새끼들이 있는 곳으로 달려가는 암소만큼 도를 벗어난 것이 아니다.

나는 어딘가 구속받지 않은 상태에서 이야기하고 싶다. 잠에서 깨어나는 사람이 잠에서 깨어나고 있는 사람들에게 이야기하는 것처럼 말이다. 왜냐하면 진실된 표현의 기초를 닦는다는 일에서조차 과장은 아무리 해도 지나친 것이 아니라고 나는 확신하기 때문이다. 한 곡조의 음악을 들은 사람이라면 이후로 영원히 도를 넘게 이야기하는 것을 결코 두려워하지 않을 것이다. 미래라든가 가능성이라는 견지에서 볼 때 우리는 우리 앞길에 대해서는 느긋하면서 한계를 긋지 않은 채로 살아가야 하며, 그쪽에다 비치는 우리의 윤곽은 희미하고 애매하게 남겨두어야 할 것이다. 그것은 마치 우리의 그림자가 태양을 향해서는 흐르는 땀을 나타내지 않는 것과 같다. 우리의 언어에 내포된 휘발성 진실은 찌꺼기로 남는 진술의 부적절함을 계속 폭로해야 할 것이다. 언어에 담긴 진리는 순간적으로 하늘로 날아가고 그 문자의 기념비만 남는다. 우리의 믿음과 경건함을 표현하는 말들은 명확하지 않다. 그러나 탁월한 자질을 가진 사람들에게 그런 말들은 의미가 깊으며 유향(乳香) 같은 향기를 풍긴다.

왜 우리는 항상 가장 둔한 지각으로 수준을 낮추어 그것을 상식이라고 치켜세우는가? 가장 흔한 상식은 잠자는 사람의 상식이며, 코 고는 소리로 표현된다. 때로 우리는 보통 사람의 한 배 반쯤의 지적 능력을 가진 사람들을 반편으로 모는 경향이 있는데, 그것은 우리가 그들이 가진 능력을 3분의 1밖에 이해하지 못하기 때문이다. 어떤 사람들은 혹시 아침 일찍 일어나면 빨간 아침노을을 흠잡을 것이다.

"카비르[11]의 시는 네 가지 의미, 즉 환상, 정신, 지성, 그리고 베다의 통속적 교리를 담고 있는 것으로 사람들은 생각한다"는 말을 들은 적이 있다. 그러나 이쪽 세상에서는 어떤 사람의 글이 한 가지 이상으로 해석되는 것이 허용되면 비판의 근거로 여겨지고 있다. 영국에서는 감자 썩는 병을 치료하기 위해 노력하고 있는데, 그보다 훨씬 널리 퍼지고 치명적인 머리 썩는 병을 치료하려고 누가 노력할 것인가?

나는 내 글이 애매함의 극치에 도달했다고는 생각하지 않는다. 그러나 나의 글에서 월든 호수의 얼음에 대해 사람들이 트집을 잡는 것 이상의 치명적 결함이 발견되지 않는다면 무척 자랑스럽게 생각할 것이다. 남부에서 온 얼음 사 가는 사람들은 얼음이 순수하다는 증거인 청색을 흐린 것으로 생각하고는 월든의 얼음 대신 희긴 하면서도 잡초 맛이 도는 케임브리지의 얼음을 택했다. 사람들이 좋아하는 순수성이란 지구를 감싸고 있는 안개 같은 것이지, 그 안개 위에 있는 하늘의 정기 같은 것은 아니다.

어떤 사람들은 우리 미국인과 일반적인 현대인은 고대인과 비교해서, 아니 엘리자베스 시대의 인간들과 비교해서도 지적인 난쟁이들이라고 귀가 아프게 떠들어댄다. 그런데 그게 어떻다는 말인가? 살아 있는 개는 죽은 사자보다 나은 법이다.[12] 자신이 왜소한 피그미 족에 속한다고 해서 가장 큰 피그미가 되려고 노력하지 않고, 그냥

---

11 15~16세기에 활동한 인도의 종교사상가.
12 〈전도서〉 9장 4절 "모든 산 자들 중에 들어 있는 자에게는 누구나 소망이 있음은 산 개가 죽은 사자보다 낫기 때문이리라"에서 인용했다.

가서 목을 매야 하는가? 각자는 자신의 일에 열중하며 본래의 자신이 되도록 노력해야 한다.

왜 우리는 성공하기 위해 그처럼 필사적으로 서두르며 그렇게 필사적인 일에 뛰어드는 것일까? 만약 자기 동료들과 보조를 맞추지 않는 사람이 있다면 아마도 다른 고수가 치는 북소리를 듣고 있기 때문일 것이다. 그 다른 북소리의 음률이 어떻든, 얼마나 먼 곳에서 들려오든 그가 자신이 듣는 음악에 맞추어 걸어가도록 내버려두어라. 그가 반드시 사과나무나 떡갈나무와 같은 속도로 성숙해야 하는 것은 아니다. 그가 자기의 봄을 여름으로 바꾸어야 한단 말인가? 우리의 천성에 맞는 여건들이 아직 구비되지 않았다면 그것을 대신할 현실은 무엇인가? 우리는 공허한 현실이라는 암초에 부딪혀 난파해서는 안 된다. 우리는 애를 써서 우리 머리 위에 청색 유리로 된 하늘을 만들어야 하는가? 설령 그것이 완성되었다 하더라도 우리는 그런 가설된 하늘 따위는 없는 것처럼 그 훨씬 위에 있는 영기(靈氣)로 충만한 하늘을 여전히 바라보게 될 것이 분명하다.

쿠우루라는 인도의 한 지방에 완벽을 갈구하던 어떤 예술가가 있었다. 어느 날 그는 지팡이를 만들어야겠다는 생각이 들었다. 불완전한 작품은 시간에 좌우되지만 완전한 일에는 시간이 문제가 되지 않는다고 생각한 그는 비록 한평생 다른 일은 아무것도 못하는 한이 있더라도 모든 면에서 완벽한 지팡이를 만들겠다고 스스로 다짐했다. 부적절한 재료를 써서는 안 된다는 결심을 하고 그는 나무를 구하러 즉시 숲으로 갔다. 이 나무 저 나무를 찾았다가 퇴짜를 놓자 친구들은 차츰 그의 곁을 떠났는데, 그 친구들은 각자의 일을 하다 늙어서 죽었다.

그러나 그는 조금도 늙지 않았다. 한 가지 목표를 향해 매진하는 결심과 승화된 경건함이 자신도 모르는 사이에 그에게 영원한 젊음을 부여했기 때문이다. 그는 시간과 어떠한 타협도 하지 않았기 때문에 시간은 그가 가는 길에서 비켜나 그를 굴복시키지 못한 것을 한탄하며 그냥 멀찌감치에서 한숨만 지을 뿐이었다. 그가 모든 면에서 알맞은 재료를 발견하기도 전에 쿠우루 시는 백발이 성성한 늙은 이처럼 폐허가 되었다. 그는 폐허의 어느 둔덕 위에 앉아 지팡이를 깎기 시작했다.

지팡이 모양이 채 나오기도 전에 칸다하르 왕조가 멸망했다. 그는 지팡이 끝으로 그 일족의 마지막 인간의 이름을 모래 위에 쓰고 다시 그 일을 계속했다. 지팡이를 다듬고 윤이 나게 만들었을 무렵 칼파[13]는 이미 북극성이 아니었다. 그리고 그가 지팡이에 손잡이를 얹고 머리 부분을 보석으로 장식하기 전에 브라흐마 신은 눈을 뜨고 일어났다 잠들기를 반복했다. 왜 나는 지금 이런 이야기를 계속하고 있는 것일까?

그 작품에 마지막 손길이 가해지자 지팡이는 깜짝 놀라는 그 예술가의 눈앞에서 팽창해 오르더니 브라흐마 신의 창조물 중에서 가장 아름다운 것으로 승화되었다. 그는 지팡이를 만드는 가운데 새로운 우주를, 완전하고 아름다운 균형 잡힌 새로운 세계를 만들었던 것이다. 또한 옛 도시들과 왕국들은 사라졌지만 그보다 더 아름답고 빛나는 도시와 왕국이 대신 들어섰다. 그리고 그제야 그는 발밑에 수북이 쌓여 있는 아직도 싱싱한 대팻밥 더미를 보고 이제까지 지나간 시간은 단지 환각이었으며, 브라흐마 신의 두뇌에서 나온 한 섬

---

13 힌두교의 창조신 브라흐마의 하루를 일컫는 말로 인간 시간으로는 86억 4천만 년에 해당한다. 우리말로는 겁(劫)이라 한다.

광이 인간 두뇌의 부싯깃에 떨어져 불이 붙은 것에 지나지 않았다는 것을 깨달았다. 그의 재료가 순수했고 그의 기술도 순수했으므로 그 결과가 경이로울 수밖에 없었던 것이다.

어떤 사물의 겉포장을 아무리 잘해도 그 속에 담긴 진실만큼 우리에게 도움이 되지는 못한다. 진실만이 오래 버티는 것이다. 대체로 우리는 우리가 있을 장소에 있지 않고 잘못된 번지수에 서 있다. 천성에 담긴 허약함 때문에 우리는 어떤 경우를 가정해놓고 그 안에 매몰된다. 따라서 우리는 동시에 두 상황 속에 처하게 되며 거기서 빠져나오기란 두 배로 힘들다. 온진한 정신일 때 우리는 다만 사실들, 즉 있는 그대로의 상황만을 본다. 의무감에서 어쩔 수 없이 말하지 말고 반드시 말해야만 하는 것을 말하라. 어떤 진리든 진리는 허위보다 낫다. 땜장이 톰 하이드는 교수대에 섰을 때 할 말이 있느냐는 질문을 받았다. 그러자 "재봉사들에게 처음 한 바늘을 꿰매기 전에 실 끝을 매듭짓는 것을 꼭 기억하라고 전하시오"라고 그는 말했다. 그의 동료의 기도는 전해지지 않는다.

당신의 삶이 아무리 비천하더라도 당당히 맞이하여 살아라. 그 삶을 회피하거나 거기다 대고 욕하지 마라. 그런 삶도 당신 자신만큼 나쁘지는 않은 것이다. 당신이 가장 부유할 때 당신의 삶은 가장 빈곤하게 보인다. 흠을 잡는 사람은 천국에서도 흠을 잡을 것이다. 당신의 삶이 빈곤하더라도 그것을 사랑하라. 당신이 비록 구빈원 신세를 지고 있더라도 그곳에서 유쾌하고 고무적인 멋진 시간을 가질 수 있다. 지는 해는 부자의 저택이나 마찬가지로 양로원 창에도 밝게 비친다. 봄이 오면 양로원 문 앞의 눈도 녹는다. 인생을 차분하게 바라보는 사람은 그런 곳에 살더라도 마치 궁전에 사는 것처럼 만족한 마음과 유쾌한 생각을 가질 수 있다.

마을의 빈민들이 가장 독립된 삶을 사는 것처럼 느껴지는 때가 많다. 아마 그들은 불안감 같은 것을 느끼지 않고 도움을 받아들일 만큼 훌륭한 사람일지도 모른다. 대부분의 사람들이 마을의 도움은 받지 않아도 된다고 생각한다. 그러나 어떤 사람들은 부정직한 수단으로 스스로를 부양하곤 하는데, 그것이 더 불명예스러운 일이다.

샐비어 같은 약초를 가꾸듯 가난을 가꾸어라. 옷이든 친구든 새로운 대상을 얻으려고 고생하지 마라. 헌 것은 뒤집어서 다시 쓰고 옛 친구에게로 돌아가라. 사물은 변하지 않는다. 변하는 것은 우리다.

옷은 팔아라. 그런데 생각은 간직하라. 신은 당신이 사귈 상대가 부족하지 않도록 보살펴줄 것이다. 혹시나 내가 날마다 온종일 다락방 한구석에 갇혀 있다 하더라도 나의 생각들을 내 곁에 둔 동안 세상은 나에게 여전히 널찍할 것이다. 그 철학자는 말했다. "3군으로 된 군대라도 그 군대의 장군을 제거하면 무너뜨릴 수 있으나, 형편없고 천박한 사람일지라도 그의 지조를 빼앗을 수는 없다."[14]

자기 계발을 너무 초조하게 추구하다가 여러 가지 영향력에 농락되지 마라. 그것은 몹시 무절제한 행위다. 겸손은 어둠이 그러하듯 천상의 빛을 드러낸다. 가난과 천함의 그림자가 우리 둘레에 드리워져 있지만 "보라! 창조는 전개되어 우리 시야에까지 이른다."[15]

우리가 자주 지적받는 것처럼, 크로이소스 왕의 재산을 우리가 물려받는다 하더라도 우리의 목표는 여전히 같을 것이며 우리의 수단 역시 본질적으로 전과 같을 것이다. 당신이 가난해서 활동 범위에 제한을 받더라도, 예컨대 책이나 신문을 살 수 없다 하더라도 당

---

14 《논어》 9편 25절.
15 조셉 블랑코 화이트의 〈밤과 죽음에의 소네트〉에서 인용했다.

신은 가장 의미 있고 중요한 경험만을 갖도록 제한받는 것에 불과하다. 당신은 가장 많은 당분과 가장 많은 전분을 만들어내는 재료만을 취급해야 할 것이다. 어디보다 맛이 있는 것은 뼈 가까이의 생활이다.[16] 가난이 당신을 빈둥거리는 인간으로 타락하는 것을 방지해 줄 것이다. 물질적으로 낮은 수준의 생활을 하는 사람이라도 정신적으로 높은 차원의 생활을 하는 데서 잃는 것은 없다. 넘치는 부는 쓸데없이 넘쳐나는 것들밖에 살 수 없다. 영혼의 필수품을 사는 데는 돈이 필요 없다.

내가 지금 기거하는 곳은 납을 칠한 벽의 모퉁이다. 이 벽의 성분에는 종을 제작할 때 들어가는 소량의 합금이 섞여 있다. 흔히 낮에 쉬고 있노라면 벽을 통해 밖에서 요란하게 딸랑거리는 소리가 들려온다. 그것은 나와 동시대를 사는 사람들이 내는 소음이다. 나의 이웃들은 유명한 신사 숙녀들과 어떤 일을 겪었으며 만찬에서 어떤 명사들과 만났었는지를 나에게 이야기한다. 그러나 나는 신문 기사의 내용이나 마찬가지로 그런 일에는 관심이 없다. 그들의 관심과 대화는 주로 의상이나 범절에 관한 것이다. 그러나 거위는 아무리 차려입어도 거위에 지나지 않는다. 그들은 나에게 캘리포니아나 텍사스 주 이야기, 영국과 서인도제도 이야기, 조지아 주라든가 매사추세츠 주라든가의 모 각하 이야기를 하지만 그것들은 늘 일시적이고 덧없는 현상에 불과하다. 마침내 나는 그 전해지는 마므룩 사람[17]처럼 그들의 정원에서 뛰어 도망칠 준비를 하고 있다.

---

16 영국 속담에 "뼈에 가까울수록 고기는 맛있다"라는 말이 있다.

17 1811년 이집트의 군사령관 무하마드 알리는 마므룩인 전부를 학살하라고 명령하고 그들을 요새에 감금했지만, 그중 한 명이 탈출에 성공하여 시리아로 도주했다.

나는 내 본래의 몸가짐으로 돌아와야 마음이 편하다. 어떤 눈에 잘 띄는 장소에서 행렬에 참여하여 뽐내며 걸으며 과시하고 싶지 않다. 오히려 가능하면 우주의 창조자와 함께 걷고 싶다. 이 초조하고 불안하고 요란하면서도 보잘것없는 19세기 속에 사는 것이 아니라, 이 세기가 지나가는 동안 서거나 앉아서 깊은 생각에 잠기고 싶다. 사람들은 도대체 무엇을 축하하고 있는 것일까? 그들은 모두 준비 위원이 되어 시간마다 누군가의 연설을 기대하고 있다. 신도 그날의 회장에 불과하며, 웹스터[18]가 신의 대변자로 연설을 한다.

나는 평가하고 결단을 내리고 나를 가장 힘 있게, 정당하게 끌어당기는 것을 향해 내 무게중심이 끌려가도록 하고 싶다. 저울대에 매달려 무게가 덜 나가려고 노력하지 않겠다. 어떤 사건을 짐작하는 데 그치는 것이 아니라 사건을 있는 그대로 받아들이겠다. 나는 내가 갈 수 있는 유일한 길, 어떤 권력도 나를 막을 수 없는 길을 가고 싶다. 단단한 토대를 쌓기도 전에 아치를 세우기 시작하는 것은 나에게 만족을 주지 못한다. 살얼음판에서 벌이는 어린애 장난은 이제 하지 말자. 도처에 단단한 바닥이 있지 않은가?

내가 읽은 이야기인데, 어느 여행자가 한 소년에게 자기 앞에 있는 이 늪의 바닥이 단단한지 물었다는 것이다. 소년은 바닥이 단단하다고 대답했다. 그러나 이윽고 그 여행자의 말은 복대 끈까지 빠져드는 것이었다. 그래서 여행자는 소년에게 말했다. "너는 이 늪의 바닥이 단단하다고 말했던 것 같은데." "예, 그렇다고 말했어요. 하지만 아저씨는 아직 절반도 들어가지 않으신 걸요" 하고 소년이 대답했다는 이야기다.

---

18 다니엘 웹스터(Daniel Webster, 1782~1852). 미국의 명연설가 겸 정치가.

인간사회의 늪과 유사(流砂)도 마찬가지다. 그러나 그것을 아는 것은 연륜이 쌓인 후에야 가능하다. 생각되어지고 말해지고 행해지는 것은 어떤 아주 드문 우연의 일치를 보는 경우에만 효력이 있는 법이다. 외(椳)와 회벽 같은 약한 표면에 어리석게도 못을 박는 그런 사람은 되고 싶지 않다. 그런 짓을 하고 나면 밤에 잠이 오지 않을 것이다. 내게 망치를 주고 회벽 속의 나무 판때기를 더듬어 찾을 기회를 달라. 접착제에 의존하면 안 된다. 못을 완전히 박고 끝을 단단히 조여 밤에 눈을 뜨더라도 자신이 한 일에 만족을 느낄 수 있도록 하라. 시의 여신 뮤즈가 보아도 부끄럽지 않을 정도로 일을 하라.

그렇게 되면, 아니 그렇게 될 때만이 신의 도움이 임할 것이다. 우리가 작업을 계속할 때, 박은 못 하나하나는 우주라는 기계 속에 박힌 또 하나의 큰 못이 되도록 하라.

사랑보다, 돈보다, 명예보다 진실을 달라. 나는 산해진미와 술이 넘치고 아부하며 시중 드는 잔칫상이지만 성실과 진실함이 없는 그런 자리에 앉아본 적이 있다. 나는 환대라는 것을 모르는 이 식탁에서 주린 배를 안고 그냥 떠나버렸다. 손님 접대는 얼음처럼 차가웠다. 음식을 차게 하기 위해 구태여 얼음은 필요 없었다. 그들은 포도주가 몇 년도 산인지 떠들어대며 그 포도주의 명성에 대해 이야기했지만, 나는 그때 그들이 손에 넣어본 적도 없고 살 수도 없는, 더 오래되고 더 새롭고 더 순수하고 더 명성이 높은 포도주에 대해 생각했다. 나는 잘사는 양식, 집, 정원, 그리고 '접대' 따위에는 아무 관심도 없었다. 나는 왕을 방문했는데, 그 왕은 나를 홀에서 기다리게 하면서 마치 손님을 환대할 능력도 없는 사람처럼 행동하는 것이었다. 내 이웃에 큰 구멍이 팬 나무 속에 사는 사람이 있었는데, 사람을 대하는 그의 범절은 정말 왕자다웠다. 차라리 그를 방문했더라면 더 좋았을걸 그랬다.

언제까지 우리는 현관에 앉아, 실제로 해보면 부적절하다는 것이 드러날 부질없고 케케묵은 덕을 실천할 것인가? 그것은 마치 참을성으로 하루를 시작하여 자기 감자밭의 김을 맬 일꾼을 하나 고용한 다음 오후에는 미리 생각해둔 선행으로 기독교인의 온유함과 자비를 행사하러 나서는 것과 같다.

인간에게 내재한 중국적 자만심과 침체한 자기만족에 대해 생각해보라. 지금의 세대는 자신들이 찬란한 계보의 마지막 후손이라고 자축하는 경향이 있다. 그리하여 보스턴과 런던과 파리와 로마에서 자신들의 유서 깊은 계보를 생각하며 예술과 과학과 문학에서의 발전에 대해 만족스러운 어조로 말하고 있다. '철학협회 보고서'가 출판되어 있고 '위인에 대한 찬사'가 공공연히 판을 친다. 이것은 선량한 아담이 자신의 미덕에 대해 우쭐하고 있는 모습과 뭐가 다르단 말인가! "그래, 우리는 위대한 일을 했으며 신성한 노래도 불렀어. 그것들은 결코 사라지지 않을 거야." 그건 우리가 그들을 기억할 수 있는 동안만 그렇다는 것이다. 아시리아의 학술협회니 위대한 인물들, 다 지금 어디 있는가? 모두 사라지는 것이다. 그 사라진 인물들에 비하면 우리는 얼마나 젊은 철학도들이며 실험가들인가! 나의 독자 중에 한평생을 다 살고 난 사람은 단 한 명도 없다. 지금은 인류의 생활사에서 봄의 계절에 불과한지도 모른다. 우리 중에는 '7년의 옴'이라는 병에 걸려본 사람이 있을지 모르지만 아직 콩코드에서 17년 사는 매미를 본 사람은 없다. 우리는 우리가 사는 지구의 얇은 겉껍질에 대해서만 알고 있다. 대부분의 사람들은 땅 밑으로 6피트를 파본 적이 없고 공중으로 6피트를 뛰어오른 적이 없다. 우리는 지금 우리 자신이 어디에 있는지를 모른다. 게다가 우리 시간의 거의 절반은 곤한 잠으로 보낸다. 그럼에도 우리는 스스로를 현명하다고 생각하고 있으며, 지구 표면 위에 하나의 질서까지 확립했다. 정말이지 우리는 심오한 사상가이며 야심 찬 혼령들이다!

지금 숲의 지면 위에 깔린 솔잎들 사이로 벌레 한 마리가 기어가면서 저를 내려다보고 서 있는 나의 시야에서 몸을 숨기려고 애쓰고 있다. 이 벌레가 어째서 그런 비굴한 생각을 품고 자기의 은인이 될 수도 있고 벌레의 족속들에게 어떤 기분 좋은 소식을 전해줄지도 모르는 나에게서 자신의 머리를 감추려 하는가를 나 스스로에게 물어본다. 그리고 동시에 나라는 인간 곤충 위에서 내려다보고 서 있는 더 큰 은인이며 지성의 존재를 머리에 떠올린다.

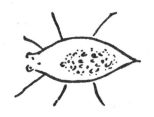

진흙으로 된 호수 연안에서 크고 납작하고 갈색을 띤 딱정벌레를 보았다. 꼬리 부분은 뾰족한 것이 길이는 0.8인치가량이었다. 넓적한 등 위에 50 내지 60개의 알을 업고 있었는데, 그 알들이 벌레 등 표면 면적의 3분의 1을 차지하고 있었다. (1860년 7월 27일)

세상에는 신기한 일들이 끊임없이 밀려들고 있는데도 우리는 믿을 수 없는 지루함을 방치하고 있다. 가장 개화된 국가들에서조차 어떤 종류의 설교가 아직도 경청되고 있는가를 슬쩍 암시만 해도 인간들이 방치하는 그 지루함의 규모를 알 수 있을 것이다. 기쁨이니 슬픔이니 하는 어휘가 있기는 하다. 그러나 그것은 코 먹은 소리로 부르는 찬송가 후렴에 불과하며, 우리가 신봉하는 것은 평범하고 천박한 것뿐이다. 바꿀 수 있는 것은 의복뿐이라고 우리는 생각하고 있다. 대영제국은 광활하고 존경스럽고, 미국은 일류 강국이라고들 말한다. 그러나 각자의 뒤에는 그가 마음만 먹으면 대영제국 따위는 한쪽의 나뭇조각처럼 띄워버릴 수 있는 조류가 밀려들었다가 빠져나가고 있다는 사실을 믿지 않는다. 어떤 종류의 17년 사는 매미가 다음에는 땅속에서 나올 것인지 그 누가 예측할 수 있겠는가? 내가 사는 세상의 정부는 영국 정부처럼 만찬 뒤에 술 한잔 마시며 담소하는 가운데 설계된 정부가 아니다.

우리 안의 생명은 강의 물과 같다. 올해 이 생명의 물은 과거 어느 때보다 수위가 올라가 가뭄으로 갈라진 고지대를 홍수로 덮을지도 모른다. 심지어 올해가 기억에 남을 해로서 물이 넘쳐 강변에 사는 사향쥐들을 죄다 익사시킬지도 모른다. 우리가 사는 곳이 항상 마른 땅은 아니었다. 나는 과학이 홍수에 대한 기록을 시작하기 전에 강의 흐름이 옛날에 휩쓸고 간 제방들이 저 멀리 내륙 쪽에 있다는 것을 안다.

뉴잉글랜드에 퍼져 있는 이 이야기는 누구나 들었을 것이다. 요컨대 처음에는 코네티컷 주, 다음에는 매사추세츠 주 어느 농가의 부엌에서 60년 동안이나 놓여 있던 사과나무로 된 오래된 식탁의 마른 판자에서 튼튼하고 아름다운 벌레가 나왔다는 이야기다. 그 벌레의 알은, 그보다도 바깥쪽 나이테를 세어보면 알 수 있듯 그보다 몇 년 전, 그러니까 나무가 아직 살아 있을 때 까놓은 알이었다. 벌레는 아마도 커피 주전자가 끓을 때의 열로 인해 부화되었겠지만 그것이 밖으로 나오려고 판자를 갉아먹는 소리는 몇 주일 전부터 들렸다는 것이다.

이런 이야기를 듣고 부활과 불멸에 대한 자신의 신념이 강해지는 것을 느끼지 않을 사람이 어디 있겠는가? 처음에는 푸른 생나무의 백목질 속에 알로 태어났지만 그 나무가 차츰 잘 마른 관처럼 되었기 때문에 오랫동안 죽은 듯 메마른 사회생활 속에서 목질의 동심원을 이루는 나이테 속에 묻혀 있었다. 지난 몇 년 동안 일가족이 즐겁게 식탁에 둘러앉아 있을 때 밖으로 나오려고 이놈의 벌레가 갉는 소리를 냈으니 모두는 여러 번 놀랐을 것이다. 그러나 그 벌레가 어느 날 갑자기 세상에서 제일 값싸고 흔한 가구 속에서 튀어나와 마침내 찬란한 여름 생활을 즐기게 될지 누가 알았겠는가?

나는 영국인이나 미국인이 이런 이야기를 실감하리라고는 생각하지 않는다. 그러나 그런 것이 단순한 시간의 경과만으로는 결코 동트게 할 수 없는 아침의 성격인 것이다. 우리의 눈을 감기는 빛은 우리에겐 어둠이다. 우리가 눈을 뜨는 날만이 동이 트는 법이다. 동틀 날은 더 있다. 태양은 아침 별일 뿐이다.

〈끝〉

작품 해설*

　초월주의자(transcendentalist)였던 헨리 소로는 진지하게 살면서 생의 본질적인 사실만 바라보고 그 삶이 가르쳐주는 것을 배울 수 있는가 실험하려고 월든으로 갔다. 또한 죽을 때 삶을 다하지 못했다는 후회를 하지 않고 싶어서였다. 월든은 콩코드라는 도시에서 약 3.2킬로미터 떨어진, 숲이 우거지고 호수가 있는 지방이다.

　그는 은둔이나 도피가 아니라 인생을 적극적으로 탐구하고 음미하며 "깊이 살고 인생의 골수까지 빼먹기를" 원했다.

　같은 초월주의자며 초월주의의 원조인 에머슨과 다른 점은 소로는 몸으로 실천함으로써 삼라만상 가운데 편재하는 신, 즉 영(靈)과 교류하려 했다는 점이었다. 바로 이 실천성, 다시 말해서 행동이 따르는 이론 때문에 소로의 이론은 시대를 초월한 것이 되었다.

　소로는 "오늘날 철학 교수는 있지만 철인(哲人)은 없다"고 실천의 결여를 개탄했다. 철인이 되는 조건이란?

　철학자가 된다는 것은 단지 난해한 사상을 갖거나 어떤 학파를 세

---

* 이덕형,《한 권으로 읽는 세계문학 60선》(2007, 문예출판사)에서 발췌·요약함.

우는 일이 아니라, 지혜를 사랑하고 지혜의 가르침에 따라 소박하고 독립적인 삶, 관용과 신뢰의 삶을 영위한다는 뜻이다.

그가 월든으로 들어간 것은 이 소박함을 실험하기 위함이었다. 삶의 복잡하고 어수선한 요소들을 최대공약수로 나누어 배제할 것은 모두 배제했을 때 그것이 비천한 것인가 아니면 숭고한 것인가를 체험하고 싶었다.

나는 인생을 깊이 살고 인생의 골수까지 빼먹기를 원했으며, 강인하게 스파르타인들처럼 살아서 삶이 아닌 것은 모두 파괴하기를 원했다.

그는 이 저서를 '경제'라는 표제로 시작한다. 그는 필수품 이외에는 편의품이나 사치품을 배격한다. 따라서 음식이 필수품에서 으뜸을 차지한다. 음식에 대한 그의 두드러진 주장은 인간은 채식만으로도 충분한 내적 열량을 얻을 수 있다는 것이다. 풀만 먹고 자란 소와 말이 무거운 짐을 끌 수 있는 강한 뼈를 구비하는 것을 보면 뼈 생성에 육류가 필수적이라는 말은 허위라고 주장한다.

두 번째 필수품인 옷에 대해 그는 말하기를, 사람이 옷을 입는 것이 아니라 옷이 사람이라는 허수아비에 걸쳐져 전시된 것이라고 생각한다. 인간은 옷이 해진 것에 대해서는 그토록 걱정하면서 양심이 해진 것은 걱정하지 않는다고 말한다. 이어 유행을 추종하는 허위성과 맹목성을 비난한다. 그에게 옷은 한 꺼풀 피부에 불과하며 오래 입을수록 좋다는 것이다. 유행을 좇는 것은 개성의 말살이며 상업주의의 꼭두각시 놀음일 뿐이다.

끝으로 주거 문제로 넘어간다. 철로 가에 보수공들이 연장을 넣어두는 큰 상자, 그것이면 충분하다고 생각한다. 더운 지방에서는 양산만 있으면 충분하다. 그러나 그 상자갑 같은 집은 염두에 두지도 않고 그와 같은 역할을 하는 더 크고 호사스런 상자를 사거나 집세를 내는 데 시달리다 죽는 사람이 많다는 것이다. "사람들은 무수한 대리석을 쪼아 쌓고 집을 짓는데, 그 노력으로 교양을 쌓는 것이 어떠냐?"고 소로는 반문한다.

간단하지만 소로의 의식주에 대해 살펴보았다. 한편 소로는 문명 발달이 생활의 기계화를 수반하여 인간의 자유혼이 기계화된 환경으로 인해 억압된다고 느꼈다. 따라서 생활의 간소화를 통해 자연과 인간의 합일을 구하려 했고, 생활의 간소화로 자연과 인간이 자연스럽게 접촉할 장소와 시간을 확대하려 했다.

소로가 소박한 생활을 고집한 것은 생활의 간소화와 더불어 자연의 본질인 순수함을 내적으로 구현하려는 데 있었다. 그는 하루의 시작인 아침을 자기 각성의 시간으로 중요시하고 순수의 시간으로 찬미한다.

하루 중에서 가장 기억해야 할 때인 아침은 잠을 깨는 시간이기도 하다. 이 시간보다 졸립다는 느낌이 적은 때는 없다. 우리 몸 안의 어떤 부분, 그러니까 밤낮을 가리지 않고 잠만 자는 부분이 적어도 이 아침 한 시간 동안은 깨어 있다.

이처럼 그는 아침의 각성 상태를 이상적인 상태로 지향했으며 그 각성은 자기 내부의 혼에 의한, 내부에서 우러나온 진실한 소망에 의한 것이어야 한다고 주장한다. 그는 아침을 단지 신의 은총으로 받아들이는 소극적인 태도를 취하지 않는다. 아침이라는 자연의 여신이 베푸는 은혜를 받으려면 자신 내부의 천재성이 그 여신과 공명(共鳴)해야 하며 여기에 자연 관찰에 대한 능동적 실천의 의미가 있다. 따라서 그는 각성의 실천을 다음과 같이 서술한다.

나는 일찍 일어나 호수에서 몸을 씻었다. 그것은 하나의 종교적 의식이며, 내가 행한 최선의 일 중 하나였다. 중국 탕왕의 욕조에는 다음과 같이 새겨져 있다고 한다. "매일 너 자신을 완전히 새롭게 하라. 자신을 다시 새롭게 하고, 또다시 새롭게 하고, 영원히 새롭게 하라." 나는 그 말의 뜻을 충분히 이해할 수 있다.

소로는 잃어버린 실재를 회복하려고, 지각(知覺)의 문제를 가장 단순한 조건, 즉 인간과 자연으로 환원하여 그 실재를 되찾으려고 월든으로 갔던 것이다. 다시 말해서 간소화는 정신력을 집중시키고 지각의 도관을 깨끗이 청소하려는 금욕과 엄격한 수련이었다. 이 금욕과 수련은 구원을 위한 고행이라기보다는 맛있는 식사를 위한 미각의 청정 같은 감각적이면서 쾌락적인 면이 깃든 행위였다.

소로는 지고의 청정성을 자연에서 찾는다. 그는 간소한 생활을 통한 자제와 금욕으로 감각 기관을 자연의 순결로 세척하여 다시 자연의 순결을 본다. 그리하여 자연의 영원함을 느끼는 시적 감정이 충만한 '내적 풍요'를 누리려 한다.

소로의 자연은 다른 초월주의자의 경우와는 달리, 밖에서 본 추상적인 자연이 아니라 내부에서 본 자연이며 땅과 바위, 햇빛과 동식물이 그의 감각적 경험과의 접촉을 거쳐 나온 자연이다. 예컨대 산딸기의 참맛을 알고 싶으면 목동이나 들꿩에게 물어보라는 것이다. 산딸기는 손수 따먹어보지 않고는 그 참맛을 알 수 없다. 야생 과일의 본래 맛은 과일에 덮인 하얀 과분이 시장으로 운반되는 동안 수레 같은 것에 스치고 문질러져 없어지는 동시에 사라지고 결국 마소의 여물 같은 단순한 먹을거리로 전락한다는 것이다. 이처럼 소로는 순수한 자연을 포착해내고 그 배후의 존재와 영적인 교섭을 이룬다. 즉 모든 감관을 통해서 자연과 융합한다. 새의 노랫소리를 들을 때에도 그 소리와 그것을 듣는 인간의 귀의 관계를 생각한다. 전자는 후자를 위해 만들어졌다고 생각한다. 또한 벌레 한 마리를 바라보면서도 그것을 내려다보는 자신과 자신을 내려다보는 또 하나의 존재를 인식한다.

지금 숲의 지면 위에 깔린 솔잎들 사이로 벌레 한 마리가 기어가면서 저를 내려다보고 서 있는 나의 시야에서 몸을 숨기려고 애쓰고 있다. 이 벌레가 어째서 그런 비굴한 생각을 품고 자기의 은인이 될 수도 있고 벌레의 족속들에게 어떤 기분 좋은 소식을 전해줄지도 모르는 나에게서 자신의 머리를 감추려 하는가를 나 스스로에게 물어본다. 그리고 동시에 나라는 인간 곤충 위에서 내려다보고 서 있는 더 큰 은인이며 지성의 존재를 머리에 떠올린다.

끝으로 소로가 궁극적 목적으로 삼았던 진리의 추구는 인간 혼의 영원성이었다. 그런데 그는 그 영원의 모든 계기를 현재에 둔다.

사람들은 진리를 먼 곳에 있는 것으로 생각한다. 태양계의 외곽에, 가장 먼 별 너머에, 아담 이전에, 최후의 인간이 사라진 이후에 존재하는 것이라고 생각한다. 실로 영원 속에는 진실하고 고귀한 무엇이 있다. 그러나 이 모든 시간과 장소와 계기는 지금 여기에 있다. 하느님 자신도 현재 이 순간에 영광의 절정에 달해 있으며, 어느 시대가 지난 후에도 지금보다 더 거룩하지는 못할 것이다.

소로는 이처럼 영원이란 것이 자기가 존재하는 시대와 장소에 있다고 생각하며 살아 숨쉬는 현재에 무한의 가능성을 부여하는 동시에, 현재라는 촌각에 놓인 삶의 중요성을 강조한다. 숭고하고 고귀한 것을 조금이라도 잡으려면 주변의 실체를 끊임없이 흡입하며 그것에 흠뻑 젖어야 한다고 역설한다. 현재 이 시각 속에서 진리에 대한 적극적·능동적 갈구만이 자연의 여신과의 교류를 가능하게 한다는 것이다.

이덕형

헨리 데이비드 소로 연보

1817 매사추세츠 주 콩코드에서 4형제 중 셋째로 태어났다. 부친 존 소로는 가게를 경영하기도 하는 농부였다.

1818 가족이 첼름스퍼드로 이사한다. 콩코드에서 10마일 거리에 있는 마을이었다. 부친은 식료품점을 개업한다.

1821 가족이 보스턴으로 이사하고 부친은 학교 교편을 잡는다.

1823-7 부친은 가족을 데리고 콩코드로 돌아와 사위가 경영하던 작은 연필 공장을 떠맡는다. 소로는 사립초등학교에 입학한다.

1828 소로와 형은 콩코드 아카데미라는 사립중학교에 입학하여 대학 진학을 위한 준비 과정을 밟는다.

1833 하버드 대학 입학. 온 가족이 그의 학비를 벌기 위해 협력한다. 여러 과학 과목과 4개의 현대 외국어 강의 과정을 이수하느라 학비가 많이 들었다.

1835-6 하버드 대학을 가끔 휴학하며 학비를 벌기도 하지만 건강이 좋지 않은 것이 휴학의 주된 이유였다. 1836년 여름 찰스 휠러와 플린트 호수로 가서 6주를 보낸다. 또한 연필을 팔기 위해 부친과 뉴욕에 간다.

1837 하버드 대학 졸업. 옛날 자신이 다닌 초등학교에서 교사 생활을 한다. 그 일을 그만두고 에머슨의 집에서 열리던 뉴잉글랜드 초월주의자 모임이라는 토론 그룹에 참여한다. 〈일기〉를 쓰기 시작한다.

1838	형과 함께 콩코드에 사립중학을 연다. 그해 후반에 공터를 인수하고 콩코드 아카데미를 인수하여 처음으로 강연을 한다.
1839	형 존과 함께 콩코드 강과 메리맥 강을 2주일에 걸쳐 탐사한다. 두 형제는 친구의 여동생 엘렌 슈얼에 반한다.
1840	초월주의 잡지 《다이얼》을 창간하여 그 후 4년 이상에 걸쳐 30편의 에세이와 시와 번역본을 발표한다. 엘렌 슈얼은 두 형제의 구혼을 다 거절한다. 소로는 평생의 친구 엘러리 채닝을 만난다.
1841	형의 건강 악화로 콩코드 아카데미의 문을 닫고 에머슨의 집으로 들어가 정원사와 관리인으로 일하며 생계를 유지한다. 에머슨의 서재에서 중국과 인도 철학을 연구하며 고전과 영문학 지식을 넓힌다. 《다이얼》에 〈우정〉이라는 에세이를 발표한다.
1842	형 존이 파상풍으로 사망한다. 너대니얼 호손을 만난다. 호손은 소로의 〈매사추세츠의 자연사〉라는 에세이를 극찬하며 자신이 편집인으로 있는 《다이얼》에 기고토록 한다.
1843	콩코드에서 '월터 롤리 경'에 대한 강연을 한다. 초청 편집인으로 《다이얼》지를 맡는다. 〈결박당한 프로메테우스〉를 비롯해 많은 시를 발표한다. 12월에 콩코드에 있는 가족들에게 돌아온다.
1844	〈윤리 경전〉과 〈부처의 가르침〉을 《다이얼》에 발표한다.
1845	28세의 소로는 월든 호숫가에 통나무집을 짓고 살기 시작한다. 《콩코드 강과 메리맥 강에서의 일주일》을 집필하기 시작한다.
1846	멕시코 전쟁 발발. 노예 제도와 멕시코 전쟁을 반대하여 인두세 납부를 거부한 소로는 감옥에 수감되나 친척의 대납으로 다음 날 풀려난다. 메인 주의 산악 지역으로 2주간 캠프 여행을 떠난다. 사후에 발간된 《메인 주의 숲》은 이 여행을 토대로 한 것이다.
1847	콩코드 문화회관에서 《월든》의 초고 일부를 낭독한다. 월든 호수를 떠나 에머슨의 집으로 들어가 에머슨의 유럽 여행 기간 동안 집 안을 관리한다.

1848	콩코드 문화회관에서 개인과 국가에 대한 강연을 한다. 하룻밤 투옥되었던 것이 계기였다. '크타든과 메인 주의 숲'이라는 제목의 에세이는 뉴욕의 월간지 〈유니온 매거진〉에 연재된다.
1849	《시민 불복종》이 미학 잡지에 실린다. 《콩코드 강과 메리맥 강에서의 일주일》을 자비로 출간했지만 반응이 별로 없었다. 《월든》 출간도 미루어진다. 누이 헬렌이 폐결핵으로 사망한다. 연필 산업에서 수익이 많이 나서 콩코드 중심가 근처에 큰 집을 짓는다.
1850	미국 원주민의 민속품을 수집하고 미국의 인디언들과 자연사에 대해 광범한 독서를 한다.
1851	도주한 노예들을 자기 집에 숨겨주기도 하고 캐나다로 도주하도록 돕는다.
1853	《캐나다의 양키》가 〈푸트남〉 월간지에 연재되기 시작한다. 메인 주로 두 번째 여행을 떠난다.
1854	《월든》의 초판 2,000부가 출판된다. 그러나 그해 말까지 1,700권밖에 팔리지 않았다. 영국의 여행가 겸 작가인 토머스 콜몬들리가 콩코드로 소로를 방문한다.
1855	〈케이프코드〉가 발간된다. 케이프코드를 세 번이나 방문한 것에 대한 감사의 표시로 콜몬들리는 동양철학, 종교, 역사를 다룬 44권의 책을 소로에게 보낸다.
1856	시인 월트 휘트먼을 만나, 《풀잎》이라는 대표 시집 한 권을 선물받는다.
1857	노예 제도 폐지론자 존 브라운을 만난다.
1858	친구 에드워드 호라는 사람과 뉴햄프셔 주의 화이트 마운틴을 등반하여 최고봉 마운트 워싱턴을 오른다.
1859	부친의 사망으로 소로가 모친과 남은 여동생의 생계를 책임진다. '존 브라운을 위한 탄원'이라는 제목으로 콩코드에서 연설

을 한다.

| 1860 | 〈숲의 나무들의 계승〉이라는 식물학에 소로가 행한 최대의 공헌이 발간된다. |

1860 〈숲의 나무들의 계승〉이라는 식물학에 소로가 행한 최대의 공헌
이 발간된다.

1861 그 전해에 숲에 들어가 나무 그루터기의 나이테를 세다가 독감
에 걸렸던 것이 기관지염으로 판명되었고 폐결핵으로 발전한
다. 요양 차 미네소타로 갔지만 건강이 더욱 악화되어 고향으로
돌아온다.

1862 5월 6일 45세를 일기로 콩코드에서 사망한다. 사망하기 전해,
그러니까 1861년에 월든 호수를 마지막으로 방문한 것이다.

옮긴이의 말

이번에 문예출판사에서 《월든》의 번역을 의뢰받고 속으로 꽤 기뻐했다. 그 까닭은 이 책을 이미 두 번이나 읽었기 때문이다. 한 번은 대학원 시절인가 좀 후였든가 여하튼 세계문학을 섭렵하던 시절에 멋모르고 읽었고, 두 번째는 몇십 년이 지난 2007년에 〈세계문학 60선〉을 쓰기 위해 비교적 정독을 했다. 그런데 막상 번역을 하기 위해 세 번째로 이 책을 접하고 보니 차원이 다른 독서를 해야 했다. 너무나 섬세하고 애매하고 난해한 부분이 많아서 현기증을 느낀 적이 한두 번이 아니었다.

실재하는 월든 호수가 아니라 활자로 된, 그러니까 작가 소로의 의식의 거울에 비친 월든, 활자화된 《월든》에는 우리가 의식하지는 못하면서도 막연하게, 그러면서도 절실하게 그리워하는 것들이 듬뿍 담겨 있었다. 매연이 아니라 원화, 엔화, 달러화의 찌든 냄새, 구토를 자극하는 냄새가 자욱하여 그것을 호흡하는 인간들의 의식, 지성, 감성을 마비시키며 후줄근하게 만들어놓은 대기로부터 탈출하고 싶은 욕망, 잠시라도 벗어나고 싶은 욕망을 해결해줄 시원한 샘이 거기 있었다.

인생이란 강물의 발원지, 그곳 땅속에서 솟는 맑고 순수한 물, 그 물을 감싸고 있는 상큼한 새벽 공기 한 모금이 거기 있었다. 아니,

자폐증에 걸린 우리의 지성, 흙탕물 속에서 날뛰는 미꾸라지들이 노는 모습이 그리 좋다며 희희낙락하는 우리의 감성, 그런 것도 의식 못하는 우리의 의식 장치, 이런 것들이 한번 미역을 감으며 그 찌든 때와 냄새를 씻어낼 샘이 《월든》 속에 있었다.

물론 《월든》은 일본어판, 한국어판들이 이미 나와 있다. 그러나 그것들은 거의 예외 없이 《월든》을 훼손시키고 있었다. 훼손된 곳이 한두 군데가 아니다. 필자는 그 훼손된 곳도 보수하려고 애써보았다. 그러나 《월든》은 봄철의 잔디밭 같아서 들어가면, 그러니까 다른 언어로 옮기면 훼손되는 성질을 가지고 있으며, 그곳으로 찾아가는 길은 험하고 구불거리고 어둡고 골라 디뎌야 할 곳이 많다는 말은 해두어야겠다.

옮긴이 이덕형

옮긴이 **이덕형**

서울대학교 사범대학 영어교육과와 동 대학원을 졸업하고,
이화여고, 동성고등학교, 서울사대 부속고등학교 교사를 역임한 후,
서울대학교 강사와 연세대학교 교수를 지냈다.
편저로《한 권으로 읽는 세계 문학 60선》,
옮긴 책으로는《가시나무새》(콜린 맥컬로),《호밀밭의 파수꾼》(J. D. 샐린저),
《페이터의 산문》,《르네상스》(월터 페이터),《센토》,
《돌아온 토끼》(존 업다이크),《멋진 신세계》(올더스 헉슬리),
《프랑스 중위의 여자》(존 파울스),《20세기 아이의 고백》(토머스 로저스),
《가든 파티》(캐서린 맨스필드),《천형》(그레엄 그린),
《여기는 모스크바》(유리 다니엘),《밤비》(펠릭스 잘텐),
《이솝 우화》(이솝) 외에 다수가 있다.

월 든

1판 1쇄 발행 2011년 3월 30일
1판 4쇄 발행 2019년 1월 10일

지은이 헨리 데이비드 소로 | **옮긴이** 이덕형
펴낸곳 (주)문예출판사 | **펴낸이** 전준배
출판등록 1966. 12. 2. 제 1-134호
주소 03992 서울시 마포구 월드컵북로 6길 30
전화 393-5681 | **팩스** 393-5685
홈페이지 www.moonye.com | **블로그** blog.naver.com/imoonye
페이스북 www.facebook.com/moonyepublishing | **이메일** info@moonye.com

ISBN 978-89-310-0690-2 03840

■ **문예 세계문학선**

★ 서울대, 연세대, 고려대 필독 권장도서　▲ 미국 대학위원회 추천도서
● 《타임》 선정 현대 100대 영문 소설　▽ 《뉴스위크》 선정 세계 100대 명저

(뒷면 계속)